二月河
长篇历史小说
典藏版

雍正皇帝

① 九王夺嫡

二月河 / 著

长江出版传媒

长江文艺出版社

图书在版编目（CIP）数据

雍正皇帝. 1，九王夺嫡 / 二月河著. -- 武汉 ：长
江文艺出版社，2024. 12. --（二月河长篇历史小说 ：
典藏版）. -- ISBN 978-7-5702-3687-9

Ⅰ. I247.5

中国国家版本馆 CIP 数据核字第 2024DL0188 号

雍正皇帝. 1，九王夺嫡

YONGZHENG HUANGDI. 1，JIUWANGDUODI

责任编辑：黄雪菁　王乃竹　杨　阳　　　责任校对：程华清
封面设计：璞茜设计　　　　　　　　　　责任印制：邱　莉　胡丽平

出版：长江出版传媒　　长江文艺出版社
地址：武汉市雄楚大街 268 号　　　　邮编：430070
发行：长江文艺出版社
http://www.cjlap.com
印刷：湖北新华印务有限公司

开本：710 毫米×1000 毫米　　1/16　　　印张：92.875
版次：2024 年 12 月第 1 版　　　2024 年 12 月第 1 次印刷
字数：1427 千字

定价：188.00 元（全三册）

目 录

第一回 瘦西湖他乡逢故知
天光楼布衣詟官宦

　　游三吴不可缺扬州，冶扬州不可无虹桥。虹桥这地方，面湖临河，西邻"长堤春柳"，东迎"荷浦薰风"，虹桥阁、曙光楼、来薰堂、海云龛……诸多胜地横亘其间，粉墙碧瓦掩映竹树，天风云影山色湖光，只需一叶扁舟便览之无余，原是维扬北郊第一佳丽之地。这自然风光粉黛不施乃天生其美，就勾得离乡游子、骚人迁客到此一扫胸中积垢块垒，流连忘返。若论起风土，那就又是一回事。桥北有个庙，名字起得也怪，叫"虹桥灵土地庙"，每年正二月祀神庙会，俗名儿叫"增福财神会"。逢到会期，早早的就有城里商家赶来，错三落五搭起席棚，围着这座土神祠连绵起市，一二里地间耍百戏打莽式的、测字打卦的、锣鼓、"马上撞"、小曲、滩簧、对白、道情、评话、打十番鼓的……喧嚣连天，湖下游船如梭，岸上香客似蚁，夹着高一声低一声唱歌似的卖小吃的吆喝：

　　"吴逢圣的炒豆腐——谁要咪？康熙老佛爷金口亲尝，颁赐近臣！"

　　"走炸鸡——田家走炸鸡！香酥焦嫩！"

　　"施胖子梨丝炒肉，不吃算你没来扬州！"

　　"汪九公家拌鲟鳇——天下一绝啰……"

　　"猪头肉、猪头肉！江一郎十样猪头肉！"

　　如此种种，更把庙会场子搅得开锅稀粥般热闹。

　　这是康熙四十六年的春天，二月二刚过，扬州地气温暖，虹桥两岸已是春花姹紫嫣红，芳草新绿如茵。一个架着双拐的残疾人出了桥南的"培鑫客栈"慢慢踱着，橐橐地随着熙熙攘攘的人流上了虹桥。

　　他叫邬思道，无锡有名的才子，府试乡试连战连捷，中秀才举人都是头名。康熙三十六年他应试南京春闱，三场下来，时文、策论、诗赋均做得花团锦簇一般。出场自忖即便不在五魁之列，稳稳当当也在前十名里头。

不料皇榜一张，"邬思道"三个字居然忝列副榜之末！邬思道大怒之下仔细打听，才知道主考左玉兴、副主考赵泰明都是捞钱的手，除了朝中当道大佬关照请托外，一概论孝敬取士，名次高下按质论价童叟无欺！邬思道凭着本事拉硬弓不肯撞木钟钻营，自然名落孙山。邬思道原本性高气傲，气极了，纠集四百余名落榜举人，抬着财神拥入南京贡院，遍城撒了揭帖，指控左、赵二人贪贿收受，坏国家抡材大典，骂得狗血淋头，把个南京科场搅得四脚朝天。他大闹一场扬长而去，苦得江南巡抚因拿不到他这个"正犯"被连降两级，左、赵二人革职罢官"永不叙用"——官司直打到紫禁城当今天子康熙御前，明珠、索额图两大权相都差点吃挂落。因此，朝廷严令各省缉拿他这个闹事的"正犯"。如今明珠早已抄家籍没，索额图谋划逼康熙逊位太子，事发被囚，往事风流云散时过境迁。蛰居武夷山清虚道观的邬思道因知太后驾崩，大赦天下，这才敢露面，回到久违了的三吴家乡——但他的两条腿，却在逃亡路上被几个剪径的水匪打折了。

邬思道上了桥头，住了步怅然回顾，清癯的脸泛上一丝苦笑。从幽僻山谷乍回这烟花世界烦恼人间，真有恍如隔世之感。邬思道口中喃喃说道："白杨绿草，风雨忧愁，十年一别，这树都合抱了……"

"哟！这不是静仁先生么？"背后突然有人说道，"这些年您在哪儿？又怎么独个儿在这里呢？"邬思道回头看时，这人三十多岁，白净面皮，团团一个胖脸，留着墨黑两绺八字髭须，头上一顶六合一统帽，结着红绒顶儿，靛青夹袍外套着件套扣背心，腰间系着滚边绣花玄带，精精干干一身打扮。半响，邬思道才想起来是同乡戴家湾的孝廉戴铎，因笑道："项铃，原来是你！十年前你和高家争牛湾那块风水地，打输了官司，败落得叫化子似的——如今出落得这样阔，都不敢认了！"戴铎嘻嘻一笑，说道："士别三日便当刮目相看，何况十年！说起这里头的周折，真是一言难尽——不怕静仁兄你笑，如今我在北京给人家当听差呢！来，我给邬兄引见一下！"

邬思道跟着戴铎下桥，心里不住犯狐疑：这戴铎虽然败了家，好歹也是书香门第，有过功名的人，何至于就沦落成人家的奴才？一边想，一边跟过来，果见桥下石栏旁站着一个二十五六岁的青年公子，打扮也并不出奇，只穿件灰府绸银鼠夹袍，月白夹裤，脚蹬一双黑冲呢千层底布鞋，虽不奢华，却是干净利落纤尘不染。那青年倚栏而立，一条乌亮的发辫直垂腰间，似笑不笑地看着他们过来，刚要说话，戴铎已一个千儿打了下去，禀道："四爷，这就是您常念叨的邬思道邬先生，可巧儿今儿就叫奴才碰上了！——哦，这是我们殷四爷，北京城没人不知道，十八家皇商位列第四！"

"殷真。"那青年微微一笑，八字眉下一双黑黝黝的瞳仁闪烁着，说道，"你叫我月明居士好了——敢问邬先生台甫？"一面说，目光幽幽地上下打量邬思道。邬思道不禁一怔：哪有这么托大的人，一见面就把大号抬出来，叫人家称自己"月明居士"！口中却笑道："我没有号，你高兴，叫我静仁好了。"

殷真略一躬身，将手一让说道："实在是久仰你的大名了——连家父也十分赏识你的才学！屈尊一同走走如何？"邬思道听说他是皇商，原本心里腻味的，但这位殷四爷眼中有一种沉稳静娴的气质，不带半点商家庸俗，竟不自禁点了点头。殷真一边走，一边从容说道："先生，我不是虚逢迎你。当年你的揭帖传到北京，真是倾动京华！记得里头对左玉兴、赵泰明二人有诛心警句——朝廷待其不为薄矣……二君设心何其谬也？独不念天听若雷，神目如电？呜呼！吾辈进退不苟，死生唯命，务请尚方之剑斩彼元凶，头悬国门，以儆天下墨吏！士立紫垣，噤口不言。一旦有义士者挺身而起，或刺之阙下，或杀之辇中，四方闻之，独不笑士大夫之无人耶？——这写得何等酣畅淋漓，真个骂死天下尸位素餐之徒！难怪圣上震怒之下又击节赞赏呢！"戴铎也在旁凑趣儿道："难为主子记得这么清爽，奴才只记得那副对联——左丘明有眼无珠，不辨黑黄却认家兄；赵子龙一身是胆，但见孔方即是乃父！""是嘛！"殷真似乎变得随和了一些，格格一笑道："万岁爷当时拿起来一看就说：'此人这笔字风骨不俗。'"

"唔？"邬思道浑身一颤，盯了一眼殷真和戴铎，心中陡起疑云。这揭帖对联当日传遍天下，二人能背并不稀奇。只这二人，一个是"皇商"，一个是听差，连皇帝当时的态度都了如指掌，未免就太出奇。联想到戴铎昔日也是一方名流，竟肯在这位"四爷"跟前屈身为奴，毫无羞惭之意，他已隐隐猜到这位极修边幅的殷真，决非等闲之人！但对方既不肯说破，邬思道也难问端底，便淡淡一笑，说道："难为仁兄如此厚爱，竟记得这么清楚！我真有他乡遇故知之感！不过，这十年蛰居山中，读了点书，从前那点子专用来做取功名的敲门砖文章，想起来都觉得脸红，八股文章误尽天下英雄啊……"说罢无声叹息了一下。戴铎因见邬思道感慨，岔开话题道："四爷，今早您不是说要到人市上买两个孩子使唤？这个店不错，你们两位进去吃酒攀谈，我去办事回来再侍候，如何？"殷真笑道："那是什么打紧的事！明儿再办就迟了？走，咱们进去坐坐！"

邬思道抬头看时，果见前头一座酒肆，歇山顶，一边压水，一边靠着驿站，看样子新造不久，雕甍插天飞檐突兀煞是壮观，泥金黑匾上端正写着"天光湖影"四字。戴铎不禁道："好字！"

"字是不坏，"邬思道仔细看了看，笑着对殷真道，"但笔意太过妩媚，锋中无骨，算不得上乘之作。"殷真也点头道："先生说的是，这字神韵不足。"一边说，二人随着戴铎进来。

殷真见楼下热闹嘈杂得不堪，不禁皱了皱眉头，说道："这太乱了，我们上楼去！"跑堂的一怔，赔笑道："三位爷，请包涵着点。新来的太尊车铭车老爷今儿在楼上宴客，楼上不方便。爷们要嫌底下闹，那边还空着一间雅座，面湖临窗，一样儿能赏景致的……"话未说完，戴铎便笑道："你别放屁！这楼我来不止一回了，上头三四间雅座呢！各吃各的酒，谁能碍着谁？"说着，从怀里取出一块银饼丢了去。伙计接过看时，是一块"真圆系"，足有五两重，底白细深，边上起霜儿，正正经经九八色纹银，顿时满脸绽上笑来，打躬儿道："爷台，店里夹剪坏了，恐怕找不出来。"

"多的都赏你！"戴铎道，"你在楼上给我们安排一下！"伙计笑得两眼眯成一条缝，身子一虾道："谢爷的赏！楼上实话是还有一间雅座没占。原说怡性堂韦老爷定下的。爷既一定要去，小的斗胆就做主了。只不要大声喧哗，新来的太尊爷性子不好，别扰了他老人家的雅兴，就是各位爷疼怜小人了。"

三人跟着堂倌上楼来，果见屏风相隔，西边还空着间雅座。点了菜，又要了没骨鱼、骨董汤、鲞鱼糊涂、螃蟹面四样佐餐。殷真见戴铎侍立在旁不敢入座，一边向邬思道举箸劝酒，一边笑道："钱能通神，一点不假。我今儿能和静仁先生同席举酒，实在缘分不浅，你们又是故交，戴铎也不必立规矩，没有形迹酒才吃得痛快哟！"说罢二人举杯同饮，戴铎方拿捏着坐了下首。

此刻正是巳牌时分，楼外艳阳高照湖波荡漾柳拂春风，画舫、沙飞、乌篷、水上漂各色游船衔尾相接，桥上桥下信女善男扶老携幼攒拥往来，三人高坐酒楼赏景谈天，不一时便酒酣耳热。先是听隔壁一群人凑趣儿奉迎那个车太守"下车扬州，讼平赋均，政通人和"，又议及扬州的漆器、剪纸、玉雕、泥塑，谁家做得巧，值多少银子，正觉俗不可耐，一阵琵琶穿壁而来，接着一个女子娇音细细曼声唱道：

> 扬州好……第一是虹桥。杨柳绿齐三尺雨，樱桃红破一声箫，处处住兰桡……醉扶湖中画舟，灯影看残街市月，晚风吹上笋儿梢……

"丢眼邀朋游妓馆，姘头结伴上湖船。"殷真不无感慨地叹道，"如今世道真正可叹，太后薨逝才半年多，这边早已没事人一般了！"

邬思道几杯酒下肚，苍白的脸泛上血色来，见殷真怅然若有所失，遂笑道："这就是'亲戚或余悲，他人亦已歌'！无论天家骨肉市井小民概莫能外！先生何必伤感？譬如你我，还有隔壁的车铭，坐红楼、对翠袖、赏美景、听侑歌，可知那边半里之遥就是人市！山阳宝应一带难民在人市啼饥号寒以泪洗面，卖身求一温饱而不可得——心不一，情自然也就不一！"说罢，举箸击盂亢声唱道：

> 玉堂意消豪气空，可怜愁对虹桥东。
> 当年徒留书生恨，此日不再车笠逢。
> 推枕剑眉怅晓月，扶栏吴钩冷寒冰。
> 惟有耿耿对永夜，犹知难搵泪点红！

吟罢鼓掌大笑，却不自禁滚出两行泪来。

殷真已是痴了。邬思道疑得不错，他不是常人，更不是什么"皇商"，原是当今天子膝下皇四阿哥爱新觉罗·胤禛，已经封了贝勒，地地道道一个龙子凤孙，因生性冷峭严峻，京师人称"冷面王"的就是。这次却是领差安徽督办河工，因高家堰、宝应一带决河，特来扬州调运粮食赈济灾民。

他早闻邬思道才名，这次邂逅相逢，见他已是残废，原是心里失望，此刻见邬思道酒后形骸放浪，飘逸潇洒英风四流的神态，不禁大起怜爱敬慕之心，又想到他不合仗义执言开罪朝廷，为天下不容，且终生无望再入仕途，转觉神伤。胤禛正想着寻话安慰，屏风一动，一个长随打扮的人进来，却不言语，横着眉下死眼盯了三个人一阵子方问道："方才是哪位先生唱歌儿，又提到我家车老爷的讳？请借一步说话，我们老爷有请！"胤禛仰靠在椅上，一只手扶着酒杯，只微睨了一眼戴铎，戴铎忙站起身来，正要说话，邬思道已架了拐杖起来：

"是不才！车铭与我同榜孝廉，又曾为同社文友，怎么——我不能叫他的讳？"

他带了酒，神情显得冷峻傲岸，长随被他的神气慑得有点气馁，听说是自己家主同年，又见胤禛跷足而坐，戴铎从容侍立，更不知什么来头，倒有点不知所措了。

正在发怔，便听隔壁有人大声吩咐："来呀！把这当中屏风撤掉，我见识见识是哪位年兄？"接着便听一群人"喳"地答应一声，几个人轻轻抬起屏风挪转到一边，顷刻之间雅座打通，合成了一大间。胤禛微微冷笑啜着香茶时，对面雅座是三间打通的，却也只有一席酒菜，摆着冷盘孔雀开屏、百合海棠羹、一盏冰花银耳露，几十样细巧点心梅花攒珠般布列四周，中间大碗盆中的主菜，却是牛乳蒸全羊——胎中挖出的羯羊羔儿：这是扬州四大名菜之一——张四回子蒸全羊了。七八个请来陪坐的名士坐在旁边，正中一个官员身着八蟒五爪白鹇补服，也没戴大帽子，油光水滑的辫子从椅后直垂下去，圆圆的脸胖得下巴上的肉吊着，看样子酒也吃得沉了，油光满面地乜斜着眼盯着这边。邬思道架着拐杖迎上一步，抱拳一拱道："车铭先生，久违了！"

"啊嘀，这不是邬思道嘛！"车铭眼中放出光来，一下子坐直了，"我当是谁呢！原来是大闹天宫的孙行者！是八卦炉倒了呢，还是佛祖不留心弄掉了五行山的镇山神咒，你居然又出来了——我给诸位介绍一下：你们看这位，架着双拐，行动如倩女荡秋千，站立似谢家碧玉树，一脸书卷气。当年可了得，我兄弟不敢望其项背！真的是一语既发词惊四座！当年——"

"当年同窗结社作八股。"邬思道静静地听他揶揄，抓住话口破颜一笑紧叮一句，"出题'昧昧'．好像就是车仁兄，把'日'字边写成了'女'，开篇惊人；说'妹妹我思之'，我只好接了句'哥哥你错了!'——不知如今可有长进?"

一句话说得众人哄堂大笑。几个名士控背躬腰跌脚打顿，笑得换不过气来，胤禛"扑"地一口酒全喷到戴铎身上，几个歌伎拿手帕子捂着嘴咯儿咯儿笑得东倒西歪。

"是你记错了吧?"车铭涨红了脸，强笑道，"我两榜进士，殿试选在二甲四十名，闱墨遍行江南，怎么会出这种错儿? ——今日一见，也算故人相逢，有道是贫贱之交不可忘，我和你对酌三百杯! 那两位——呃——请过来，来呀!"

戴铎见胤禛摇头，矜持地说道："我们和静仁先生也是邂逅，请自便。看样子你们要论文，我们观战。"邬思道踅回胤禛桌边，端起一杯酒，笑道："要是做官就能长学问，天下可以无书。你今日无非以富贵骄人，岂不知我这贫贱也能骄人! 比如这酒，我饮来是酒，你饮来就是祸水，这点子分别，不知你懂不懂?"

"唔?"

邬思道脸微微扬起，沉吟着说道："我这酒，取粟于颜渊负郭之田，去秕于梁鸿赁舂之臼，量以才斗，盛以智囊，浸于廉泉之水，良药为曲，直木为槽，以尧之杯、孔之觚酌之。所以饮此酒，清者可以为圣，浊者可以为贤! 你的酒不同，乃是盗跖之粟酿成，取贪泉之水，王孙公子烧灶，红巾翠袖洗器。误饮一杯，则廉者贪，谨者狂，聪者失听，明者昏视——这还不是祸水?"

"你依旧如此阴损!"车铭本想小辱邬思道几句就罢手的，不料反被邬思道所侮，顿时气得脸色发白，咬牙笑道："我以俸禄沽酒，怎见得是贪?"

"你取笑我，我自然也可敬你几句。"邬思道淡然说道，"以你今日身份，我岂敢冤枉你? 君为扬州太守，境内饥民遍地，嗷嗷待食，你却在此寻欢作乐! 先贤有云：四境有一民不安，守牧之责也，难道我错说了你? 我虽然闭门读书不问世事，也知道当今蝇营狗苟的事愈来愈多。嘴硬不如身硬，身硬不如心硬——记得当年同游中岳庙，你指着门前金刚叫我作诗，当时我口占一首说'金刚本是一团泥，张牙舞爪把人欺。人说你是硬汉子，敢同我去洗澡去？'车兄，你敢么？"说罢纵声大笑。车铭"啪"的一声拍案而起，想发作又按捺住了，格格阴笑道："静仁，没听说过'破家县令，灭门令尹'？"

邬思道笑道："这么俗的谚语有何不知？当日桓温游寺，和尚不拜。桓温说，'没见过杀人不眨眼将军么？'和尚反问，'没见过不怕杀头和尚么？'如今是盛世，此地乃名城大郡，你今日非礼欺人，我怕你什么？何况我飘零四海孑身一人，外无期功强近之亲，内无应门五尺之童，本来就无家可破无门可灭！"

"放肆！"车铭大怒，断喝道，"你一个已革孝廉，在父母官前狂傲无礼，就是罪！哼！我就不信剃不了你这刺儿头！你不是说我这酒是'祸水'么？来！"

"在！"

"灌他！"

"喳！"

胤禛的血一下子全涌到脸上，眼中熠熠闪着火光。康熙皇帝家教极严，明令皇阿哥不得结交外官，干预地方政务，皇长子胤禔奉差芜湖，杖责了一个县令，回去被摘掉了头上一颗东珠，因此他原本无意惹是生非。这个车铭他也知道，昨日见邸报，吏部报的三名"卓异"里名列第三，算是顶尖儿的好官，谁知在下头如此跋扈！眼见邬思道要吃亏，胤禛眼中波光一闪，戴铎立时会意，跨前一步正要说话，邬思道却道："项铃，我自己能料理这事。"便转脸笑谓车铭："你如此欺我，是不是看我已残废，无力再入宦途。要是我未除功名，即便不是进士，恐怕你也不敢轻慢，是吧？"

"对了。今儿就是拿你开开心！"车铭眯着眼嬉笑道，"罚几杯酒，顶多是个风流罪过，打什么紧？"邬思道一笑道："这就是俗语'人在矮檐下，不得不低头'。这杯祸水我喝。不过先有一诗奉赠，不知可肯雅纳？"

他这几句话不软不硬，似求情又似揶揄，众人都是一愣。邬思道微叹一声，踅到放着文房四宝的案前，一手拽袖、一手提笔，略一沉思，连着写了几个字。车铭伸着头看时，上头连着五个"苦"字，不禁喷地一笑，道："这早晚才知道苦？你要识点时务，我怎会难为你？"邬思道毫不理会，握管疾书：

苦苦苦苦苦皇天，圣母薨逝未经年。

江山草木犹带泪，扬州太守酒歌酣！

　　　　　　　　　　　——无锡书生邬思道谨赠

写完展纸一吹，拈着踱至窗前，眺望一下，回头笑道："我这个多愁多病书生身，可是要打你这倾国倾城的乌纱帽了！这张诗稿对仁兄而言，也不亚当年我在贡院写的揭帖！你今日于国丧期间携妓高歌画楼，已经触了大清律，知道么？"

谁也不防这潦倒书生还有这一手，满楼人都惊得呆若木鸡，痴坐无语。胤禛先是一怔，心下大悟，不禁目中灼然生光：这真是个无双才士！良久，车铭方结结巴巴问道："你……你要干吗？"

"我要——"邬思道看了看楼下，"怎么说呢？这楼下人可真多！看见楼上飘下一张诗帖，凭我邬思道的文名，写的又是本朝本郡太守，三天之内，保你全扬州都知道了。若或碰巧有个皇阿哥或部院大臣什么的，或者有个御史、按察使什么的官儿，正愁着考功司察他的功课，没准儿连原诗奏明当今——仁兄，邬某可要与你同生死，共荣辱了……"说罢哈哈大笑。

车铭见他说着话手一晃一扬的，真怕这个愣子手一松，立时就招惹无穷后患！莫说城里如今真的住着个黄带子阿哥，就这省官道司里面也有不少对头，这国丧期间携妓高乐儿，"丧心病狂"四个字就得葬送了自己似锦前程。就没这些麻烦，老百姓口碑如铁，唱起来，三年察考时就是手拿把掐的凭据！想着，车铭头上已沁出冷汗，勉强挤出笑脸道："静仁——静仁兄！开个玩笑嘛，不当家拉花的，何必认真呢？来来来，还有那两位，坐过来，我敬你们三杯'祸水'！"

胤禛大笑起身道："不论美酒祸水，我都吃不得了。戴铎，你留下陪着他们吃酒，我还有事，先告退一步了。邬先生，今日一会实在投缘，明儿我请你小酌，还有事相求。"邬思道微笑不语，戴铎知道馆驿中还有一大群官员等着胤禛召见，也不好相留，只好赔笑道："是，省得了。"

第二回　虎踞关冤家巧聚头
人市口小童偶作戏

　　邬思道酒量很窄，与这群人又不投缘，不多时已酩酊大醉。车铭一肚皮的懊恼，还要装出笑脸奉迎这个倒霉书生，眼见他们要辞，心里巴不得，却还要假惺惺邀留。邬思道醉眼迷离地笑道："筵无好筵。这'祸水'可不敢吃多了，就此别过吧。"说罢，踉踉跄跄扯了戴铎下了天光湖影楼。

　　"静仁，"戴铎看天色时，已近申牌，一头走一头笑道："我以为你吃了大亏，已挫磨了昔日锐气，看来竟是锋芒不老！车铭这人我也听说过，心底瓷实着呢！难道不怕他对景时整治你么？"按戴铎的意思是想引出个话头，试探他肯不肯投胤禛门下。邬思道却笑道："亏你还是天子脚下混世面的，不晓得投鼠忌器？我虽不济了，像彭鹏、施世纶这干文友都做着官——你不知道人心，但凡做了官，利禄心只有愈来愈重的，他才不犯着和我这破罐子碰他的金饭碗呢！这个车铭其实也小有才学，只太无耻，我才教训他。为这个扬州府肥缺，他先叫夫人曹氏拜徐乾学的四姨太为母；徐坏了事，又巴结户部尚书梁清标，认了干爹才选了出来。这还是个人？好便好，不好我还有诗呢——昔日相府拜干娘，今日干爹又姓梁。赫奕门庭新户部，凄凉馆地旧中堂……"他没吟完，戴铎便截住了，笑道："罢罢！你真醉了，我没说一句，就引出你这一车话！你如此不饶人，连我也怕了你了！"邬思道听了不言声，恍恍地望着远处，半晌才道："……十年一梦，醒来时人去楼也空。项铃，心气再高人已凋残，我这人还有什么指望？只有心智可用，有谁能知？只有口舌之利，难道连嘴也封住？"

　　"你不要难过，"戴铎心下掂掇着，因未得胤禛明示，也不便做主，只道："方才你不是说要去北京？何妨和我们四爷说一下，一同北上，到京我给你谋个馆地。"邬思道冷笑一声道："连你也小看我！要糊口有何难哉！我学的是屠龙术、帝王道！没有英才，我才懒得教呢！"

　　戴铎一直把醉醺醺的邬思道送回虹桥对岸的培鑫店，又执手叮嘱了许多话才辞回桥北驿馆。一进门，便见四贝勒的贴身长随高福儿从里头出来，见戴铎便逼手站住了，笑道："戴头儿，哪里吃酒了，没给咱们带一坛子回来？"戴铎因问："四爷呢？"高福儿道："今儿见了一天大人，后晌江宁布政使曹大人带了一干子道台给主子回事儿。这会子正在上头说话，大约是说调粮的事，里头还夹着说关税银两，早着呢！您先在我房里歇歇，客走了再见不迟。"戴铎只好回身进了高福儿房中，沏了酽茶，有一搭没一搭闲嗑牙儿。直到掌灯时分，方听上房一声吆喝："端茶送客了！"接着便见两盏大灯笼从上房导引，一群官员哈腰依次辞出，戴铎这才进来。

　　"回来了？我正给太子爷写禀札，你连他的廷谕一齐看看，有没有疏漏的地方，回头再誊清发寄。"胤禛头也不抬，手不停书，直到写完，方吁了一口气，把信稿和一个通封书简递给戴铎，自踱着方步沉吟不语。

　　戴铎接过太子的廷谕和胤禛的信，只略一过目，已经明白大旨，便笑着回道："万岁爷五十四圣寿，已经有旨四爷不必回京。半月前内廷邸报，陕西去年大旱，今春青黄不接，万岁也有旨，叫四爷一并在此征粮。太子爷想叫爷早日归京，看样子是因为筹办万岁的寿典。四爷这信写得极是，既不愿回去，差使也本来是没办完，就遥叩万岁圣诞的就好。"

　　"庆寿典这样的眼面差使能轮到我？怕只有八爷他们才争得到手！"胤禛冷冷道，"我不是怕出力，是怕出了力还要招忌。十三弟来信，说明年要加一个恩科，主考点的是佟国维。如今都在暗中打点。又要塞私人，又要外头堂皇，太子叫回，无非想叫我替他拢人。你想想十八个兄弟三十六只眼，都瞪得血红，这种坏了良心的事我也干不来，还要代人受过。如今这风气，我就是哪吒，能摆布得好么？"戴铎心里雪亮，这位四爷和十三爷胤祥是"太子党"的，大阿哥胤禔三阿哥胤祉不凉不热，各存体系。所谓"八爷"，却是八阿哥胤禩，与九阿哥胤禟、十阿哥胤䄉、十四阿哥胤禵，统是一窝子势力，朝中称为"八贤王"，最是得罪不得。这干人见事就躲、见人就笼络、见利就夺，连皇太子也不敢招惹，所以想调回胤禛帮手。想想胤禛走马灯似的办苦差，为太子出死力，太子胤礽一点也不顾惜痛怜，也真叫人寒心。但"八爷党"里的十四阿哥胤禵现就是胤禛一母同胞，戴铎也不敢说什么。戴铎一边想，笑道："就是四爷这话！我们奉有明旨，督修河务，办粮赈灾，这还忙不过来呢！我看这信得加上一句，明说万岁严令河工差使不办妥不得回京，四爷不敢自专。太子爷胆小，未必敢和皇上去争的。"

"很好。"胤禛笑了笑，说道，"就怕他们弄不住我，又去寻十三弟的晦气。科场的事舞弊拆烂污，十三弟脾气不好，弄出事来不得了。"十三阿哥胤祥是阿哥里头最泼辣豪爽的，因自幼失恃，受尽哥哥们的欺侮，养成野性难驯，只胤禛看不过，从小儿收到自己府中时时呵护，因此胤祥敬重这位严兄宛如慈父，从不违拗。戴铎当然知道其中原委，因安慰道："四爷甭着急，十三爷才十七岁，万岁爷未必叫他独个儿办差，或到时候称病也罢。"胤禛叹道："也只好走一步说一步了——那位邬先生，你们谈了没有？不知他肯不肯到我这里办事？"

"爷的意思没有明说，奴才没敢自专。"戴铎赔笑道，"这个人才具人品都极出色，可惜是个残疾。奴才晓得爷用人的规矩，不是落难的从不收用。所以奴才没敢提起。"胤禛不以为然地哂道："他还不算落难？朝廷缉拿了十年的钦犯，落魄江湖怀才不用！这样人物岂可失之交臂？你们这些人虽有忠心，只能安慰我，不能为我出谋分忧。又不是叫他跑马拉弓放鹰捉虎，计较人家两条腿做什么？——他住哪里？我现在就亲自去请！"说罢便往外走，戴铎只好跟着，吆喝小厮们："给四爷备马，把斗篷带上，防着晚间风凉！"

不料刚至二门，高福儿迎进来禀道："四爷，海关道陈天顺求见。说是奉四爷宪谕，回说买粮用钱的事。"胤禛有些为难地看了看戴铎。戴铎忙道："邬思道吃醉了酒，就是这会子去，也不得好好说话。不如明儿我陪主子去，消消停停就把事情办了。"胤禛皱着眉怔了半日，也只好罢了。

胤禛一晚上没好睡，邬思道沉敏机辩、才智犀利的影子一直在心里晃漾。他虽没有和戴铎多谈，但酒楼一会，已下定决心，非把这个邬思道笼在自己袖中不可——皇阿哥之间权势倾轧，机械万端，他太需要一个这样的策士智囊随身谋划了。朦胧到鸡叫才睡去，醒来时已日上三竿。胤禛一骨碌翻身起来，赶忙洗漱了，略用了点点心，便叫上戴铎高福儿，换了便衣迤逦奔虹桥南的培鑫客栈。店主听说是找邬思道，拍手笑道："爷们来得太不凑巧！邬爷今早天不明就算了房钱，叫小的觅船，说要去瓜洲渡游玩几日，再到北京看个亲戚……"几句话打发得他们主仆三人都愣了。高福儿见胤禛阴沉了脸，笑着道："爷也是的，我还当是个什么人物儿，姓邬的不过是个孝廉，这样儿的篾片相公要一把有五个，要两把——"他话没说完，胤禛盯了他一眼，下头的话竟生生憋了回去。戴铎忙道："四爷，您别生气。这事怨奴才不会办事。禀爷一句话，跑了和尚跑不了庙，包在我身上，到北京我把他请到爷府里！"

"怎么见得？"

"说来话长了。反正这会子没事，我们陪四爷人市上看看，我给你说说静仁先生的故事儿。"说着三人慢步向西走着，戴铎叹道："您看邬思道待人冷冷的，其实也是个痴！他有个姑父叫金玉泽，当年纳捐在南京虎踞关，补了个千总的缺。邬思道中秀才，邬老爷子寻思，乡试反正要去南京，就写了封信给金玉泽，叫邬思道去姑父家读书，就近儿应试。

"邬思道在燕子矶下船。他头一回进南京六朝金粉之地，呆头呆脑地，就急着先游了莫愁湖，又逛了夫子庙。那日四月初八，佛诞日。夫子庙人山人海，烧香的许愿的善男信女挨挨压压挤得满街都是。邬思道顺着秦淮河，一手擎着一包炸蚕豆，一头走一头吃着观景致。因不知哪个糊涂老爷在桃叶渡上竟架了座桥，邬思道见了笑得前仰后合。刚说了句：'这个蛇足添得有味儿！'不防一头和一个人撞个满怀。抬头一看，竟是个十六七岁的年轻闺女！"

胤禛想着当时情景，不禁抿嘴儿一笑。

"那女的是进香才回来，一门心思的虔敬我佛。当着众人和个年轻男子撞得这么结实，顿时羞得脸红到耳根上。"戴铎笑道，"当时引得周围闲人哈哈大笑。这个说是'蓝桥会'，那个说是'撞天婚'，'欢喜菩萨'，'风流道场'……插科打诨一片声胡嘈。那女孩子羞急了，一巴掌打了邬思道个满天花，挤开人缝儿一溜烟走了，炸蚕豆撒得满地都是。"

"邬思道只好自认晦气。捂着打得发烧的脸往虎踞关，寻了半日才找到金玉泽下处。叩着铺首环敲了半天，那门'吱'地开了半边。邬思道一看，开门的正是方才掴了自己一掌的那位！顿时两个人都傻了……"

胤禛听得哈哈大笑，说道："敢情是他表妹？"

"是表姐。"戴铎忍笑接着说道，"邬思道愣了半响，刚说了句'这是金玉泽家么？他是我姑父……'那姑娘双手一捂脸，说了句'皇天菩萨'跑了。"

"邬思道只好自己蹭进去见姑姑。姑姑乍见他来，一把揽在怀里，又是哭又是笑：'我的老天爷，可见着我娘家的人了！儿呀……如今出落得这样了……一会儿你姑父下值就回来——凤姑，凤姑！快过来，你看看谁来了……'"胤禛笑得泪眼汪汪，捧着肚子道："好……好！她来不来？""她哪里肯来！"戴铎笑道，正要往下说，忽然前头人市上闹嚷嚷的，还夹着一个男孩子呼天抢地号啕大哭声，惨厉得叫人心里起栗儿。三个人顿时都敛了笑容，顺着哭声走过去。

这里已经是虹桥人市，其实并不喧闹。一街两行错三落五到处是高粱秆搭起的窝铺。从宝应、山阳、龙王庙一带逃来的难民，个个面黄肌瘦，有的三块石头架着煮白薯刺菜，有的烧干苞米棒子，有的在太阳底下捉虱子，还有用毛巾裹着冷饭团子啃……乌烟瘴气的，散发着一股一股霉臭不是霉臭、焦煳不是焦煳的怪味。靠墙一群闲人围着，一领草席直挺挺裹着一具尸体，只两只脚露在外头。旁边一个十三四岁的孩子，蓬头垢面伏在席上，撕心裂肺地大哭："哥呀！昨后晌你还好好的，是吃了什么了……你就不言声儿去了？娘死的时候怎么说来，你不记得了……叫你照应我……你不管我了，就这么走了……呜……"

胤禛双眉紧蹙，还没走到哭尸的人跟前，早有个人牙子瞧他是主儿，扯着个十二三岁的女孩子过来，一边说一边比划："哎，这位东家，一看就知道您是积福行善的菩萨心肠！要买个孩子使唤么？您老明鉴，这买人也是有门道的——发为血余，齿为骨余，一要看头发，二要看他的牙！您瞧这女娃黄瘦，那是饿的！您看她这一头发，嘿！您再看她的牙——"他扒开那小姑娘的嘴，说得唾沫四溅："糯米细牙咬金断玉——十五两怎么样？不成？买卖不成仁义在，我就狠心赔个血本，也得叫她去个好人家！十两！十两怎么样？"

胤禛方才被戴铎讲故事逗得刚刚高兴一点的心情被这里的人间惨景洗得干干净净。惦着那边的哭声，他低头看了看这丫头，相貌也还端正，黄瘦的脸庞上一双大眼睛忽闪着，撇着小嘴，被人牙子捏搓得要哭又不敢。胤禛心头一沉，回头对高福儿道："买下吧。"说罢便踱到那群人旁边。

那男孩已是哭得嗓子都哑了，乌眉皂眼的，张着两只手乞求："大爷们哪！谁买我，谁买我？我得卖几个钱埋了我哥……你们行了这个善，就是这辈子作过孽，死了也不进十八层地狱呀……"

"日他娘的，"旁边有个人笑骂道，"不懂事的猢狲，哪有这样儿求人的？"又一个人问道："你是哪的人？"

那孩子擦泪说道："我是宝应的——大爷呀……可怜可怜吧……"

"你是宝应的大爷！"一个闲汉笑道，"那我们都是扬州的侄儿了……"

一群人哄然大笑。一个老汉蹲在尸体旁，嗞吧嗞吧吸着旱烟，叹道："罪过！也真是可怜，有钱就帮几个吧……"说着掏出几个铜哥子放在那孩子身边，有几个阔人也跟着扔了些康熙铜子儿。老汉劝慰道："孩子，你甭净哭了。指望这点子钱发送不了你哥。黄河发水是劫数，死的人成千成万，都用棺材埋么？把钱收拾了，买几刀纸烧，寻个乱葬岗子埋了——人死如灯灭，能把你哥哭活了？"说着，在墙基石上磕了磕烟锅要起身。不料烟灰没燃尽，火星儿迸在那双裸露在席外的脚上，那"死尸"双脚竟被烫得猛地一缩！

诈尸！

众人无不大吃一惊，"嗯"地散开来。戴铎慌得一步跨到胤禛前头护着。众人都直盯盯注视那具尸体，看了半日却并无异样，只见这孩子收拾了地下的钱，顽皮地朝众人扮个鬼脸儿，拍拍芦席叫道："狗儿狗儿！还不起来谢爷们赏？"

躺在地下装死人的狗儿一个鲤鱼打挺跳起来，挥手抹了脸上青泥，呸呸啐了两口，嬉皮笑脸地打个千儿道："活了活了！谢各位爷的赏！坎儿，你也哭累了，我挺尸挺得浑身硬，也实在饿得受不得了，先买两个烧饼打牙祭去。"直到这时，大家才知道是这两个顽皮娃儿做戏乞讨，惊定之余，不禁爆发出一阵狂笑。见众人尽兴而散，胤禛笑着转脸道："戴铎，这两个孩子伶俐，问问看，肯不肯卖给我？"

"是。"戴铎答应一声，上前拍拍狗儿的头，问道："多大了？家在哪里？"狗儿用袖子抹一把鼻涕，说道："十四了，没听我说，我是宝应的大爷？"胤禛看了看坎儿，却不似狗儿的活泼机灵，腮帮微微鼓起，总似一副刚睡醒的模样，因笑问："你们是宝应逃荒过来的。家里大人呢？"

坎儿闪了胤禛一眼，眸子晶然生光，只这一瞬，胤禛看出这孩子灵秀不在狗儿之下，只不过聪明不外露而已。坎儿别转脸看看，觑着胤禛道："你八成想买我们吧？"

胤禛越看越喜爱这两个孩子，点点头说道："你猜得不错。跟了我去吧！别说烧饼，你吃什么都有！""要饭三年，给个县官不干！"狗儿瞥一眼高福儿，嬉笑道，"我才不跟你去当哈巴儿狗呢——瞧他那副样子，在人前很露脸么？"高福儿气得脸色发白，在旁骂道："瞧你那副坯子，配当我们主子的哈巴儿么？"

"放屁么？好臭好臭！"狗儿掩着鼻子道，"越是狗屁越闻不得——和他们啰嗦什么，坎儿，我们找翠儿去。"

两个孩子嘻嘻哈哈，兴高采烈地正要去，高福儿身后那个女孩子怯生生带着哭腔喊道："坎儿哥，我在这……我叫卖了……"说着两行泪水泉水般涌了出来。

"翠儿！"

坎儿和狗儿一下子钉住似的站住了，走到那姑娘旁边，脸上已没了欢喜的神气。坎儿呆着脸只是出神，狗儿瞟了胤禛一眼，拉住翠儿的手，咬着牙道："到底叫王三发把你卖了！说过半年给他凑四两银子赎你的！——日他祖宗八辈，我非叫芦芦咬死他不可！"翠儿泪眼汪汪看着这哥儿俩，又抬头看看高福儿，哽咽着说道："他把我卖了十两银子……咱们是见不着了……坎儿哥，你们有一日回魏家营，替我在我娘坟前磕个头……"说着，呜呜咽咽放了声儿。

胤禛眼见这三个相依为命的孤儿生离死别的情景，心里突然一阵酸热，他已没了笑容。想到小家子亲朋邻居尚有这种情谊，自己一群骨肉兄弟，却恨不得你抠了我鼻子我挖了你眼！想着，说道："狗儿坎儿，听我一句话。你们不是想回宝应么？今儿是初四，过了初七我就动身去桐城。那离宝应才多远？我在桐城要待一年，也不定两年。你们跟我去，我离开桐城，你们想跟就跟，不想跟三人一同回去，成么？"

"真的？"狗儿眼一亮，说道，"你骗我们！"胤禛不言语，凝视了三个孩子许久，说道："我从不骗人。要是你们不想回家乡，这会子就走吧。"

三个孩子都吃惊地抬起了头，忽闪着眼盯视着胤禛，胤禛那双黑得深不见底的瞳仁幽幽地闪烁着。三个孩子移步要走，又站住了，坎儿笑道：
"就是这样，咱们跟你走！说话算话，不算是个王八！"见胤禛笑着点头，
狗儿两个指头放嘴里"嘘——"地尖啸一声喊道："芦芦！"一条精瘦的狗
"嗯"地蹿了出来，摇头摆尾地围着狗儿撒欢儿。高福儿不禁笑道："这么
一条狗，还有名字？"

"对了，叫芦芦。"坎儿一副刚睡醒的模样，惺忪着眼，抚着狗头冷冷
说道，"你胆大，你招惹一下试试！"

胤禛看看日头，已是将近午时，猛地想起已传了扬州粮道午后议事，
便笑道："咱们回去吧——今儿是又扫兴又尽兴，彩头不多。"说罢一行六
人款步往回走。胤禛一边走一边沉吟，问戴铎道："邬思道后来和他表姐怎
样了？""奴才没细问，思道也没多说，只说定了亲。"戴铎道，"只金家如
今已不在南京。金玉泽谋了北京朝阳门城门领的差使，邬思道说要进京，
只怕就是奔他去的。唉……邬思道犯的事还没撕掳利落，十年没露面，又
成了残疾，那女的也望三十的人了，后头的事难说了……"他摇了摇头，
没再往下讲。

第三回 赈粮难筹敲山震虎
往事堪忆漆水烟沙

一行人回到驿馆，驿丞早已候在门口。见他们回来，忙迎上来道："贝勒爷，扬州粮道寇明辰时已经来了，在花厅那边候见呢！"

两个人一前一后进了正厅，长随们刚刚张罗好点心茶食，便见西角门一个官员，穿着八蟒五爪的袍子，罩着雪雁补服，头上戴一顶蓝色涅玻璃顶子一晃一晃走来，在阶前一甩马蹄袖，高声报道："赐进士及第，钦命扬州粮道正堂臣寇明叩见贝勒爷！"说罢叩下头去。胤禛啜着茶答道："进来吧，不必拘礼。""谢贝勒爷！"寇明起身又打个千儿，方小心翼翼挑帘进来。

"坐吧，谅你也没吃饭，这点心随便用。"胤禛手一摆，对站在一旁的戴铎道："你也坐——寇明，粮食三日内能起运么？"

寇明拿捏着刚刚坐下，忙欠身答道："回爷的话，职道正为这事犯愁呢！粮食有，就是现筹，市面上斗米三钱，要多少有多少。不过海关道的银子过不来，这个饥荒不好打的。求四爷催着海关道那头早点发银，就是体恤下官了。"胤禛漫不经心地拈起一块点心，却不吃，半晌才道："海关那头我催了几次了。他们受海关总督魏东亭节制。我前日已经移文总督衙门，叫他立即批银。只在早晚银子就过来——这是借用，终归还由户部出银子，你只管放心。"寇明赔笑道："爷圣明！不过如今银子没来，一下子凑不齐十万石米。只能把库底儿都叫四爷运走，大约五万石的样子吧。下余五万石得等银子。我已经下令，所有存粮大户、米栈均按现时米价平粜国库，不得借机哄抬，不得囤积居奇，不得擅自外运。三月中银子一到，职道亲自押运送桐城钦差行辕，不知成不成？"

"你办事尚属尽心。"胤禛瞥了一眼寇明，起身囊囊踱了两步，站在门口隔帘望着院外，良久方道："扬州也有两万饥民，我今天人市上看了看，心里很难过——这也得赈济，本来五万石就少，再留粮岂不更难？所以非买粮不可！""可没有银子也是枉然呐……"寇明喃喃说道，"扬州府要能出点钱就好了。"

戴铎在旁笑道："就是这个话，叫车铭拿几个！"寇明苦笑着摇头，说道："不过说说而已，前月车铭还找我衙门借钱来着！我说扬州是个放屁油裤裆的肥缺，你借着藩库七千银子，还要打我粮道的主意？他说是修文庙，我一打听，满不是那么回事儿——他是给三——"他突然觉得说过了头，装作吃茶掩了过去。胤禛却听得句句在心，因见高福儿带着一身新装的翠儿进来，只点点头，偏着脸笑道："你说半截话儿叫四爷猜谜儿么？"

"回贝勒爷！"寇明突然红了脸，变得有点狼狈，"听……听说是给大学士揆叙送冰敬①——还有，还有——有个叫孟光祖的，是三贝勒府的，住在南京，也要点缀点缀……四爷……其实这些事下官只是风闻，只是风闻……"他说得收不住口，竟慌乱得不知如何是好了。

胤禛不禁倒吸一口冷气，想不到车铭身后还有这么大的背景。揆叙是号称"大千岁"的皇长子胤禔的舅兄，这也还罢了，且又是八阿哥胤禩的门下心腹。八阿哥胤禩人称"八贤王"，与九阿哥胤禟、十阿哥胤䄉并称"三杰"，纵横交错、荣枯与共，若论在六部势力，还在太子胤礽之上。就是孟光祖的主子三阿哥胤祉，"圣眷"也远在自己之上……这位寇明害怕搅进阿哥们的倾轧之中，自也是情理中事。胤禛想着，冷冰冰打断了寇明的话："你不必说了，我已知道你的难处。好嘛！国库里只有五六千万两银子，抄明珠（揆叙之父）家一抄就是七兆！——揆叙也是富可敌国的人了，还这么搂钱！真正是城狐社鼠！——告诉你，他是铁公鸡，我有钢钳子，拔毛是四爷的宗旨，银子，非叫扬州府拿不可！"

"是是是！"寇明揩着脑门上沁出的汗连声答应，心里暗赞："怪不得人说四爷是'铁石心肠冷面王'，真是名下无虚！"口中却道："四爷知道下官苦处，下官感恩不尽！"

胤禛冷笑一声道："我当然不让你为难。你去见见车铭，我们说的这些一概不提。只说四爷叫他出两万银子孝敬灾民——要舍饭，开粥场。你听

① 外任官给京官夏天送的常例银子谓之"冰敬"。

仔细：饭，一日两舍，插筷子不倒，毛巾裹着不渗，凉饭团子要手拿着能吃。扬州府地面不许饿死一人，拐卖儿童的拿住要宰几个——我还有三日在扬州，他要给我办不下来，我就请王命旗牌先斩了他再奏朝廷。就是我回桐城，也要留下人看他办这差使，违我的令，他依旧身家难保——不要想什么这阿哥那阿哥，胡思乱想没好处，我手中尚方宝剑就架在他脖子上！"

寇明早已汗透重衣，站起身来，胤禛说一句，他答应一声"是"，又道："四爷菩萨心肠，这是成全卑职，也是保全车某！"

"你照我的原话说，说了没你的事。"胤禛慢悠悠说着，轻轻拉过翠儿，抚了抚她的头发，"你看看这孩子，这么一丁点儿，爹娘都死在洪水里……饿成这样儿！民为国之本，防民之变甚于防川！你也是读书人，应该懂这点道理——回去寻一本《柳河东集》，读一读《送河东薛存义序》——去吧！"

待寇明诺诺连声却步退去，胤禛方回过脸色，坐了椅上，温和地问翠儿："吃饱了么？换了这身衣裳，体面多了吧？"翠儿含着指头一直在痴痴地听。她年纪幼小，大人们的话多半不懂，但胤禛说的"舍饭插筷子不倒""不许饿死人"却都懂的。凭直觉，她感到这位威严冷峻的"大官"是好人，见胤禛对她如此温存，眼便红红的，渐渐有了依恋之心，便道："老爷，从没吃这么好的东西。狗儿坎儿哥都撑得打嗝儿，商议着要出去玩呢！"

"他们去了么？"胤禛问高福儿。

"这两个小子野得很，又怕他们去了不回来，奴才没放他们走。"

"叫他们去吧。"戴铎笑道，"他们是冲翠儿才来的，做什么一去不回？怕他们出事，跟个人就是了。"

翠儿一听笑了，说道："这个爷说的是。我在这，他们不会跑。我们自小一处出来，我落到人贩子手里，不是他们护着，早叫卖到秦什么淮楼了——出事更不会，狗哥外号'缠死鬼'，坎哥外号'鬼难缠'，哪个有亏给他们吃的？"

"缠死鬼，鬼难缠！"胤禛仰天大笑，"真真是好字号！——高福儿，叫他们出去玩玩，别惹事，天黑前回来！"

　　胤禛一番敲山震虎十分见效，三日之后，寇明五万石糙米备齐。因漕运淤塞，一律装了挡车，共分四百多乘，浩浩荡荡由旱路北运。胤禛自乘的是辆骡车，因向北天气尚寒，依着戴铎的意思，要在轿车外头套上挂绸呢套儿，又暖和又展样大方，合着阿哥身分。胤禛却不想惹眼，只套了个纳象眼（斜方胜）的棉围子。戴铎高福儿知他素性，谏也无益，只好罢了。

　　车过宝应，便进入黄泛区。这里似乎早已没了人烟，一望无际的沙滩，到处是洪水过后留下的沼泽。二月青草刚刚出芽，黄沙滩上满是去岁秋天的枯茅，乱蓬蓬的在料峭春风中丝丝颤抖着低吟。马踏沙陷，走得十分艰难。高福儿、戴铎骑着马前后照应，护粮的军士时不时地还要帮车把式扳陷到泥淖里的车轮子，一天也走不上三十里地。沿途村庄也都荒落不堪，壮年青年早已远走高飞，只留下一些饿得满脸菜色的老弱妇孺。胤禛因命就地赈济，一路走一路分粮，更是忙上加忙，待入淮安境内时，大约分出去有两千多石粮。

　　“总算快出这死沙滩了！”这日傍晚，累得人疲马乏的车队停了下来，高福儿拖着沉重的步履，到胤禛车前禀道：“四爷，今儿恐怕还得在这露宿一晚。”胤禛手里拿本《金刚经》，正饶有兴致地看翠儿和坎儿解绳交儿，听高福儿说话，挪着颠得发木的身子下来，望了望懒洋洋落下沙滩的太阳，问道：“到了什么地方？”话犹未及，坎儿狗儿“噌”地跳下车来，坎儿笑嘻嘻道：“这原来是个渡口，如今淤平了。”翠儿扑着车辕子说道：“我跟爹到这讨过饭，叫桃花渡！”

　　“桃花渡！”胤禛的神情突然变得有点亢奋，目光一闪，呼吸也有点急促，半晌方平静下来，长吁了一口气，“好美的名字！”高福儿笑道：“是桃花渡……这地方爷来过……”他顿了一下没往下说，却改口道：“再往北三十里就上官道，路就好走了。”说着，戴铎也赶上来，笑道：“也亏了四爷是个好静的。要换了十三爷，这半个月的黄泥沙滩地，早闷急了！”

　　胤禛不言声，蹲下身子扒了扒脚下河沙，半尺下去，下面是黑黝黝的熟土，一望可知，原先都是良田，不由叹息一声，说道：“王孙公子处繁华世界绮罗丛中，不到此不知人间之苦——可惜了这地……”因命众人起灶野炊，就荒滩上搭起帐篷过夜。

　　太阳落下去了。广袤无际的天穹，一层层粉红莲瓣似的晚霞在袅袅炊烟中渐渐暗下来，篝火舔着黑红的焰儿，吊锅里的猪肘子散发出扑鼻的肉香，那条叫芦芦的狗偎在狗儿怀里，馋得伸着舌头流哈喇子。胤禛见大家团火而坐默不言声，知道是因自己在场之故，却不肯放纵了戴铎和高福儿，只对三个孩子道："你们怎么也都闷坐着，有歌没有？唱起来！"

只一句话，孩子们立即兴头起来。狗儿从怀里抽出一支笛子，舔舔嘴唇，略一试音，沉浑颤抖的笛声立即破空而出。坎儿笑道："我先来一个！"于是扯着嗓门儿唱道：

> 姐在对岸也不远啰，弟在这边也不遥。
> 两岸相对人烟出嘛，只隔青龙水一条！

胤禛听他五音不全地唱"情歌"，不禁哈哈大笑，拍手儿喝彩道："好！谁再来一个！"坎儿未及开口，翠儿却唱道：

> 我想娘！娘在黄水第几浪？忍心撒手登天去，撇下娇儿走四方……日也想，夜也想，梦里醒来哭断肠……

声虽嫩稚，清清亮亮从心泉涌出，翠儿是动了真情，眼中滚动着泪珠。狗儿吹着笛子嗒然闭着眼，似乎什么也没想。坎儿低下了头，说道："死的死了，活的还要活，你尽爱唱这些，叫人听着恓惶。"说罢，双手抱膝唱道：

> 天老爷！我要与你打冤家！人说你能降福祥，亲娘饿死荒郊外，孝子干看没办法！人说你能降灾殃，只见炸雷击老牛，甚时猛虎被天雷打？西施配了王老麻，六十岁老翁娶娇娃……人都怕你我不怕——你怎地糊涂一锅粥，吃我们香火做嘛？

唱罢，笛声呜咽而止。许久，谁也没吱声，只篝火中柴草噼啪作响，火焰一蹿一蹿照着众人沉思的面孔。

胤禛端坐在龙须草垫上，像一尊铁铸的雕像一动不动，他低着头，人们看不清他是什么神情。许久，胤禛方欠伸了一下，他的嗓音高得有点沙哑:"唱得极好。回北京要能见邬先生,请他润润色,该让皇上和六部的大官们都听听!"说罢,略一沉思又道:"你们想听故事么?"

"好啊!"三个孩子欢呼雀跃,坎儿道:"讲个孙行者取经!"狗儿却道:"那都听俗了,什么趣儿?还不如讲鬼!"翠儿捂着耳朵道:"你们是鬼难缠、缠死鬼,我怕听,我不要听鬼!"

胤禛淡淡一笑,道:"不说鬼神。我这人信佛,没有坎儿的胆量亵渎天地,我讲个真事吧。"他用棍子拨了一下火,使自己镇定了一下,开始说道:"记不清哪朝哪代了,有个皇帝生了二十多个儿子——"

"我的妈!"翠儿道,"这么多兄弟?"坎儿忙道:"别打岔!没听鼓儿先说文王爷一百多儿子呢!"胤禛点点头:"里头有个儿子,生性最胆小仁慈。地上的蚂蚁他舍不得踩死,蛐蟮也把他吓得往后缩,在皇宫里捉到耗子也不愿弄死,怕老耗子死了小耗子没法活。"听他说得有趣,几个孩子都咧嘴笑了。戴铎和高福儿却对视一眼没言声。胤禛说道:"你们知道,既是龙子凤孙,就要帮皇帝做事。管天下,好人要赏,恶人要罚要杀,这种性格儿怎么成?况且这群儿子自小长在皇宫,没见过世面,不晓得民间老百姓怎么过日子。老皇帝想想,就叫儿子们都出去办差使。这个儿子分到淮安来视察黄河淮河。

"当朝皇子坐镇淮安,下头的官儿自然都来趋奉。上到节度使,下到州县官,整日围着一大群巴结。这皇子自己也经心,眼见办事顺手,下头人见自己像亲爹似的听话忠心,皇子觉得本事大了不少,禀了皇帝说这儿的官都是朝廷栋梁,皇帝自然也高兴。

"不想那年黄河发了大水——你们晓得什么叫羊报么?黄河上游有个青铜峡,大禹治水时在那立了个铁旗杆,上头刻了分寸。青铜峡水涨一寸,下游水涨一尺。为叫下游知道青铜峡水势,用羊皮吹胀了,找不怕死的好汉缚在上头带着写了字的竹签顺河漂下,叫下头的人知道了好预备着护堤,这年上面漂下的羊报,青铜峡水涨三尺!"

狗儿吓了一跳,闪着眼道:"天!那咱这就涨三丈,淮安城要漫了!我记事那年就漫过一回!"

"就是这个话!"胤禛沉吟道,"那年下游也下雨,已经连阴了半个多月。这天,雨下得格外大,眼见倾缸倒河似的,怕这城难保,皇子命衙中官员备船，他只带了一个长随到城西，想看看河堤到底有指望保住没有。"

"天上的云厚极了，正晌午时分，黑得像锅底的天上吊着墨线一样的龙尾，一缕缕摇摆着，云缝里掣着闪，有紫色的，有金黄色的，还有的像火球一上一下跳着炸开……那雷一阵紧似一阵，震得城楼都打颤儿。"翠儿浑身机灵一个冷战，说道："您还说这位皇子爷胆小！这是龙发怒，还不快逃？"

"我还说过他心地仁慈。"胤禛的脸色多少有点苍白，"他喃喃祈祷上天，请免去这一城大劫。他的长随眼见黄河水崩卷了大堤，五尺多高的潮头轰鸣着，排山倒海般涌来，惊叫一声：'主子快走，回衙门上船！'也不管这皇子答应不答应，拖起皇子上马就跑……就听满城的筛锣声'大水漫了南城门，快跑呀！'接着就听南边'轰'的一声，城墙倒了。洪水灌进了城，到处都是人哭狗叫。房倒屋塌卷起的尘埃在大雨中漫起冲天黄雾。街上霎时已是四尺多深的水，连马也跑不动了……雷声、雨声、河涛声，一栋接一栋的房子倒塌声混成一片，天色黑暗如夜，雨水又迷了眼，什么也看不见，什么也听不清，天地都搅成了一团！"

"主仆二人弃马，蹚着齐胸的水总算回了衙门，都松了一口气——只要上了船就不怕了——谁知一进门两个人都惊呆了，拴在仪门上的大官舰早已无影无踪！这些个平日满口忠君爱民的士大夫早已解缆逃之夭夭，连主子都不管了！"

"满院的水哗哗地回淌着，空落落没一个人。他们抓了个漂在水上的梯子想上房顶。忽然那仆人想起来，签押房前有个种睡莲的大鱼缸，连忙去把缸从水里弄出来，倒空了，抱着皇子放声大哭，说：'主子，上房只能顶一时，这些没天理的黑心贼未必想着来接咱们……好主子，你坐进去，我扒着缸沿，咱们顺水漂……老天爷眼在上头，就看咱们的命了……'"

听到这里，戴铎悚然而悟，他想起高福儿说的康熙四十三年与胤禛死里逃生的事，只没有胤禛说的这样细。高福儿已听得眼睛发直，好像又回到当年那可怕的生死劫难中，许久，才叹道："主子怎么又说起这故事儿？怪瘆人的，后头的就别讲了吧。"坎儿瞪着眼道："正说到节骨上，你怎么不叫讲？我爱听！"狗儿也道："岳王爷不也坐水缸逃过命？大难不死，必有后福！"翠儿仿佛还浸沉在故事里，忽灵灵闪着眼问："爷，那太子爷逃出去没有？"

"他不是太子。"胤禛苦笑了一下，"要是太子，那些混账官不敢私自逃命……他们在水里漂了两天两夜。倒没饿着，河里漂着能吃的东西不少，南瓜、柿子、茄子什么的都有，偶尔也漂下个馒头窝头。只是皇子坐在缸里，晕得不知东南西北，吃点东西就吐；那仆人呢？扒着缸沿，累得筋疲力尽，几次打盹儿松了手，都是皇子用手拉了回来。"

"两天后，缸漂到了岸边，两人一上来，念了一声佛，顿时天旋地转，都晕倒在沙滩上。"

"再醒来时天已黑了。皇子睁开眼，只见床前一张破桌子，上头点着盏油灯一悠一忽闪着。一个老汉闷头坐在凳子上抽烟，还有个十七八岁的姑娘捧着碗姜汤，呆呆地看着自己。皇子动了一下嘴唇，刚想说什么，那女孩子惊喜地喊了一声：'爹！他醒了……'接着就见那仆人进来，扑通一声跪倒只是磕头：'多谢您老人家救我们！必定补报您的恩……我们爷——'他看了皇子一眼，没敢说出他们的真实身份。皇子欠身坐起，说：'我叫王孙龙，请教老人家贵姓？你们这么厚道，天必定保佑你们！'"

"'我们算什么"贵姓"，姓黑，乐户家籍。'老汉满脸皱纹，叹息一声说，'祖上造罪儿孙赎，积德也是为自己——救你的是我的二女儿小福，去借米还没回来，这是我的大女儿小禄……'说罢又叹息一声，不言声起身去了。小禄忙着把窝头拿来，说：'四面是水，没盐没菜的，米也未必就借得来，将就着吃吧——爹也是的，救人一命，胜造七级浮屠，就吓得那样儿！'皇子精神好了点，灯下看小禄，容貌虽不是绝色，却透着恬静俏丽，说话也爽气，不禁问道：'这有什么怕的？'"

"小禄端一碗野菜汤，招呼皇子主仆吃着，一边说：'不瞒你说，我们家祖上在前明永乐爷靖难起兵坏的事，改姓黑，成了贱民，朝廷有旨，代代只许族里卖唱，当吹鼓手，戏子，扎纸人纸马，当挽歌郎、媒婆、稳婆……帮人家婚丧娶嫁……已经三百多年了。这三百年里头，一代一代的，出了九十四个节妇，还有两个烈女——一个替父亲吃官司流配死到黑龙江，一个没过门死了男人，她也寻了自尽。五年前一个什么太尊爷听说这件事，又查了族谱，说难得这样的贱籍，没有卖身的还出节妇！可惜不够一百个，说满了这个数他就要拜本上奏，为全族脱籍，之乎者也了一大堆。总之是族里订了死规矩：节烈女子不满百，谁家要在这上头出了事……' 她忽然脸一红，啐道：'和你说这些做什么？' 皇子笑着说：'是你自己要说的嘛！' 小禄听了，拿了个窝头就出了外间。"

"一时她又进来，却端着一瓢米，还拿着鸡蛋大一块盐，不言声在案板上碾碎了，捏了一点放在皇子碗里，把米放在灶上，怯生生看了皇子一眼，掰了半个窝头，蹲到灶下一边小口吃着添柴烧锅。皇子笑着说：'你怎么不喜欢？别恼，是我的不是。' 她没答话，只疑惑地看了皇子一眼，忽然抿嘴儿一笑，又低头烧柴。皇子正奇怪，门外又进来一个小禄，手里拿着个洗干净的萝卜，利落地切着，一边笑说：'你们福气！我打量借不来米呢——你们不知我这妹子，不会说话，人缘儿好着呢！'"

众人这才明白，前后进来的不是一个人。坎儿笑道："哈！这是一对双生姊妹！"戴铎从没见过胤禛有兴致给下人讲这么多话，这些话传出去叫别的阿哥知道，没半点好处，因见肉煮熟了，一边用筷子捞出来，先切一块捧给胤禛正要岔开话题，坎儿淋淋漓漓啃着肉，又撕着喂芦芦，眯着眼笑道："四爷，您不用讲了，我都知道了！"

第四回　桃花渡口故地寻旧
微服皇子误宿黑店

胤禛素来厌荤，只吃了两口肘筋就不吃了，听这个一脸迷糊相的小鬼头说话，擦着手笑道："小猢狲，你忒是伶俐过头了，你知道什么？"

"这种故事鼓儿摊上我听得多了！"坎儿塌着眼皮睁也不睁，饶有兴致地啃着猪蹄，说道："您不过讲得过细些就是了。公子落难小姐相救，您改成皇子落难民女相救，下头必定皇子爷瞧上了小福小禄。族里不依，把皇子整得七死八活。皇子爷跑出去，发兵来到这地方儿，救出这两个娘们儿，收了做老婆。然后回京，把那些坐船逃了的马屁精、尖头虫官儿一个一个砍瓜切菜般弄掉他们吃饭家伙——可是不是的？"

胤禛怔了一下，忽然觉得今晚自己有些失态：当着这些人讲这事干什么？他咬着细白的牙笑了笑，不再言声，拨着火沉思，良久，才吁一口气道："积郁的太久了，随便说说而已，何必一定问到底？""四爷真是的！"坎儿说道，"你说个半截故事，今晚我们还睡得着么？"胤禛笑道："你们只猜对一小半。皇子只是和小禄相好上了，倒也没人知觉。水退之后，他憋了一肚子气回京，要拿问那干子龌龊官儿。不料一查问，天照应那只船叫漩涡卷了进去，一个活的也没留下。"

"这就完了？那小福小禄呢？"一直浸沉在故事中的翠儿盯着胤禛问道。

胤禛深深低下了头，许久许久才说道："小福小禄后来怎样，我也不知道。我编这故事只是想说，世上的事和鼓儿词里说的并不是一回事……要真想知道，等我编好了再给你讲。"几个孩子眨巴着眼，意思还想问，戴铎却道："天晚了，明儿还要赶路，早点歇了吧。"说罢便替胤禛张罗着往沙滩上铺毡，狗儿坎儿也只得快快自去收拾行装。

但这夜胤禛失眠了，躺在毡垫上望着墨蓝色的天空和繁星出神。高福儿深知他的心事，守在旁边轻声道："四爷，您走困了，心里别想事，一会就睡着了。"胤禛没吱声，反倒坐起身来，因见戴铎也没睡，便道："你也没睡？这三个孩子倒好，都睡得齁齁的了——童心，童心不可再得呀。"戴铎笑道："爷不睡，奴才怎么能入睡？爷睡不着也别急，只想着明儿车上能睡个好觉，一会儿就睡着了。"

"明儿我们分道走。"胤禛抱着膝头道，"我便装带狗儿坎儿走西路，去看看上游高家堰黄河大堤。你们押粮车去淮安，然后在桐城会齐。"戴铎和高福儿惊讶地对视一眼，都没敢驳回。戴铎赔笑道："既这么着，我带几个亲兵护送四爷。"胤禛仰着脸想了想，叹道："可惜性音和尚没跟我出京。有他在，就用不着你蛇蛇蝎蝎地安置了——我想微行，带那么多从人……"言犹未毕，坎儿一骨碌翻身起来道："这儿到高家堰一天的路，过了高家堰一马平川都是人烟。我和狗儿打包票四爷出不了事！"胤禛笑道："是这话，这千里赤地过大水，还会有剪径的蟊贼不成？我们小心一点就是。"戴铎高福儿虽觉不妥，但胤禛秉性言出如山无可违拗，当下不敢回话，两个人装作小解，到远处密议了半晌，决定由高福儿带十个戈什哈遥遥尾随，暗中保护，这才放心回来。

第二天一早，胤禛带着狗儿坎儿，牵一头健骡驮行李，一匹马胤禛自骑了，带了一只昨日途中射死的狼，离开了粮队，溯黄河故道迤逦西行。胤禛在马上手搭凉棚极目望去，但见沙丘连亘直追天际，哨风在沙滩地上卷起黄漫漫的雾障高接云天，衰草树枝挂着干河藻，断垣残檐丢弃在只露出屋脊的沙窝中，远近不见一个村庄人烟，愈走愈是荒寒，一种悲凉之感油然而生。胤禛虽口说到上游看堤，其实他自己晓得，高家堰以东连遭洪水漫灌，治河能臣靳辅陈潢在世修造的水利设施早已荡然无存。他存着一线念头，是听高福儿说禄儿身上有自己的遗子，曾在高家堰左近的何李镇住过。他在子息上甚是艰难，四个儿子有一个还夭折了，身边的弘时弘昼弘历还没出过花儿。要真像高福儿听回来的"大胖小子，正出花儿"，那要作践了真太可惜。狗儿坎儿都在孩提之间，正是混沌未凿天真率性的岁数，尽自聪明伶俐，却领略不到他这番心思，一路牵骡子赶马，踢飞脚打沙仗，追逐嬉戏，毫不知疲倦，猴得寸草不生，没片刻安静。胤禛有这两个小鬼伴着，倒也免了旅途寂寞。

看看行至离何李庄还有十里之遥，天色已过申牌。远远一处高埠，杂树丛生房屋错落，夕阳下乌沉沉的，像一只反扣着的锅压在沙滩上。因此地就是黄河改道向北的岔口，隐隐还能听见黄河闷啸之声。

"四爷……您？"坎儿见胤禛盯着前边一动不动，脸上似喜似悲，不知何故。

"你们不是想知道那故事后来么？"胤禛语气浊重得叫人心里发瘆，"孩子们，这里没人，我告诉你们，小禄就死在前面那棵老柿树下……"

两个孩子顿时瞪大了眼，仿佛不认识似的看着脸色苍白的胤禛。不知过了多久，坎儿才道："老天爷！原来那个皇子就是四爷您！"狗儿嗫嚅着问道："她……她是怎么死……死的？"胤禛没有答话，仔细打量柿树老丫，上前抚了抚——那里还残留着一片烧得焦黑的树皮。

"烧！烧死的！"狗儿和坎儿一下子明白了，打心底泛起一阵寒意，浑身起了一层鸡皮疙瘩。

"对，烧死的……"胤禛突然眼中涌满了泪水，压抑着浑身都要沸腾的悲愤，尽量平静地说道："我就在那边，一片青纱帐里，眼睁睁看着……"

两个孩子全都惊呆了，眼睛直直地盯着那块烧焦了的树皮，坎儿双手紧紧抓着马缰绳，狗儿脸上睡意全无，两只手捏得紧紧的，全是冷汗。

"这下边原是打麦场，那边是个池塘，池塘南边是望不到边的高粱地。"胤禛浑身都在瑟缩，仿佛又回到那个可怖的夜晚："我为寻小禄独身赶到了何李庄，正赶上族里处置小禄。就在这老柿树下，临时搭着个土台子，台上张着灯笼，架着柴垛。几个族丁举着火把站在两边。小禄头发披散着，五花大绑就站在坎儿站的那个地方，垂着头，看不清脸色。台下黑鸦鸦上千的人默默无言地盯着她，一声咳嗽也没有。我好像做噩梦似的大睁着眼盯着她，眼前一片模糊，只听身边高粱叶子凄凉地摇着，响着……"胤禛目中闪着鬼火一样的光，两个孩子从未见过他如此狰狞可怕的面容，竟不自禁栗栗颤抖。

"过了一会，"略一顿，胤禛又道，他的声音带着金属撞击样的颤音，"一个管家模样的人端着族谱上台，转脸大声说：'族长五爷训话！'气氛顿时更加紧张，人们一齐抬起了头，几个小孩吓得要哭，都被母亲紧搂在怀里。"

"我的心都快要跳到腔子外了。直着眼看，一个老者手里握着铜烟袋，摆着方步上了台。我在庄上住两个月，平日这老爷子举止文雅、面目慈祥，极受族人敬仰的，但今晚神情却大异平日，铁青着脸，阴沉沉扫视着众人，半晌才说：'几位老哥哥，全族的老少爷们！刚才在祠堂对着祖宗和各房管领的面已经把事情说清楚了。小禄出事，我也很难过——总是一支骨肉嘛！她的曾祖爷是我的堂兄，自幼交好。按着自己的心，宁可我跳河，不愿伤他的后代。但古人有训：千里之堤溃于蚁穴。为我们全族，只能下手毁了她……礼义廉耻，国之四维。什么叫"廉"？就是清清白白地做人；什么叫"耻"？就是切切实实地责心！她犯了这两条，叫人痛心疾首！'……"

"从班蔡贤淑到曹娥孝女，他讲了足半个时辰，老态龙钟下台回到主位，一手掩面，一手摆着：'把这败坏族规的贱人上火柱，向祖宗神灵赎她的罪！'"

"人群一阵骚动，女人在啜泣，小孩爬在妈妈肩头哭叫'妈、怕、回家……'有的男人在骂，有的不言声捂住了脸，老婆子们喃喃合十念佛……眼睁睁看着她被架到柴山上，我的心像被人猛揪了一把，双手一撑要站起来，却被一个人一把扯住，回头看，原来是高福儿暗中不知什么时候跟了来！他的脸在火光中也泛着青光，小声抽泣着说：'主子，别、别……皇上知道了不得……留得青山……'"

"说话间，火苗儿蹿起来了。把禄儿全身都罩在殷红的光里……她仰起了脸呆看着远处，这时我才看清她的面容，白得像一尊汉玉雕的仕女……头发散乱着，乌鸦翅膀似的飘荡着……直到烧死，她只是痛苦无望地扭曲着身子，连一声都没呻吟，一句话都没说……"

说到这里，胤禛已经完全控制不住自己，双手张着，疯人一样踉跄几步，发出嘶哑的狼嚎一样的声音，似乎在哭，似乎又在笑，扑地爬在柿树下，两只手交替死命地扒着，喊着："小禄，小禄……我的恩人，我的……你出来，你不要在这里……你显灵吧——呜……嗬嗬……我给你修庙……"狗儿和坎儿起初被他的故事惊呆了，后来又被他发狂一样的举动吓傻了，一直木头一样站着，此时方回过神来，见他如此伤情，也不禁放声大哭。

良久，还是胤禛控制住了自己，慢慢伏起身，向柿树磕了个头，对两个哭得泪人儿似的孩子道："起来吧，孩子们！人死不能复生，寂灭世界中小禄已经成神，我们还要活在世间……走吧……走吧……天黑了……"

狗儿和坎儿向树磕了三个头，默默起身，一霎间仿佛都长了十岁，牵着马和骡子，在黯黑的夜色中踽踽向何李镇进发。

何李镇是高家堰东最大的镇子。黄水决溃之后由此向东即四散漫下，下游其实已经没了主河道。只有此处因当年治河能臣靳辅陈潢处心积虑，精工修起一道凸形大坝，俱都用坚石磨缝垒起，水激之势在这高坝前被撞回折，保住了南岸西边数百里几十万顷良田。但大水过后免不了饥民暴动，加之灾疫肆虐，聪明一点的行商大贾殷实人家早已携了细软家财、老小人众逃往苏杭一带，当时称之谓"避嚣"，不过是躲灾的意思。加之南北水旱路隔梗不通，所以住户虽不少，却甚是萧索。胤禛三人来到庄边，早已是戌初时分，天色黑定。偌大一片镇子死气沉沉，家家关门闭户，黑魆魆的连灯火也极稀少，只远处偶尔一两声犬吠略略给人一点烟火气息。胤禛痛哭了一场，心境似乎平和了许多，因命坎儿去寻宿头。

坎儿连敲了几家门，里头倒有人答应。但一听是外地人过路借宿，立刻回说大堤上有客栈。再问，就不出声了。坎儿回来笑道："十里不同风，百里不同俗。真他妈日怪，你就开开门说两句话，也算个人嘛！"

"那还不是叫绑票的吓怕了。"狗儿道，"你把他门楼点火烧起，看他出不出来！"

胤禛因道："既然有店，何必打搅人家？咱们住店去。"他心里十分感慨：在北京听外官们表白，一概都是"熙朝盛治，河清海晏，家不闭户，路不拾遗"的话头，身历其境，才晓得都是些扯淡的套话，精致的马屁。嗟讶着三人向西南，果见镇外瞭高大堤上一闪一闪点着盏"气死风"灯，近前借亮儿看时，果见黑漆大车门上方粉底黑字写着"倚河临风"四字。当下三人在门口解装，一个麻脸伙计早提着灯笑嘻嘻迎了出来，一边帮着卸骡子，吆喝着：

"老白老侯！财神来了——快帮着卸装头！请马老掌柜的接客！"

一时便见两个人出来，一高一矮都在四十岁上下，也都满面笑容，帮着牵牲口拿行李。马掌柜打头提着串钥匙前头引路，口中不住念叨："阿弥陀佛！小店足有半个多月没住客了，今儿一来就是五位！爷们真是赏光！"

"五个？"狗儿一边走一边探头探脑地看，问道，"前头厢房已经住人了。爷，咱们住上房吧？"马老板忙道："上房两暗一明，正好三位安置，也好照应……"因见坎儿低头不语，狗儿开锁猴似的转悠着四处乱看，又道："东厢住的两个孝廉，也是后晌才到的。爷请安心先歇一会，待会儿弄点酒，算小人一点孝心。只不防今儿有生意，没有肉，菲薄了些儿，爷不要计较。"

说话间，东厢里两个客人也出来，一个穿天青风毛底绸夹袍，容长脸儿，一个穿一身浆洗得褪色了的蓝竹布襕衫，却是修眉凤目，十分娴雅俊秀。两个人大约也是涉越了黄河故道初到此店，见胤禛也是一脸书卷气，不禁微微一笑。胤禛因打一揖道："二位是赶北闱的么？"

"是的，他叫李绂，我叫田文镜。"容长脸儿笑道，"这一路千里荒沙，住店的寥寥无几，客中相逢文友极少，也算有缘。客人尊姓台甫，也是赶顺天府试的么？"李绂却显得有点矜持，向胤禛一笑算是见礼。胤禛寂寞多日，乍入人烟稠密之地，也愿意和人攀谈，因含糊答道："我也准备去北京。就是这话，相逢就是有缘，一会儿我们吃酒谈天，好么？"狗儿兴冲冲道："咱们有条狼，有肉吃，我们请客！"

一时安顿好，狗儿便在天井院开剥那狼，架起三叉铁架，把狼肉烧得"呲呲"作响，又要来酱盐姜蒜不住地抹擦，满院顿时肉香扑鼻。坎儿带着芦芦在上房铺摆了行李，把桌子安在堂间，去厨下看了看，见两把铜壶注酒，正在火上温烫，又满院悠了一遭，至狗儿身边道："不知东厕在哪儿。天黑，怪怕人的，你和我一道儿去寻寻。"因见马老板过来，便道："肉烤好了，你们只管先吃。一会儿酒烫热了我们两个把盏。"那老板笑着去了。

坎儿跟着狗儿抹过一段墙角，却见厨房就在南墙西角，隔墙外便是咆哮不息的黄河，河风吹来，坎儿不自禁打了个冷战，狗儿笑道："快三月天了，你还冷？"

"狗儿，"坎儿一边小解，压着嗓门道，"剩下的酱油和盐一会儿送厨房。你想办法把那两个装酒的大铜壶换个个儿。"狗儿笑道："这是什么主意？"坎儿系着裤子说道："叫你换你只管换！看着点颜色。奶奶的，今晚住到黑店里了！"

第五回　狭路相逢鬼魅相斗
　　　　　獬狳用智孩儿倒绷

　　狗儿吓得浑身一震，尿也止了，倒抽了一口冷气，半晌才道："你多心了吧？我看了字号宅基，是个百年老店！""这年头千年老店也难说。"坎儿的声音低得几乎听不见，"芦芦在中堂画底下乱嗅，我揭开看，像是擦过的血渍！还有，四爷的床下像有个砖槽，不是黑店，设这机关做什么？你看，外头就是河，人弄倒了隔窗户往外一扔……何其方便！"他冷笑一声，笑得狗儿身上起了一层鸡皮疙瘩。

　　两个人精獬狳急急计议一阵，"解手"出来，上房的人已经坐好。胤禛居中，马老板打横儿相陪，对面坐着田文镜和李绂，正有一搭没一搭说些科场门路的话。因酒未烫好，老板张着眼直催："钱老三，酒呢？快着点！"坎儿便蹭过厨下，果见那个麻子伙计正在捅炉子。坎儿道："劳乏你了，侍候主子是我们的差使嘛！来来老哥，我们那位兄弟给你预备着一块烧狼肝呢，叫他看火，咱们受用去。"钱三麻子哪里肯离窝儿？忙笑道："你们是客，我可没那福分……去吧去吧，酒一会就好！"狗儿见不是事，一瘸一拐过来，攒眉摇头一脸痛楚模样，说道："老钱，我的老寒腿毛病儿犯了，给咱弄贴膏药……哎哟……"老钱怔了一下，膏药是老店常备的药，说没有是不成的，想了半晌才勉强道："我给你拿两贴，守着火，看酒溢出来……"说罢忙忙去了。这边狗儿审量那两个大壶，一模一样，只壶盖一个是铜的，一个是铁的，便省了事，只换了壶盖，装作在旁拨火。钱麻子一霎工夫就折转来，看了看并无异样，因听上房又催酒，便从铁盖壶中倒出两壶，递给坎儿一壶，答应着"来了来了！"就送上去。

　　两个孩子暗透一口气回到院里火堆旁，坎儿小声问道："一把壶能斟出两样酒么？"

　　"桐城韩大老爷断王家店的案我去看过。"狗儿翻着膏药，小声道，"那壶从壶嘴到里头都隔着，壶柄有两个气眼儿，堵住哪边哪边就不流酒——啊！老钱，还有你两位，来，咱们梅香拜把子，都是奴才，在这吃酒听招呼吧！"原来钱麻子和老白老侯都过来了。

狗儿坎儿怀着鬼胎，一边招呼三个伙计说话，一边龇牙咧嘴地"品酒"，还要听上房动静，浑身机关都不敢松懈，三个伙计一边陪这两个孩子说闲话，一边招呼上酒，一边等着药性发作，也是不敢半分差池。因听胤禛问老板："我有个亲戚，叫小禄，大前年发水逃到这里的田大发家，还带着个刚满月的孩子，不知你们这里有没有叫田大发的？"

"逃难的人海着啦，携儿带女的也不少，哪里都记得？"马老板笑道，"田大发这人倒是有，不过河神爷发水那年春就死了——慢着，我想起来了，是有个女的抱着个孩子投奔他来着，要了几天饭，叫什么名字就不知道了。"

胤禛目光霍地一亮，问道："后来呢？"马老板笑道："谁能留心这些个，后来大概是走了呗！"胤禛的目光黯淡下来，良久才转脸问田文镜："你方才说的倒也直爽，你这个孝廉竟是花钱买来的！这次进京，大约又要撞哪位大老爷的木钟了？买个贡生不知什么价钱？"田文镜喝得红光满面，笑道："贡生花不了几个，大约千把两就成了——只殿试这一关难过，马齐、张廷玉中堂这些门路极难走，要没一点真才实学，万岁爷那一关也是过不去的。"胤禛嫌狼肉粗糙油荤，只拣清淡的夹着，沉吟道："我就弄不懂这里头的学问，卷子是密封的，又不准做记号，考官就辨认得出是花过钱的？"

"看来尹兄不通仕路啊。"李绂酒量不豪，小口品着笑道，"这只要事先商量好，八股文头一股里必定用哪几个字，考官一看就知道了。"

"万一考官收了钱，又临时赖账，取不中可怎么办，岂不白填送了银子？"

李绂若有所失地笑笑，说道："这里边的路子是一套一套的。如今哪有这样的傻子，拿了现银去贿赂考官？都是打的欠条。比如说甲子年的闹场，借条里写：'现借××老大人白银五百两'，落款是'甲子贡生×××'。取中了，凭条要银，取不中，那这位×××就不是'甲子贡生'，考官也不敢拿这种条子索银的。"胤禛仰着脸想了想，果然有理，不禁大笑，说道：

"魑魅魍魉捣鬼有术！"一边劝酒，一边笑问李绂："足下精通此道熟门熟路，看来也是要买个进士了！"

"我么？"李绂自矜地一笑，"我大概无须如此。就是卖官，也要有几个装门面的，全都取些白痴，考官向上也不好交代。不瞒您说，我十五进学，十八赴鹿鸣宴，都取在第一，大料京闱也不在话下！"他看了看田文镜，又道："如今吏治昏暗，已不能单凭看是否花钱断定文品优劣，就如田兄，家中有钱，破费几个给考官以求进身，为朝廷效力，也不能说就是无志之士。像我这样贫寒的，只好一刀一枪凭文章取功名了。"说罢低头叹息，言下不胜感慨，田文镜只咬着牙不言声，胤禛想到国家吏治败坏至此，也是暗自嗟叹。老板见冷场，忙道："酒凉了，来，请诸位干一杯，不知可对爷台们的脾胃？"胤禛吃了一小口，点头道："甚好。"

"就是曲下得重了点，有点药味。"老板见药力发作如此之慢，早已又着急又奇怪，倒渐渐觉得自己头晕目眩，身软难支，又尝一口，愈觉不对头，舔嘴咂舌地直皱眉头——却哪里知道狗儿坎儿在厨下做的手脚？——眼见"毒酒"毫无效用，几个人兀自没完没了地兴谈，待了一会更是头昏难忍，便跟跟跄跄起来，拿着酒壶到厨下，见三个伙计都在，也都一个个口鼻不正，几个人心知大错，嘀咕了几句，都用瓢勺着凉水大口猛灌。

狗儿坎儿喝酒吃肉猜枚耍子，眼见几个人着了道儿，用凉水解毒，忍不住偷笑。两个人对视一眼，起身到厨下，坎儿道："我们主子劳乏一日，又有了酒，一会儿安歇，得洗洗澡。你们多多烧点水，我们也洗，明儿多给银子。"说着两人把一个大浴盆合抬到上房东间，见几个人都醺醺然醉态蒙眬，狗儿便道："四爷，酒少用些儿吧，明儿还要赶道儿呢！"

一时人声静了，账房、库房和后院马厩都熄了灯，只有厨房灯亮着，坎儿和狗儿两个人用大盆将烧好的滚水一盆一盆只管往东屋里端，又在堂房拢了一盆火，将两贴膏药放在一旁烤。胤禛赤脚坐在床边，笑道："够了够了。只管端，滚烫的怎么好用？"

"爷消停一会再洗，"狗儿倒着水说道，"这屋里太冷，热水汽一蒸，连房子也暖和了。爷洗剩的水，我也想沾沾光儿，洗洗好贴膏药。"坎儿也道："我脚叫狼粪烫了，也想洗泡洗泡呢！"

胤禛眼见一时还不能洗，便趿了鞋到堂房取书。这边坎儿给狗儿一个眼风，狗儿走到床边，摸索了半日，口里笑说："把这鞋子提过去，当心一会弄湿了。"说着从靠墙一边抽出个小木栓——这是翻床板的消息儿——一头说，提起床框下死力猛地一翻！

果然不出狗儿所料，那床下立时闪出个大洞坑，竟真的有两个人并肩紧紧挤在里边，肩头都插着寒光四射的大片子刀！

这两个贼躲在床下，原是预备着客人不肯吃酒，半夜里好行事的。胤禛三人方才的话听得清清楚楚，心都懈了。陡然间被狗儿连床带板哗然翻起，煌煌灯烛下一个个愣得呆若木鸡，目光灼灼鬼魅一般——没等醒过神来，满满一澡盆滚水，足有五六桶早劈头盖脸灌下……可怜里边偏窄一个小坑洞，挤插着两个人，不能挪动无可躲闪，就似滚汤泼老鼠生生受了这一飞来大劫！坎儿低吼一声，抱着一床大棉被兜头捂了上去，用床死死压了。狗儿一声招呼"芦芦进来侍候"，那狗"噌"地便跳进来，踞蹲在大浴盆旁。

胤禛在外间听声音不对，正要进来，却见钱麻子也进来，问道："东房出了什么事，那么大的响动？"胤禛未及答话，狗儿已经笑着出来，说着："没什么，浴盆没支好，洒了些儿。"钱麻子喝了毒酒，兀自头晕，满腹狐疑地看了看东间，但见水汽冲帘缕缕而出，里边毫无动静，因道："那么大的响声，我还以为窗上花盆砸了呢！"

"没有的事。"狗儿向满脸诧异的胤禛看了一眼，拿起一张膏药道："我最不耐烦贴膏药！这又黏又热，贴上不好受。东家和那两位伙计呢？"钱麻子万不想里边已经网破露馅，想想那三个同伙兀自昏天黑地头疼难忍，便道："没事就好。他们有酒了，有事你们叫我侍候。这狗皮膏药——"

话犹未完，狗儿手一扬，将那张烧得滚烫流油的大膏药毫不客气"啪"的一声就贴了钱麻子个满脸花——一边笑说："这膏药最治麻子脸，贴好了你好寻个大美人儿做老婆！"钱麻子猝不及防受了这一下，连眼带鼻子嘴糊得个严严实实，跺着脚，脖子憋得筋绷起老高，扎煞着手挣扎了好一阵，两手拼命去扒那张膏药。狗儿哪里容得他缓手？"哏"的一声命令，芦芦冲帘飞蹿而出，一口就把钱麻子咬倒在地，两只爪子猛扑着，只一口就咬断了钱麻子的喉咙，那血，激箭般"扑"地喷出一丈多远。

胤禛脸色惨白如纸，呆呆看着狗儿坎儿行凶作恶，浑似梦中一般，连呼喊也忘了，半晌才道："你们这是？这……"

"四爷别怕！"坎儿掀帘出来，一头热汗淋漓，一边解着马鞍上的绳子，一边说："咱爷们晦气，今儿住了黑店！你进屋看看就明白了！"

胤禛电击般战栗一下，清醒了过来，一言不发挑帘进屋，只见大床翻倒在墙边，棉被褥枕都浸在热水里汪了满地，水汽罩得烛光都影影绰绰，床下大坑里歪倒着两个人，头皮都烫得剥落下来，连闷带捂，大约来不及挣扎就死了，都张着嘴，露着白森森的牙齿，十分狰狞可怖。胤禛半张着口，嗫嚅道："是……黑店？"

"一点不假，是绿林里有字号的，黑风黄水店！"

窗外一个阴森森的声音格格笑道："只没想我老马三十老娘倒绷孩儿，竟着了两个小杂种的道儿。"坎儿上前撕开窗格子纸看时，不由倒抽一口冷气：马老板和老白老侯三个不知什么时候已经到了檐下，都穿皂色紧身衣靠，提着刀。黑乎乎的，却看不清脸色。

屋子里三个人紧张对视一霎，狗儿"扑"地一口吹灭了灯，坎儿早已将贼的两把刀掣在手中。按狗儿坎儿的计谋，倒换药酒麻倒店中贼人，屋里收拾了床下强盗，至少能平安逃出这里，没想到他们返醒得这么快！胤禛又惊又怒，又有点懊悔：不该拒绝高福儿戴铎一片好意，连个从人也不跟。自己武艺稀松平常，坎儿狗儿尽自聪明，却是年幼力弱，只有一条狗略可支撑……这可怎的好？正没做理会处，坎儿凑到窗前看了看，大声说道："我说姓马的，你不就是要钱么？我们带的一千多两银子都存在账房。算我们倒霉，都送了你，你带银子滚蛋，我们各自走路。你知道，打墙不如修路，保不住有一日你上西市，刚好我是刽子手，活计给你做漂亮点，怎么样？"

"死到临头还要贫嘴？"马老板哈哈大笑，"你毁了我三个弟兄，岂能善罢甘休？你们可知道？住我这店有死无生，祖传手艺，到我手倒不了牌子！"狗儿笑道："失敬得很。大约你不知道，今日是黑白无常上门，煞星高照——他名鬼难缠，我名缠死鬼！黄河边上长大，水里的营生熟稔——你看你这房子修得多结实！有本事你就进来——想点火就点，就怕有人来救火！"马老板嘿嘿冷笑，说道："救火是人之常情，只是年头不好，这里的人胆小，没人敢出来也未可知！"

坎儿嬉笑道："想点你就点，你自烧自家房，与我们鸡巴相干！烧起来我们后窗跳下去漂河跑，对付着洗个澡也罢！"

胤禛原先乱了方寸，觉得上天无路入地无门，此时才知两个孩子天分极高心有成算，心头一亮，急急说道："我多少也会点水性，不要斗口了，咱们走！""我嫌水冷，"坎儿道，"不到万不得已不走那条道儿——喂，姓马的，听见鸡叫了么？天一亮，你这店关得死巴巴的，算什么？"

话音刚落，"哗"的一声响，窗格子被撞得稀碎，一个黑魆魆的大汉"腾"地跳了进来！胤禛惊得向后一跳，从靴筒中"噌"地抽出一柄雪亮的匕首，眼见那大汉挥刀砍来，将手一格，那刀戛然火花一迸，早已折为两段！

"芦芦！"

狗儿急叫一声，那恶狗浑身毛早蓬松炸起，就地虎跃拔地而起，一口咬住那人右腕，连衣带皮肉撕下老大一块，那人惨叫一声："老侯，掌柜的，狗厉害，快……"话未说完脖子上又着一口，老白尖叫一声就早没了声息！

此时正是黎明前最暗的时分，这一声惨呼凄厉无比，屋里屋外五个人都被吓得怔住了，对峙着许久不出声。

"晓得厉害了吧？"狗儿隔窗说道，"我若没个好帮手，就敢自称'缠死鬼'？今晚死在我芦芦口下的已经四个人，它已经身带七条人命——天子亲封'银牌芦芦'！"那狗听得主人叫它名字，"汪"的一声大叫，马老板和老侯在外边腿肚子的筋差点转过去……

正没做奈何处，店门"咚咚咚"被人擂得山响，接着便听高福儿躁急不安的叫骂声："快开门！他妈的，这是个什么店，门口连个人侍候也没有！死绝了么？"胤禛精神大振，未及开口，坎儿尖声大叫："我们的人来啦！高福儿，把门给他撞开——这他妈的是个黑店！"这下子马老板和老侯再不迟疑，两人暗中点头会意，从东厕那边"嗖"地越墙而逃，饶是芦芦蹿得快，只咬下了老侯一只鞋，接着便听大门吱嘎嘎崩倒，高福儿十一人已经冲门而入，霎时燃起火把，照得满院通明雪亮。

"高福儿！"胤禛一口气松下来，几乎瘫倒下去，忙把持定了，带着狗儿坎儿开门出至檐前，咬着牙吩咐道："前后仔细再搜一遍，看还有窝匪没有!"

"喳!"

接着便听众人嘈杂叫嚷着一顿混搜。胤禛吁了一口气,转脸对两个孩子道:"亏你亏你! 得你二人,不虚我江南一行!"恰高福儿赶来,他在四贝勒府十年之久,这个胤禛刻薄尖辣,御下最严,像他这样曾与主人生死患难的,也从未得过如此考语,不禁打量了这两个小子一眼,笑道:"四爷,贼是没了。东厢里两个书生刚解了绳子,还道我们也是强盗,吓得不敢出来。"

"是么?"胤禛一笑,说道:"快请过来。"

田文镜和李绂一前一后出来。大约下人们已经向他们说明了胤禛的身份,二人脸上没了惧怕神色,却又略带了点惶恐局促,走至阶前便叩下头去。李绂便道:"今夜得逃生死大劫,全亏四爷拔救! 李绂但有一线之明,定当衔环相报。"田文镜粗声说道:"四爷金枝玉叶万金之躯,天幸神佛相助,脱了大难。知恩不报非丈夫,四爷水里火里,但有使令,文镜皱一皱眉头,不是田门后代!"

"谢的话不必说了。"胤禛玲珑剔透的心肝,已听出二人攀附之意,只一笑,倏然收了说道:"今晚我得大于失。与二君一席长谈,知道宦途之中奸弊丛生,长了不少见识。我看二位才学尚在中人之上。好自为之,大丈夫取功名,立功社稷庙堂,其志固然可嘉,但功名二字,乃身外之物,只可直中取,不可曲中求——就此别过,你们自己去跳龙门,只要有真才实学,我们后会有期!"

狗儿坎儿愣着,听不出三个人话的意思,高福儿却不禁想:要是八爷遇上这两个书生,不定怎么往怀里拉呢! 想着,赔笑道:"四爷,这店怎么办? 要不要报官?"

"烧掉它!"

胤禛冷冰冰说道。他早已想到这里,朝中阿哥各立门派,自己的靠山太子胤礽也并不得意。自己差使里并没叫视察高家堰一带,只要一报案,就要立档,立时轰得满城风雨。兄弟们没事还要鸡蛋里挑骨头 蚂蚁身上榨油,不定编派出什么新闻呢! 想着又道:"二位先生,我们分手吧,但请严记,倚河临风店这一晚,说出去绝无好处——这便是临别叮咛。"

第六回　钝书生误投虎狼穴
　　　　奸翁婿设计谋人命

　　邬思道几经辗转艰难竭蹶赶到北京，已是过了端阳。自四月中旬以来，直隶仅下过一场透雨，这一个多月中虽也降过两次雨，只地皮也未湿尽，却是旋阴旋晴，潮闷得人气也透不得。北京城与开国之初已大不相同。九城之内大街小巷胡同里弄房舍栉比鳞次，加之人烟稠密，若不刮大风，城里连树梢也不动一动。此时漕运已通，一船船的西瓜、甜瓜、蜜桃、水杏各类水果，还有湖广商客贩进来的竹扇、蒲席、凉枕、竹夫人、金银花、竹叶、菊花、大叶青等解暑用品凉药，一到朝阳门码头，立即就被二道贩子们一抢而空。饶是如此，仍供不应求，东直门天天都有拉往左家庄化人场的，俱是耐不得热，中暑死了的。

　　邬思道风尘仆仆架着双拐，一步一踱在滚烫的地上踅着，来到正阳门关夫子庙东金玉泽家门口时，浑身已通被汗湿了。他在一个虎头铺首铁皮红漆门前停了下来，手搭凉棚张望了一下，见门边一个木牌，上面写着"内寓兵部武选司正堂金讳玉泽"，略一沉思，便上前用手叩环敲门。

　　"你干么？"一个穿着灰实地纱袍子的门房开了个门缝儿，上下打量着邬思道问道，"有这辰光敲门讨饭的么？"

　　邬思道这才看看自己这一身，月白竹布截衫上下油污汗湿，头发已一个多月没剃，长出寸许长来，被汗贴在前额上，脚下的鞋也绽了个洞，露出又黑又脏的"白"袜子来。邬思道不禁一笑，说道："你进去给金老爷传个话，我叫邬思道，刚从扬州来……"那家人略一怔，点点头道："你等一会。"便掩了门。

　　邬思道舒了一口气，把拐杖靠在门前"石敢当"上，坐在树荫下石条上，一边整理着邋遢不堪的袍襟，摇着毡帽取凉儿。对面不远就是一家汤饼铺子，凉棚下摆着一碗一碗的荆芥蝴蝶面、青蒜过水面、芥末凉粉。打着赤膊的人们围在小案桌前，一边吃凉面，一边摆龙门阵。阵阵炝锅的葱花肉香扑鼻而来，邬思道咽了一下口水，才觉得实是饿了。他摸了一下破烂的褡裢——钱，他有的是，五十两散碎银角子，还有一张一千两的龙头银票。只为路途贼盗多，他不敢露富——但此刻去吃，里头人出来招呼不雅，只好坐着干等。谁知足足半个时辰，那门竟毫无动静，邬思道又渴又累，饥火中烧，忍不住心头又气又恨，因起身来敲门，把铁环子扣得一片山响，引得面铺那边的人都向这边瞧。

"你这人真少见，失心疯了么？"

门"哗"地开了，还是方才那人，棱着三角眼恶狠狠道："刚才不是说过，叫你等一会，主子们都歇中觉呢！"邬思道不等他说完，劈脸啐了过去："呸！不长眼的杀才，我刚才也说过了，我是邬思道！你通禀一声，走折了狗腿了么？我几千里地来投亲，把我干撂到外头半个多时辰，是什么规矩？"

"投亲？"家人盯着看他半日，忽然喷地一笑，说道："我来老爷家有多年了，怎么没听说过？你是哪门子亲戚？八成是哪个庙里饿不死的野道士，来讹饭吃的吧？是里亲、表亲、丈人，还是舅子？"

邬思道气得浑身乱颤，看那家人一脸坏笑，恨不得一拐打将去。陡地生出一个念头：莫非姑父故意让这只恶狗挡道儿？眼见旁边闲汉们围过来，剔着牙瞧热闹，因冷笑着大声道："你支起狗耳朵，金玉泽是我姑父，我是他姑爷，就这么个亲戚，你通禀不通？"一句话惹得人们哄堂大笑，有的说："姑父的姑爷来了，还不快滚进去回话？"有的嬉笑："你家有这么个铁拐李姑爷，福分不浅！"邬思道逼视着那家人道："你是什么东西！你不通禀，我立刻就走，勿悔勿悔！"说着便要转身。那群闲汉便起哄儿：

"老丈人不见姑爷，要赖婚啰！"

"别走别走，走了就没好看的了！"

"哼，嫌贫爱富！"

"咦，邪门儿！金老爷女婿不是健锐营的党游击么？没听说他有两个闺女啊！"

"这老龟孙……"

正乱着，便听里边脚步橐橐，一个五十多岁的官员，头上戴着亮纱嵌玉瓜皮帽，穿着竹布漂白褂子，白皙的脸上八字髭须和眉毛画过似的漆黑，还戴着副水晶墨镜，慢吞吞踱了出来，问道："张贵，这是怎么了，大晌午的，还叫人安生一会不叫？"

"岳丈！"邬思道抢前一步，躬身说道："是我来了！"

金玉泽愣了一下，摘了眼镜上下打量了邬思道半晌，哈哈一笑道："是思道嘛！怎么落魄至此？也难怪家人，如今京里难民多，冒认官亲的，念秧的，拐骗讹诈的都有，是我叫门上守得紧些儿……快进来，唉……看看侄儿你，可怜见的……"说着便喝命："张贵，好生搀着你侄少爷进来！"

这是个两进的四合院，前院住着家人，过了穿堂，上房一溜五间滴水出檐，中间一明两暗是金玉泽夫妇住，两厢耳房低矮些，住着丫头仆妇。见老爷带着邬思道进来，几个丫头忙着便去收拾上房。金玉泽笑道："太太正歇响，进去不便，先去书房吧。"

"姑父，"邬思道随着进了西书房，落座说道，"自己姑姑有什么不便的，我还该先过去请安才是。"金玉泽一边命人给邬思道打水取换洗衣服，自坐着吃茶，出了半日神方叹道："思道，你还不知道，你那姑姑是个痨病底子，前年春弃我去了。如今这个续姑姑你也认得，原是三姨奶奶兰草儿，人本分，又能持家，就扶正了……你快说说你的情形。音讯一隔十年……要不是你左颊下那颗痦子，我还真不敢认了呢！"邬思道头"嗡"的一声，脸色顿时煞白：自己那个温馨和蔼的老姑姑，已经不在人世了！金玉泽后头那些话说的什么，竟一句也没听清。邬思道张着嘴"啊"了半日，陡的一个念头升起：莫非方才门口人议论表姐琵琶别抱的事是真的？心里忖度着，说道："我已残废，穷愁潦倒如此，有什么可说的？我离家十年，破产读书，原想东山再起出来应考，如今是万念俱灰。这次进京也没什么奢望，只想投奔姑父姑姑寻碗饭吃，想不到姑姑也奄然物化……人生是怎么说起？"说着，想起姑姑已在黄泉，不禁泪如泉涌。

金玉泽没有答话，低头叹息一声，起身踱着步子，良久才慢吞吞道："这是没法子的事，不说这些伤心事了吧……你大约还没用饭吧？大热的天，也得洗澡换身衣裳。我如今不比外官，应酬的事太多，不能多照应你。你如常些儿，只管安生住下来，你续姑姑很贤惠，不至于嫌弃你的。有什么需用，只用给张贵他们吩咐一下就成。"说着，摸出一块怀表看了看，珍爱地揣了怀里，起身道："皇上跟前的头等侍卫鄂伦岱今儿邀我去朝阳门外八爷府吃酒。你安置，我先去了。"说罢便走了。

邬思道见他绝口不提亲事，连表姐的名字也不提，心知自己疑得不错。但回头想想，自己是"钦案要犯"在逃十年，其间音讯两隔，另嫁他人原是题中应有之意。邬思道心里闷着用了点心，洗了澡，立在檐下看了看，日色已过申牌，夕照日头放着蜡白的光，大地上热气蒸腾，且一丝风也没，闷热得难受，便踅回身来，在竹凉椅上半躺了，摇扇子直摇得两手酸困才朦胧睡了过去。

"表舅，表舅……"一个稚嫩的童音在耳畔叫着。邬思道还没醒过神来，一块冰冷的东西在唇上搪了一下，激得他身上一抖。睁开眼看时，是个四五岁的小男孩，剃得趣青的头顶挽着个"朝天橛"，穿着宁绸撒花裤，戴着个兜肚，一脸的天真娇憨，胖乎乎的手里拿着一串湿淋淋的冰湃葡萄，正摘着往邬思道口里塞。

邬思道坐直了身子，笑着把孩子抱到膝头问道："真乖！你叫什么名字？"

"阿宝。"

"姓什么？"

"姓党……"

"唔，党阿宝，好！"邬思道咽下他塞进口里的葡萄，笑容可掬地问道："你叫我表舅？"

党阿宝笑嘻嘻指指上房，说："阿婆说的，你是我的表舅。阿婆叫厨上人给你做饭，做多多的好吃的给你！"

"阿婆！"邬思道脸上的笑容凝住了，心里空落落，乱糟糟，也不知想些什么，半日才问道："……你妈妈怎么不哄你，你爹呢？"党阿宝含着小手指说道："我们不兴叫爹，叫老爷。老爷跟外公出去吃酒了。妈——"他扭了一下脸，一个少妇正从二门进来，便挣离了邬思道，一头跑出去喊道："妈！你来接我了？我表舅在这里！你不是常讲表舅的故事么？他原来不会走路……嘻嘻……"邬思道向外看时，不禁浑身一颤：这个挽着粑粑髻、刀裁鬓角容光焕发的少妇，竟是他十年梦魂萦绕的未婚妻金凤姑！邬思道挺了一下身子想站起来，几乎栽倒了，又瘫坐了椅上，已是形同木偶！

金凤姑是从党家回来接儿子的，万没想到这个"早就死了"的人会突然出现在她面前。好像一下子给人抽干了血，凤姑脸色青中透黄，呆若木鸡地立在当院，任凭阿宝在怀中揉搓，半晌，方勉强一笑，拉着阿宝趑进来，进门蹲了个万福，低着头道："静仁表弟，你来了……"邬思道两手紧紧握着椅把手，他面色苍白得可怕，浑身像是泡在冰水里，噤得气也透不过来。他极力抑制着心跳，木然点点头，说道：

"凤……表姐，你……好。"

"嗯。"凤姑的声音低得只有自己才听得见，半晌才无声透了口气，问道："表弟呢？"

"表姐都看见了的。"

……

"苦了兄弟你了……"不知过了多久，金凤姑才嘤嘤低语道，"我……"

邬思道突然冷静了下来。他高傲地咬着嘴唇，用冷漠干燥的喉音"嗯"了一声，说道："你忙去吧。"略一思忖，架起拐杖至书案旁，从裙裤里摸出一块二两重的银子，轻轻放在茶几上，说道："回头告诉姑父，我有事走了。这是衣服和饭钱。"

"静仁！"

"我叫邬思道。"邬思道不疾不徐，口气冷得结了冰似的，"自今而后，我永不用'静仁'二字，请免开尊口。"

"静仁——思道！这大热天的，天又阴上来，你要哪里去？"金凤姑急急说道，"你听我说——我是……我不是……"她急得不知怎样说才好，扎煞着两手，想上来搀扶，又陡地站住了脚，泪水早走珠般滚落出来。阿宝起先还痴痴茫茫地看，这会儿被两个人的神情吓得直往妈妈怀里钻，仰脸望望两个阴沉着脸的大人"哇"地哭出了声。

邬思道没有理会这母子，踱出院外，果见黑沉沉乌云峥嵘而起，一阵风扫过，吹得他浑身起栗。他呆笑着趑回房里，向椅上颓然一坐，仰首望着窗外，说道："记得清凉山么？那儿离虎踞关多近……真好景致！记得你当时的诗么？"他满眼是泪，滚动着不肯落下，曼声吟哦：

生年虚负骨玲珑，幽幽古情云树中。

君子由来能化鹤，美人何日便成虹？

王孙芳草年年绿，岭头桃花度度红。

碧城夜阑曲十二，是谁重诉梨花梦？

吟着，邬思道再也不能自已，喉头干涩地发出一种似哭似笑的咽声，口中喃喃道："……当时我说，这诗并不出色，有情而已……如今想起来恍如隔世！你今日居然还有心思可怜我——笑话，我可怜么？……"

"天爷！"金凤姑面白如纸，"你还说这些做什么？"说罢一把抱起吓呆了的阿宝，掩面而去。

邬思道怅然望着她的背影，一阵风扑过来，他打了个寒噤：自己是不是做得过分了？但此情此事，到了这一步，住在金家无论如何是不合适的了。他略一沉思，收拾了一下自己的行装，便架着拐杖出来。不料刚到二门穿堂，可可儿地就遇上金玉泽带着一个三十多岁的壮年汉子说笑着进来。

"思道，"金玉泽站住了脚，神色多少有点尴尬地看了那个男人一眼，方道："你这是？"邬思道微微一躬，高傲地仰起了脸，说道："姑父，侄儿有几个朋友在京，我要去瞧瞧他们，就此别过了。"

"朋友？我怎么不知道？"金玉泽嗫嚅道。

"物以类聚人以群分，我的都是些贫贱之交。"

"那也不必就去。你就住在我这里，万事都有姑父做主。"

"姑父，梁园虽好，终非故乡，我焉能久居此地？"

金玉泽早已料到邬思道在府住不安，只不防这么快就折腾着要走，因端起长辈的架子道："这成什么话？匆匆而来，急急而去，是什么道理？我亏待了你么？"

"不敢，"邬思道挑衅地看着金玉泽，"我不曾说姑父亏待了我，姑父又何尝亏待过我？"金玉泽被他噎得一怔，但这个邬思道他是知道的，最能惹是生非的一个人，怎么能轻易放他出去胡说？待了一阵，金玉泽换了笑脸缓声说道："怎么就和你父亲一个脾性？受了多少挫磨，仍旧这么气盛！哦……我差点忘了，这个就是你的表姐夫，党逢恩，如今在西山健锐营，已经做到游击——快回房去，你看这天立时要变，就快黑了——今晚逢恩也不回去，我们难得一处好好谈谈……"党逢恩虽是武职，谈吐却甚风雅，见邬思道气色不善，虽不知就里，也帮着岳丈挽留道："原来是内表弟来了，怪不得岳父在八爷家吃酒坐不安席！表弟，久闻你的文名了，我虽是武夫，也喜爱附庸风雅。今晚就别走了吧，我们重烧绛蜡，再移酒樽，作一夕快谈……"

邬思道抬头看了看天色，已过酉时，苍穹上黑云翻搅电走金蛇，不时传来沉沉雷声，像巨大的车轮从冰河上碾过，发出吓人的爆裂声。邬思道沉吟片刻，心知难以就此脱身，又有点觉得自己过分，遂道："那好吧……我明日再走吧。这是造化命数所定……"

三个人的酒吃得并不快活。党逢恩从他二人口风中已渐渐听出了事情的苗头。虽尽力周旋，尽半主之道，无奈邬思道心意不畅毫无酒兴，因见邬思道连谈文也懒懒的，便转了话题，问道："岳丈，您和鄂伦岱军门坐在一席，我听见你们那边说，皇上有意巡视热河，是真的么？"

"定的过了八月节走。"金玉泽部曹小官，原本没资格与鄂伦岱这样的头等侍卫攀谈，此刻却要在邬思道跟前装大，见女婿问，神秘地压着嗓子道，"这回皇上去承德，是佟国维中堂坐镇北京，张廷玉和马齐两位相爷护驾！已经有旨，发出廷寄，叫在外的五阿哥、十四阿哥从古北口赶回北京从驾，四爷在安徽，也叫十三爷从芜湖水军大营赶往桐城，从速处置河务差使，也得在八月十五前回到北京。"党逢恩道："巡视热河，无非哨鹿打猎，动这么大的干戈？五爷十四爷不说，原就要回来的。四爷十三爷那边差事极忙，叫回来做什么？"金玉泽连吃两场酒，已面红耳热，要在邬思道跟前炫耀体面，格格笑道："小辈后生，好生领略万岁爷的圣意。大约太子爷的位子要坐不稳了！"

党逢恩眉头一皱，说道："您老这话非同儿戏！五月端阳节前，太子爷还代天子往西山劳军来着，好端端的怎么会废了？""八爷府的信儿还会有错？"金玉泽"吱儿"呷了一口酒，"太子东宫里侍卫全都换了！四爷是太子党的，这二年在户部清理亏空，黑眼珠盯着白银子，要账要得鸡飞狗跳，加上十三爷这个帮手，逼着人还钱，光外省命官就自杀了二十多个，十爷把家当全都摆在琉璃厂卖——这样的爷将来当政坐朝，还有下头人活命的份儿么？今儿吃酒你瞧见没有？头一桌上挨着九爷坐的那个，就是毓庆宫的何公公，蓝翎子总管太监，如今打着盘子想投靠八爷了！"党逢恩听着不住摇头，说道："这都是明面上的事。四爷十三爷户部差事办砸了，到外省遮羞避祸，眼见今秋八月十五，万岁爷恰过五十四圣诞，想儿孙满堂，热闹些子是有的。岳父，八爷和太子爷有点过不去，下头人造作这些谣言，听一听作秋风过耳则可，不可全信呐！"

"也不可不信。"金玉泽睨了一眼静坐不语的邬思道，见他一脸的漫不经心，多少有点失望，冷冷道："逢恩，亲家副宪大人已经退休多年，如今时事已非，早不是康熙十二年亲家从广东逃回北京时的光景了。皇后死了三十多年，又新添了十八个阿哥，各有各的门路，各有各的权势，他也不可墨守旧见，你前程正远，更要审时度势。八爷说，自从康熙四十二年，朝局早已又是一番天地了！"

邬思道眉棱微微一抖，他想到了胤禛，万不料这个显赫的阿哥处景也如此岌岌可危，陡地一阵寒意袭上来：今晚自己是怎么了？听了这么多不该听的话居然懵懵懂懂！正想着脱身，天空一个明闪，接着一声石破天惊般的炸雷响起，撼得房宇颤动。邬思道见他们二人被震得发呆，笑着起身道："姑父，表姐夫，迅雷烈风助谈兴，今晚的酒吃得高兴。不过我委实身子支撑不来了，像我这样为世所弃的残废，你们功名中人谈的那些，都叫个'于我如浮云'。来，我敬你们一杯，可要先告退了。"

"我们只顾谈朝局，冷落了兄弟。"党逢恩笑容可掬地起身道，"其实这些酒后茶余的话，满可一笑置之的——既如此，我们共进三杯，再敬岳父一杯，也好安歇了。好在有说话的日子呢！"

于是二人连干三杯，又敬金玉泽一盅。金玉泽已是微醺，说道："就在姑父这安心住下，一切都包在姑父身上！姑父如今和八爷府的人相与得好，八爷这人恐怕你也听说过，有学问、仁义厚道，最惜贫怜弱的——当年你闹南闱，八爷还夸你是真名士、大丈夫来着！如今你虽残了身子，又没残了学问，明儿我就荐了你进去，他北书房还缺一个司墨，在那儿当个清客相公——不是我说诳话，多少进士翰林拼着不做官，想谋这个差使还得不着呢！姑父不亏待你！"说罢拈须呵呵大笑。

"多承姑父厚意。"邬思道嘴角带着微笑，不用心根本听不出他口气中的讥讽，"我虽不识宦途，听得出你们都是要指日高升的。我已绝望政治，这次进京原想托福做个陶朱公，想不到姑父还有如此手眼！就这样，我在这歇几日，会会朋友，等你为我谋差的事有信儿了再商量如何？"说罢莞尔一笑，架着拐杖从容而去。这时天上已开始零星下雨，黄豆大的雨点打得院中青砖噼啪作响。

党逢恩立在阶上眼见家人用灯导引着邬思道远去，略一思忖转身回来，至醉眼迷离的金玉泽身边，轻声叫道："岳父！"

"唔。"

"这就是当年大闹南闱的邬思道？"

"唔。"

"此人非池中物。"党逢恩突兀说道，"您老今晚说得太多了。"

"咹？"

金玉泽一惊，瞿然开目，怔怔望着女婿说道："你说什么？"党逢恩的脸泛着又青又白的光，说道："岳丈不要误会，姓党的是真男子，压根不计较凤姑昔年和他的事。这个邬思道我原以为是个莽书生，今日见着了他的颜色。"金玉泽一笑说道："颜色怎么的，他如今穷途末路，羽折爪伤，纵有能耐又有什么用场？"

"他在这里，我觉得压抑；他离开这里，我觉得恐怖。"党逢恩顺着自己的思路继续说道，"这人气质叫人害怕……他说他做官不成，想做陶朱富翁，但你今晚言及人物都是举手之劳就能扶植起他的，为什么他绝不央求？"

"……"

"八爷如今潜在势力早已在太子之上，"党逢恩目光炯炯，"如此权倾朝野的皇家贵胄，你要荐进去，他居然毫不动心！"金玉泽被他沉甸甸的语气震得酒也醒了，久久才道："你是说……"党逢恩放缓了口气，"我说，他不为升官，也不为发财，来京做什么？我看他是有所为而来！"

金玉泽瞪着眼想了半晌，摇了摇头。党逢恩一笑，说道："物反常即为妖。此人昔年率几百名举人抬财神大闹贡院，事败出走隐居读书十年不出，满心东山再起，却又落了残疾，千里风尘赶来投亲，又遇上凤姑另嫁，要是你，心里会怎样？"金玉泽从齿缝里蹦出一个字来："恨！"

"当然，"党逢恩冷森森道，"恨天恨地恨人，但首当其冲的最恨你我！

所以无论哪个阿哥或达官贵人收留了他，但只得势，你我永无宁日！"

这番话敲骨扣髓，党逢恩娓娓言来，金玉泽觉得句句鞭辟入里，忍不住打了个寒噤，恶狠狠说道："明日我就着人遣送他回籍！"

"回去依旧又来了！"党逢恩幽幽说道，"而且恨加一倍。"

"你说怎么办？"

党逢恩走到一支蜡烛前，"扑"地一口吹灭了，房里的光线顿时黯淡了些。金玉泽身子一缩，说道："京师辇下，做不得这种事。"党逢恩来回踱了两步，倏然转身道："可以借刀。"

一个明闪，天好似要裂成两半似的脆响一声，又恢复了黑暗，只有滂沱大雨直泻而下。

第七回　情场潦倒栖身古刹
文士热中闲论时艺

一声轻轻的敲门声惊醒了邬思道，侧起身听时却又没了动静，只窗外惊风密雨急促地响成一片。邬思道以为是耳误，倒头正要再睡，敲门声却又响了。

"谁?"

没有应声，但门环又响了两声。邬思道披衣起身，刚把门拉开一条缝，一个黑影便闪了进来，回身又掩上了门。邬思道睁大了眼，但房里太暗，黑魆魆什么也看不清。邬思道暗中格格笑道："做这模样干什么? 我是久经沧海难为水的人，什么事都见过。"

"是我……"

那人怯生生说了一句。外边青光一闪，电照长空，邬思道看得清清爽爽，竟是个女人! 他顿时觉得浑身的血一阵倒涌，恨不得一拐打过去，恶狠狠道："你?! 金凤姑——给我滚出去!"

"我不是凤姑。"那人在暗中，似乎也吃了一惊，良久才开口说话，声音却有点哽咽："我是……凤姑的后娘——你必定还记得兰草儿吧?"

邬思道吃惊地张大了嘴，一屁股坐回床沿上。兰草儿是姑姑的陪嫁丫头，当年在南京时常过来侍候自己。有时邬思道和凤姑弹琴吟诗，她常拿着针线活计痴痴地在一旁看。今日来金府一天，也没见她露面，这时辰偷偷摸进房来，来由不问可知。想着，邬思道阴郁地说道："长幼有序、男女有别，你想事想左了。今日事天知地知你知我知，什么也别说，你快走吧!"

"邬先生，"兰草儿说道，黑地里看不出她什么脸色，"我是正正经经的人，不为……你大难临头，立刻得走!"邬思道浑身毛发竖起，忘情间几乎想立起身来，半晌才道："我何危之有?"兰草儿急得不知怎么说好，"没有工夫细说！就一车话也讲不清！老死鬼和姓党的定计，天明送你顺天府，要当钦犯办……"

邬思道紧张地思索着，他猜不透这女人为什么这样做，所以断不准她的话是真是假。半晌，咬牙笑道："就送顺天府，也是有王法的地方儿。太皇太后薨逝，朝廷大赦恩旨，我的'罪'早赦了——我原说就走，何必用这法子撵我？"兰草儿被他顶得一怔，许久才啜泣着说道："我晓得你难信……我是不干净的人……世路险恶，顺天府府丞就是老爷的把弟；隆科多老爷，也是八王的什么亲戚！哪里有什么道理？你……你不信我……可怎么好……"她话未说完，邬思道已架起拐杖，低沉地说道："你不要说了，我立刻走！"

"阿弥陀佛！"兰草儿念了一声佛，轻轻开了门，一阵急雨顿时扫了进来，袭得邬思道打了个寒战，却听兰草儿轻轻吁了一口气，闪出门外，仰头看看闪着电的天，挥手道："跟着我！"

邬思道一出门浑身就湿透了，艰难地架着拐杖跟着身影飘忽的兰草儿，绕过穿堂，蹑脚儿穿过西花厅进了花园，蹚着花间小道上的积水，趄过一座凉亭，眼见前边黑乎乎一个角门，兰草儿住了脚，窸窸窣窣掏出一串钥匙一把一把试着。许久，方听"吱"的一声，门打开了。邬思道出来看时，外头一片荒郊，电闪一个接一个，照得白昼一般，四周翻江倒海价一片雷电风雨之声，搅得天地成了混沌世界。邬思道仰天叹息一声架拐便走。

"邬——邬先生！"

"怎么？"邬思道头也不回地问道。

"你带有钱么？"

一语提醒了邬思道：褡裢没拿。想了想说道："没有。"兰草儿在怀里摸索了一下，递过一个包儿，道："这是我的体己，事情太急，没来得及多预备，你……别嫌弃……"邬思道呆呆地接过银子，那银子还温温的，带着兰草儿的体热，一股似气似血的热浪涌了上来。正要说话，兰草儿又问："你奔哪里？有地方去么？"

"我不知道。"邬思道怅然望着天空，摇头道，"走着看吧！"

"四爷府有人来打听过你，你投奔他吧。"兰草儿轻声道，"你……身带残疾，又没个亲戚，京师又有人害你，恐怕只有四爷，才护得你周全。"

邬思道惊异地看了一眼兰草儿，心中一动，他想起了虹桥酒楼上那位稳沉持重的"皇商"，没想到他就是皇阿哥胤禛，没想到他一直惦念着自己！想着，喃喃说道："……这是缘分……""你说什么？"兰草儿问道。"没说什么。"邬思道回过了神，盯视着兰草儿问道："我想知道，你为什么救我？"

"……"

"你要叫我猜一辈子么？"

"邬先生……"

"唔，唔？"

"我……我是天下最不要脸的……苦命女子。"兰草儿呜咽着，几乎放了声儿，"你……你……你能……亲我一下么？"

又是一声沉雷，车轮子碾过石桥似的在两人头顶上回转盘旋。邬思道没言声，近前来仔细看看兰草儿的脸庞。闪电照来，似乎还是十年前那样娇秀，那样憨憨的、痴痴的。他什么也没说，向她淋得湿凉的脸颊上深深一吻，轻声道："把这锁砸坏，回去收了我的褡裢……"说罢，转身消失在苍茫雨夜里。

邬思道高一脚低一脚在蔓荒无人的蓬蒿中穿行着，越过一段乱葬岗，又绕了一个长满芦苇的池塘，下了官道渐入街衢。他很想静下心好好想想夜来的事，想想眼下该怎么办，但雨太大了，心太乱了，近乎麻木的迟钝胶着了他的心，也不知浑身哪来的劲，囊囊走得飞快——似乎就这样一直走到死最好。

忽然雨中传来三声沉闷的炮响，邬思道才意识到是拱辰台报时，已至子正夜半。他擦了一下满是雨水的前额向前眺望，雨帘中遥遥隐隐一排灯光闪烁。走近了瞧时，原是一座古刹，山门飞檐吊斗画拱罳罳，十分壮观宏伟。正中一块盘龙泥金大匾，写着"敕建大觉寺"五个大字，檐下吊着四盏硕大的白纱宫灯，在风中凄凉地晃着，却是阒无人声，只庙里隐隐传出鼓钹诵经之声。邬思道乍从雨地到庙门下，进了人烟之地，踩着干燥的砖地，仿佛刚刚做过一场噩梦，怔怔盯着那几盏灯，觉得刺眼的亮，忽然一阵眩晕，他歪倒在山门的铺首环下，就什么也不知道了。

再醒来时，邬思道发现自己躺在一间窄长破旧的房子里。因天阴，屋里很暗，被烟熏得黝黑的壁上嵌着一排斑驳的石碑———一望可知，这是一座碑廊改建的僧房，年久失修，已废弃不用。外边的雨已经不是那么吓人，但仍在没完没了地下，不时传来阵阵雷声，从破窗棂中随风飘进的雨珠落在脸上，带着冰凉的甜意，很适意。邬思道抬了一下头，仍觉晕眩难忍，便又弛然卧倒闭目养神，暗自掂掇：不知是谁救了自己。忽然听见一阵脚步杂沓，忙又睁开眼看。

"醒了！李绂兄——你来看！"进来的是两个书生和一个头陀，一眼就看见邬思道在疑惑地看着众人，一个方脸书生惊喜地蹲下身子招呼："这个狗肉和尚真是妙手神医——依着庙里那群秃驴，你这会子早已在左家庄化人场烧成灰了！啧啧！生死人而肉白骨，性音真是好手段！"那个叫李绂的走近了，觑着邬思道的脸色道："真的是见好了。昨晚我还看着是没指望了呢！先生贵姓台甫？要不是田文镜和性音，恐怕早就不中用了……你昏了三天，知道么？""三天？"邬思道浑身一颤，"我在这儿睡了三天？"说着，瞥了一眼那个叫性音的头陀。

性音穿着件破烂流丢的土黄僧服，一身油腻，看去有三十岁上下，腰间一柄镔铁戒刀乌黑沉重地拖着，足有三四十斤，却是嬉皮笑脸一副怪相。听李绂、田文镜说话，也不理会，从怀中拽出一块肥得流油的腊鹅大口价撕咬着，笑道："邬先生，贫僧不让你了，谅你也没这胃口。你可是两世为人了，怎么报答我和尚呢？"邬思道睁大了眼没言语，田文镜忍不住问道："原来你们早就相识？"

邬思道摇摇头，声气微弱地问道："和尚，何处挂搭，又怎么认得我邬思道？"性音大口价嚼着鹅肉，口中呜呜有声，笑道："你寻根盘底儿么？我是地藏王菩萨座下判官，我不批字儿，生死簿上没你的名讳！出家人四大皆空，也不指你报答，比不得他二位，夜夜会文，日日八股，一心要大魁天下夺个状元，一头栽进红尘中，不怕来个满嘴泥！可叹可叹……不过和尚也有一宗儿不如人，没有亲戚可投，没有婚姻可赖。自然啰，哪得个女人投怀送抱，雨地里亲嘴儿偷情……"说罢呵呵大笑。邬思道被他一顿夹七夹八的疯话说得目瞪口呆。李绂和田文镜却只一笑。田文镜因道："也没见过这样的和尚，每日鸡鸭鹅肉不离口，死猫赖狗一捞而食，真的是唐突佛祖，玷污山门！夜里呢，咬牙放屁打呼噜都占全了，要不是和巨来兄路上住贼店没了盘缠，能有一分奈何，谁和你挤在一处受罪？"说罢便拉了李绂，又道："咱们按昨日分的题做文章，不要理他！"

"阿弥陀佛！二位真是富贵中人，不识六祖养生法门！"性音眼见二人到北首一张破桌前磨墨铺纸，笑着追了一句，"我这放屁如同你们做文章，那是功夫——不是童子身，恐怕还练不来呢！"说罢起身懒懒打了个呵欠，双手合十盘膝坐了邬思道身边，刹那间已是换了一个人似的，一脸庄敬之色，侃侃道："你闭上眼，不要想事，不要用力，我行功给你治病。"邬思道也着实乏了，合上眼说道："邬某读尽三坟五典八索九丘，黄帝内经金匮要略也稍有涉猎，不曾听说过这样治病的。你莫捣鬼，我是不信的……"性音合掌端坐，冷冷答道："我佛以寂空济世，藏大乘之经三十万卷，恐怕先生不曾读尽——阿弥陀佛，大道如海，岂有涯岸？"

邬思道闭着眼还要回驳，忽然觉得一股似凉似麻的气流自涌泉穴直透而上，沛然直浸泥丸宫，顿时心际如秋风过岗，杂虑荡涤如洗，心下清亮却嗫嗫不能再言。陡然间已明白，这个赖头陀真是身怀绝技。忙遵嘱收摄心神，微睨了眼瞧时，性音木坐如偶已经入定，却也如平常打坐一般，并无异样。此时邬思道觉得气流渐渐变暖，愈来愈强，在体内冲波逆折，所向之处五脏中七荤八素格格有声，种种积郁被气流导引着摇撼、翻腾、瓦解，四肢百骸顿觉松泰畅美，邬思道心里禁不住惊讶称奇。

"好了。"许久，才听性音说道，"睁开眼，坐起来！"

邬思道眨眨眼，立时满目清亮，试着双手一撑，居然毫不费力便坐直了身子，却不说话，直瞪瞪看着又变得笑嘻嘻的性音。性音扮个怪脸，笑道："如何，不谢谢罗汉？"李绂田文镜刚做完一篇破题，正换着看稿子，见此情景也都转过脸来。李绂兀自手里提着墨渖淋漓的笔，惊道："真是神仙手段！前几日都是抵掌授气给邬先生疗疾，既有这法子，何不早用？"性音嬉笑道："沉疴不用急药，也要他身子耐受得住才成啊！岂不闻放屁容易收屁难？"邬思道怔怔问道："你一路跟我，救我，是为什么？"

"我和你有缘分嘛。"性音道，"龙华会上前世修来的呗！"邬思道见他不肯说，也只好罢了，便问田文镜："二位八股做的什么题目，可否见教一下？""哦，"李绂说道，"是两篇破题，题目是'殷有三仁'。"说罢便将两张纸递过来。邬思道先看田文镜的，写的是：

道存多途，归于仁，则歧路通圣，或忠或恕，不乖于天人之理焉。

邬思道点头道："田兄这一破，道理上去得，却不甚切题，经不得考官磨勘。'三仁'是题中点明的，你一个字也不提，'魔王'们岂能饶你？"说罢又看李绂的，却是一色八分正楷，写得端丽妩媚，却是：

三子者不同道，于仁则一。仁而已矣，何必同？

邬思道不禁叹道："言简意赅，算得上通幽入微了，就是这笔字锋中无骨，微有缺憾——但两卷相比，这个自然要略占上风。"说罢，幽幽地叹了一口气，他忽然想起了自己，纵能做得花团锦簇似的文章，还能如李、田二人跻身龙门一决雌雄么？性音在旁笑道："你们说的热闹，我听着一点趣儿也没有，这种敲门砖文章究竟于世人何用？"

"万岁登极之初，曾下旨废过八股，就是因为它实在不能有益于世。但牢笼英雄，除此也无别的良法——没有这块敲门砖，你就敲不开这扇门，这就是用处！"邬思道款款说道，"但文随人用，这文章中也不尽是空话。比如刚才两篇破题，说的是仁义之道，都是为了仁德爱民，有宽的、有严的、有苛的、有暴的——仁是根本。但想到'仁'这个地步，各人走的路却又不同。世道治，用法宽厚，怀柔文明；世道乱，用刑震慑，重典杀伐，也还是个仁！性音，你读佛典三十万卷，懂这个理么？"性音笑道："我哪里读过什么黄子三十万卷？就引出你这一篇宏论！世上的事都是劫数，你们读书人都弄不清，秃驴们倒能知道？"邬思道双目望天，喃喃说道："这说的也是。治世之理人人都能说一套，做起来依旧懵懂——你们听，天上这雷声，有人说是天鼓，有人说是天籁。总而言之是上天的威怒，可谁见过雷击死豺狼虎豹毒蛇猛兽？只捡着人、捡着牛打！老天爷，他公道么？"说着，天上真的响过一阵雷声，震得众人打心里起栗，邬思道已是两眼汪满了泪。

几个人正发怔，便听前头禅堂隐隐传来鼓钹之声，夹着和尚们诵经撞磬"托托"不断头的木鱼敲得山响，和这屋里的气氛十分不协调。田文镜笑道："松下喝道，琴边饕餮——真煞风景，还想再听邬先生高论呢！又是谁家做丧事？"

"张士平死了。当朝宰相张廷玉的三公子。"性音无所谓地说道，"这是张家做法事。没听和尚们念的《往生咒》？""张廷玉？"李绂侧着头想了想，"张家世代大儒，孔门弟子，也皈依佛家？"田文镜笑道："巨来真个呆！如今还有哪家王公大臣内眷不信佛的？就连四阿哥，天潢贵胄金枝玉叶，也还是佛门弟子呢！说到大儒，张廷玉父亲张英倒算得一个，张廷玉是恩荫进士，不过沾了祖上的光罢了。"

李绂叹道："现下的事不能单看科举，以为中得高就是鸿儒，张廷玉的才学在一干大臣里也就算出尖儿的了。国初笼络汉人文士，举子们好歹有篇文章略看得过，就少不了有个功名。明珠为相二十年，不过是个同进士底子；高士奇无赖出身，以举人身分一登龙门，当即宣麻拜相！我闲了也常想，这就是机遇。那时是世无英雄遂使竖子成名，如今恰颠倒了，是山中老虎结队行，猴子不敢下树来！"说罢一笑。田文镜道："张廷玉还算廉正，这就难得。我们既赶不上那个时候儿，也只好认命罢了。上一科北闱，是王鸿绪和揆叙的主考，下头十八房考官，听说没一个是黑房①！这个张三公子，听说是张相不许他走恩荫的路，功课逼得紧，累得病死的——做宰相的能有这份心，这一科兴许不至于吃得一户也不剩吧？"

"你太老实了。"性音在旁笑道，"就信了张管家放屁！这张士平是气死的不假，不过不是为功课，倒是为了一个女人，真真切切的一个情种呢！张家不过要遮丑，放这么个风儿，这就是张相的聪明处了。"李绂眉棱微微抖动了一下，问道："是怎么回事？"

性音看了一眼邬思道，说道："去年张相爷去金陵，张士平也跟去了，不知怎的就和宵月楼的一个叫桂儿的侍书相好上。相爷回京，张士平给她赎了身，藏在舱板里要带回北京。不想半道上被张廷玉查出来，把个三爷按倒在官船里抽了四十皮鞭，打了个稀烂，又冒了风寒，回京就一命呜呼了。"李绂听了没吱声，田文镜问道："那个女的呢？"

"女的却很是烈性。"性音脸上毫无表情，"当时伏在张士平身上哀哀痛

---

① 黑房：举人们称不肯接受贿赂的考官为"黑房"。

哭一场，起身对张相一拜，说：'是我勾引三少爷的。相爷，我拿命抵三爷这个错儿，您就恕了他吧！'说罢就一头撞死在铁锚上……阿弥陀佛，罪过！"

邬思道听得心里一沉，不由想起自家：这样的节烈女子，怎么自己就没有福分碰上？心下凄然，只忍着低头不语。田文镜笑道："可惜了张三公子，竟是为情而死。这事叫山东蒲留仙听到，必定写进《聊斋》，又有一篇好文章可读了。"李绂正色说道："其实这个女子更可悲。若不能守身如玉，大可不必寻死；真的从一而终，当初就不该身入青楼。这节妇不像节妇，娼妇不像娼妇，就写墓志铭，也难煞文人。"邬思道听着越发刺心，如此惨烈故事，只是评头论足，浑当儿戏说笑！因起身道："道学家论人，挑剔磨勘，刻薄不在考官之下。天理人情珠联璧合的完人，古来能有几个？这'不得已'三字，孔夫子真该写进《中庸》之中。"说罢径自架着拐杖出来，沿碑廊一路看着向南走。

这座大觉寺后头破烂，愈往前走愈是齐整，邬思道转过大悲殿，顿觉金碧辉煌眼目一亮。大悲殿正中蠹着的那尊青铜如来坐像足有五丈高，两个胁从菩萨也系铜铸，座后壁上绘五百罗汉贴金像，也都一个个栩栩如生，天风衣带宝相庄严。殿庑西侧壁一色水金沥粉，绘着番佛、跟伴、娃娃、难人、鬼使，都是赤身装扮，戴着护肩、头箍、花冠、耳环、镯钏、璎珞……张牙舞爪神情诡异，不知都是什么故事。东侧则满墙金紫交错，绘有华盖、琵琶、降魔杵、九锡杖、流云托、豹尾枪、牛耳刀……还有什么宝幡、云头、番草、宝珠、方旗、风火轮，却是目连救母，还有如来雪山割肉饲鹰图像，乱纷纷的并不见什么好处。倒是佛前雁序列位的二十八诸天，有的和蔼慈祥，有的若有所思，有的神情悲怆，有的开怀大笑，或苍老龙钟、或文质彬彬、或威猛狰狞，颇觉发人深省。邬思道到底大病初愈的人，辗转随喜这一阵，便觉气虚沁汗，腹中像是有点饿的光景。因雨天游人稀少，知道没处买东西吃，寻思着踅出殿外，却见东边斋房精舍外头素幔白幛、灵幡高悬，白汪汪的一片灵棚，纸花金箔在微风中瑟瑟作抖，似为离人之泣。邬思道便知这是张士平停枢所在，想起方才几个人说话，不觉悲从中来，却又无从洒这一掬之泪，便踱过来倚柱而立，脸上似悲似喜地呆看。

  法事看上去已近尾声。守在灵桌前的几个家人披着麻肩，东倒西歪地靠着棚柱，一个接一个地伸懒腰打呵欠，显得神倦力疲。一个管家模样的人端了一大盘供果出来，一头摆放，一头呵斥众人："你们要作死么？今儿可是正经日子！一会儿老太太驾到，相爷不定也要陪着来。这差使办得差三落四，仔细着揭皮吧！看那边摆的纸马，有的折腿有的没尾巴，纸轿也淋湿了，还不赶紧把廊下的祭物摆正了——好歹过了今日，太太必定放假，有你们挺尸的时候呢！"众人方都打叠起精神整理收拾。邬思道正要离去，突然西边一个人"呜"的一声号啕大哭，捂着脸跟跟跄跄闯了过来。邬思道骇得一怔，定睛瞧时，更是大吃一惊：原来竟是李绂！

第八回　大觉寺虚情哭假友
　　　　畅春园贤臣说弊政

　　家人们谁也不防平地里会突然冒出个陌生人哭灵。惊愕相顾间，李绂一手执黄表纸、一手托着挽幛奔至灵前，扑身拜倒在地，已是哭得软倒：

　　"梅清兄啊！我来看你来了……"李绂涕泪滂沱，泪如泉涌，"原与你约定今秋西山登高，饮玉泉水，看晚枫林，羁旅抵足，剪烛论文。你何因弃我而去？你醒一醒……回头看看李绂，你答我的话呀……"

　　他跪在枢前边诉边哭，哀切痛不欲生，棚里棚外悲风袅袅、凉雨潇潇，更增苍凉之气，看得人无不凄然泪落。邬思道先是一阵茫然，略一忖度顿悟此人奸诈，鬼蜮伎俩翻新，竟假扮这出苦戏来撞张廷玉的木钟，以天分心地而论，足令人不寒而栗——想不到恂恂儒雅，状若处女一个翩翩书生，竟有如此手段！正没做理会处，转脸一个白发苍苍的老婆婆，由一个四十多岁的中年人扶着，旁边簇拥着三四十个老婆子丫头迤逦过来。管家低声咕哝了一句"老爷也来了！"便上前打千儿请安道："奴才给老太太、老爷请安！"邬思道便知这个白净面孔、一身月白竹布长褂的中年人，就是权倾朝野的天子幸臣、上书房行走领侍卫内大臣、太子太保兼内阁大学士张廷玉了。

　　那管家给老太君和张廷玉请了安，瞟一眼李绂，正要说什么，张廷玉摆摆手，示意他不要言语，只扶着颤巍巍的母亲站在一旁沉吟。

　　"梅清兄……"李绂哭得脸黄黄的，不疾不徐泣声说道，"英灵不远，琴台知心，吾有数语叮咛，送君夜台之行——"说着从怀里取出十两一锭银子，颤抖着手放在灵案上，躬身又是一拜，吟哦道："维大清康熙四十六年仲夏六月八日，金陵书生李绂仅以心香一瓣，陌钱两束，豪雨之泣，素幛之挽，告祭于亡友梅清献台之前。吾兄之生也，金车之富，勋门之贵，簪缨之华，紫藻之懋；而乃怀素含清，超然雅流倜傥，淡泊冲谦，飒然林下之风。以辛夷露申之资，兰蕙菊芳之贞，虽竹之风节，梅之芳冽，桂之倩姿，月之寒华不足喻也。仆以潦倒之身，菲薄之才，含霜之衰草，带病之枯木，一遇于莫愁之畔，再逢于鸡鸣之寺，遂蒙阮郎之青目，而得侍于子期之琴台！忆兄交初，即云'君子之泽，五世而斩，虽遇尧天舜地之盛，空怀济民之志，内乏治世之术，恐难遂平生之愿！'斯言如陵，虚怀若谷，仆虽不敏，衷心佩服，以为当今士林子弟芸芸，稀见茂才清德者也……"

他琅琅成诵，毫无拘滞：自己怎样结交张士平，二人如何臭味相投，又是这般如此，相约同游京师。如今高山犹在，流水无情，丝弦一断，空余梦魂，碧血淌尽，蝴蝶重来……说到痛处抚心疾首，攒眉扼腕，字字句句椎心泣血，倒把众人听了个愣。邬思道也不禁掂掇：此人古文做得很看得过。怔忡间，李绂文章已做到尾声，只见他含泪向天，娓娓而言："……今五弦尚在，秋鸿何处？白云深处，黄鹤杳然！追思前步，瘦马西风，咸阳古道，趑趄难行……天耶天乎！何夺吾良友，而存粗材村质于斯世？心痛无声，泪血有干，伏地泣问，天亦无语！伏惟尚飨！"吟到此处结篇，李绂叩了三个头，已是气断声嘶。家下人虽不懂他的那些文话，见他伤心至此，早已一片声陪泪啜泣。

张廷玉想起不应因一个青楼女子痛责爱子，致使老母伤情，膝下寡欢，听着这撕肝裂心的诔文，句句惊心，字字夺魄，哪里耐得住泪水走珠儿般夺眶而出。李绂却全不理会，怔着起身来，向守在灵前的管家一揖，说道："这是梅清兄在南京借给我的。他说过不要还，我也原想用它沽酒与张兄共饮……唉……烦你买一坛酒，埋……埋在他的坟侧吧……"

"这是士平的朋友？"老太太转脸问张廷玉，"你认识么？"张廷玉摇摇头，躬身说道："儿子不认识——难得这孽障，竟有如此之友！"老太太满面凄容滢滢欲泪，一转脸见李绂要走，便抬手道："那位先生，请暂留步！"李绂站住脚，矜持地过来，向老夫人长揖道："老人家，您叫我有事？"

老夫人上下打量他时，神清气秀弱不禁风，宛然便是自己夭折的爱孙，不由长叹一声，问道："你是士平的文友？"

"嗯。"李绂点点头，差点又哭出来，"在南京认识的。"

"士平在南京只两个月。"张廷玉皱着眉头道，"能交上你这样的朋友，也算不虚此行。"他毕竟谙知世故，心里对这事多少还有点疑惑。李绂淡漠地答道："交友之道，以气相通以声相结，倾盖可以如故，岂在时日长短？"张廷玉听了心里一动，茫然看着儿子的"朋友"，一时竟无话可说。

李绂进前一步，问道："尊驾是……"

"我是梅清的父亲。"张廷玉看着棺材，目光中的神气仿佛要呼唤自己的儿子起来，良久才黯淡下来。李绂痛呼一声："世叔！"却一个字也接不下来，只是掩面痛哭。张廷玉知他是对自己有所责备，又避着尊讳不能出口，心下越发感念这孝廉知礼，也自无言垂泪。老太太在旁抚着李绂肩头，哽咽道："真真是个知礼的！你是进京应试的吧？"

李绂也答不出话来，只呜咽着道："是……"叩了头起身拭泪。老太太道："张家这三个孙孙，我最疼怜的就是士平，不想我白发人倒先送了他去！廷玉，我看这孩子孝义两全，又和士平要好，既是来京应试，何妨就住到咱们府里读书？他大哥二哥闲常一处也能一起会会文儿……"

"老太太！"张廷玉忙躬身赔笑道，"儿子也是喜爱文士的。不过这位李先生既是来应考，理应回避，住在府里不相宜。既然母亲有这个慈命，儿子想，不如住到我们家庙里读书。考过之后，无论中与不中，都好有个照应，外人也说不出什么——朝廷今儿已经有旨，叫安徽的四爷和十三爷回京，秋闱只怕二位爷也要主持呢！"

老太太不禁一怔：这里人多，儿子不便说什么，但四阿哥胤禛和十三阿哥胤祥都是出了名儿的尖酸刻薄人，张廷玉处高身危，思虑周详不为无因，想想说道："那就依你吧。"说罢便命人打道回府，李绂自然也跟了去。

邬思道拖着沉重的双腿回到后院，才发觉雨早已停了，天色透白发亮。性音不知去了哪里，只田文镜抱着一本书，歪在墙边蜎蜎地睡着。屋子里空落落的，邬思道忽然有一种莫名的寂寞。原来觉得可亲可敬的田文镜，顿时也有了一层淡淡的隔膜。他冷峻的脸上像挂了一层霜，沿着贴墙的石碑，一块一块十分仔细地辨别着上面的字迹。

不知过了多长时间，寺里钟响，是午斋的时候了，外边传来人声和急促的脚步声，有人喊着："就在这里，就在这屋里！"说着便有十几个人连说带跑一拥而入。睡梦中的田文镜一撑坐起，揉着惺忪的眼问道："这是怎么了？失火了还是起反了？"邬思道一眼看见张贵夹在人群里瞪着眼盯自己，顿时脸色雪白：金玉泽到底放不过自己，寻上门来了！

“就是他！”张贵棱着眉，恶狠狠扫视了一眼屋子，指定邬思道道，“逼奸主母不从，致其上吊自尽，偷偷藏到庙里——啊哈！你瞪我做什么？你这八辈子不得发迹的野杂种，不知道人生三尺世界难藏？我还以为你远走高飞了呢，原来还是叫我家太太冤魂缠定了——你做的事人能容天也不容，放屁手掩，你往哪里走？”邬思道听得头嗡嗡直叫，双拐一丢便瘫坐下去，口中喃喃道：“她死了……她死了？兰草儿死了……”

张贵哪里由他分说，一声“拿！”几个长随早如狼似虎扑了上来，套着绳子便将个毫无反抗能力的邬思道捆得米粽似的，拖起来正要走，惊怔了的田文镜却清醒过来，手一摆大声喝道：

“慢！”

田文镜慢慢踱至张贵跟前，冷冷一笑问道：“他逼奸你主母，谁是见证？”张贵眼见他戴着镂花银座冠，知道是个举人，也不敢过于轻慢，哼了一声道：“这种事要什么见证？主母就吊死在他房里，还有他的褡裢都在，显见他雨夜因奸不从，仓皇逃出。人命关天的事，你不要管！”

“哦？”田文镜歪着头沉思道，“你主母原来死在邬思道房里？就我所知，邬思道在金家待了不到十二时辰。远道投亲，又有许多应酬，你家主母何因和他竟能有奸，又何故来到邬思道房中？邬思道是残疾人，身无缚鸡之力，既然逼奸，你主母又为何不叫喊求助，反而悬梁自尽？”他一句紧逼一句，问得咄咄逼人，却又有情有据，张贵不禁瞠目结舌，半晌才回过神来，格格一笑，打量着田文镜道：“你是顺天府尹还是宛平县令？这是审我呢，还是审邬思道？不过瞧着你是个文人，怕糟蹋了你的功名，你就敢上这个台盘儿！混账王八蛋，好生打叠肚里的墨水儿，预备着进场吧！放屁辣臊，管着爷们的闲事？——拉上姓邬的，走！”

恰正这时，性音一手端着一碗斋饭从南廊过来，屋里的情形早已听得清楚，因笑嘻嘻道：“喂，金家大管家，哪有这么孟浪的？邬先生几天没吃饭，全凭一口气顶着，这会子跟着你去，还有性命么？来来来！给和尚个面子，回去告诉你主子，说他身子有病，和尚正在给他调治，等治好了，我亲自送他上门，如何？”说着便将一碗粥塞给正在发呆的邬思道，“趁没凉，快吃吧，赶着还能再吃一碗——老田，你也快去吃饭，晚了就没了。哪里见过这庙里和尚，什么佛门弟子，竟都是饿死鬼托生的，扒起饭来命都不要！唉呀呀，啧啧啧……"他云天雾地嬉皮笑脸喋喋不休地说着，满屋的人竟视有如无，几个家人忍俊不禁，掩嘴葫芦而笑。张贵起先还当他是个疯子，至此不禁勃然大怒，喝声"走！"抡圆了一个巴掌就向性音脸上掴将来！不料被性音略一抬手便紧紧攥住，顺势一拧，张贵早翻转过来半跪在地，拖着腿撅着屁股，疼得龇牙咧嘴。

"好丑样子！"性音笑着将右手一碗滚热的稀粥照脸扣了下去，顺势一提一掼，张贵轻飘飘从门里直跌出一丈多远！性音搓手儿笑道："佛祖，罪过！好好一碗饭污了。"又转脸对众人道："你们哪位敢再试试，要不咱们斋房去？那里还有半锅粥呢！"说罢，一手掖了邬思道出来，道："咱们走，咱们走……惹不起，还躲不起么？"众人见他如此手段，哪里敢拦，眼睁睁瞧着他们去了。邬思道被他拽着走得飞快，挣了两挣，恰如铸在性音怀中一样，因道："你不要拽，我没有罪，我要和他们顺天府理论！"

"邬先生，"性音一直拖着邬思道出了山门——那里早有一乘轿等着——将邬思道塞进轿中，自己也进来对面坐了，才款款说道，"我是四贝勒府家庙主持和尚，奉四爷命护你多时！你在扬州和人怄气，得罪了八爷，若非四爷爱你才华，你已死多时！普天之下除了四爷，恐也无人护得你周全！我把话说明，盼你明达世务，跟着四爷做一番事业，你若一定不肯，我和尚也算尽心了。"

邬思道静静望着向后倒退的街衢房舍，浑如一场噩梦刚刚醒转，许多不明白的事也若明若暗有了答案，许久才透了一口气，说道："从此，我是四爷的人了……"

"四爷信中再三讲，不可勉强你。"性音冷冷说道，"你好造化。四爷将以师礼待你。"

张廷玉侍奉着母亲回府刚刚下轿，门上的人便上前禀道："老爷，内廷何柱儿公公刚刚出去，传太子爷钧谕，叫你进去呢！"张廷玉不禁一怔，忙问："是毓庆宫，还是畅春园？""畅春园。"那家人说，"马中堂、佟中堂都已经去了，何柱儿听说老爷不在，急得不得了，说叫快去，和马中堂、佟中堂一齐递牌子进去。"张廷玉回顾母亲，略一躬身子，说道："母亲自请安置，儿子得去了。这位李先生就住家庙，考完之后再见面吧。"说罢匆匆上马。张府中几十个家人早已预备好朝衣朝冠朝珠，上马随从而行。这是张家规矩，习以为常，也不及细述。

畅春园地处京师西郊南海淀，因在圆明园之南，所以又叫"前园"。原是前明武清侯李伟的读书别墅。满洲人祖居北方凉爽之地，耐不得酷暑炎热。康熙四十二年之后，国力充裕，便拨内帑二百余万两，除在热河修造避暑山庄，又在京师对这座前园大加修葺，赐名"畅春"。外环长溪，内罗碧波，其中石山径幽，亭榭错落，虽盛夏烈日流火铄金，一入园林，便觉水汽沁凉，苔滑石寒，确是消暑胜苑。

张廷玉带着家人，快马兜风出西直门，过了清梵寺，远远便见龙吟凤啸、碧沉沉郁苍苍一大片茂林修竹，园门口左右各一彩坊，五色锦缋彩墙顶上虬盘葛缠，枝桠交错，恰结成"万寿无疆"字样，藻须长垂下接于地。流水双闸旁，大门金漆红柱上，极精神一笔颜书楹联：

> 仙仗五云　鸾鸣和盛世
> 德车七宿　龙角运中天

张廷玉见阙即滚鞍下马，换了朝衣，早见里头走出一个官员，头上戴着金青石顶子，插着双眼孔雀花翎，八蟒五爪的袍子上却没有补服。张廷玉暗自诧异："没听说四品文官有赏花翎的呀，再说见皇上怎么连补服也不穿？"思量间那人已经走近，张廷玉这才看清，原来是朝鲜国使臣金中玉，常驻北京联络两国，四品京衔还是去年万岁赏的，便站住了，笑问："老金，见过皇上了么？"

"见过了。"金中玉笑道。他一口极漂亮的京话，单听口音，根本不知他是外国人，"今儿得了彩头。因要回国述职，八贝勒在皇上跟前老金长老金短说了一车好话。皇上一高兴，赏了这枝翎子，不怕得罪张相，连你还没有呢！""哦，你要回国了？"张廷玉沉吟了一下：这个八爷，连外国使臣的马屁都拍得山响，还嫌势力小么？想着，笑道："偏我这几日事多。看吧，要能抽出空儿，我亲自送你；要不得闲呢，我叫家人送点程仪——回去代我问着国王好！"

金中玉笑吟吟说道："你是忙人，有这句话什么都有了。程仪八爷送我六千两，足足够用，明春来了有难处我再找张相打饥荒——快进去吧，马齐佟国维都在佩文斋等着呢!"说罢举手一揖辞了去。张廷玉不敢再耽搁，由小太监引着进了彩坊，穿过一道玫瑰月季交枝儿搭成的花洞，往西一带空地——一边九个油布黄棚，却是各省入京述职引见官员候旨所在——便见一座三楹相连的歇山式小殿兀立路北，上写"佩文斋"三个大字，里头一个高个子官员戴着起花珊瑚顶子早迎出来，拍手道："衡臣! 怎么弄的，这早晚才来? 万岁爷刚见了朝鲜使臣，正在更衣。再一会不进来，我们算怎么一回事呢?"

"马齐，"张廷玉微笑道，"你这急脚鬼脾性，是宰相模样儿? 我这不是来了?"一边说，踱进斋内，却见另一个上书房大臣佟国维，隔着茶几正和一个官员说话，见张廷玉进来，只略一点头算是见礼，说道："衡臣，我来介绍一下，这是安徽布政使施世纶……"施世纶早已立起身来，就座中向张廷玉一躬，移身出来又行厅参之礼。张廷玉忙双手扶起，笑谓佟国维："我是久仰大名的了，靖海侯施琅大人的六公子施世纶嘛!"施世纶笑道："恐怕中堂是'久仰'我的丑名——出了名的'十不全'么!"

一句话说得众人都笑了，连架子十足的佟国维也不禁莞尔。张廷玉这才仔细打量施世纶，果真如民间说的，吊梢眉、三角眼、鼻子和嘴凑得很近，下巴铲子似的向前翘起，鸡胸、缩脖，聪明疙瘩滴泪痣，走路还略微发瘸，十足的败相集于一身，只一双眸子精光四射，灼灼生光，透着浑身筋节强悍，因笑道："诚然是十不全，《易经》所谓否极泰来，反成贵相了。"佟国维因道："廷玉，皇上今儿叫老施一起觐见，恐怕要问吏治的事，得有个预备。四爷和十三爷在安徽叨登得大发了，一个参本就革掉三十名府道官员——老施从安徽来，皇上一定要问——这是批本处的节略，你先看看。"说着递过一本黄绫封面的折子。张廷玉接过折本浏览着，心下只是踌躇：这一对兄弟搭档在京清理积欠，逼死十九员命官，弄得朝野沸腾。太子叫他们去安徽办河工，其实是避避风头，怎么在安徽依然故我，照旧逼债? 就不为自己，难道也不替太子想想? 沉吟间马齐叹道："不管别人怎么说，难得四爷和十三爷这片心，真正是赤心为社稷，如今的吏治还了得? 一手从国库里挖银子，一手向百姓敲骨吸髓。你看看，当考官收孝廉的钱; 当军官吃当兵的空额，捞军饷; 断案收贿赂，收捐赋火耗加到一二两——

大清的天下，也真得有四爷这样的人痛加整顿。不然，非叫蛀空了不可！"

"治大国如烹小鲜。"佟国维笑道，"稀嫩的小鱼，你用铲子胡翻乱搅，行吗？欲速则不达，不能急。"他是康熙生母佟佳氏的嫡亲弟弟，一副天潢贵胄架势，说话时总带着不容置疑的口气，出口便是教训人。张廷玉听二人意见相左，轻轻合起折页子，说道："吏治败坏是明摆着的，难怪四爷、十三爷着急，但积重难返，单凭血气之勇一味地捅，也不好办——世纶，说说看，安徽人对这事是什么口风？"

"回张中堂话。"施世纶躬身答道，"官员是一种口风，民间又是一种口风。官员们说'天不怕，地不怕，就怕四爷叫回话'，老百姓说'天不惊，地不惊，就怕四爷调回京'。口风是不一样的——"他梗着脖子只管往下说，张廷玉一眼瞧见一个五十多岁的人正兀立斋前鎏金大铜鼎旁背着手静听，慌得急忙摆手，立起身来趋前一步跪下叩头道："万岁！您几时来的？臣等只顾说话，竟没有瞧见主子！"施世纶也吓了一跳，忙转过身来行三跪九叩大礼，马齐佟国维也直挺挺长跪了，请康熙皇帝进斋。

第九回　畏艰途能吏辞重任
　　　　清库银明君呈愁颜

　　康熙皇帝略一点头，脚步囊囊从容而入，本来议论风生的佩文斋变得鸦雀无声，走来走去的太监们也都控背躬身，一声咳痰不闻。施世纶突然一阵紧张，感受到咫尺天颜和天威不测的双重压迫。自中进士授官，虽然也引见过几次，但都是远远照一面，略问几句话便躬身却步退出，加之近视，根本不知道康熙是什么样子，这次几乎造膝而跪，偏是不敢抬头。

　　"你说得有意思，怎么就哑了？"康熙一边坐了，笑道，"想看看朕，就抬起头来，朕又不是老虎，能吃了你'十不全'？"一句话说得张马佟三个人都笑了，斋里的气氛顿时缓和下来。施世纶暗透一口气，伏身一拜，真的抬起头来，认真打量一眼康熙。

　　五十三岁的康熙戴着一顶绒草面生丝缨苍龙教子珠冠，剪裁得十分得体的石青直地纳纱金龙褂罩着一件米色葛纱袍，腰间束着汉白玉四块瓦明黄马尾丝带，已是花白了的胡子梳理得一丝不乱，嘴角眼睑都有了细密的鱼鳞纹，只浓眉下一双瞳仁炯炯有神，黑得深不见底，精神看去还算健旺，举手投足间却显出老相——换一个地方，换一身蓝衣，他很像一位方正慈祥的三家村学究，根本不会想象到他精算术、会书画、能天文、通外语，八岁登极，十五岁庙谟独运智擒鳌拜，十九岁乾纲独断，决意撤藩，六下江南，三征西域，征台湾，靖东北，修明政治，疏浚河运，开博学鸿词科，一网打尽天下英雄——是个文略武功直追唐宗宋祖，全挂子本事的一位皇帝！

　　"不能小看了你施世纶啊，敢这样看朕的惟你一人！"康熙哈哈大笑，右手轻轻拍着案上的奏折，说道："当日你父亲出师台湾回来，朕问他，'你的儿子有几个可造就的？'施琅说了五个，绝口不提你。后来朕才知道，施琅有个小九九，五个都是不中用的，所以要恩荫，真正有能耐的是这个老六，他料定你能自立功名，所以压根不提，知其子莫如其父呀！"张廷玉见康熙高兴，忙凑趣儿道："方才奴才们还说来着，相书上有破相贵，有似雀儿牌中'穷和'，施琅老将军大概读过的，所以鉴人不谬。"施世纶没想到康熙如此爽明豁达，亦庄亦谐如谈家常，顿时轻松下来，因笑着回道："不知子都①之恶者为无目也，不见无盐②之美者为无心也。"

众人听了又复大笑，康熙却改容说道："说正经事吧。你们都起来——李德全，给几位大人搬凳子坐！"李德全是养心殿副总管太监，跟康熙二十余年，差使办得十分利落，一迭连声答应着，早指挥几个小苏拉太监摆好凳子。待几个人坐好，康熙才道："今儿叫你们上书房人进来议议。施世纶呢，是老十三荐进来的。你在安徽杖责总督府的戈什哈，风骨硬挺，朕想借重你的刚毅廉正……"他仰了一下身子，又道："户部的事如今越来越不成话，还要痛加整顿。前番老四从安徽递来折子，说修河银子短三十万，朕原以为至少也要一百五十万的，这算很难为老四老十三的了，谁知户部就到太子那儿叫苦，给驳了。朕叫人查了一下，新收上来三千万银子，不到半年，又借出去千把万，余下的朕说过谁动杀谁，亏得这旨意，不然早又借空了！官员们清苦，指库借银的事朕自以为心里有数，谁知竟到了这个地步儿！"说着便摇头，仿佛含着一枚苦橄榄品嚼，良久又叹息一声。马齐忙安慰道："银子没有，账在。这事奴才也略知一二，里头的情弊不可胜言。有些户部官员是把钱拿出去放债取息，这些银子好追。库里还有两千多万，一时又不用兵，断不至于连修河治漕的钱都叫四爷十三爷为难的。"

"可怕之处正在于此，"佟国维沉吟道，"官缺苦乐不均，俸禄一概菲薄。万岁说的还只是户部，吏部的情形更不可问，除了一年冰炭敬常例，下头不孝敬，该升迁的压下不奏，不该黜降的就捏造罪名；刑部愁的没人打官司，只要一件官司到手，必定把犯人证人左邻右舍都押到京里，熬油刮骨地折腾。唉……老百姓说屈死不告状，不单是怕冤狱，更怕的这种折腾，一人犯罪一村精穷，人命案子私和的不知有多少！"佟国维平日不大说话，今日却说得有点收不住口。康熙静静听着，一声不吱，只目光幽幽地

---

① 春秋时著名美男子，心肠狠毒。
② 春秋著名贤后，丑女。

看着殿门口。张廷玉虽然年轻，但二十几岁就进了上书房，阅事既多，深沉练达，只谨守"万言万当，不如一默"箴言。他并非不同意佟国维的见解，六部里的弊端实情远远超出他这点皮毛之见，但他却有点不明白佟国维的用意。佟国维是"八爷党"的中坚，愈这样说，岂不愈加说明四阿哥十三阿哥干得对，差使办得好么？想了半日，心中忽然一动：这些年六部部务，统都是太子胤礽一手主持，六部乱得一团糟，太子有何政绩可言？康熙本来就对胤礽的庸懦无能十分不满，佟国维不动声色侃侃而言，原来竟是在火上浇油！张廷玉正要说话，马齐却道："老佟，所以皇上才下旨痛责弊端，要狠狠整顿嘛！"张廷玉此刻已经想定主意，因抚膝长叹一声，说道："这都是我们几个上书房的臣子没有把事办好。'主忧臣辱，主辱臣死'，一想起这两句话，我就惭愧得寝食难安，不遑宁处。"

康熙脸上毫无表情，冷冰冰说道："各人有各人的账，这也用不着代什么人受过。但为人臣，揆之天理，应该有这点子良心不安。"他干咳一声，脸色已渐缓和，微笑着问施世纶："听说四阿哥在桐城召集全省盐商，会议聚金修复决溃河道，你知道这事不知道？""回万岁话，"施世纶忙欠身答道，"臣是五月十九离开安徽。到京听见风传，说四爷十三爷召集盐商，要强行募捐。其实——"他没有说完，康熙便摆手制止了，说道："朕已下旨，叫他们回来。十月朕要去热河狩猎，会见蒙古王公。所有皇子都要从驾。朕离京前，官员亏空要一体还清，调你来这里，也就为办这差使。你到户部任侍郎，先熟悉一下部务，四阿哥他们也就该回来了。"

"皇上，"张廷玉在旁问道，"您这次离京，还是太子爷在京坐纛儿吧？"

康熙没有理会张廷玉的问话，盯着施世纶道："知道为什么调你来？你这人一芥不取，清廉自守，火耗银子只取四钱，这是好的。但和死了的于成龙患一样的毛病：敢抗上，穷人和秀才打官司，你偏向穷人；秀才和财主打官司，你偏向秀才。这个秉性有失公道——朕偏取你这秉性，叫你来理财。人手不足，回头叫老四老十三调几个，今年进士中也可选几个留部办差。"施世纶听罢旨意，忙起身伏地叩头道："万岁身居九重，洞鉴万里，说臣的不是都是有的，但臣知过能改。臣秉性严刚迂阔，不宜做京官，不拘哪一省，请万岁仍调臣出去，或按察使，或道府，臣保三年之内，全境夜不闭户。户部差事任难事艰，臣才力绵薄，恐难应付，有伤皇上知人之明。""唔?"康熙拍了拍折子,"怕不是的吧!朕知道,办这差使要得罪人。但事君惟忠,后路的事该由朕替你想。朕于臣工,包容的多了,你还怕落个没下场?"

施世纶咽了一口唾沫,他其实最怕的就是这主子的"包容"。宽仁大度,原是极好的事,但过了头便成了"放纵",其弊更不胜言。自四十二年清除索额图这群"太子党",天下久已无事,康熙一心要做古今完人,包容宽纵,一味简政施恩,弄得文恬武嬉吏治败坏,种种贪风愈刮愈炽,都从这"包容"二字上生出来。但这又是康熙一直引为自喜的"盛德",施世纶如何敢轻易褒贬?嗫嚅半晌,竟乍着胆子说道:"臣……不是怕得罪的人多,是怕……得罪的人太大!"斋中几个大臣不禁面面相觑,心里都知道他想说什么,一时把心提得老高。

"太大……"康熙微微一愣,转脸笑道:"三位辅政,你们有谁收了贿赂,或借了库银?"佟国维就挨着康熙下首坐,忙赔笑道:"奴才自己有十几处庄子,俸禄之外皇上又不时恩赏,怎么敢背君妄为?连张马二位,奴才也敢保的!"康熙因笑道:"朕修这两处行宫园林,自有正项支用,朕也没有挪用库银。你这'太大'二字据何而云?"施世纶低头沉思良久,说道:"臣进京已有数日,户部里也有几位同年,谈起来相与叹惜。如今朝中有口号:'不欠库银非好汉',万岁可知道么?就是上书房几位宰辅,从前也都借过,四爷十三爷进了户部才归还的,听说阿哥爷们,阿哥爷们……"他看了一眼脸色愈来愈难看的康熙,突然打了个寒战,说话也结巴了。"大约还有太子?"康熙已经洞若观火,明白了施世纶所谓"太大"的涵义,伸手弹了弹袍角,"这也没什么大不了的。"

张廷玉、马齐、佟国维早已坐不住了,通红着脸站起身来,佟国维声音低得几乎只有自己听得见:"请主子治奴才欺妄之罪,奴才们确曾借过银子,已是还清了。"

"都坐下。"康熙呆了半晌,突然笑道,"欠债还债,谈何欺妄?总比往百姓身上刮搜好!朕是有点不明白,难道连你们这样的还缺银子使么?"佟国维突然双膝一跪,连连顿首,说道:"万岁爷……奴才们也是不得已儿。昔日桓公倦政,管仲筑宅蓄妓,实有难言之隐……""放屁!"康熙早就在强按捺性子,听佟国维的话实在刺心难过,不禁勃然变色,"桓公先明后暗，乃是亡国之君！文死谏武死战，是臣子本分。太子有不是处，你们只可苦谏，何况朕还活着，为什么不奏明了？却要学管仲为他分谤！"

他这一发怒，三个大臣和施世纶一提袍角"扑通"一声跪下，只是叩头谢罪，满屋的太监宫女，俱都吓得面如土色战栗不语，一时斋内荒庙般死寂，只东壁那座范金大座钟不紧不慢地咔咔作响。东宫太子胤礽是康熙的二儿子，原是孝诚仁皇后赫舍里氏的独子，自康熙四十二年索额图私自结党，图谋逼康熙逊位，拥立胤礽，事发被诛，一直不得意儿，吓得鼠避猫似的，除了昏晨定省，不敢多见康熙一面。上书房大臣日日担心的，就是这一对半老不少的父子不能和衷共济，夹板气难受，见康熙公然发作太子，焉能不惊心动魄？张廷玉心中雪亮，康熙今儿这股怒气，全是佟国维撩拨起来的，但佟国维现是国舅，后头是八阿哥胤禩强大的势力，自己一个汉臣，如何敢跻身其间？马齐素性率真粗疏，却不肯跟着佟国维蹚浑水，因叩头道："奴才借银另有缘故：如今六部九卿，无人不借库银。奴才和李光地几个，说起来是一品大员，其实每年一百八十两俸银，只这点钱，别说应酬，就是妻儿也养不活！仰仗皇上恩赏，原籍省里的冰炭敬，又有庄园，本不该借银子。但若不摆个样子，外人如何能知底细，想着我们必是指着卖放收受过日子，这贪官恶名儿，如何承当得起呢？"

"到这地步儿了？借银子的有好名声，不借的反倒成了混账人，闻之令人惊心！"康熙一按桌子起身来，踱了几步，注目看了看西壁上自己手书的"耐烦"二字，慢慢地，脸上回过颜色，回头看着满脸惶惑的施世纶道："施世纶。"

"臣在……"

"朕越想事体越大。"康熙踱着步子慢吞吞字斟句酌地说道，"准噶尔部的阿拉布坦是只狼羔子，很不安分，已经占了喀尔喀部的一大片牧场。也难保朕不第四次亲征准噶尔！国家一旦兴兵，库中无银还了得？所以户部的积欠银子一定要尽快收回，你不要心存犹豫。"

"……喳！"

"不要瞻前顾后。户部尚书梁清标，今日就下旨，着他在京休致，以免掣肘。"康熙目光灼灼看着张廷玉，"张廷玉你草诏。"说罢，将发辫向后一甩，又对施世纶道："黄马褂、王命旗牌朕都赐给你，有专断之权。后边又有太子和四阿哥十三阿哥做主，你只管放胆去做。上自朕躬，下至太子群臣，一视同仁一清到底！"

施世纶推诿差使，最怕的就是康熙皇帝心志不坚，见康熙如此决心，一块石头顿时落地，他深深伏地，沙哑着嗓子道："国士报主不计身家，万岁如此信任，臣焉敢渎职？"

"这话说得好啊！"康熙慨然叹道，"朕方才说太子，其实太子为人朕最清楚，并不是糊涂不明事体的人，要有忠贞之士去辅佐他成全他。外头传言说朕要怎样怎样太子，都是没有的事——你们可都听见了？"四个人都正听得发怔，忙都叩头答应，却听康熙又道："朕有一语告诫，天下大权，惟朕一人受之，一人操之，断无旁落之理。做臣子的不可有了异样的心思，拉帮结派，祸国营私，被朕察觉，凭谁不能袒护你；但凡你实心为社稷，有朕在，凭谁不能加害你！"

他的这些话粗听似乎支离破碎语无伦次，细思则辞意相连首尾相顾，内涵深不可测。几个人都是文心周纳，有什么不明白的？额头都密密沁出汗来，一齐答道："是！"声音大得连自己也吓了一跳。

"跪安吧。"康熙目光阴郁，摆了摆手道，"朕也乏了。施世纶去见见太子，你们几个下午再递牌子进来，把拟好的旨稿拿进来朕看。"

第十回　刻薄贝勒恶宴刁客
　　　　硬弓射鸟鞭骡马惊

　　调胤禛胤祥入京用的是毓庆宫太子廷寄，早三日前已经飞递桐城。安徽省上至巡抚将军，下至县令司牧无不以手加额，口虽不言暗自庆幸——这两个无事不管，见树踢三脚的阿哥爷终于要回北京了。官场的事无秘密可言，于是巡抚衙门早早会同安徽将军行辕，连同布政使、按察使各开府大吏，纷纷递折子请领差早日移驾省城安庆，明面儿上说"诸多公务赖请四爷十三爷代禀太子千岁"，其实是想"一杯水酒"送神赶鬼，把两个煞星早早打发回京完事。

　　"安庆府今儿来了个摇头大老爷，"胤祥在签押房布置好请筵盐商的事，急急赶回后衙书房，一见胤禛便笑道，"说是请安，其实我听着是奉了他上司的宪谕，要催着我们去安庆。真不知我们在这碍着他们什么事了，比皇上还急着叫我们回京！"

　　胤禛正在看户部转来的清欠条陈片子。年羹尧侍立在侧，胤禛看一件递给他，就在上边加盖胤禛的小印。其时正是六月，溽暑难当，但胤禛穿得一丝不乱，年羹尧也只好官帽靴袍周正齐楚，尽自屋里四角都放着冰盆，依旧热得一身燥汗。眼见胤祥葛袍芒鞋，长辫盘顶，一身短打扮，几乎是赤膊，年羹尧不禁欣羡地看了胤祥一眼，却没敢言声。听了胤祥的话，胤禛没说话，一份一份折子都看完了，才道："他们是想烧香送鬼。哪有那么便宜的事？方才高福儿说，凤阳与盐商勾结私吞盐税的县令已经拿到，这场聚银子的鸿门宴也就好开场了。安庆这群混账行子，无非收了盐商的贿，借着旨意压我上路。不给他们点颜色瞧瞧，用狗儿的话说，就是不知道喇叭是铜锅是铁！"说罢一笑，呷了口茶，晃了晃手中一份折子又道："羹尧，你这份整饬盐政的条陈写得呆了些。北京昨日寄来一份，是邬思道先生草拟的，我想就用他的。"年羹尧素以文武兼备自负，不禁脸一红，忙躬身道："奴才的能耐爷最知道，邬先生当日有江南第一才子的名号，必定好文章！"

"是不是从前四哥说的那个邬先生?"胤祥见年羹尧难堪，便道，"如今到了四哥府?"胤禛微笑着点点头，冲里屋大声道："戴铎，你出来，把那篇策论读给十三爷听听。"

戴铎在里屋正誊写文稿，一迭连声答应着出来，手里拿着几张薛涛笺，向胤祥打千儿请了安，清清嗓子，读道：

> 臣胤禛谨奏：盐之一道，朝廷之所谓"私"，乃不从乎公者也；今官与商之所谓私，乃不从乎其私者也。近日皖浙新规，土商随在设肆，各限疆域。不惟此邑之民，不得去彼之邑，即此肆之民，亦不得去彼之肆，豪据垄断，朝廷实受其害。漏数万之税非私，而负升斗之盐则治之国典，械之刑狱。今大法绽露四出，私肆通官而横行无忌，是为大盗逍遥而专杀贫难之民！上无慈惠周密之法，而听奸商肆虐，官于春秋之节，受其斯须之润，而置王章于不顾。若不及早整顿，日变月诡，则朝廷之盐政废矣……

"等一下。"胤禛忽然摆手道，目光向门外看着，众人看时，却是狗儿和坎儿带着那条叫芦芦的狗从二门进来，后边还跟着翠儿。这三个孩子到了桐城，就要胤禛兑现诺言，要回家乡。胤禛虽然舍不得，却不愿在下人面前落个失信的名声，心知他们必一去不返，还是赏了些银两资助他们去了，却不料两个月的工夫，又都自己返回。

三个孩子穿的都是走时的衣裳，虽不破烂油渍汗浸的十分埋汰，只脚底下的鞋开帮脱底，不成个模样。看上去他们气色还好，脸上表情羞涩忸怩还夹着不好意思，见胤禛注目盯着，一个个低着头蹭进来，就门口跪下了，六只大眼睛互相望望，还是狗儿先开口，龇牙一笑说道："四爷，我们回来侍候您老人家了……"胤禛眼中闪过一丝怜悯，却冷冰冰说道："我没有说过还叫你们回来。我有规矩，不收留叛奴。"说罢，也不理会三个孩子，却对年羹尧道："邬先生这个策论可当一篇盐法论。有一层意思他没有明说，如今私盐巨商划地为界，与官相通，明日就敢占山为王！前明高大起、黄任秋乘乱而起，十日之内便自称侯王，不单是国家少收几个钱的小意思。何况现今国库空虚，钱的事也不是小事！"

"是，邬先生之见十分透彻。"年羹尧忙赔笑道，"公中之私，私中之私，纠葛纷乱，害不可言。"

胤祥眼见三个孩子羞得无地自容，因近前问道："你们不是都要回去种地么？家里出了什么事，大热天儿这么远的路赶回来？"一句话触了几个孩子隐痛，坎儿嘴一咧"呜"地放声大哭，狗儿眼泪成串滚落下来，翠儿已是哭得伏地不能抬头。这一突如其来的号啕，引得院里的亲兵戈什哈都探头探脑往屋里瞧，连胤禛也怔了。

"没有……地了……"坎儿哭得咽着气说道，"大水冲了地界，家里没了长辈。龚家……老爷早就从外地招了难民，霸了田，都租了出去……这世道没道理……没路走……"

胤禛的心不禁一沉。胤祥咬了咬牙，问道："他霸你的地，宝应也是朝廷管，你们不能告么？"狗儿泣道："官凭印信地凭契，我们从水里逃出去，谁家还能保住地契？就这么叫人家欺负……"说着几个孩子又放了声儿。高福儿在后院听见，忙赶过来，呵斥道："四爷正在和十三爷说大事，这是什么地方，你们就进来嚎丧？"胤禛待他们渐渐住声，立起身来踱了两步，转身道：

"你们不要哭了，我收留你们。"

三个孩子一下子抬起头来，眼中闪着惊喜的光，连高福儿、戴铎也怔住了，这位从来说一不二的皇子今儿竟破了例！正诧异间，胤禛伸出两个指头，说道："你们要记住，四贝勒府是阿哥里头规矩最大的，进门不容易，出门更难。既来了，就预备着老死在我府。"他屈下一个指头，说道："我吩咐差使，历来只交代一遍，没听清当面问。差使办走了样儿，没有宽恕，没有第二次悔过。这是一。"

"第二，"胤禛眼中闪着寒森森的光，"人人知我秉性刻薄，你们得敬重我这秉性。我讲究一句话：辜恩负主的事，再小我也难容；不欺主，无心犯过，再大的事我也不究——戴铎、高福儿，你们跟我有年了，你主子是不是这样儿的？"戴铎、高福儿深知，这都是实情，有心顺着话颂圣，但胤禛特别忌讳当面逢迎拍马，只得老实答道："是！"

胤祥却是洒脱性子，因见高戴二人哼哈二将似的绷着脸，三个孩子直瞪瞪盯着胤禛，因呵呵一笑，说道："你们别犯傻，四爷赏明罚重，这不是贵重秉性？是你们祖上有德，才攀上这样的主子！你看看这个年羹尧，放出外任才几年，如今已是参将，戴铎也在吏部注册要放外任官，高福儿一年的收项只怕比得上一个知府！愣什么，他娘的还不赶紧磕头谢主子，换衣服填肚子是正经！"一席话说得胤禛也破颜一笑，见三个孩子磕了头，颔首说道："狗儿坎儿进我的书房捧砚，翠儿留给福晋使唤。高福儿带他们去吧，年纪都还小，不要拘管得太紧。"

"四爷，"年羹尧瞟了一眼日头，已过巳时，因赔笑道，"盐商们都已叫到城隍庙，安徽布政使里的两个道台已经等在那里，咱们该动身了。"胤禛嗯了一声，戴铎忙进里屋取出两套皇子冠服，张罗着哥俩更衣，胤祥虽不情愿，也只好罢了。

桐城城隍庙离着钦差行辕只里许地远。费时三个月，从全省各地请来的盐枭早已等在城隍庙前大照壁旁。这些人虽然平日割据一方，自有巢穴，相互之间声气相通间有照应，所以都很熟识，心里都明镜一般知道四皇子筵无好筵，却都没想到胤禛会选这么个地方请客，怀着鬼胎三三两两窃窃私语。安徽布政使下头铸钱局的道员柳祺和盐道陈研康都是资深老官，知道胤禛胤祥都是康熙的爱子，太子的心腹手足，性格乖戾不入常情，都不敢说什么，坐在专为他们设的凉棚下只是吃茶沉吟。柳祺和陈研康主管通省银钱盐政，心里当然盼着两个金枝玉叶替他们整整这些盐狗子，但安徽盐商不但平日和巡抚将军衙门过从甚密，早已一鼻孔出气。单盐商里为首的任季安，现就是九阿哥胤禟门下任伯安的嫡亲四弟，都是"八爷党"的钱袋子，所有盐商都以任季安马首是瞻，即便是胤禛胤祥，也不能不心存投鼠之忌，因此今日这事弄不好就要磨盘压手，倒霉的还是小官……陈研康想着，不由瞟了一眼不远处坐着闷头吃茶的任季安，见那张团脸上眼泡下垂，毫无表情，不由心里一悸，回脸刚与柳祺相对，忙都闪了开去。众人正没做理会处，便听盐商们一阵骚动，有人嚷着"四爷和十三爷驾到了！"

"四爷来了，"任季安也站起身来，沉着地对围在身边的几个盐商道，

"咱们也迎迎。"说罢便带着五六十个衣色杂乱的盐枭迎出照壁,一排一排跪在柳祺陈研康身后。眼见气度沉着的胤禛和一脸漫不经心的胤祥次第下了杏黄大轿,穿着石青团龙通绣蟒袍,戴着红宝石东珠二层金龙冠,一大群太监、亲兵、戈什哈簇拥着迤逦近前,任季安心里突然泛起一阵慌乱:他倒不是出不起这点银子,只要他带头认捐十万,盐商们再疼也得拔毛,百十万银子须臾之间就凑齐了。但哥哥任伯安信里说得明白,一是不能破了这个例,倒了九爷的招牌;二是八爷说了,不能让四爷再往太子爷脸上贴金。但今儿这势头,这排场,自己应付得下来么?正胡思乱想间,猛听炮响三声,柳陈二人已是请过圣安。

胤禛答了"圣躬安",呆着脸一笑,对众人说道:"这么热天儿,生受你们等了。今儿我请你们的客,却是要与虎谋皮,要劳诸位破费了。"胤祥咧嘴无声一笑,将手一让,说道:"四哥走前头。筵席就设在十八地狱廊前。满院都是树,凉爽得很。"胤禛略一会意便率先进庙,后头扈从和官员盐商亦步亦趋地跟定了进来。一进庙便觉与外面迥然不同,一溜石甬道两侧柏桧森立,遮天蔽日阴冷浸人,一座座神道、灵绩、功德、述异石碑参差林立,死人脸似的又灰又白。胤祥心下暗自掂掇:四哥整治这些人真挖空了心思!想着便听胤禛格格笑道:"这副楹联是方苞题写的,好一笔字!"众人抬头看时,却是:

> 呀!暗室亏心,巧取豪夺,带来几何玉女娈童,财货金帛?!
> 喂!神目如电,敲骨吸髓,取去多少身家性命,人肉膏血?!

任季安看时,盘虬石柱,一笔颜书朱红大字,果真墨渖淋淋,仿佛人血还在往下滴淌,竟不自禁激灵一个寒战,却听胤禛说道:"戴铎,回头叫人拓下来,带回北京。上次皇阿玛还说要看看方灵皋的字来。"

于是众人接着往里走。进了二门,早有贝勒府的侍卫们迎出来,禀道:"四爷,十三爷,筵席就设在那边廊下。请爷和各位大人绅士入席。"

胤祥看时,果见一溜游廊下齐整摆着十桌八宝席面,水陆珍珍、鱼鸭鸡肉一应俱全。只廊边木栅后全是泥塑的十八地狱,刀山油锅斧钺炮烙种种刑法俱备,牛头马面黑白无常监刑,无数狞恶小鬼将种种不忠不孝、不仁不义、贪财杀生、淫恶乱伦之辈，脖子上挂了罪名签，按着头，有的刀劈，有的索绊，有的火烧，有的水煮，有的磨压，有的油炸……阴惨惨逼人毛发。胤祥在阿哥里号称"拼命十三郎"，最是气豪胆大，倒也不在意，看众人时，却都是脸若死灰，哪有心境吃得下？胤祥一回头见狗儿坎儿也混在长随里看热闹，便叫过来小声道："你们也凑个热闹，解解馋！"狗儿扮个鬼脸只"嘻"地一笑没言声。

"诸位！"待人们纷纷入席坐定，胤禛带了胤祥坐了首席，环视众人一眼。他的神情突然变得随便了些，笑着说道："今日这点菲酌，全是从我俸银中备办的。当然，这也是民脂民膏，却是十分洁净。今天这个地方洁净，饮食也洁净，可以放心尽量地用。我是信佛的人，极少茹荤酒，今儿也破例饮一大觥！"说着端起杯来一举道："请，二位大人请！"自己先一饮而尽，众人一齐起身将门杯饮了，便听胤禛又道："十三弟，我不胜酒力，你代我多劝大家几杯。"

胤祥答应一声，满脸阴笑轮桌劝酒，一头走一头大声说道："好，我代四哥行酒，让到即饮。我是个带兵的阿哥，行伍里滚出来，喜欢军令行事，有逃酒的，规避的，我要提耳灌酒！"众人见他昂首挺胸，雄赳赳斗鸡一般，谁敢违令，尽是安庆老窖酒烈性十分，也只好依命从事。任季安躲在第七桌，见胤祥一路行酒过来，心里暗自打着主意，笑着起身道："十三爷，上回九爷府来信，还说到爷喜欢好兵器，九爷叫小的给爷物色。特地请江西号上锻了两口宝剑进上去，不知爷赏收了没有？""哦，那两口剑原来是你孝敬的？"胤祥心里咯噔一下，没想到在这里也会碰见八阿哥的人，随即笑道："那太好了，原来这里头还有咱哥们的门人！既如此，你更该为国效力，捐他二十万，如何？"说罢一饮，也不等任季安答话，径自移步去了。首席上陪坐的柳祺陈研康听得解气，一会意举杯一碰，各自饮了，稳着心神看这场恶宴。

"不要吃枯酒，"胤禛突然大声说笑着道，"快奏起乐来！"此时各桌让酒已近尾声，座中人渐次活跃起来，嗡嗡营营人语嘈杂，听得这一声，忽地又静下来，便听乐棚那边笙簧齐奏，十几个乐户随调而歌：

薤上露，何时晞？露晞明朝更复落，人死一去何时归……蒿里谁家地，聚敛魂魄无贤愚。鬼伯一何相催促，人命不可少踟蹰……

满座的人都被这悲凉怆楚的歌声弄得一怔。柳陈二人一听便知，这是有名的《薤露歌》及《蒿里曲》，眼见这些财雄一方势盖官宦的盐枭们被整治得欲哭无泪欲笑无颜，二人不禁掩口偷笑。

胤祥今日放量豪饮，乐声中兀自不停轮桌劝酒，一边逼着盐商们猛灌，回头大声道："妙哉斯情，妙哉斯景，妙哉此歌！"

"是么？此乃丧歌！"胤禛仿佛不胜感慨，摆手止了乐抚膝起身，绕席踱着步子缓缓说道，"我毕竟是钦差，是龙子凤孙，钟鸣鼎食之间，不能忘情于生死天命。其实这歌，上半阕是送葬王公贵人的，就是指我和十三爷这些人；下半阕是送葬士大夫庶人的——就是指的在座诸位。王公也好，庶人也好，其实一死魂归，终归难逃一抔黄土。想来生时聚敛声色财货，百年光阴倏然过隙，又有谁能带了去？何如生时做些功德，散财铸福，上有益于国，下有利于民，远昭祖宗厚德，近追来世之福——你说是么？"他突然停在任季安身边，问道。

任季安吓得浑身一哆嗦，忙起身赔笑道："四爷说这些学问奴才们不懂，也知道钱财是身外之物，生不带来死不带走。请四爷划个章程，奴才们遵谕认捐。"

"赤条条来去无牵挂。"胤禛略一点头，踱着步子走着继续说道，"这些话说说容易做来难。去年黄河决溃，大堤失修，这是国计民生的大事，要一百二十万银子才办得下来。我自筹九十万，向户部要三十万，户部竟然勒掯着不给。这些混账王八，我回京自然要找他们算账。但这一百二十万银子，却要着落在你们这些大财东身上！"

一席话说得一众人等面面相觑，心里一千个不自在，却没有一个人敢出口和这个蛮不讲理的贝勒爷理论。戴铎因见胤祥使眼色，早抱着一卷宣纸出来，一头铺纸，一头就磨墨。众人被揉搓得心都紧成一团，说不上是冷是热，头上汗津津的却只是打颤儿。恰这时年羹尧戎装佩剑大踏步进来，向一脸佯笑的胤祥耳语几句，又后退一步肃然听令。

"这还了得？"胤祥勃然大怒，脖子上青筋胀起，厉声喝命，"把那个王八蛋拿进来，请四哥发落！"胤禛没言语，只用询问的目光看着胤祥。胤祥铁青着脸道：“池州府那个知府拿来了，方才年亮工问着他，为什么不遵钦差宪命，出告示征收盐商路桥税。他说没有奉省里的文书，还说要等朝廷旨意，单凭四爷一个札子，四爷又不管盐务，他不敢做主！这样的混账东西，还不开销了他？”

胤禛听了，转脸问席上众人：“你们谁是池州府的？”这时席上的盐商们早就吓蒙了，一个个呆若木鸡，半晌才从第五桌上站起两个士绅，嘴唇乌青，结结巴巴说道：“小……小人们是池州府的。”

“你们知府叫什么名字？”

“李太尊……不不，知府官讳叫李淦——回四爷，李大老爷是……是……”

“是什么？”胤祥大喝道，“是他娘的老虎、豹子，能吃人？”

那老头儿吃这一吓，口齿倒伶俐了些，颤声儿道：“是大千岁的门人……”听这一声儿，所有的人都抬起头来，任季安也定住了神，目光冷冷睃过来。

“唔。”胤禛略一沉吟，冷笑一声道：“好嘛，带他进来，我当面问他！”

李淦官服袍靴齐整地被押解进来。城隍庙里立刻一片死寂，只听微风扫过，远处枫林哗哗作响，近前柏涛啸声隐隐。天下人无不知道，“大千岁”是康熙的头胎长子，握着镶蓝正蓝两旗，阿哥里除了太子，是头一个封王的，十分得康熙爱重。任季安暗自舒了一口气：你不整李淦，也难整我。你整了李淦，我就顺着你，九爷也不会怪我了。

“李淦，”胤祥看了胤禛一眼，格格笑道，“你好难请啊！头一次钦差行辕发出传票，你竟敢当面顶回来！知府是个什么鸟官儿？永定河里的王八也比你这一色人少些，你就敢抗命？是吃了什么药，或者是什么人给你撑腰了？”李淦原是皇长子胤禔最得意的贴身伴当，从小跟胤禔在家学读书，见惯了众人欺侮胤祥，压根也就瞧不起胤祥这个“淫贱种子”，只是旁边坐着“冷面王”胤禛，他不能不心存忌惮。听了胤祥的话，李淦翻着眼皮偷瞧了胤禛一眼，说道：“奴才哪敢抗钦差的命！恰那日行辕来人，奴才本主大千岁爷也发来通封书简，福晋的嫡亲侄儿要去福州，叫奴才备办东西等着侄少爷，因此恳求宽限几日……”胤祥见他一脸打擂台架势，知道他小看自己，气得咽了一口唾沫，又问道：“这个过节儿不说。钦差行辕四月就传令要各府整饬盐务、征收盐车盐船路桥税，你凭什么不出告示，不设关卡？"

李淦怔了一下，这件事事关胤禛政令，他不能不认真对付。其实胤禛的公文一到，他就召集了当地盐商。大家都求他瞧着"任爷"的脸，不要发这个公文。今年他已向盐商私自盘索了十几万，一半孝敬了胤禩买花园，一半自己置了庄子，无论于"公"于私，他都不能不买盐商的账。但这话断然不能出口，想来想去，还得抬出主子，因道："十三爷，奴才的难处一言难尽，四爷的差令一登邸报，京里主子就来信，要奴才把今年年例银子送进去。池州府地面的盐税早已征过了，要是再加税，弄起民变，奴才担不起。盐务是朝廷大法，至今没见旨意也没有部文，那个地方民风刁悍，和凤阳府一样，动不动就出事。奴才小心从事，也是怕激出大变，辜负了四爷十三爷拳拳爱民之心……"

"什么大千岁二千岁，你他妈满口柴胡！"胤祥越听越气，"砰"地一拍桌子，酒盏菜盘都跳起老高。但他心思伶俐不在胤禛之下，立刻意识到自己说脱了口，口风一转厉声说道："——三张纸糊个驴头，你好大的面子！动口就是大千岁，大哥要知道你在下头这么没王法，早他妈揭了你的皮！"李淦盯了胤祥一眼，神气中满是怨毒，不言声垂了头，一副死猪不怕开水烫的模样。

胤禛阴着脸站起身来，背着手踱至李淦面前。李淦虽然看不到他脸色，见他只是沉默，觉着一种无形的威压迫过来，心都缩成一团，竟不自禁微微发起抖来。半响才听胤禛说道："太子爷、大千岁，三爷，还有我和老十三这些弟弟，一父同体，一朝为臣，休戚与共。今日我在这十八地狱之前筵客，原就是表我这片心，内不疚神明，外不负朝廷，上可对苍天，下可告黎民，征收盐船盐车桥路之费，实为集银修复河道，疏通漕运，这里边没有我和十三爷的私意儿——你左一个大千岁，右一个'本主'，是什么意思？你要挑拨我们皇兄皇弟阋墙相斗么？"

"奴才不敢……"

"你已经敢了。"胤禛淡淡地说道，"而且当着这么多盐狗子——年羹尧！"

年羹尧跟从多年，深知胤禛说话声音愈淡，愈是阴毒刻薄性子发作得厉害，一点不敢怠慢，上前叉手大声应道："奴才在！""李淦，"胤禛干巴巴说道，"你这官是朝廷给的，而且来之不易，所以我不剥你的官印。但你是大哥的奴才，我瞧着就和我的奴才差不多。是不是？"

"是！"

"很好。"胤禛把玩着黄带子上的汉白玉坠，不动声色地继续说道，"譬如戴铎、高福儿，得罪了大哥，自然要请大哥处置。反过来也是同理。——十三弟，按家法办他！"胤祥八字眉一展立时变得神采奕奕，笑道："四哥说的是！年羹尧，剥了他官服，捆到那边树上，抽三十鞭！"

"四爷……十三爷！"

"来吧你！"年羹尧哪里由得李淦分说求情，上前只一提，老鹰撮鸡般将李淦提起，只一操，早有几个戈什哈如狼似虎扑上来，一顿拾掇，将个五品命官扒了袍服，赤条条捆在树上，挥起皮鞭"日"地一声兜头就抽，立时便传来李淦鬼嚎似的惨叫。

这干子士绅明知是打骡子惊马，但事在其间不能不惊，早已是魂飞魄丧面如土色。任季安眼见高福儿、戴铎拿着写了"治河乐输"题头的宣纸，头一个便寻自己，一声不言语提笔在上头工整写了"任季安乐输白银十八万两"的字样，抽了筋似的瘫在椅中。一阵阵惨嚎声里，胤禛摆手笑道："奏乐，唱歌，给大家助助酒兴嘛！"

须臾乐声大起。胤祥抽身出来小解，却见狗儿坎儿提着一串爆竹进来，便笑问："你们这是做什么？"坎儿揉了揉眼，道："咱们奔了个好主子。买串鞭炮也给狗日们的凑热闹！"胤祥笑着摇头道："留着过年放吧，已经够他们受的了。"说着便听那边歌起，却不再是丧歌，一个女子声气歌如穿石：

　　　　仙仙乎，而还乎，而乃幽我广寒乎……

第十一回　　冷面王夜宿江夏镇
热肠郎仗义铲不平

　　办完筹款大事第二天，胤禛便悄没声离开了桐城。照胤祥的意思，还该绕道走一趟安庆府，在省里打个花胡哨儿应酬一下，但胤禛却道："省里人杂，小人口舌，什么是非生不出来？如今北京官场里谣言四起，说皇上放出口风要废太子，时辰咱们也耽搁不起。留下年羹尧在这儿交兑银子，早早回去是正经——我也实在耐不得这里的热了。"

　　于是一众人等收拾行李，由胤禛胤祥带了高福儿、坎儿狗儿装作举人进京便装小道，其余仪仗随从官兵走大路，明分夜合晓行晚宿，戴铎则两头联络。

　　看看这日行至江夏镇地面，高福儿高兴起来，向胤禛道："四爷，今晚能投个好宿头了。咱们一路走的，尽避开了官道，这个江夏镇小人幼年跑单帮来过，最是热闹的。不但三十六行俱全，连戏园子也有，今晚好好疏散疏散……"胤禛骑在骡子上乏得浑身酸疼，摇头道："我从不看戏，也不想树大招风地进戏园子，只想清清净净睡个好觉。"高福儿听了没敢言声，胤祥却有兴头，笑道："四哥也真是的，没见狗儿坎儿都眼巴巴瞧你？天天三更起，摸黑住，避热走路，我也闷得受不得了。"

　　"那好，"胤禛似乎心事重重，勉强笑道，"真要有戏，你们去看就是。索性告诉戴铎他们，在前头一站等咱们。八十号人跟着，阿哥去看戏，难免传出去，阿玛知道了不欢喜。"话音一落，狗儿坎儿高兴得一蹿老高。

　　一路说笑走着，眼见金乌西坠倦鸟归林，前面横亘着一座大镇。胤禛缓缓下了骡子，把缰绳丢给狗儿，说道："老十三，下马走走吧，两条腿酸困麻木，走两步好。"胤祥滚鞍跳下马来，笑道："四哥只顾了管政务，弓马都荒了，像我在古北口练兵，三天不下马，困了就在上头打了盹儿也罢了！"正说着，胤禛却转脸问道："高福儿，你不说这地方热闹么？怎么看上去死气沉沉的？"

众人看时，庄子已在近前，夕阳已经沉落，正是做晚饭的时辰。可煞作怪的，这么大一片城镇，只寥寥几处炊烟，镇口麦场树下，摆龙门阵吃晚饭的人一概全无，只西边一片金红的晚霞余晖中，成片的乌鸦忽起忽落翻翻翔舞。胤禛心里一森，说道："见这光景，我就想起黑风黄水店，别是又遭上了吧？""没有的事。"狗儿忽眨着眼道，"这里又没遭灾，太平时节人烟稠密地方儿，哪来那么多黑店？"

"我去问问。"高福儿心里也自诧异，见几个庄丁模样的人从麦场那边过来，便走上前去，径自问道："爷们，吃过饭啦？借问一句，这里可是江夏？"几个庄丁都站住了脚，看看高福儿，又打量他身后胤禛等人，为头的点点头道："过去是江夏镇。我们刘爷买了过来做庄院，如今是刘宅。附近二百里谁不知道？你们敢怕是外地的吧？"

胤禛不禁一怔，胤祥也吃了一惊，好乖乖，这个镇子比得上一个中等县城，买下来得多少钱？但搭眼一看便知他们不是说谎，一条正街已拆掉一小半，脚手架扎着正在盖造正宅门楼，靠东一大片民宅已经毁掉，一排排高房大屋黑沉沉的，很像是新建的库房，沿门楼前不远一处都立有木杆，上边吊着"气死风"灯，这群庄丁有的拿着火折子，有的带着棍棒，看样子就是来点灯巡逻的。胤祥不禁赞道："好大势派！劳烦你们通禀庄主，我们是赶北闱的孝廉，失了道，这会子天已黑了，就借宝庄贵地歇宿一夜，明早就上路。"

"你们听他说的！"那打头的笑谓众人，"叫我们通禀庄主！告诉你，我们这些人都是外院守庄的，离着刘爷的二管家还隔着多少层呢！依着我说趁早别费这个事，往北十里铺，有干店。一路都是官道，夜凉正好走路，到那儿不误夜饭。"旁边一个庄丁道："王头儿，眼见是几个白面书生，庄北空着多少房子，不拘哪儿留他们胡乱住一夜，也算阴骘。"王头儿道："你不懂事。北京任大爷的二舅爷来了，还带着一群苏州姑娘，天这么热，来来往往有个不方便，主子那个脾气，咱们吃罪得起？就连他也要吃亏，我那不是好心？"

他们这边说着话，坎儿不言声混进人群里，悄悄往一个庄丁手里塞了个包儿，那人用手一捏，是铜子儿，便上前笑道："罢呦！王头儿，才叫人家收了几天地，就这么忠心保国？依着我说，谁背着房子走路呢？庄西北张家老坟院有两间房，引他们住进去，大门一关，他们就在庄外，就有什么事，与我们鸡巴相干？"王头儿背着手正沉吟，狗儿也绕过去塞了一包钱，便改了口，说道："那就这么办。老王头，你带他们过庄，我们在镇西土地庙等你。"

"行啊！"一个老汉答应一声，吭吭干咳着点了手中灯笼，招呼胤禛道："那位老爷，你们跟我来。"

天已经黑定了，老王头带着他们一行五人和芦芦，过了寨河，穿街钻胡同迤逦往镇子西北行去。胤禛看着黑黝黝阒无人声的大街小巷，心下不胜感慨：国库里银子不满四千万，下头豪绅却富可敌国，一边是坎儿狗儿家快灭门绝户，盐商们却善财难舍：这就是盛世——里头的隐忧让人不寒而栗！想着，问道："老人家，你家庄主叫什么名字？"

"刘八女。"老王头答道，"前头七个都是姐姐，怕养不活，取这么个贱名。唉……有福之人呐！"说罢又咳。胤禛又问："方才说的'外三院'是什么意思？"老王头苦笑道："这镇上原来住的人，无房可卖，无地可种，八女爷收留了三个院子，白天当人家佃户，夜里守庄子，都是外三院的，八女爷自己身边的奴才也分了三院，叫'里三院'。都是奴才，分着三六九等啊！八女爷手面大得吓人，别说你们几个举人，省里的巡抚还拉手说笑话儿呢！今晚来的这个舅爷，听说就是北京城九王爷门下任大爷的亲戚，任大爷又是八女爷的儿女亲家，这里的知府老爷都来陪客了呢！"

胤禛不由悚然醒悟：原来这个刘八女和九弟还有这么深瓜葛！回头看看胤祥，灯影里不知什么脸色，只将脚下石头一踢，芦芦猛地向前一扑，旋即又失望地回到狗儿身边。走了足有一顿饭光景，终于来到镇西北角一所大院落前。看样子从前是个会馆，前头搭着戏台子，楹联上写的联语是什么"三分鼎""一部书"，暗中瞧不清楚，显然是山陕行商聚集会议，供奉关夫子的庙宇，唯其是神道，刘八女没敢惊动，一切维持了原样。这里的气氛比前镇大不一样，门前人来人往，滴水檐下一溜玻璃瓜灯，照得雪亮，院内还不时传来一两声箫笛，远处还有人抬着大桶大桶的洗澡水往院里送。

"别说话，"老王头又交代一声，"跟着我穿过这院，后头就是张家老坟。"众人会意，鱼贯跟了进去。到东北角门上，老王头抖抖索索取钥匙开门，摆摆手，胤禛便头一个出来，接着高福儿狗儿坎儿也出到门外。老王头道："你们看，那边两间房，原来看坟人住的，里头有草垫，还算干净。你们人多，也不怕有鬼。"

野外的风吹来，将胤禛袍角撩起老高，他突然感到一阵凉爽，因笑道："我带着一个鬼难缠，还有个缠死鬼，还怕什么鬼？老人家，你回步吧！"话犹未及，便听角门内"哗"的一声，几个人急回头看时，却是胤祥被东屋一个人兜头浇了一盆洗澡水，一个女孩子声气骂道：

"姓胡的，天下哪有你这样不要脸的？一个女人洗澡，你左一趟右一趟在门口转悠！没见过女人，回去叫你妈解怀！"

几个人都是一怔，却听胤祥笑道："是我。我看门上这副楹联，还骂么？"那女的大约是很尴尬，半晌才嗫嚅道："……我不知道，我还以为又是……怎么办呐？要不我赔你几个钱？"胤祥道："我不稀罕钱。你长得这么水灵，也舍不得打你。怎么办呢？要不跟了我做老婆吧？"接着便听那女子"咣"地关了门，在里头啐道："你也不是个正经人！"胤禛听得不耐烦，便道："祥弟，只管啰嗦，快来吧，明儿还要赶道儿呢！"

胤祥落汤鸡似的进屋，老王头已经点着一支蜡烛，见他进来，狗儿坎儿都捂着嘴笑。胤祥笑着一瞪眼，说道："笑什么，吃呱呱鸡屁股眼了么？这叫香汤沐浴，你们还没这份艳福呢！"老王头说道："你们先安置，我去看厨房里有剩饭没，给你们垫垫心。"胤禛忙道："生受你了，白忙活这半晌。我们带的有点心，胡乱吃些就歇了。"胤祥已经换好衣服，见这老人心眼厚道，从马褡里掏出几个金瓜子递过去，笑道："拿着。别瞪眼，我们不是江洋大盗！你这样好心该当好报——怕什么？有人问，就说是北京四贝勒府的人赏的。你也不用弄东西来，你自己是个下人，白讨人家的黑脸！"

"谢爷的赏……谢爷的赏……"老王头两手捧着灿然耀目的金瓜子，惊异得不知说什么好，结结巴巴道："爷们要不用饭，也就罢了。要饿，今晚筵着客，吃的东西不难。说句那个话，就吃穷了八女爷，还不是拉到他家地里？"说罢千恩万谢地去了。

胤禛有个习性，每晚睡前总要坐禅，略用几口点心，便靠墙趺坐默然入定。狗儿坎儿孩提之间，既不能睡，抓耳搔腮的没一刻安静，因见胤祥在草垫上枕肘而卧，望着屋梁出神，狗儿便问："十三爷，您还在想方才那个婆娘？""你人小心大，懂得的倒不少！"胤祥一笑，转脸说道，"我是在想，这个姓刘的有多少地，我们吃东西就必定拉到他地里？"高福儿赔笑道："别听老王头放屁，他是没说的了，哄爷的！"

胤祥和狗儿坎儿在一边猜谜说笑，逗得胤禛也忍俊不禁，睁开眼笑道："我这里打坐，你们只一味胡搅！"

"四哥别怨我们，"胤祥也笑道，"到底你不是神仙，没这份定心。"胤禛正要答话，忽然南边院里"咔喳"一声，很像是木柴劈裂的声音传过来，在这静夜里显得异样刺耳，连坎儿狗儿高福儿都吓得一愣，弹簧般跳起身来。接着便听一个粗重的嗓门大喊大叫："阿兰小贱人，你是他娘的什么东西，就敢作践我老胡？一个下三等的婊子，王八粉头装你妈屄什么正经，指望给你立个贞节牌坊？"

胤祥这才知道，方才泼了自己洗澡水的女郎叫阿兰，这个老胡吃醉了酒，要寻她的霉头。接着听见阿兰抽抽泣泣对答："谁是婊子？谁是王八粉头？买我的时候没说过，卖嘴不卖身的么？"话音未落老胡又是一声大吼："买来就是我的人！你是什么嫦娥西施？就选到九爷跟前，也轮不到你挨尿——你这么正经，怎么和那个小白脸儿调情？爷方才急着去赴宴，没顾着调理你，躲了初一躲得过十五？把这个淫贱材儿拖出来！"接着便听几个人闯进去，把哭哭啼啼的阿兰拖出去，稀里咣啷也不知是怎样动作。

胤祥气得脸色雪白，一跃而起便去马褡子里摸腰刀，一探手却不在里头，劈手摘下墙上挂着的马鞭子，一声不吭调头就走。胤禛听老胡骂得忒是犯荤，连胤祥也扫了进去，不禁皱起眉头，眼看弟弟要去惹祸，沉着嗓子喝道："老十三！和这种混虫计较什么？小了你的身份！回去告诉你九哥，难道治不了这混账东西？"胤祥恶狠狠盯了角门一眼，站住了脚，脸色又青又灰，盘着鞭子来回踱步：这个四哥是他的主心骨，他不能违他的命。但院那边的事却没有完，哭骂声中响起了皮鞭，夹着阿兰的惨号。直抽了十几鞭才住手，便听那个老胡的声气格格奸笑道：

"卖嘴不卖身？好哇！反正这会子睡不着，捡着好听的给爷唱一个！"

一时没了声气，院那边像是调弦，良久，箫筝渐起，飘过一阵带着呜咽的歌声：

> 流萤飞渡，草湿林暗游青磷……望流水高山，家乡路远，高堂萱
> 草春消息，却为关河锁禁。徘徊迟回，芳心还惊，杜宇一声血染
> 尽……

"不好不好！"老胡大声道，"换个高兴的！"接着阿兰一顿，改唱：

> 聊将春色作生涯，宿眠园林几树花……

"重来！"老胡又叫住了，"给我唱——云房十试吕洞宾！"

"云房十试吕洞宾"是白牡丹调情，盗取洞宾仙根的故事，出了名儿的风月戏，最是淫亵不堪。胤禛听老胡如此作践人，心中不禁大怒，咬着牙思量片刻，说道："祥弟，这太不像话，代你九哥教训教训他！"

"是了！"胤祥答应一声，将实地纱袍脱掉了，提起鞭子就走。胤禛便命："高福儿把行李备好，一会儿咱们走路。你们两个陪着我到角门口接应一下。"说罢三人带了芦芦出了房门，只见胤祥赤了膊站在脚门口，相了相那门，一脚猛踹将去，那门本就不甚结实，"咔"的一声爆响，已是戛然崩倒，胤祥大叫一声："王八蛋，忒煞是欺侮人！"便扑了进去。

院子四角都挂着灯笼，很亮。胤祥乍从暗处进来，觉得亮得刺眼。定了神看时，那个叫老胡的是个黑胖子，脱得赤条条地半倚在当院石板上，胸前黑毛如乱草蓬生，喝得醉醺醺的，正叫两个婆子按着不肯唱歌的阿兰往地上碰头。乍见胤祥提着鞭子虎势雄雄闯进来，雪练也似一身肉块块绽起，满院的人都吓怔了，老胡"唔"地坐起身子，问那婆子："这是哪里的野杂种？是你们庄里的人么？"

"奸贼！"胤祥自幼受哥哥和太监的气，都从"杂种"二字上起，最听不得这话，哪里还等他们从容问答？叫骂着一个箭步蹿上去，劈脸就是一鞭！老胡"妈呀！"一声惨叫，打个滚翻身起来，捂着鲜血淋漓的左颊，杀猪价大叫："来人哪！强盗打劫了！门上的小厮们死绝了么？"胤祥哪里管顾，只手中皮鞭抡得风响，赶着老胡猛抽，一院子丫头老婆并买来的乐户女子齐哭乱叫呼爹喊娘。

满院子闹得沸反盈天，外头守门的长随们早惊动了。一阵吆喝，十几个人提着棍棒跑进来，也不分说围着胤祥就打。但胤祥身为皇子，秉承祖训自幼不弃弓马，教习师傅俱是大内侍卫，天下一等好手，他又爱武，身手在阿哥里数一数二。这些豪奴欺侮百姓是把式，野鸡手段哪里放在胤祥眼里？打得兴起，纵跳横跃，一只普普通通的马鞭矫若游龙，恍恍惚惚飘飘闪闪，鞭着处无不皮开肉绽。胤禛右角门口看得目眩神迷，坎儿狗儿咬指惊叹。半晌，狗儿才回过神来，说道："四爷，放芦芦吧？"

"不到万不得已，不能放狗。"胤禛冷冷说道，"十三爷对付得了他们！"

但外边拥进来的家丁越来越多了。胤祥十分机警，抽冷子一把擒过老胡揽在怀里，两眼睁得浑圆，大喝一声："都他娘住手！"这一声犹如炸雷般的怒吼惊得众人身上一颤，竟都停了手，只围了个半圆逼着胤祥。胤祥将腰中黄带子一撩，冷笑道："你们说爷是贼？看看这个！老子行不更名坐不改姓，是北京城十三贝子爱新觉罗·胤祥！今日代九哥收拾这个奴才！"

众人不禁呆若木鸡，提棍的拿刀的掣鞭的都一动不动，活似泥塑神胎。正不可开交处，胤祥格格笑道："老胡，打了半日，还没请教你大名儿呢，你叫什么？"

"胡世祥！"老胡是从黑山庄上才调进北京，并没见过胤祥，哪里肯信这愣小子是十三阿哥？仰着头答应一声，翻着怪眼问："怎么样？"话音刚落便被胤祥"呸"地啐了个满脸花："你也配这个名字！这是答主子话的规矩？"说着转脸问："你们谁是姓任的舅子？这个阿兰我买了！"

众人你看我，我看你，谁也不敢递腔。任伯安的舅子早已赶来，混在人堆里，他倒是在京远远照过胤祥一面，只今夜的事太凑巧，而且他也喝得醉眼迷离，恍恍惚惚觉得像又觉得不可思议，只约制众人等着瞧，却不敢回话。那胡世祥却不知起倒，大声道："不卖！你也不是十三爷！"

"不卖？"胤祥哼了一声，用马鞭子指定阿兰，"这个女孩子爷买定了！你们好好儿给我护送到北京，掉一根汗毛，我叫你立旗杆——回去我和九哥说话！"说罢猛地一撩，胡世祥直滚出丈许来远。

胡世祥一骨碌翻身起来，指着胤祥大叫道："你们都是死人！凭几尺黄布就信他是阿哥？拿下！"但众人这时已暗地里得了话，还哪敢轻举妄动，胡世祥跳脚还要骂，不防被缩在一旁的阿兰抱住了腿，猛地就是一口。胡世祥疼得搂着腿打了个磨旋儿，"咕咚"一声歪倒在地下。

胤祥将皮鞭掖在腰里，拍了拍手上的灰，冷笑一声径自去了，一边走一边说道："作死么？不看九哥的脸，你这会子早见阎王爷了！"

当夜一行五人便离了江夏。行至第三日正午，在五里坡歇马，一打听，刚刚到了刘八女的地界边。高福儿等人摇头咋舌惊讶不已，胤禛胤祥见刘家如此豪富，也自心下骇然。

第十二回 讨没趣溜须碰硬壁 恶作剧拍马踏筵席

　　朝阳门码头是运河北端之终点，明末战乱失修，原是久已湮没淤塞，不成模样了的。雨水充足时漕船官舰尚可直泊进来，一般年份，埠头就设在通州，也算到了北京。康熙十六年之后国力渐次充裕，其间经治河能吏靳辅、陈潢、于成龙几度曲画精心修葺，不但旧貌尽复，而且河道拓宽数十丈，水深丈余，便又兴隆起来。夹岸铺店堂肆鳞次栉比，危楼翘翅飞檐插天，仿佛北京城外一座独立的小城，煞是繁华热闹。

　　八贝勒胤禩的府邸就在码头北岸。接到胤禛即将回京的邸报，他心里很犯踌躇。按照国礼，不奉旨他不能去迎接；按兄弟名分，哥哥远道回来，在门口下舟，断无不见之理。在康熙众多的儿子里头，胤禩只管着正红正蓝镶白三旗，坐纛儿皇子，最是清闲不过。但他为人精明练达，宽仁和蔼，无论兄弟还是外官有了烦恼难为的事，都乐意寻他诉苦情求帮衬。能帮的事，不分亲疏远近，不管要钱求官或夺情免参，胤禩从不袖手旁观看人落水不救。因此这"八贤王"尽自足不出户，恪守祖训不干政务，六部的事没有一件能瞒过他的，也没有一件事驳过他的面子。思索良久，胤禩决定换了便装去迎接胤禛。九阿哥胤禟昨日来府，已经学说了江夏的事，十阿哥胤䄉欠着库银，正和施世纶怄气，内务府早已透出风来，万岁对太子胤礽愈来愈不满。胤禛胤祥是胤礽的左右臂，这些事一回京立刻就知道了，自己不出面见见，兄弟间越发生分难堪。朝臣们已在暗中滚传，废了太子八爷当政，虽说是无稽之谈，但兄弟之间猜忌起来，什么闲话出不来？

　　和清客们下了一会子棋，待到天将黑定，外边的人飞奔进来禀道："八爷，四爷十三爷的官舰到了！""忙什么！"胤禩含笑道，"等他们接过我再去。"说着便起身，换了一件月白府绸袍，也不穿褂戴帽，腰间束了一条檀香马尾卧龙带，脚下踏一双黑冲呢千层底鞋，只带了两个小奴飘飘逸逸信步踱着出了大门。

码头上接钦差仪式刚过。看样子胤禛胤祥也是才下船，正和几个礼部的人执手寒暄。此刻芦棚里歌止乐歇，十二盏黄纱宫灯下一群翎顶辉煌的官员众星捧月地将胤禛胤祥簇拥在中间凑趣儿说话，见是胤禩来了，忙都闪开一个胡同。

"四哥，十三弟，一路风尘辛苦！"胤禩几步紧走，至胤禛面前打了个千儿，起身紧握着胤禛冰凉的手笑吟吟道："看上去气色还好。在京日日见面，也不觉得什么，你们一去八九个月，这心里就空落落的，总是手足关情啊！"说罢转脸又道，"十三弟英风犹昔，见这略加历练，看上去像是老道了些儿。""叫八哥惦记着了！"胤祥笑嘻嘻道，"我们在外头也着实想着你呢！眼见八月十五了，你给我预备了什么好果子吃？"

胤禛只微笑着听，因道："咱们走吧，芦棚那边还有许多人跪着呢！"胤祥笑道："男儿膝下有黄金，叫他们多跪一时还巴不得呢！升官发财不靠下跪请安，指什么呢？""十三弟幼时不是这样的，如今忒伶俐了！"胤禩一笑，"只这张嘴太不饶人。"

三人一头说笑踱过芦棚这边。在岸边接驾的都是郎官以上的官员，这边棚里都是科道司官，足有上百的人，见他们过来，一齐叩下头去。礼部四译馆司官刘典和刘燮两个人领衔请安道："四爷十三爷吉安！"他们都是胤禩府走动的人，起身时向胤禩注目会意而已。

"罢了，生受你们了！"胤禛脸上闪过一丝微笑，略一抬手道："大家都起来。天已这么晚了，有的还住在西直门外，就此散了，改日再会吧。"礼部侍郎宋文运随侍右侧，忙道："四爷，大老远地回来了，这会子也未必用过晚饭。奴才们预备了点水酒，略用点再去。"

胤禛瞥眼看了看，果见棚下齐整摆着二十几桌席面，干鲜果品水陆珍馐一桌桌小山似的攒起老高，不禁皱了眉头，站住脚说道："早就有旨意，钦差出巡，外地还不许张罗呢！我和十三弟在船上已经用过了。这会子身上乏得生疼，只想早点歇下。村竹，你是办老了事的，知道我的脾性，怎么还弄这个？我在外头从不吃地方官一席之请，回到辇下，更用不着了。再者，今晚迎接仪仗也太奢，我是有点承受不起。"

众人热炭团儿般赶来，满以为即便不能讨亲热，至少也不至于落个没趣。挨这几句冷炮，不禁面面相觑，人人心头不是滋味，脸上干笑心里直骂娘：妈的，咱算硬拿热脸来蹭冷屁股了！宋文运心里窝着苍蝇，赔笑道："四爷，您甭疑心，这用的不是宫中的钱，是下官们巴结的。您不用，下官们脸上怎么下得来呢？"胤祥肚里早饿得咕咕直叫，听胤禛说"已经用过"，又好气又好笑，却不好说什么。

"多少用一点吧。"胤禩见众人一个个沉着脸不言声，爽朗地一笑说道，"下不为例。现已做好了，不吃也是暴殄天物。算在兄弟身上，是我请您的，本来我府备的也有，就叫他们罢了。"说着，便随了胤禛进来。

众人此时方略松一口气，鱼贯而入安席。不一时觥筹交错，豁拳行令之声渐起，才热闹起来。胤禛却是一腔心事：按理皇子出巡归京，迎候宫灯不过八盏，龙旗也只九面。如今外头就摆了十二宫灯十二龙旗，而且动用了畅音阁的御乐，唱皇子出巡回驾凯歌，无一处不用太子排场，这是谁的主意？若是奉旨，就该说明，若不奉旨，那就是摆了圈子给自己跳！看看席面，也是仿膳规格，胤禛越发起疑，只是沉吟。胤祥却不管不顾，不论荤素一捞食之，一头大嚼着笑道："这一席没有十五两银子，断然办不来。八哥有钱请客，我可要大快朵颐了！"

"席面是他们办的，老十三要承承他们的情。"胤禩何等机警，一听便知这个老十三不怀好意，要把"请客"名声往自己头上扣，因一仰身子道："我要吝着不出钱，你们二位拂袖而去，太扫大家的情分了。"又劝胤禛，"四哥怎么不动筷子？如今的事不能太认真。上年我去奉天，巴海张玉祥他们请我也是这席面。我没说他们两句，他们倒说：'这膳谱还是万岁爷东巡时赏的呢！要是不叫吃，赏我们做什么？'你说说，可不是清楚不了糊涂了么？""我这人就喜欢清楚。"胤禛拿定主意绝不进食，笑道，"我不是不敢吃这个饭。一来确实不饿，二来我在想，这么一餐要三四百两银子，天下这么大地方，这么多官，得多少？我们真的富得这样了么？就这笔应酬钱省下，也很能办些事了……"

众人一边吃，一边听他教训，一个个气得无可奈何。一会儿这个说："这鸡怎么做的？淡极！"那个说："哎哟，刺扎着了！"刘典竟无端"啪"地自打一个耳光，刘燮便问："怎么了？"刘典一笑说道："这蚊子叮人！"宋文运干笑着只是劝："四爷，菜凉了，请……"

"我真的是吃不下。"胤禛心里雪亮，只管说道，"过骆马湖时韩春和请我，一只烤猪就是一百多两银子。我跟他讲'你看看我这两个伴读童子，一个叫狗儿一个叫坎儿，父母都叫饿死了。我买一个使唤丫头，身价只五两银子，这都是民间膏血！'"胤祥啃着一只鸡腿，想法儿要咬下里边的一团筋，笑道："四哥，省了得了省得了，您也用一点吧！"

胤禛突然脸色一变，站起身来径自去了。胤祥打个饱嗝，红光满面起身道："吃饱了吃饱了！你们只管慢慢吃。"也就跟出来。胤禛见宋文运等一大群人面红耳赤尴尬万分，忙起身抚慰道："四爷就这脾气，瞧着我的脸，别往心里去！"道了失陪也跟了出去。

他们兄弟一走，这边官员们立时开锁猴儿一般放肆起来。刘典用筷子将菜盂敲得山响，大声道："请请！村竹公，吃嘛！发什么呆？"

"村竹这回拍到马蹄子上了！"刘燮一边笑着给宋文运斟酒，说道，"脸都叫踢白了！怕怎地？不过认个晦气罢了，别说咱们，阿哥爷们还弄得鸡飞狗跳呢！"

一个参将举着杯子笑道："什么晦气，吃个鸡巴打个嗝儿，一股子尿气！"众人一阵哄笑，这个说："公公背儿媳过河，出力不讨好儿！"那个说："编派的倒好！什么沟儿坎儿？世上有过不去的沟坎儿？十不全把欠债官员名单子都开给皇上了，头一个就是曹寅，第二个是穆子煦，都是擎天保驾出生入死的勋贵！等着瞧，看是谁过不去沟儿坎儿？！"胤祥因小解还没走，回来时见狗儿和坎儿都在棚外等着自己，便道："你们怎么还没走？"

"你听听！"狗儿咬着牙道，"这些个驴日的嘴里嚼的什么蛆！"

胤祥侧耳听听，里头果真七嘴八舌，不凉不酸指桑骂槐，隐约还有人说什么"龙生凤养有九种，老鼠代代会打洞"，却极像含沙射影骂自己，不禁气得脸色雪白，一边带着两个孩子往外走，口中说道："我非整治他们不可！"坎儿一眼看见河岸边拴着二十几匹马，都是棚里官员们骑来的，都在吃酒，并无人看管，眨巴眨巴眼，向胤祥耳边嘀咕了几句。

"好法子！"胤祥眼中陡地一亮，笑道，"真有你的！只管做去，出了事都是十三爷的！"坎儿点点头，从腰里取出一挂鞭炮，无声一笑，走到一匹马跟前，便将鞭炮牢牢系在马尾上。狗儿早已会意，忙着上前解缰绳，打着火笑道："十三爷，有点不雅相，爆竹一响，咱们得撒丫子跑呐！"说着便牵过来。胤祥见他点着了捻子，照马屁股上狠命就是一脚，笑道："给你主子凑凑兴，叫他们再骂！"

那马被踢一脚，向前跑了几步，刚刚站住脚，尾巴后的爆竹"噼里啪啦"地响起来。这畜生惊得一跳老高，长嘶一声便向棚子冲去，顿时里边老鳖翻潭价，人叫声、桌翻声、马嘶声，杯儿盏儿稀里哗啦，也不知是怎样闹腾。胤祥得意地一笑，说声"走！"三个人便直奔八贝勒府来寻胤禛。

待到八贝勒府门前，三个人放慢了脚步，府门口的长随都认得胤祥，三人便径自进去直趋胤禛的书房怡性斋。却见胤禛的三个儿子弘时弘昼弘历都毕恭毕敬地侍候在斋门口，因大的不过八岁，小的才五岁，都在孩提之间，身后还簇拥着一大群太监丫头老婆子。长子弘时便忙抢前一步，双膝跪了道："十三叔回来了？方才阿爹还问你来着。"弘昼弘历磕了头，便扑进胤祥怀里，扭股糖似的撒娇儿。胤禛在里边已经听见，便踱出来道："放开你十三叔。高福儿带着你三个世子爷回去，告诉福晋，我是钦差，明儿见过皇上才好回家，也给邬先生文觉性音他们带个话。"胤祥一把抱起弘昼弘历，左右一亲放下了，笑道："四哥也真是的，父为子纲做得到家，就把孩子调教得避猫鼠似的。虽说君子抱孙不抱子，没了这份天伦之乐，还有什么味儿呢？"又回头道，"狗儿坎儿，你们也跟着三个爷回去，把我从无锡买的泥人儿、折扇香袋儿、竹编蝈蝈笼都给他们。"又逗了一阵子才进书房和胤禩胤禛吃茶说话。

"四哥"一切安顿停当，胤禩亲自摆好点心，方摇着湘妃竹扇坐下，诚挚地说道，"兄弟有一言相劝。不说憋得慌，说了呢，又有点怕您；不知该怎么说？"胤禛漆黑的瞳仁盯了胤禩多时，扑哧一笑道："我就那么厉害？你说就是了。"胤禩莞尔一笑，道："四哥天生煞气，严威逼人，群小虽怒而不敢不敬，这原是难得。只古人说过桡桡者易折，强不胜弱，柔则能久。总要刚柔相济才是万全之道。桐城募捐的事我听了心里极痛快，但北京城这么大，什么小人没有？也就难免……"他看了胤禛一眼，没再往下说。胤禛笑道："哦？都说些什么？只管讲嘛！"

胤禩微一俯身，说道："我这里有一份揭帖，写得极阴损，是刑部接过来，我叫扣住了不往里头递的。"说着从案头书下捡出一张黄纸递给胤禛。胤禛接过看时，上头写着：

告状人盐商柳下跖，为势吞血产事：极恶伯夷叔齐兄弟二人，倚父祖二兄声势，发掘许由坟冢，又通连皖省嬖臣柳祺陈研康，纵恶奴年某敲诈民财，竭泽而渔，穷凶极恶，逼献首阳山薇田三百亩，有契无交。崇侯虎见诋。泣思武王至尊，尚容叩马而谏，区区蝼蚁，遭逢尧舜之世，岂无伏马之鸣？激切上告！

胤禛看了只是一笑，递给胤祥，说道："文笔不坏，不知是多少银子买的——你看看。"因又问道，"还有什么话？"

"别的没什么。"胤禟沉吟道，"再如方才的事，四哥做的不差，只我觉得稍过了点。到底大家好意，兴兴头头来接风，太难堪了些。"胤祥暗地偷笑，装个闷葫芦，心里道："后来的难堪你还没见哩！"

胤禛拈了两颗松子仁儿在手中搓着，半晌才道："天若有情天亦老，月如无恨月常圆呐！又想马儿好，又想马儿不吃草，天下哪有如此美事？"他略一顿，转了话题，"皇阿玛身子骨如何？"

"还算结实。"胤禟舒了一口气，说道，"今年一夏，他老人家没离开畅春园。但精神看去有时济不来了，爱忘事儿。漕运总督吏部荐的丰升运，他已经照允，召见吏部的人又说：'怎么新河督封志仁还不进京引见？'弄得吏部的人干瞪眼不敢回话，还是张廷玉提醒说是大阿哥的门人丰升运，才想起来。"说罢抿嘴儿一笑。胤祥敞着怀扇风儿，端茶一口接一口解渴，笑道："丰升运这条老狗，到底钻营出来了！四哥没见过这人，大下巴，铲子似的这么翘着——"他翘起下巴，一翕一翕地好像嚼什么东西，"就这德性！"逗得胤禛胤禟都是一笑。

胤禟因道："叫你们回来，还是为清理积欠。施世纶已经上任，这人风骨硬挺，皇上也看得重。如今该还的账已经还上，咱们兄弟里头只有老十，一时没有还清，外任里头还有一二十个，像曹寅、穆子煦一干子，有的是还不起，有的是跟着皇上几次出兵放马的将军。这些功劳情分摆着，很难下手。上次见老施，急得不得了，等着你们二位回来呢！"说着，他立起身来，迈着方步踱着，言下似乎不胜感慨，"老十是个二五眼性子，其实还好说。曹寅、穆子煦他们都是万岁爷的老侍卫，打从康熙元年至今，生生死死风风雨雨都和皇上一块滚过来。明面上是他们借的库银，其实都是主子花了的，几百万银子，砸锅卖铁敲骨熬油也还不起啊！"

"我看不要紧。"胤禛揣摸着胤禩的用意，像是为这些人说情，呷了一口茶说道，"还不起账的我们心里有数，皇上也知道。逼急了，皇上自有章程保他们。至于老十，素日最听八弟的话，你劝劝他，不要为几个钱伤了体面，我虽穷，也可帮他几个。前人撒土，迷后人眼，我不能不顾公义，也不能不顾私情。"胤禩没想到刚刚试探着求情便被堵得严严实实，不禁一怔，随即哑然失笑："四哥你这心田，叫人不能不服。老九老十还有老十四不过管着皇庄，和我过从密些。其实他们是敬你，又有点畏你。连我见了你，就有一肚子笑话儿，也都憋回去了。"

胤祥却似乎没有听出两个哥哥斗心思，用手指弹着杯子笑道："一见面就谈公务，也不累得慌！八哥，我可是有求于你啰！"

"什么事？"胤禩转脸笑道。

"我臭揍了九哥一个奴才，要请八哥在九哥跟前斡旋几句。"胤祥收起了笑容，"听说那几个戏子是九哥叫奴才们给你买的，我瞧着不错，八哥是个大方人，送了我如何？"

胤禩一听便知是任伯安禀过的那档子事，故意怔了好一会，说道："你说的都是什么？我一点也不明白。我府里没有奴才出去，也没有买戏子呀！"又转脸对胤禛道，"我最不爱看戏。四哥你知道的，前年老十弄了几个人硬要送过来，我倒是收下了。一问，都是好人家的女儿，千里迢迢卖到北京。可怜见的，我一下子都打发她们回去了——敢怕有人冒我的名在外头做这事？倒要查一查！"胤禩这才把江夏镇胤祥大打出手的事说了，又道："我本来不想管。听他们鬼哭狼嚎实在不成体统，是我叫十三弟去管教这个奴才的。"

"好一出英雄救美人，何其妙哉！"胤禩哈哈大笑，"不过，人，确实不是我的。既然这事十三弟关心，又连着我的名声，我一定能查个水落石出。时间打得富余一点，容我去办，要是老九的人，十三弟尽可放心，包在我身上了。"

胤禛一笑起身，掏出怀表看了看，说道："亥时了，我们得去驿馆，话没有说完的时候，留着日后谈吧——明儿还得见皇上呢！"胤禩也不相留，直将他们送出大门。

第十三回　畏阅墙胤祥争出头
　　　　　敲木钟御苑学驴鸣

　　两个人回到驿馆，胤禛才叫了饭菜胡乱吃了几口，胤禛漱着口，见胤祥半歪在安乐椅上，好像换了一个人，呆呆地望着房梁出神，因笑道："从不见你这样安生的，在想什么呢？"

　　"我在想八哥这个人。"胤祥抚着额头深深吁了一口气，"说他伪君子，有时真像好人。说他好人，九哥十哥还有……"他想说十四阿哥胤禵，但胤禵是胤禛的一母同胞，便改口道："……还有一大群，像揆叙、阿灵阿、王鸿绪，什么鄂伦岱一干子乌鳖杂鱼混账王八，都整日围着他转！""是么？"胤禛一笑，"据我看，他还是有德有容的。别说你我，加上太子，十个不抵他一个。不过好人做得滥了，身边不免鱼龙混杂——你甭替他担心，这人心里清亮得很呢！"

　　胤祥哼了一声，冷冷说道："我替他担什么心？我担心的是你！他在那边收拢人心，你在这边一味得罪人。太子爷要真的承你的情也罢了，偏偏这个二爷，身上四两责任也不肯担，将来可怎么好？"胤禛不禁一怔，只点了点头，一声不吱低头吃茶。胤祥又道："那年纳尔苏王爷进京，送太子的礼薄了点，太子想整治他，拿住他擅用明黄镇纸的错处，却叫你监刑，在宗人府抽人家的鞭子。他在毓庆宫吃醉了酒，调戏皇上跟前的贵人，弄砸了锅，没法子就灌人家鹤顶红。死了人又担待不起，又叫你去跟德娘娘说，在皇上跟前疏通。我们在安徽募捐，弄得村村起火树树冒烟，京里这么多闲话，也并不见太子爷出头替我们讨个公道……"

　　"嘘——"胤禛见胤祥越说越劲，忙打了个手势，"防着隔墙有耳！"说着出外看看，但见月沉云影，树影如壁，并无一人，回转身道："你胡说些什么？"胤祥不无伤感地摇摇头，说道："不是我趁酒胡说，跟这样的主子真真叫人寒心！像今晚这事，摆那么大排场，算怎么个意思？是谁在里头弄鬼？四哥你机警，没上当。要真叫都察院那干子臭御史上个密折参一本，二哥肯出来替我们折辩么？——我已经看透了你的心思，户部这差使你是要接的。拼着得罪这么多人罢筵。可这份忠心，指望着能换来个什么？"

胤禛表面平静，心里翻腾得厉害。他今晚此举，其实是做给皇帝和太子看的。也叫百官知道他水火不避成败不计，决心把户部清债的事料理清白。原想这个粗疏爽气的十三弟未必能领略这番深意，倒不料他比自己见得还要深一层！

"你为什么不说话？"胤祥突然光火了，"我说的不地道么？"

"你说的一点也不错。"胤禛喟然叹道，"我已经骑在老虎背上，哪有那么容易下来的？明眼人一看就知道，太子越发不得意了，也难怪他，叫他监国，又毫无权柄；他批奏折，皇上跟前还有个上书房——他自己又不争气。有人就是瞧准了这一条，处处堵路，叫人寸步难行。你最知道的，我哪有什么'党'？办差多了黑锅背得多，谁免得了？如今他是太子，办差的难免要请示他，要不维持他，人又说我看他吃不香，要倒戈投老八或老大，什么名声儿？所以只能死马当着活马医，一条道儿走到黑！十三弟，你方才咽住了，连老十四也和众人一个心思。你今晚话说到这份儿上，我也索性说了：我预备着做孤臣，高墙圈禁。如今的事凶险万分，你得保住——有一日你能替我剖白了我的心，就不枉了知心兄弟一场……"他侃侃而言，说到此便觉眼圈一红。但这感情的火花也只一闪，迅即恢复了平静，若无其事地端茶呷了一口。

胤祥霍地立起身来，躁急地来回踱着步子。好一阵，他站住了脚，倏然回身说道："这真是肺腑之言。不过据我看，必须调个个儿，或许是另一局面！"

"唔？"

"这事我想过许久了。"胤祥说道，"我比不了你们，自幼孤苦。有个娘，也不知什么缘故生不见人死无封号。为这不明白的事受了九哥十哥多少气，就是有点身分的太监也敢糟蹋我。"他的眼睛突然涌满了泪，"……小时候兄弟们在毓庆宫读书。一样的不会背书，别人告个病就没事。我要告病，就得关空房子败火，哭得死去活来也没人理。大阿哥、太子捣乱闹事，谙达单单罚我代跪。皇上送来克什（赏赐），又说什么'融四岁让梨'，我分的最少。一块儿跟着侍卫们打布库，也拿我做练把式，摔得吐血还要听哥哥们嘲笑。"说到此泪水已是夺眶而出，"十四弟和我同年生，你们一个娘，我也不说什么。你拿我和他一比就知道了——人都说我和他一样性格儿，只他大方我小气，四哥，我大方得起来么？宗人府每年给我分的银子比不上别人一半，说我没有亲戚……没有赏钱，太监们都不愿跟我！"胤祥泪光满面，咽了一口唾沫，两眼直瞪瞪盯着外边漆黑的夜，喃喃自语道："记得那年六月六么？太子爷背不过书，大毒日头底下，罚我代跪在毓庆宫前石头阶上，我又恨又气又无可奈何，一下子背过气去，听说他们还笑我'真不中用！'……醒来时已经在你怀里，我只说了句'要有一棵树就好了。'记得你还哭了——这些年才想清楚，宫里永远不许种树，你就是我的遮阴大树！不是你，我难活到今日！"

胤禛被他的话深深震撼了，一把拉住胤祥的手，长叹一声道："说这些往事做什么，叫人听得心里刀剜似的！你母亲的事……我只告诉你一句话，是个顶好的人，土谢图蒙古大汗的公主宝日龙梅，身分比哪个娘娘都贵重。她后来的事恐怕只有万岁知道，但肯定没罪，有罪就要有诏旨……如今你长成了，如今谁敢欺侮你？""我是叫他们欺负大了，打成了铁人，他们抠我鼻子，我就敢挖他们眼！"胤祥说道，"今晚我说这些不为倒我的苦情，我是想你现在留一手还来得及，你就为我想，也得保住你自己。所以户部这差事，我在前头干，你退后一步有接应——操他娘，反正我是个破罐子，多摔一下，仍旧是破罐子，有什么尿相干？"胤祥的话情挚意真，雷轰电掣般，句句掷地有声。胤禛的脸愈加苍白，紧紧握了握他的手道："好兄弟，有难同当！"

第二日上午，康熙在澹宁居接见了胤禛胤祥二人。这位老皇帝显得很忧郁，问了他们安徽办差的情形，足有移时没有说话，只是背着手慢慢踱着，良久，才叹了一口气坐了，说道："你们想在外头治河，这个想头原是不错的。但如今没有银子，什么都是空话。急国家之难，从盐商身上弄那么一点，放之安徽一省则可，甘陕以下，河南江苏山西，这办法未必都行得通。今年治了，明年又决，能不能再用这法子？不行啊……听你们的意思，觉得是太子叫你们回来，其实是朕反复斟酌定了的，与他们告状无关。"说着，转过脸来盯着跪在下头的胤禛胤祥，语重心长地说道，"积弊甚多，得一件一件去做。如今圣道昌明，要找几个硕儒讲经布学，要多少有多少。要说办实事，不务虚言，谈何容易呢？朕寄厚望于你兄弟。"

"皇阿玛圣训极明。"胤禛略直了直身子，从容说道，"儿臣在下头见的，和皇上说的一样，吏治一事实在触目惊心。再者就是地土兼并，有钱人读书人仗着免税，拼命买地，小户人家也乐于贱价售出当他们的佃户，规避国税。全然没有田土的，又须交纳丁税。上边贪风炽烈下边生民无业，久而生变，就不堪言了。儿臣想留安徽，也是想实地考察一下，寻出一条开源节流，整饬吏治的门径，为阿玛分忧。"说着便将江夏刘八女豪富情形说了，却避开了九阿哥胤禟和八阿哥胤禩的瓜葛。

康熙听得极专注，一句话没插，只目光炯炯盯着案上镇纸，许久才道："朕知道。地土兼并是没法子的事。汉唐至今，只要不革命，谁都对此束手无策。朕原想丈量全国地土，按土纳税，可以缓冲一下，但吏治不清，送上来的数目都是假的。事情都要官去做，吏治，才是一篇真文章啊！"胤祥听得眼一亮，今天皇帝接见的气氛，和昨晚自己想的实在离得太远了，不由暗笑自己庸人自扰，遂亢声说道："万岁既然知道，为什么不大奋龙威，下诏切责六部有司，逐项清理？"

"哦？少壮气概，闻鸡起舞，雄心不小嘛！"康熙眼波微微一闪，"年轻人，家有三件事，先从紧处来。老子曰治大国如烹小鲜，一个不小心事情就办坏了。只有好心不成，王安石就是个例！你们先把国库弄充实，接着就从吏部下手，任贤臣摒小人，吏治好了，清理地土，兼并就慢了，捐赋就收得多收得公道，冤狱也少了……清理亏空，欠债还钱的事都办不下来，别的还谈什么？"胤禛伏在地下一个字一个字咀嚼着康熙的话，他心头却另是一番滋味：来往书信那么多，竟全然不提康熙这些意思，是压根不知道，还是……正胡思乱想间，康熙笑问道："胤禛，昨晚听说你罢筵不食拂袖而去？"

胤禛没想到康熙信息如此灵通，吓了一跳忙道："这是有的，儿子处事不谨，请阿玛责罚！"胤祥生怕康熙再问起火马冲筵的事，头上立时浸出汗来，只两手抠着砖缝儿不吱声，却听康熙又道："你们大概不知道，你们走了，不知谁使促狭，爆竹赶马把一干子官员冲得哭爹叫娘人仰马翻吧？"胤禛偷偷睨了胤祥一眼，忙叩头道："此事儿臣不知道。但事由儿子而起，儿难辞其咎，求皇上一并治罪！"

"朕治你什么罪？"康熙纵声大笑，说道，"罢得好，也冲得妙！朕早有旨意，钦差回京不许六部设筵，而且百官也不许与皇阿哥私相结交！皇阿哥里，也真要有几个刀枪不入水火不侵的，给这班文恬武嬉的龌龊官儿们点颜色瞧瞧！"胤祥见康熙高兴，跪前一步道："儿子原对户部清理看得很轻，经父皇一番开导，茅塞顿开。昨儿听胤禩说，施世纶到部雷厉风行，已经恢复到儿子们奉差安徽前局面。为山九仞，不能功亏一篑。今儿已是领了旨意，明儿儿子就到部视事，太子爷和四哥只坐纛儿督责就是了！"康熙笑道："这些细务你们去太子那里参酌着办吧。过了九月节，朕去承德，能于走前办利落了这差使，过年朕就没有挂心的国事了——你们跪安吧，一会儿朕还要见刑部的人，商议今年秋决的大事。"

两个人退出澹宁居，已过巳牌时分。是时天已近秋，园中小径已渐有落叶，养心殿副总管太监邢年正督着几十个太监，带了长竿扫帚，有的粘知了，有的扫路，见他们兄弟联袂而来，忙都侧身垂手让道。二人也不理会，径自过去，恰见副都总管太监李德全过来，向胤禛打个千儿道："二位爷，奴才请安了！"

"唔，"胤禛漫声一应，见李德全欲言又止，便问道，"有什么事？"李德全赔笑道："也没什么大事。方才府上高福儿来了，他进不来园子，叫奴才回禀四爷，说是府上有个叫狗儿的，在四牌楼和人阁气，叫顺天府拿了。"胤祥笑道："这是什么大不了的事，巴巴地跑到园子里去，叫高福儿去把人要回来不就得了？"李德全笑道："论说也是的。只今个儿邪门，范大人不知吃了什么药，竟不肯放。高福儿说得请爷一个片子，他再去走一遭。"

胤禛听着，脸上变了颜色，顺天府尹范时捷一向于自己身上大面儿还过得去，为什么竟公然给自己难堪？莫非为昨夜罢筵的事？但好像他昨天没来呀？……他呆着脸沉思半晌，说道："这个狗儿坎儿，一对儿猢狲，没有一天不给我找事儿！"胤祥却不以为然，笑道："我正想说，把这两个猢狲借到户部使呢！我却喜欢他们天真烂漫混沌未凿！老李，告诉高福儿回府，竟是你派个人传话给范时捷，说我要见他！上回输了我的东道儿，要他还！"说罢，二人径自去了。

太子胤礽办事的韵松轩并不远，沿着抄手游廊折过一带假山池塘，一片老松林中矗着一座金翠交辉的五楹大殿就是。两个人远远便听里头有人说话。进来一看，太子胤礽，太子师傅王掞、毓庆宫长史朱天保、陈嘉猷，还有施世纶正一处坐地说话。见他们进来，除了胤礽，众人都站起身来。胤禛见王掞也要倒身大拜，紧跨一步忙双手扶住，说道："您老人家何必！您是赐紫禁城骑马的，我怎么当得起？请坐，大家都请坐。"又觑着王掞清癯削瘦的面庞道："着实惦记着您了，气色倒还好，只头发全白了！"说罢，便扯了胤祥给太子请安。

太子胤礽眉眼极似年轻时的康熙，长瓜子脸上两点浓眉分得很开，面如冠玉，目似点漆，穿件天青宁绸长袍，腰间连带子也没系。他显得很随和，不待胤禛胤祥说话便扶起二人："回来得好，看你们身子骨儿结实，我也放心了。——我们正议户部的事呢！你们在户部搅了一阵，老施再搅一阵，如今又是满城风雨。你们来迟一步，没见方才户部老尚书梁清标，坐在这里排场了我们一顿。什么'人老了，不中用了，总求主子念我当年平三藩时，死里逃生从广东逃回北京报信儿的情分，网开一面，留条活路……'"他说着，神色也有点黯然，"要说俸禄，一品大员一年一百八十两，不借钱也真难过日子，可要不清理，胡乱下去也不得了。把人弄得鸡飞狗跳，也不成个体统，就像我们大清连几个臣子都舍不得养活似的。千难万难，好歹你们回来，我也有个帮手了。"王掞坐在一旁默默地听着，良久才问道："四爷，你们刚从万岁爷那来，主上有什么旨意？"胤禛方缓缓将方才见康熙的情形捡着与户部有关的说了。

众人起身静听了才又坐下，胤礽笑道："十三弟，有你坐镇户部，我最放心。皇上料理万全万当。其实我这边没多少事，大事有万岁爷，小事有上书房张廷玉、佟、马他们。我的心思，天保、嘉猷也跟了去历练历练。老四你看如何？"

"好嘛。"胤禛欠身淡淡说道。

陈嘉猷朱天保二人都是胤禛荐到毓庆宫的。少年新进，遇事极少顾忌。胤礽叫他们来用意十分明白，一是图个耳根清净；二是差事办好了能争功劳；三是差事办砸了，责任都是胤禛的。胤祥揣到他的真意，不由一阵寒心，却也不敢说一句题外的话。正想着，施世纶说道："今儿上午接了南京巡抚衙门的咨文，曹寅病危，不能来京，穆子煦也报了病，只广东总督武丹这几日就到，海关总督魏东亭也是个大欠债主，在滇南中了瘴气，恐怕也来不了。事情难得很，方才我们正在议这事，不知如何着手才好。"

"先从阿哥头上着手！"胤祥方才受到皇帝嘉勉，兀自兴头得神采焕发，因朗声说道，"先头啃不动十哥这块骨头。如今万岁决心如此笃定，我看可以毕其功于一役。咱们兄弟们无债一身轻，清起别人没有后顾之忧。"他满以为此法绝妙，众人必定刮目相看，不料话音落后却是一片难堪的岑寂。人人垂头吃茶，竟是毫无影响。胤祥正愕然间，胤礽笑道："怎么都不言声儿？莫不成为我借的那四十五万？那原是实在腾挪不开，才叫何柱儿暂借回来的。买人家一处园林，定银就是五万，不得不如此。我已派人去奉天，年底银子就解到，还账。怎么样啊，拼命十三郎？"

胤祥被憋得嘘了一口气，万没想到再次借债的始作俑者竟是太子！无怪乎连施世纶这样的铁腕能吏都束手无策。胤禛心里起初也是一团乱麻，但他很快就明白，这会子只能照太子的意旨办，因道："就是这样，我们勉力去做。"说罢便起身来，众人也都纷纷起身告辞。胤祥嫌与胤禛同行太扎眼，只看了胤禛一眼，说道："王师傅，你答应我的字呢？趁着这纸笔写了吧！"说着，涎脸儿拖着王掞写字。

胤禛刚刚走到园门口，一眼便瞧见顺天府尹范时捷穿着孔雀补服，戴着蓝宝石顶子进来，因袍子做得大了些，他又是个罗圈腿，一摆一摆蹭着过来，十分可笑，胤禛便站住脚。范时捷早已看见，忙上来请安，"四爷，从安徽回来了？"

"嗯。"胤禛点了点头，问道："范时捷，我府里一个书童，叫你的人拿了，他犯了什么事？"范时捷耸了耸小胡子，一本正经地说道："四爷，府上奴才狗儿在四牌楼因欺负一个卖鸡蛋的，引起口角，是理藩院的姜芝和礼部的刘典撞见了，扭送顺天府的。这事惊动到理藩院，不审就放，恐怕不好。"说罢便瞅胤禛。

胤禛听他不软不硬地顶了回来，也不知狗儿犯的什么事，一时竟寻不出话来，只呆着脸不言语。他的这副脸，有时王公们见了也打寒战，偏这范时捷就不在乎，见胤禛无话，便叩安告辞。恰胤祥用大帽子扇着凉风风火火出来，一见范时捷便笑道："日你妈！你还没死呀？"

"哟！十三爷！"范时捷听这一声骂，仿佛浑身都通泰了，一头请安，说道："十三爷您康泰着哩，奴才怎么舍得伸腿儿？"一句对话弄得庄重严肃的胤禛也是一笑，便道："老范和我公事公办，正打擂台呢！"

胤祥笑骂道："你这头野驴，连四爷的账都不买，你他妈吃了什么药？""不是不放。"范时捷是个越骂越舒服的人，笑得两眼都挤成一条缝，说道，"方才回了四爷，审审就放，审审就放……"胤祥便知案子不大，骂道："四爷说了话，你还审个屁！不就是和人拌嘴儿么？"

"不是怕刘典他们不依嘛！"范时捷两手一摊，说道，"要是单单儿拌嘴，我抓什么人？这个狗儿恶作剧，把人摆治得忒不像话了——今儿四牌楼有个小孩说买鸡蛋，叫卖鸡蛋的挟着箩盖儿，一五一十地数着往上摞。摞了五百多鸡蛋，累累叠叠小山似的。那卖蛋的撅着屁股双手扶着，骑马蹲裆一动不敢动。那个小鬼头说声取钱去，就溜了。这个狗儿趁着卖蛋的不能动，就上来踢了人家一脚，又搔人家胳肢，痒痒得把一大堆蛋都倒在街上。两个人打起来，又横不愣子窜出一条瘦狗，咬得卖蛋的手指头直流血……"

他没有说完，胤禛便知必是坎儿狗儿合作的勾当。这事虽不大，但皇子家奴于光天化日之下欺侮平民，张扬出去名声极坏。正想着，胤祥笑道："这不过是孩子气戏耍，当的什么真？刘典是你干爹？姜芝是你妈？亏你做到首府，还是个京兆尹！再说这混账话，把蛋黄子给你踢出来！"说着，居然上前一把拧住范时捷耳朵，笑问："你放不放？你放不放？宛平县里管朝廷，这么大官连这点事都做不来？"

"十三爷！哎哟哟哟哟……"范时捷疼得嘘着嘴笑道，"……你放我就放，你放手……一会儿不定还要见皇上，耳朵肿了不雅相……"

"学个驴叫！"

"哎呀十三爷！这是什么地方儿？看叫人……"

"学！"

那范时捷被揪了耳朵，翻眼看看忍俊不禁的胤禛，真的哈着气儿，嘶着嗓子来了个驴上坡，还夹着打了两个响屁，胤祥这才笑着放开手，惹得守在园门口的太监亲兵没一个不哈哈大笑。胤禛没想到世间还有这种人，不禁也笑得打跌，胤祥却道："四哥，咱们走——老范，晚间把你这身狗皮扒了，带着狗儿到我家。日你妈的好口福，正有一坛子赊店老曲，才从地里刨出来！"说罢竟和胤禛一同出园子来。一路上胤禛都忍不住笑，胤祥却道："这不稀奇，一物降一物，老范就吃这个，和他摆正经面孔，他也和你正经，反倒说不成事——听说他就要离任，要去湖广做布政使了。"

"谁接任顺天府？"

"隆科多。"

胤禛脸上立时没了笑容。隆科多是佟国维的族侄，佟氏一门贵盛，佟国维的哥哥佟国纲就是太子的外叔祖索额图坑陷死的。皇帝去热河前调换顺天府尹，换上太子的宿仇族人，有什么深意呢？

第十四回　明庭训胤禛戒子弟
　　　　献良策小酌试才人

　　胤禛胤祥兄弟边谈边走，到西华门口方勒住马头。胤祥看了看胤禛，不无依恋地说道："原想请四哥到我府里坐坐，七八个月没登家门，今儿只好罢了。"胤禛笑道："罢罢！我不敢沾惹你那尊府！上回在那里停了一袋烟工夫，只说了句三爷府里孟光祖去云南采办东西，第二日三哥见面，口中有的没的就解说这事情。这些杀才哪里是你的奴才？不知都是谁安的眼线坐探，监看着你哩！"胤祥笑着拱手作别，说道："谁也没法比四哥家法！我这小阿哥，也比不得大哥三哥，一出宫就开府建牙，鱼龙混杂，谁荐的人都有。道乏了。"说罢打马去了。

　　胤禛在马上一纵一送迤逦往定安门而来，想着国步维艰差事难办，兄弟阋墙勾心斗角种种烦难，正没个头绪理会，忽觉颊上一凉，接着胳膊上又是一点水珠，抬头看时，不知几时阴了天，疏疏落落的雨点已洒落下来。左右亲兵戈什哈因没带雨具，正要张罗胤禛避雨，远远地见戴铎打马飞奔而来，手里拿着油衣，喘吁吁道："叫奴才好找，还以为爷去十三贝子府了呢！碰了十三爷才知爷走这条道儿。"

　　"府里没事吧？"胤禛一边披油衣，问道，"世子们都在家？"戴铎忙笑道："奴才没见大少爷。二少爷、四少爷在怡性斋书房陪着邬先生、性音和文觉和尚说话呢！大千岁和三爷方才来过，等不到爷回来，说要走呢，走了没有，奴才也不晓得。"说话间雨已大了，打得周围树叶子一片声唰唰响，胤禛因大哥胤禔三哥胤祉在府，也不敢怠慢，忙催马趱行。

　　胤禛的四贝勒府原是前明内官监房旧址，又称"粘竿处"，其实是紫禁城一处离宫。赐给胤禛后，只将黄瓦换了绿瓦，规制仍是十分壮观，五进院子俱是内务府督造司贡的金砖铺地，平如镜，硬似铁。康熙赏给胤禛时，他原不敢受，后来见胤禔胤祉和胤禩的宅邸比这还要雄伟，才半推半就地搬了进来。胤禛冒雨赶到府门口，早见高福儿率着府里几十名有头脸的长随家仆守侍在下马石前，一个个淋得水鸡儿似的，没人敢动一动。高福儿带众人在雨地里接胤禛下马，一边请安，口中说道："大爷和三爷都在东书房。方才大少爷和二少爷都说要出来迎接爷，福晋说她不好陪阿哥，就叫两个少爷去了。"

"你去禀一声大爷三爷，说我回来了。"胤禛下马，由人搀扶着一边走一边说，"我换身干衣服就过去——告诉邬先生一声，见过二位爷我就过去。"

"回爷的话，"高福儿道，"三爷说久仰邬先生大名，要见，请示福晋，福晋说叫大少爷二少爷陪着见了。"

胤禛不由止步一怔：他们怎么知道邬思道在自己府里？好长耳朵！因又问道："你四少爷呢？"

"四少爷回书房读书去了。"

"嗯。"胤禛不再说话，款步进了万福堂。福晋那拉氏正坐在炕上开纸牌，侧旁侍立着妾侍钮祜禄氏、年羹尧的妹妹年氏并一大群丫头奶妈老婆子等候迎接胤禛。见胤禛穿着油衣湿淋淋进来，那拉氏一偏身下来，念佛道："我的爷！就淋得这样儿！快取衣裳来换——把给我热的那碗参汤端来先叫爷用！"众人已是黑鸦鸦跪了一片。

胤禛心里有事，一边命众人起身，换着衣裳笑道："比起安徽，这里是天堂了，你不用蛇蛇蝎蝎的，哪里就淋病了呢？"因见年氏挺着个大肚子站在一边，又道："你有身子的人了，从现在起到满月，连我跟前也不用立规矩——你哥哥年羹尧恐怕过年才能回来，他身子甚好，你不用结记。"胤禛的第三胎儿子就是因钮祜禄氏带孕侍候自己流产早夭的，听见这话，钮祜禄氏不觉眼圈一红。那拉氏正要说话，却见弘时弘昼兄弟踏着鹿皮靴子进来，请安道："二位伯伯和邬思道在那边聊天说文，儿子们过来迎接父亲。"因见父亲没发话，竟都不敢起身。

"我人在外头，心在北京。"胤禛冷冷说道，"听说你二人斗蛐蛐还赢了你五叔的老二？这可真有能耐了！"说罢便喝参汤，屋里人吓得大气也不敢出。胤禛因又道："君子之泽五世而斩。打从顺治爷到你们，是第四代了，不晓得警惕么？弘历如今是唐诗都背得几百首了，你们比他大，背了多少？

你们自己看看,穿着绫罗就往泥水里趟,还有这靴子,是踩水玩儿的?你们没有读过朱子治家格言?"

胤禛发作了一通,喝完参汤,脸上已是回过颜色,扫视众人一眼,说道:"你两个回书房,今儿把《劝学篇》给我背出来,再写一篇《君子不自弃》,明天晚间我看!"说罢便起身去了。

"好,冷面王子回来了!"大阿哥胤禔三阿哥胤祉和邬思道正在怡性斋品茗说话,闪眼瞧见胤禛进院,两个人都站起身来。胤禔调侃地说道:"这回桐城走一番,收银一百万,得胜还朝了,又要在户部杀回马枪,我辈兄长作壁上观,看吾弟大展雄才!"胤禛向二人一一打千儿请了安,微笑着向架着拐杖站在椅旁的邬思道点头致意,说道:"大哥不要取笑。皇上派的差事,不能不尽力敷衍。当家人恶水缸,我有什么不知道的。——来来,请坐,今儿是人不留客天留客,弄几碟子小菜,我们边酌边谈——邬先生,你还不知我这三哥,二十弟兄里头是文状元,大哥呢,算得一个武状元,今日聚会实是难得!"门外从人听见这话,早已飞奔出去,不一时便送过几碟子凉菜和一瓶玉壶春酒。胤禛便让着手道:"坐,坐!听说三哥和邬先生会文,我兴致好得很呢!"

胤禔笑道:"老四这位邬先生真是可人!我还没见过老三的敌手,今儿是开了眼了!"胤祉也笑道:"果然名下无虚,当年左玉兴、赵泰明真的是屈了你。不过你说天下无绝对,我却不信——去年游西山,有个姓车的孝廉和姓乔的秀才坐一乘轿上山,陈省斋先生出联:车乔二书生,同乘一轿登山——请问,你对得上么?"

"那年去陕州我也见了一件事。"邬思道坐在下首,微微一笑道,"一个姓马的和一个姓卢的商客骑一头毛驴过河。所以三爷说的联语可以对上:马卢二商客,共引一驴涉水。"几个人听了,觉得确实对得切,不禁哄然叫妙。却听胤祉又道:"那么'烟锁池塘柳'呢?这是千古鳏对!"

邬思道一笑道:"这算什么鳏对?既然池塘上有烟,一定是镇湖楼走了水,我就对上个'烧坍镇湖楼',想来也是不错的。"众人正品味时胤禔在旁大声道:"此木是柴——山山出!"

"由水变油,日日冒!"

众人不禁鼓掌大笑,胤禛也来了兴头,举杯一饮说道:"我不长于此,上回年羹尧说了一个，只两个字，竟无人能对。三哥和思道先生都是行家，请教：色难——色难对什么好？"

"这个么——容易。"邬思道举杯饮了一小口，便不再言语。胤禵见胤祉兀自低头搜索枯肠，便道："既说容易，怎么不对出来呢？"邬思道见胤祉也盯着自己，一笑说道："我已经对过了，就是'容易'二字，难道对得不切么？"

众人又复大笑，胤祉见他如此敏捷，心里很想难倒他，指着墙上一幅画儿道："这是仇十洲的《函谷关》，请口占一律，做得好，我就服了你！"邬思道略一思忖，应口吟道：

> 雄镇固金汤，眈眈视六王。
> 地吞百越尽，祚篡二周长。
> 雉堞存余烈，丸泥少异方。
> 青牛背上客，长笑过咸阳！

吟声未落，胤禵指着壁上的《钟馗图》急急说道："就这幅图，不许你想，口占一破题，不许带天地君亲师，不许引圣人话。说，快点！"

"夫进士，鬼也；鬼也，进士也。一而二，二而一者也！"

"妙！"胤禛不禁击案喝彩，胤禵胤祉也搓着手连连赞赏："怪道老四不和外人说笑，家里放着如此解颐破颜客！"胤禛一回头，见高福儿带着坎儿和狗儿也在外头廊下笑，知道是狗儿的事毕，进来回话的，便道："你们懂什么？叽叽嘎嘎成什么体统？"

高福儿忙赔笑道："我们来了一会子了。听爷们对得有趣，就忘了神。狗儿也出了几个字，叫坎儿对呢！"胤禛便问狗儿："你出的什么？"

"烟暖房。"

这一说众人也是一愣，连邬思道一时也寻思不来对什么好，却见坎儿一脸睡相，揉着鼻子道："屁暖床！"

众人立时哄堂大笑，胤祉笑得前合后仰，胤禵笑岔了气，扶着椅背直揉肚子，邬思道抚着胸口只是咳嗽，饶是胤禛素日冷面冷心，扑地一口酒全喷在地下。

"今晚好快活！"胤禵笑了一阵，欠伸了一下说道，"天到戌时了罢？老三，千里搭长棚，筵无不散，咱们也该去了。"胤祉握了握邬思道的手，起身道："真该荐你应考，可惜了身有残疾，闲时到我府走走。我那里不少鸿儒，大家谈笑耍子。"

胤禛脸上立时没了笑容，却见邬思道架起拐杖，微笑道："承三爷厚爱。不过家兄身子欠安，四爷赏了盘缠，后日就回南去。残疾之人不堪驱使，徒供取笑而已，若再有机会来京，一定去三爷府上奉承。"胤禛听他这话推辞得十分得体，生怕再纠缠别的事，便问："两位哥哥还有别的事么？"

"来看看你，没什么大事。"胤禵说道，"我的门人肖满成从云南叫你那位丑人怪给提到北京了，昨晚还去我那哭了一鼻子，想求个情儿把他那账宽限一年半载——你可得赏我这个脸啰？"胤禛看了看胤祉，心知他必也是说这类事，因笑道："走着瞧吧，看太子什么章程。不识庐山真面目，只缘身在此山中啊！"胤祉一听便知这个铁门闩不好拉，便也不再提，只淡然一笑。胤禵也笑道："知道你就这个话！我们也瞧着太子呢，你只管放心！"

人都去了，屋子里只剩下胤禛和邬思道二人。外头的雨淅淅沥沥仍在不住地下，打得芭蕉叶子砰砰作响，良久，胤禛方粗重地透了一口气，说道："今晚凑巧儿，给我接风，我也给你接了风。不知你在这里住得惯不？"

"还好。"邬思道叹息一声，方才会文一阵欢笑已仿佛是隔世一般，沉吟道："我的情形料来四爷已经都知道了。如今四爷的情形我也略知一二。人生得一知己足矣，何况四爷如此待我？四爷只要看瘸子还有点用场，水里火里听您吩咐，从今而后，我和戴铎一样。"

"你和戴铎不一样。"胤禛目光幽幽盯着烛火，"我以师礼待你！"邬思道吃惊地看了胤禛一眼，随即垂下了眼睑，说道："我断不敢当。倒不因我是布衣。我知道顾八代老先生是四爷的启蒙师傅，顾八代先生和家严是同年，小子何人，竟敢僭越？四爷，若要我安生处于此地，'师'之一字实难承当。"胤禛默然良久，说道："既如此，我以朋友待你。先生国士无双，我虽不是孟尝君，应有礼仪是不敢废的。国家目下情势，江河日下，徒具鼎盛之名，隐忧也甚可怖，我挑的这担子太重了，有些力不从心，不能不借助先生智慧。"

邬思道呷着茶水，脸上慢慢泛起红晕，瞳仁在灯烛下闪着晶莹的光，倏然间又黯淡下来，说道："我本有济世之志，造化不济，落拓到这地步，这是命也、运也、时也、数也。原已灰心丧气，并不愿做三爷说的什么清客簾片相公。这次来京为的就是和凤姑完婚，携她回南，在生意场做个陶朱公，不料又遭此变故！来府数月，信息灵通，今已知四爷的为难，决非户部吏部这些差事，用一句圣人的话，吾恐季氏之忧，在萧墙之内！"胤禛浑身一颤，手中的茶水差点泼洒出来，盯视邬思道许久，问道："难道先生听说什么了？"

"这不用打听。"邬思道的语气结了冰一样冷峻，"京师如果是善地，四爷和十三爷又何必撂开户部差事，避祸安徽？果真是为了治河么？又为何宁肯在安徽自筹银两，不肯向户部伸手？"

"你是说？"

"太子位置不稳。"邬思道道，"君臣相疑，父子相疑，兄弟相疑，不是国家之福。"胤禛惊讶地望着邬思道，有些发愣。邬思道这些话，断断续续和胤祥也谈论过，但从来没有如此透彻，这样有条理，一下子就把根由摆得清清白白。移时，胤禛才道："现在京师确有流言，说皇上要废太子，我回来见了皇上，也见了太子，和我在安徽听的想的不一样，恐怕是有些小人从中作祟，离间皇帝太子也未可知。"邬思道一笑，说道："太子之危，危若朝露！其根由很远了。康熙三十六年皇上西征青海，太子留守北京处置后方军国重务。皇上偶感风寒，就万里迢迢把他叫到军前，那个时候已是对太子很不放心了！前上书房大臣索额图，康熙四十二年纠集耿索图一干太子党，要趁皇上南巡扶太子登极，置皇上于太上皇地位。东窗事发后，索额图被圈禁高墙，虽说保下了太子，这种父子惨变，难道皇上毫无芥蒂？四爷，太子这靠山如果硬挺，他又为什么今日置一处庄园，明日起一座宅院？万里江山有朝一日都是他的，还要营造私巢？"

胤禛咀嚼着邬思道的话，叹道："他就是这么个人，几次和我说过，人生苦短，得及时行乐。摊上了这样的太子，也是没法子的事。"

"哦，四爷这么看？"邬思道突然纵声大笑，"您看错了！辛弃疾所谓'求田问舍，怕应羞见，刘郎才气'，专指的士大夫。太子这也算一策，用的韬晦之计，和光同尘，向皇上表明自家没有野心罢了！"这一提醒，对胤禛真有醍醐灌顶功效，浑身一个寒战，牙齿迸着笑道："父子相疑到这种地步儿，也真叫寒心！他这法子，也算用心良苦，却只难为了我们办差的人，又要清吏治，还得顾全他的体面……"说着，只是摇头。邬思道道："若遇上寻常皇帝，太子这策略用得。偏当今皇帝是五百年一出之圣君，上策反变了下策。皇上春秋已高，勤躯已倦，把政事都付给太子，满以为他拿得起放得下，但四爷想想看，丈量全国地土，不了了之；更新赋税制度，不了了之；整修河道漕运，弄得一塌糊涂；清理户部亏空，他是头号欠户；科场舞弊，他无力整肃——皇阿哥们就是瞧准了他的失政，才敢在他太岁头上动土——他'和光同尘'，人们抓住把柄告刁状，皇上更不爱重，他越发害怕，更加'和光同尘'。如此循环，得了不得了？本来就不信任，这不是雪上加霜？听说今岁皇上驾幸热河，一改往常规矩，要他跟在身边，毓庆宫侍卫三月一换，这都是什么征候？"

胤禛听得心头突突乱跳，忽地又想起隆科多出任顺天府尹的事。又想到自己和胤祥素日在众人眼里是太子的左右臂，禁不住拭了一把额头冷汗。许久，方叹道："今夜胜读十年书。不过，事情毕竟没有发作，总要设法挽回。我和太子情则手足，义则君臣，这个当口万不能落井下石，这条道要走到黑！"

"这条道要走。"邬思道点点头道，"但不一定走到黑，是要走着瞧。尽了人事，还要看天命。如果太子能洗心革面，改弦更张，或者能回天心，就这样下去，三年之内如无废太子之事，四爷抉了我眸子去！"胤禛激动得站起身来，在地下快步踱着，但很快就冷静了下来，叹道："没想到我辛苦办差，落到漩涡当中。如今户部清理国库，他就欠着一屁股债——四十五万！说是年底交，还不定怎么样呢！万岁爷掐着日子，一定要十月前完差，现如今磨盘就夹着我的手！"

邬思道怔了一下，问道："四爷能不能劝劝太子，不要说得这么直，只拿万岁爷的话压一压，请太子顾全大局早日清债。""你不知我这二哥，"胤禛嘘着冷气道，"看上去温存柔弱，其实黏胶腻牙，正经话说得重，他受不了，旁敲侧击，他装模糊儿，有时候气死人不偿命。"邬思道迟疑了一下，将茶杯轻轻放下，突兀说道："四十五万……不是个小数，也没什么大不了的！"

"你说什么？"

"我说，我们先代垫上！"

"啊？"胤禛失惊道，"我从哪给他弄这么大一笔钱？我一年一万八千两俸禄，庄子也在阿哥里边最少……和老八他们商量，岂不是与虎谋皮？"

邬思道架起拐杖，至门口望着外头的蒙蒙细雨，良久才道："这笔银子我出得起！"胤禛一下子惊呆了，略带口吃地说道："早已知道你是江南世家，竟如此豪富么？"

"不是。"邬思道苦笑着摇摇头，说道，"我家小康而已，剥皮抽筋也拿不出两万。倒是这次进京，得了一注意外之财……"说着从怀里取出一件东西托在手上，说道："四爷，请看！"

胤禛凑了一步，却见邬思道掌上托着一个榛子大小的物事，碧幽幽亮晶晶，在灯下闪着五彩莹光，正是一枚宝石，因道："这是一枚祖母绿，顶多值五万银子……"

"十枚就是五十万。"邬思道笑道，"何况还不一定只有十枚。据我推断，当有十八枚，连同其余珠宝，其价当在三百万以上，区区四十五万何足挂齿，将来如有别的用场，四爷也是宽宽绰绰的……"胤禛听了心下暗自骇然，问道："哪里得如此巨款？我这人可是非梧桐不栖，非醴泉不饮！"邬思道踅回椅中坐了，说道："天下无主之财多得不计其数，我既许身于主，自当代主分忧。"

胤禛没有答话，只用询问的目光盯着邬思道。邬思道悠然说道："这套富贵在大觉寺，已经沉沦百年，四爷不取，早晚有一日便宜了那群秃驴们。这件事现在只有天知地知你知我知——"

"还有我们也知！"

门外忽然传来一阵笑声，胤禛和邬思道都吃了一惊。抬头看时，只见一位老僧穿着土黄布衲、皓眉白须飘然步入，后头跟的头陀却是性音。这两个和尚一文一武，老者文觉，专门陪侍胤禛接待天下游方高僧，与北京诸禅林住持交往，是胤禛的寄名替身和尚。性音则住在府北粘竿处，训练家丁护卫及子弟武术。见他们进来，胤禛笑道："邬先生刚骂过秃驴，就来了两个和尚！隔着这么远，性音都听见了？"文觉和尚一揖而坐，性音笑道："我有传音之法，那边书斋离这儿不足一箭之地，我听得清楚。"

"我的癖性喜欢搜奇寻异。"邬思道略一致意，安详地说道，"在大觉寺数日，读遍了寺内碑碣。因这座寺院原是前明太监李永贞所造，我就留了心。记得《啸风杂记》里记载，李永贞，明朝领建魏珰生祠，塑魏忠贤像'冕旒，执笏，俨如帝王……像以沉香木为之，眼耳口鼻手足宛转一如生人。腹中肺腑皆以金珠宝玉为之，衣服奇丽……'"

他侃侃背诵畅若流水，众人早已听得目瞪口呆。却听邬思道口气一转，说道："后来转到神库，见两个没有埋掉的木雕神像，颇似记载中说的情形，只年代久远，泥涂烟染，已经不成模样。从神座后看，正是天启五年所造，我就断定，此必是魏忠贤像无疑，挖出它们的眼睛，恰是四枚祖母绿，埋在大觉寺三枚，一枚随身带着，就是四爷方才见到的了。"三个人不由都把眼睛盯向邬思道案前，那颗宝石熠熠闪烁，实实在在放在那里！性音兀自讷讷而言："居然有这么巧的事？"

"这不啻是一座金库，四爷为天下计，取不伤廉。"邬思道的眼闪着光，声音却仍很平静："魏忠贤号称九千岁，据理而推，当有九座雕像，埋没这许多年被我发觉，正是天授于四爷！神库下一定还埋着七座。这件事办起来一点也不难，由十三爷出面住庙静修，带上性音、狗儿和坎儿，神不知鬼不觉就取回来了！"文觉不禁赞道："先生真是奇人！不过那七座也许已经没了。我也有点不可思议，造像的人当日怎么不取了去？庙里那么多和尚，一百多年也没认得！""荆山之玉、灵蛇之珠，并非人人能识啊！"邬思道叹道，"木像通身都用糯米粉浆糊了，大约就是当时造像或守祠的人干的，不过魏党失势，朝廷搜捕极严，知情人或没来及取用就遭了毒手……"

这些话很像是梦话，却都分析得丝丝入扣滴水不漏，一时间书房里沉寂得荒庙一般。许久，性音攘臂瞋目，兴高采烈地说道："四爷，就照邬先生的主意。三天之内，我们把宝物全起出来！"

胤禛望着邬思道，他已经说不出什么。但觉五内俱沸，酸热之气翻腾。良久，才沉重地点了点头，声音变得有点喑哑："先生，我无话可说，如此待我，我何以为报？"

"士为知己者死，女为悦己者容。"邬思道沉静地答道，"贝勒以国士待我，我岂能以守财奴报您？"

第十五回　清库银贝勒晋王位
　　　　　观贵相王子延妖人

随着胤祥进驻户部，清理亏空银两重新开始，京师官场的空气再度紧张起来。胤祥因人手不够，亲自点名从口外驻军调了四十名伍哨长，都是自己练兵时使出来的，略通文墨账目的未入流军校，分口组织了四个分账房。又从秋闱贡生中选出田文镜、李绂一干人，让施世纶纠集户部原班吏目组成核查总账房，自带了狗儿坎儿坐在签押房掌总儿。除了每日寅、辰、巳三个时辰巡视各账房，还要不时会议汇总，召见欠债官员，催促发文，草拟奏议折片。从早到晚，偌大户部，但闻算盘子儿打得下猛雨似的，催得一干欠债官员魂飞魄丧。

眼见八月十五临近，账目也收了十之七八，听说广东总督武丹也已赶来。此人是个欠账大户，但他和魏东亭、曹寅、穆子煦同属一类，都是熙朝元勋，从康熙初年从驾当侍卫，迭次擎天保驾，几番出兵放马，生里死里和皇帝一块儿滚过来。论身分虽不过一品大员，论情分却无论谁也比不了。康熙待人优厚，阿哥不及外戚，外戚不及大臣，愈是亲人愈是不留情面，惟这几个人眷宠优渥不拘形迹，剑履朝圣紫禁城骑马，不同于一般官员可以呼之即来，挥之即去。上次清通中途停止，明面儿上说是下头十几个州府官员上吊抗债，压根儿说心里话，就是因为武丹曹寅等人欠的债数目大，而且都是为康熙皇帝历次南巡举债接驾使了。清他们，钱是皇帝花了；不清他们，一班顶债的武官又都抱定了主意，惟他们马首是瞻。如今又到了这个节骨眼上，魏东亭穆子煦称病，皇帝已经照准不必来京，武丹曹寅来了，若是还不上，这件事还是要泡汤。情知如此，胤祥不免心里犯嘀咕，叫过施世纶交代了两句，只说回府去，便打道畅春园来寻胤禛。刚到园口双闸边，却见年羹尧从里边摆着步子出来，一身簇新的九蟒五爪袍上套着锦鸡补子，头上顶戴也换了起花珊瑚，看去十分鲜亮。胤祥不禁笑道："嗬！升官了？几时回京来的？"

"回十三爷话，"年羹尧打千儿行礼，笑道，"我回来三天了，刚见着万岁爷。万岁爷说桐城的差使办得好，给太子爷和四爷露了脸。因四川提督出缺，就补了上来。这一回出京，再见十三爷可就没那么便当了。"胤祥回顾狗儿坎儿笑道："瞧见了没有？这就是你们榜样！好生跟着四爷，凭你们这份伶俐，将来也能弄个红顶子戴戴！戴铎前日陛辞，去福建漳州，放了道台，我还教训高福儿，不要只在端茶送水的差使上做功夫。要出头当人上人，得能为主子分忧，主子是龙，你就是云，主子是虎，你要刮得起风！"狗儿坎儿听得似懂非懂，一个个虎铃着眼看着气宇轩昂的年羹尧，坎儿眯着眼笑道："出头有什么好？出头了不成王——"他忽然想到这是说年羹尧，生生把个"八"字扣在肚里。

年羹尧见他如此不恭，目光微睨了一下坎儿，笑道："十三爷，您来的不巧，太子爷和王师傅正在澹宁居和武丹老军门陪着万岁说话。四爷辰时就回府去了。若见太子呢，您得等一会儿，要见四爷，恰好我也要去辞行；咱们一块儿去吧？"胤祥想到太子每次见面有气无力不死不活的样子，摇了摇头道："走，一块儿去安定门四贝勒府。"年羹尧凑近胤祥，四下看看，压低了嗓门说道："十三爷还不知道吧？方才我听何柱儿透信，大千岁进封直亲王，三爷封了诚郡王，四爷是雍郡王，五爷是恒郡王，七爷是淳郡王，八爷是廉郡王。连十三爷也高升了，如今是贝勒爷了！"

"是么？"胤祥一脚跨着轿杠，目光霍地一闪，说道，"可惜六哥早早去了，没赶上。九爷和十爷呢？""奴才也问何柱儿来着，他说不知道。"年羹尧道，"大约没有封吧——这事内廷已经在拟旨，还要几天才颁布呢！真得恭喜十三爷了，十一爷十二爷也都没有升号呢！"胤祥转着眼想了想，说了句："我可没有那么痴，身外之物，何喜之有？"说罢便升轿起杠。

胤禛在万福堂听了胤祥的回报和年羹尧的道贺，似乎有些无动于衷。进封王位原是喜事，但刚好截止到八阿哥胤禩，这里头不能说没有文章。这件事邬思道早已分析到了，如果皇上一意专信太子，就会把兄弟们的王位留到自己死后，由太子登极时亲封。现在分封，是皇帝自己收拢阿哥人心，削夺太子权柄，权衡利弊，还不如都不晋王位的好。心下掂掇着沉默了许久，胤禛方说道："亮工升任四川提督，这才是件可喜的事。狗儿坎儿，你们进来。"

"四爷，奴才们侍候着呢！"狗儿坎儿在廊下逗鹦鹉玩儿，忙进来笑道："主子有什么差使？"胤禛看着他们，透了一口气道："你们两个极伶俐，这一条很招我喜爱。但你们一日一日大了，应该懂事了，不能总是孩子气恶作剧。我这奴才里头最有出息的就是年羹尧，好读书，能带兵，很给我露脸，你们得学着点。不能遇事总让主子给你们揩屁股。"

胤祥想起自己方才的话，不禁一笑，正要说话，狗儿笑道："是，我们跟主子，不能胡来。上回那个卖鸡蛋的要不打那个要饭老头儿，我们也不会捉弄他……"

"我不是说这件事。"胤禛哼了一声，"你们居然把八爷的照壁墙给卖了，可是有的？"

胤祥、年羹尧皆一愣。胤祥虽说带他们在部，却没有十分拘管，每天都放他们出去戏耍一两个时辰，不想又做出事来。胤祥说道："两个小狗崽子，怎么这事我不知道？""这是五天前的事了。"狗儿看一眼坎儿，说道，"我和坎儿去宣武门玩，那里有个钱财主正盖房子，工地上缺砖。老狗日的悭得要命，嫌采办买的砖太贵，要扣工钱赔补。坎儿和我看看泥水匠吃的和狗食一样，心里气急，就过去说：'八爷府前的照壁要换新的，旧砖便宜，您买来多合算？'"

"姓钱的还不信，瞪着眼问我们是哪里的，我们说……我们说我们是八爷的伴当……他就跟着我们去了朝阳门。量墙，卖照壁……"

胤祥一边听一边思量，笑道："八爷府前门禁何等森严，人家就允你们拿皮尺去量墙么？"坎儿道："这是预先做好的套儿，我们先去八爷府，跟门政说好了，我们是三爷府的，三爷看着八爷这墙式样好，想量着照造一面，他们凭什么不依？钱家老爷就远远看着我们量墙。后来八爷刚好出门，我们又亲自上去禀说，八爷笑着点点头就上轿走了，由不得老龟孙不信。当时下了二十两定银，讲好第二日拆墙，他就走了。"胤祥笑得打跌，问道："第二日他真的去拆八哥的照壁了？"坎儿摇头道："第二日您吩咐我们去步军统领衙门，没得闲儿看热闹儿……也不知他去了没有。"

"他要不去，我怎么知道？"胤禛皱眉叹道，"三哥当笑话儿给我说，我一猜就是你们，别人没这个心胆！这是京师，是御辇之下，王法文明，怎么能这样儿？"他阴沉着脸站起身来，说道，"记得收留你们时的话么？这种事到此为止！跟在我府，得照我的墨绳走路；跟着十三爷，事事得听十三爷吩咐。收收你们的野性子——去吧！"

狗儿坎儿吐了一下舌头对望一眼，诺诺连声退了出去。胤禛这才说道："昨天我已经见了武丹，私下里问了问，他和魏东亭、曹寅、穆子煦共欠银子折到近四百万两。银子，确是万岁爷几次南巡接驾花的。我告诉他，接驾迎驾国家有制度，理应动用官家的钱，如今为这事欠了私债，很为老将军担忧。武丹倒没什么，只说一定还钱，就连其余三个人他们书信来往，也没有一个顶债不还的。但他们的家底我知道，砸锅卖铁也难以清偿的。所以我猜肯定是万岁爷要从体己钱里拿出来替他们还的。"年羹尧笑道："既然如此，何苦叫十三爷和老施他们作难？早点清了账不就结了？"

"万岁爷也是一本苦账。"胤祥八字眉舒展着，朗声笑道，"修畅春园、避暑山庄，内库也花得河干海落的了。如今不逼到山穷水尽，他老人家也善财难舍。再者，其余欠债的都巴巴儿看着，他也不愿落个有亲有疏的名声儿。我现在其实是在逼老爷子还账啊！"

胤禛上下打量一眼胤祥，说道："这话透彻，其实是从大内万岁私库里讨钱！"他的目光像结了冰，凝视着窗外，谁也猜想不到这个神秘的脑瓜里想的是什么。良久，胤禛方一字一顿地说道："万岁肯定私下对武丹他们有承诺。所以，清债的事只要再苦顶一阵，一切都会冰消瓦解。我们尽的是臣子之道。为臣，当为国家着想，要把国库的钱一分不拉都收回来；为子，当为父亲着想，也不能把大内掏得精穷，叫皇上颁赏群臣也捉襟见肘……"

年羹尧张大了嘴，一时有些弄不明白，一向以为，皇帝是想怎么花钱就怎么花钱的。胤祥喃喃说道："那，我怎么办呐？"胤禛一哂，说道："太子也摆不明这个理，他去澹宁居几次，想摸阿玛的实底儿，万岁爷都是顾左右而言他。我和邬先生计较，八月十五前要拼命挤一挤这群丘八，除了武、魏这几个人，别的人并不真穷，真的挤得差不多了，过了八月十五皇上也许就要说话了。"

"成！"胤祥找胤禛，就为讨这主意，将椅子扶手一拍起身来，正要拔脚走路，胤禛却叫住了："忙什么？债务的事一旦看透，已经不是什么大不了的事了。羹尧，你把见万岁的情形说说，叫十三爷也一处听听。"

年羹尧似乎有点意外，愣了一下，说道："万岁爷没有说多少话，当时只有武丹在，万岁问了我当年在飞扬古军中当游击时，去陕西调粮，杀掉陕西总督葛礼的情形。我备细说了请天子剑斩葛礼的事，老人家听得很仔细，有时还看着武丹点点头……后来万岁又说桐城的差事办得好，替国家分忧，不枉了你主子栽培。又说，武老军门为国家出了一辈子力，名分上是君臣，其实他从不把这些人当奴才使，准备调武丹回京任直隶总督，如今晋封奴才做了提督，一尺阔的溪水，可以一跃而过，得好好学武丹忠心办事……"

"后来呢？"胤禛看看听得心不在焉的胤祥，问道。

"后来太子爷来了，万岁就叫奴才出来了。"年羹尧道，"恰出来碰上范时捷，要去八爷府辞行，说八爷请了个老道士叫张德明，最会看相，约奴才也去，奴才没答应，又遇上十三爷，就和爷一道儿来了。"

胤禛想起范时捷，不禁莞尔一笑，但这只是一闪而过，随即说道："你明日就上路了，我吩咐你几句话，你要记牢。"年羹尧忙起身垂手侍立，说道："请主子训示。""你还坐着听，虽说你是我门下奴才，我们还是亲戚嘛。"胤禛一下子变得异常随和可亲，满面笑容摆了摆手，说道："你这个提督是朝廷的，去了之后要切实办差，带好兵，给朝廷争脸，也就给你的四爷挣了体面，这是最要紧的。二是不要和朝里阿哥随便来往，朝廷屡次下旨不许阿哥结交外臣，要有什么人找你，说什么话，你得如实禀告奏闻，要叫我知道。三是不奉旨或我的话，不必一趟一趟回北京，北京是是非之地，又值多事之秋，你的身分扎眼，回来多了一点好处也没有，府里你妹子有福晋、钮祜禄氏，还有我照应，你尽可放心，把家眷也带到任上，实心做事。你好，我们自然也好，有我，你自然好，荣辱损益全是一回事——我的这些话你可明白？"

"喳！"年羹尧原本斜签着身子坐着，"嗯"地起身答应道，"奴才明白！四爷的话从来只吩咐一遍，奴才牢记在心！"

"去吧。"胤禛满意地点头一笑，"去见见福晋，辞别你妹子。到任后给我个平安禀帖就成。"

胤祥待年羹尧出去，也站起身来，伸欠了一下笑道："我当万岁有什么要紧旨意呢！要没别的事，我回部去了，十几个硬头钉子在那边等着我去拔呢!"胤禛叹道:"好兄弟,方才年羹尧说的,没有一件与我兄弟无关。兄弟英雄豪气,只是太粗心啊!夜间扪心想一想,你就都明白了……"

年羹尧的消息一点也不假。朝阳门外八贝勒府西花厅,聚了一大群人,正等着名震京华的异能之士张德明。九阿哥胤禟、十阿哥胤䄉,是早已到了,王鸿绪、阿灵阿、揆叙一干人或坐或立,忐忑不安地等着去请张德明的任伯安。明面上说,他们都是来府恭贺胤禩荣晋王爵的,但东道主八阿哥胤禩却一直没露面,只家下长随们穿梭般来来往往,将一盘盘细巧宫点摆放得齐整,配着荔枝、龙眼、苹果、葡萄诸时鲜水果,看去煞是鲜亮。众人却都无心品尝,有的吃茶,有的品橄榄,满屋里水烟呼噜噜响成一片,弄得烟腾雾罩。

"九爷,"王鸿绪就坐在胤禟身边,等得有点发急,燃着火媒子问道:"再有一会儿该掌灯了,怎么不见来?敢怕是这牛鼻子没有真才实学,不敢来了吧?"胤禟未及说话,旁边胤䄉咧着大嘴笑道:"我素来就不信这些个。上回跟着八哥去潭柘寺,也碰见个装神弄鬼的,一男一女搂着亲嘴儿。四圈围着人山人海,说这对淫贱材儿在佛山不正经,佛祖见怪了,叫他们当众粘到一处出丑。我他妈的提了一条蜈蚣放在他们鼻子上,吓得他们'妈'的一声就分开了……"说罢哈哈大笑。

胤禟架着二郎腿,端着杯子看茶叶泛沫儿,说道:"此类事有真有假。我原本也不信,上回大阿哥说,连三哥都请他相过面,这就蹊跷——三爷是何等样的道学,岂能轻易相信这些个?瞧罢咧,真的假不了,假的也真不了。"王鸿绪儒生出身,翰林清秘,只是好奇才来看看,心里对胤禟此举却大不以为然,冷笑一声说道:"我今儿就要看看这牛鼻子的能耐!招摇撞骗,连六部里的士大夫都给蒙了,又在阿哥里头闹腾!在这里玩把戏,我就叫他吃不了兜着走!"坐在斜对过的乾清宫侍卫鄂伦岱满脸横肉,油光满面,正和阿灵阿说话,听见王鸿绪说,转脸笑道:"别以为读了几句子曰诗云,就能参透天下事了!马仁道跟我说,他认识张德明那会还是个举人,张德明断他能考到二甲七名。初榜下来,却是第三名,正想着姓张的断得不准,临到殿试,考官见他的诗错抬一格,一下子降到第十七名,恰好取在二甲第七!你说相得准不准?"

正七嘴八舌议论间，帘子一响，任伯安疾步进来，说道："来了，怎么不见八爷呢？"胤禩一掸袍角，笑道："少时八爷就来。张先生既来了，就请进来吧。"众人一齐张眼往外看，果然见几个长随导引，一个白发苍苍的老道士沿着石子甬道闲步进来，众人便不说话。王鸿绪冷眼看那张德明，约有六十岁上下，鹤发童颜，步履健捷，穿着件八卦鹤氅，头戴雷阳巾，手里摇着一把羽毛扇，倒也似仙风道骨，只似笑非笑，漠然站在门口审视屋内众人。王鸿绪因冷冷问道：

"仙长不在山中修道，来这衣锦繁华丛中何事？"

张德明略一躬身，淡淡说道："为布道而来。"王鸿绪喷地一笑，说道："翩然一只云中鹤，飞来飞去宰相衙！道人既通术数，不知有何神通？"张德明默默注视王鸿绪良久，说道："居士，你方才说得好，要看看贫道的能耐，何以能在京师招摇撞骗，连六部的士大夫都蒙哄了去！贫道自幼生有异禀，长投明师，修五千言道德真经，通漆园庄周幽径，若无实学，也只好是吃不了兜着走了！"说罢仰天大笑，众人无不悚然，惊愕相顾瞠目结舌。

"老道还真他娘有点门道！"胤禩见他这个下马威嗫得王鸿绪脸色煞白，哈哈一笑起身拍拍张德明肩头道："你先瞧瞧，咱们福分如何？"张德明转眼看了看胤禩，略一沉吟，说道："你是十爷？燕颔猿睛、帚眉方口，原本是个将才，可惜这对贴脑耳另主福禄，两下一冲，没了杀气，带不得兵。十爷龙子凤孙，功名事业却无大成就，倒落了个寿字，九十四岁善终，原是个长寿阿哥。"胤禩不禁鼓掌大笑："好好！我有钱有势，最怕短命，及时行乐一世也叫快活，你算搔着痒处了！"说罢推着张德明："去去，给他们都看看！"

张德明略一点头，至阿灵阿身边，端详道："君山根气正，土星明亮，位可至台阁，不用疑心。今明两年之内，恐防疾病，切须留意。"阿灵阿哂道："这都是奉迎话，何足为奇！说有病，早寻郎中，不就结了？"张德明一边向前踱，口中答道："规避疾病，转为囹圄之灾，反而得不偿失。"说着，已至鄂伦岱身边，上下打量了一眼这个侍卫，说道："君不贪女色，胸无机械，令人可佩，才智有限，要凭附他人，方可有成。所谓'青蝇之飞，不过数武，附之骥尾，可致千里！'"一边说，又回身笑谓王鸿绪："君宰相身，祖德隆厚，除了阿哥，在座的位至卿相，仅君一人。只恐晚岁小过谪遣，君王虽欲起复，然命数已尽，奈何奈何！"

"我呢？"胤禟一直在旁边听，见张德明侃侃而言，因将辫子甩向脑后，仰脸问："我问凶不问吉，请讲。"张德明一笑，说道："九爷君子心胸，原该如此。按九爷戌唇月口，凤目蚕眉，耳轮如珠，原是极贵之相。惜乎鹰鼻权腮，略有破相，明堂气隐，心多杀机。恐防五十四岁有一小厄。譬如溪水，一尺之阔，举步可越，过得去，寿至八十，过不去，恐有不忍言之事。"说罢，略一沉吟，又道："请九爷伸出左手，贫道再看。"

胤禟默默伸出手来，张德明略一看便道："此乃玉井纹，佐理朝纲不必问了。此纹名曰'天印'，却中道截断，不知府中可有杀婢之事？若有，即是此事妨了阴功。这与相面原是一理——我已知九爷何以不能百尺竿头再进一步了。"胤禟脸上肌肉猛地一抽：他确有杀婢的事，倒也不为奸情。前年夏两个丫头在厨房拌嘴，搅得他午睡不成，起来就命都捆了，放在马厩旁晒太阳，看守的人躲了纳凉，丫头就中暑死了。这事一向也没理会，张德明一语道破，胤禟不由一阵懊悔，叹息一声道："这是命数……"

正说得热闹，外边一群人，一色青衣小帽，长随打扮，都是一声不吱，鱼贯而入，一溜齐儿排在大书橱前。鄂伦岱一眼看见胤禩也是这般装束混在里头，不禁一愣。揆叙起身道："这里边有一位是八爷，其余都是府里使唤人，请仙长观相！"

众人立时把目光一齐扫向张德明。

第十六回　怀叵测乱言天子气
　　　　　泄私意胤祯辱大臣

　　张德明泰然自若，安详地注视众人一眼，突然仰天大笑："贵人之气云蒸霞蔚，岂与常人等量齐观？凡夫俗子目为五色所迷，所以难以分辨。此一点小伎俩，大约难不住我！"因用羽扇一一指点："头一个身有奇骨，第二个蛇目无义，第三个华盖封顶，第四个媚骨外露……"他一个一个简短地下着断语，直到第十一，才道："此真八爷也！白气贯顶充塞一室，罡风飒然，直透明堂！别说站在这群龌龊小人中间，就是藏进紫禁城，混在金枝玉叶之中，我也一眼认出来了！"胤禩被他说破，自失地一笑，摆手挥退了众人，把帽子随手一丢，脱去外头青衣，内里穿的却是件滚边绣金湖绉天青袍，潇洒地将手一让，说道："简慢你了，请坐，看茶！"

　　"老道士真玄了！"揆叙笑道，"什么是气？我怎么就看不见呢？""气者，按儒家之说即是器宇。"张德明摇着羽扇款款说道，"然而道家视之，气乃人精神所在，闻之无声，视之有形，却也有浊清之别。王莽时朝廷星士，在长安观气，见南阳一带，煌煌赤气沛然冲霄，是为天子之气，派御林军数千至南阳挖龙脉。但此人数术不精，竟放走了刘秀，倒挖断了王莽自己的王气，所以一代而终。茫茫天数，难以全知啊！"胤禛爽然自失，说道："这是载于《后汉书》的。只不知我的是什么气。""九爷十爷是紫气，王大人揆大人阿大人乃是青气，八爷和鄂军门却都是白气。"因指着任伯安和外头的长随们道："如此类人，则杂沓不堪，似灰似烟，说不到气上。"

　　鄂伦岱愕然说道："我居然和八爷一样？"张德明冷笑一声，说道："岂有一样之理？你不过是将军，带着西方煞气罢了。八爷白气如虹似霓，缕缕纷纷，聚合不定，乃是王气！"胤禩想到内廷传出自己封王的消息，心中一动，翕动一下嘴唇，却没有说什么。胤祯摇头咂舌，嘘着气笑道："不知太子爷、四哥、十三弟是什么气。敢怕是晦气！不然我们怎么每日受他的鸟气?"一句话说得众人哄堂大笑。王鸿绪多少也知道一点五行生克之理，听张德明这番话，心中已是暗服，禁不住击节赞道："美哉先生论道，如饮佳酿!"

"借你这句话我来拆字。"张德明乘兴说道，"'美'字八画，可拆为'羊大'。'羊'，'祥'也，是最吉之字。又可拆为'八王大'三字，今日给八爷看相，可谓巧不胜言。"任伯安听得出神，冲口问道："那么'佳'呢?""'佳'为一人执圭之象，也是八画。"张德明应口答道，"仍旧应照着八爷。八爷命相确乎是贵不可言!"

胤禩笑着笑着，突然眼波一闪，说道："说过头了吧?"张德明漫然说道："不过头。其实我还有话，八爷你如今只是贝勒，若仅如此，一人执圭，宰相亦可，摄政亦可，八王为大，仅对兄弟而言，说不到别的上头。"他口风一转，辞气突然异常犀利："倘若王爵加身，白气护顶，则翻为极贵之兆，天命悠悠，人力不可更移!"

"你放屁!"胤禩突地勃然变色，"砰"的一声重重击案，"我不过看你浪有虚名，清谈取乐而已，你辄敢如此放肆狂吠，陷我于不臣不义，置我于难测险地!来人，把这个没天理的妖道捆起来，送顺天府!"

胤禩人称八贤王八佛爷，出了名的面和心慈，好贤轻财。多少犯了弥天大罪被逼得走投无路的人，但有缘分见他，必定有一番慈悲安置，从来是温良恭让和蔼可亲，谁见过他如此雷霆震怒?一时都吓蒙了，惊呆了，一个个脸色苍白面面相觑，厅中静得针落地都听得见。张德明也被这突如其来的变故惊得一愣，旋即仰天大笑，眼见两个长随大步过来要动手，将手中羽扇一指，说道："咄咄!不要恶作剧!"那两个人竟着了魔法似的，张牙舞爪摆着架子被定在当地!

"好妖道!"胤禩霍地起身，咬牙狞笑道，"取狗血来，请出万岁赐我的倭刀!""慢!"张德明也站起身，闲适地踱了两步，格格一笑，说道，"合则留，不合则去。八爷何必学那些无知市井屠沽之流?我定他两个，并非法术，却是吾师亲传三昧神气功，狗血有什么用场?贫道虽去，也想请问八爷，怎见得我的话就是陷您于不臣不义?"胤禩怒不可遏，见长随递上倭刀，劈手夺过抽出来，晃一晃，冷森森寒气逼人，挺在手中直趋张德明，恶狠狠道："那就请你试刀!看是你的气功硬，还是我的宝刀硬!"

张德明也不躲闪，朗声笑道："自然是爷的刀硬。不过，贫道与八爷俗缘太深，你这一刀下来，恐怕两俱有损——我这就给你凭据。"说着，从怀中取出一把裁纸小刀，略一掂量，向羽扇柄轻轻一搭，连刀带扇扔在地下，抬头笑道："八爷，你袖中也有一把檀香木扇，请出来一观。"胤禩阴森森一笑，从袖中取出扇子看时，不禁骇然，原来木扇居然也从中一折为二，刀痕宛然尚在！胤禩的脸白得窗户纸一样，失神地丢了倭刀，座中众人也都吓得面无人色。

"我不怕这一套！"胤禛却沉得住气，阴沉沉说道，"邪不侵正，你这点子本事，比得上白莲教主徐鸿儒？你今日话意，说什么王上加白，难道不是挑唆八爷图谋不轨？当今圣明在上，太子贤德，臣事以忠，君安其位，你怎敢以天命之说惑乱人心？讲！不然……我用皇封朱标的夹棍夹了你，丢进油锅里炸焦了你！"

张德明身怀异术，因有恃无恐，并无惧怕之色，一哂说道："既有如此忠心，又何必叫山人来府献丑？天命无常，帝道无亲，惟德是辅：这不是儒家圣人的道理？王上加白固然是'皇'，但八爷如今尚未封王。你若不封王，至多不过五年摄政好做。就如前年薨了的康亲王，极平常的一件事，又何必大惊小怪自作多情？"胤禵从惊怔中清醒过来，呵呵大笑起身道："八哥，你也成胶柱鼓瑟的了。这都是说说玩玩的事，谁认真来着？太子爷那么圣明，又怎么会丢了嫡位？要真的丢了，别的阿哥捡起来也不算犯王法呀！"

"唉……"胤禩喟然长叹一声，"张道长，此种事岂可儿戏？说实在的，你讲的这些，有些很有道理，但我是既不敢想也不敢听。你有真才实学，万不能总在阿哥堆里转悠，早晚有一日糟蹋可惜了的。明儿我去礼部说说，白云观尚无住持道长，你到那里清修吧！"

张德明向地下拾起两截羽扇，信手一搓，已是复原，道貌岸然地合掌一揖，说道："昔日邹阳狱中报书淮南王，'明月之璧，夜光之珠，暗以投人，则莫不按剑相眄'。我与八爷交浅言深，如此措置是情理中事。我所言是据易理而推，验与不验，日后来证。在座诸公人人怀荆山之玉，含灵蛇之珠，都是绝顶聪明的命世之士，且请拭目以待——无量寿佛！"

七月节过后，连着几场透雨，秋风渐起，金谷登场。胤祥和施世纶一干人越发没明没夜地苦干，交七月底，国库还银已四千余万。太子胤礽眼见成效大著，也来了精神，不隔两日就到户部一趟，伙同胤禛一起召集会议，督促清逋，务要在十月之前漂漂亮亮把差事办下来。康熙原来对太子一肚皮的气，见他督责如此认真，心下也自慢慢平和了。时近中秋，年年这时有两件大事要办，一是督催各省收纳粮赋丁银；二是勾决人犯。秋决处刑，"应上天肃杀之气"，事关国典，在园子里办就显着欠庄重。康熙虽懒怠动，也还照老规矩，命驾返回大内养心殿，拜了明殿又祭天坛，召集礼部司官与上书房会议秋狩承德的事，白天接见官员，晚上手不停管批阅刑狱奏牍，还不时召见胤礽咨询外任官员任免事宜，就忙得不亦乐乎，直到八月上旬末，才算将暑热期间积压的文案料理清楚。

这时几位新王爷晋封诏书已下。廉郡王胤禩除了接见各旗旗主，分派旗人年例银子，接收各个皇庄交纳贡品，又兼管筹备宫中过节的差事。虽说八月十五年年都过，但今年是康熙圣诞五十三岁。为叫老爷子欢喜，胤禩合同内务府和礼部请旨，令大犒天下，凡五十五岁以上老人皆有月饼、加饭酒赏赉。满宫人分派得停当，扎兔儿爷，制桂花糖，一笼笼蒸出栲栳大的馒头、寿桃。六宫里两千余名太监宫女，喜气盈盈张灯结彩，忙得一团乱麻似的。胤禩一手操持旗务，一手操持宫务，满心要把差事办得滴水不漏。因见日子紧了，事情多得没头绪，合府上下一齐动，依旧觉得人手不够使，便叫过管家，吩咐道："请九爷十爷去，瞧他们做什么呢？"话未说完，便见胤禟一脚踏进来，因又笑道："偏是我闲，你们就一日三趟地来，要帮忙时，一个影儿也不见！"

"你也甭叫老十，他也不会来。"胤禟显得有点颓唐，一屁股坐了，闷头喝着茶叹道："说到忙，岂止是你？你日日进宫，那起子穷官儿见不着，就涌到我那儿撞木钟。想想也寒心，嫡亲骨肉兄弟，老四那里竟针插不进水泼不入！——他们哪里知道我们的难——还不敢说老四老十三个破字儿！"

"你是怎么答话的？"

"我说叫他们自己去见十三爷！"

"兄弟你错了。"胤禩叹息道，"这些都是无告的可怜人，够不上和四哥他们说话，好容易见着你，怎么好寒他们的心？再者，你这么说，在外人跟前显着我们兄弟生分，也不好。"

胤禟冷笑道："本来就生分，乔模乔样地装什么幌子？你大约不知道，我刚才去老十那里，他正忙着盘家产，把细软物件都搬到大栅栏、琉璃厂，要发卖还账呢！"胤禩吃了一惊，铁青着脸道："胡闹！"

"我看闹一下也好。"胤禟怔怔看着窗外，说道，"叫他们尝尝六亲不认的苦头！——我心里只是诧异：太子爷欠的债是怎么还上的？我叫人去户部查，真的是还了，疑心他动了内帑，内帑也不短缺！"

这正是胤禩也百思不得其解的事，他甚至为此派自己的奶公齐雅布去东北，秘密调查太子是否有挖人参的事，都无结果。据胤禩看，太子账目不清，压根户部的差使就办不成。这胤礽到底是怎么一回事？想想终究还是不解之谜。思量着，突然想到，胤誐变卖家产，做得太过分，难保康熙知道，要疑心自己是主谋，因立起身来，扇子一挥道："老十太不成话。走，一块瞧瞧去！"

胤誐"卖家还债"铺排的声势极大。这个二百五阿哥存心出胤禛的丑，捡了京师最繁华的所在，在前门外大廊庙一带沿街搭起席棚，蜿蜒差不多半里长，家私摆的琳琅满目，什么金漆坐柜、蝉翼纱帐、金自鸣钟、玛瑙鼻烟壶、倭刀、鸟铳、豹尾枪、东珠、象牙、琥珀朝珠、玄狐袍、各类成窑钧窑定窑瓷器、金玉如意、紫檀屏风、铜镜台、宣德炉、漱口盂、茶儿、琴案、书架，凡百家中器具并破鞋烂袜子一应俱全，都标了价贴着红签，有的还搭着明黄袱子，显见的是皇帝赏赐的物件。小到几两几串，多到三万五万，价格也不一等。胤禩胤禟赶到时，大廊庙前累千累万挨挨压压都是人。人们在五光十色的货棚前东拥西攒，却都为开眼瞧热闹，并没一个敢问津的，只围着傻看卖呆，有的窃窃私语，有的默默出神，有的讥讽挖苦，有的掩口偷笑，什么样儿的全有。胤禩胤禟挤得一头热汗，正没做理会处，忽然听人们吆喝："十爷把施大人的轿拦住了，走，瞧哇！"

于是人流滚动一齐向西，越发挤得落花流水。胤禩胤禟趁着劲儿往前钻，果然见一乘绿呢大轿停在当街，施世纶脸色苍白得毫无血色，长跪在地，胤誐手里拿着把破芭蕉扇，穿一身灰粗布截衫，正破口大骂："姓施的，你还算个读书人？是哪个狗娘养的考官取中了你这么个怪物，我再不济，是黄带子阿哥，龙子凤孙！当我的面你就敢动手拿我的人！"

"回十爷的话！"施世纶揖手说道，他的声音多少有点嘶哑，"下官并不知这奴才是十爷府的。十爷既这么说，下官还要谏十爷几句，这豪奴蔑视朝廷大臣，拦轿喝骂，是十爷家教不严！""哟嗬？"胤䄉一脸坏笑，破扇子拍着腿左右顾盼道："这么着倒是我的不是了？我倒有心请罪，你当得起我一拜么？你一个二品京官，大摇大摆从我面前过，连轿也不下，这是施琅庭训给你的规矩？"胤祥这才瞧见，胤䄉身边还围着一大群官员，从部郎到司曹都有，都用憎恶的目光盯着正在受窘辱的施世纶，并无一人解劝，正思量该怎么办，却见施世纶咽了一口唾沫，说道："下官是近视，没有瞧见十爷……"

胤䄉此刻解恨到十二分，得意地扇了一下破蕉扇，哼地冷笑一声道："你敢情近视？你是没上眼皮，只看天不看地！近墨者黑，近屎者臭，扑了高枝儿就来欺负人！"旁边站的刘典、刘燮、党逢恩等人个个趁愿，绷着脸儿暗笑；金玉泽已升了兵部员外郎，在旁凑趣儿"劝"道："十爷，您别恼了，他不过小人得意，气着您身子倒金贵了。"

"我为国家清理亏空，又不曾中饱私囊，金玉泽，我怎么'小人'？"施世纶气得浑身乱颤，身子一挺，口气变得异常强硬："就是十爷的话，我也不敢苟同，也不懂——谁是墨？谁是屎？谁是高枝儿？请十爷明示！"胤䄉被他顶得一愣，顿时咆哮如雷："你只认钱不认人，就是小人！卑污！铜臭不堪！"一挥手命府中长随："替爷啐他！"

胤祥见十贝勒府几个人捋袖挽臂地上前，知道一口啐出去，立时要惹出倾动朝野的大事，忙大喝一声："慢！"便拉着胤裪挤了出去。围在胤䄉四周的太监、长随和六部司郎官员足有大几十号人，见是胤祥来了，都是一怔，黑鸦鸦跪了，一片声请安。街市上的人越发瞧得兴头，围拥着挤得水泄不通。胤祥黑沉着脸瞪了胤䄉一眼，哼了一声，几步走至施世纶身边，柔声说道："方竹兄……屈了你了……"

……施世纶身上一颤，热泪顿时走珠儿般滚落下来。

"十爷脾性刀子嘴豆腐心，出了名的躁性。"胤祥紧蹙眉头，娓娓劝道，"今儿这事瞧我薄面，且撂开手。你是朝廷柱石之臣，量须放大些儿。这也不是说话的地方，回头我禀知太子，叫他登门负荆请罪！"见施世纶兀自僵跪不语、泪光满面，胤禵在旁跺脚埋怨："昨晚叫你少灌点黄汤，你就是不听！为你这不争气毛病儿，阿玛都恨得牙痒痒的——今儿这可倒好，连老施都作践！"

胤祯满以为这两个哥子定要帮自己说话，不料都异口同声责怪自己，不觉怔了，其余官员人等也各各无趣。正发呆，胤禩已回身命众人："快搀老施上轿！老九，你亲自送方竹先生回南横街——你们愣什么?!"胤祯仆人们见廉郡王动了气，又见主人无话，只好答应着上来，做好做歹扶着一声不言语的施世纶上轿，由胤禵骑马护送，一径去了。胤禩俨然主子般厉声指挥："把棚子拆了，东西往回搬!"胤祯气得一跺脚，也不打招呼，扭头便走了。

第二日便是中秋节。头夜康熙睡得很好，一大早起来，先拜了天穹殿、钟粹宫、钦安殿，又至斗坛拈香，进了早膳，又至乾清宫接受百官朝贺。这都是官样文章，却一样也省不下来，他耐着性子坐在宝座上，听臣子们一篇又一篇的"万寿无疆赋"，什么"海晏河清，圣治被化万方"，又是"黄童白叟，共享盛世承平之福"，足足闹了两个半时辰，下来时，已是申末时牌。进了晚膳，康熙稍事休憩，便见胤禩进来禀道："阿玛，都预备齐了。何时起驾，儿臣先去御花园知会。"康熙正要答话，却见养心殿总管太监李德全，带着邢年等七十多个太监宫女进来请安。

"万岁爷，"李德全笑嘻嘻道，"奴才方才去后头看了，今年十五真个别致！到底八爷调停得周全，再没个挑剔的。老天爷也凑趣儿，晴得一丝云彩也没，老月儿圆的溜儿的，大月饼似的，已经慢慢起来，真叫人越看越爱!"

一句话说得众人都笑了，康熙因问胤禩："阿哥们都来了么?"胤禩忙躬身赔笑道："儿子是从家里径直进来的。方才太子那儿的何柱儿说，到得差不多了，巴巴儿等着主子爷呢！昨儿见大哥三哥，他们叫儿子请旨，恩准年长阿哥把皇孙也带进来沐恩光宠，也取个团圆吉利，不知万岁……""不用了。"康熙略一沉思，说道，"一百多个皇孙，大的十七八岁，小的才几个月，还有乳母、谙达、丫头、老婆子一大堆，少算也有四五百人，朕受不得这吵闹。"

胤禵一听"吵闹"二字，陡地想起昨日大廊庙的事，胤䄉这个二杆子，别今晚再闹事吧？不由心中一阵慌乱，忙道："阿玛要没别的吩咐，儿臣得到后头看看，不定太子已经去了御花园，儿臣还是随班候驾的好。"康熙微笑点头道："你很知礼，去吧。看看侍卫里武丹来了没有，要没来，叫进来一同赏月。"胤禵连声答应着匆匆辞了出去。

御花园门口已是火树银花，因园内赏月，不宜张灯，胤禵独出心裁。在园前汉白玉阶下用一万盏玻璃灯盘成二龙戏珠图案，沿墙琉璃黄瓦下每隔一尺吊一盏小巧玲珑的宫灯，红黄蓝紫青五色迷乱，既壮观又不呆板。胤禵赶到园门口，大阿哥胤禔三阿哥胤祉正和直隶总督武丹说话，胤禵远远便笑道："武老叔，方才万岁爷还说，叫传旨请您呢！"说着便凑近前，拉起武丹的手道："您今年有一个花甲了吧，红光满面，精神矍铄，叫人瞧着眼红呀！"武丹呵呵笑道："奴才是个使力不使心的匹夫一个，有什么叫人眼红的？"当下寒暄一阵，胤禵便问："兄弟们都到齐了没有？"

"差不离了。"胤禔笑眯眯看着胤禵，说道，"我没仔细看。方才乱哄哄的。这才理出头绪来。"胤禵听着仍旧不得要领，一边说话一边向里张望，胤祉笑道："你要忙，只管先进去，我们不想站规矩，出来躲着和武老叔说说话儿——还有，你得防着老十这个铁头猢狲惹是生非。我进宫前，他打发人去我府借阿哥衣服，我没理他，这可不是疯了？昨儿闹大廊庙，今儿闹到里头来，这八月十五就算过不成了！"

胤禵心下越发着忙，向三人略一点头抬脚便进了园子。果见男昭女穆已经排好班次：西边贵妃钮祜禄氏为首，挨次惠妃纳兰氏、荣妃马佳氏、德妃乌雅氏、宜妃郭络罗氏、成妃戴佳氏、定妃万琉哈氏、密妃王氏、勤妃陈氏、襄妃高氏，还有十几个尚未诞育皇子的，如陈氏、色赫图氏、石氏、陈氏等人，还有个新选的郑春华，只是个嫔——胤禵却知她和太子胤礽甚有暧昧——和一群答应、常在低等嫔御站了一处，一色青缎旗袍，高梳"把子头"，脚踩"花盆底"，俱都垂手侍立。东边以太子胤礽为首，挨身便是胤禛、胤祺、胤祚、胤禩、胤禌、胤䄉、胤祥、胤禵、胤禑、胤禄、胤礼、胤祄、胤禝、胤祎，大的三十五六，长髯垂胸，小的尚在总角，粉妆玉琢。四百多个有头脸有体面的太监宫女也都按房分立东西：女的人人花枝招展，男的人人神采奕奕，都是规规矩矩站着，只二十一个未嫁的和硕公主是娇客，显得随便些，叽叽格格说笑个不停。

　　看了一周遭，没有见胤禔的影儿，胤禛深悔昨日没有多和他聊聊，但此时急也无益，只好看情形处置——也许胤禔称病不来，或来了也未必就敢闹事……心里七上八下正胡思乱想间，却见胤禔胤祉快步进来归了班次。接着便听李德全高唱一声："康熙老佛爷圣驾到！"

第十七回　放厥词浪子受鞭责
　　　　　明是非慈父行家法

　　这些阿哥里头，只有十四阿哥胤禵心里清楚，今晚十阿哥是存心大闹一场。他刚从木兰围场奉旨回来，就去访了九阿哥胤禟，京华风云已是历历在心，却毫不动声色静等着这出好戏。胤禵胤祥是同年人，一样的任侠豪爽，一样的习兵好武，连个头模样也颇相似，却和胤禛是一母同胞，都是德妃乌雅氏所出。但清代皇子制度，阿哥无论嫡庶，悬弧堕地，保姆就抱出去，交给乳母，各自八个保姆，八个乳母，还有所谓针线上人、浆洗上人、灯火上人、锅灶上人，一到绝乳，又添八名读过书的太监，谓之"谙达"，教语言、教行步、教礼节，举手投足左右顾盼均按规矩来。雅步从容仪态万方，并不受之父母，各兄弟间也只揖让而已。所以无论父子、母子、兄弟，骨肉亲情天伦之乐都是说不上的。胤禛生时恰因孝诚皇后产子而殇，例外地抱进了钟粹宫，聊慰皇后膝下荒凉。为这档子事，招惹了其余阿哥妒火中烧，在胤禵那里耳濡目染日积月累，不知撩拨了多少风凉话。因此胤禵自幼和胤禩一干人打得火热，自己的胞兄胤禛倒不相干的了。

　　此刻，他目光炯炯地看着坦然自若的胤禛和嬉笑顾盼的胤祥，一边随着迎驾、叩头，心里不住暗笑，猛听众人喊"万岁！"便跟着叩头，山呼："万万岁！"

　　"罢了吧。"康熙笑容可掬，双手虚抬了一下，说道，"今儿是家筵，大家痛乐儿，不必拘礼。往年这时分是赐筵群臣，他们享了君恩，却不得与家人团圆，今年变了一下，白天赐宴，晚间各自回去，各得其乐，胤禩想得周全。"说罢便更衣，换了天鹅绒纱台冠，酱色江绸夹袍外又套了件石青缂丝棉金龙褂，腰间束一条金带头线纽带，足登青缎凉里皂靴徐步走向御亭前的拜月台。

　　此刻风清气爽，碧澄澄的天上月轮皎洁，柔和地洒落着水银似的光。

拜月台上香烟缭绕，案上供着炉、镜、鼎、钹、赤虎料珠、琉璃碗、金龙油灯，旁边罗列着金轮、银轮、瓷轮、银马、银象、银鱼、银螺、银将军、银男、银女、银盏、银罐、银伞等法物。康熙向银盆中盥了手，神情变得异常庄重，默然长揖到地，仰面静静看着昊天海月，喃喃祈祷："总理河山臣爱新觉罗·玄烨熏沐谨奏上天：夫人生在世，事功易，成功难；成功易，终功难，善于始者必慎于终。此乃玄烨心中事：完人自古无之，臣愿克减寿算求一完人，惟上天默察庇祐！"因为离得很近，胤禛听得清清楚楚，想起父亲一生呕心沥血一刀一枪开创基业，夙夜不倦孜孜求治，已成亘古一代令主，居然情愿减寿以求全名，不禁痴了。正沉思间，康熙转身笑道："拜月已了，大家随意入席赏月。七岁以下皇子可随母亲同坐——照料好了，不要进得太多，谨防伤着脾胃。"

筵宴是早已预备好了，共是三十桌。错错落落散处在假山旁，水榭亭侧，一桌一桌珍馐佳肴垛得老高。康熙的一桌就摆在月坛下，中间一个五福盘，摆着鸭丝燕窝如意、鸭子熏白菜、五香烧狍肉攒盘、丹桂汤、羊肚片，四周一色珐琅碟子点心，什么桂花糖馅月饼、象眼小馍头、饽饽、面桃、西瓜、哈密瓜、葡萄、苹果、荔枝……也不及细述。康熙因笑着对胤礽道："难为你这次清理亏空，差使办得好，不像往常瞻前顾后地疲软，朕心里很受用。你是太子，和朕同坐说话儿吧。"因见鄂伦岱进来，又道："吩咐御膳房，照这里的样子在园门口摆四桌，你们陪着武丹也乐一乐——抬一桌席面到毓庆宫，赏太子妃子石氏和太子世子们用！"说罢举箸，众人方拿捏着进膳。满园清亮的月光下但闻杯盘微微作响，却一声笑语不闻。康熙心知是因自己一人在场之故，因又笑道："早知如此，还不如和臣子们一处吃酒呢！哪个有笑话？逗得朕乐了有赏！"

"儿子当得承奏。"胤礽率先躬身站起，但他素来温文尔雅，并不长于此，思量许久才道："前儿听人家说了一个，却是本朝实事。去年罢官的济宁道徐球壬在任时，有个姓王的杀了姓尹的。人犯拿到，徐球壬指着姓王的拍案大骂：'夫妻一道载在三纲。人家好好夫妻，凭什么你就敢拆散了，叫人家婆姨守寡？现在我把尹妻判给你，叫你婆娘也尝尝守寡的滋味！'"说着瞟了一眼嫔御队里的郑春华，郑春华忙别过脸和陈氏说话。

康熙愣了一阵回过神来，不禁大笑道："这人是明珠荐的，不料还有这份才具！绝妙判语，这个笑话好——把朕写的湘妃竹扇拿一把赏太子！"下一席坐的胤禔却是明珠的外甥。明珠秉政二十余年，权倾朝野，因与太子作对，早已罢官，见太子说这笑话，心中不禁大怒：人都死了，兀自不肯放过！……因把盏起身笑道："人说鸡有五德，我府里喂着一只波斯猫，也有五德：见鼠不捕，仁也！鼠夺盘中之鱼，能分而食之，义也；宴筵宾客盛馔一设，闻风即来，礼也；好吃的东西藏得再密，都能偷到，智也；每入冬天寒，必先占熏笼取暖，信也……"言犹未毕，众人已是哄堂大笑。

"儿臣也凑一个。"胤禩在第四桌，早已听出二人互相攻讦，便有心揶揄，因起身笑道，"苏东坡的儿子生性最蠢，那年因下大雪，东坡最伶俐的一个小孙子因顽皮不肯读书，苏东坡便命他跪在雪地里背《劝学篇》。儿子瞧见，就也跪了。东坡问：'你为什么跪？'傻小子说：'你冻我的儿，我也冻你的儿！'"话音刚落，已笑倒了众人，几桌嫔妃们手帕子掩了口格儿格儿笑得前仰后合，康熙笑得抚着胸口道："老九素日沉默寡言，难为他说得好，赏他一令宋纸！"

胤禛不禁抿嘴一笑，正搜索腹笥也要说一个，却见胤祯大咧咧迈着步子进园来，心头不禁猛地一沉，忙要招呼时，康熙已经瞧见，笑问："你哪里钻沙去了？懒散成性，不成体统！罚你说个笑话儿！"

"是！"胤祯率性鲁直，不藏心机，颇受康熙喜爱，一向就骄纵，一边凑到第三桌，口中笑道："不过说的不雅。前年我奉老佛爷圣旨山西赈粮，去永济看了看普救寺。那里却有一桩风俗不好，拉屎揩屁股不用纸，都用的秫秆做根棍儿，美其名曰'厕筹'——"说到这里众人早已怔了，却听胤祯又道："——儿子想，别人也就罢了，当日张生崔莺莺西厢之会，那崔莺莺倾国倾城之貌，羞花闭月之容，用这玩意儿揩屁股，那揩得干净么？……"

众人起先还怔怔地听，至此已无不攒眉摇头，撇嘴龇牙。康熙皱眉笑道："煞风景！你还叫大家吃东西么？罚你一杯！"胤祯"咽"地一口饮了满满一杯，嬉皮笑脸道："是……果然是不好！又有一个——一起子水盗，打劫了商船，不料扒开货仓，全是些香烛。这东西没地方存，卖着又很贱，扔了又可惜。于是大家商量：'咱们做没本钱生意，白刀子进去红刀子出来的勾当，全指望老天保佑，不如烧他娘的，也算功德。'于是一把火焰腾腾燃起，顿时香透九重。玉帝闻着，问：'谁家做这么大的功德?'命天丁查看，天丁回说：'没见别的，就见几个可怜人在那儿哭，一伙子老强盗在那里向火哩!'"

谁都听出来了，这压根不是笑话。康熙的脸一下子阴沉下来，慢慢放了酒杯。所有借过银子的阿哥心头都是一动，把目光瞥向这阵子飞扬跋扈，撺得百官鸡飞狗跳的胤祥。胤祥咽了一口唾沫，也起身笑道："儿子也说一个船上的事——去年过芜湖，芜湖道雷庸去见儿子，我问他：'贵道坐船来的? 船在哪里?'他说：'船在河里。'儿子又好气又好笑，就说：'真草包!'不料他又答说：'回十三爷，草包在船里!'"胤禩背地诨号"十草包"，人人皆知，所以这笑话说出来，没有一个人敢笑，只康熙笑得"喷"地一口酒吐出来，一眼瞥见胤禩气得脸色雪白，又止住了笑，只神色不动打量着这兄弟二人。此刻御花园中五六百人都已屏气息声，大家预感到今晚要出事，停了杯箸，惶恐不安地望着斗鸡似的胤禩胤祥。胤礽情知这两个弟弟要捅马蜂窝，慌乱地看一眼康熙，想起身去劝又不敢，只死命地给胤禛递眼色，暗示他去劝胤祥，无奈胤禛正全神贯注地看着事态发展，一点也不觉察。

"老十三呐!"胤禩到底憋不住，叩着杯子笑道，"方才你讲的这个草包故事，除了万岁爷，咱们都没笑，该罚你三杯哟!"胤祥笑嘻嘻执壶，在众目睽睽中踱至胤禩身边，说道："万岁爷笑了，就是我尽了孝心，别的人哪怕哭呢，与我什么相干? 十哥既然说到这里，我也想起十哥的香火船。不知此事出于何朝何代? 何人的船被劫，这劫船匪盗拿住了没有?""你问这个?"胤禩冷笑道："本来是个古记儿，无朝代可稽，无年月可考，大约谁有这个强盗心，不免就狐疑起来。我倒晓得谁叫打劫了——万岁爷方才还问，为什么来迟了，我没敢回。生怕大节下的，扫了天家体面。不瞒你这当家兄弟，我家遭劫，四壁如洗，你嫂子你侄儿都是可怜人，在那里哭。我出去借一身干净衣裳进来，还要强笑着听别人骂桑树，兄弟你看我难不难?"

胤祥恍然说道："哦——怪不得十哥来迟，原来借裤子去了!"胤禩见康熙听得专注，越发放肆，因嚷道："兄弟好伶俐，真个响鼓不用重槌。你一定要我说透，我就说：你和施世纶那个丑八怪，就是强盗! 我昨儿已经作践了老施，想必得罪你也不浅了——怕怎的，头掉了也就这么大个疤！"他用手比了个圆圈，一笑又道："我比得不雅驯，很像个王八淫贱材儿，实在对不住，咱是个粗人。"

康熙这才晓得事情原委，清理亏空居然弄到皇子卖当的地步！他心思飞快地转动着：老十何至于此？莫不是和老八他们下头商议好了，今晚借机发难，要瞧胤礽胤禛的好儿？瞥眼看胤禩时，胤禩却是急得脸都黄了，只是皱眉叹气，又觉得不像……正恼太子一言不发，第二桌上胤禛大声发话："十三弟，你过来这边坐了！他一个二五眼，你和他计较什么？"

"你是三五眼！"胤䄉勃然大怒，冲胤禛吼道，"捉蚂蚁熬油，臭虫皮上刮漆，只要钱不怕寒碜！你不信到我家去看看，他们是在哭不是！"话音未落，胤禛一口顶了回来："谁晓得是哭还是嚎？即便真哭，前人有话说的好：一家哭，何如一路哭？"胤祥接口便道："就是四哥这话——有声有泪谓之哭，有泪无声谓之泣，有声无泪谓之嚎，谁知你们……"

胤祥十分解气，得意洋洋地还没解说完，"啪"的一声，脸颊上早着了胤䄉一记清脆的耳光："你是哪路神仙？淫贱材儿下作种子！就懂得跟着太子爷四哥后头拍马屁溜勾子舔屁股……"他唾沫四溅正说着，胤祥一个漏风巴掌回敬来，打得金花四冒，兄弟二人顿时在席前扭成一团。

"打起来了！"所有的人都站起身来，顿时御花园乱得一团麻似的。武丹鄂伦岱等侍卫在外边听见，一拥而入进来护驾，见是这种情景，不禁都愣了，要上前拉时，康熙又没发话，只好讪讪地站在一边。太子抽身过去，扎煞着手喝止，但他素无刚气，此时谁肯听他的？胤禔假惺惺摆着大哥派头虚吆喝；胤祉撺衣挥扇，劝了这个说那个；胤祺胤祚素来老实，抖着嘴唇惊惶四顾不知所措；胤禩此刻倒定住了神，挥扇品茗沉吟不语；胤禟胤䄉帮着胤䄉又推又揉。其余皇子有的帮打太平拳凑份子，有的脸色苍白瞠目结舌，有的夹七夹八说些莫名其妙的风凉话：

"看打着了！"

"何必呢！"

"胡搅！"

"唉……乱来！"

胤祈胤䄉胤祎等人年在幼冲，早被乳母们护到一边，吓得咧着嘴大哭大叫……一时间，御苑中人如热锅蚂蚁，声似鼎沸之水，嘈杂纷乱不堪。

"都住手！"康熙突然咆哮一声，"让两个小畜生打，好生打，往死里打！"

他终于憋不住了，儿子多了，人各秉性不一，康熙原也知道他们间有不合气的，原想不过为有的受信用，有的没差使互相不服。不料竟是事关国策，旗鼓鲜明冰炭不能同炉！康熙这一赫然震怒，皇子们无人不怕，一个个脸上青红不定，诺诺连声后退。胤祄胤祥满身灰土爬起来，脸上都是乌一块紫一块。胤祄啐了一口别转了脸，胤祥举目一望，觉得除了胤禛都是外人，扭曲着面孔抽搐几下"呜"地号啕大哭，伏地诉道："儿子失礼，凭着阿玛发落。只求万岁今儿当着众人还儿子一个公道……说明儿子的亲娘到底是不是淫……贱材儿……"

这件事原委根由，就是一车话也难以说清①，但今晚明摆着是胤祄有心发难生事，又先动手打人。康熙怔了一下说道："你起来！你母亲阿秀是土谢图汗的公主，身份贵重。只因命犯华盖多灾多病，朕特旨允许舍身出家，不要听小人们放屁——朕这就赐你母亲名号：晋封章佳氏为敬敏皇贵妃！——胤祄，朕先不问你荒废学业终日浮荡。你借银的事，儌辱廷臣的事朕这会子都懒得问，只你今夜举止如此无耻放肆，是为什么，你活够了么？"

"不是儿子活够了，"胤祄在下头已与胤禵胤禟计议，揣透了康熙的脾性：越硬挺越赏识。因一口顶了回来："是人家要逼死儿子！您老知道，从他们清理亏空，死了二十三个朝廷命官，儿子不想当这第二十四个！原旨说清理以四哥为主，老十三凭什么弓开得溜圆儿射人？屎壳郎钻纱帽，硬充黑老包——万岁您别瞪我，就是死也得把话说完——像这么着窝里炮，拿着亲兄弟一个一个地宰，弄得宗室贵戚家家如坐针毡，哪一朝有过？三哥的银子是万岁垫出来的，其余的兄弟谁家不是精穷，有什么好心情陪阿玛说笑话取乐儿？"说到这里，不知哪句话触动情肠，两串泪珠扑簌簌顺颊淌下。

康熙原知道因胤礽胤禛撑着劲，十三阿哥在户部办实事，必少不了得

---

① 见拙著《康熙大帝·玉宇呈祥》。

罪人，想不到竟弄到皇子典卖家当。不由心里一沉。正思量间，胤禛起身淡然说道："老十，你觉得胤祥不留余地，你留余地么？施世纶一碗水清到底的官，你当着千人万人就那么羞辱他！你还叫我们办不办事了？"因将胤䄉昨日在大廊庙那档子事备细说了："施世纶昨晚见我大哭一场，又赶着过节，怕主子知道了难受生气，没有奏闻——这样的忠良，我们做阿哥的凭什么要作践他？"

"老十是糊涂。"胤禩斟酌半日，觉得不能不帮着胤䄉顶一顶这个硬头钉儿，因道，"不过事出有因，施世纶也有不是处，明知胤䄉在大廊庙，偏就火上浇油，筛着大锣从那里过。好歹也该回避一下的。"胤禛笑道："老十府里奴才要不拦轿骂街，施世纶就敢放肆拿人？""打狗还得看主人呢！"胤禩冷笑道，"施世纶说到底是汉人，要没人放纵他，就敢那么张牙舞爪？"

胤祥气得脸色雪白，大声顶回来："施世纶天下第一清官！这是万岁的话！清理亏空是万岁的旨意，收来的钱归了国库！笑话——这事论的什么满人汉人？九哥，你去山东赈灾，手下的官都是满人？"一时间阿哥们七嘴八舌各执一词，红着脸唇枪舌剑，又是一番热闹情景。

"都住口！"康熙断喝一声。权衡再三，他很快就清醒过来：此刻自己只要稍有同情胤䄉的表示，消息传得比风都快，不出三日便举朝皆知，胤礽胤禛和胤祥的差使就更难办，便踱至胤䄉身边，狠狠盯了一眼，说道："杀人偿命欠债还钱，自古通理！你这畜生竟比作'强盗打劫'！朕知道你们不服气老四老十三办的差使多，你们回去扪心自问，是朕不给你们差使，还是你们不要？康熙四十四年朕就说过叫老大、老八、老九去管户部，你们都'有病'？身子骨儿金贵嘛！好差使，眼面光的差使你们抢了，苦差就推给他们，他们办得认真了，你们又眼红，以为朕不知道？"

一句话说得胤禛胤祥几乎堕泪，这些话其实连他们自己也不曾想得这么透彻体贴。其余阿哥们想想也真是的，便都低垂了头不吱声。康熙又道："太子和胤禛胤祥实心任事不避怨嫌，正是国家祥瑞，为什么你们就放他们不过？胤䄉，你素日骄慢目中无人不学无术，朕怜你粗放，没有理会。索性今日连朕也不放眼里，大闹御花园，肆无忌惮至于此极——这犹可恕，只施世纶为朝廷柱石之臣，你竟敢于光天化日之下肆意侮辱，没有听说过士可杀不可辱？来！"

"奴才在!"

李德全脸色焦黄,心头狂跳,忙进前一步说道:"万岁……"

"带胤祯去宗人府。"康熙咬着牙道, "着慎刑司责他十脊杖,囚禁三日!"

李德全忙答应一声,哆嗦着腿至胤祯面前打了个千儿,颤声道:"十爷……请……""我还没谢恩呢!"胤祯铁青着脸说道,过来双膝着地,恶狠狠盯了胤祥一眼,叩头说道:"儿子受杖去了!"说罢起身扬长而去,把康熙气得站着干发愣,半晌,叫过武丹道:"本想今晚吃一会子酒,叫你进来月下舞剑的,扫兴了。穆子煦不是进京来了?明儿叫他递牌子,你们进来陪陪朕……"他长叹一声,摆摆手道,"散了吧。"

第十八回　议巡狩起心废国储
拒谏诤太子抖威风

第二日一大早，武丹便约同穆子煦由西华门递牌子进大内觐见康熙。二人联袂由隆宗门进天街，穿永巷不远，早见李德全已候在垂花门口，还有两个八品文官跪在门口候见。李德全见他们来，忙迎上来，说道："我在这专候着你们二位呢！万岁爷一夜没好睡，方才几位上书房大臣都进去请安了，听说魏东亭军门殁了，万岁更不高兴。二位军门多劝着主子些儿。"

两个人顿时愣住了，吃惊得张大了口。魏东亭是康熙皇帝乳母的儿子，自幼就和皇帝一处读书玩耍，号称熙朝第一侍卫，自康熙元年就侍从在侧，与武丹、穆子煦、曹寅、狼曈几十年风风雨雨，保护康熙经过多少惊涛骇浪急流险滩，说一声死，就这么轻轻巧巧地去了？乍听噩耗，真难相信这是真的，两个人不禁茫然对望一眼，心里空落落的，耳朵里嗡嗡直叫。但此时此地不能哭，也不能多谈，只好跟着李德全往里走，只是脚步像一下子灌满了铅似的沉重。

两个人恍恍惚惚进了养心殿东暖阁，果然见张廷玉、佟国维和马齐都跪在黄垫子上，康熙脸色苍白，歪在大迎枕上喝着参汤，正和毓庆宫总管太监何柱儿说话："你早已从这里调去毓庆宫了，不要一趟一趟总回养心殿来。侍候好太子是你的本分！"

"奴才知过了。"何柱儿赔笑道，"不过这回奴才是奉差来的。太子爷卯时就进来了，因主子刚睡着，没敢惊动，叫奴才侍候着等主子醒了再去叫他呢！"康熙轻咳一声，一抬眼见武丹穆子煦进来，摆手示意他们免礼，一边说道："何柱儿回去吧，叫他不必请安了，孝顺不在这上头。"说着，从案上取过一份折子递给何柱儿，又道："这个折子朕已经看过，处决的名单似乎多了些，叫他再审一遍，可矜的，可悯的，可疑的，但有一线之明，该停勾就停勾，脑袋掉了长不出来，要慎之又慎！"眼见何柱儿去了，康熙方转过脸，默默盯视着穆子煦，许久才道："你毕竟来了。朕上次给你的朱批，说了不必来京，你们欠的那点子债朕心里有数，过两年朕南巡时还指望着你们陪驾，没有个好身子骨儿怎么成？东亭的事情知道了？"

穆子煦忙伏地叩头，不知怎地，止不住热泪只是往外淌，哽咽道："老奴才赶着来京，倒不全为还债，这两年身子越发不济，一闭上眼满心都回想往年的事，越想越怕，生怕不能再见主子一眼就去了……上年去南京见了魏东亭，他躺在床上只是流泪，满心盼主子早点南巡，赏的金鸡纳霜都舍不得吃，谁知到底……"他啜泣着，说到这里已是语不成声。康熙先是静静地听，脸上皱纹刀刻似的一动不动，见穆子煦说得恓惶，哪里还忍得住，仰天长叹一声已是泪如雨下。

"万岁保重！"马齐眼见武丹也要开哭，忙跪前一步奏道，"一会儿太子还要回事，还要引见外臣，仔细着龙体。魏东亭年届耳顺，已是长寿，生荣死哀，似不必过分悲伤——穆大人，你也不必伤心了，我们费了多少唇舌才劝住了万岁，再一哭，伤了龙体可怎么好？"张廷玉佟国维也含泪奏劝，三个人方慢慢止住了，张廷玉见是缝儿，忙道："李绂和田文镜户部荐上来，因户部账目已清，引见外放，主子这会儿见他们不见？"

康熙略一沉吟，拭泪点头缓缓说道："叫进来吧。你们几个也不要跪着，起来坐到那边木杌子上。"说话间，已见田文镜在前，李绂紧随进了天井院内。

这两个人在户部办差两月有余，心计又好办事又勤，很得胤祥欢心，因为账房的事已毕，只有几十个封疆大吏尚未清还，恰遇吏部遴选，胤祥知他们得罪人多，京官做不牢，便荐了田文镜莱阳县丞，李绂是进士，出任潮州同知，部文一下即刻引见。两个人面上平静，因是头一次独觐天颜，心里紧张极了，都是双手紧攥，捏得满把的汗。导引太监将他们带到丹墀下便退了下去，李绂小声说道："田兄，你先报履历，我接着说，不要错了规矩。"田文镜心头突突乱跳，心里运着气点了点头，甩着马蹄袖登上丹墀，激动得声音发颤，大声道：

"臣，田文镜，康熙四十六年恩科拔贡——"

不料还未报完，李绂脱口接了上去"——山东诸城人！"田文镜便回头看李绂，两个人竟愣在了殿门口。殿内气氛原本沉闷悲怆，这两个人乱报履历，倒弄得康熙破颜一笑，说道："不要紧，进来吧。"两个人这才摆脱了尴尬，进来叩头礼拜。佟国维便道："你们都是读书人，怎么如此浮躁？"康熙微笑道："他们本来心里就捏成了一团，还架住你再训斥？"便温语垂询二人出身阀阅学历识量。李绂田文镜方平静下来一一细奏。

"你们的情形施世纶奏过，"康熙说道，"在户部办事很认真，这原是好的。但户部差使讲的是锱铢较量，国家亏空库银已久，不能不这样，这叫矫枉过正。出去做外官，守牧一方，作养人才，抚绥百姓，不能全用户部分斤掰两这一套，讲究的是公忠勤能四个字，你们明白？"

"喳，臣明白！"

"只怕未必真明白。"康熙款款说道，"比如姜宸英，老名士了，又是状元，你们核出他一两多银子，也都追比，这个存心就有点过苛——你们不要怕，朕是开导你们，不是责怪。要账并没有要错，但要有余地，要给别人留体面，你们年轻，宦途正远，要留心习学。"

"是……"

这是例行引见，通常只是见面磕头辞行，康熙这样叮嘱两个小吏，算是很优待的了，几个上书房大臣揣摸着这话，都觉得皇帝是说给众人听的，却又模棱含糊难明其意。大抵觉得胤祥等人在户部差使办得苛刻了些。待到田李二人辞出，康熙却又叫过李德全，说道："你去户部传旨给胤祥施世纶，朕已经处置了胤祯，给他们出了气，不可再恼！要好生切实办差，不可因循迟疑，务于十月初完差，轻松跟朕去热河狩猎。"几个人听了又是一怔，刚刚"明白"一点，又堕入了五里雾中。李德全答应着要退下，康熙又叫住了，说道："你去内库。施世纶眼近视，把荷兰国贡的水晶镜片拿两副给他，由他自己配副合适的。"李德全忙应道："是，奴才这就去办。"佟国维微笑道："我跟了主子这些年，也没得这个彩头儿。老施真有福气。"

"就这样。"康熙站起身来，说道，"三个上书房臣子跪安办事去吧。武丹和穆子煦随朕散散步，太子要进来，叫他到勤懋殿去见朕。"张廷玉便知康熙要与武丹穆子煦密谈，忙和佟国维马齐一同退了出来。

勤懋殿地处皇城西北隅，重华宫东侧，工字形殿宇连堂结舍，十分僻静幽深。康熙带着武丹穆子煦散了一会子步，心情畅快了许多，便在垂花门前站住了脚，注目看着满汉合璧的匾额，似乎漫不经心地问道："子煦，当年你从侍卫调离京师，朕也是在这殿里见的你吧？"

"是。"穆子煦忙答道，"那时候这里破败得很，满院都是蒿草，可没有如今这么挺括齐整。"康熙嗯了一声，说道："此一时，彼一时嘛。当时地震坏了太和殿都没有钱修……"一边说一边抬步往里走，里头太监忙都躬身避道。武丹是头一回到这里，穆子煦却知道，这里按天罡数安排着三十六名哑巴太监，是康熙密见群臣的枢要重地，心下不禁凛然，不言声随后跟进正殿。康熙坐了虬根盘龙藤椅，接过太监递过的茶呷了一口，又道："有件事，朕早就想细问一下，又怕穆子煦和魏东亭疑惧。今日带武丹同来，他来做个见证，其实朕早就知道，只是为你们周全，怕你们恐惶，才没问。"

武丹的脸一下子变得异常苍白，他已经知道康熙要问什么了。穆子煦赔笑道："我跟主子四五十年了，武丹和我都是马贼出身，一步步调理到如今位极人臣功成名就，实实在在的恩重如山，情深似海，死一万次也报答不了。奴才扪心自问，绝没有欺隐主子的事。主子有话只管问。"

"你们知恩忠君，朕十分清楚。"康熙一笑说道，"……不过说毫无隐欺，也只怕未必。朕想知道，康熙二十三年你出任江南布政使，破朱三太子炮轰行宫之案，擒住假朱三太子杨起隆之后，太子和胤禛从北京连夜赏你们物件。朕想知道，赏的什么，为什么赏，传赏的人还有什么话？"

仿佛一下子抽干了穆子煦的血，他的脸变得香灰一样又青又暗，惊恐得睁大了眼，翕动着嘴唇，一时竟回不出话来！当年他奉密旨去金陵，在莫愁湖与魏东亭合手，一举抓获伪朱三太子杨起隆，捣毁东正教徒在南京毗卢院的巢穴，并发现两江总督葛礼与这谋逆巨案瓜葛甚深。正要穷追底蕴，查出事主，太子胤礽和四阿哥胤禛却从北京六百里加紧送来了赏赐。联想到葛礼与前上书房大臣索额图的渊源，又想到索额图是太子的私党，魏穆二人惊骇之下，商议此案决不可深究。因而连夜释放葛礼，归还总督衙门全部封存文书，只将杨起隆一人审结正法了事。这两个结义兄弟立誓，此事上不告天地父母，下不告妻子儿女，让它埋在心里，烂在肚里，带到棺材里——整整二十四年中，只要一想起来，就是一阵心悸，其实二人身体，实坏于此事——幸而案过之后，多年平静无事，原以为已经过去，谁料今日康熙皇帝居然亲口问及！难道心上这愈合多年的伤痕又要破裂？难道是杨起隆那张可怕的嘴在地下又张口说话？难道……他微睨一眼武丹，像被电击了一下，浑身剧烈地颤抖起来……"扑通"一声便跪了下去。

"这事与武丹无干。你不要疑心，不要怕。"康熙忧郁地说道，"事关天家骨肉，皇帝太子，即便是朕，设身处地也只能和你们一样。朕要处置，寻个什么事杀不了你？你起来——听朕说，这事本来朕也预备睁一眼闭一眼的。但如今朕老了，对后世的事想得多一点。过去这事只是父子君臣的事。如今就关系着天下后世，不能不问清楚，看这个太子根基如何，想想他配不配当这个太子。"

穆子煦慌乱地爬起身来，好半日才回过神来，颤声说道："这件事主子不点醒，奴才至死不敢言传，其实赐的物件并不贵重，一个如意，一只卧龙袋，来人一句话也没有，赏了东西当夜就回去了。因为实在蹊跷得很了，魏某和奴才才越发恐惧，糊涂结案了事。如今回思，奴才们这就是欺君之罪，求老主子重重惩办，奴才心里或可稍安……"说着，眼中泪水已夺眶而出。武丹起先愣住了，怔怔听完，沉思着说道："皇上，这事奴才也是头一回听见，乍闻之下也吓了一跳。但这会子想着，太子那年才十二岁，四爷才七岁……都还是孩子。必是索额图怂恿着办的，太子不懂事，当时也没有如今这么多规矩，阿哥不准结交外臣。主子明察！"

"朕就是想知道太子当时陷得有多深，并不要追究。"康熙起身橐橐踱了几步，目中波光闪烁着说道，"不过你们也别忘了，你们跟朕时，朕也只十二岁，诛除权奸鳌拜，就是朕十二岁的决策……"武丹想了想，笑道："人和人不能比，奴才十二岁时，就知道偷着杀人家的狗吃。万岁爷这么英睿圣明，我看太子那么良善厚道，难比万岁机谋深远。何况当初鳌拜霸道专横，万岁也是给逼出来的，这和太子爷处境也不一样……"康熙回过头来，仔细审量武丹，忽然一笑，过来拍拍武丹肩头，说道："朕一直以为你只会杀人取乐，挖心尝鲜，真历练出来了！你这话算不得奉承。但你须知，朕在位时间长，这皇位腾不出来，有人比太子还急。人逼急了能长见识；人受怂恿久了，也容易生出异样的心思。你看御花园里那株老柏，生出来时何尝是那样，园工们一日三弯，叫它什么样就什么样！"

穆子煦和武丹对望一眼，康熙疑太子疑到这个份儿上，处在他们的地位也实在不敢胡乱插言。正沉默间，一个哑巴太监进来打了个手势，康熙点了点头，说道："这件事就此说说罢了，《易经》有云，君不密失其国，臣不密失其身，你们要仔细——太子来了，叫进来吧。"

胤礽进来了，他刚去了一趟乐寿堂后的偏宫和郑春华幽会了一阵子，柔情蜜意地正得趣，何柱儿跑去禀说了康熙的旨意，这一来就是没事，也必须来一趟了。胤礽意兴阑珊地进了勤懋殿，见武丹和穆子煦也在，怔了一下，打千儿道："儿臣给阿玛请安了！"

"你来了也好，"康熙一笑，指着绣龙瓷礅命胤礽坐了，说道，"朕想问问，户部的差使到底办得如何了，胤祥的总账房已经撤了，不知如今清出了多少银子？"胤礽听是问这事，松了一口气，欠身说道："估约清出四千来万……""不要估约，"康熙说道，"到底是多少？"胤礽胆怯地看了一眼康熙，无可奈何地咽了一口唾沫，说道："三千九百万吧。这事揽总儿的是胤禛，原来库存八百七十万，如今是四千八百万。是胤祥给胤禛回事儿时儿子听到的。"

康熙听了没言声，起身支颐沉思了一阵，说道："四千八百万，这是个不小的数儿了，你们办差难，朕心里清清楚楚。不过有些事情，你该早点回朕，比如胤祯卖家产，弄得风雨满城，又大闹八月十五，朕连节也过得不受用。皇阿哥是宗室里最亲贵的，太失体面了也不好。"胤礽忙起身赔笑道："前阵子儿臣只忙着漱狱的事，没想到就到这地步儿，这是儿臣的疏忽。"康熙点头道："你有你的难处。这不是要账的过失，显见是胤祯借题发挥，故意跟你打擂台。可说到底，他是你的亲兄弟，要能未雨绸缪，先和他见面谈谈，何至于到这地步儿？"

"是，阿玛教训的是。"胤礽忙道，"昨儿的事都怪儿臣……""不都怪你。"康熙打断了他的话，又道："也有胤祥的份儿，追比得太苛了。不怕招怨是好的，但也不能学小家子放贷讨债，应该有个变通之法嘛。一死就是几十个朝廷命官，叫后世人怎么评你这个太子？比如魏东亭欠债，你跟朕几次南巡，不知道他的钱是怎么花的？怎么朕亲笔朱谕给魏东亭，叫他缓缴欠银，南京布政司衙门还是一日三催？要不是这么逼着，魏东亭就死得这么早？"胤礽想了想，这件事他是有责任的，忙道："这事情儿臣知道。当时儿臣还写信给南京藩司，他们回信说，密折他们见了，但密折朱谕不同于明发诏旨或廷寄，过后必须缴还皇上，他那里空口无凭，没法跟四爷十三爷交代——既这么说，皇上下一封诏书，就免了魏东亭、武丹、穆子煦、曹寅他们的债，不就结了？"

康熙冷笑一声，说道："你何其省事！单这几个人欠债，朕早就免了，还用你来说？多少人眼巴巴存着这份侥幸心，等的就是这份诏书！夫天下社稷，乃公器也，你做了几十年太子，不懂这个道理么？"胤礽抬起头来看了看康熙：既不下明诏，又要变通，不能叫人有侥幸心，又不许逼得太苛……他当真不明白康熙的"圣意"，但只好口中答应道："儿臣勉力去做。"

"好吧，"康熙说道，"就是这。你知道么，曹寅也病疟疾。叫大内药房去人送金鸡纳霜，直送江宁织造司。胤祥那边朕已经告诉他，代武丹和穆子煦告假了。朕许久没有出宫散散心，有这两个老货陪着朕，就算你们尽着孝心罢了。"

胤礽糊里糊涂辞出来，心里直犯嘀咕：清理户部的差使，自从胤禛代他清账之后，原是有些兴头的，没想到康熙面儿上几次夸奖，心里竟有这许多的不然！魏东亭死了，穆、武两个人还不知向皇上密陈了些什么，要再死了曹寅可怎么好？闷闷回到毓庆宫，已是辰末时辰，却见师傅王掞、长史朱天保陈嘉猷正在翻阅各地递进来的奏折，他满腹心事地颓然坐下，吩咐道："端碗参汤来！"王掞三个人早已站起身来，见胤礽气色不好，朱天保刚要问，胤礽便道："我的奶兄凌普从承德来了，进来过没有？知会太监们，凌普安置下来，就叫他进来见我。"

"他们住南横街东夹道的宅子了，方才进来请安，太子爷不在。"陈嘉猷是个腼腆人，柔声细气说道，又问："太子爷见他有事？"

胤礽接过参汤喝了一口，嫌苦，把碗放在案上，透了一口气说道："他是我的家奴，虽说在外头办差使，到底错不过这个礼去。他，还有托合齐他们，还该进来侍候。"王掞听了，在旁说道："凌普如今在承德已经做到都统，还有托合齐、齐世武、英斌，进京是见皇上述职的，他们虽是家奴，也是朝廷大员。您是太子，不同别的爷，就便要见，也得有个规矩体统，太子跟前还少了侍候的人了？必要叫他们进来当值，才算尽了主仆情分了？"王掞严刚方正，崖岸高峻，康熙就是看中他这一点，特简他来做太子太傅，循遵师重道的礼，其实带着管教的味道，胤礽于百官之中，最不耐烦也最怕的就是这位从来不苟言笑的清癯长者。听他出来谏止，心里不是滋味，却不敢发作，只一笑说道："师傅，凌普是我乳兄，托合齐他们，还有兵部尚书耿索图，都是多年的老人儿，常进来见见怕什么？"

"不是这一说。"王掞脸上毫无表情，"上次巩善进京，太子请他们几个来宫中聚饮，外头人就啧有烦言，说太子亲近私人。御史们虽说没敢动本，但就有闲话，就于太子不利。"胤礽冷笑道："师傅，听那起子小人犯舌头做什么？我心中至公无私，堂皇正大地见见自己的奴才都不许么？"朱天保等他话音一落便顶了回来："太子是皇储，揽天下才，弘天下用才是正理。他们在外做官的奴才，把差使办好，不过落个'该当'，些微一点毛病，别人都瞧得清清楚楚。他们没事一趟趟进宫走动，好么？上回万岁还说，'这耿索图是怎么回事？兵部放不下他么？总见太子做什么？'这瓜田李下之嫌，不可不留意！"陈嘉猷也跟着说道："还是不见的好。"

胤礽没来由随便说一句，便招得几个人异口同声反对，又好气又好笑，因道："罢罢！不叫他们进来还不成么？"说着便要起身，"我去一趟雍郡王府。"朱天保忙道："太子，这是方才上书房送过来的急件。阿拉布坦在准噶尔出兵喀尔喀蒙古，车臣台吉抵挡不住，西宁将军请调兵防护，还有粮秣军饷出项，一大堆军务，请过目。"胤礽满不情愿地坐下一件一件看，却是有点心猿意马神不守舍，脑子里一会儿是郑春华，一会儿是康熙，还是穆子熙、武丹，忽又想到叫太医院的贺孟频配药，可不能叫眼前这几个人知道了……朱天保道："太子，您今个儿似乎有什么心事，看上去有些烦躁不安？"胤礽"啪"地将案卷向案上一甩，冷笑道："我倒有心事，只没人安慰也是枉然！真不知老十三在户部是怎样折腾，胤禛一味只由着他的性子胡来！"说罢，将康熙方才接见的话说了，末了叹道："清理这差使得见好就收，万万不敢再出人命。今日闹得欢，不防日后拉清单么？我最怕皇上变心，如今果不其然！"

"皇上说的变通，未必就是变心。"王掞沉思着道，"如今账收回了九成，又到节骨眼上，太子你得立定主意，你一软，不但四爷十三爷里外不是人，好容易开创的局面就完了。"陈嘉猷皱着眉头道："皇上疼怜体恤老臣，他要抚慰人，不发作自己儿子发作谁？太子千万不要疑到别的上头。"

朱天保十六岁中进士，十八岁选在东宫，一心一意要辅佐胤礽为一代令主，自己自然也就成一代名臣，所以说话坦诚耿直，毫无避讳："太子爷，不能听风就是雨。您为国之储君，于臣下也则君，于皇上也则臣。皇上天禀聪明，圣心高远，越是这样，您越要拿出器宇。我们光明正大，即便是皇上，说的是，凛遵照办，或有不是，该犯颜直谏也当仁莫让。这么疑前虑后可怎么得了？"

胤礽腾地红了脸。他不便当面驳王掞，见这两个小臣也如此放肆，心中不禁光火，霍地立起身来："我怎么疑前虑后了？又怎么不'光明正大'了？连见见我的家奴，你们先就有一车的闲话，你们倒不疑前虑后？朱天保你狂什么？我的大世子比你还大一岁呢！"说罢气咻咻拂袖而出。

第十九回　庸太子中流辍桨舵
　　　　　邬思道智鉴识皇心

胤礽一出宫便乘轿直趋雍王府，想着诸多不如意事，他坐在轿里越想越不是滋味。外间传言废黜太子，他是早有耳闻了，没想到自己身边的近臣也轻信这些谣言，动辄就危言耸听。康熙四十二年索额图谋逆，是背着他干的，这件事经大理寺、刑部和理藩院审结，由张廷玉亲自鞫谳，早已是定论。所以事完之后，康熙在乾清宫单独召见，胤礽造膝叩诉密陈之后，父子抱头大哭，指天为誓永不相负。可笑外头人不知情，就此便生出无限的心事，每逢他主持出事，总就不如昔日那样一呼万应。他心里恨恨地想着这些兄弟：老大是奸相明珠的外甥，轻狂浮躁；老三只晓得结交文人，吟风弄月是好手；老四呢？只知埋头事务，胸无大志；老五老实得话都说不利落；老七除了下棋玩鸟，任事不理；老六早死；老八——只有这个老八堪称劲敌，和老九老十老十四勾连上下，似乎野心勃勃，但他从来没有单独办差，何来统御全局之才？其余那些小弟弟，不是乌眉皂眼就是乳臭未干……废了自己，谁能承担这太子重任？一路胡思乱想，已过北定安门到了雍郡王府。胤礽刚下轿，便见西边又来一乘金顶绿呢大轿在门前落下，闪眼看时，却是三阿哥胤祉哈着腰出来，因笑道："原来是老三啊！我想着约了老四一同去松鹤山房，看看你又买了什么珍版书，不想你也来了。"

"是太子爷！"胤祉一怔，忙上前请安，笑道："我还想着约老四进去请安呢！都想到一处了。"胤祉今年三十一岁，秀拔挺立如临风玉树，十分潇洒恬静，说话娓娓而言，显得从容稳重，二人正说笑，高福儿早迎了出来，磕头请安笑道："门上说有客，哪承想是太子爷和三王爷！我这就进去禀四爷来迎！"

胤祉含笑摆摆手，"我是常客，用不着这一套。我来给太子带路——你主子在东院书房？""在万福堂。"高福儿忙赔笑道，"十三爷也在，两位爷正下棋呢！"说着便忙招呼长随们接待二人扈从人等到仪门内东厢吃茶。

胤礽还是头一次到雍王府，随胤祉身后踏着卵石甬道迤逦进来，见里边正房雕甍插天，飞檐突兀十分壮观，室内却并不奢华，中央大炕下图书琳琅，琴剑瓶炉枕簟屏帷，处处井井有条纤尘不染，胤礽心下暗自掂掇，人说老四最讲边幅，果然收拾得齐整，因见胤禛胤祥正专心致志地对弈，便示意胤祉不要说话，只站在一旁观战。这盘棋已经弈至中盘，胤祥是阿哥里出名的棋王，胤禛却是一手屎棋，让三子的棋已经落了下风，胤禛一手抓着棋子沉吟，笑道："老十三，看来你是一步也不肯让我了……"胤祥也笑道："该让的事就让，不该让的让了，就是瞧不起人。"说着，一抬头看见胤礽胤祉，不禁吃了一惊："呀，太子爷和三哥几时来了？"胤禛便也站起身来，乱了局见礼安座，又嗔着高福儿不进来禀说。

"关起门来是兄弟，大规矩不错就是了。"胤礽摆手说道，"忠不忠不在这上头。老八老九平日见我十二分恭敬，后头就挑三窝四地叫老十这个炮仗出来闹，真叫气死人不偿命。"胤祥冷笑道："你们大约不知道，还有个大千岁，在席上拉偏架，见我占上风就拉我，见他来打就推着我挨揍！晚上又跑我府当好人，骂'老九老十真不是东西！'如今的事还有什么天理，什么兄弟情分？老施原本要上折子弹劾十哥的，是我拦住了，他们明是冲我，其实做的太子爷的文章，看看再说，忙怎的？"胤礽不禁一呆，笑问："我的文章？真可笑——你都听说了些什么？"

胤祥亲自捧了两杯茶奉给胤礽胤祉，说道："你还看不出来？外辱施世纶，内闹御花园，一个连环套儿！太子，已经有谣言，说你说过'古今哪有当四十年皇太子的？'还有说你那年军中请安，见万岁病得七死八活，憋不住掩口偷笑！你听听，不是要往死地里治你么？"胤礽听了，呆着脸沉思良久，方冷笑道："这是对天可表的。我只问自己的心！要是听这些闲话就往心里去，我不吓死也得气死！"胤祉打了个冷战，脸色变得有点苍白："人心如此险恶，真正可畏！"胤祥却掉头一哂，说道，"别理这些直娘贼！我打冲炮儿还不怕，你们怕个什么？"

"怕也无济于事；不怕要有对策。"胤禛望着窗格子，眸子晶莹生光，说道，"其实人们恨我还在太子和胤祥之上，恨不能食肉寝皮了！我们这边不避怨嫌做事，有人就引风吹火，借机植党市恩，红着眼等着差事办砸了，一窝蜂儿上来咬死我们。所以只有办好差使，叫他们咬无可咬，才是唯一出路。"胤祥拊掌笑道："着！就是这话！这几个顶着不肯出血的丘八总爷，提督将军，明儿就和他们打擂台。不怕欠债的精穷，就怕讨债的英雄！我就不信，胳膊拧得过大腿！嘿——！"他"啪"地一拍脖子，打死一只花脚蚊子。胤礽想起康熙盯着自己寒凛凛的目光，担忧地皱紧了眉头，说道："老十三，你不能莽撞！再逼死人是了不得的！看看人心吧！上回老十折辱世纶，几十个部院官在旁，竟没一个出来劝劝。真要叫我做个独夫么？"

胤祥一听便火了，想想他毕竟是太子，忍着气笑道："我们整治的是民贼，怎么会成独夫？要是这就算独夫，我看就认了也无妨。"尽管胤祥压着火，和颜悦色地说话，胤礽还是觉得这浑小子对自己太无礼，冷冷说道："你认我不认。这是什么好名声？千夫所指，无疾而死！"不料话音刚落，胤祥合掌笑道："阿弥陀佛！如此善终，吾之愿也！"

"你!?"胤礽觉得今儿不顺心的事太多了，见胤祥处处顶茬儿兀自满不在乎，旁若无人地喋喋不休，不由拉长了脸，嘴唇哆嗦了半日，立起身来道："你这是和我说话？仗了谁的腰子，这么胆大妄为？"胤祥原本是无心说笑，见太子变了脸，先是一怔，接着也起身来，盯着太子的脸，"嘻"地一笑，说道："是我的不是了，原想说笑，何至于就触了您的虎威？既如此，往后我小心侍候就是——也好早晚的了，今儿老八摆酒，要请我去，告辞了！"说着抱拳一拱，又给愣在当地的太子打个千儿，起身抬脚便走。胤禛急得一拍桌子，厉声喝道："站住！"

一时屋里变得一片死寂，连侍候在廊下的高福儿狗儿坎儿都愣住了。良久，胤礽丧气地长叹一声，颓然落座，双手捂了脸道："去吧……你由着他去吧……办事可真难啊……"胤祉蹙额说道："老十三，你今儿是太无礼。就是我们和老八老十，也没跟主子这模样儿！"

"我拿什么和八爷比？"胤祥呼呼直喘粗气，"你以为我容易么？才去户部时，光那些堂官爷，老胥吏，差点没把我摆治死！连前头算上，在户部二年里头，谁睡过一个囫囵觉，谁就不是人！"他说着，泪水在眼圈中打着转转，又生生地憋了回去，"……我图的什么？还不是给你争脸？一到节骨眼上你就叫我吃松劲丸、消力散，我受得了受不了？"

这话说得动了真情，胤礽不禁垂下了头，拧着眉只是叹气。胤禛拽着胤祥回来，劝道："太子也是好意，想把事办周全嘛！你就恼?"胤祉也道："太子的话有道理，凡事得讲中庸，是不能做得过头了。不过太子也不必犯愁，清理的事万岁几回说，都很赏识。如今因为薨了魏东亭爵将，万岁一时烦恼说句不然。话说回来，老十三也要见好就收，就坡儿打滚，好生收场也不错。"

他的这番劝说，太子是有道理，万岁也不错，胤祥也做得对，四面净八面光，胤禛听得一笑，正要说话，胤祥气呼呼说道："我不会就坡打滚儿，那是驴！反正这事不能罢手！"胤禛说道："我越寻思，将军不能下马！这一次再垮下来，万难重新振作了！"

"此事非同小可。"胤礽看了一眼胤祥，心情十分矛盾，"你辛苦为朝廷为我，我岂有不知之理？但万岁说的也不可不虑：我们煌煌天朝，又在鼎盛之时，不能像市侩逼高利贷似的，把下头弄得过分狼狈。老十三你消消气，就明白我的心了。这样吧，明儿你把人召集起来，先甭说什么，我去见见万岁，看有什么旨意。我们按旨办事，他们就有天大怨气，也怪不到咱们头上。要有恩旨宽免，我们也不必做什么恶人。"胤祉听了不禁连声称善，胤祥胤禛却默不言声。四个人又略说了几句，胤祉方陪着胤礽回府不提。

屋子里只留下了胤禛胤祥两个人，都紧皱着眉头想心事。外面不知什么时候起了风，愁云漠漠压得很低，给天井院笼罩了一片灰暗阴沉的色调，只有檐下铁马，不甘寂寞地在风中叮当作响。不知过了多久，胤禛粗重地透了一口气，说道："你太躁性了，太子劝你谨慎，也不是坏事嘛！"

"他谨慎个屁！他那叫小性儿！妇人之仁兔子之胆！"胤祥啐了一口，"别看他整日挨着皇上，揣摩皇上的意思，生怕惹皇上丁点不欢喜，照我看，皇上最不高兴的就是他这点子德性！"胤禛不安地坐直了身子，正要说话，却听屏风后有人悠悠地说道："善哉斯言！所谓天下事，人间情，俯而就者易，仰而企则难。太子并不笨，却参不透这三乘妙义，令人良可叹息！"接着便听拐杖橐橐，邬思道闪身从容而出，在胤禛身边立定，嘴角带着冷峻的笑意，眼睛放着绿幽幽的光，说道："我在后边听了多时。原以为十三爷侠肝义胆而已，此一见识，令人刮目相看。这真是四爷之福！"

胤禛目光霍地一跳，垂下眼睑呷一口茶，一笑说道："我正要驳他这不经之谈呢！先生倒夸他！"邬思道从容坐下，两只细长苍白的手指交错握着，略一点头，说道："十三爷的话无可驳诘。太子爷确是如此，他琐碎窥探皇上意旨，从只言片语中揣摩圣意，处处附就皇上，生怕出半点差错，恰是他自己已觉地位不稳，只是不敢或不愿承认而已。我曾说过他危若朝露，就是因为皇上要的乃是太子，不是要奴才！皇上自己雄才大略，怎么会瞧得上这样庸懦无能之人？这就叫仰而求之难，譬如跷起脚尖取东西，何如弯腰捡起来的容易？太子若能以天下为己任，不避怨嫌，左携四爷十三爷，右领施世纶一干能吏，好生整顿，刷新吏治，万岁怎么还会对他左右前后地不放心？这就是俯而拾则易。但难中有易，易中有难，人生世上为物欲所障，如入具茨之山，七圣皆迷，想看得清爽，做得利落，谈何容易！"说罢不禁哑然失笑。他侃侃而言，胤祥听得入了神，眼见胤禛盘膝稳坐，搓着念珠嘿然不语，陡地涌上一个念头：要是四哥当太子，那该……正想着，胤禛倾身问道："依着先生，该怎么办？"

"不要迟疑。四爷身有挺筋十三条，支撑这局面，一定要把这些民脂民膏全叫他们吐出来！"邬思道脸上泛着青白的光，"什么叫独夫！残民以逞才叫独夫！四爷十三爷夙夜勤劳王事，整治的就是民贼，谈何独夫？我也有句口号：这样的千夫所指，千目所视，乃是圣贤灵光！"

胤祥听得两眼放光，鼓掌说道："先生斯言洞穿七札！令人目中浮翳为之一开！"胤禛突兀问道："若太子见怪呢？设或皇上真有宽免恩旨呢？"

"像太子这样的有何可畏？"邬思道的声音干涩得像吞了一段木炭，"至于皇上，若有恩旨，怎么会代武穆两个将军告假？只管竭泽而渔，一网打尽，万岁要抚慰人心，或者略有责备，四爷，即便如此，种这么一粒瓜子在皇上心里，您就得大于失！"

"太子总要登基的呀！"胤禛的目光鬼火一样闪烁不定，又黯淡下来，"这善后……何其难也！"

邬思道沉思着，字斟句酌地说道："你这样做对他一点坏处也没有，他怎么会忌恨？他离了你二位寸步难行，又怎么敢得罪你们？果真有那一天，他还要靠你们对付八爷呢！"

"就这么干了，这话真愈听愈妙！"胤祥一拍大腿站了起来，"狗儿，坎儿，走，跟我回户部去！"

胤礽满腹心思离开雍王府，去胤祉府里捡看了一阵子书，快快回到宫中时，王掞等人早已退值。一个人兀坐在空荡荡的大殿里，听着外头秋风穿檐的呼号呜咽声音，越想越觉万绪纷来无以自解，因叫宫女泡了酽酽的普洱茶，斜倚在春凳上只是出神。一时何柱儿抱着一沓文案进来，忙站住脚道："太子爷，您回来了？"

"嗯。"

"奴才刚从上书房回来。"

"嗯。"

"太医院的贺孟𫖯来过。太子爷要的药已经配好。遵太子谕，加了一味雪莲。"

"丸剂散剂？"

"丸剂。"

何柱儿一头说，向金漆大柜中取出一个小包儿捧给胤礽。胤礽打开看时，是一色豌豆大的粒子，蜜蜡炼制，嗅一嗅，异香扑鼻，便揣进怀里。这是他从胤祉书房《永乐大典》里抄来的古方，滋阴壮阳祛老还少的宝贝，据说是黄帝御女服用的丹方。但这种东西，一旦叫皇上发现，就是件了不得的事。就是王掞知道，也不知生出多少麻烦。防着太监们做手脚，他一向都随身携带。一边揣药，一边问道："上书房散了么？这些折子他们拟过节略没有？"

"奴才回来时还没散。"何柱儿笑道，"他们忙着给魏东亭拟谥号，还有皇上批下来魏东亭的遗折，请太子爷过目。"

胤礽身子一颤，腾地坐直了身子，取过上边那份文卷展读。果见节略上第一条便赫然写着：二等公爵、粤闽滇浙四省海关总督魏东亭于八月十四日亥时薨。附遗折——急急翻了几下，果然有魏东亭的亲笔遗折。细看时，前面说的病情，又是怎样承蒙厚恩，皇上不远千里屡赐良药、钦定处方、优渥之情、眷念之恩罔极难报。看着看着，几行字迹闯入目中：

> ……奴才以戴罪之身，扪心俯仰，此躯行作掩陵之土，而遗欠国债十未归一。如此辜恩，正不知地狱何门而入！夜台徘徊，昏目望阙，泪血已干，心痛无声。惟愿生生世世相从皇上于左右，或

可报恩遇于万一。结草衔环之心，惟主上谅之……

这几行字上因康熙掐了指甲印，看去十分醒目，旁边斑斑点点，不知是康熙还是魏东亭的泪渍，纸角上加着朱批："着即由魏东亭之子魏天祐袭一等伯爵，仍领海关事，逐年赔补亏空银两。"还有一方小印，钤着康熙的别号"体元主人"。

胤礽喘了一口粗气，心下略觉安生，觉得似乎已经明白了康熙的"圣意"，回到寝宫也不召妃子，和衣倒下，目光炯炯地望着殿顶的藻井，只是睡不沉。一时梦见从未见过面的母亲赫舍里氏，淡淡看他一眼又飘然而去，一时又见明珠、索额图进来，请了安又突然不见；一时是胤禛闪烁的目光，又见胤祥笑嘻嘻地扮鬼脸儿；陡地又想到，如若当日索额图真的调兵拥立自己为帝，如今又是什么光景？胡思乱想噩梦颠倒，直到四更天胤礽方朦胧睡去。

不料这一睡却睡过了头。直到辰初时牌胤礽方乍然而醒，埋怨着何柱儿没有叫起，忙忙用青盐擦了牙，胡乱用了两块点心，连轿也不用，便匆匆赶往养心殿。

看来夜里是下了一场透雨，天上兀自霰雾般飘洒着、淅淅沥沥地零落着，紫禁城漫地而铺的临清砖上一汪汪浅浅的积水上起着连阴泡儿。胤礽穿着油衣，脚下蹬一双保定木屐，后头几十个苏拉太监紧紧跟从，趔过永巷口，便见养心殿侍卫德楞泰和太监邢年过来，胤礽忙问道："皇上这会子在养心殿么？"

"不在。"邢年赔笑请了安，答道，"今儿一大早，皇上起来就叫穆军门武军门递牌子进来，同着张廷玉、马齐、佟国维三位中堂一道，换了便衣出去了。临走时说太子要来请安，告诉一声就是。爷请自便吧！"胤礽不禁怔住了。想想回头就走，不防一脚跐在青苔上，踉跄一步竟歪倒在水洼里，弄得淋淋漓漓浑身都是泥水。德楞泰一步抢上，急忙扶起胤礽，关切地问道："太子，你，没有摔疼？脸色不好，身子有病？"他是蒙古人，汉话说得不好，听得周围的人想笑又不敢。

胤礽的脸色又青又黄，十分难看，勉强笑道："不要紧。我要去户部，不回毓庆宫了，叫他们备轿——邢年，就在养心殿给我找身干衣服。"说着脱掉外头的袍子递给邢年，"烘干了送回养心殿去！"

第二十回 　背水一战英雄讨债
　　　　　　功亏一篑釜底抽薪

　　胤祥早已到了户部，一边派人去毓庆宫请胤礽，一边叫被召见的官员由礼部的人陪着。他夜来也没好睡，但他自幼习武，打熬得好筋骨，并不在乎这一夜两夜不睡。他四脚拉碴仰在安乐椅上，抚着剃得发青的脑门儿，心里还在折过子。听着户部大堂不时传来的哄笑声，他心里有点犯嘀咕：他知道这干人，没有一个是省油灯，都是跟着康熙三次西征的帐下亲随，几次出兵放马，保着康熙从绝境中杀出来，积功保荐，在外带兵，平素见了康熙也常撒赖，怎么会把自己这个"小十三"放在眼里？正出神间，却见狗儿一头闯进来，嘻嘻哈哈请了安，说道："爷，去毓庆宫的人回来了，太子爷起来轿也没坐就出去了，陈嘉猷朱天保他们正生闷气，说不知道太子爷哪去了——咱们还等不等了？"

　　"再等一会儿。"胤祥掏出怀表看了看，"再过一刻他不来，就是有要紧事，我们干我们的。坎儿他们在大堂上，你先过去吧。"

　　狗儿蹦蹦跶跶到户部大堂，只见坎儿靠在门框上，里头三十多个封疆大吏，有的正襟危坐，有的交头接耳，有的大帽子掼在茶几上，袖子捋得老高托着下巴歪着听人说笑。姚典坐在公座下，指手画脚地说得唾沫四溅：

　　"想发财不一定要靠打仗。门道有的是！上回见着揆叙，他就说了个法门！"

　　刘燮就坐在姚典身边，笑得眯缝着眼，前额油亮亮的，酒坛子似的放着光，调侃道："怪不得揆叙那么阔，敢情有窍门儿。说说看！"

　　"老揆说——"姚典喝了一口茶，"要发财先治外贼再治内贼。外贼有五——眼耳鼻舌身——眼，这个东西贼，爱看美女，要金屋藏娇，就把银子糟蹋了，难道娶个无盐女，就不能过夜？再说耳朵，这玩意儿爱听曲子音乐，就得花钱买戏子，其实烦了，上山听秧歌乱弹也满将就；就说鼻子吧，天生的喜欢香味，买香笼宝鼎，花钱不花钱？其实人啊，你躺在马圈里，也就没这想头了。还有舌头，偏生的喜欢好味道，我见人家穷人吃观音土，那真一文不花！至于身子，更是费钱的料，夏天要细葛，冬天要棉袍，你穿得再好，不过便宜了别人，叫别人看看罢了，其实遵黄帝古训，弄点子树叶穿穿，编个草圈子戴戴，看能省下多少？"

他信口雌黄，听得众人无不咧嘴儿笑，湖广提督"啪"地一拍大腿，皱眉说道："胜读十年书！早听这几句话，我何至于借银子？"

"还有内贼，"姚典一本正经说道，"仁义礼智信，五贼不除，发财势如登天。仁是首恶，心里存这个念头不得了，帮亲戚，助穷困，多少钱才够使？义，也万不可沾边：见义忘利，钱从哪里来？子曰礼尚往来，别人送你还，几时发财？比得上来而不往？还有那个智，也要不得，你聪明，求你办事的就多，只顾了办事，必定误了挣钱！信这个东西最可恶，一诺千金，得，一千两没了……所以呀，五个内贼也是非除不可！"众人听了不禁哄然叫妙，金陵副将马国成诨号"马大炮"，笑得前仰后合，捶着腿道："妙极，不过我们读书太少，恐怕只有四爷十三爷将就着能除这内外十贼！"刘鏒笑道："说得好！只是啰嗦了些儿。提纲挈领说：不爱脸，不要名，不顾廉耻，不怕笑骂，到赵公元帅跟前许罗天大愿：终生不行一善，财源滚滚而来！"

狗儿听着众人肆口辱骂胤禛，心中不禁大怒，正琢磨着，坎儿笑道："你们没有说全了，还有一条，吃东西要慢！"众人正听得兴头，谁也不防这孩子有心骂人，一个瘦高个子参将歪着头道："怎么个吃法儿？"

"去年过黄河滩，我买了一个驴肾，"坎儿认真地说道，"就着一个烧饼，坐在车后头，足足吃了半天，连午饭都省了！"狗儿笑问："你是怎么吃的？"坎儿迷糊着眼道："驴肾那么长，我走走咬点（姚典），再走走再咬点……"

众人没有回过神来，狗儿也有了词，笑道："要这么说，我还有个省钱办法：不管吃的喝的，慢着点往外撒。我一泡尿就撒了四十里！"

"你是怎么撒的？"坎儿转脸问道。狗儿笑道："我也坐在车后头，我捏捏流些（刘鏒），再捏捏再流些……"

一语未终，已是惹得众人哄堂大笑。马大炮手舞足蹈，杯中的茶水都溅出来："咬点？流些！哈哈哈哈……姚大人和刘大人家中必定金山银海！借兄弟几万中不？嘀嘀嘀……"姚典和刘燮两个人在这起子狂笑的将军中尴尬得满脸通红，想想这两个小鬼头都是胤禛的人，又不好发作，只拧着脸干笑。正要说话，一眼瞧见胤禛和胤祥一前一后进来，顿时大堂上一下子沉寂下来。

"各位久候了！"胤祥笑着扫视众人一眼，自嘲地说道："刚还有说有笑的，怎么就不吭声了？看来我就是个丧门神了。"说罢手一让，又道："四爷，您请坐那边。中间那里给太子爷留着，他要来就坐那里。"

胤禛点点头，泰然自若地坐了，众人方回过神来，纷纷起身请安，在这位冷面冷心的王爷面前，即便马大炮、贵州将军罗文这些骁悍的老军务，也变得循规蹈矩，不敢放肆了。

"昨儿老施宴请大家，已经把话说得差不离儿了。"胤祥橐橐地踱着步子，把一条大辫子甩在脑后，语气沉甸甸的，"大道理不去讲它。小道理叫'无债一身轻'。欠账总要归还，迟还不如早还……我心里镜子似的，这个差使不讨好儿，我也知道，如今我是个人憎狗嫌的阿哥。但诸君不妨设身处地想想，我是皇阿哥，自己有产业、有花园、有书房，我就不懂得闲了没事，找几个篾片相公聊天儿下棋、吟风弄月、斗鸡走狗？自家美了，人家也不嫌弃！但皇上偏偏选我办差，这就叫'虽欲长伴梅花而不可得焉'！"他干咳一声，看看凝坐不语的胤禛，又道，"从大小道理到我的苦衷，压根儿说，库银不同私债。赈灾要用，积粮要用，平抑米价要用，百官俸禄要用，朝廷差使要用——你们都是老军务，打仗更要用！国家万一有事，给你们欠条当饷，你们说成不成？所以请大家来计议，你们自报什么时间还清，眼下能还多少，把底子澄一澄。真的还不起呢，四爷说了，也不能逼大家脱裤子卖当。你写个折子放这，一体奏明圣上。圣上免了你的，是你的造化，圣上说不减免，自有老人家的章程——你们说如何？"

这么侃侃款款一席话，众人听得面面相觑。这些人打定主意，听胤祥大发雷霆，把事情弄僵，然后闹到康熙那里，来个鱼死网破。如今听他心平气和，慢条斯理讲得井井有条，倒一时不知如何是好了。胤禛欣赏地看一眼胤祥，心中暗想：人受挤兑能耐大，果然进益了！

愣了少时，贵州将军罗文干咳一声开腔了。他虽长得五大三粗，却是心思玲珑，这群人全拿他当主心骨。

"十三爷，"罗文笑道，"大理小理我们都明白，只你还是不晓得我们这些人，顶着封疆大吏的名头儿，起居八座，其实外强中干。那些不要脸赃官，借了银子卖实缺，逼死他们也是千该万该；外任官有老百姓刮，怎么也弄不穷他们；没差使的穷京官借债不多，冰敬炭敬填上也就差不多了。就苦了我们带兵的，除了饷银，一文外路银子也没。吃空额，喝兵血，我们坏不下这个良心。唉……孩生父母养，扒光衣服有什么将相乞丐？我们自己也是穿号褂子出来的，不忍心从当兵的嘴里掏食儿替自己还债——我们难呐！"

胤禛听他说得诚挚，心里一阵发凉：这罗文虽是想顶债，话说的近情，因道："罗文这话尚在情理。但据我想，何至于就穷到这地步？诸君，不要以为还债吃亏，接着就要清理吏治。有些人躲了初一，躲不过十五！"

"四爷明鉴！"罗文身后坐的叫陶三畏，却是广东提督。他嗳嗫了一下，苦笑道："玉泉山水最好，远水不解近渴。俸银够花，谁肯掰屁股招风借钱？我们识字儿少，写奏章、下文书往来行文，得请不少师爷、书办，都得从俸银里出。带兵的都知道养兵千日用兵一时，哪个不爱兵如命，敢扣人家的饷？积欠这么多年，一下子还清，真难为我们。四爷十三爷宽限我们一年半载，容我们周旋一下，就是体恤下情了！"

话音刚落，马国成便反唇相讥过来："周旋？怎么周旋？找谁周旋？！脱了裤子尿一根，屎也没得卖的！十三爷，马大炮不会说假话，原先跟图军门周军门打察哈尔，弄了些钱，早他娘抖落净了。您要不信，只管抄我的家，值钱家伙全充公，我要皱皱眉头，我娘做我没点灯！"罗文偏过脸嗔道："老马，这里不是你的军帐。斯文些儿！这成什么体统？"马国成是西征时康熙中营红衣大炮营管带，为人凶狠，打仗是个愣种，颇受康熙钟爱，因此骄纵得十分蛮横，听罗文说话，把跷起的二郎腿放下，瞪着眼道："当着万岁爷我也是这话——我要有个好靠山，替我还钱，也知道体面。好嘛！人家那边刮地皮还钱，有的托门子找贝勒爷们垫还，只倒霉了我们！"

胤祥听得眼中出火，沉思着看着胤禛，一笑说道："说了这么长辰光，口渴了吧？——给大人们上茶！"说着，看了一眼坎儿狗儿。两人点头会意去了，不一时，一个提壶，一个抱碗，挨个儿给众人敬茶。将军们已经撩得起了叫苦的兴头，一边吃茶，一边七嘴八舌继续哭穷：

"十三爷，您撂句话，只要叫喝兵血，账立地就还！"

"用不着喝兵血，报几个假盗案，一样还债！"

"如今真难为死人，老婆娃子都养不起，说出来丢朝廷的人！"

"娘希匹！还是打仗好，太平时使不着咱们这些匹夫！"

"就是！打仗时肉山酒海，何其痛快！如今太平了，格老子倒吃豆腐青菜！"

姚典便乘机打太平拳，笑道："别说这些寒碜话，你吃豆腐青菜？"

"有豆腐青菜就不错了，你到我家看看！"

"……还不起啊！"

"宽限宽限吧……"

"不瞒十三爷，我早饭还是蹭到人家去吃的……"

一时间户部大堂嗡嗡嘤嘤沸水锅似的，也亏了这干子军爷，活像一群叫化子，打莲花落儿般一套套往外搬。户部堂口站的戈什哈们几时见过这个，背着脸只是偷笑。说着说着，声音渐渐低了下去，众人都觉得五脏翻腾，胸口憋闷，肚里阴阳不和龙虎相斗。姚典头一个捂了肚子，说道："怎么这么恶心？"一语未终"哇"地呕吐出来，喷得满世界都是。其余的人有的早憋得脸乌青，更哪堪闻着这酒屁溲恶味儿？

"哇！"

"哇——"

"哇——"

一时间大厅里开闸放水般呕泻狼藉，说不尽腌臜龌龊恶臭不堪，把个户部华堂翻做呕吐道场。胤禛先是一怔，旋即便明白这是胤祥和狗儿坎儿做局，心下不禁一惊，皱紧了眉头思量如何收场。

"对诸位不住。"胤祥似笑不笑地仰着脸道，"不是我存心刻薄，是诸位装穷惹翻了神灵！哪一位吐的青菜豆腐，我愿作保，请万岁全免了他的欠逋！"说着向胤禛挤挤眼，竟真的挨次去查看。

正不知如何理会，胤礽带着一大群侍卫、太监进了户部大院。一进院，胤礽老远就闻见大堂上臭气扑鼻而来，又见户部的人交头接耳窃窃私议，情知出了事。忙三步两步趋入大堂，众官员早离席一齐跪了下去。胤礽掩着鼻子瞪了胤祥一眼，问道："你这是什么名堂？"

"我是以彼之矛攻彼之盾。"胤祥冷笑道，"他们说喝西北风，又是青菜豆腐，太子爷请查验！"

胤礽阴沉着脸站在当厅，没有理会胤祥的话，只冷冰冰扫了胤禛一眼，胤禛只略一欠身，摆了一下袍子，若无其事地盯着门口。胤礽越发来气，原地兜了两个圈子，径直向大堂公案居中而坐，压着火笑谓胤祥："十三弟做事孟浪了！今儿这些将军都是万岁爷亲手调教了几十年的人，何至于不通情理？借债的事还该从容商议的。"胤禛见他不问情由先打胤祥五十板，觉得事已至此，不能不帮着顶一下这个太子，因欠身一笑，说道："十三弟是鲁莽了些，但各位军门也太不赏脸。十三弟急不择路，您得鉴谅着些儿。"胤祥仿佛不胜燥热，拽了拽大襟，下着气说道："太子爷，你刚来。我好话说了一车，各位大人一毛不拔，几乎没把户部大堂吵翻了！我原本是个愣头青儿，这事做过了头，差事办完，我逐人登门谢罪。只这点愚忠，可以上表天日，我要有半点作践别人的心，雷劈了我！"

"你已经作践了，还说没这心？"胤礽冷笑一声说道，"你知不知道，我的师傅熊赐履也去世了！我就为这事去礼部一趟，迟来几步，你在这边就闹得人仰马翻！"

熊赐履是顺治年间进士，自康熙八年入阁为相，与明珠、索额图并为上书房大臣，是熙朝仅存子遗的两朝元勋。胤禛听得心里一凉，太子要把这也归咎于清理亏空？因在旁皱眉说道："据我所知，熊赐履并不亏欠国债。就是魏东亭，病了十几年的人，去世也是常情。太子，这些事与清债无关的，不要错怪了老十三。"

"我是奉旨清理，太子！"胤祥满指望胤礽坐镇户部，支持自己渡过这最后一关，没想到他如此昏庸懦弱，因抗声说道，"如今无论屎盆子尿盆子，只要是盆子就往我头上按！要是这样，太子奏明皇上，撤了我，另请高明！"胤礽气得脸雪白，哼了一声说道："你们原来是和我说话？我还指望着你这点子愚忠呢！这差使我有什么不敢接的？只怕是凭你这点身分担待不起！"

胤禛想想，这样越闹越难收拾，咽了一口唾沫，说道："皇上屡次讲过，清理亏空债务是第一要务。老十三做得过头，回头我陪着他揖门道歉，今日还是先议清债，请太子息息雷霆之怒。"胤祥这时也醒过神来，强压怒火低声说道："我少不更事，惹出的麻烦回头再料理。还是依着四哥，先办正经事……"

"你站过一边！"胤礽专横地断喝一声，"下去再和你理论！"

下头的官员原以为今日这事都是太子策划，不过出来佯装好人收拾局面，这会子品出味道，三个阿哥并不是一回事。太湖水师提督头一个磕下头去，哽咽道："也不怨朝廷，也不怪十三爷，谁叫奴才们忍不了穷，发贱要借库银？"说着，呜呜咽咽放了声儿。罗文跟着便道："太子圣明，臣等并没敢说抗债不还，只求宽展期限，臣等苟延残喘得终天年，不也是保全朝廷体面？"此时众人已个个哭得咽气打嗝儿，有的说："可怜我们这些人，从死人堆里爬出来，靠山没靠山，门路没门路，落个这等下场。"有的丢鼻涕扯粘涎："逼债死打仗死，反正都是死！不是听说阿拉布坦要造反么？打发我们去吧……"

"我们的命真不济！打仗拼命，不打仗逼命，太平了，用不着了！"

"连魏军门都逼死了，我们算什么？"

马国成与众不同，前跪一步，"嗤"的一声撕开袍子，露出黑红黑红古铜似的胸膛，大叫道："阿哥爷们，你们都读过书，俗话儿说'士可杀而不可日'！凭什么日我们？"众人愣了一下，才想到他把"辱"理会成了"日"，都低下了头，抠砖缝儿忍笑。马国成越发来神儿，说道："我姓马的万岁也知道，从不抹咸水儿，请验我身上这七十二刀伤！当年在科布多被围，我护着主子冲出来，落下这一身伤，万岁见了都掉泪，一道伤赐酒一杯！今儿欠了七万银子，还要在心窝里再来一刀？十三爷，你是个好汉，你来，老奴才若皱一皱眉头，是婊子养的！"

胤礽被他们哭叫得六神无主，深悔昨日没有跟胤禛胤祥把话交代瓷实，叹了一口气，下座来替马国成掩了衣襟，说道："起来，起来！你们这是怎么了？朝廷几时说过不养活你们了？你们这些老行伍心最诚直，我最知道的，何必这样呢？"他缓了一口气，又道："给我一个面子，不要计较十三爷了，他有他的难处，头一回独自支撑这么大局面，想把事情办好，只是年轻好胜，急功近利了些儿，你们得体谅。"说着目视罗文。罗文便道："太子爷只管放心。我们都是些粗人，心里有什么，倒出来就畅快了。怨恨十三爷是没有的事，我们怎么会和爷们过不去？"

"这样，"胤礽见众人息了火，心中略觉宽慰，暗自拿定了主意，说道："债还是要还的。但要变通处置，时限可以放宽些儿。你们都是朝廷柱石，与国家休戚与共，要为皇上、社稷着想——在任赔补，五年为期，如何？"

他这一说，众人无不心花怒放，别说五年，就是一年，谁料得定这个四爷十三爷还管事不管？只要不撤差，任上几个大案腾挪下来，区区几万银子何足挂齿？胤禛心里不禁叫苦，连连嗟讶，胤祥早气得一跺脚出了大堂。

胤祥赌气回到签押房，要召集清账的人说话，却一个也不见，因见狗儿站在门口，便问道："人都死到哪里了？"

"爷是气糊涂了。"狗儿笑道，"都在书房里候着呢！"胤祥不言声，起身便到后书房，果见书房里里外外站着三十多个人，施世纶和侍郎尤明堂也在里头，都是垂头丧气相对默坐。胤祥一踏进门便狞笑道："都知道了？别他娘这副熊样子，丧家犬似的！有些事，眼下混账，后头谁料得定？老施老尤，接差那会子万岁就给你们打了保票，老十三再给你们打一层：真要发落你们乌里雅苏台，十三爷背干粮送你们过沙漠！"

"我和老尤早就想到这一步了。"施世纶平静地望着窗外，小眼睛熠熠闪着光，说道，"倒是四爷和你得保重些。我这人摘顶子，剥官服已是常事了。"尤明堂叹道："没想到树倒得这么快！瞧吧，二年之内，不回成老样子，挖了我的眼！只可叹下头调这几十个人，落荒而逃，回去哪里讨生活？"

"你说的他们？"胤祥指着众人，冷冷一笑说道，"你两个是大员，这里干不成调那里。文职里像李绂、田文镜他们，早已安排了出路。这些兄弟都是我的兵，我岂肯叫他们吃亏？"胤祥说着，从书架上取下一个木匣子，打开了，里头是厚厚一沓札子，上头盖着兵部的关防，"扑"地吹去上头的浮尘，自失地一笑，说道："可谓有备而无患！这是去年从兵部弄来的六品武官任书。都是京畿驻防，说不上肥缺，也算上等差份……"

众人不禁惊愕地张大了嘴，愣愣地听胤祥一一唱名，痴痴地接过委任札子，却一色都是千总，分补西山、玉泉、丰台、通州等处，有的是汉军绿营，有的是善扑营，有的是健锐营——这些差使在塞外驻军眼里，已经是巴不到的美差了！胤祥一一分派了，看着狗儿坎儿笑道："十三爷顾不到你们，你们是四爷的人，还回四爷府——我已经跟直隶总督衙门、步军统领衙门和善扑营老赵那里打过招呼。缺，都给你们空着，一去就补。只一条，别逢人吹嘘是我给的。咱们差使办砸了，没这份体面！"说罢仰着脸，如释重负地吁了一口气，抬脚便走。

狗儿在后追了一步，问道："明儿我们还来应卯么？"胤祥手一扬，头也不回地大声说道：

"想来就来，不想来就算。户部还有屁的事做！"

第二十一回　拼命郎酒肆会弱女　菩萨王刑堂接皇差

胤祥满胸积郁得发胀，吐不出按不下，棉花团子似的塞得难受，一出户部大门，见管家贾平还侍候着，便命："回去跟紫姑说一声儿，爷要散散心，迟些儿回去！"说罢拉马便骑，泼风价打马直出西直门，大大兜了个圈子，但见城外秋云低暗，白草连天，更觉凄凉，因拨转马头至宣武门，趑进一个小巷，远远便听丝竹清幽，一带粉墙往东，郁郁丛篁拥着一座楼，上面匾额写着"太白醉仙"四个字。里头一个女子声气正按弦击节而歌：

> 夜半钟磬寂无声，满座风露清。烛台儿蜡泪叠红玉，青灯独对佳人影。倚朱栏，望乡关，月明中远山重重，看不清古道幽径，只听见西风儿吹得檐下铁马叮咚……

胤祥听着耳熟，却一时再想不起，因下马进店，张眼望时，店中并无客人，歌是楼上传下来的，略一沉吟，一屁股临窗坐了，没好气地大声道："人都死了么？拿酒来！"

话音刚落，跑堂的已脚不沾地跑了来，因见胤祥束着黄带子，脸上颜色不是颜色，哪敢怠慢？忙笑道："爷，是独饮还是待客？小店里玉壶春、茅台、口子、三河、赊店、苏合香都有，不知爷……用哪——"话没说完，胤祥"叭"地将一锭大银蹾在桌上，不耐烦地说："听你放屁还是听上头的曲子？各样都打半斤！"

"大烧缸也要？"

"要！"

恰酒菜上来，上边乐歇歌止，胤祥左一杯、右一杯，五花八门贵贱不一的酒就灌了一肚子。酒涌上来想想更气，便再喝，口中念念有词，也不知是说是骂，弄得几个伙计躲他远远的，店主也下楼来偷看。顷刻之间，胤祥已是喝得眼饧口滞，招手儿叫过掌柜的，笑道："我又不是妖精，你——呃——躲什么？来来……喝喝……"

"这是爷的抬爱，"掌柜的满脸赔笑道，"小人没这么大造化，别折了小人的草料。"胤祥头摇得拨浪鼓似的，问道："往日从这过，生意蛮……蛮好嘛……今儿怎么这么清……清淡？""给爷添一盘子海蜇。"老板一边吩咐，赔着小心又道："原是人多的，可可儿今个西市上出红差杀人，客人们都赶着瞧热闹去了！——这碗酸梅汤，是小人孝敬爷的，请用！"

"杀人？"胤祥呵呵一笑，"杀人有什么好看？软刀子杀人你见过么？"

老板见他前言不搭后语，满口柴胡，极怕生事，只好着意周旋，奉着香茶，拧着热毛巾侍候着，一边逗他说话出酒气："爷不知道？今儿法场上出事了，刀下留人！"胤祥一笑道："这也值得大惊小怪？杀官儿，常有的事，万岁爷不过想看看他们胆量，逗着玩儿！"老板凑近了，神秘地说道："今儿可不是！竟杀错了犯人，刑场上验明不是正身，叫万岁爷当场给查出来了！马中堂、张中堂还有佟中堂都去了……我的爷，这可是开国头一遭儿！"

"是么？"胤祥目光霍地一跳，晃了晃头，觉得眩晕得想不成事，因问："杀的谁？怎么就叫万岁撞上了？""爷说笑话了不是？"老板笑眯眯说道，"小人也刚听说的。杀的那人叫张五哥，是别人的替身！听说万岁当场叫了顺天府的人，说叫八爷亲自查办——爷，这事轰动北京城，不出明儿，您老就都知道了。"说着见来了客，就要走，胤祥又叫住了，问道："方才什么人在上头唱歌？是叫的堂子？我叫来听听成不成？"

老板正要回话，便听楼上一阵窸窸窣窣，接着便下来几个人。一个矮胖子含笑走在前头，接着两个女子，头一个浅红比甲，一溜水泻长裙，目动眄流，体格轻盈，衫袖微挽抱着琵琶，十分甜净俏丽；紧跟着的那女孩子个子稍矮一点，穿着枣花碧罗紧袖衫，腰围绣带下垂于膝，月白吴绫裤下微露紫绢履，团圆脸庞上刀裁鬓角，还带着稚气，口角左颊下一颗美人痣分外显眼——胤祥不觉眼睛一亮，失声叫道："这不是阿兰么？"

"呀，十三爷！"矮胖子正往门外走，一回头见是胤祥，急忙趔转身来一个千儿打了下去，满面堆起笑来："您老吉安！小的任伯安给您请安了！"

胤祥眯着眼点点头，酒涌得打了个呃儿，胸前又躁又闷，头晕得想不成事，半晌才道："你……就是任伯安？九……九哥府里的？"任伯安一边嗔着店家："还不给十三爷拿醒酒石来，"一边赔笑说道："小的就是任伯安。先前在九爷门下，前年九爷已经给我脱了籍。其实脱籍不脱籍，小的都一样是爷的奴才。"

胤祥看了一眼阿兰，那两个女子忙都蹲身万福，年长一点的女子赔笑道："奴叫乔姐儿，其实在江夏也见过十三爷的……"胤祥没有理会，只转脸向任伯安笑道："怪道的，我问九哥买戏班子没有，九哥说没有，原来是你这杀才招摇撞骗，打了他的幌子——那个姓胡的畜生呢？想必也在你跟前了？"

"爷问的胡二麻子？"任伯安笑道，"爷怎么会认识他？这小子忒不地道，上回九爷的二世子点堂会，我带着班子去，二爷还没听曲子，他倒先醉了，站在当院骂街，扫了二爷的兴头。这样的王八羔子还留得么？我打发他守庄子去了！"因见店老板拿来了醒酒石，任伯安忙亲自侍候着胤祥含上，用小刀削着鸭梨，一头对乔姐和阿兰道："捡着拿手的，唱个曲子给爷听！"

乔姐阿兰裣衽一礼，二人点头一会意，乔姐手中琵琶早爆豆价响起，阿兰俛首一笑，唱道：

> 梨花云绕锦香亭，蛱蝶春融软玉屏，花间鸟啼三四声，梦初惊，一半儿昏迷一半儿醒……柳绵扑窗晚风轻，花影横栏淡月明，翠被麝兰熏梦醒，最关情，一半儿暖和一半儿冷……

未及唱完，胤祥便摇手道："不好不好！十三爷这会子没心绪，什么一半儿这一半儿那？捡着雅的唱一个！"阿兰怔怔盯了胤祥一眼，微微叹息一声，乔姐纤手一勾，乐声再起，恰如冷泉滴水，寒冽沁人，阿兰深情地看着醉眼蒙眬的胤祥，慢声唱道：

> 薄暮、途遥、马羸、人瘦……西风荻芦间，解缆渚头。平烟寒漠，无涯湖涟波漂愁。与故人相揖别过，待欲登此扁舟，畏惧这断魂

深秋，更兼着苦雨冷舱，帆破风凄楚！呼将返行古道，折不断烟
花隋堤柳……

胤祥先还闭着眼，两手打着拍节相和，听这曲子幽咽绵凄、缕缕不绝如诉
如泣，蓦然想起自家身世，两行清泪竟不自禁顺颊滚落下来。

"十三爷酒沉了。"朦胧中，听任伯安说道，"备一乘轿，送爷回去！"

清理户部亏欠被太子胤礽晕头涨脑搅扰一番，顷刻间功败垂成；接着
又出了张五哥巨案：堂堂帝京、天子辇下，国家最高法司衙门居然放走了
奸杀良妇的真凶，由无辜的贫民张五哥代验正身、代赴法场，被偶尔出访
的皇帝本人发觉！事情出来，从六部到大理寺直至顺天府的京官们都瞪大
了眼睛，紧张中带着兴奋，不安中怀着期待，眼睁睁看着朝廷，等康熙的
圣旨。但自那日，接连五天，不但没有旨意，康熙连六部尚书也没有接见，
东华门西华门停止接牌子，除了张廷玉、马齐和佟国维三人以外，谁也进
不了紫禁城——他们其实就住了天街西的侍卫房，压根就没有出来——连
个内廷的信息也没有。大故骤起，人人都觉得要出点事了。

待第六日，圣旨终于颁发：施世纶调湖广任巡抚，尤明堂调江西任布
政使，王鸿绪着补户部尚书，揆叙为侍郎，仍由雍郡王胤禛十三贝勒胤祥
管领，继续清理库银，并严令"封存现有库银，一概不许私借"——这圣
旨就下得蹊跷：施尤等人若办砸了差使，就该领罪，但仅仅平调离任，王
鸿绪和揆叙一个是学士，一个是吏部郎官，都不是熟手，又没有特别的功
劳，好端端就升了大司农！众人正纷纷议论莫衷一是，下午未末时牌，康
熙下令在乾清宫召见所有阿哥，亲自口谕胤禩，命令他去刑部清理冤狱，
并由马齐领诏，刑部尚书司马尚、侍郎唐赉成、高念东等十三人革职留京
待勘，同时下旨天下停止勾决一年，所有死刑人犯案卷调京重新审谳。

接见十分枯燥，康熙坐在龙案后的须弥座上脸色呆板一语不发，一口
接一口地吃茶。张廷玉和马齐一左一右侍立着，由佟国维一份一份地宣读
诏告，逐份宣读四百一十七名死囚案由和责成各省按察使"清理再报"的
话头。一直读了两个时辰，阿哥们人人跪得两腿麻木、听得耳鸣眼花。末
了康熙起身，只说了句："晓得为政之难了吧？人命关天，胤禩要好自为

之。天下无不可为之事，要在认真留心。"

这句没头没脑的话，全然尝不出酸甜苦辣。众阿哥只好稀里糊涂叩头，答称"儿臣领旨"算是"明白"。胤祥见康熙有退朝的意思，忙道："阿玛！户部的差使只有几百万两尚未收清，现既已经封库，阿玛又委了新任尚书，儿臣请旨，是否就不再每日到部视事了？"

"也好。"康熙拈须沉吟片刻，"准奏。"

胤祥吐了一下舌头：他原想激恼皇帝，轧出点什么苗头，不料只得了这淡淡的四个字，不凉不酸的，算什么？正想着再出个题目，四阿哥胤禛说道："皇阿玛，儿臣有点想头，不知当讲不当讲？"康熙放下杯子，诧异地看了看胤禛，说道："这是朝会嘛，有话尽管讲。"

"清理刑部，确是当务之急；八阿哥才智清明，必定不负圣望。"胤禛顿了一下首，抬头说道，"张五哥的事，儿臣原来只是风闻，今日听到原状委曲端详，惊心骇目不胜战栗。皇上以万乘之尊，偶尔查访即当众发露一件，以天下之大，刑狱之多，正不知多少覆盆之冤！刑狱失调，戾气淤塞，非国家之福！"

"嗯。"

"此事是宰相之责！"胤禛冷冷扫视一眼三位上书房大臣，语气像是结了冰，"马齐佟国维难辞其咎！"

马齐和佟国维脸色立时苍白了，他们已经几次请求处分，康熙都没有允准，不料胤禛还是不肯放过。胤禩转转脸看了看胤禛，又低下了头，暗道："天生的刻薄，真无药可医。"正思量间，听康熙道："他们已经请过罪，朕意暂时不议此事。还有什么？"

"不应就事论事单说刑狱。"胤禛与邬思道计议了几日，显得胸有成竹，尽管碰了软钉子，仍沉着地说道，"根由在于吏治败坏，所以讼不平、赋不均、河道不修、贼盗不治、四境之内民有不安，边塞之外逆藩觊觎。吏治是当今第一要务，是一篇真文章！"

真是士别三日当刮目相看了，这正是康熙与三个辅政几天来密议的主题，四个人不禁对望一眼，康熙却点头道："这是老生常谈。说说看，你的文章怎样做？"他的眼睛陡然放出光来。

"八阿哥坐镇刑部，彻查狱案，若能着实剽察，雷厉风行，捡着几个贪赃坏法的官员，着实清办他一批，无论州县台府乃至部院大僚，该杀的要杀一批，不可心存慈软，不可如同以往，只办小官不办大吏！"

胤祯听了心里不禁一阵光火：我还没上任，你怎么就知道我要"慈软"？但他素来涵养最深，因插口道："四哥说的极是。确有罪证的，我一定不放过他。"

"小慈乃大慈之贼。"胤禛当然听出了胤祯的话意，没有理会，径自向康熙又道，"治乱须用重典，这都是通常之理。皇上久已制定圣训十六条，应颁发天下学宫，训导士子知廉知耻，使为民者各守其分，循法驯良，为官者知圣人之道，法不纵贪。吏民皆知守法忠君，公忠无私，吏治自然转浊为清。"康熙听了这番侃侃议论，暗自称赏，却不肯露出声色，只点头道："这是又一层意味。看来你还有建议？""是。"胤禛毕恭毕敬答道，"各省疆吏、各部官员都应体贴圣意，将吏治大事当作第一要务。儿臣建议，无论何种任职，上至上书房大臣，下至未入流吏员，凡逢有百姓拦轿鸣冤的，一概停轿接状，订为国家制度。这样，各有司衙门就不至差使不同互相推诿，庶几天下冤狱可渐减少。"

康熙早已听得站起身来，慢慢踱着步子，待胤禛说完，方叹道："你在京外办差多，到底是知情人啊……廷玉，你觉得四阿哥的条陈如何？"

"奴才觉得极是。"张廷玉躬身笑道，"顽而不化者有训，教而不遵者有法，应当拟成诏旨，明发天下。"

"就是这样。"康熙目中熠熠闪光，沉思着道，"圣训十六条朕再改改，要编得顺口好记些，然后下发学宫。百官停轿接状这一款，立即办。"说罢扫视阿哥们一眼道："处处留心皆学问，四阿哥这人耐烦不怕琐碎，做事认真有条理这一条，你们得学着点，听着了？"

"喳！"

各色各样的目光都投向了胤禛。

胤祯早已从内廷得信，要他主持刑部的事，原本极兴头的一件事，在乾清宫被胤禛一个条陈搅得不伦不类。他有一种功劳被抢走的感觉，要多腻味有多腻味。一路坐轿回到八贝勒府，兀自怏怏不乐。此时天已过了酉时，王府上下人等都已得知主子奉了钦差，管家老蔡头带着几十房家人头领掌着灯迎在门口，见胤禩躬身出轿，黑鸦鸦一片跪下请安道："八爷纳福！知道爷奉了恩旨要去刑部，福晋叫奴才们先来给爷道喜请安！"胤禩目光炯炯看了众人一眼，倏然间又黯淡下来："我为天潢贵胄，为国办事是本分，有什么喜可道——福晋在哪里？"

"在后头颐浩堂。"老蔡头赔笑道，"两个和硕公主姑奶奶、四姨奶奶、冯二舅都来了，福晋在那边陪着呢。"

"九爷十爷呢？他们没来？"

"方才派人去问了。"老蔡道，"十爷去玉泉山进香，九爷闹肚子，一时来不了——只阿灵阿张德明来了。那边有客眷不方便，我没叫他们过颐浩堂。"

听到胤禟胤䄉没来，并连胤禵也没到，而且揆叙、王鸿绪这一干必定来的人也不见影儿，胤禩不禁一怔，心知必有缘故，略一沉吟说道："你去代我给两个姐姐问安。告诉福晋我暂不过去，叫他们只管开席——只当寻常家宴，办差有什么贺不贺的？""喳！"老蔡头答应一声回身就走，胤禩却又叫住了，一时没说话，良久才道："我这回去刑部，要做铁脸王爷，是伸国法、顺民气去的。家下人良莠不齐，都想跟着发财。你告诉他们趁早打消这个妄想，亲戚也不例外！佛爷也会变阎王，有指称我的名目到部院撞木钟、诈财打秋丰的，查出来剥皮！"他顿了一下，放缓了口气又道，"挑二十个年轻识字的奴才，要精壮，能熬夜不贪财的跟我去——漂漂亮亮办完差，钱我有的是！——就这话，你传给他们！"说罢转身向西花园书房逶迤而去。

张德明和阿灵阿早已等在这里了。两个人都是便装，阿灵阿瘦弱，夹袍外加了件天马风毛的套扣巴图鲁背心，张德明却是单菖皂袍，足登双梁四层底布鞋，靠着没有生火的熏笼和阿灵阿攀谈。听见胤禩的脚步声，两个人都站起身来，阿灵阿只揖手为礼，张德明拈须笑道："善哉！无量寿佛！八爷此心上恪神明，必有厚赐！"

"什么？"胤禩先是一怔，旋即知道他已听去了方才的话，淡淡一笑坐了，喟然说道："这只能勉尽我心了。"张德明踱了几步，灯下看去，越显得松姿鹤形，微微笑道："心即神明。方才八爷吩咐家政那些话，何其堂皇正大！从此心行之一郡，则一郡治；行之天下，则天下治！"

　　阿灵阿却不知两个人说话的意思，呷了一口茶问道："八爷，今儿万岁有什么旨意？见着太子爷了么？"胤禩便将乾清宫受命的情形说了，又道："太子也见着了，只是气色不很好，言词含混吞吐，连我也记不得他都说了些什么，只叮嘱我有事多和兄弟们商量。但我想他说的'兄弟'，无非是老三老四，他们各人有各人的事，有什么商量头？偏是该帮忙的老九老十老十四，连个照面也不打！"阿灵阿沉思了一会儿，笑道："四爷真是醋劲十足！想出这几条也真动了心思。而且想居高临下挟制八爷，将来留下抢功劳的余地。但据我看，无论怎样用心全是虚费力，天降大任于八爷，非人力可挽——张德明真是道德高深之士，他的话快要应验了！"

　　"八爷！"张德明稳重地坐了对面，古井一样的眼睛闪烁着，说道："您知道么？太子身上揣着春药，叫养心殿的人见了，告诉了万岁，他和郑贵人的事万岁也有耳闻。一旦东窗事发，就是不死也得脱层皮，还说什么'太子'！"胤禩不禁全身一震：这样的宫闱秘事，怎么会传到张德明耳中，自己还蒙在鼓里！张德明见他吃惊，笑道："八爷放心，我不是个妖心，这是白云观的功效。太监们常去祈福，向道祖忏悔心中事。养心殿的邢年怕这事太子知道了，去神前祷告求佑，恰被贫道听了来。"

　　胤禩听得心里一动：怪道得张德明消息灵通，原来有多少人心甘情愿源源送上门来！想着，笑道："你也不怕亵渎了神明，其实我并不想知道这些事。只愿循自己的本心，国家吏治财政败坏如此，有志之士应该起而振作，匡扶大清社稷是当今第一要务啊！"

　　"八爷，这真是确乎不拔之理。"阿灵阿欠了一下身子，削瘦的面孔毫无表情："方才和老张我们也议到这儿。说事情就连带了局势，如今人事纷繁，裙带门生勾连，盘根错节到这地步儿，收拾起来谈何容易！就是九爷十爷，今晚不来，难道就没有缘故？"胤禩吃了一惊，忙问："什么缘故？""他们也有自己的算盘啊！"张德明叹道："如今又到转捩关口，不但大阿哥、三阿哥、四阿哥，就是九爷十爷十四爷，哪个不是人杰——昨夜西风凋碧树，独上高楼——上楼干什么？还不是要望一望'天下路'，想一想自己的步子怎么迈？"阿灵阿见胤禩听得发怔，语气沉重地说道："天下，大任也，太子，重器也，同为龙种，焉能无动于衷？"

　　一阵寒风扑进来，满室灯烛摇曳不定，窗纸都不安地簌簌作响，书房里刹那间变得有点阴森。胤禩激灵打了个噤，仿佛不胜其寒地抚了一下肩头，听着院外萧索的落叶声，良久才道："你们的意思我明白了。照你们的说法，我该怎么办才好？"

"其实八爷已经有了主意。"张德明冷冰冰说道，"天下吏治昏暗不堪，贪风炽烈，污吏盈庭。只有一条：铲！铲尽不平天下平。"阿灵阿道："我最怕的就是八爷手软。牛刀割鸡原是必操胜券，但若手软，那就另是一回事。比如刑部的案子，如果牵连到九爷十爷，八爷下得了手么？"

这正是胤禩最担心的，被阿灵阿这个病夫一箭中的。胤禩的脸色一下子变得异常苍白，半晌才道："不但老九老十，恐怕这类事太子、大千岁、诚郡王和老十四都难免。如今临事才知道老四的难。"

"所以才叫'天降大任于斯人'。"阿灵阿俯仰之间，显得精神焕发，"让太子暂时占去天时，大阿哥三阿哥占地利，八爷你占人和。不操妇人之仁，而用申韩之忍，果然将吏治清出头绪，连四爷十三爷也要跟着你走——今日四爷发言，反过来看，也未必不是要在你跟前站个地步儿。八爷，天与弗取，反受其咎！"张德明接口便道："这话见得深。昔日鸿门之宴，项王不取，遂有垓下之刎；王莽篡汉，刘玄称帝，不诛光武，于是更始短命；陈桥兵变，赵匡胤如愚忠恋恩，哪来的宋朝？千古机遇如电光石火，转瞬即逝，后世人还不是枉自扼腕痛惜？"

胤禩霍地站起身来，急速在屋里踱了几步，倏然回头上下打量着这两个人，心里真是百感交集，原以为王鸿绪是学问最好的，阿灵阿不过是个趁食旗人，张德明挟术士倚附王侯，讵料关节眼上才瞧出来，两个人竟有如此心胸才智，而且忠贞诚笃远在标榜道学的揆叙、王鸿绪等人之上！许久才点头道："今夕何夕，胜读五车之书！你们好自为之，一切如常。张先生，你在武备上替我操操心。中唐李泌以道士出山为辅，我看你不亚于他！"

"武备"指给了张德明，"文事"自然就是阿灵阿的，阿灵阿深沉地点头会意。张德明庄重地说道："贫道为拯生灵涂炭而来，功利二字不在计较之中。为备非常之用，贫道早已在物色了。嵩山十六友，如甘凤池、石腾蛟辈都和贫道有忘年之交。这就修书给他们，请进京来！"

第二十二回　　冷胤禛初萌登龙志
　　　　　　热胤禩知难退激流

　　从乾清宫下来，胤禛觉得浑身都是软的。没有想到，这样高屋建瓴的几个条陈，换来的只是"耐烦不怕琐碎"的考语。早知如此，不如不说，还免了胤禩疑惑自己吃醋抢功呢！户部差使办砸是人人皆知心照不宣的事，虽然康熙没有一句重话，没黜贬一个官员，但惟是这样淡漠的搁置，比之大发雷霆，骂个狗血淋头更其无味，更不可捉摸。今日一席奏对，虽然看去是对了圣意，但"久旱逢甘雨"，却只有几滴，未免令人失望。胤禛想到自己和胤祥惨淡经营，千辛万苦都是为他人作嫁，人生斯世，运数无常，毕竟有何意趣？他瘫坐在万福堂的安乐椅里闭目沉思，真的有点心灰意懒了。正自倦倦闷思，一阵拐杖拄地的声音橐橐近前，邬思道蹀了进来，双手一揖说道："主人何忧思之深也？"

　　"什么忧思？我不过是个天下第一闲人而已。"胤禛打叠起精神坐直了身子，一手让座，悠悠地说道，"还是庄子说的'绝圣弃知大盗乃止，摘玉毁珠小盗不起'，我又何必横身危难之中，弄得自己焦头烂额？"邬思道见案头放着胤禛的诗文窗课稿子，一边坐了，信手翻着，笑道："只怕四爷难以心如古井。庄子还说过：'彼人含其明，则天下不铄矣；人含其聪则天下不累矣；人含其知则天下不惑矣；人含其德则天下不僻矣。'您含着这么多的东西，想做闲人恐怕不行。"几句话说得胤禛一笑，却又蹙额叹道："我是智穷力尽了，想做事，做了事，千难万难苦撑过来，却是篙断桨折，舟困浅滩！"

　　邬思道听了没言语，一篇一篇浏览着胤禛的诗文，许久才笑道："四爷这话学生不明白。据学生看，如今秋高气爽，万木萧森，正是壮士远行之时，哪里就有那么多的呻吟？"胤禛怔怔地望着窗外，良久，深深透了一口气，说道："一夜西风狂，吹落我家招凤巢，梧桐叶儿落萧萧响……"一边说，苦笑着摇了摇头，又道："户部的事出来，我就细想了，这一回是齐根儿断了梧桐树！最可怜我那二哥，还像个没事人，今儿下来去毓庆宫，他还劝我不要'庸人自扰'！就这一会子，大哥三哥和老八他们还不知议些什么异样的题目呢！可笑，我和老十三竟是一对儿痴人！"邬思道听着，似乎有点漫不经心，随口问道："如今呢？如今四爷有什么打算？"

"现在什么也打算不成。"胤禛皱眉说道，"刑部户部都已成了老八的局面，礼部兵部原就是他的天下，显见的是万岁更换国储的棋步儿，太子虽不说，我看他心里也有个数。我想过了，太子安，我自然没事，太子不安，横竖总要有新太子。我左右是个办事的，大谅也不会把我怎么样。"

"这就是四爷的打算？"邬思道突然发了怒，脸色又青又白，"咣"地扔掉手中折扇，架起拐杖，咄咄逼人地盯视着胤禛斥道，"庸人之见！"胤禛惊愕地张大了嘴，茫然看着邬思道，他从没有受过任何人这样呵斥，也从未见过这位彬彬有礼气静意和的邬思道发这么大的脾气，平常几句话，怎么就恼了？正愣怔间，邬思道抗声说道："你说的不是'西风凋碧树'么？什么叫'碧树'？碧树就是太子！陈胜一个赤脚杆子还敢说'王侯将相，宁有种乎'的话呢，何况你是王，是龙种，是为国家卓有劳绩的阿哥，不是太子的私人！不掰清这一条，你永无出头之日！"邬思道的双拐点地铮铮有声，激动地说道："像大阿哥那样的昏懦之夫尚且知道逐鹿中原，你怎么抱了个壁上观的宗旨？何其短志也！"

胤禛听着，只觉得一股冷意直浸肌肤，心都紧缩成一团，脸色苍白得可怕，许久，他低下了头，摆摆手道："邬先生，我……你坐下，听我慢慢谈。"因将乾清宫召见，自己上了条陈，康熙的话都一五一十说了，末了又道："先生责我志短，说的不错，我确是有些心灰意懒了，如今情势，不观望又有什么指望？"

"四爷就为这个烦恼？"邬思道仔细听完，突然仰天大笑，说道，"哪位圣贤说过'耐烦不怕琐碎'的人不能担天下巨任呢？据我看，这是当今天下最好的考语！"

胤禛一下子抬起头来："那——为什么阿玛要起用胤禵？"邬思道格格一笑，说道："那是自然，都是他的儿子，他要比一比，看一看，哪个是高才捷足嘛！"胤禛一边想，摇了摇头，幽幽地说道："老八这人我知道。他要真的做起来，能办好差使……"下边的话碍难出口，便打住了。

"所以我才给四爷出主意，上那个条陈。"邬思道莞尔一笑，"他差使办成，不过做了你条陈中的一件，他差使办不成，是没听你的主意。万岁真的选中他，他也不至于轻看你——不过据我看，现在还议不到这么深，太子毕竟在位，八爷牵掣很多，他也未必就办得下刑部的差使！"说罢又是一笑。胤禛闷闷不乐地说道："这些我倒是都想到了。我最为难的，是和太子难处，近不得，远不得——老八看去真是十分兴头，拿定主意要在刑部大展奇才了！昨儿十三弟告诉我，听到他进刑部的风声，他原在刑部的几个门人想见见他，他都不肯接见，这不是兆头么？"

邬思道见这个满口要做"闲人"的王爷如此撕不断，苦恼不休，只一笑，换了题目，问道："皇上几时去热河？"

"十月初三。"

"没有指令八爷何时完差么？"

"没有。"胤禛看了看邬思道，"不过看胤禩的意思，说要皇上欢欢喜喜去热河，我看他是近日之内就要大张旗鼓地干起来。"

邬思道沉思了一会儿，又道："皇上近日查考阿哥爷们的窗课本子不？""什么？"胤禛奇怪地看着邬思道，他有些不明白这个书生究竟想说什么，半晌才笑道，"窗课是五天一看，从不间断的，不过这一本是和文觉和尚对禅余暇写的，怕有碍圣听，我没有敢进呈。"

"我方才看了看，"邬思道说道，"这里边的诗文虽不尽是上乘之作，但恬淡适胜，很合着四爷性格儿，何妨呈进去给万岁爷瞧瞧呢？比如这一首，你看写得何其好！"说着随手一翻，指着一首诗递给胤禛。胤禛接过看时，却是：

> 懒问沉浮事，间娱花柳朝。
> 吴儿调凤曲，越女按鸾箫。
> 道许山僧访，棋将野叟招。
> 漆园非所慕，适志即逍遥。

胤禛看罢笑道："这诗没格调，呈去讨没意思？作诗我比不了老三。"邬思道笑着摇了摇头，又指了一首，却是：

> 人生七十古来稀，前除幼年后除老。
> 中间光景不多时，又有炎霜与烦恼。
> 过了中秋月不明，过了清明花不好。
> 花前月下且高歌，急须满把金樽倒。
> 世上钱多赚不尽，朝里官多做不了。
> 官大钱多心转忧，落得自家头白早。
> 春夏秋冬弹指间，钟送黄昏鸡报晓。
> 请君细点眼前人，一年一度埋荒草。
> 草里高低多少坟，一年一半无人扫。

邬思道因道："这是唐伯虎的《一世歌》了。"胤禛点头道："是。因为练字，信手抄来，又怕有什么干碍，没敢进呈御览。"

邬思道沉思片刻，一笑说道："别小看了这些诗。也未必篇篇写得激昂慷慨，歌大风，思猛士就是好的！如今大阿哥三阿哥和八阿哥他们各做各的文章，都在万岁跟前显摆他们的'大志'，殊不知这正犯了圣忌。皇上年未及耳顺，春秋鼎盛，一群胸有大志、腹有良谋的儿子们朝夕相伴，焉能不生疑惧之心？""噢……"胤禛身子向后一靠，惊异地瞥了邬思道一眼：这瘸子竟如此精通帝王心术，真是深不可测！想着，把预备明日进呈的窗课本子抽出来，援笔濡墨，工工整整录了一首七律：

> 山居且喜远纷华，俯仰乾坤野性赊。
> 千载勋名身外影，百岁荣辱镜中花。
> 金樽潦倒秋将暮，蕙径萧瑟日且斜。
> 闻道五湖烟境好，何缘蓑笠钓汀沙。

"好！"邬思道拊掌而笑，暗赞胤禛心思伶俐：这样一首一首进呈，确比乍然送一大册强得多。却不敢说破了，只道："四爷这笔字真练到出神入化了！"

邬思道和胤禛计议的第二日，胤禛奉旨到差，进驻刑部。下车升堂便出手不凡，不管三七二十一，从刑部侍郎、员外郎到各司堂官，一律摘了顶子革职留任，犯官们把铺盖都搬进衙门，连后头马厩都腾出来住满了大小官员，明说虽是"待勘"，其实形同软禁，预备着清查一个拿一个。这一番睿断措置，不但打得刑部各司堂书办们晕头转向，真个震撼朝野，连康熙皇帝也没想到这位温文尔雅的阿哥风骨如此硬挺。从毓庆宫到上书房，应接不暇的是胤禩递来的折议，片子，都是整饬部务的方略，拟定重审的要案，凡各厚审谳案文书供词有疑的、律例不合的、量刑欠当的，胤禩也真不怕麻烦，一一加批评注封递上书房，弄得马齐和佟国维也如坐针毡。刑部的官儿们原本最怕胤禛和胤祥这两个"魔王"来部挑剔磨勘，听说"八爷来"还没来及抚额庆幸，便遭这一顿猛轰，顿时慌了手脚，找门子的、托同年的、求主子的……什么样的都有：胤禩眼里瞧着，心里冷笑，也不去理会。

乱到第十天头上，胤禩一大早入宫请了安，回到刑部，在签押房还没坐定，便见老蔡头进来禀道："九爷十爷十四爷他们来了。"胤禩略一怔，命几个等着回事的官员先回去，三步两步出来，早见胤禟胤䄉胤禵带着几个长随沿仪门内甬道散步而入。胤禩一边笑着往里让，一边说道："整日价在我那里混，可可我这几日忙死，就不见你们的影儿了！"一转脸瞧见任伯安也跟在里边，便敛了笑容。

"八哥风骨好硬挺！"胤禵随着两个哥哥进来，却没有坐，看着壁上条幅，用扇骨打着手心笑嘻嘻说道，"这刑部衙门我来过不知多少次了，没想到几日工夫就换了世界！你看这些个龌龊官儿们，一个个剥了补子，光着顶子，哭丧着脸靠墙根儿，挤眉弄眼交头接耳，龇着黄板牙吃茶抽烟嗑瓜子儿聊天。哪里是国家处刑重地，像煞了被孙行者赶出七十二洞的妖精，牛鬼蛇神魑魅魍魉应有尽有……"说罢哈哈大笑。胤禩不禁笑道："说的是。我就是一根金箍棒打不及，盼着你们来帮手呢！"说着命人看茶，因转脸问任伯安："你来做什么？"

任伯安一脸安详，听着他们兄弟笑语，见问到自己，忙看了胤禟一眼，向前一步，满面谦恭之色双手捧上一个册子。胤禩迟疑地接过，问胤禟道："挤眉弄眼的，这算做什么？"

"帮八哥抢金箍棒啊！"胤禟阴阳怪气地晃了晃头，"八哥要做包公，我来填龙头铡。您不是要查尽刑部冤狱么？好办得很，一个外人不用传问，就问老九就得，连不是我经手的也都有案可稽——都在这册子上呢！"

屋子里一下子静了下来。时近孟冬，天已寒冷，只听房顶风声呼呼，掀得承尘都在不安地翕动。胤禩仿佛被人打了一闷棍，脸白得没一点血色，怔怔地看着门外苍黄的天色，只觉得心猛地往下落，像是一直要落到深不见底的古井里。

"怎么样八哥？"胤禵从未见过老八这么狼狈，倒觉好笑，"犯人寻替死鬼代刑，这叫'宰白鸭'，明白么？白鸭宰了不少，都是咱们自宰自吃。其实我倒没使你什么银子，我的账一直是顶着不还！"胤禟笑着道："你是死猪不怕开水烫。""对了，老十四这话说得妙！"胤禵嬉皮笑脸又道，"九哥使了四万，下余的都是八哥拿去行了人情。今日八哥要砸聚宝盆，该当的说说明白，八哥拿个章程。"

胤禩这才回过神来，嘴角挂了一丝狞笑，说道："好，这才是好兄弟，好奴才办的好差使！任伯安，我几曾叫你做过这种事？收金税、挖人参的钱还不够使么？要做这种伤天害理的事？"

"这就是做奴才的难处了。"任伯安低下头去，轻声回道，"八爷圣明，奴才并不能屙金尿银，咱们财路有四个，行商、收金税、挖人参、皇庄年例，还有就是从六部里掏。八爷想想，门人升迁、周济穷官儿、买田置园子一年下来得使多少？就是四爷十三爷讨债，也得现银子填还啊！说句不中听话，换了旁人，想这么着，只怕还摸门当窗户呢！"

几句话便说明了，宰白鸭这些事是胤禟他们干的，但弄来的钱是胤禩自己使了。他思索良久，无声透了一口气，一手拈着册子，晃着火折子，默默点燃了，直到看着它烧成灰烬，目光一闪，眉棱骨不易觉察地一跳，哼地冷笑一声道："善有善报，恶有恶报。这么作孽的事，你任伯安都做得出。不怕王法，也不怕雷击么？"陡地，他心中生出一片杀机。

"奴才明白。"任伯安何等精明，早已看了出来，一躬身子说道，"升天无路，地狱有门。奴才为主子尽忠，虽死重于泰山！"说罢跪了道："请八爷用刑！"

胤禩"啪"地拍案而起，看着瘟头瘟脑的任伯安，眼睛幽幽地闪着：就于此时此地，一刀诛了此人，岂不一了百了？去掉这个累赘，连这三个兄弟也不须防范了。正思忖着如何下这杀手，胤禛也起身来，轻轻拍拍胤禩肩头，意味深长地说道："八哥，一失手成千古恨，再回头已是百年身！"

"八爷杀了小人，要能澄清吏治，小人死而无怨。"见胤禩本主出来说话，任伯安敛起一刹那间流露出的怯色，侃侃言道，"小人不知是谁挑唆着要这么办，但小人知道谁是八爷的基业——就是八爷要整的这干子官吏！八爷没有办过多少差，名声威望任哪个阿哥爷比不了，为什么？就因为八爷仁德宽厚，有学问、有度量、有识见！杀了我，就没人敢再给八爷聚财；整掉这批官，八爷就和四爷一个样。先头多少水磨工夫全搭进里头去。如今外头已经沸沸扬扬传言，瞧八爷这阵仗，像是比四爷十三爷还狠……奴才可叹的是，拼着身家性命不顾给八爷卖命，到头是没好下场……"说着已是泪流满面，哽咽道："八爷杀了我吧！……若论天理、王法，我真是死有余辜的……"

胤禩觉得头一阵发晕，颓然坐回了椅子上。胤禛见今日"三英战吕布"大见功效，满意地舔舔嘴唇，劝道："我和老十老十四八哥还不知道？再不能和八哥两条心的！不是兄弟怨你，原本就不该接这差使——由着老四去干，他把人都得罪完，这差使依旧是个不成！那时候儿你出来收拾残局，抚定人心，不比走这险棋好？"胤禵笑嘻嘻说道："八哥想一帚扫尽天下阴霾？算算看，就上书房里，不说马齐，张廷玉和佟国维有多少门生故吏？亲结亲、门连门、盘根错节、恩连义结，一人有事八方来援，除了宰白鸭，黑天不见日头的事多着呢！你扫得尽？四哥是无能之辈？凭着借条要账还弄得人仰马翻呢！刑部的事，你要动真格的，马齐立地就得卷铺盖滚蛋，佟国维也站不住，更甭说太子、四哥、大哥三哥都虎视眈眈地瞧着你！要是那么轻巧容易，大哥早就把差使抢过去了，还轮得到我们！"

"着啊！"胤禩瞪着眼一拍大腿，"我也是这么说！你把刑部的人撤了，我就吓了一跳，这么干，万岁先就要猜疑：这老八是怎么的了？他一向不是这做派呀？是揣摩着讨朕的好儿，还是沽名钓誉？——人若改常，不病即亡！"一扭头对任伯安又道："操你祖宗的，这么没眼色？一味跪着，叫人瞧见了算怎么回事？"

众人析得条条在理，句句中肯，胤禩倏然间已经明白，自己原和胤禛等人是分不开的难兄难弟！就算杀了任伯安，要是这群人和自己作起对来，下场连胤祥也不如！想着，不由暗自懊悔，不该听信阿灵阿和张德明这些愚蠢建议，差点弄乱了自己营盘。一阵心灰意懒，胤禩勉强笑道："任伯安起来吧。我是心里生气，又不是真要拿你作法典型。你是做老了事的，怎么这么浑？人命关天，就敢买卖！以后再也不许干这种混账事了！"众人这才都松了一口气，聊了一阵子淡话。胤禟笑道："我们还得替八哥着想。张五哥这案子，那是掩不住的了，但老任手脚很干净，他们攀咬不出来！刑部的人既拿了，索性就做点文章：一个个过堂讯问，使劲查！反正狱里已经没有了'白鸭'，查到头还是张五哥，拉了顺天府监狱狱正，狱神庙的典史，还有验刑官这些家伙填馅儿，我看也就差不多了。哪个庙没有屈死鬼呢？"

"妙哉，吾心领而神受之矣！"胤禵笑道，"云压得重重的，雷响得轰轰的，风刮得呼呼的，雨点子稀稀的……"胤禟看了一下门外，说道："老十四说话谨慎点。你和老十带任伯安走吧。这里头能人多，是个是非之地。"

"老任的头还长得牢牢的。"胤䄉呵呵笑着起身，拍了一下任伯安的脖子，和胤禵带着一众家丁去了。

他们前脚刚走，胤禩胤禟未及说话，便见胤祥带着几个护卫从仪门进来，腰间还悬着刀，脚下马刺踩得叽叮叽叮作响，远远便笑道："八哥九哥说什么私房话？叫兄弟也听听！"胤禩胤禟急速对望一眼，忙起身相迎，让座献茶罢，胤禩含笑问道："十三弟，你不是还管着户部的事么？什么风把你这大忙人吹到这里？"

"户部还有什么狗屁事？我方才去养心殿辞差，阿玛也是这么说。又说'去刑部帮你八哥办差'，就骑马赶来了。"胤祥颦着八字眉，呷着茶说道。顿了一下又问："方才十哥和十四弟出去，里头带着一个人，像是九哥府里那个任什么狗日的伯安。他到这儿来做什么？"

胤禩胤禟都没想到康熙会又塞个人憎狗嫌的胤祥到身边来，都愣住了，心里比吃个苍蝇还腻，听这一问，都吓得一跳，半晌，胤禟才故作诧异地说道："任伯安？我早就叫他出籍了！他没来过呀……哦，想起来了，老十府里那个胡狗子长的是有几分像任伯安。必是十三弟看混了。"

三个异样心思的兄弟各自端杯莞尔一笑，胤禩胤禟头上都沁出密密一层细汗来。

第二十三回　皇帝失意悠游巡幸
群雄逐鹿煞用心机

　　十月初六，康熙皇帝大驾由东直门出城。因这次巡幸是承德离宫落成，首次召集东西蒙古各王公台吉觐见大礼，文物声明须得足以"昭德"，因此办得十分隆重。八阿哥胤禩一手管着刑部，一手兼管此事，临期那几日竟是昼夜不停，连轴儿转地忙，又邀了大阿哥作帮手，会同礼部、理藩院的官员曲划指挥，直到当日凌晨五鼓，景阳钟响才算停当。北京的细民们早前两日便接到顺天府宪谕，天不放亮已是家家龙涎时花，案上香烟缭绕，烟火爆竹满城响得开锅稀粥也似。虽说与天子同处一城，但亲眼瞻仰"圣颜"的机会也极少的，因此，从正阳门关帝庙一带到东直门沿途早挤得人山人海的，尽是看热闹的人。

　　直到辰正时牌，便听东西鼓楼钟鼓齐鸣，天安门乐声大作。人们张着眼瞧时，天安门那边黄伞旌旗遮天蔽日价逶迤过来。最前头是五十四顶华盖、四顶明黄九龙曲柄盖打头。接着两顶翠华紫芝盖、二十四顶直柄九龙盖，什么纯紫、纯黄大盖扈随于后，招招摇摇浩浩荡荡压地黄龙一般，不断头地涌出。年轻一点的没见过这排场，张着迷惘的眼只是傻看，见过康熙御驾亲征的老人们跪在地下悄声指点：这是寿字扇，这是黄龙双扇，赤龙双扇，那是羽葆……十六信幡、豹尾龙头杆，一面面龙旗在微风中栩展，有的写着教孝表节、有的写明刑弼教，什么行庆施惠、褒功怀远、振武敷文、纳言进善也不能尽述。导引过去，便是二十四面八旗大纛，十六羽杖大纛，都用纛车载着，辚辚萧萧怒马如龙，紧随着又是四十面销金大纛，旗上却是绣的祥禽瑞兽，诸如仪凤、翔鸾、仙鹤、孔雀、黄鹄、白雉、赤鸟、隼虫、振鹭、鸣鸢、游鳞、彩狮、白泽、角瑞、赤熊、黄熊、天禄、辟邪、犀牛、天马、天鹿……至此，才见到皇帝金辇，太子银辇相跟而出。皇长子胤禔、皇八子胤禩、皇九子胤禟、皇十子胤䄉四人，骑璎珞御马、穿团龙袍黄马褂，手按腰刀前面导路，御前带刀侍卫鄂伦岱、德楞泰、刘铁成、素伦带着四十名二等侍卫左右护持，簇拥着车驾徐徐而行。后边望不断头的是御林军，手持出警入跸旗、五色销金旗、节钺、黄钺、卧瓜、立瓜、镫鼓、大刀、弓矢、豹尾枪、鸟铳，在寒阳之下光灼灼、亮闪闪，端的是灿烂辉煌。送驾百姓此时益发鼓噪兴奋，一街两行男女老幼齐跪俯伏、山呼海啸般高唱：

"皇帝万岁，万万岁！"

胤祉和胤禛二人同坐一车走在御林军后。两个人都没有言语，只隔着纱窗望着外头如醉如痴的人流，直到出东直门、过了接官亭，胤禛方吁了一口气，靠在车后，说道："难为老八，两头忙着，竟办得这么周备。"

"这是大阿哥的手笔。"胤祉冷冷一笑说道，"你别看两个人骑马并行，笑得脸上开花，其实心里都在咬牙。就为安排车驾这么点子'功劳'，老大去我那里诉了多少委屈，老八也说老大吃他的醋。两个人都够瞧的了，都是手足，什么意思嘛！"

胤禛警觉地睨了胤祉一眼，没有回话，盯着车前的黄土官道默然不语，他的思绪回到邬思道身上，前半月已经命人将邬思道送到承德，安置在自己狮子园的宅子里，不知到了没有？太子的侍卫已经全换了，听说到承德皇帝跟前的侍卫也要换，明摆着是对太子和大阿哥都不信任。当此多事之秋，他身边不能缺了邬思道这个智囊。胤祉却打定主意要在车上和胤禛好好谈谈，见他如此冷面，一时也寻不出许多话来，许久才自失地一笑，说道："如今世情真令人可叹。出力的不讨好，讨好的不出力，真下实力替朝廷办事的哪个有好结果？施世纶走时，我送了点仪程，谁知就惹出许多闲话——可笑，那么一个清官，真叫他骑毛驴上任么？"

"啊？啊——闲话？"胤禛回过神来，也觉得车厢里气氛太沉闷，挪动了一下身子道："那都是小人见识，我也送了盘缠！"胤祉笑道："你以为你退避三舍就免了口舌？殊不知天下事难料的多着呢！上回老十去我那里借《黄蘖师集》，你知道这是禁书，里头都是推断朝代兴替的，我怕下头人知道了不好，亲自去讨，老十咧着嘴笑我：'跟四哥一样小家子气，刻薄得六亲不认！一本鸟书打什么紧？'我劝他：'不要总跟你四哥过不去，他的难处你不知道。自家兄弟不体谅，还有谁体谅？'老十说：'他算什么孝悌忠信？伪君子！'"说着，吊胃口似的住了口。胤禛惊讶地看了胤祉一眼，揣摸着这些话的意思，问道："你没问他，何以见得呢？"

胤祉笑道："说的还是老话。当日避暑山庄修好，皇上看了奏折，说'寒而不凛，温而不炙，好，真是避暑胜地'，老十说四哥当时就顶了回去，说'皇帝山庄真避暑，百姓仍在热河中'，弄得万岁脸上挂不住，这就算孝子？"

胤禛这件事是有的，不过当时说的委婉得多，再想不到这么光明正大的谏诤之举也变成了"不孝"！他哼了一声，细牙咬了咬嘴唇，说道："我行我素，确实有这件事，皇上当时不欢喜，几天没理我。我并不难过，我本就是个孤臣性子，有什么说什么。后来皇上还是想开了，叫张廷玉去我那里宣旨，说这是'面刺寡人之过，受上赏'，赐了我一柄如意。老十放这个屁，只显出他自己是个草包。""老十是老八一尊炮，那里装药他就放。"胤祉沉吟着说道，"当时我就驳了他：大王之风与庶人之风不一样，你读过宋玉的《风赋》么？进谏就是不孝，你何其浅薄无知！"胤禛笑道："他倒不是不明白道理，在他眼里除了老八都不是好人。人哪，最怕心偏了。"

"所谓心不正，则眸子眊焉。"因车隙中吹进的风凉，胤祉披了披猞猁猴皮氅，笑道："胤䄉确是如此。当时他就说：'进谏原是好的，比干是一种进法，魏征是一种进法，东方朔是一种进法，李泌又是一种进法——不能从容些儿？委婉着点？哪里有四哥那样儿，有屁就放，不管别人鼻子受得受不得！'你听听，此人虽粗，并不是糊涂人呢！"

胤禛微睨了胤祉一眼，他知道这个诚郡王，素来讲究慎言，城府甚深的，今儿这些话都是什么意思？倒起了撩拨试探的心，因道："我再没这些防备，想着都是一个阿玛，家鸡打得团团转，野鸡打得满天飞，还能怎么样了不成？近日看来竟是未必！要是存了别样的混账心思，家务国务搅和起来，真是了不得。至今想起八月十五的事，我就心惊肉跳，要没人给老十撑腰子，他敢！"胤祉见他反过来盘自己，倒不急于说话了，沉吟半晌才冷笑道："是啊，谁不害怕呢？皇上怕的是学了齐桓公，英雄一世没下场。我呢？我只想咱们是胡人，不要学了五胡乱华，昙花一现，不要学蒙古人，九十几年就完。朱元璋说胡人无百年运，警句骇人听闻，大清已经开国六十多年了！"

胤禛打了个寒战，没有言声，只听车外马蹄得得一片单调的响声，隔窗眺望，夹路枯黄的衰草、盐碱白地直接天际，一群群乌鸦在草滩上忽起忽落，翩翩盘旋。许久，才叹息一声，说道："三哥这话惊心动魄，我们不幸是胡人，先天不足。不过据我看，我朝弊端虽多，开国气象尚在，只要励精图治，何至于一时就乱了？后头的事归于天命，你我只尽当前人事罢了。"胤祉仿佛不认识似的盯着胤禛，扑哧一笑，说道："人事？四弟素日伶俐，今儿是犯了糊涂还是跟我绕圈儿？眼见此行大变在即，你真的一点也没嗅出来？"大约车轮被石头垫了一下，胤禛身子一晃才坐稳了，脸色变得异常苍白："三哥，有什么消息，你可不能瞒我！"

"此行不利太子，"胤祉闷声说道，"老大老八早就在准备了，前一个月，他们就把府里的智囊都送到承德，以备顾问，王鸿绪、阿灵阿也都讨了差事先期去了热河，就你还蒙在鼓里，太子也只是觉得别扭，他那个身分，谁敢和他说实话？要是我是太子，我就不能叫他们把老王掞留在京师！蠢！"

"怎么，要……废了二哥？"

"那还说不准，"胤祉款款说道，"尧黜丹朱太子，寻个安静去处，好生侍候着养老，是一种法子；汤放太甲，改过自新三年复位，又是一种法子；李世民处置太子太忍心，皇上是要名声的，未必出此下策。"

胤禛心中一片空白，四边没有着落，连胤祉说了些什么也没听清，痴痴思量半晌，问道："这么大的事，总得有个罪名吧？前日我还见他，有说有笑的，半点心事也没，万岁也没露口风。三哥，你这话传出去了不得！"胤祉笑道："你醒醒神儿吧！没见大阿哥八阿哥九阿哥十阿哥寸步不离万岁？有侍卫扈从还不够？再说，为什么护驾的撇开你我？在人家眼里，我俩是太子党！太子从政多年，毫无建树，弄得吏治败坏府库空虚，是不是罪？你不要小看这一条，这是根子，万岁创的这个基业太重，他承受不起！这两个月万岁三次提起索额图谋反的事，说'索额图乃本朝第一罪人'，他什么罪？不就是立太子、保太子么？"胤禛咀嚼着这些话，虽觉惊心，但多少有点言过其实。政务不靖，不是一天的事，也不是一人之责，连邬思道和文觉也说这是"大势所趋"，主张目前保持"太子党"面目观望待机。正思量间，胤祉又道："你还不知道吧，太子随身带着药，叫李德全和邢年收拾时检点出来了！"

"什么药？"胤禛浑身一震，有点口吃地问道："是……毒？"

"万岁起初也这么想。"胤祉冷笑道，"结果叫太医院王柏龄验查了，却是春药。当时我就在养心殿，你没见万岁脸色那个难看！不是我拦一拦，恐怕当时就发作起来了！"

胤禛两手捏得全是冷汗，陡地想起朱天保有一次悄悄说："四爷劝着太子爷些儿，别总往西六宫跑。虽说都是一家子，到底都是年轻人，有男女之别，名分之差。瓜田李下的，叫人说出半个不字儿来，下官们责任小事，太子爷落个什么名声儿呢？"这个胤礽大天白日揣着春药，还叫皇帝觉察了，真也忒煞地大意。若是自己宫里房事用，不过落个笑柄，要真有秽乱后宫的事……他不敢再往下想，嘿然良久说道："怪不得老大这些日子走路扬尘带风。打谅预备着青宫备选了！"

"用你的话说，阿弥陀佛，总算明白了些儿！"胤祉车上费尽心机绕了半日，就等着胤禛这句话，因嬉笑道："老大心里就是这个算盘！也没查查自己的阴骘簿儿，有这个福分？自古立太子，除了立嫡、立长，还有个立贤呢！"

至此，胤祉已经完全摊牌：太子不行，老大也不行，胤禩是政敌，你老四打算如何？下雨不戴笠，淋（轮）着保他三爷了吧？胤禛眯着眼，心里雪洞也似，却装模糊儿，笑道："天道茫茫，大数难知啊！与太子君臣一场，真要有事，我还是要保他的。这类事我是既不敢想也不敢说，但真要保不住，我自然以三哥马首是瞻。但大阿哥志在必得，老八虎视眈眈，你也得心中有数，这种事一筋斗栽倒，几代儿孙都翻不过身来哟！"他心里想的是胤禩，要立贤，目前老八是首当其冲，但胤祉这点热辣辣的心思，旺炭儿似的，又怎好泼凉水？胤祉得了胤禛这几句话，顿觉安心，身子松弛地向后一靠，说道："不过闲话而已，我和你还不是一个心思？除了二五眼，谁肯往火坑里跳，夺那个烫屁股座儿，我可没疯迷了！管它呢……困了，眯一会儿吧……"

天气不好，车驾过了密云就下起了雨夹雪，几千人带着辎重，仪仗法物，在泥泞寒冷的燕山古道上整整跋涉了七天，总算到了承德。内外蒙古各部王爷十天前已经赶到，都住在自己的行宫中等候天子大驾。这座避暑山庄，于康熙二十二年踏勘，至四十三年才算粗具规模，已是气度壮丽宏伟。内设行宫十二处，西北金山、东北黑山为山庄屏障，正南设丽正、德汇、碧峰三门，内中即是禁苑。因为已经下诏，这处山庄为外夷常朝之地，漠南漠北的蒙古台吉、王公，青藏红黄喇嘛、教主及朝鲜使节，几乎在修行宫的同时，各选佳地造起了不计其数的馆驿、别墅，以备迎驾朝觐。一些精明的行商瞧准了这块风水宝地，便在山庄四周蜘蛛网似的营建起店铺房舍。十余年光景，昔日满是荒烟野草的热河之滨，俨然已成都会之市。车驾当晚抵达，各王公俱都在芦棚前侍候跪接，满街张灯结彩，案酒香花供奉，烟火灿烂，爆竹聒耳，自有一番热闹，只苦了扈驾的御林军，一刻也不得歇息，安置康熙宿了烟波致爽斋，接着就布防。随驾而行的张廷玉和马齐都兼着领侍卫内大臣，里里外外照应，还要处置佟国维从北京转来的奏折，侍候了皇帝侍候太子，又要关照各位从驾王爷、阿哥住处警跸，饶是两个人好精神，也累得人仰马翻了。

但康熙却兴头极高，第二天便下旨着蒙古各王觐见，下午赐筵，与太子轮桌劝酒，直到戌时下来，看过奏章节略，直到子正时分才歇了。又起了一个大早，传命太子带阿哥在清舒山馆会齐，扈从观览山庄景致，整整看了一天，晚间回斋殿便有旨意：明日到围场打猎。

热河围场设在甫田，紧邻万树园，地处山庄东北，在黑山之南，塞湖之北。其地林密草茂，山峻水阔，放养了不计其数的鹿、麋、獐、狍、熊、虎、豹、犲之类，不知哪位墨客为其取名"丛樾"，康熙东巡奉天曾到此围猎，张廷玉为之定名"甫田"，意即天子狩猎之田。从此成了皇家禁地。

第二日巳时，康熙乘驮轿来到甫田。早已等候在瓮城箭楼上的百余名蒙古汗、亲王郡王以及贝子贝勒人人精神抖擞，个个摩拳擦掌，预备着今日要在御驾面前大出风头。不料众人请过安后，康熙却笑着对几个蒙古老王爷道："你们几次陪着朕围猎，已经领教了你们的本事。这一番要坐享其成，我们吃酒作壁上观，看看朕的这几个儿子能耐如何——各王世子要愿意下去玩玩，自然也听便。"这些王爷一听皇帝要考校阿哥，便都凑趣儿，各自约束子弟不得逞能，只随康熙在楼上陪坐。康熙因叫过阿哥们道："蒙古诸王都在，不要给朕丢丑现眼。这苑里都是未驯之兽，一是要小心，二是要争先。"说罢爽朗地一笑，指了指李德全捧着的一柄宝石雕花黄玉如意，道："放出你们的手段，无分长幼高下，谁猎得最多，这如意就赏他！"

众人立时一阵兴奋。这柄如意因颜色近于明黄，一向是乾清宫镇殿之宝——大行皇帝赏给康熙，如今康熙又要赏人了！坐在康熙身边的胤礽不禁身上一颤，神色变得有点不安。胤祯两眼直勾勾盯着如意，暗自扯了扯胤禩衣襟，胤禩咬着牙暗自一笑，胤祥用肘碰一下胤禛，悄声道："你瞧大哥那德性，涎水要淌出来了！三哥也是假惺惺，看他没事人似的，手都捏出汗了。这一回咱们可得替太子爷争个脸面！"胤禛却似没听见，瞟一眼镇定自若的胤禩，跪前一步，叩头道："皇阿玛，此物恐非人臣能当得起的。求万岁另选一物，儿臣们好努力巴结。"

"咹？"康熙似乎没想到这一层，略一迟疑笑道："我们天家就有这么多忌讳！终不成学小家子赌金子银子？这样，太子不与你们争，君臣分际一明，也就无甚妨碍了。"说罢便传旨开筵，令阿哥们下围场会猎。

顿时，四面八方号角呼应，数千善扑营军士分青、红、皂、白四旗，从四方擂鼓鸣炮，摇旗呐喊，茂林丰草中伏着的猛兽弱禽乍然一惊，立时乱成一团，四处奔逐翱翔。康熙端着酒杯，冷冰冰瞥一眼满脸不忍之色的胤礽，轻轻叹息一声，对身旁的科尔沁王笑道："君子不近庖厨，怕闻哀嚎之声，待吃肉时又讲究割不正不食。这就是仁义！人，真乃世间第一无情之物！"

说话间，便见东边数十骑，北边一百余骑冲杀过来，狂躁的马在半人深的秋草间横冲直闯，掀起的枯草败叶在半空中旋舞。康熙细看时，东边是胤祥，北边是胤禔。胤禔带着皇孙和门人亲兵，一个个挽弓搭箭，挥刀挺枪杀得浑身是血。草间的走兽被这突如其来的大劫难吓昏了头，四处乱钻，有的被砍得血肉模糊，有的滚在草间挣扎哀鸣。东北却是胤禩胤祯二人，胤祯疯魔了似的在前头赶杀，胤禩在后堵截，收拾猎物，将野兽耳朵割了挂在马屁股上，胤禩胤祥砍倒在地的，不少也成了他们囊中之物。康熙不禁暗笑：这两个小子倒有章法！只西边胤禛、胤祺毫无动静，胤祺是网开一面，任野兽逃之夭夭；四阿哥胤禛信佛，守定了不杀生的宗旨，只带着弘时、弘昼、弘历三个世子并狗儿坎儿一众人等牢守西北，闯入圈子的一概生擒，逃掉的各听天命，绝不射猎。

风卷残云一场围猎，未末时牌便见分晓。通算下来，胤禵胤䄍第一，胤祉次之，胤禟胤祥杀得精疲力竭，平分秋色各得第三，胤禛得的最少，却都是些活物，缚成串儿献上，唯独胤禩一无所获。

"朕说过，猎物最多者可得此赏。"康熙呵呵笑着抬手叫过胤䄍："没想到老十露脸，如意赏你了！"又沉吟了一下，转脸问胤禩："你为什么毫无所得？"

"皇上！"胤禩苦笑了一下，说道，"尧帝捕猎网开一面，为生灵开一线生路。儿臣愿父皇为尧舜之君，不为竭泽而渔之举。为一柄如意，与手足相争，儿臣不乐于如此。"康熙听了含笑点头，胤䄍却道："我没这份善心，只晓得谁的多，赏就归谁。承蒙九哥送我十只狍子，不合占了头名，阿玛这赏，恭谢不辞了！"咧着大嘴笑着，便要接那如意。

胤祥突然一把拦住了胤䄍："十哥，少安毋躁。这是良心账，你敢大喊一声'我第一'，兄弟我让你！"

"我第一！"胤䄍挑着眉头大叫一声。又冷笑道："怎么，你又想欺侮我？又要摆大总管的谱儿？这儿不是户部！"说罢"呸"地狠啐一口。胤禛忙排解道："何必为这点子小事伤和气？十弟有凭据，老十三，你就别争了吧！"康熙笑道："亏你胤祥说嘴，读了多少兵书。打猎和打仗一样，得用心！"

胤祥咽了一口唾沫，也不顾胤祉杀鸡抹脖子地递眼色，梗着脖子顶了回来："早知道和兄弟会猎也得使心眼儿，早知道谁偷的多谁得赏，儿子宁可学八哥，歇着！"

"你这是和朕说话？"康熙冷笑道，已是勃然变色，"跪下，掌嘴！"

胤祥面白如雪，气得浑身乱抖，扑通一声跪下，泪水夺眶而出，想到这些日子受的窝囊气，更觉悲不自胜，因哽咽道："儿子反正是多余的人，活着也没意思，就此辞了，阿玛保重！"说着抽刀猛地横向颈前，唬得刘铁成、德楞泰一干侍卫一拥而上，夺去了胤祥手中宝刀。

"啪"的一声，康熙将那柄玉如意在箭楼堞石上一击粉碎。

第二十四回　情重阿哥情牵一线
　　　　　　昏愦太子昏夜失道

　　一场围猎乘兴而来，扫兴而归。在回狮子园的路上，胤禛尽管自己也是一腔心思，因见胤祥累得筋疲力尽，沮丧得痛不欲生，反打叠起精神劝胤祥："你不要这样英雄气短，要像这些小事情都生气，我早就气死了。若听我说，佛经体性之别，为贪、嗔、痴，你虽不贪利，却贪功，三条毛病俱全，怎么会不生烦恼？好在万岁今儿摔碎了如意，要真的赏了老十，你又该如何？"

　　"我和他拼了！"

　　"你又来了不是？"胤禛在马上一纵一送，款款说道，"在性气这一条上，你欠着火候，如来原也是肉身人，在菩提树下觉悟妙谛，三七日间，自受用解脱妙乐，知色空相。人不能去爱乐烦恼，空有知识，不能正果。我们虽不是圣人，难道连克制也做不到？学一学张廷玉，他是一字真经：默——你细审量，熙朝大臣中有哪个及得上他始终荣宠的？用儒家说，这就是慎独功夫……"他长篇大论引经述典地劝善，胤祥起先只默默地听，后来不禁破颜一笑："真是'虎狼屯于阶陛，尚谈因果'，皇帝不急，太监着哪门子急？四哥，我在户部忙得昏天黑地，又跑到刑部为他人作嫁，受尽窝囊气，一无所获，图他娘个什么？又落了个什么？我这些日子真的是想死。你那佛经说叫涅槃，人死吹灯拔蜡，大彻大悟一了百了！"见胤祥精神好了些，胤禛倒沉郁了下来，他自己何尝不是满腔忧思煎虑，只能把持着，不像胤祥那样形诸于色就是。思量半晌，胤禛微叹一声，问道："你是十月初八的生日？"

　　胤祥诧异地看了一眼胤禛，说道："我是二十五年十月初一生——鬼过年，我生，最他妈不吉利的一天！""这阵子心绪不好，连你的生日也没有给你贺一贺。"胤禛仿佛不胜慨然，叹道，"生于忧患死于安乐，也未必就是不吉利。不过闲时我也想到，你也该立一个福晋了。上回老五说了一个，是飞扬古的侄女，我还特意看了看，人蛮不错，飞扬古也是正经人家。你要愿意，我就去说。"胤祥低着头想了半日，说道："我已经……相中了一个……"

"真的？"胤禛一怔，偏着头看着胤祥，半晌才道，"满人汉人？"

"汉人。"

"不行。"

"情之所钟何分满汉？她还在着乐籍呢！"

"荒唐！那更不行！"

胤祥和胤禛几乎同时勒住了马。后边远远跟着的八十名王府护卫也都驻马，不知他兄弟之间出了什么事。胤祥抬头看了看天，阴得很重，铅灰的云压得低低的，缓慢又略带迟疑地向南移动，不时飘落着纸屑一样的雪在风中旋舞着，许久才道："此人四哥也认得，就是江夏我们救的那个阿兰……"因见胤禛只一味摇头，胤祥又道："我出钱买出她来，请四哥在内务府弄张空白抬籍文书，把她抬入旗籍，找一户破落旗人认了女儿，人不知鬼不觉的，怕什么？"

"十三弟，祖宗家法可畏呀！"胤禛阴郁地说道，"若要人不知，除非己莫为。何况这事根本瞒不过老八！十步之内必有芳草，好女子多的是，你何必要寻一个贱民？不成！""贱民？"胤祥冷冷看着斩钉截铁的胤禛，说道："就在我朝，我代，我的骨肉兄弟里头，有一位善心向佛的皇阿哥，曾与一位汉家乐籍女子有一段催人泪下的缠绵情意……那女子后来被族人用火在柿子树下活活烧死……她至死都没有一句话，只那双悲凄欲绝，望穿重山的眼睛日夜折磨这位龙子凤孙，叫他永夜难眠，叫他梦魂不安，叫他变得心如铁石……"

胤祥的话没有说完，胤禛早已面白如纸，举目望天，眼睛已经红了，却干涸得一滴泪水也无。半晌，胤禛突然扬手"啪"地掴了胤祥一个耳光，厉声道："走！回狮子园！再提这往事，我与你割袍断义！"说罢双腿一夹，那马泼风价飞奔而去。胤祥一怔，忙加鞭追了上去，虽然挨了一掌，他倒觉得心里熨帖清爽了许多。

二人回到狮子园口，已是酉初时分，孟冬日短，天又阴，已是麻苍苍的，朔风微啸中雪渐渐大起来，已经在坚冻的大地上盖了薄薄一层。胤祥远远便见高福儿陪着三个世子在门口挑灯守望，旁边还站着一个官，穿着雪雁补服，戴着青金石顶戴，便对胤禛道："那不是戴铎嘛！"胤禛也是一怔，正要说话，戴铎早迎上来叩下头去，说道："奴才戴铎给四爷请安，给十三爷请安！"

"老戴！"胤祥方才得到胤禛默许阿兰的事，与胤禛并辔狂奔一路，一天烦恼消失得无影无踪，一边下马，笑道："你这马屁精，不在漳州道好好营生，跑这里做什么？你倒活得结实，吃得黑红油亮，一时半会怕是死不了了。"

戴铎看了看胤禛脸色，像是很高兴的模样，胤祥自幼在四贝勒府里混，彼此玩笑惯了的，因躬身凑趣儿赔笑道："十三爷这么康泰，奴才怎么舍得死？得侍候着爷封了王，娶了福晋，生了世子，活到个一百多岁，奴才才好去见阎老五呢……"胤禛不等戴铎说完，便打断了，说道："往后你们见十三爷也要规矩点——接到我的信了？"

"是——接到了。"戴铎忙正容答道，"奴才十月初七回京，主子已经走了，遵主子的命看了看遵化的庄子，又回到北京，恰好年羹尧也来京述职，他也惦记着主子，我们就一起来了。这一路的道儿可真难走……"戴铎一边说，胤禛已经移步往里走，听着他说任上的事，也不言声，只胤祥插着问几句一路风土人情，迤逦来到狮子园东北角的梵清阁，年羹尧早已迎了出来，只邬思道腿脚不便，坐在椅中静候。见胤禛胤祥进来，邬思道笑道："瞧神气，今儿射猎，两位爷想必得了彩头？"

"哪有好事给我们得！"胤禛敛了笑容，命年羹尧和戴铎坐了，抚膝叹道，"今儿个老十三差点死在甫田！刚刚才劝说好了些。"说着便将围猎情形细述了。邬思道一直目光炯炯凝神听着，没有插言。年羹尧和戴铎交换了一下目光，说道："不管皇上赐如意是什么意思，今儿几位爷都用尽了心思，其实是各做了一篇文章。"

邬思道冷冷说道："这还用说？难穷其妙！面儿上是大阿哥和三阿哥出风头，其实最有心劲的还是八爷——好嘛，他成全了万岁尧舜之君，他自己做大禹岂不是顺理成章？"胤禛笑道："你们都瞧见了的，我是坐定了听天由命的宗旨。大哥实在是太热衷了。今儿三哥虽没露脸，焉知这也不是

194

上策呢！"年羹尧道："三爷是个谨慎人，武的上头能耐有限，说不定万岁倒赏识他这'藏拙'之道呢！倒是横地里杀出一个十爷，有点出人意料。"邬思道咯咯一笑，说道："八爷是要什么有什么啊！他在那边开网放生，甫田里头依旧有人替他厮杀。十三爷今儿这个药引子放得好，其实逼着八爷也露了露相。"

胤禛怔怔地听着，望着院落里越来越大的落雪，良久才长叹一声："太子还在，兄弟们就这么个样儿，万一有个什么事，还不知怎样呢！唉……令人可畏啊！今儿一早去烟波致爽斋，马齐就告诉我，八阿哥不到一个月，盘清刑部案件，万岁夸奖了，说'胤禩毕竟不是凡品，牛刀一试，快不可当'。他若也有别的什么心思，加上大哥三哥，不知将来如何收场？如不明哲，恐不能保身呐……"他说着，深深伏下身子，不住用手抚着脑后的发辫。胤祥双手骨节捏得山响，冷笑道："别做他娘的春梦！都是些什么'心思'？敢亮一亮么？刑部的事我只是随大流儿，做主的是八哥，我也没意在里头折腾。可我心里一直疑惑：就张五哥这么一个冤杀的？放屁打梆子——点子赶得倒巧！四哥说一句，只要叫我翻腾，我就去见万岁，重查！不叫我好过，大家都别安生！"

"螳螂捕蝉，不知黄雀在后。"邬思道脸色平静得像一泓池水，许久，一笑说道："这么大的事，哪有一蹴而就的？难道我们就不能当个渔——""翁"字未出口，便见狗儿匆匆进来，也不打千儿，竟至胤禛耳边私语几句，方后退一步听命。

"太子来了！"胤禛的脸苍白得一点血色也没有，眼睛闪着绿幽幽的光，"独身一人，要单独见我！"他咬着牙，仿佛要拧干脑汁子似的紧蹙眉头，瞥一眼邬思道，缓缓说道："天近子时了吧？叫高福儿去回禀太子，说今儿在果亲王那儿着实灌醉了，这会子人事不省呢！明儿一早就过去请安领训！"狗儿听了回身便走，邬思道忙道："慢！"略一沉吟又道："是非之时是非之人，岂可拒之门外？四爷，是否请十三爷代见一下？"一语提醒了胤禛，嘴里吸着凉气说道："好！十三弟瞧瞧去！记住，他扔什么你接什么！"邬思道急急追了一句："接了什么放什么，一句瓷实话也别说！"

"成！"胤祥刷地站起身，命狗儿前头引路，脚步腾腾踏雪而去。

屋子里静极了，外面落雪的沙沙声，隔壁炉子上水壶的嗞嗞声都清晰可辨。人人都有一种大事临头的预感，都在紧张地思索：出了什么事？这么大的雪，以太子之尊摸黑道独身来访？邬思道看了看众人，对痴坐不语的胤禛说道："四爷，咱们两个去屏后听听。"胤禛强自镇定，心神不安地一笑，说道："老十三应酬得下来。"邬思道知他不愿听壁角，故作矜持贵人心性，点点头架起拐杖，说道："举大事不拘小节。我不但要听听言，还要观观色。"说罢，轻轻用拐杖拄地踽踽消失在满院风雪中。

胤祥身穿灰银鼠锦袍，腰中束一条绛红带，快靴踏得雪地吱吱作响，穿过薜萝藤墙出来，果见胤礽独自一人在养瑞轩中背着手来回踱步，身上没弹尽的雪还没有化完。胤祥在屏后稳了稳神，趋出一步打千儿行礼道："太子爷好兴致！雪夜独游，这早晚还驾临狮子园！十三弟给您请安了！"

"是老十三啊！"胤礽仿佛惊魂未定，被突然出来的胤祥吓得身上一悸，半晌才回过神来，问道："你四哥呢？"胤祥笑吟吟起身道："太子爷知道四哥平素戒酒。今儿偏是去六叔那一趟，刚碰上万岁赏六叔酒，就留住了。老亲王的面子，没法子，这么大半盅就灌了下去。这会子胡天胡地，酒屁梦话连篇，搅得我在隔壁都睡不沉！太子爷，您气色很不好，敢怕是走夜路受了惊，或者冻的了？谁在那边——是坎儿？给太子爷沏一碗酽酽的普洱茶，兑上红糖闽姜！"

胤礽无可奈何地摇摇头，焦虑地看了看满脸不在乎，毫无心事的胤祥，叹息一声坐了，命高福儿"所有家人都退下"。却自沉吟不语。胤祥情知大变在即，心里暗自提着劲，斜签着坐了太子侧旁，试探着说道："看您心事很重呀！是出了什么事么？四哥实是醉得动不得。要是我能给您排忧，您只管吩咐。要不方便，明儿一大早我就叫起四哥去清舒山馆。"胤礽被他逼得毫无办法，几次张口欲言，又嗫嚅着住了口，嗒然垂首移时，方叹道："十三弟，我要你扪心答我一句话：你觉得我平素待你如何？"

"太子怎么问这个话？"胤祥满脸诧异之色，"恩重如山！谁都知道四哥和我是你的哼哈二将嘛！您瞧着我长大的，自幼受了人家多少腌臜气，还不全亏了四哥和您？不然，不叫人家作践死，自己也气死了！"胤礽的脸色愈加苍白，望着忽悠悠闪动的红烛，竟无声淌下两行泪来！胤祥全身一颤，忙起身道："太子爷……？""不干你的事。"胤礽掏出手帕拭泪道："兄弟你好生坐着。"胤祥急得说道："主忧臣辱，主辱臣死，焉能说不干我的事?"

胤礽惶急间，便听门后沙沙一阵响动，贴金大自鸣钟连撞十二声，已是子正时牌。他打了一个寒战，忽然从椅上一滑，竟双膝跪到了胤祥面前！

"天爷！您要折死我么?"胤祥惊得面如土色，头"嗡"地一响，忙也跪了，盯着胤礽道："就是天塌了，地陷了，日头黑了，好歹也叫我知道个缘故呀！"胤礽仿佛不胜其寒地抖着，恐怖得脸都有点变形，许久，才从齿缝里迸出几个字来："好兄弟，我大难临头了！或今夜或明日，就要被废黜了！"

尽管这事久已舆论，像冰下的潜流一直冲激着，一旦开闸直泻而出，胤祥一时还是不敢接受这一现实。他觉得头晕，狂跳的心似乎要冲胸而出，憋得气也透不过来，额上青筋暴起，怦怦直跳，好半日才从惊怔中回过神来。正要问，胤礽又道："我是特来托付妻子的。四弟面冷，你豪爽。但我知道，你们都是古道热肠、肝胆血性的男子汉。自古废黜太子没一个有好下场，我死不足惜，世子还小，万一有个三长两短，我可怎么……"说到这里已是泪如泉涌。

"太子别说这些。"胤祥忙道，"到底出了什么事?"胤礽哽咽着摇头道："我心里乱极了，这里头委曲太多，一言难尽。总之有小人蒙蔽圣聪，下了毒手，皇上盛怒之际又无从解释。雪里埋尸，久后自明。十三弟，你和老四好歹不能撒开手不管！"胤祥听了，仍是不得要领，料知太子有难言之隐，也就不再问，双手扶胤礽起来，口中说道："我们君臣一场，知心换命，您不要小看了我！不管出什么事，我必定心坚如铁，擎天保驾！至于太子妃和世子侄儿那头，更不必挂心，说到天边也是骨肉，全都包在我身上！"

胤礽看了看不紧不慢走动着的自鸣钟，神色悲凄中又带着茫然，半晌才道："我得走了，我要……走了……"他喃喃地，仿佛在梦中呓语，踉踉跄跄，像踩着棉花堆似的消失在纷纷扬扬的大雪之中，在养瑞轩留下了可怕的沉寂和僵立如偶的胤祥。

一声闷哑的午炮透过雪幕传过来，胤祥方回过神来，一跺脚转身便走，却见邬思道在后门候着，便道："先生，四哥也来了?"

"没有。"邬思道冷峻地说道，"——我都听见了。十三爷，你不该不听我劝，答应得太干脆了。"说罢回转身子又道："走，和四爷计议一下。"胤祥点头勉强一笑，没有答话，和邬思道并肩缓缓而行，一阵朔风裹着雪袭来，他掖了掖袍子，暗中看了看邬思道，只瞧见邬思道一双眸子在雪光中烁烁闪动，看不清脸色，胤祥不禁想："这个瘸子真是个怪人，他心里到底想的什么呢?"正想着，已见胤禛站在梵清阁的石阶上等着了。

胤禛一边让他二人进去，叫过高福儿道："你和狗儿坎儿把家人聚一处说说，就说我的话，今晚的事谁走漏出去，我灭了他满门!"高福儿吓得诺诺连声退了下去。年羹尧和戴铎看了看胤祥神色，搀邬思道进来，竟一人掇一把椅子坐在门口亲自把风。

"唔。"听胤祥备细说了养瑞轩的事，胤禛沉默了许久，看样子心里也翻腾得厉害，良久，方皱眉说道："这人也是的，巴巴儿半夜地来，又吞吞吐吐不说句明白话。我们就是保，也得知道他为什么废了呀!""四爷真呆!"邬思道仰天大笑，说道，"这还用问么?"胤祥惊异地盯着邬思道，略带讥讽地问道："你是神仙，未卜先知?"

邬思道笑道："神仙是没有的。太子黉夜而来，明摆着是变起仓猝，口欲言而嗫嚅，显见是难言之隐。废黜大事，不是谋逆就是宫掖阴私。在这个地方，他要谋逆不能不和十三爷商议，这一条除了，必定是宫掖丑闻!"胤禛托着下巴，思索着邬思道的话，半晌，摇头道："也不一定，后宫的事不至于动摇国本。郑春华不过小小一个贵人，怎么会因她割舍了太子? 没听人家说: 臭汉脏唐埋汰宋乱污元，明邋遢清——""清鼻涕"三个字到口边，觉得甚不雅听，便打住了。邬思道冷笑道："这不过是个药线儿，积了多少柴，泼了多少油，就等这个火种儿——当然不会为一个无名嫔妃黜废他——东窗事发就在今夕!"

年羹尧坐在门口，眉棱骨不易觉察地抖了一下: 他一向觉得邬思道言过其实，只碍着胤禛宠信，不好扫主人的兴，听他又在危言耸听，在旁说道："这么惊心的事，先生倒像是很高兴? 须知太子是四爷靠山，太子出事，不是四爷之福啊!""年亮工，没有读过《易经》?"邬思道清癯的脸上闪过一丝笑容，"穷则变，变则通，通则久! 如若是座冰山，那就不如没有。为什么不敢进一步境界去想这件事? 不过，眼下不是清谈的时候，要预备着应付大变!"

"这一场逆波横袭而来，令人可惧。"胤禛拊膺叹道，"覆巢之下无完卵啊！"

邬思道嘿然良久，身子一仰说道："我们得天独厚，先知道了消息。四爷，我以为目下最要紧的，要烧掉太子从前给四爷的书札；年亮工在外带兵，要避嫌，今晚就得搬出狮子园进城去住；这里驻军原是古北口的兵，十三爷带过，从现在起要谢绝接见所有军官。同时与所有阿哥不再私相往来。这样，就和所有军国大事撕掳清白了，就小有不安，决不至于伤筋动骨的。静观待变，坐收渔翁之利，不须有什么惧怕，天加横逆于君子，实加福于君子，此乃千古不易之理！我料今晚还会有消息的——"话音刚落，高福儿一头一脸的雪闯进来，呵着寒气禀道："二位爷，德楞泰军门来传密旨！"

屋里几个人不约而同站了起来，面面相觑，用目光交换着神色。邬思道一笑说道："来得好快！——亮工，老戴，咱们回避吧！"年羹尧和戴铎紧张得脸色有点发白，呆滞地点点头，三个人便踅进了套间。说话间，便见两行黄西瓜灯，一色写着"烟波致爽"四个字，导引着五短身材、孔武有力的德楞泰迤逦近来。德楞泰迈着稍稍有点罗圈的腿，踏着积雪进来，脚下马刺踩得地板叽叮作响，进了梵清阁，脱下油衣南面立定，只看了胤禛胤祥一眼说道："皇四阿哥胤禛、皇十三阿哥胤祥听旨！"

"臣！"两个人都跪了下去，叩头说道，"恭聆圣训！"

德楞泰却没有奉敕，他是蒙古摔跤场上的"第一英雄"，汉语却极有限，结结巴巴背诵着康熙的口谕："自即日起，停用'体元主人'印玺。停用太子印玺。着皇长子胤禔总领行宫宿卫，皇三子总领热河驻军行营布防事宜。非奉朕亲笔手谕，无论何人不得擅自向各部及各省发文调兵。所有从驾侍卫、亲兵、善扑营兵士及驻地兵马，一体由皇长子胤禔、皇三子胤祉会同皇四子胤禛及上书房大臣马齐合议请旨节制。皇太子胤礽患疾暂行疗养，内外臣工暂停觐见请安。钦此！"

"谢恩——领旨！"

"还有旨意。"德楞泰又道，"着即加封胤禔、胤祉、胤禛、胤禩为亲王，仍以原号领衔。并命所有阿哥即刻至戒得居候旨。钦此！"

"万岁！臣，谢恩！"胤禛似乎有点意外地怔了一下，忙叩下头去，胤祥便也跟着叩头。

胤祥因在古北口练兵，与这位蒙古勇士早年相识，极相与得来，因见德楞泰说完就要走，腾地跳起身来，笑嘻嘻道："老德，你这草原上的摔跤老狗熊，今儿跟我打官腔么？这早晚回去，除了挺尸有什么事？来来！四哥，把你陈年老酒给弄一坛，我和德哥撞三百杯祛寒！"

"十三爷，我酒，不渴，不喝，还要去冷香亭办差。"德楞泰历来缠不过胤祥，憨然一笑，说道："我道知，你们想问太子事。刚才去三爷府，我没说。我不道知。"他老实到这份上，胤禛不禁一笑，一边命戴铎取酒，说道："没说知不知道是两回事，必有一假。酒不喝没什么，你带两坛子去。"德楞泰红了脸，说道："四爷，我真的不道知。"

"小饮三杯，你办你的差去。"胤祥见戴铎的酒取到，泼了茶碗斟了，嘻嘻笑道："四哥晋了亲王，这是老大老大的面子，不渴也渴，不喝也喝！我不管你'道知'不'道知'，不赏这面子，我可要发'气脾'了！"说罢哈哈大笑，和德楞泰连碰三碗，咕咕饮了，又问："冷香亭没有住阿哥，你办的哪门子差使？别骗我老十三了！"

德楞泰略一怔，只一笑，说道："你别问了，我不道——知道。贺了四爷，我该去了！"说罢略一拱手，便忙忙带人去了。

此时邬思道三人早已出来，立在阶下看着钦差远去，胤祥方敛了笑容，说道："四哥，天冷，穿厚点，咱们坐暖轿去戒得居。"邬思道沉吟着问道："冷香亭住的什么人？"

"我不知道。"胤祥说道。

"我知道。"胤禛阴郁地说道，"郑贵人，郑春华。邬先生有先见之明。"

第二十五回　　大故骤起波浪翻涌
　　　　　　　风云色变鱼鳖惊慌

　　胤礽回到清舒山馆下处，已是雪人一般，这一夜，仿佛噩梦一直追逐着他，迷迷离离，恍恍惚惚。狩猎回来，怎样到烟波致爽斋请安，如何侍候皇帝睡下，又和朱天保下了一盘棋，又鬼迷心窍似的跑到冷香亭和郑春华幽会……这一切都记得不大清楚了。他弄不明白，已经安歇了的康熙何以会悄没声突然驾临冷香亭，杀死守望的太监直入卧寝，当场捉奸……这一切都不像是真的，但又不像是假的，只康熙那狰狞的笑声，狠毒中带着轻蔑的眼神不时地抹去，又不时地掠过，愈来愈真切地显现在心中眼里……直到远处寺钟透过雪幕悠扬地传过来，他才明白，自己已经站在清舒山馆的垂花门下，回到了寝宫，而且实实在在地发生过那一切，即便昏昏沉沉地找过四阿哥，这一点子努力也是枉费心机，车薪杯水，勉尽人事而已。他心里像泼了一盆糨糊，迈着飘忽不定的步子进来，太监们忙着给他拂落身上的雪，都似毫无知觉，接着便有管事太监何柱儿过来，说："张廷玉中堂来了有一会儿了，在书房等着太子爷呢！是叫他到暖阁来，还是爷自个儿过去？"

　　"啊？啊！"胤礽一惊一怔，才回过神来，抽回已经踏上暖阁的脚，回身便往书房走。早见灯影里张廷玉已经迎了出来，身边还陪着陈嘉猷和朱天保两个人。待他们行过礼，胤礽失态地一笑，大声说道："廷玉，你这个太子太保也要当到头了吧？"

　　朱天保和陈嘉猷浑不知出了什么事，他们和张廷玉一处坐了半个时辰等太子，谈的都是诗律，几次试探张廷玉来意，无奈这个深沉得百尺潭水似的上书房大臣总是王顾左右而言他，乍听胤礽这一句，两个人心里猛地一揪，顿时面白如纸！正愣怔间，张廷玉微微笑着答道："自然要保的，太子是聪明人，也要自保重才好。"说罢将手一让，请胤礽进来，方南面立定，款款说道："奉旨，有问胤礽的话！"

"臣，胤礽……"胤礽慌乱地看了看木雕泥塑似的陈嘉猷和朱天保，两腿一软，抽了筋似的瘫伏在地下，他心里又是混沌一片，不知道该怎样对奏冷香亭的事，也不知道陈朱二人听了这件事会是怎样的情景。正张皇间，张廷玉问道："皇上问你，九月十六，你与托合齐、索额图、凌普、陶异、允晋、劳之辨等人会饮，是在什么地方？你们议了些什么？"

"回奏万岁，"胤礽叩头答道，"那次会饮，是因臣门人凌普、允晋、劳之辨等人进京述职。托合齐在府设筵，说请主子一并乐一乐，我就去了。并没有议什么事。"

"你问没有问三阿哥门人孟某人去向？"

胤礽听是追查这件事，略觉放心，说道："三阿哥门人孟光祖出京采办药材，据云贵总督奏称，在外结交大臣，甚不安分，有干例禁，因劳之辨刚从贵州回来，臣问了孟光祖的情形是实，并说：'此类小人在外招摇撞骗，传播宫中秘闻，有不利于我之心，应饬贵州巡抚就地擒拿，解送回京，不但我，就是于三弟也是有好处的。'"

张廷玉只是奉旨问话，并无驳斥权力，听胤礽奏了，略一点头又道："皇上问你：你说没有说，'我是命运最不济的人，天下古今，哪有四十年的皇太子？'你何以如此丧心病狂？朕有何亏负你处？你据实奏陈！"张廷玉虽然尽力说得辞气平和，但这些刀子一样的问话，如何使人不惊心动魄？朱天保兀自掌得住，陈嘉猷一个趔趄，几乎晕厥过去！

"回万岁……"胤礽面如土色，颤声答道，"儿臣的原话是：我真是命运不济，太子当了快四十年，毫无建树，深负皇上圣恩。天下古今，没有比我更窝囊的了——并回皇上，这是醉后呓语，虽无不臣之心，有失太子大体，皇上责我负心，难辞其咎——请中堂代为转奏！"说罢连连叩头。张廷玉看了一眼可怜巴巴的太子，心里叹息一声，又道："还有更要紧的问话，太子不可回避，一定据实回奏——你今夜见没有见十三阿哥胤祥？"

胤礽一下子抬起头来，愕然盯着张廷玉：自己刚刚从狮子园回来，张廷玉看样子也不是刚到清舒山馆，方才的事就知道了？就是耳报神也没这么快呀！想着，答道："见过，不过不是晚上，是随驾会猎之后，儿臣见胤祥心绪不好，安慰了几句，并没说别的话。"

"凌普率两千兵士擅自进驻行宫，你知道不知道？"

书房里立时变得荒庙一样死寂！连胤礽也没有想到，变中有变，今晚除了冷香亭风月冤孽案，居然还有一出不知谁操纵的兵变！他被这骇人听闻的消息吓呆了，浑身麻木得毫无知觉，半晌才道："有……有这样的事？"

"有。"

"儿臣不知！"

"但凌普随身带有太子关防的调兵手谕！"

"手……谕？写的什么？"

"万岁要你自己说！"

"张中堂！"胤礽完全被逼到绝路上，反倒把恐惧抛到九霄云外，他挺了挺身子，声音大得连自己也吓了一跳："请代回万岁一句话：全属子虚乌有！我办差不力，行止有亏人子之道都是有的，小人辈构陷大逆罪名，置我于不臣之地，污我为叛君奸邪，胤礽虽死不能瞑目！"

话问完了，张廷玉舒了一口气，说道："太子请起，恕臣不恭敬，这是奉旨问话，身不由己。臣也知道，太子爷束发即受圣人之教，纵然小有失误，断不至于调兵逼宫——这些事，太子爷见了万岁，尽能从容分辩。太子放心，万岁极为圣明，决不会轻易入人以罪，臣当竭尽绵薄在皇上跟前为太子辩白。"

"谁要你辩白！"胤礽突然暴怒地挥手说道，"我这会子就去烟波致爽斋，当面跟皇上讲清白！就是都认了，无非一个剐字罢了，没什么了不得的！"说罢掉头便走，朱天保手一扬，突然大叫一声："张衡臣！你说明白些，是哪个小人在万岁跟前下蛆，离间父子，拨弄是非构陷储君？"

张廷玉处身这种情景，真是万般无奈，苦笑着叹息一声，说道："士明，少安毋躁嘛！你和陈嘉猷侍候东宫，朝夕不离左右，你还不知道，我哪里能知道底蕴？太子，你稍等一下，外头都是善扑营的兵，你走不出去。万岁有旨命所有皇阿哥都去戒得居侍候，臣陪你一道儿去安稳些。不过，万岁今晚盛怒之间，你不宜见他，太子要想仔细了！"说着便踱步出来，站在檐下，说道："刘铁成！"守在雪地里的护卫们忙传呼出去，不一时，便见刘铁成大踏步过来，问道："中堂，差使办完了么？"因见胤礽也站在门口，又进前一步，打千儿行礼道："奴才给爷请安！"张廷玉便吩咐："铁成你留下，把印封了，所有文书奏章妥送烟波致爽斋。至于这里的太监、吏员……就不必锁闭了，传令他们不得随意出宫就是了。"

"是！"

"太子还是太子，"张廷玉皱着眉头沉吟道，"并没有处分旨意。你们除了遵旨办差，不可造次唐突，出了岔子，恐怕其罪难当！"说罢将手一让，说道："太子爷，臣的暖轿就在外头，臣与你同轿而行。"

胤礽看了看天，还在没完没了地丢絮扯棉，环顾四周，仿佛都是陌生人，眼见一队队兵士从侧门涌进来，布防把守这处除了皇帝，便是至高无上的机枢重地，真像又回到噩梦之中。他缓缓踏着雪，走了几步，突然仰天狂笑："废太子原来是这个样儿？我也算不虚此生！哈哈哈哈……走哇，去当阶下囚……"

戒得居地处甫田猎场回烟波致爽斋的中途，原是预备皇帝行猎之累，暂作歇马之地，最是偏僻不堪，孤零零蝀在四面旷野之中。此刻正是天亮前最黑的时候，肆虐的狂风拉着又尖又长裂帛一样凄厉的呼啸，雪尘团团裹着像是摇撼着这处小小的偏宫，把它连根拔起，撕成碎片，抛向无边无际的天穹……

康熙皇帝手里拿着一片二指余宽的小纸条，坐在后殿烧得暖烘烘的大炕上，一杯又一杯喝着酽得苦涩的茶水，情绪显得亢奋，双目炯炯有神地望着殿内摇曳不定的烛光，不知在想什么，却是脸上毫无表情。他挨身站着大阿哥胤禔，戎装佩剑，一脸庄重肃穆之色，三阿哥胤祉却似忧心忡忡，点漆一样的倒八字眉颦着，不时瞟一眼对面脸色又灰又青，死人一样难看的上书房大臣马齐。马齐穿着仙鹤补服，里边套着康熙赏的紫貂袍子，在这暖融融的房子里，兀自心噤得缩成一团，手心里全是冷汗。太子在冷香亭出事的详情他不知道，但凌普带兵入苑，是他亲自处置，整整两千铁骑兵，厉兵秣马，就凭着太子那张条子就闯了进来！若不是被那个刚选进侍卫里的张五哥发现，谁能预料此刻自己是在囚笼里还是在逃亡的道上？他也不相信太子会有这大逆不道的心胆，但字条上又明明加着"毓庆主人"的关防，这是怎么一回事？方才几个人都辨认了字迹，连太子随身太监何柱儿都叫过仔细看了，都说"仿佛像"，没一个人敢说一句扎实话，但马齐从那故意做作摹仿太子手迹的钟王体小字上，看着很像十三阿哥胤祥的手笔。但是，从外任转上书房这六年，他已领教了康熙这群儿子们的手段心地，没有一个是省油灯，没有一个不是人中之精，谁又敢保不是诈中有诈？正自一门心思胡思乱想，却听胤祉轻声说道："皇阿玛……"

"唔？"

"车驾到热河已经五六天，"胤祉娓娓说道，"儿子在旁瞧着，父皇接见群臣，会见外藩，视察山庄，又会猎，还要料理处置北京递来的奏章，合起来也没好生歇过几个时辰，昨日凌晨到现在更是一眼没合。儿子想恁是天大的事，泥鳅翻不起大浪的。漫说是匪人奸谋已经败露，即便真的变起仓猝，万岁爷威重九重，登墙一呼，小人们也未必得志！其实，眼前的事满可以从容办，您老人家有春秋的人了，好歹得保重龙体。这会子太子还没来，请万岁略躺一躺，就是睡不着，养养神儿也是好的……儿子给您背唐诗……松缓一下精神也好……"说着，声音已是嘶哑哽咽。胤禛却完全是另一门心思，自从离京，他就觉得风头顺了自己，受命为头号侍卫管带，更是兴奋不已：大事当前，祸福不测的危疑关头，皇帝居然头一个就想到自己！居然由自己全权管理阿哥事宜和驻跸密勿，这意味着什么呢？若不是在这种场合，他真想来一嗓子道情！因见老三是这个做派，心里暗笑，又生怕好话叫胤祉独自说完，接口便道："阿玛，三阿哥说得极是！现在儿子和三阿哥就是万岁的秦琼和敬德！您只管歇着，您身子骨儿万安，就是儿子们的福分！"

康熙仿佛发泄心中愈积愈重的郁气，长长透了一口气，说道："朕不是生气，也不是害怕。朕八岁登极，三次亲征，人头血海里滚出来的人了，不信小小一个凌普就能率兵造逆？就是凌普，朕看也是蒙在鼓里！——朕是不明白：胤礽并不是笨人，为人平素也还善和，机辩才智，就是诗书学问也并不在哪个阿哥后头，怎么会变成这样？莫非糊涂油蒙了心，再不然就是有邪祟鬼魅附身？真真不可思议！……想想这些年，朕在他身上操了多少心，耗了多少精神，先头是明珠，和他过不去，朕抄了明珠的家。后头是索额图，把他往邪道上引，朕圈死索额图，也没动他一根汗毛。他的师傅朕都是选了又选，挑了又挑，从熊赐履、汤斌、顾八代到王掞，哪一个不是饱学硕儒，方正君子？他这暴戾淫恣的秉性儿是哪里来的？"康熙拊心攒眉，头有点神经质地摇着，真是痛苦到了十二分，已是泣下如雨，"……他这么不成器，朕的一生事业怎能交付给他？可废了他，朕又怎么去见地下的太皇太后和皇后？朕造了什么孽，遭这样的报应？……"马齐自从随了康熙，从来没见过康熙如此伤心，听他说得恓惶，也不禁垂下泪来，胤禔和胤祉对望一眼，火花一闪，都又避了开来，各自低头假作啜泣。众人正自陪哭，太监李德全听见外头邢年说话，忙出来看时，是张廷玉回来缴旨，便挑起帘子。张廷玉趋步而入，有些慌乱地看了看屋内情形，问道："万岁爷，您身子欠安么？脸色很不好呀！"

"没有什么。"康熙接过太监递过绞干了的热毛巾擦了擦脸，问道："他都说了些什么？"张廷玉这才放下心来，将在清舒心馆传旨的情形说了，又道："太子和奴才一道儿来的，安置在戒得居西阁里，其余阿哥爷都在正殿跪候。只正殿里没有生火，天太冷。依着奴才主意，圣驾还是回烟波致爽斋，这屋里炭气也太大了……好好儿歇一晚，慢慢把事情弄明白才好。"

康熙沉着脸，听得极为专注。思索移时，冷笑一声说道："朕何尝不知道烟波致爽斋好？只今夜若不逃亡一夜，朕一生吃的苦岂不少了一样？你说那边冷，朕看你张廷玉还是太忠厚，邢年过去传旨，所有阿哥不得在屋里避雪，全都到外头跪着！"张廷玉没想到自己反勾得康熙更加光火，扑通一声跪倒，说道："使不得！万岁，阿哥们都是金枝玉叶……"

"放心！"康熙刁狠地一笑，咬牙说道："他们结实着呢！心里的火太旺了，用雪水浇浇，也许就能醒醒神儿，少盘算点登龙术！"张廷玉道："奴才不是这个意思，求万岁珍重龙体，爱惜龙种，即是社稷之福！"康熙的精神似乎又亢奋起来，哼了一声，一笑说道："你大约是想，这些人里头日后总要有一个皇帝，怕他们记这笔账？朕告诉你，他要坐不了这龙椅，大约拿你没办法；若坐了龙椅，心里欢喜还来不及呢，哪里顾得上整治你这先朝老臣？去，传旨——叫胤礽也去，暖阁里没他的地方儿！"胤祉默默看着邢年出去，小心地跨前一步，说道："阿玛，都是一样手足骨肉，兄弟们都在外头跪，儿臣在这儿侍候，心里不安。儿臣也去外头，留下大哥在这里，万岁有使着儿臣的去处，传旨叫儿臣进来。可好？"

"你留下，和马齐张廷玉陪陪朕，就给朕……背点什么吧……也不必一定是唐诗……"康熙略为松弛了一点，转脸又对胤禔道，"你身上担着干系，差使要办得勤慎些，朕的安全，全靠着你和三阿哥，不可大意。"

胤禵心里方暗自懊悔，这么得体的话怎么让老三说去了？听康熙吩咐，忙赔笑道："儿臣虽笨，怎敢在这事上头粗疏？我这就出去，巡查一下驻跸关防，再到弟弟们那儿瞧瞧，万岁安枕高卧，万无一失！老三，捡着词气闲适的诗词吟给万岁听，声音小些儿，要能叫万岁好生睡一觉最好。"说罢轻手轻脚去了。康熙见张廷玉还跪着，摆手示意他起来，便自和衣卧下。马齐和胤祉亲自忙着点了息香，又撤掉宫灯，只留了两台蜡烛，小声吩咐邢年："听说何柱儿推拿得好？叫他进来给万岁按摩。"

一切安置停当，何柱儿已经过来。在幽幽闪动的烛影里，轻轻给康熙从脚到胸缓缓揉摩，在无尽暗夜中，风雪呼啸声里，殿里格外的安谧恬静。胤祉一首接一首舒缓地背诵着：

> 尔从山中来，早晚发天目，我屋南窗下，今生几丛菊？蔷薇叶已抽，秋兰气当馥，归去来山中，心中酒应熟……长忆西湖湖水上，尽日凭栏楼上望。三三两两钓鱼舟，岛屿正清秋。笛声依约芦花里，白鸟成行忽惊起。别来闲想整纶竿，思入云水寒……烟抑风薄冉冉斜，小窗不用著帘遮，载将山影转湾沙。略约断时分岸色，蜻蜓立处过汀花，此情此水共天涯……

曼声吟哦中，康熙的呼吸渐渐平缓均匀。何柱儿因太子去冷香亭，原本是失职待囚太监，得了这个差使，真是意想不到之福。他是保定人，祖传全挂子侍候人本事，这会子小心翼翼地打叠着精神，按揉搓摩，处处恰到好处，不消一顿饭光景，康熙已经蒙眬混沌。

不知过了多长时间，殿外传来了说话声，声音愈来愈大。张廷玉立时睁大了眼睛，细听时却是太子胤礽的声气："你是什么东西，敢挡我的驾？你活够了么？"接着便听侍卫张五哥道："太子爷，您省些事吧。万岁爷刚刚才入睡，我责任在身，怎么敢放您进去？"张廷玉一个惊怔，看了一眼瞠目结舌的马齐，刚刚站起身来，便听"啪"的一记清脆的耳光，胤礽大声道："王八蛋！你不过一个死囚，才攀上来，就敢跟着那起子小人作践我么？"接着又是一阵寂然，听着像是张五哥在低声恳求："为人得讲孝道，太子爷……您得体恤万岁……"

"叫他进来!"

康熙突然一翻身跳了起来,一把将何柱儿推到旁边,哆嗦着双腿趿了鞋几步走至殿门口,"嗯"地掀起帘子,一团冷风挟着雪花立时袭了进来,吹得马齐和张廷玉都打了个冷战。康熙却似全然不觉,厉声问道:"张五哥,是什么人在这里搅闹,还叫朕活不活了?"

张五哥是西市刑场上被康熙亲自救出来的冤杀罪囚,因有一身不错的功夫补入善扑营为差。这次车驾北巡热河,善扑营管领赵逢春因他曾蒙圣恩,特选从驾,路中途被康熙亲选入侍卫中,虽是末等虾,却很受圣宠,一直随侍左右,勤谨当差。见康熙被惊动起来,五哥一阵慌乱,连忙跪了,说道:"是奴才不好……太子爷在这转的有时辰了,奴才劝不走他……"

"啊哈?"康熙红着眼道,"是你呀!你还折磨得朕不够?半夜三更,有什么事呀?是不是调兵符不管用,来取朕的玉玺?"

"儿臣……"

"你进来!"康熙说罢,反身回来,向榻上一坐,哆嗦着手蹬上靴子,恶狠狠叫道,"进来!"

胤礽轻轻挑帘进来,看了一眼呆若木鸡的马齐和张廷玉,他的脸色苍白得令人不敢逼视。

"皇阿玛!"胤礽伏地叩头道,"儿子自知有罪,今晚来见,专请处死儿臣,以正视听。"

康熙突然仰天大笑,声音又犀利又尖锐,说道:"你居然有罪?真是天下之大,无奇不有!看你有多孝顺?朕今晚吓得连烟波致爽斋也不敢回!你若不孝顺,敢情活活把朕送到左家庄化人场烧掉?你真也是小看了朕,指望着承德这点子兵就想造乱?告诉你,狼瞫的兵就驻在黑山,三万铁骑雪夜前来勤王。你自个预备的熊掌,还是你自个吃!——龙生九种,种种有别,朕是知道的;万万不料还会生出夜猫子来,略大一点就啄他娘的眼充饥!"

久闻康熙伶牙俐齿口如刀剑,愈是危疑愈见颜色,张廷玉入上书房近二十年,今日一见真是半点不假!马齐听着,身上竟起了一层鸡皮疙瘩!

"如今情势,构陷已深。"胤礽连连叩头道,"儿臣辩无可辩,告诉无门，只求皇上圣鉴烛照，千罪万罪，罪在一身，父皇慈悲，网开一面，不事株连。儿子就死，也瞑目了……"说罢伏地啜泣。

康熙一听便知，所谓"株连"，是指胤禛胤祥一干人，"嘻"地冷笑一声："至今你还说是'构陷'，朕竟不知怎样发落你才好了！你做的那些事，亵渎神明辱没祖宗，难告天下臣民！朕即不料理你，天也要料理你！你泥菩萨过河，还要顾及庙里判官小鬼？你好生放心，种瓜得瓜，种豆得豆，你想拉垫背的，朕只怕还不许呢！也有叫你来谏朕'不要株连'的？"他愈说愈激烈，狂躁不安地疾步踱来踱去，脸色光润潮红。马齐见情形不对，忙上前请他安坐，却被康熙一把推开："快点打发这逆种走，朕看着恶心——他有什么屁话，叫张廷玉代奏！"

胤禔早已巡视回来，守在门口没敢进来，巴不得康熙这一声，忙几步进来，一脸假笑来挽胤礽。胤礽将生死置之度外，反倒不怕了，见胤禔一脸小人得意相，假惺惺还要给自己行礼，猛挺身"啪"地扇了胤禔一记耳光，又向康熙磕了个头，起身便走。

"慢！"

康熙突然叫住了胤礽，"你金尊玉贵之体，不必回去和阿哥们一处跪雪地，就在戒得居前殿候旨，省得你再发太子脾气打人。等回北京，朕告祭了天地，自然要明发诏谕废黜你——你不要寻短见，朕不要你的命，只这太子你当不成了！"胤礽气得浑身发抖，头也不回说道："我这太子，我这一身一发都是阿玛给的，父皇要废，要怎样就怎样，何必告祭天地？"说罢拔脚一径去了。

"你们几个都跪下，听朕说。"康熙目光变得十分阴森可怖，"有几个事得立刻办。胤禔传旨给阿哥们，不奉旨，擅出戒得居者格杀勿论。胤礽虽没有明旨，朕已决意废黜，不要再把他当太子看，连他的话也停止代奏！"胤禔出去，康熙又转脸对张廷玉道："你拟旨，三日之后我们回北京，沿途警戒由狼瞫办理，命佟国维预备接驾。马齐着人用快马探一下，狼瞫的兵到了哪里，他一到，你就带这里的所有护卫先回北京。狼瞫是个老侍卫了，来了也不必见朕，先护住八大山庄再说！"说罢，也不就座，站在几旁立等。

张廷玉素以行文敏捷办事迅速著称。康熙一边说，他已在打腹稿。此刻援笔濡墨文不加点，数百言谕旨顷刻即成。康熙略一过目，钤了随身印玺，立刻交马齐带至烟波致爽斋文书房誊发。

一切事毕，天交四鼓。乍闻远处一声鸡鸣，康熙刚笑着说了句"闻鸡起舞……"忽然脸色煞白，身上一抖，说道："朕好头疼……"身子一晃便沉重地倒在榻上，惊得众太监"嗡"地围了上去。

"皇上，皇上！"张廷玉惊得面如死灰，一边大声呼喊，一迭连声命人，"快，快传太医！"

帐外守着的张五哥三步两步跨了进来，怔着盯视昏睡不语的康熙，良久，突然大叫一声，扑到康熙身上号啕大哭："万岁爷……您醒一醒儿！我是张五哥，就是您杀场上救下来的张五哥……您怎么了？您睁开眼瞧瞧我……嗬嗬……老天爷……您这是怎的了……"张廷玉见他只顾咧着嘴哭得发昏，急得说道："你慌什么？你的差事是守住外头！"连连催五哥出去，他自己也似热锅蚂蚁在殿里兜着圈子，一不小心，平平的水磨青砖地，居然把这个沉稳持重的宰相绊了个仰面朝天！

第二十六回　蓄险心胤禔进密言
　　　　　　抱恶意移祸社稷臣

　　大约过了一刻时辰，康熙渐渐醒转来，他脸上已没了潮红，显得憔悴怠倦，仿佛一下子苍老了十年，只用目光睨了众人一眼，深长叹息一声，说道："朕是老了……老了……"说罢接过李德全递过的茶呷了一口，摇头道："朕心悸，想安静一会儿，留下廷玉在这侍候，别的人都退出去……"

　　"万岁……"张廷玉满脸泪痕，想起方才情形，兀自余惊未消，长跪在康熙榻前，哽咽道，"您千万要保重，这不是出差错的时候儿……方才几乎唬死了奴才！您要万一……谁能控住如今的局面呢？……""朕的病自己心中有数，一时半刻还死不了。"康熙苦笑着说道，"你把茶几上那个金皮匣子打开，里头有朕自制的苏合香酒，倒一盅给朕……朕懂得些医道，这酒，还是《梦溪笔谈》里传的方子呢！听说你父亲张英也有心悸头眩的毛病儿，早说赐你的，就忘了，明儿抄个方子给你……"张廷玉忍悲含泪"嗯"了一声，便侍候康熙服药躺下。

　　果然片刻时间康熙颜色便回转过来。他双目炯炯仰卧着望着殿顶的藻井，似乎在回顾他自己壮丽的以往，又似乎在沉思着理顺乱麻一样的局势，不知过了多长时间，才自失地一笑："衡臣，记得是你进上书房第二年元旦，朝贺过后，朕曾经留筵你和佟国维？"

　　"是……"

　　"你不要这么毕恭毕敬的，起来坐着。"康熙说道，"当时朕曾笑话李世民，英雄一世，功业彪炳史册，却没处置好太子的事，骨肉惨变贻笑后世。朕自以为能把持得定，不论别人怎样挤兑，总不能叫太子这没娘孩子吃亏。索额图说'有了后娘，就有后爹'，朕虽然斥他愚妄胡言，其实心中倒常警觉着，别要叫这狗才说中了……唉！到底还是……百代之下，必有笑朕自大无知的啊……"

张廷玉忙欠身答道："万岁，不要多想这些。太子的事臣是最早知道的，万岁真做到了仁至义尽，即有今天的事，万岁无愧于天下后世。太子失德，咎由自取，人人心中明白的。但万岁既然说到此，奴才也要替太子说一句。他有他的难处……奴才心里不信，调兵进园，太子会有这个胆量，他也没有这个心机……要从容查办，要缓缓处置，和气才能致祥……"张廷玉心里想的，其实还不止这些，他一向以为，太子并非全然无能之辈。但清朝制度不同前明，皇子一落地就分封采邑，这些阿哥人人一套班底，个个手中掌握权力，干预朝政，插手人事，处处掣肘为难太子，太子的差使怎能办得顺手？但这一条事关满洲祖制，别说他一个汉臣，就是康熙也未必敢冒八旗贵胄全体反对，断然改革。就是这几句话，他也觉得是过于交心了，正忐忑间，康熙点头道："你说的朕明白，朕也知道这里有弊端。但前明制度也不见得好，除了太子，其余儿子都养得蠢如豕鹿，只会玩女人吃饭！李自成破洛阳，福王库里堆金积玉，不晓得掏腰包儿激励守城将士……那样也是不成……"

君臣二人正谈心，邢年蹑脚儿进来，轻声禀道："太医院的贺孟頫来给万岁看脉来了。"康熙道："不要张扬得满世界都知道了，朕没有病。"张廷玉便忙起身，跟着邢年到外头廊下，吩咐道："邢年带太医在东配殿候着，没事最好，有事随时听宣。"说完看看天，雪是小了些，地下已积了三寸多深，想想阿哥们都在外头跪着，可怎么受？正思量怎么进去给这群千岁爷讨情，却见胤禔为首，随后跟着胤祉、胤祚、胤祐、胤禩、胤禟、胤祯、胤禵、胤礼等一群阿哥疾步踏雪，沿着回廊一盏盏宫灯下迤逦而来，不禁怔住了：今晚这是怎么了？没完没了了么？

这群阿哥们是冲着大阿哥，要来寻事的。

胤禔至戒得居天井里传了旨，发落了胤礽，因见众人都垂头不语，料是心中震惊，便抚慰道："弟弟们不要惊慌，皇上已经说过，胤礽的事不株连。就是胤礽二弟，只要恪守臣道静养思过，也没什么大不了的事——一切都有大哥维持，千万不要为无益之举。"胤禩见他满面红光，一副春风得意的架势，低着头轻声笑道："八哥、十弟，大哥今儿吃了蜜蜂屎，浑身骨头没四两重，瞧他那轻狂样儿！"胤禩一笑，别转脸只装没听见，那胤禵却是天生的惹事秉性，歪着头一哂，起身打了一躬，嬉笑道："大哥这么得脸，瞧这阵势储君有份了，我得恭喜您哪！我们有什么事，又是什么'不要惊慌'，又是怎样'不株连'？你看我们垂头丧气，那是冻的！亏杀了戒得居有几张鹿皮垫子，不然早他娘冻死了！"说着又呵手又跺脚，几个小阿哥早连天价叫起苦来。

"怎么样？"胤禩挤眉弄眼笑道，"大哥如今是座上客，咱们都是阶下囚，你守着阿玛暖烘烘的熏笼，还能走动走动，忍心叫弟弟们跪在这喝西北风儿？瞧瞧三哥，还晓得来陪我们跪一会儿呢——好歹体恤着点弟弟们嘛！我晓得你不敢作主叫进屋避雪，叫他们点几堆火烤烤也算你是仁君！说实在话，积这个福，你必定早正东宫！"胤禔本不是笨人，无奈今晚一直太兴奋太欢喜，竟没有听出胤禩话中揶揄的意味，连声道："早怎么没想到！这事我作得主——传话叫苏拉太监们给各位爷点火取暖！你们小心些儿，万岁今晚龙颜大怒，连老二的话都不叫代奏了。方才我去看他，他对我说：'父皇说我百样的不是，我都可承受，但说我谋逆弑君，我连想也没想过。'叫我转奏，我只好说：'这话方才当面讲多好，此刻我爱莫能助了。'"

跪在一旁的胤禛思量半夜，已想定了主意，当前情势并无别路可走，与其吞声受辱，不如咬定牙根继续保太子，遂冷冷说道："都是自家手足，何必落井下石？这也太绝情了！别的话一千句也罢了，这话关系重大，你就代奏一下何妨？"胤祥也梗着脖子道："大哥，天上这么多的云，说不定是哪一片下雨呢！二哥如今落难的人，咱们得有点香火情分！"

胤禔这才觉出众人心思和自己全然不同，深悔自己卖弄多口，干笑一声道："你们何苦冲我来？不许代奏是父皇旨意，谁敢抗旨？"

"罢了吧，大哥！"胤禩怪声怪气笑道，"大人得有大量嘛！父皇气头上一句话，你也忒薄情的了！谁没个旦夕祸福？子曰'嫂溺援之以手'，不从权就是禽兽，何况二哥当过咱们主子！"胤禔见众口一辞反对自己，知道是自己得意招忌，心里暗自较劲，口中却道："不是我不愿，是不敢。如今案子不清，连你们都顶着罪名呢！何必大家都绕进去呢？"

"你不奏，我奏！"胤禛没想到八阿哥一帮也助自己说话，更加胆壮，双手一撑站了起来，"大哥，我如今是亲王，又管着内务府，也有面见直奏之权，你到底奏不奏？"胤禵胤禔也都纷纷起身，众人一片乱嘈："走！我们一起去!"

胤禩原想胤礽倒台,至少三阿哥八阿哥等人称愿,不会和胤禛一鼻孔里出气,见此情形倒犯了嘀咕,沉思良久,慨然叹道:"你们何必这样?老二倒霉,打量我心里好过?我们一处捏泥人儿,养蝈蝈看蚂蚁上树那辰光,还没有你们呢!——我是想着消停一下,万岁气平了缓缓进言,既然兄弟们都这么说,我少不得再担待一回了……"说罢掉头便去了。阿哥们谁肯把偌大人情让给这个胤禵,互相递个眼色便都跟了上来。倒是首先倡议的胤禛悄悄拉住了胤祥没有动……

张廷玉怔了片刻,没有立即返回殿中,转身冲胤禵来,问道:"你们这是做什么?"胤禵见他脸板得铁青,从没见这个大臣这样威严的,倒一时被问了个怔,半晌才道:"我……是回来缴旨。弟弟们嘛……大约方才见传太医,心里惦记万岁,进来请安的……"

"这也太不成话。"张廷玉心里雪亮,这起子阿哥各有各的算盘,因冷冰冰说道,"无论缴旨请安,都要讲个规矩时分,该叫你们时,自然就有旨意。别说是皇家,就是山野村民小户小家子,哪有接二连三半夜折腾老爷子的理?"胤禩见老大被问得直瞪眼,心里暗笑,凑上一步说道:"我们也没敢说这会儿就惊动万岁。只听说万岁欠安,焦躁得跪不住——万岁如今到底怎么样?就是隔门缝儿叫我们瞧一眼……心里也好过点……"不知哪句话感动了他自己,胤禩的声气竟带了哽咽,说着便拭泪。张廷玉又恨又笑,略一思忖,说道:"这会子万岁除了我谁也不见。你们略站站儿,我进去瞧瞧。"说罢也不理众人,独自入内。

谁知这一进去就是一个多时辰,众阿哥进退不能,束手鹄立廊下。这里不比天井,好歹那边还生着几堆火,实在累了,借故儿入厕还能搓手跺脚和泛和泛身子;这里虽不露天,穿堂风却刀子似的,裹着雪片子袭进来,冻得发木的脸被打得生疼也一动不能动。在等待中,这个不安的夜终于过去了,大雪茫茫,早已把整个山庄盖得严严实实,一片银装素裹琉璃世界。眼见小太监们挨次吹灭了廊下吊着的宫灯,众人方有了点活气,胤禵头一个忍不住跺脚取暖,口中不住含糊地小声骂娘,其余阿哥见他开了头,也都动手动脚起来。

康熙终于被他们弄醒了,他睁开眼,看着发白的窗户,神情多少带着点迷茫，因见张廷玉兀自侧身坐在身旁打盹儿，便道："生受你了，竟一夜没睡，外头已经大亮，是朕睡过头了？"张廷玉一下子醒过来，忙替康熙掖掖被子，赔笑道："这两个时辰万岁爷睡得深沉！天还早呢！只是雪下得大，映得窗户亮……万岁，您再睡一会儿，狼瞫丑时已经到了，遵旨没敢进来，只叫人递了个请安帖子，还有驻兵布防图。您歇会儿，奴才陪您回烟波致爽斋……"康熙听说雪下大了，目光兴奋地一闪，起身便披大氅，一边蹬着靴子，说道："是么？雪下得很厚了？朕要起来看看——是什么人在外头，像是跺脚的模样，这起子太监阉侍越来越没王法了！"

"是几个阿哥爷……"张廷玉无可奈何地咽了一口唾液，"他们听说主子欠安，要进来瞧，奴才挡了驾，还训斥了爷们……""你训得好！"康熙平生最爱踏雪赏景，听见这事，立时兴致扫尽，一屁股坐了回去，冷笑道："他们哪里是来请安？成心是要气死朕！朕给你特旨：从此你见这群孽障，不必给他们行礼！"说着气得呼呼直喘。张廷玉笑道："主子，您又来了！这'非礼勿行'是圣人之教，奴才不敢奉诏。就是教训阿哥，也是拿着太子太傅的身分管教的……"

康熙没再理会张廷玉的话，漱漱口起身踱了两步，说道："叫大阿哥进来！"

胤褆大踏步跨进殿内，一股暖流立时融遍全身，说不出的舒坦，他熟练地给康熙打千儿行了礼，躬身笑道："阿玛歇得香么？"康熙用热毛巾擦着脸，冷笑道："朕自然想香香地睡一觉。只你这个带侍卫的阿哥听听，外头脚跺得打雷似的，能睡么？你夜来给胤礽传旨，他都说了些什么？"胤褆忙道："胤礽没什么，儿子怕他寻短见，安排了两个太监侍候着。"说着又把胤礽的话复述了，只回避了胤禛和阿哥们那件事。末了又道："外头是弟弟们在等着请安。阿玛，这冷的天儿，难为他们跪了一夜，儿子给他们告个情儿，请免跪了吧。"

"唔。"康熙不置可否地点点头，说道，"你回得是，胤礽这话决断他的生死荣辱。朕也很疑惑，胤礽虽然无道，肩头不宽胆子也小，未必就敢打朕的主意。"胤褆看了看一脸倦容漠然侍立的张廷玉，凑近康熙说道："张廷玉是皇上股肱之臣，不是外人，儿子有句心里话，不知当讲不当讲？"康熙漫不经心地说道："你这话奇！父子君臣有什么间隙？只管说就是。"

胤禔迟疑了一下，仿佛在斟酌字句，许久才款款说道："皇上说的极是！儿子昨晚也是反复掂量，承德这场风波又吓人又出奇，太蹊跷。二弟不是个胆大人，他断不敢称兵逼宫的。但别的阿哥心性不一，智量颇高，其中缘故令人难猜！像老三、老八、老十三、老十四他们，存什么样的心，也就难说。"康熙陡起惊觉，抬眼看了看胤禔，问道："依你见识，是什么缘故？"

"京师传言太子失宠，已经几年了。"胤禔皱眉道，"虽是小人造言，但阿哥们身居鼎铉之侧，有一等不可告人心思的，难免就起意儿，构陷太子的事，也许是有的。这次出事，肘腋之间仓猝而办，能这么周全，也不为无因。"康熙点头叹道："这话说得有理，何尝不是如此？不过朕从没有起心废太子，是他无道自食其果，你得体谅朕心。"胤禔受到鼓励，微微一笑又道："俗语说'垄中脱兔、万人齐呼'，比如野地里跑出兔子来，难免人人呐喊着要捉，待到兔子被人拿住，也就风平浪静了。"

张廷玉听着这阴险的譬喻，不禁怦然心动，忙躬身道："万岁，估约北京转的奏折该到了，奴才先去烟波致爽斋整理一下节略如何？"康熙笑道："你不要走嘛，听听大阿哥的见识——你且说，该怎么办呢？"

"夜来儿臣忧心如焚。"胤禔说道，"替万岁想想，万岁真难。所谓庆父不死，鲁难未已，胤礽结党多年，私人门吏遍布天下。所以胤礽一日在，朝廷永无宁日，但由皇上决断，又关父子之情。替主分忧、为父解愁，我想我做长子的，责无旁贷……"下边的话碴难出口，胤禔便打住了。张廷玉愈听愈惊，已是背若芒刺，但康熙却似浑然不觉，笑问："你的意思是——？"胤禔阴森森一笑，咬着牙轻声道："由儿子处置掉胤礽。此人一除，皇上可以从此安枕。"

康熙似乎吃了一惊，仿佛不认识似的盯视着胤禔，良久，笑道："衡臣，你听见没有？大阿哥见识不凡！真是士别三日，便当刮目相看！胤禔，你这么想，难道不怕后世说你残忍？史笔如铁，人言可畏呀！"张廷玉干笑一声，只说了声"是"，一句多余的话也不敢掺和。胤禔见康熙并无怒色，便道："儿这是尽孝道，人言不足恤，天命不足畏。为了父皇，儿死且不怕，还怕那些无知之徒妄加评论？"康熙听了默然不语，阴寒的光波在眼睑中无声地流动着，他站起身来，悠悠地踱了两步，突然说道："张廷玉，传旨叫殿外的阿哥都进来。"

胤禔这番密陈说得得意，正想着如何措辞把胤礽胤禛胤禩诸党都包罗进去，一举粉碎这群虎视眈眈盯着太子位置的弟弟们的梦想，听见康熙好端端地叫弟弟们都进来，不禁一愣，傻呵呵怔在当地，眼看着张廷玉出去，眼看着胤礽、胤祺、胤祚、胤祜等人鱼贯而入，竟一时说不出话来。

"叫你们进来为了两件事。"康熙含笑说道，"头一件，昨夜出了无头案。有人用通封书简发加紧手谕，命热河都统凌普带着两千骑兵进了御苑。这件事须得弄清，是谁竟敢如此大胆？条子就在这里，廷玉，拿给他们看，是不是太子的手迹，是就罢了，若不是，须辨出是谁的。"

"喳!"

张廷玉答应一声，小心地取过几上那张纸条，双手递给胤礽。这字条胤礽虽然已看了两遍，还是接过来，装作仔细辨认，心里想着如何对答康熙出的这个题目。许久才转交给胤祺，胤祺排行第五，生性最是忠厚朴讷，抖着手接过来，心头如撞小鹿，突突直跳，慌乱地看时，上面只寥寥几行：

> 皇太子胤礽谕：皇上近侍鄂伦岱等奉旨移防奉天直隶等地，着热河都统凌普率亲兵护卫进驻山庄，听候节制以资关防。此谕。

字迹十分潦草，与胤礽临怀素帖格调十分相似。只笔意之间显着刻意描摹，几处点画略有修饰。胤祺暗自摇摇头递给胤祚，接着胤祐、胤禩、胤禟……挨次传阅，却都不言声，连胤禵这一号大炮也只是搓目揉鼻，一声不吱。

"怎么样?"康熙口气沉甸甸的，带着巨大的威压，说道，"朕夜宿戒得居，不为无因吧? 说说看，从胤禔打头起，每个人都说。"

胤禔还在想着方才康熙古怪的神气，此时心里才亮堂起来：原来父亲立即就采纳了自己的条陈，要处置胤礽! 因头一个说道："这张手谕儿子几次端详，虽有造作痕迹，从笔锋腕力行走圆熟看，很像胤礽亲手所书。有几处不像，也许故意捏弄，也许另有人做了迷惑视听手脚，故意加了几笔——"说到这里，突然又多了个心眼，又道，"不过胤礽处置政务多年，手迹传遍朝廷，极易为人揣摩伪造，所以儿臣不敢断言。"

"大哥你错了。"胤祉摇头道,"从点划勾撇处处详检,这张纸决非二哥所写,乃另出他人之手!此人摹写本领甚高。但却只学得二哥笔法笔意,没有学来笔神笔性。二哥每字写完,笔锋都要藏墨暗挑,他这里边没有一个字造得神似!"胤禩接口便道:"我看也是,只是形似,神气中没有二哥的飘逸笔致。"接着胤祺胤祚胤祐胤禵等人也都说不是胤礽亲笔。康熙一边听一边想着,踌躇着说道:"那——是谁写的呢?"

胤禔认定已摸透康熙心思,一哂,断然说道:"我看还是老二作的孽!"

"不是的!"胤䄉蓦地顶了回来,"万岁不用犯嘀咕,谁想当太子,那必定是谁!"说罢红着眼盯着胤禔,胤禔没干这事,倒觉得胤䄉这话颇有道理,于是便看三阿哥胤祉,笑道:"老十说的有理。不过就是捏作伪字,也得有这个本事,你说呢老三?"

胤祉腾地红了脸,论起写字"本事",公认他是第一,但此刻回敬胤禔,连康熙也不信,咽了口唾沫没言声。胤禔此刻也冷静下来,这时候攀咬胤祉,不但康熙难以置信,说不定引起公愤,引火烧身,那就更不上算,一边寻思,口中已转了风:"这事情不单要从字迹上想,这上头还有胤礽的随身玺印,除了他亲近的人,难以伪造。"这个话说得就显得公道近情了。胤䄉见胤禛胤祥都没来,咬着牙一横心道:"我看像……老十三!"

全殿的人都被这话说得打了个冷战。其实,传阅这张手谕时,人人都闪过"胤祥"这两个字,只事关重大,一言兴邦一言丧邦,往死里得罪胤祥,也就连带了胤禛,连胤祉平素也与这个游冶神相处得好,谁敢轻易出口?胤禵立即响应:

"儿臣也是这么想。"

"我瞧着也像……"

"除了他,谁敢?"

"他临过太子字帖。"

"他天天进毓庆宫,拿一张空白印玺纸还不容易?"

所有清理亏空逼债时的怨气,都从这似犹豫似肯定的话里不咸不淡地倾吐了出来。胤祉垂着头,紧张地思索着,眼见连胤禩也说"不妨请下旨问问胤祥,看他自己是怎么说,这事不好轻易下决断的",胤祉最后才道:"父皇,有些处笔意兴致,确实有点像十三阿哥,请慎重查问。"胤禔也道:

"请父皇裁夺，十三阿哥素日依附胤礽作威作福，欺凌阿哥，见太子位置不稳，听信小人诌言做出这事，也许是真的。此人有亡命徒性情，这个胆量是有的。"

"嗯！"康熙腮上肌肉抽搐了两下，"这件事就议到此，等会儿朕再发落。第二件事——方才大阿哥造膝密陈，怕朕担了杀子恶名，他愿意亲自杀掉胤礽，除去庆父之忧，大家以为如何？"

仿佛一声炸雷，惊呆了所有的人，殿中几十双眼睛都盯向胤禔，仿佛在看突然从地下冒出的一个妖精！众目睽睽下，胤禔僵跪在地，脸上五官错位，形同鬼魅，又像一个人在大庭广众下突然被剥得精光的人，难堪得无地自容。连张廷玉也张大了口，不知康熙竟这样突然发难胤禔。

"父皇……"不知过了多长时间，胤禔方略略恢复了神智，伏地叩头颤声说道，"儿臣方才说的是心腹之言……孟子云'社稷为重，君为轻'……苟有利于大清朝局，儿臣甘冒斧钺，痛陈利弊……望父皇默察儿臣忠爱之心。是，则取之；非，则弃之……儿臣并无一己私念。"

"放屁！"康熙"砰"地击案而起，顿时勃然大怒，"像你这样的蠢猪，居然想做太子？居然还记得圣人之教？什么'捉兔子'又是什么'天命不足畏'？王安石这样的胡说八道都搬出来给朕听！你是什么东西，敢说这样无法无天的话？"

众人的心仿佛提得老高，又一下子跌落到无底的恐怖深渊里，此刻大殿里紧张得一个火星儿就能爆燃起来！

"容儿臣分辩……儿臣真的没有……没有存着夺……夺嫡自为的心思……"胤禔语不成声，像秋风里的树叶，全身都在瑟瑟发抖……

第二十七回　落井下石诚王摇舌
杯弓蛇影雍王惊心

　　除了康熙和张廷玉，众阿哥见胤禔这副可怜相，人人解恨趁愿。胤祉想起大阿哥借孟光祖的事整自己，更是快不可言，但此时脸上却一点不肯露出，因转脸对康熙说道："万岁，和大阿哥生这么大的气，不值当的。如今倒是查明二哥的事更为要紧。有一件事，窝在儿子心里很久了，总不得明白，还是昨儿万岁说出来，儿子才想到其中凶险蹊跷……"

　　"什么事？"康熙见他正言厉色，一副欲言又止的模样，便知又有了文章，因道："这事与胤礽还有干连么？"胤祉忙道："打从康熙四十四年之后，胤禔曾几次去儿子的松鹤山房借书，品类很杂，二十一子及《易经诠注》也都罢了，但有些书，像《黄蘖师诗集》、《烧饼歌》、《推背图》各类珍版，都是久借不归。儿子也没在意，还是陈梦雷先生说'大千岁借这些《奇门》五行星命书，都不是治世君子应当留意的'，叫儿子小心点着。后来，大哥又去借玉牒，儿子才有些惊觉：玉牒上头记载的都是宗室子弟生辰八字，于治学毫无用处，他借这些东西做什么？后来毓庆宫总管太监何柱儿告诉儿臣一件事……"

　　说到这里，满殿的人都惊得目瞪口呆，一阵阵寒意袭得人毛发直竖！胤禔已是面如土色，回头道："老三，你……你含血喷人！"

　　"放肆，住口！"康熙断喝一声，"胤祉，你接着讲！"

　　"是。"胤祉一副小心翼翼的神气，顿着又道，"何柱儿悄悄告诉我：'您得劝劝大千岁，没事别老往毓庆宫里串，出了事儿奴才当不起……'儿臣当时还训他离间我们兄弟。何柱儿逼得没法，才说，他瞧见大阿哥在太子常住常去的地方藏东西。万岁……"

　　"这真反了！"康熙"啪"地一拍桌子，"既有这种事，你何以至今才说？你的书读到狗肚子里了？"胤祉吓得捣蒜价连连叩头，咽声儿道：

"是……但胤禔是长兄，早封王位，与儿子身份不同，儿子毫无凭据，焉敢以区区太监的话亵渎圣听？这是何等样事！事涉诡谲阴谋，儿子也不敢胡疑乱猜。昨儿万岁一句话，说'胤礽似有鬼物附身'，儿子方连起来想，又怕万岁看出来，在雪地里跪着苦思半夜，又怕冤枉了大哥，又可怜二哥……儿臣千难万难，难取中庸之道……天使胤禔作法自毙，险心毕露于皇上之前，儿臣若再缄默，即是不忠不孝不臣不悌之徒，尚有何面目再见皇上？皇上……请默察臣心……"胤禩在旁听了，不由佩服地看了一眼胤祉！刁状告得五毒入心，却丝毫不着痕迹——这才是读过大书的人呢！

康熙已是气得脸如金纸，咬着牙道："好！真是一群好阿哥，好孝子！胤禔，胤祉说的可是有的？"胤禔此时横下了一条心，重重一个响头，说道："父皇不要信胤祉信口雌黄！都是没有的事，他是见儿子失爱于父皇，要落井下石！此人饱读史籍，深谙阴谋之术，心有山川之险，胸有城府之严！除了派孟光祖出外结交大臣，他还结交妖人张郁之，在府设坛禳星，观相推命，其心其志不可告人……即有魔魅太子的事，也必是胤祉所为！"

"真是蛇咬一口，入骨三分！"胤禩突然说话了。本来他坐定了隔岸观火的宗旨，要收渔翁之利，但胤禔攀出了张德明大弟子张郁之，眼见就要引火烧身。胤禩目中火花熠然一闪，叩头奏道："胤禔亲口对儿臣说，张郁之京房神术无人能及，说他大贵之年连逢两个黄甲。儿臣因为这都是不经之谈，没有理会。今天他竟反咬三哥一口，真是天理难容！"他这一开口，胤祹胤禵便纷纷响应，都说胤禔拉过自己看相。胤祄大叫助威道："真的假不了，假的真不了！陈梦雷、何柱儿还有松鹤山房的人都不是死人，万岁一问便知！"

康熙万万没想到这些儿子间平素暗地里还有这些阴微下贱的来往，已是气呆了，两手冰凉浑身发抖，只是怔着不言语。张廷玉很怕他发作起来，穷治这群阿哥，便凑到康熙身边轻声说道："家丑不可外扬，大阿哥是罪首。"康熙身上一颤，冷静了下来：若一体追究，阿哥们都卷进去，立时就轰动天下，变成开国以来第一丑闻，很难善后。思量半晌，冷笑一声道："清水池塘不养鱼。朕原想你们即便不成才，不至于到这地步儿的。如今看起来，你们竟龌龊得狗屎一样，朕还七旺八旺，你们已经盘算着请王八鼓手送朕的终了！胤禔，朕且不问你下头那些形同猪狗的作为，只你今日要害胤礽，已是死罪难赦！人生天地之间，都有五伦，你胤禩不忠君，不爱父，不谙君臣大义，不顾手足之情，刁狠阴毒枭獍之性，天叫你败露，地不载你这衣冠禽兽——传何柱儿！"

何柱儿就守在殿外廊下，里头的情形早听得一清二楚，不等宣诏，连滚带爬地进来，鸡啄米价连连叩头，说道："万岁……奴才死罪……三爷说的那些……都是真的……"说着，两手抖成一团，撕开袍角，从里头抽出一方黄绢，头也不抬地双手捧上，期期艾艾说着："……这是奴才亲见大千岁塞到太子爷枕头套儿里的……请万岁爷过、过目……"张廷玉忙接过来，自己不敢先看，双手转呈康熙，康熙看时，上边绘着一幅水墨画儿，淡淡如染，上头浓云遮着日月星三光，中间山河上兀立一人，依稀是胤礽面目，却是双足深陷，下头是奈河地狱，五个青面獠牙的恶鬼拼命拖着那人往下拉，左上角写着"三才照命"，右边一行细字，写着：

癸丑　壬申　丁巳　己亥

正是胤礽八字，细看笔意，毫无矫饰，正是胤禩一手圆熟工巧的颜体行书。康熙也不说话，"刷"地将黄绢摔向胤禩。胤禩面如死灰，竟一句话也答不上来！何柱儿兀自唠叨着替自己分解："奴才见这东西，魂都吓掉了，无论太子大千岁，要杀奴才比捻死个蚂蚁还容易……奴才实在一个也不敢得罪，只好性命似的把它揣在怀里……"

"滚蛋！"康熙暴怒地咆哮一声，顺势一脚，踢得何柱儿翻倒在一边，又叫道，"刘铁成张五哥！"

"喳——奴才在！"

"把胤禩这畜生架出去！"康熙怒喝一声，"监禁到胤礽隔壁配殿！"

"喳！"

"张廷玉！"

"臣在！"

"你去叫胤禛进来，"康熙脸色又青又白，"去传问胤祥：朕看你素日尚属诚信，为何丧心病狂，擅自调兵入苑？此举意欲何为？着他据实回奏！"

"喳！"

"传问之后，立即锁拿，与胤禩同监一处！"康熙咬牙道，"还有那个撒野的鄂伦岱，竟敢在烟波致爽斋前使酒胡闹，立刻打发这王八蛋出去，到赵逢春营里当参将!"

众人还不知鄂伦岱也犯了事，胤禵悄悄凑近胤祉，问道："鄂伦岱是怎么了?"胤祉小声道："他吃醉了酒，在万岁寝宫外头撒尿，和刘铁成对骂，惊了圣驾。万岁气得睡不着，才去冷香亭的……"胤禵这才明白，这场轩然大波，原来由此而起。

人都出去，只剩了康熙父子，康熙的神气渐渐松弛下来，两眼向前望着，似乎要穿透前面的墙壁，不知是泪光还是火光，晶莹地闪着，显得疲倦和悲凄。许久许久，康熙方叹息一声，口气变得异常柔和：

"你们跪了一夜，起来说话罢……离朕近些儿，朕有心腹话要讲。"

儿子们艰难地爬起身来，一个个觉得膝盖骨僵硬生疼，慢慢凑近了康熙。接着帘声一响，胤禛也进来了，他的脸色又青又灰，本来就不苟言笑，越发显得石头雕塑似的，十分呆板难看。胤禛呆滞地看了看刚刚起身的兄弟们，仿佛还没有从剧烈的震惊中清醒过来，一个头叩下去，干巴巴说了句："儿臣给阿玛叩安……不知何人诬陷，张廷玉方才……"

"胤祥的事先不说。"康熙喝了一口热茶，"你且起来——朕有句话想问你们，当年我们大清入关时，我朝兵力是多少，汉家兵力是多少，你们谁能对上来?"

儿子们面面相觑，谁也猜不透老皇帝是什么意思。胤禵见哥哥们都不言声，便赔笑道："儿子因习掌练兵，略知道些。我朝入关，八旗披甲人十二万七千人，加上吴三桂山海关降兵，四万一千人，共是十六万八千人。李自成的兵在直隶的约一百一十万，加上南明的和各地团练自保的汉军，不曾详加统计，总数约在三百万上下。"

"十七万对三百万。"康熙点了点头，"说说看，为什么三百万打不过十七万?"胤祉此刻是年最长的阿哥，因见康熙注目自己，便道："皇天无亲，唯德是辅，我朝天兵入关为明雪仇，应天顺民，所以势如摧枯拉朽。"

"汉人阴柔疲软，抱残守缺，"胤禛见康熙不言声，似有不赞同的意思，便道，"我朝深仁厚德，以武备称雄关外，士卒用命，百战不殆，一鼓作气收拾金瓯，所以数年之内略定中原。"

康熙摇了摇头，阿哥们便七嘴八舌各述己见：

"汉人久乱思治，没有明君明主，天意授我华夏!"

"李自成无能昏庸，不晓得笼络汉族士大夫，惹翻了吴三桂！"

……

康熙听着，只一味摇头，因见胤禛呆呆地，便问道："你怎么不说话？"

"据儿臣看，兄弟们说的都有道理。"胤禛想了这许久，揣出了康熙的心思，已是胸有成竹，因勉强笑道："汉人虽多，却是群龙无首，各怀异志。我们击败李自成，别人非但不助，反而高兴，我们收编李自成的兵，各个击破，他们反而以为我们为他去掉政敌。史可法守扬州，势如累卵，黄湘的兵近在咫尺，却作壁上观。汉人丢天下，丢在他们自己手上，这就是天意。"

康熙熟视胤禛，良久，叹道："这话说得近了。李自成败在自己的骄兵悍将手里，明唐王败在政令不行于下，也是自己打败自己！"说着，口气一转，变得沉重又有点嘶哑："这点子道理其实一点就明，你们为什么还要闹家务？今日你在我枕头下塞点什么，明日我派门人联络外官，他后日就暗自调兵——你们这叫干什么？你们是自杀，自杀！懂吗？"

阿哥们被他凶光四射的目光镇得一颤，都又跪了下去。

"为了收拾汉人的心，朕费了多少工夫？"康熙阴沉沉地说道，"三藩乱起，十一省狼烟冲天，朕也不敢停止科考。黄宗羲顾炎武写了多少辱骂本朝的诗文，朕硬着头皮礼尊，一指头也不敢碰他们；开博学鸿儒科是亘古没有的盛典，这群硕儒们有的死不从命，有的装病不来，有的故意不缴卷，有的存心把诗写错韵……朕都咽气忍了，还不是为了这江山，还不是为了你们这群不成器的东西？！"说着，眼泪已走珠般滚落下来，他两手手掌向上空张着，抖动着，下气泣声说着，几乎近于哀恳："汉人是多少人？一百兆还多！我们满人这一百多万，混在里头，胡椒面一样，显得出来？可你们……还要闹，抠鼻子挖眼睛，盘算着你吃了我，我吃了你！你们到底要闹到什么份儿上？闹到树倒猢狲散？闹到五公子割据朝堂，闹到……我们回满洲，汉人卷土重来？儿子们哪……你们别折腾了，醒一醒儿好么？……"说着康熙已是面白气弱，几年来郁结的气、悲、苦、恨一齐涌上心头，竟忍不住放声大哭："老天老天……儿子少了，怕宗嗣难接，儿子多了，又是窝里炮、打内拳……你可叫朕怎么好……"

儿子们见老爷子放了声，也自伤感，顿时也号啕起来，把个戒得居后殿弄得灵棚也似。张廷玉在前头正接见北京佟国维派来送奏折的上书房司官，乍听后边哭声大作，惊得一溜小跑进来，跪下便问："主子……您这是……？"

"没什么。"康熙拭泪起来，收了悲色，唏嘘一声，已是渐渐如常，"我们父子说说心里话，已经好了。你该办什么事还办去……等这场雪化了，咱们回北京去……"

阿哥们释放出戒得居，立刻分群四散。胤祉回头默然看了看夜来自己跪的地方，升轿而去，胤祺胤祐两人同住塞湖行宫，举手一揖各自上马并辔而行。胤禩胤禟胤䄉是老搭档，在门前站着说了一阵子话，胤禩一脸庄重，胤禟便连声叫饿，埋怨家里奴才不省事："连个饭盒子也不晓得送。"胤䄉却是开锁猴儿般欢蹦乱跳，笑道："怕什么？饿不杀你！咱们本就是挨千刀的，落个囫囵尸首算白捞！喂——老十四！听说你那儿熬了两对熊掌？不请十哥么？"看着这群毫无心肝的兄弟有说有笑，胤禛孤零零站着，心里越发不好过。来时还和胤祥商量，十月十三是自己生日，要弄一桌野味乐一乐，如今一夜之间，情势大变，太子被废也还是料中之事，接二连三连胤禔胤祥也锒铛囹圄……人生斯世，祸福吉凶竟如此不测！

"四爷，请上马吧……"

胤禛回头一看，见是戴铎高福儿率着一群王府侍卫来接自己，高福儿手里还捧着两件玄狐皮大氅，一件是自己的，另一件却是胤祥素日所着……胤禛觉得鼻子一酸，几乎坠下泪来，接过辔绳，踩着一个家人的背，神情迷惘地上马踏雪而去。

"确乎出人意料。"邬思道听胤禛细述了夜来的情状，虽然诧异，却并不十分震惊，"扑朔迷离竟至如此！"胤禛深深叹道，"早知如此，我很该和十三弟一同去见万岁，当着面辨别那张字条，就是有什么，他们也不敢明目张胆地陷害老十三！这些也都罢了，我只不明白这些兄弟，万岁恸哭扑地，悲伤欲绝，怎么就毫不动心——还说我是铁石心肠！"

邬思道用火筷拨着红炭没说话，胤禛这样推心置腹，连康熙满汉分际的绝密言语都诉给了自己，他心里既不平静又感动，许久才道："这不奇怪。几个爷不受感动并非是草木之人，当太子当阿哥，关乎一君一臣，一天一地，大利当头，人情自然要往后放放！比如你四爷，如果是太子，你的哥哥，你的叔祖叔父，见你要行君臣大礼，一日登极，荣辱生杀都决于你一念之中，这是小可的事？怎么能叫人不动心？"

"我就没这个想头。"胤禛抱着头，看着旺旺的火盆，喃喃说道，"太子有太子的苦，皇帝有皇帝的苦，争来争去什么意味？"

这话胤禛说了不止一遍了，无论是真是假，反正眼下绝没有立胤禛当太子的理。邬思道没有理会他的表白，只是沉思着，半晌方问道："据四爷看，那张调兵手谕出自谁手？是不是十三爷写的？"胤禛苦笑道："我的心乱得很，想不出头绪来。不过老十三要做这事，不会不和我商议。"邬思道点头道："自然，这只是一面理儿。更要紧的一层，十三爷骨子里并不是太子党，说句难听话，他是'四爷党'，压根不会如此为太子卖命！这一层，不但阿哥，就是皇上心里也明镜似的，为什么不由分说就拿下了呢？"胤禛听了一愣：他倒没有想到这一层。

"皇阿哥们自幼同窗，谁的笔迹摹仿不来？"邬思道又道，"干得出这种事的，我看只有大阿哥或十四爷。万岁接连囚禁了大千岁和十三爷，一为示群臣至公无私，二为敲山震虎，做给儿子们看，谁敢乱动，即照此办理！杀一杀夺嫡的锐气，打灭一些人的非分之想，未始不是菩萨心肠啊！"胤禛边听边点头，他自己也是精细人，但邬思道的心思，石头里也要挤出油来，确到了炉火纯青的地步儿。正想说话，年羹尧从外头进来，向胤禛行了礼，说道："四爷，马齐叫太监传请四爷，说叫四爷去戒得居，陪太子和大千岁十三爷。"

胤禛吃惊地抬起了头，脸色急剧地变幻着，是"请"，是"陪"，无论说法如何客气，也许就是囚禁的代词儿！许久，胤禛才吃力地问道："是仅我一人去，还是带着护卫去？别的阿哥去不去？"年羹尧见他有点慌神，忙道："奴才没问，既没旨意，爷自然要带着从人去的，奴才亲自护送您去。来人说还要请三爷八爷也去，大约是一回事情。"

"四爷只管放心去。"邬思道知他乱了方寸，有点像惊弓之鸟，遂笑道，"不要杯弓蛇影，没有那么多的事。年亮工也不必去，你是朝廷二品大员，招牌大了反而惹眼。有什么事打发狗儿回来说一声就成。"

胤禛匆匆去了。屋子里只留下年羹尧和邬思道两个人，一个站一个坐，似乎有点无话可说。年羹尧睨着眼上下打量着邬思道，见他连座儿也不让，心里暗骂"这个穷酸跛子如此恃宠拿大"，便端起桌上的凉茶吃了一口，顺手泼了，径自坐了邬思道对面，向着火，许久才问道："老邬，你在想什么？"

"唔——"邬思道一怔，从沉思中醒过来，"我在想今后，局面更是纷繁，可怎么应付？"年羹尧粗声粗气一笑道："你可真是赤胆忠心！过去、现在、将来，是如来三世法身，凡人哪里知道？这份心操得无味！"邬思道盯视年羹尧一眼，说道："人定而胜天，也不见得我们就全然听由命运摆布。哲人察堂下之阴，而知日月之行，阴阳之变，观一叶之落，而知秋之将至。"

年羹尧跷起二郎腿，笑道："那你可算前知五百年，后知五百年的贤哲人了！闲来时我常想起你，人品、学识、智谋都不是常人所能及。只可惜怎么就如此坎坷遭际！不然，庙堂之上，还少了你出将入相么？""我虽不能出将入相，难道现在不是为朝廷出力？"邬思道听了这番刻薄讥讽，不禁一笑，"我遍观史书，前知岂止五百年？至于后知，五行星命也略知一二，天人感应，医卜相术也都还将就得来。只你也知道，医不自治，所以有李铁拐，有孙膑，那也是没法子的事。"年羹尧身子一探，说道："哦？原来先生还精于子平京房之术？你看四爷命相如何？"

"十三爷也问过我四爷的命相。"邬思道说道，"我说四爷龙骧虎步，鹰隼雄鸷，为君则是理乱龙泉，为臣则是治世英才——这不消问，四爷命系于天！"

年羹尧哈哈大笑，拍着大腿道："先生滑稽，瞧不出是个捣鬼的能手，弄玄的积年！为君为臣你都说了，真是万无一失！"邬思道笑道："本来君相之命无常无定，德配于天，即为君；德配于地，则为相，这点子道理你明白么？亮工，说四爷，是一码事；说你，我或者就不捣鬼弄玄。别看你回到北京，在四爷府循规蹈矩，出了京，就又是一番光景，老邬错说你没有？"年羹尧正笑着，听见这话戛然而止，惊道："你这是什么意思？"

"你除了德、能、权、谋，还多了一个胆。"邬思道架起拐杖，悠悠地踱着，"这一条，无论四爷哪个门人都不能比，这原极好。不过，你生性忍而多疑，所以不可玩火。你本命是金命，贵极人臣，但若玩火，火可要克金，那就不堪设想。"年羹尧也站起身来，一句话不说，紧盯着邬思道。

"我虽通五行，遵的却是儒道。"邬思道看也不看年羹尧，继续说着，"你不同，你自幼就无赖顽皮，读书不成，打走了三个塾师。你在南京玄武湖练水军，洗了一个村子。你从军西征，以一员微末偏将，先斩后奏，杀掉陕西总督葛礼。你不是善人。"

年羹尧听了，神情松弛下来，笑道："我当什么大不了的呢！这都是人人知道的。"

"也有人不知道的。"邬思道端详着年羹尧，缓缓说道，"你嘴角这条纹，名曰'断杀纹'。你有没有杀婢的事？三个塾师是学问不好，还是管了你的闲事？你剿水匪，血洗一村，有没有筹饷劳军的意思？你杀葛礼，是单因他阻你筹粮，还是因他在南京任总督时曾得罪过你？就是这次来承德，你是奉旨来的，还是自请述职？"

年羹尧背上微微沁出汗来，下意识地摸了摸腰间，倏然间一股杀气冲了上来。

"不要玩火，这是我一片慈心相劝。"邬思道一边踱一边娓娓而言，"大丈夫立于天地之间，遇知己之主，结骨肉之亲，托君臣之义。你与一个残废人怄哪门子气？我们都是为了四爷，为了天下社稷，存此一念，你可与古之良将相匹，置图于凌烟阁上；灭此良知，则地狱之设正为斯人！四爷是雄主，你打定主意才好！"

年羹尧垂下了头，他已经服了邬思道，这是他有生以来头一次打心里服别人，良久才道："先生，羹尧谨受教。说实话，我和三爷、九爷的门人都有交往，但天地良心，我这心没有自外于四爷。""这我知道。我这是给你观相嘛。"邬思道淡淡一笑道，"非可言之人，我就敢如此放肆？"两个人正说着，狗儿从外头进来，搓着手道："下雪不冷化雪冷，真是一点不假！——四爷叫我回来禀邬先生，他一切都好。他和三爷八爷一同照看大千岁、太子和十三爷。没事！"

"万岁和太子还是有情分，割不断，理还乱啊！怕人加害太子，竟用了三个阿哥！"邬思道举目望天，长舒了一口气，"亮工，要回北京了。不便和四爷同行，我们只怕得先走一步才是！"

第二十八回　邀功名叔侄存芥蒂
　　　　　　拦乘舆孤臣逞强项

　　接到康熙十月二十六日巳时入京的诏谕，留守北京的上书房大臣佟国维绷得快要断了的心弦略觉舒张，立即咨会六部尚书侍郎到他的铁狮子胡同的府邸会议，当面安排接驾事宜。命户部刑部将所有积案处置情形叠成文书，写出节略以备皇帝查考，命礼部銮仪司筹措迎驾仪注，兵部则会同步军统领衙门，顺天府和狼瞫派来的参将商定交割关防——狼瞫的兵不进京畿，以防引起人心更加动荡。佟国维思虑周详，胸有成竹，足足说了大半天。这些官员早已知道承德出了大事，但太子究竟犯了多大的罪，与自己有多大的干连，却都揣猜不来，一个个怀着鬼胎，想询问佟国维。但这位佟中堂侃侃而言，长篇大论说得不着疼痒，大家不禁都有些发急。佟国维见众人巴巴地瞧自己，回笑道："诸位老兄，我知道你们想问什么。但只眼下我同你们一样，并不知情。为臣子讲究忠心事主，想那么多做什么？你们各安其分就是。我跟了皇上几十年，什么事没见过？万岁几时也不曾加罪过忠臣。要存着异样的心思，你想你和哪个阿哥走得近乎，他想他和哪个爷有杯水之交，反倒要招罪，这叫自作孽！安生办差，乃是天经地义的自全之策！"说罢端茶送客。众人叨着这漫无边际的官话，越发不得要领，只得各自怏怏散了。

　　佟国维训教别人一番道理堂皇，其实多天以来最急的是他自己。胤禛几乎每日一信，热河那边一动一静他全都了如指掌，他自己也面临抉择关头。佟国维是康熙皇帝生母佟佳氏的堂弟，正牌子宗室勋戚，煌煌国舅。但佟佳氏康熙三年就薨了，人去茶凉，加之他是明珠一派，索额图把持朝政，硬是二十多年没让佟家的人沾上书房的边儿。康熙皇帝征噶尔丹，乌兰布通一战，索额图借刀杀人，把佟国维的长兄佟国纲派往绝地，被乱箭射得刺猬也似，一命呜呼，两家仇恨愈结愈深。有这层过节儿，他进上书房，处处对太子加了提防小心。如今胤礽出事，他原是欢喜不尽的，但接着大阿哥也出了事，刚刚松和一点的精神又拉得绷紧。还有胤禊信中的话"胤礽虽已无权，太子之势尚存，圣眷亦似未尽"，更引他警觉。宦海沉浮翻云覆雨变幻莫测，就胤禛也不是个好惹的角色。因此到底该怎么办，他也拿不出定见。

佟国维在书房正搜索枯肠地想主意，却见管家进来禀道："中堂，隆二爷来了。"

"隆二爷"是佟国纲的儿子隆科多，时常来府走动，原是顺天府的同知，因牵连到张五哥一案闲居在家。佟国维此刻心烦意乱，哪里愿见这个倒霉蛋？因没好气地说道："就说我歇下了，有什么事明儿再见吧。他要来打抽丰，你瞧着不拘哪笔银子给他点就是。"

其实隆科多已经进院。这是个五短身材的中年汉子，四十多岁，紫棠脸上腮边两处刀伤，闪着黑红的光，那是随驾西征留下的战创。此人早已官居都统，罢了官又起复，当了同知又遭事，一再蹉跌潦倒，满想着有这个权倾朝野的叔叔，一步一步还能熬出来，但佟家的人一个一个早都飞黄腾达，不知为什么就是轮不到他！他站在廊下，听见佟国维的话，气得浑身冰凉，几乎坠下泪来，又强压下了，只装没听见，一脚跨进书房，笑道："六叔，身子骨儿结实？"

"老二啊！"佟国维料想他听到自己的话，不禁红晕上脸，将手一让，说道："我乏得身上生疼，刚想歪一会儿，你就来了！缺什么跟下头说一声就是了，何必一定见我？"隆科多一肚皮不自在，见他这么瞧不起自己，益发不受用。压了又压，终究忍不住，一摆袍子对面坐了，冷冷说道："看来我这丧门星着实叫六叔厌憎了。前年候补郎中时借了三百银子，六叔惦记着了！恰恰相反，今儿我连本带利都给您老人家拿来了！"说罢从靴页子里抽出一张五百两的龙头银票递了过去。佟国维被他噎得一怔，忙道："贤侄！你不要错怪我，我不是这个意思……我心里烦，说给你也不信。你不能这么寒碜你叔叔！"

隆科多的五百两银子是刚从户部借来打饥荒的，见佟国维说得诚挚，就腿搓绳儿收起，正色说道："既这么说，侄儿领情了。听说太子爷坏了事，我看您坐定了上书房头把交椅！我是想请六叔帮我说说起复的事——

六叔，凭良心说，您瞧瞧我一道儿西征出来的，有谁跟我一样？连马大炮都是起居八座的将军了！"佟国维一听就上了火：这时分竟来找我要官！但他宰相城府，讲究的是喜怒不形于色，略一沉吟，缓缓说道："论资格你当兵部尚书也满够。西征回来就放你副将，你要不掼纱帽，私自从乌里雅苏台回来，谁比得了你？"

"六叔这么看么？"隆科多冷笑道，"看来倒是侄儿不识抬举了。乌里雅苏台那个鬼不生蛋的戈壁滩，除了发配充军，犯官降调赎罪，谁肯在那儿做领兵管带？我能回来算我识时务，没有学我的前任副将，出去巡哨，叫流沙给活埋了！"

佟国维听着这话，有疑自己故意整治的意思，咽了口气说道："老二，你听我劝，如今北京城乌龟翻潭，太子怎样怎样，大阿哥十三阿哥如何如何，谣言满天飞，还不知朝局往哪个去向走呢——早已有人说我什么'佟半朝'。吴三桂选官叫'西选'，我选的又叫'佟选'！你听听，这是什么好话？这时分再选你出来，你还带着罪，有什么好处？"

"太子垮了，只有于你有利的，你怕什么？"隆科多脸上气色平和了些，"如今是四爷的日子不好过！""可大千岁也倒了！"佟国维皱着眉头道，"看其来势，事情比太子还大！这里头的事瞒不住你，说句难听的，皮之不存，毛将焉附？"隆科多一笑，说道："原来六叔为这烦恼！三爷、八爷还在嘛！新太子跑不了他们里头一个，他们还得指望你保驾呢！"

佟国维吃了一惊，许久没说话。隆科多随便一句话，对他来说便如醍醐灌顶。三爷八爷与自己虽说没有与大阿哥那么近，却也亲密，为什么就只想自己难处其间，就想不到别人更有求于自己？真是当局者迷！想着，他脸上露出欣慰的笑容，刚要说话，门上司阍的家丁进来报说："大学士王掞求见中堂爷！"

"这样，你先回去。"佟国维笑着起身，说道，"我老了，指望着你们后辈的事多着呢！好自为之——请王大人进来！"说罢便迎出滴水檐下。隆科多忙辞出来，站在玉兰树下等王掞进了书房，才匆匆离去。

"皓翁！"佟国维请王掞坐了，从家人手接过茶亲手敬上，满脸堆起笑来，"早就说到府上拜望你的，就是事多缠身，只好打发人勤问候着点。圣上几次朱批都问着你，我都转过去了，可曾见着了？照应不到处，皓翁多体谅着点，就算体恤我了。"王掞一脸倦容，干咳一声道："我老天拔地，死都死得着的人了，圣恩如此高厚，越发愧地无门。如今谣言愈来愈多，又没有明发旨意，我原来只当是过耳秋风，如今也坐不住了。你不要和我打官腔，告诉我，皇上废太子，到底是真是假？"佟国维亲切地向前移了一下座位，说道："停用太子玺的诏书皓翁必定看过了？"

王掞摇头道："那个作不得准。万岁早就说过，给下头行文，用'毓庆主人'字样不妥。"老先生如此迂腐，佟国维只好微微一笑，又道："皓翁，你不叫我说官话，这是信得过我。我敬重你的道德文章，实言相告，如今太子、大阿哥，还有十三阿哥，不知犯了什么事，都已软禁了！"王掞点点头，目光霍然一跳，说道："我已有了预备。这种事，当臣子的有死而已。"说着，抖抖索索从怀中取出一沓薛涛纸，递给佟国维，"请中堂大人过目。"

"这是什么？"佟国维接过看时，无题头，无落款，几张纸密密麻麻写的都是人名字，但他立即就明白了，是这个糟老头子联络了自己一干门生故吏，合本奏章要保胤礽，心里冷笑，口中却道，"我明白了，皓翁要保太子。这是我辈臣子见骨气见风节的时候。我佟国维岂肯后人？"他说着，毫不踌躇地提笔走向案角，在王掞名字之下恭楷填上自己的名字，"我也算一个——不但我，连张衡臣、马秀水他们也不至于袖手旁观的！"

王掞到这里来，原本不指望佟国维联名具保，只争取他袖手旁观不要压制就算满意，见他如此慷慨，亲自签名，意思还要劝张廷玉马齐也来保太子，不禁大起知己之感，接过纸来，已是老泪纵横，说道："佟相，想不到你……忠义如此！我原想佟氏一门与索额图有隙，虽不至幸灾乐祸，断然不会援手的……太子是国本，国本一动人心难以收拾……你这样肝胆相照，倒叫老夫愧怍，这人，是从哪里说起哟……太子，太子……你到底出了什么事？我真恨我自己，为什么当时不抗旨，一同去承德……你这不中用的王掞……"他语无伦次地说着，已是泪湿袍襟。佟国维见他如此伤感，突然升起一种自愧的内疚，心里一酸，也坠下泪来，抚慰王掞道："老先生不要过于悲恸。保太子固国本，是臣子分内的事，我虽不敏，也不至于糊涂到大体也不识。你且安心，太子的事还没有最后定下来。就我知道的情形，万岁爷六天六夜都没合眼，又知道了大阿哥魇魅的事，圣心尚在犹豫。太子纵有过错，也是叫人害的，这就有保奏余地……"

"唉……"王掞凄然长叹一声，什么也说不出来。他是正统道学，压根不相信什么妖法能害人，太子柔弱无能，在他看来是可医之病，但风言风语听到他那些宫闱暧昧，要是真的，可就枉操了一世的心了……想到此，更觉刀子剜心般难过，竟自放声大哭起来。佟国维又好一阵才劝住，亲自送他出府不提。

朝局在急剧地变化。康熙马不停蹄回到北京，第二天便命张廷玉赍诏，会集百官到天坛，告祭天地，明发了废黜太子胤礽的文告：

> 总理河山臣爱新觉罗·玄烨谨告昊天上帝：臣以凉德，兆绪丕基四十七年余矣。于国计民生，夙夜兢照，不徇偏私，不谋群小，不敢少懈，此匪特天下臣民所共知，冥冥上天，实鉴臣心！然不知臣有何辜，生子如胤礽者，居青宫之位，不思上进，狂易成疾。臣观其举动，不法祖德，不遵臣训，口不道忠信之言，身不履德义之行，鸠聚党羽，暴戾淫乱，戮辱廷臣。臣思祖宗艰难缔造之宏业，岂可付诸此人？用是熏沐修敬，上奏于天，即将胤礽废去储君之位。设大清国祚绵长，乞请增臣寿算，臣必殚精竭虑，孜孜求治以付上苍悯生之德；设天祸大清，则请赐臣速死，以全臣令名，免睹不忍言之惨劫……臣不胜屏营战栗，椎心泣血谨告以闻！

张廷玉读着，想到康熙方才口授诏书时惨痛的面容，病骨支离的身体，看了看下面黑鸦鸦的群臣，见前面一列阿哥有的低头不语，有的抠砖缝儿，有的泰然自若，一副副毫不动心的模样，心里一灰，也自滴下泪来。哽咽着拜了坛，挥手命各官散去，便上轿回乾清宫缴旨。阿哥们已知皇帝欠安，便也跟着由西华门递牌子进大内请安。

康熙戴着小毛熏貂缎台冠，貂皮黄面褂外套着酱色江绸面天马皮袍，手里捻着一串椰子王方佛朝珠，在乾清宫西暖阁正等着张廷玉回来。马齐和佟国维一边一个长跪在地，静静望着康熙，都没有说话。见刘铁成和张五哥导着张廷玉上了丹墀，德楞泰便进来禀说："张廷玉回来了。"康熙便立起身来。

"主上，"张廷玉神色黯然，缓步走到须弥座前，双手将祭天文告捧上，说道，"臣回来缴旨。"康熙沉甸甸向文书躬施一揖，接过来，长叹一声，转交给侍立在旁的李德全，坐下问道："下头有什么话没有?"张廷玉此时没了祭天使者身份，先请了安，便跪在佟国维下首，勉强笑道："没有什么话。阿哥爷们也递牌子进来了，在天街候旨。奴才从乾清门进来，见王掞跪在门前，哭着求见主子。主子见他们不见?"康熙怔了一会儿，说道："阿哥们不要进来，望宫请安，打发他们回去。叫……王掞进来吧。"

张廷玉答应着出去了，偌大的殿中又恢复了寂静，连殿外轻手轻脚走路的太监的动静都听得见。马齐和佟国维的心里都有些焦灼不安。按理说，废一太子就该立一太子，原以为告天文书中必定要涉及这事，但却一个字也没提，皇帝到底打的什么主意? 正低头闷思，康熙轻咳一声问道："佟国维，你在想什么?"

"奴才……"佟国维猝不及防，慌乱了一阵，灵机一动，说道，"奴才在想太子的事。"这话圆滑得四边不落地，既可说是想胤礽的事，也可说是想选新太子，马齐听了不禁暗笑，康熙却道："这是当今第一要务，当然应该想一想。胤礽被废，一半是被人魇镇，已不堪为人主储君，一半是他自己，不读书，不修德。他本是个伶俐人，聪明才学比别的阿哥不在下，要是像三阿哥那样肯读书，八阿哥那样又读书又肯修德，怎么会着了小人的道儿?"

两个人把康熙这话每一个字都掰开、揉碎了，仔细咀嚼着。看来康熙是属意于这两个阿哥了，但再细比较，似乎八阿哥更占先枝! 正想着，康熙又道："但老三老八，朕也有不取他们处。三阿哥摘章引句，八阿哥宽柔无度，两个人都没有老四那点刚骨，看来天生人降于世间，总难集全德于一身啊……"正说着，张廷玉带着王掞进来，刚向康熙行了礼，王掞已匍匐在地，痛哭失声道："万岁! 究竟太子身犯何罪，无端地就废了? ……"

"无端?"康熙待他克制着住了声，冷冷问道，"他犯的罪由都写在诏书里，告天文书里，你没听见?"王掞连连顿首，说道："臣见了也听了，捕风捉影言之无物——他为三十五年太子，就凭几句空话就废了? 这何足以取信于天下?"康熙盯视着激动得浑身颤抖的王掞，一时没有说话，良久才

234

道："王掞，你一定要知道，朕抽空儿独自和你讲。撇开他暴戾淫乱这一条，你平心想想：他主持政务，出了多少弊政？科场舞弊，他治不了；官员结党营私，他治不了；捐赋不公，狱讼不平，地土兼并，他都一筹莫展——朕要的是能治国平天下的人，他够得上这一条？"

王掞叩头有声，朗然答道："这些账难道都算到太子一人头上？"康熙哼了一声，说道："当然不是，所以朕没有治他的死罪！你是他的师傅，太子失德，你有重责在身，朕自然要一一清理。"王掞听着康熙的话，一挺身跪直了，说道："臣有罪，万岁就是不说，臣自己也知道，争明了道理，朝廷不处分，臣也羞在人间。但上书房诸大臣平素明哲保身，于太子毫无赞善之言，诸王诸阿哥各自为政，万岁也未加抑制，万岁难道无责任？诸臣工难道无责任？如今太子被废，人言汹汹皆曰可杀，请万岁默察，小人辈谀奉于前，设陷于中，下石于后，该杀不该杀？而今独自说太子失德，难道不失公允？……"

"叉出去！"康熙不等听完，已是赫然震怒，大喝一声，"他要做比干，朕成全他！"

张廷玉马齐佟国维早已听得浑身冷汗，自他们入上书房，从来还没有见过哪个臣子敢这样和康熙说话，以康熙德威势炎，稍稍变脸，没有一个不吓得魂不附体的，王掞居然一揽子骂尽文武百官，连康熙的"责任"也扫了进去！满殿侍立的太监也人人脸色惨白，腿肚子直转筋，半点不敢怠慢，早过来三四个，架起王掞便向外走。王掞索性放声大哭："老佛爷，先帝爷呀……你们睁开眼看看……他们要把少主子往死里治啊……"

"回来！"

康熙突然摆摆手，命人架回了王掞，他的脸色变得异常平静，盯着王掞半晌方道："你骂得好！这是朕一生中第二回听人骂，头一回是郭琇，骂朕是桀纣之主，看来你给朕还是留了情面。一个朝廷里也得有两个这样的，所以，朕不罪你！"

"我不要皇上恕我！"王掞瞪目说道，"我请皇上恕了太子以安天下！"

康熙摇了摇头，说道："那是另一回事。朕并没有怎样胤礽，他如今已经去了刑，倒是大阿哥，朕已严令圈禁！王掞你是书香人家出身，什么书没读过？天下重器，非君子不可托，这道理不懂么？自朕本心而论，也为胤礽好。丹朱不肖，尧也废了他的太子，太甲荒淫，汤帝放他去桐，吃点苦头，他或许变成个好人！"张廷玉不禁倒吸了一口凉气：怎么比出太甲放逐的掌故来了？太甲放桐，三年改过，又复了太子位，这个学贯古今的皇帝，到底是什么心思？正胡思乱想，康熙又道："朕意已决，今日就发明诏，由百官从阿哥中举荐，推举谁为太子，朕一惟公意是从！"

"万岁，"佟国维还在想着康熙前头的话，"群臣公举，前无古例，恐怕又生事端。万岁属意于谁，定下来就是，何必再征询下头？"康熙冷笑道："你和马齐一个满人，一个汉军旗人，学学张廷玉，好生读点书！前明昏君立储，还要征询臣下意见呢！"

王掞早已停了哭，只脸上还挂着泪痕，盯着问道："万岁，要是臣下仍旧保举太子爷呢？"

"岂有此理！朕已经说过，一惟公意是从！"康熙脸上毫无表情，半晌方转脸道，"只是要秉公，朕不许有拉帮结派的事。听说你王掞弄了个联名奏折保胤礽？你那个不算！"

众人都辞了出去，康熙看去显得很疲倦，便叫了张五哥进来，由何柱儿捶捏着，和张五哥有一搭没一搭地说话。

"张五哥，"康熙半闭着眼问道，"你是下头百姓里来的，据你看，哪个阿哥最好？"

"十三爷……"

康熙似乎很意外，瞿然开目问道："何以见得？"张五哥低垂了头，说道："奴才穷家子出身，贩过私盐，被官府拿住。十三爷巡视时放了奴才，训斥官家说：'真贩私盐的是盐道盐枭，运升斗盐靠气力养家糊口的，你们往后不许拿！'十三爷知道下情。为人仗义，是好样的……"康熙听着，已闭上了眼。十三阿哥再好，也不能当太子啊！张五哥见康熙只是睡不沉，轻声道："主子，我就守在这，凭谁不叫惊动您，您实在该睡个好觉了……"

"朕睡不着……"康熙懒洋洋说道，"一闭眼，就梦见祖母、母亲、皇后……一闭眼就是她们，她们都不欢喜……你既说十三爷好，叫人传旨……放他出来吧……"

第二十九回　谣诼四起帝摹纷乱
　　　　　　指挥若定王府划策

废太子诏书刚刚明发，接踵而来的便是推举新太子的谕旨，而且"朕一惟公意是从，绝无偏私"，被康熙皇帝接二连三的雷霆大怒吓蒙了头的阿哥们像惊蛰过后的土虫，立即蠢动起来。朝臣们更是疯魔了似的聚集在礼部、理藩院打听消息，寻老师、投阿哥府上下钻营。谁都知道，自己一本奏上，就是立此存照，选对了，就有了"拥立之功"，选错了，就是"结党营私"，一荣一辱关乎半世宦途，岂是小可之事？因而皇帝平时对阿哥只言片语的评介，此刻都成了珍秘要闻。

"三爷学问渊博，直宗万岁。当年陈梦雷犯罪，黜降奉天，万岁专一调回来，在三爷府著书教读，可见龙心所向！"

"陈梦雷算什么？安溪公李光地才是正宗儒学。八爷是三日一小宴，五日一大宴。说是不许皇子结交大臣，你几时见万岁管过？"

"那也不见得，万岁幼年的师傅伍次友老先生，不也是前明伍相国的二公子？"

"得了吧，万岁要的是文武全才，想想这些爷，要数十四爷啦！"

"嘻！十四爷和十三爷有什么分别？十三爷还囚禁了呢！"

"我看九爷也差不多。"

"你那是屁。九爷是八爷的附庸。"

"神龙见首不见尾，我们这些凡夫俗子怎么能猜得出圣意？"

"唉……天威不测，难以适从啊……"

…………

胤祥的囚所就在理藩院后，奉旨释放，一路出来，到处听的都是这类议论。这些穷京官们见了他仍旧毕恭毕敬地行礼请安，但背转身就议他们最关心的推举大事，毫不避讳。他兴致勃勃地出来，越走越觉得步履沉重。

太子被废，又推举太子，扔出一块热肥肉，又香又烫嘴，所有阿哥满朝文武统变成了饿狗，红着眼打量着如何下口。可惜的是别人尚有肥肉可抢，自己和四哥却冷落在一边，连骨头也没得啃的！

"十三爷，"十三贝勒府的人早已候在理藩院仪门外等着他了，见胤祥出来，管家贾平带着众人都跪了下去，说道，"爷大难得脱，化凶为吉，奴才们给爷叩安贺喜！紫姑姑娘也欢喜得了不得，叫奴才们赶紧来接，瞧着天阴了，要下雪的模样，这是爷最爱披的白狐大氅，请爷披上，咱们回府吧！"

胤祥抬头看了看天，果真阴得很重，一阵一阵的朔风，吹得满街干燥的枯树叶子哗哗作响，在墙角荡来荡去，绛褐色的云团团滚动着，被风催动着，不情愿似的缓缓南移。胤祥想着方才聒耳嘈杂的议论声，冷笑一声道："老鸹可恶！……哦，我先不回府，也不用你们跟着。天黑时你们去四爷府接我。要是我不在，就是去了嘉兴楼——就这么着。"

放出来连家也不回就往雍亲王府？贾平诧异地看了一眼胤祥，但这个年轻任性的阿哥说的话是无可违拗的，只好"喳"地答应一声，带着众人去了。胤祥利落地跳上马，回头看了看理藩院红漆大门上狞恶的铺首衔环，"呸"地啐了一口，一扬鞭便打马飞奔而去。

坐落北定安门附近的雍亲王府门可罗雀。这里再往北就到玉皇庙街。说是"街"，其实已是京师边沿，天气既冷又阴，黑黝黝阴沉沉的王府厦前空荡荡的，几片散雪飘着，格外显眼醒目。想到昔日办差兴隆时，这里车水马龙、冠盖如云，一溜大轿从门口向东能排出半里远近，到处都是嗑瓜子摆龙门阵说闲古记儿等着主人候见出来的长随衙役，如今却这般凄凉惨淡。胤祥不禁浩然叹道："权门如市，市兴，人皆聚之；市衰，人皆弃之——真是一点不假！"

"十三爷！"

背后猛地传来一个童稚的声音。胤祥回头一看，竟是狗儿，拉着一头毛驴，带着那头已经养得油光水滑的芦芦，不知什么时候跟在后头，因笑道："你这小鬼头，吓了我一跳！见十三爷不得意了，连话都不敢说了？也亏你，骑这么个玩意儿还能跟在我后头不拉下。"

"十三爷就是再穷也比我当初强百倍！"狗儿笑道，"别看我这毛驴，你看，四蹄雪白，身上漆黑，一根杂毛没有——这叫乌云盖雪，日行千里夜走八百不眠！"他正吹嘘自己的坐骑，高福儿早已迎出来，一边请安，说道："四爷叫奴才专候着呢——狗儿，耍什么贫嘴？给爷牵着马！"

胤祥跟着高福儿直趋万福堂，果见胤禛已经等在那里，弘时弘昼弘历兄弟三人一溜齐儿跪在门内，看样子正在挨训斥，见"十三叔"进来，都松了一口气，只注目胤祥算是见礼，没敢言声。

"你来得好，我料你必定来的。"胤禛还是老样子，淡淡的，看不出是高兴还是懊恼，只见了胤祥，嘴角吊起那微微一笑，显出不易觉察的轻松和欣慰……一边让座儿，一边说道："年羹尧戴铎他们都赴任去了。听说你出来，备一桌水酒先给你压压惊……一个外人也不请，就是邬先生、文觉和性音，我们小酌一醉，去去晦气！"

胤祥看了看三个侄儿，笑道："四哥，侄儿们又怎么了？敢怕四哥心里不受用，又拿着我的侄儿们出气？"胤禛说道："我从不拿人出气，何况自己的儿子？这没有弘时弘历的事，他们是替弘昼陪跪的——谁是跟弘昼的贴身小厮？"

"奴才在！"

一个十六七岁的年轻长随应声而出，扑通跪了道："五爷出府，是果亲王府的辅国公爷来请的，说是一块散散，并没有见一个外人，更不敢打听消息，听人传谣……奴才敢给爷打保票的——""你给他打保票？"胤禛冷笑道，"你算什么东西？我叫你跟他读书，没叫你陪着他浪荡！也不知每日都读的什么书，倒学了些匪夷所思的淘气！"

"哥儿一向读书，并不敢违主子的家法。"那长随吓得连连叩头，偏着脑袋道，"哥儿读的什么'于是乎问哉①'，又是什么'王八骑马'……奴才也不大懂的。"胤祥笑道："放你娘的屁！哪本书有什么'于是乎问哉'，又是什么'王八骑马'？"那家人忙道："真的！那书里说'王八骑马、亲家骑驴，就是……骑你'！"他说得一嘴白沫，胤禛胤祥不禁茫然——这是什么书？

弘历见胤禛又变了脸色，忍着笑解释道："阿爹，这是奴才听错了。五

---

① 家人将"郁郁乎文哉"误听为"于是乎问哉"。

弟想必读的《毛诗》，'黄驳其马，亲结其缡，九十其仪'……"

众人不禁哄堂大笑。胤祥便道："你他娘的，错得一字不漏！"胤禛也不禁莞尔，一摆手道："十三弟，咱们枫晚亭去——你们还不滚起来，回东书房去！"说罢便和胤祥联袂而行，至西花园的枫晚亭而来。此时天色更加晦暗，沙沙的雪粒子早撒落下来，打得竹叶簌簌作抖。胤祥从理藩院出来，听了那许多谣言，原本心里有些不安，见胤禛迈着四方步不紧不慢闲适自若的神态，倒镇定了下来。刚趄过一湾结了薄冰的池塘，便听性音大声说笑："邬思道的诗咏得太酸气，什么'六出玉麟撒河山'？你瞧这阵子雪，筛面似的，还不如说'满天满地筛白面'！"

"真要是白面就好了。"邬思道说道，"今岁河南黄水决溃，不知多少人连蕨根也吃不上呢！前头见邸报，河南巡抚还在吹牛，'断不使一人一畜有冻馁之虞！'为了升官考绩，什么天理良心都不顾了！"接着便听文觉笑道："你惆怅什么？白生气不顶用！没听说鄂善奉旨到开封，吃满汉全席还说没下筷子的地方，赶紧又送了两对宣德炉，这才罢了……"正说着便听坎儿道："什么筛白面，还不如说'玉皇大帝贩私盐'！"

众人不禁哄然叫妙。胤祥一头进了屋，暖烘烘的热气顿时扑面而来，因笑着对坎儿道："好，几日工夫，你竟成了诗人！'玉皇大帝贩私盐'，好！这才是咏雪！"此时胤禛也走了进来，大家便都起身安座入席。

"真和做梦一样。"酒过三巡，胤祥热上来，脱了大氅，一手靠着椅背，把辫子甩到椅后，红光满面说道，"说倒霉，无缘无故叫狗咬一口，就关进黑屋子里睡凉炕；说兴时，无缘无故就又放出来，仍旧是贝勒，仍旧黄带子，天潢贵胄！这些天在里头听说太子被废，出来看看。真是风云突变天地换色——如今情势，难为你们还给我压惊！我根本没做坏事，有什么'惊'可压？倒是说说咱们该是什么章程要紧！"

胤禛本来茹素节食，恬然自若地拣清淡的略吃一口，听胤祥这么说，便放下箸，向后一靠，说道："什么章程？听天由命罢了！我的章程就是以不变应万变：保太子！"

"还要保二哥？"胤祥一怔，也放下了筷子，"兵部尚书耿额、刑部尚书齐世武、步军统领托合齐，还有热河都统凌普、副都统悟礼、户部的沈天生、伊尔赛……这些太子党已经锁拿，真正的一网打尽！四哥你没听听，如今是什么风声！""知道，"胤禛点头，嘴角带着讥讽似的苦笑，"还不止这些。佟国维在府日夜会见官员，都是老八那干子人，议的什么不问可知。还有马齐，手掌心里写一个'八'字，逢人问，就伸出手来给人看。哼！老三是叫孟光祖的事吓缩了手，如今满朝文武都唱的八爷歌！我有什么不明白的？"胤祥听着，心里一阵阵发寒，皱着眉头道："既然如此，保太子还有什么指望？"

邬思道几乎什么也没吃，只是望着外头的雪地出神，半晌才道："十三爷，四爷要做孤忠皇子，你得成全他。太子在位三十五年，一旦被废，竟没一个阿哥兄弟出来说公道话，这人情天理上是说不过去的。究竟皇上什么心思，是真的要废，还是教训一下太子，我看还在两可之间……"胤祥听着，不以为然地连连摇头："邬先生，告天文书都发了，皇家制度哪能朝令夕改？我们犯不着填馅儿！"

"十三爷的意思是保八阿哥？"文觉和尚素来庄重慈和，一直正襟危坐听他们议论，见胤祥不肯保胤礽，因冷冷说道，"八阿哥那里有九爷、十爷、十四爷，只怕三爷、五爷、十七爷现在也在具本保荐。四爷和你是何等样人，跟在他们后头去转悠么？"胤祥傲然睄了文觉一眼，说道："和尚说话斟酌些儿！我几时说过保老八？我家也不回，赶到这里，想听听你们的高见，怎么法子把四哥推出去。屁没出来，你们就放了若干的虚屁！"胤禛在旁听得坐不住，一推椅子立起身来，皱着眉说道："胤祥，有话好说，怎么仍旧的意气用事？漫说我没心当这个太子，就是有，如今说出去，只能一败涂地！"

文觉却一点没有生气，盯着虎目炯炯的胤祥说道："矫弊救时，当今之世，除了四爷确乎没有第二个。和尚和你一条心！但应不应行和能不能行，是两件事，十三爷你要仔细审量。这也与打仗一样，要审时度势，该自保时就不可孟浪，十三爷熟读兵书，何待我来提醒？"

"是啊！"邬思道脸上毫无表情，"如今情势，滩险流急风高火盛。举荐四爷，不但八爷一大帮人要群起而攻，就是太子故旧也要不齿于十三爷，所以断不可行。举荐太子爷复位，当然要冒点风险，但进退路都看看，这是最好的法子。即便举荐不效，满朝臣子也会视四爷忠义之士。成，则收利，不成，收名，有何不妥？"

　　胤祥的脸阴沉得可怕，满斟一大觥酒一饮而尽，说道："既说到这里，我也请问一句：真的八哥当了太子，总有做皇帝的一日，那时又该如何？"

　　"十三爷真的这样看？"邬思道突然仰天大笑，"朝廷自此多事，难道十三爷看不出来？"因见众人都愕然看着自己，邬思道呷了一口酒，徐徐说道："皇上久已不满太子，积郁骤发，雷霆大怒间一举废黜，看上去似乎圣心早已默定。但这个门一开，他也就看到了更多的东西，大阿哥被执，三爷被斥，十三爷被囚，这都出乎他老人家当初意料之外。更可畏的是八爷，内结侍卫，外联朝臣，其势在不得嫡位不罢手。当初太子在位，这些都显不出来，如今暴露无遗，设身处地，焉能不惊心动魄？皇上原来最担心太子逼宫，所以废掉他；如今恐怕他最害怕的是五公子闹朝，不但江山危殆，他自己也要身败名裂！"

　　性音听着，有点不大相信，擦着油光光的嘴问道："你是说皇上现在后悔，不该贸然废了二爷？""皇上怎么想，现在难猜。"邬思道笑道，"如今他见儿子们虎视眈眈，心里不安是肯定了的。所以他一面召见王掞，又见李光地这些老臣，指望他们压阵脚，又宽了太子刑具，放出东华门外读书。一面又命群臣公推太子，想快点稳定人心。像八爷那样干法，府里人流昼夜川流，探马缇骑四处探信，九爷十爷十四爷赤条条四处奔走拉人保荐八爷，只能把万岁爷吓住！所以我说，如今保太子虽有风险，却是微乎其微，一尺深的水，掉下去不过湿了鞋而已，倒是保八爷，有百害而无一利！"

　　这一番侃侃剖析，真有洞穿七札的功力，说得众人无不低头暗服。胤禛昨日下午已经去拜会了致休老臣李光地，李光地态度暧昧，一会说"八爷得人望"，一会又说"太子可惜"，葫芦里卖的什么药，胤禛也闹不清楚，面对纷乱如麻的局势，胤禛也只好"以不变应万变"，保持自己的面目。听了邬思道这话，胤禛便将会见李光地的情形说了。

　　"四爷没问他，皇上见他都说了些什么？"邬思道手按酒杯，沉吟道，"他总该透点信息出来的。"胤禛道："皇上没说什么。只问李光地'废太子的病如何医治才能痊好？'李光地答称'徐徐调治，一旦痊好，为皇家天下之福'。——这话跟没说一个样！"邬思道"扑哧"一笑，轻声叹道："四爷呀，你太老实了。这还能叫'没说什么'？李光地居官四十年，什么事没经过？不是老糊涂了，就是有意放纵八爷党——万岁说这个话就是叫他向外传的，他不传，将来就难免有罪！"

这个话就透着太玄了。文觉也摇头道："邬先生，我以为你这见地褊狭了。李光地熙朝元老，皇帝召见，问问如何调治自己儿子的病，平常一件事嘛。"

"二爷害的什么病？废太子病！"邬思道双眸炯然生光，顾盼之间显得神采照人，"如何医治才能痊好？对症下药，只有复立！所以我更敢断言，废太子是为了惩戒改过，举荐诏想的仍是二爷！"胤祥笑道："或许二哥害的相思病。邬先生，大约你已经知道，他这次被废，是因与郑春华有私情而起哟！"邬思道冷冷说道："郑氏妇人耳，何足因此而废国储？十三爷，大事不拘于小节，何况关系九鼎之重！"

胤祥从怀中掏出金表看了看，笑着起身道："已经快到未时了。我刚出来，泡在这里久了不好，也得去八哥府里打个花狐哨儿，不的又叫旁人生出疑心来……你们吃酒赏雪吧，明儿我再过来——"说罢又满引一杯"咽"地咽了，向胤禛一揖便辞了出去。胤禛站在檐下，望着雪中愈去愈远的背影，半晌方喃喃说道："天不能拘，地不能束，心之所至，言必随之，行必践之……我真羡慕十三弟。"

"此所谓英雄性情！"邬思道立在胤禛身后，叹道，"天以此人授四爷，四爷洪福不浅！"

因为天下着大雪，街道上几乎没有行人，刚过午时，许多店馆便上板歇店，空寂的石板道上的流雪细烟似的随风满地飘荡。胤祥打马飞奔直出朝阳门，在万永当铺前下马，看了看车水马龙人流出出进进的八贝勒府，倒一时犯了踌躇：人人都知道我刚刚放出来，立即来拜会这个"八佛爷"，就是"打花狐哨"，也等于给他锦上添花，又该怎么看我十三阿哥？想着，一拨马头又回了城里，径往嘉兴楼看望阿兰。

嘉兴楼数日不见，已换了门面，前面店铺已不再接待普通客人，玉带似的又围了一道绿瓦粉墙，中间加了一间倒厦，大门紧闭着，左近连个人影儿也不见，只隐隐听得楼上笙箫笙篁，似乎有人说笑酗歌，风声雪影中却不甚分明。胤祥想了想，见东侧有个侧门，轻轻一推，虚掩着，便拉马进来。刚把马拴好，那边就有人远远吆喝："谁在那边？这里不接客！那是秋天才栽的玉兰，你就拴马？"

"操你妈的老吴！"胤祥一眼就看出是原来嘉兴楼的王八头儿老吴，一边大步踏着甬道过来，口中笑骂，"是你的玉兰要紧，还是爷的马要紧？"

"哟！是十三爷！"老吴立时换了一副笑脸，"奴才是个瞎王八，爷别见怪，您老量大福大……"一头说，颠颠地跑过来，扶着胤祥上了台阶，手脚不停团团转地为胤祥拂落着身上的雪，口中道："听说爷在承德吃了亏，满城的人都说不得了，奴才这心里急得油煎火烧的……又想，打不断天下父子情，万岁爷怎么就舍得叫爷吃这样的苦头——九爷十爷就在上头，方才他们还念叨十三爷，说下晚去爷府上瞧您，可可儿您就来了……"口中唠叨得滴水不漏，便引着胤祥往里走。

胤祥哼哈着徐步而入，果见这处宅子改建得越发秀亭齐楚。循抄手游廊进来，便觉浑身温馨如置春风之中，楼内文窗窈窕，琼帘斜卷，楼下设着海红纱帐，沿水晶屏后楼梯拾级而上，但闻麝兰喷溢、暖香袭人，果见胤禟胤䄉两个斜倚在正中大炕上，一边嗑瓜子吃闲食，品着南方漕运来的时鲜水果，一边命一群歌伎在演《桃花扇》，那为首的歌女却是乔姐儿，穿着鸦头袜、合欢鞋子，桃花裤系着绛色蝴蝶结，披一身蝉翼纱，出脱得洛神女般翩若惊鸿，正唱得兴头：

> ……恰便似桃片逐雪涛，柳絮儿随风飘；袖掩春风面，黄昏出汉朝。萧条，满被尘无人扫；寂寥，花开了独自瞧……

"做什么独自瞧瞧？"胤祥笑道，"这里九哥十哥都在，我也来了——你该唱'逍遥，花开了与卿共瞧'才是啊！"

"老十三来了！"胤禟一摆手命停了歌舞，和胤䄉一齐跳下炕来，和胤祥执手寒暄，胤䄉便嗔着老吴："怎么就连禀一声都不晓得？"

这三个人是老冤家对头了，平素见面都是脸寒如冰；胤祥尽和他们虚情假意，想到承德被囚后的苦况，也觉心上温馨，因笑道："九哥十哥真会享福！这地方左香右黛，玉钗横陈，红妆绿袖，燕瘦环肥佳人满庭，外边飞雪飘花，里头歌曲穿云，比起来真叫我羡煞，人比人气死人，真是一点不假！"

"老十三如今文思到这地步儿了？"胤禛笑容可掬，一边让座，命人上茶，说道，"文王拘而演周易，你后福不浅——方才和老十我们还商量着要去看看你，你倒先来了。"说着便目视胤䄉，胤䄉便道："别看我们平日磕磕碰碰的，遇着实事，还真的十分惦记！老十三，你别信那些王八羔子挑三窝四，有人说是我捏造出二哥给凌普的手谕，坑陷你，要是那样儿，下一回天阴就雷劈了我！原来我疑心是大哥的手脚，后来三哥一味往你身上说，我是个爆仗，一点就着，倒是我头一个说的像你的笔迹——九哥你也在场，你说我的话有半点假没有？"

胤祥见他唠里唠叨辩白，不禁一笑，说道："我是向你们请安的，又不是算账来的，十哥这么多的心做什么？那张字条后来我也见了，也亏煞了这作恶的狗才，端的学得像，不但像我的，且像我在临摹二哥的，这份心机除了大哥谁能有？小人之才愈大愈可畏，真是半点不假！"其实他心里很疑是九阿哥十四阿哥合手所为，一来没凭据，二来大阿哥已成死老虎，乐得顺水人情，便轻轻抹过了，嘻嘻笑着临窗坐了，又道："你们该怎么乐还怎么乐，我在这里观景听曲儿，小秃跟着月亮走，多少沾点光儿！"胤䄉大咧咧一坐，双手一拍，立时旱雷聒耳，丝竹裂云，乔姐轻移莲步，袅袅婷婷给胤祥上寿，接着唱道：

> 劝将军自思，劝将军自思，祸来难救！负荆早向辕门叩……这屈辱怎当，这屈辱怎当！渡过大江头，事业重新做！

胤祥腮边肌肉抽搐了两下，微睨了胤禛一眼，仿佛什么也没想，凝望着外头粉妆玉琢的冰雪世界。

第三十回 嘉兴楼侑歌警痴人 上书房厉声斥妄言

胤禟见胤祥只出神不语，心下暗自掂掇：这一番囹圄之灾，历练得老十三深沉多了。因侧转身子笑道："十三弟，是不是还在想你那个阿兰呀？上回老任到我府请安，我就告诉他，阿兰要另养起来，十三爷几时要，几时送过去，赎身银子我出。这个乔姐，体态品貌也很过得去，我也想送给兄弟。我这弟弟里头就数你英豪气象、儿女情长，八哥我们其实很爱你这一条的。不过怕四哥多心，不敢过分亲近罢了。"胤祥见他山水不露，如诉家常般便切入政治，也甚佩服他工于心计，因笑着回道："九哥如此关爱，我承情不过，我只要阿兰，不要乔姐。方才我还去了趟八哥门前，看看人多又踅到这里的。如今举朝上下文武百官，都一风儿扫地要推八哥当太子，就像乔姐儿方才唱的'负荆早向辕门叩'，恐怕我做不到——我就是想跟八哥撂这么一句话。各为其主，你们的心思我有什么不明白的？我是还要保二哥的。"

"我就佩服老十三这一条！"胤䄉听着这话也不禁悚然动容，"大丈夫来去明白，方才我和九哥也想到这一层儿了。"胤禟格格一笑，说道："这不消说，武侯所谓'成败利钝，非臣之明所能逆睹'，知其不可而为之，正是豪杰色——我们今儿不说这事，既然你来了，请出阿兰来，美人侑歌，咱兄弟酣饮一醉！"那老吴不等吩咐，早却步退出去，一时便听一阵细碎的脚步声，丫鬟报说："阿兰姑娘来了！"

接着帘栊一动，阿兰果然由两个丫头陪着款步进来，与乔姐不同，她刚从外头进来，穿着水红宁波绫风毛儿坎肩，里头套一件葱黄夹袢，多少显得有点臃肿，团团脸上几处雀斑，似乎脂粉气少了点——若论体态风流、相貌俏丽，与乔姐相比确是逊着一筹。一进门见胤祥倚窗兀坐，阿兰似乎有点意外，只看了一眼满面羞红、讪讪立在一边的乔姐，轻轻走到胤禟面

246

前，盈盈蹲了三个万福，说道："九爷、十爷、十三爷，奴婢恭请吉安①万福！"

"什么吉安吉祥，"胤祥笑道，"刚从牢坑中逃出命来的人，还讲究这些忌讳？"他也看了乔姐一眼，知道自己方才说"不要乔姐"臊了她，便解嘲道："乔姐，过来，和阿兰一处唱几个曲子给爷听！"乔姐一哂，忙着就调弦，头也不抬，将琵琶轻拨几声，恰似寒泉滴水，幽咽欲绝，因俯首曼声吟道：

> 摇落梨花树万丛，遥梦迷离满绿汀，凋尽夭桃又秾李，可堪重读瘗花铭？

阿兰听了一怔，没想到乔姐叫出苏舜卿的《挽小小墓》的牌子来，倒也遂自己此刻心境，因摇步击节唱道：

> 浩浩愁，茫茫劫，短歌终，冻云结！翩翩芦花漫岗峦，此地曾闻刘郎豪气咽，郁郁焦城有碧血……碧亦有时尽，血亦有时竭，缕缕烟痕无断绝……是耶？非耶？化为蝴蝶……

"丧气丧气！"胤禟捂了耳朵道，"吃酒赏雪，大欢喜的日子，你们就敢坏爷的雅兴——任伯安调教得你们如此不识趣——山野！"胤禵也皱着眉头不言语，却因阿兰是"胤祥的人"，耐着没发作。胤祥听着这鬼气森森的歌词，心里先是一阵阵起栗，有些疑惑地看了看阿兰和乔姐，细详这些歌词，总吃不透什么意思，是劝戒、警告，还是威胁？又想到如今政局纷乱，陷阱所在皆有，即便阿兰，在任伯安和九哥这班子里许久，如今又是什么样的心思？为什么又要将乔姐一并奉送自己？想着，不禁痴了，却听乔姐顶胤禵道："不但奴婢山野，环滁皆山也（野）！"

一句话说得胤祥倒笑了，因道："原来我们山野！难为你这典用得当——只是今儿此情此景，你们这歌唱得怪，你们这是给我上寿的么？"阿

---

① 为避胤祥的名讳，阿兰将"吉祥"改为"吉安"。

兰低头想了想，笑道："这是极佳的上寿词儿，人生一世草木一秋，爷难道不要及时行乐？"乔姐儿也道："爷们重貂金樽，重楼燕阁，还要听谀词，不怕乐极生悲？奴婢们唱的正是这雪，飘舞上下，像蝴蝶儿不像？十爷要听俗艳调儿，就一车也有！您要听什么？《艳雪罗天》，还是《翡翠屏》？请爷只管点，我们……"

"罢罢！"胤䄉笑道，"算你们对还不成？我和老十三还没说一句，你们倒有十句等着！这就是侍候主子的规矩？"胤祥也兴头起来，对阿兰乔姐道："就把方才的曲子，你弹琵琶你吹笙，我来唱一曲！"

胤禵胤䄉都是一怔，旋即鼓掌大笑。胤禵便吩咐其余歌伎："十三爷下海，头一遭听说，今儿有眼福！你们也别闲着，给十三爷伴舞！"于是众人纷纷躬身领命，众星捧月价将胤祥拥在核心，胤祥箭袖长袍，玄带束腰，越显得目如朗星，英气勃勃，拔剑徐徐而舞，亢声唱道：

> 升木猱，出柙兕！系何人？乃王孙！剑芒起处星斗黯，回顾苍穹雪无垠。遥望彤云低沉，问造化之神，何处是天门？……嗟吁乎！
> 六出天花满乾坤，天语乱纷纷……

唱罢将剑还鞘，呵呵大笑，至案前与胤禵胤䄉连撞三大觥，豪饮而尽，说道："兄弟今儿高兴！这两个——"他醉意蒙眬指着阿兰乔姐儿道："我都要了！这就跟我走……左怀美人，右携香草，踏雪寻梅，不亦乐乎？"说罢一手扯了一个，向胤禵胤䄉道："我们去了！"便自出来。胤禵便忙命人："再给十三爷备两匹马！"

胤䄉胤禵两个人也不下楼，径至窗前，眼见胤祥披了大氅登骑而去，阿兰乔姐都披着昭君套随后拥雪而去。胤䄉不禁叹道："老十三真会享福！就这么把人带走了，只怕十四弟也没这份爽气！"

"你说的是。十四弟只是性格儿和他仿佛，但存了心机，就爽不起来了。"胤禵怅怅地望着，不知为什么，心上涌过一缕愁思，缓缓说道："劈不破这个旁门，我们就没这个福分。但愿这两个妮子能劝着他少和我们作对。"胤䄉笑道："你怕阿兰乔姐儿变心？放心吧，她们一门九族都捏在老任手里呢！"

胤禩没有理会，摇了摇头道："你我都是皮肤滥淫之蠢物——你不知道，世间'情'之一物，是最能移性的……"

保举八阿哥胤禩的奏折雪片也似飞入大内，忙坏了马齐和佟国维，每日坐镇上书房操办这件"天下第一事"。递进来的奏事匣子立即拆封，命誊本处用大字誊清，以备康熙随时查阅，原本则封存贴黄交皇史宬入档。他们两个则逐本写出节略，用黄匣子传进养心殿请康熙御览。这些差使素常都是张廷玉来办，可煞作怪的，张廷玉却似局外人，所有荐本一概不看，每日进上书房照旧坐班儿，却只是召见一些进京述职的官员，叮咛回任急办地方公务，钱粮财赋入库保存事宜，再没事就把康熙早年的批本借出来，一本一本分类记录，看似手脚不停，其实是消磨时辰，马佟二人都看出来了，尽自心里诧异，也乐得他不来抢功。

"衡臣，"第六日头上，马齐有点憋不住了，"你的保本写好了么？怎么也不见个动静？这么大的事，上书房大臣不宜缄默的。""噢。"张廷玉漫不经心地说道，"我的是密折，没有劳动你两个看本，昨日才递上去的。"说罢便又低下头，一笔一画抄录自己整理的"起居注"。

佟国维笑道："真是个冷人儿！听说你的门生李绂、田文镜进京见你，都叫你挡驾了？就是密折，也无非保的哪个阿哥，绝妙好辞奇文共赏，我们共室办事，就拜读一下何妨呢？"张廷玉放下笔，在炭火上烤着手，说道："李绂田文镜见我，原是没什么忌讳。但如今圣上有旨，百官不许串连，时候不对，所以我叫他们到上书房一块接见。至于我的密本，更没什么看头，我还保的是二爷，也用不着瞒你们二位。"

"是么？你还是保的二爷？！"马齐不禁吃了一惊。佟国维也是瞠目结舌："他……他已经废了呀！告天文书还是你起草的嘛！"张廷玉点头叹道："我和你们二位有点不同，倒也不为标新立异。我不到三十岁就进上书房，是瞧着二爷长大的。不说忠君不忠君，单说情分，这时候舍他而去，于心何忍？况且皇上当我们的面至嘱再三，如今朝中门生故吏瓜葛藤牵，扯一根动一片，因此不许联名具本，不许串连商议，你我都是相臣，怎么敢违旨？难道你两个写本还商议了么？"

一席话说得佟国维马齐面面相觑：保胤禩的事这些天喧嚣尘上，天经地义的事，还用"商议"？心里虽然觉得张廷玉迂阔，但想到自己见了不计其数的官员，暗示要保八阿哥，也未免多少有点不安。正没做理会处，忽然见两个太监扶着皓首龙钟的李光地进来，三个人便都起身相迎。佟国维便笑道："榕村相公，雪化了，出来走走？"

"我是奉旨递牌子进来的。"李光地颤巍巍坐了，觑着眼看了看房角的大自鸣钟，"皇上说在这里召见我。你们还不知道？"三个人听了都摇头，马齐因道："云贵两省的荐折还没递来，怕是路上不好走。皇上这时候要决断大事么？"正说着，那自鸣钟沙沙一阵响，"当当"连撞九声。便听李德全的声气在乾清门那边喊："万岁爷驾临，李光地、张廷玉、佟国维、马齐接驾！"四个人忙都迎了出去。

康熙皇帝穿着貂皮黄面褂，里头套一件蓝色江绸面青白狐袍，也没有戴冠，脚下蹬一双鹿皮油靴，背着手，在一大群太监簇拥下，由月华门徐步而入。几天没有见臣子，又没有加大氅披肩，看去似乎瘦了一点，精神却很矍铄，脚步囊囊踩在湿漉漉的临清砖地上，因见李光地也跪在上书房门外，略一迟疑，想说什么又闭住了口，径带着李德全、邢年、德楞泰进了屋，半响才吩咐道："你们进来吧。"又指着门边杌子，说道："李榕村，你坐那边，你们几个跪到这边，不用请安了。"

几个大臣叩头谢恩，按康熙指定的位置跪了，张廷玉便笑道："外头残雪未尽，大冷天儿，有什么事主子传一声，奴才们过去就是了，何必劳动圣驾？"

"朕想，你们这些天比朕累。"康熙不冷不热地说道，"天晴了，朕也想走动走动。"张廷玉不禁瞟了一眼李光地，暗思："'走动走动'，何必传召李光地？"正想着，康熙问道："张廷玉，上书房转到养心殿的折子，你都看了没有？有几个阿哥入选太子？"

张廷玉忙叩头道："奴才这几日忙着料理各地钱粮入库、解京的事，如今过了天津，运河结冻，漕船上不来。明春直隶京畿还差着五十万石粮，因此心里发急——已催着他们从旱路运来。遴选东宫的事是马齐佟国维两个操办。奴才自己上了密折，想来万岁已经过目。万岁既要详明数码儿，容臣等统计列奏。"康熙听了便目视马齐。

"回万岁的话。"马齐忙道，"三阿哥四阿哥十三阿哥十四阿哥，都有荐章，各人都是两份荐章，五阿哥七阿哥各是一份荐章。最多的是八阿哥胤禩，荐奏入选东宫的本章计七百四十三件。云贵两省路远，奏章还没到，大约今明两日，也就齐了。青海藏蒙，遵旨不必参与，因此不计在内。"

"完了？"

"是……"

"二阿哥呢？"康熙脸色拉了下来，"据朕所知，胤祺、胤祥、胤礼三个阿哥仍保的胤礽，还有王掞、武丹、狼瞫、宁古塔、巴海、苏里哈达都保的胤礽。你和佟国维怎么弄的，居然不写节略？"

马齐不禁一愣，正要回话，佟国维叩头道："二阿哥乃是既废之太子。因废二阿哥，所以有举荐新储君旨意。奴才以为胤礽不宜入选，所以没有详奏……"

"你以为！"康熙哼了一声，"朕几曾说过不许保奏胤礽来着？"一句话问得众人目瞪口呆，仿佛把上书房的空气压得紧紧的，人人都透不过气来。里里外外的侍卫太监见皇帝又发了脾气，人人股栗变色，连李光地也激灵一个寒战，不安地挪动了一下，有点不知道自己该坐着还是该跪下了。马齐咽了一口唾沫，说道："皇上，这是奴才等的疏忽。既然主上要，奴才这就办理。"康熙冷笑道："你'疏忽'得好！你精明着呢！不然，为什么手心里写着'八'字，周游六部？刘铁成——"他扬起脸朝外喊了一声。

刘铁成就侍候在门口，忙进来垂手而立，问道："万岁有什么旨意？"

"你出去传旨。"康熙摆手道，"叫十岁以上的阿哥都在乾清门外跪着，等候诏书。"待刘铁成诺诺连声出去，康熙又道："事君惟诚，你们位极人臣，连这点子道理都不懂！什么'七百多'人保奏八阿哥，要没人串连，就这么一心？"佟国维听着，已知康熙变了心，顿时头上沁出汗来。张廷玉徐徐说道："万岁爷息怒。八阿哥确有过人之处，忠信平和，宽仁大度，且学识颇佳，儒雅端庄。马佟二位保荐，不为无因。至于串连，也是偶尔不谨。我们处在这个位置也实在是难，求主上圣鉴。这么大的事体，一定要万岁满意、百官满意、天下百姓满意。既不能草率一蹴而就，臣以为重新推举也是良法。"

佟国维腾地红了脸：这个张廷玉不言声递了个密折，里头不定调唆了多少坏话，这会子又要装好人，又要重新推举，真是险不可测！因叩头道：

"万岁，张廷玉谀君取宠，真正是个奸臣！七日之前，万岁煌煌下诏颁布天下，历数胤礽之恶，乾断废黜，又有旨令百官推举，'一惟公意是从'，臣等扪心自问，决无自外万岁之心。草芥匹夫尚且以信为本，我天朝万乘之君，岂可朝令夕改？"

"他替你圆场，你反攀诬他！"康熙指着佟国维连连冷笑，对众人说道，"你们看看这是个什么人！你的那点子'忠心'朕心里有数。马齐是没心眼，瞎揣摩，明着来。你呢，暗的！你不但串连你的门生，还和阿哥们勾手，七阿哥十二阿哥的本章就出自你府哪个师爷幕僚的手笔，以为朕不知道？"

佟国维脸如死灰，一句话也回不出来，他做梦也没想到，"病卧静养"索居深宫的康熙会如此消息灵通！他伏地叩头，浑身发抖，正寻思如何回奏，刘铁成进来道："主子，所有阿哥，连二阿哥都传到了，只大阿哥圈禁在哪里，奴才不知道。请示下，奴才去办。"

"不用传他。"康熙冷峻地点点头，又道，"你们也不想想，九州万方，这么大的天下，亿兆生灵百姓，终归要托付给一个人，朕岂肯掉以轻心！你佟国维的奏章朕背都背得出来，什么……'皇上办事精明，天下人无不知晓，断无错误之处，嗯……此事于圣躬关系甚大，若日后易于措置，祈速赐睿断；'或日后难以措置，亦祈赐睿断；总之将原定主意，熟虑施行为善……'这是不是你写的？"

佟国维好容易才恢复了一点神智，颤声答道："是……奴才因听皇上圣躬违和，所以急不择言……求皇上……"

"你拜章明奏，载于邸报，哪个人还敢违了那个什么'原定主意'？你这点用心才真正的不可问！"康熙声色俱厉地训斥着，"你口口声声说'每日祝天求佛，愿皇上万岁'，自五帝到如今，也不过几千年，你这不是胡说八道？还敢说张廷玉谀君，是奸臣！"佟国维早已被驳得魂不附体，浑身木头似的不知疼痒，哪里还回得出话？此刻上书房中人，无论跪坐站立，都如木雕泥塑般，脸色惨白得一具具僵尸也似。正没做理会处，康熙断喝一声："你起来！回去闭门读书！"

佟国维"喳——"地答应一声，抖着手还要取放在一旁的珊瑚顶戴，一眼瞧见狞笑着的康熙，吓得一缩，连叩三个头起身来，丧魂失魄地退出门外，一转身便碰在檐下柱子上，两眼一黑，几乎晕厥过去。众人见他如此狼狈，又是可怜又是好笑，也不敢来扶，看着他踉踉跄跄去了。马齐忙跪前一步，说道："奴才与佟国维一样的罪，求主子重重惩治。但奴才以为，阿哥之中确乎只有八爷深肖万岁，盼万岁不以臣下之过而弃用贤哲之王。"

"你还是保八阿哥？"康熙怔了一下，良久方叹道，"你与佟国维不一样。你的罪在于不该到六部乱串，推波助澜保八阿哥。降你两级，仍在上书房行走，位列张廷玉之后，你可服气？"张廷玉忙道："雷霆雨露皆是君恩，万岁处置极当，不过上书房大臣轮班值事，例无先后。不是奴才不敢居前，实在是办差不便，求万岁免去这一条。"康熙点头道："也罢了——李光地，你知道朕召你什么事么？"

李光地早就坐不住，只因康熙发作佟国维，与他无干，也插不上话，听康熙问及自己，忙伏身跪倒，说道："臣也保荐的八阿哥，请万岁训诲！"

"起来吧，你有岁数的人了。"康熙仿佛不胜慨叹，"像你、王掞、武丹这些人，只要无心为恶，朕不轻易处罚。但你这次，其实负了朕的苦心。那日召见你，朕说了那许多话，朕心里想的什么，连廷玉他们也不知道。你是熙朝元老，为什么听任马齐佟国维他们胡为，一言不发？"李光地躬身听着，默然良久，才道："回万岁的话，臣与马齐的心思一样，虽觉万岁有护持太子的情分，但以'天下为公'论之，仍应本良知举荐。于私心而论，朝局纷乱如麻，为少惹是非，臣未向外人透露万岁旨意，此则臣之罪也，求皇上鉴谅臣心，处置臣罪。"

张廷玉边听边想，李光地不疾不徐，不亢不卑，寥寥数语说得汤水不漏，难怪外头有人叫他"琉璃蛋儿"，四十年宦海，沉浮多少人事，只有他岿然不动，确有过人之处。正默念咀嚼时，康熙立起身来，目视张廷玉道："你起草诏书。"张廷玉答应一声，极熟练地援笔在手，等着康熙下旨。

"这次废黜太子，是朕一人独断专行，没有和你们商议，现在想起来或许是过了些。"康熙慢慢踱着，沉吟道，"当时拿他的情形，廷玉是知道的，实是理所当然，上下臣工也没有以为朕做错了的。但事过之后每念前事，不释于心。他的那些罪名，有的有，有的确是捕风捉影。现在看他的心疾像是渐渐好了。不但臣下可惜，朕也惋惜。他好了，是朕的福，也是臣下的福。还是要好好护视，勤加教诲，不要让他离开朕，但朕不立刻复胤礽的位，传谕臣工知道就是。胤礽也不会报复仇怨，这一条朕也保得。"

张廷玉行文极速，康熙的话落音，墨渖淋漓的谕旨已经草好，小心地吹了吹，双手捧给康熙，小心地说道："万岁，八爷的事，不论怎么说，已经出来了。况且前头有明发诏谕，没有回音恐怕不好。"

"嗯。"康熙没有回答，只细看那份诏诰，只见上面写道：

> 前执胤礽时，朕初未尝谋之于人。因理所应行，遂执而拘系之，举国皆以朕行为是。今每念前事，不释于心，一一细加体察，有相符合者，有全无风影者。况所感心疾已有渐愈之象，不但诸臣惜之，朕亦惜之。今得渐愈，朕之福也，亦诸臣之福也。朕尝令人护视，仍时加训诲，俾不离朕躬。今朕且不遽立胤礽为皇太子，但令尔诸大臣知之而已。胤礽断不报复仇怨，朕可以力保之也。

读完，他满意地点点头，向李光地道："解铃还须系铃人，由你去乾清门宣旨。宣旨之前，命胤礽先进来见朕。"

"喳！"

李光地答应一声，行了礼便走，康熙却又叫住了，说道："还要传朕的口谕：八阿哥胤禩系辛者库贱妃所出，且办理政事殊少劳绩，断不可立为太子。还有——九阿哥胤禟，十阿哥胤䄉，党附胤禩，希图夺嫡，厥罪难道，着一体锁拿宗人府勘后定罪！"

"……"

"吓?！"

"喳！"

李光地出去了，康熙轻轻舒了一口气，张廷玉和马齐把心提得老高：捉拿八阿哥，立时又要掀起滔天狂澜了！

第三十一回　意难消存心欺君父
　　　　　　稳大局复辟再还宫

　　废太子胤礽穿着一身绛红天马皮里的袍子，也没有套褂子，由两个太监导引着从乾清门徐步入内，进了上书房。这个地方过去是他来得最多的地方，乍别不到两个月，中间又经了一番惊涛骇浪，虽然这里一切和过去相同，但他却有恍若隔世之感，连叠在条几上司空见惯的奏本匣子都瞧着陌生了。因见康熙坐在案旁，胤礽略微迟疑了一下，多少有点不知所措地搓了一下手心，上前俯身跪倒，说道："有罪儿臣胤礽恭叩阿玛福康万安！"

　　"起来吧。"康熙淡淡说道，"昨儿朕叫你读《易经》，你可照朕指的篇章细看了？"胤礽又打个千儿起身，一哈腰答道："夜来喘嗽些儿，功课没读完。昨儿儿子读到'下经咸传第五'，'☳'。这本是否卦，因柔上刚下二气交感，所以咎而复正，滞而复亨。卦象说'圣人感人心而天下和平'，以儿子体味，无论获咎蒙恩，皇上都为的天下后世。'君子以虚受人'，儿子反躬自省，颇觉受益良深。"康熙听了颔首微笑，转脸问张廷玉："胤礽讲的可对？"

　　张廷玉和马齐对望一眼，从这父子和谐的对话中，看得出他们之间不知已经谈了几次，彼此的怨隙早已冰消瓦解。马齐不由暗自懊悔，没来由蹭什么八阿哥的热灶窝，如今怎么处二阿哥？张廷玉却道："二爷解得极是。这卦中'九五'之象，虽说有'无悔'的意思，但是从'九四'中'贞吉悔亡，憧憧往来，朋从尔思'中来，所以串连起来，吉利（无悔）还'从悔亡''过而后思'中来。这是臣一点小见识，不知对不对？"说着便拉了马齐，道："咱们多日不见二爷了，就便儿给二爷请个安吧！"

　　"我是有罪的人，而且父皇在这里，怎么敢受你们的礼？"胤礽早已知道，张廷玉是少数几个保荐自己的臣子之一，见他这样，早已红了眼圈，一手扯起一个，含泪说道："快起来！"

康熙呷了一口茶，微笑道："实在是张衡臣见得更彻。你受人魇魅，混沌迷乱，做出许多不是，自己都不晓得的事，朕能体谅。但你细察一下，古往今来，有几个正人被妖法制住了的？所以你的病根还在你自己，德不胜妖。苍蝇不抱没缝的鸡蛋。说俗了，就是这个意思。"胤礽忙道："阿玛圣训极明。儿子一定好好闭门思过，多读些养性修德的书。"

"眼下还不能复你的太子位。"康熙沉吟道，"但奏章你还可看看，防着荒疏了政务。朕心里最怕的是你存了恩怨心。比如眼前这两个人，马齐保荐的就不是你，还有朝里那么多的臣子，各有所保，你打算怎么处呢？"胤礽忙赔笑道："这是儿子想得最多的一件事，昨儿王师傅、朱天保、陈嘉猷也问过儿子，儿子想，凭儿子犯的过失，就是永不逢赦，也不能怨及别人。臣下不推举儿子上头合着天心，下头合着民意，本是忠于朝廷忠于大清的义举。王掞讲天下为公，不得一人而私之，细思这话确是至理名言。儿子若不失德，大阿哥奸谋怎能得逞？继之百官怎么会离臣而去？所以不但群臣，就是胤禔，儿子也不敢心存怨恨。这里马中堂做个见证，我若违心而言，必遭天诛！"

胤礽娓娓而言，痛心疾首地一味自责，马齐听着心头一宽，暗自舒了一口气，康熙也频频点头。只张廷玉玲珑剔透的心思，觉得他过分"光明磊落"，未免不合人情，却哪里敢点破这一层？

"但愿你心口如一。"康熙顺着自己的心思说道，"朕已下旨锁拿八阿哥九阿哥十阿哥。倒也不为惩戒，是想压压他们的野心，叫他们有点自知之明。你要反过来想想，胤禩有些长处也得学。这么多人保他，必定有过人之处，他性子温善，和平处事，学问识见，都是阿哥里一等一的；三阿哥读书做学问，很安分；四阿哥你熟悉，公忠廉能，就是做事太认真了些；十三阿哥十四阿哥是两个千里驹，任侠勇武，外头百事指望得着……手足同心其利断金……"

康熙生怕胤礽记仇，一个一个如数家珍长篇大论地讲述阿哥们的好处，正说得兴头，见张五哥从外头进来，便问："什么事？"

"回万岁爷，十四爷和十三爷打起来了！"张五哥忐忑不安地看了看康熙和胤礽，"九爷十爷围着四爷吵，安溪老相国弹压不住，急得晕了过去！"

康熙"啪"地拍案而起，立时气得浑身发抖，许久才定住了神，冷笑道："好嘛！七个葫芦八个瓢，这头按住那头起！——走，都跟着朕去！"说罢起身便走，竟不从乾清门径出，绕过西边月华门从永巷出来，站在一大堆看热闹的朝臣后头，冷冷看着乾清门前大吵大叫的阿哥们。胤礽马齐张廷玉也只好跟着。

胤祥和十四阿哥胤禵早已被乾清门带刀侍卫拉开，死死架着不放，胤禵额上乌青，胤祥鼻中出血，兀自对骂。

"你是什么东西？你不过是四哥一条狗！看着二哥兴头，你就竖尾巴龇牙儿，什么好德性？"

"就这德性，比你也强些儿！不瞧着你和四哥一母同胞，凭你糟蹋四哥，我揍扁了你！"

"哼！那也要瞧你的本事！"

"嘻！明儿放马西山，一个从人不带，咱们两个走走把式！"

康熙看这边时，胤禩胤禟两个正一递一句挖苦胤禛。胤禩说："太子还没复位，八哥又遭人诬陷，连我们也跟着遭殃！就是犯凌迟罪，难道不许我们见见阿玛申辩？你凭什么拦在头里？你是太子还是皇帝？"胤禟接口儿奚落："四哥将来坐龙廷一定好样儿的。您打算用个什么年号：'允（胤）真（禛）'？允真允真，别人一'允'，您就'真'了，或者叫'拥正'（胤禛），拥正拥正，人家一'拥'，你就'正'了！"胤禛却声色不动，脸上毫无表情，说道："你们这会子发疯发迷，我不计较。我是说就要申辩，也要奏请，按着规矩来！李光地是宣旨的，他有什么错儿？你们就大口价啐他？好兄弟，万岁这几日欠安，咱们委屈点，也要体贴着点！"胤禩则煞白着脸，连连求告吵成一团的阿哥："好哥哥兄弟们！你们消停一点，事情总会弄明白的！你们要往死里送我么？"康熙至此方听出点眉目来，正要说话，身边的胤礽早已"扑通"一声跪了下去，双手拱揖说道：

"弟弟们！事由我起，事由我息，都是我的罪，瞧着主子的脸，别吵了……"

朝臣们伸着脖子瞧热闹，不防废太子竟挤在这边，回头看时，当今万岁康熙也铁青着脸站在一边，无不大吃一惊，"唿"地黑鸦鸦跪下了一大片。霎时，空旷的天街上变得鸦雀无声。

"李光地是奉旨宣诏。"康熙轻蔑地看着这群儿子，"是谁挑头闹事？"

"是儿臣!"

众人正发怔，十四阿哥胤禵跪前一步，朗声说道："儿臣要见阿玛，李光地不许，请万岁治李光地离间父子之罪！四阿哥指使十三阿哥阻拦儿臣，也请万岁公道处置！"胤禵面不改色，却是口气强硬，砖头般砸了过来，倒把康熙噎得一怔，半晌，方冷笑一声，说道："是么？他们胆敢阻你的大驾？那还了得！不过你见朕有什么事呢？"胤禵并不害怕，叩了头又抬起脸，说道："儿臣知道父皇欠安，想见见您。也想请问阿玛，八哥犯了什么事，连累着九哥十哥要一体锁拿？"

康熙刀子一样的目光盯了胤禵足有移时，冷冰冰说道："难为你有这份孝心！八阿哥犯什么事，李光地难道没有传朕的口谕？"胤禵毫不示弱，梗着脖子说道："传是传了，'莫须有'三字何足以服天下之人？前奉明诏，着百官举荐太子，令众人共举胤禩，一德一心，虽说少许人不遵圣谕，有串连的事，但百官何罪、胤禩何罪？儿臣想知道，是哪个小人在万岁跟前下蛆，使朝廷出此乱令？"康熙目光阴狠地一闪，说道："朕于国家大政，从来是慎独专断，几时听过小人构陷？听你这个意思，你要清君侧？好，你是想学吴王刘濞，还是想学唐肃宗李亨？再不然要学永乐皇帝靖难，杀掉朱元璋的太孙，另立一个永乐皇帝？"

"儿臣岂敢有谋逆之心？"听着康熙犀利的词锋，胤禵似乎颤了一下，但这只是刹那间的怯懦，很快又镇静下来，但脸色已变得有点苍白，"夫物不平则鸣，儿臣想为八哥叫屈。八阿哥才识宏博，雅量高致，礼贤下士，安居王位并没有什么过失。万岁令人举荐于前，又无端锁拿于后，不教而诛，百官无所措手足，皇子不遑宁处于位。往后谁还敢再奉诏办事？遵旨是死，抗旨也是死，请万岁给儿臣等指一条活路！"说着，豆大的泪珠已淌落下来，却只是不肯低头服软。旁边跪着上百的官员，被他说中了心事，也都黯然神伤，隐隐有人雪涕饮泣。

康熙听他慷慨陈词，凿凿有据，想想确是难以驳斥，但他一生行事，从来没有后悔的，当着这么多的人被胤禵一个硬头钉子砸过来，如何能抹得开脸？格格一笑，说道："朕就偏偏听不进你这忠谏，你敢怎样？"

"子尽孝道，臣尽忠道。"胤禵脸色雪白，"家有诤子不败其家，国有诤臣，不亡其国，儿臣岂敢后人？"

"嗬？不听你的，大清就要亡国？"

"难说！"

一直跪着垂涕静听的胤禩，忽然抬头看了胤禵，颤声说道："十四弟，你不要说，不要说了……你要累死八哥么？"说罢身子一软，竟当场昏倒在地！

康熙又惊又气，只觉得两腿发软，身上直抖，胤礽没想到刚刚放出来就有这一场下马威，咬着嘴唇寻思半晌，说道："老十四，你这是冲我呢，还是冲阿玛？你少说几句，下去我给你赔情好不好？"不料话音未落，胤禵又顶了回来："所言是，尧舜不能非之，所言非，圣贤不能是之！你懂不懂？你现在不是太子、不是王公贝勒，要你管教我么？"

"好畜生！"康熙暴怒地瞪着眼，哆嗦着手摸了摸腰间，却没有佩刀，左右看看，劈手拽过张五哥，一把抽出他的宝剑，在手中一挺，一脚踢开挡在前面的一个太监，就要冲过去，"父叫子亡子不得不亡，君令臣死臣不得不死。这番朕要当个昏君庸父！"五阿哥胤祺素来老实，却讷于口齿，双手一拦，哭道："父亲……父亲……十四弟少、少年气……盛……"胤祺原对十四阿哥一肚皮的火，乐得由父亲教训，见他竟要杀胤禵，不由也慌了神，因也膝行一步，下死劲搂住康熙双膝，泣声说道："阿玛，阿玛……您息怒，听儿子说……儿子拦挡他们，原怕打扰您不清静，想缓一缓儿再说……其实不该锁拿八弟的……十四弟虽没规矩……您杀了他，不是儿子杀的，也是儿子杀的……"

张廷玉见胤禵尚自仰天冷笑，知道这样火上浇油，越发要气坏了康熙。因端出太子太傅的身分，断喝一声："胤禵，你还不谢罪！快点退下！"胤禵这才勉强磕了个头，抬头看了看横不讲理的父亲，突然号啕大哭，掩着脸一路去了。把康熙气得脸色铁青，呼呼直喘粗气。马齐这才从惊怔中清醒过来，挥手命众官员："又没有朝会，你们都聚在这里，成什么体统？吏部的人把今天没有公事进隆宗门的人记下名字交我！"于是众人便忙着纷纷起身，如鸟兽散般溜之大吉。

"父皇，"胤祺见太子搀了康熙，忙过右边架起康熙胳膊，一路往养心殿送，口中喃喃唔唔，恳切地说道，"火盛伤肝，您生不得气了……听儿子说心腹话，您得饶了八弟九弟和十弟……"

"朕不饶!"

"父皇……"胤禛下着气继续劝慰，"您老英明一世，没有读过《黄台瓜辞》么？'种瓜黄台下，瓜熟子离离。一摘使瓜好，二摘使瓜稀。三摘犹自可，四摘抱蔓归'……"

康熙突然站住，他真的没有见过这首诗，此时此刻，由胤禛悠悠慢咏，真是发人深省，半晌，方问："这是哪本书上的？""《唐书》里的……"胤禛昨儿才从邬思道处听来，现收现卖，十分熟稔，"昔日天后杀太子李弘，李贤恐惧不安，写了这首诗感悟女皇……"

"朕……一个瓜也不摘……"康熙凄然长叹，已是泪落如雨，"武则天还是杀了李贤……她做得不好……朕不学她……不摘瓜了……"

他仿佛一下子苍老得连路也走不动了，由马齐和张廷玉护在后边，拖着步子回到养心殿。胤禛心里十分恬静，一路娓娓细语劝说，胤礽在另一边架着康熙，心里却不禁暗思：老四真伶俐，马屁拍得炉火纯青了。

不知不觉间，康熙四十八年的春天降临人间，北京城外春水鸭碧、岸柳吐黄，已是一派盎然生机，紫禁城里因没有树，看上去还是灰沉沉阴森森的，只老墙下苔藓新绿嫩滑，砖缝里抽出细细的何首乌青藤，向索居深宫的人们无声告诉，艳阳天再度来了。北京民间原有涂画《九九消寒图》的习俗，有的是画个九格八十一框，从冬至开始，日画一圈，上阴下晴，左风右雨，记录一冬光景；雅一点的人家，则涂一个光秃秃的梅枝，上面画八十一瓣素梅，日染一瓣，瓣尽而九九冬尽。皇家制度与众不同，却是在养心殿后殿墙上，悬一块宣纸裱了的楠木框，由皇帝每天写一笔，九九寒尽，朱笔恰恰批出九个楷字：

亭前垂柳珍重待春风

太监李德全侍候这差使，他是个细心人，很快就发觉，每写完一个字（九天）康熙便召见一次胤礽，问半个时辰话，一共召见了八次。今儿是写"風"的最后一笔了。果然康熙画完了"乁"放下笔便道："你去传胤礽进来。"

"喳，奴才明白！"

但康熙没有立即叫去，端茶凝望着消寒图，慢吞吞又道："朕想，王掞一定也在朝阳门胤礽宅子里，你传旨给他们，胤礽自今儿个起，仍回毓庆宫读书……明儿，叫王掞陪着胤礽一同来见朕。"

"是……"

"还有。"康熙说道，"你去三阿哥府，把《古今图书集成》的目录取来，再要一套《洪范·五行》。叫四阿哥十三阿哥去上书房见马齐，户部的差使还要他们管起来。桃花汛眼看要下来，派人出去巡查一下黄河河防，把情势汇总儿奏朕，看哪些省该免赋，哪些府该赈济，都要心中有数。刑部春天没有大事，你告诉八阿哥，和张廷玉商议一下春闱的事：派谁主持南北闱，出什么题目，拟一个密折条陈奏进来。"李德全是太监里记性最好的，康熙说一件，他掐一个指头，垂手听完，已是默记于心，又原原本本复述一遍，见康熙无话，方哈着腰却步退出来。

因胤礽住的离八贝勒府很近，李德全多了个心眼，陪着二阿哥到东华门送进大内，然后一家一家按长幼顺序重新到各王府传旨，这虽误时辰，不图别的，只图个平安没闲话。所以兜了一大圈，到胤禩府时，已近午时，按李德全的想法，八阿哥是晦星照命，太监们忌讳多，他不想在这多待。谁知道府外看着冷清，里头却人来人往十分热闹，因八福晋刚刚过了生日，而庑廊下五光十色琳琅满目，到处堆的都是下头官员们送的寿礼，合府上下家人们跑解马似的穿着单衣收拾着，兀自人人冒热汗。八阿哥胤禩请了胤祥、胤䄉、胤禵吃消寒酒，还有揆叙、王鸿绪、阿灵阿、张德明一干人都来了，都聚在西花厅。见李德全传过旨就要走，胤禩笑道：

"你不要吓成这样，我是沾惹不得的人么？何柱儿方才来，他还想到我跟前侍候呢！前日万岁赏了我两坛子三河老醪。来来，吃两杯再去！"

李德全张着眼看看，胤䄉胤禵揎臂扬眉，吆五喝六地正在相战，胤祥跷足而坐含笑不语，其余的人也都满面春风谈笑说闲话儿，只阿灵阿仿佛大病初愈，脸色有些苍白，坐在安乐椅中发呆，因笑道："八爷想哪里去了？奴才是哪牌名的人，敢在这里坐地吃酒？没的折了奴才的草料。"

"算了吧你！"胤禩一手执壶，一手拿杯，喝得满面通红，笑着把李德全让进花厅，在隔扇屏风一个空桌子边斟了酒，说道，"你要不喝，我叫十四爷出来灌你!"李德全这才忙吃了一大杯。胤禛笑着对胤祯道:"都快午时正刻了,这会子哪里去寻张廷玉?你过去多劝他们几杯,我和老李说几句话——听说二哥又要搬回毓庆宫,有这档子事么?"

李德全一欠身道:"有,奴才刚刚传了旨。"胤禛命人端过两碟子菜,一边让李德全,一边又问:"万岁没说别的?叫他批折子没有?"李德全心里雪亮,知道他要问什么,因笑道:"万岁没说。批折子的事是国家大事,我更不敢过问。"话音刚落,十四阿哥胤禵趔趄着脚步儿过来,笑道:"是老李呀!我刚刚听胤祯讲了个笑话儿,你要听不要听?"李德全忙道:"奴才最爱听笑话儿。十四爷说了,得便儿奴才说给万岁,万岁爷也爱听着呢!"

"有一个人——"

胤禵打了个酒嗝,给胤禛李德全各倒一杯,三个人碰杯一饮,李德全因见胤禵不说话,便问:"下头呢?"胤禵呵呵笑着道:"下头没有了。"李德全迷瞪半日,才想到是说自己,不禁笑道:"十四爷真能取笑——"话未说完,隔屏风一大群人已是哄堂大笑。

"你下头已经割了,难道还怕把上头也割了?"胤禵笑道,"没有鸡巴,怕鸡巴什么?九爷问你几句话,你就装模糊儿!"李德全哪里吃得住他这夹枪棒,由不得满面赔笑,说道:"十四爷虽是玩笑,奴才可担待不起。据奴才的小见识,太子爷复位是定必的事了。虽没旨意,内务府给太子送笔,都是老规矩,万岁使过一次才叫二爷使,这事万岁没个不知道的,也没有责备。前儿江宁织造司送贡,万岁赏二爷的也是早先当太子的那些物件,一件不多,一件也不少。打冬至到今个儿,隔九天万岁见一次二爷。爷们说话越来越随和亲热。上回武丹进来请安,万岁还笑着说:'调你进京虚惊一场,说胤礽要怎样,都是没影儿的事。如今朕每见胤礽一次,胸中疏快一次。'狼瞫军门的兵也调回了原驻地,凌普也回了热河,还当都统。昨儿毓庆宫王公公还叫人把太子的衣物帐被都拿出来晒了,又叫修太子爷的辂车,今儿就有旨命二爷进去……不是瞎子,谁还看不出个八八九九?"

一席话说得屏风两边的人尽皆无语,都住了酒,交换着目光。除了狼瞫护翼军队奉旨回旗,凌普降两级回任管带这些大事,其余琐碎事体虽也时有耳闻,却难得李德全说得这样周备。胤禵眼珠子骨碌碌转着还想问话,李德全已经起身，赔笑道："奴才得去了，万岁爷歇午晌，我得侍候更衣呢！"

"慢一步。"胤禵知道这人胆小，拉拢不住，因似笑不笑地说道："听说要叫何柱儿来八爷府当太监头儿，可是有的？"李德全忙道："内务府昨儿才说，大约这两日他就过来侍候了。"

胤禵从屏风后踅过来，坐在瓷礅上舒了口气，目光幽幽地闪动着，说道："我这里用不完的人，还要太监做什么？何柱儿一手好推拿，你是养心殿的头儿，跟万岁说一声，就留你那边使唤，可成？"何柱儿因为得罪胤礽才开销出皇宫的，这事当然说不成，李德全一是被缠得有点发急，二是也真怕这个望高权重的廉亲王，只好低头道："奴才尽力照办，不过——"

"给老李拿五十两黄金来！"胤禵冲外吩咐一声，又道："我要的是这片心。办成办不成，我不在乎。"

第三十二回　颠倒口令福儿驯马　淆乱视听胤祥谈诗

　　三月初九，废黜了半年之久的胤礽复立为太子。一如废黜时的程序，皇帝坐乾清宫，命张廷玉赍诏祭天地告太庙、社稷，回来奉太子衣冠，觐见皇帝。次日，命皇三子胤祉、皇四子胤禛、皇五子胤祺、皇七子胤祐、皇八子胤禩、皇九子胤禟、皇十子胤䄉、十二子胤祹、十三子胤祥、十四子胤禵等人会齐毓庆宫、拜会太子、行二跪六叩首大礼。至此，礼成。一场掀动清帝国整个朝局的轩然大波暂告平息。毓庆宫赐筵，复辟太子胤礽深自降抑，挨桌劝酒；胤祉举止谦恭、坦然奉陪；胤禛恬淡自若，不卑不亢；胤禩满口君恩帝德，堂皇儒雅；胤祥胤禵喜笑颜开，议论风生；其余阿哥或侃侃言笑，或侧耳静听，或停杯踟蹰，或矜持不语。看去是雍穆和平、兄弟情亲，一堂春色，但其实人人心里有数，大家都上了擂台，不把对方打得魂灵出窍，自己便难以站脚了。

　　筵散之后，还是老章法，八阿哥是一群，怒马如龙卷地而去；三阿哥、五阿哥、七阿哥、十二阿哥、十七阿哥又一群，同去松鹤山房汇文。本来应该最欢喜的胤禛，不知怎的却显得有些沉郁，蹬着上马石，心不在焉地对胤祥道："去我府坐坐吧。"胤祥笑道："每次总是我去四哥府。今儿破个例，到寒舍一叙如何？"

　　"罢罢，我不敢沾惹！"胤禛微笑道，"你府里不整顿，我永世不去。三哥孟光祖的事，我只在你那里提过一回，第二日二哥就知道了——你那里是贝勒府？是庙会！加上你新收这两个妖精，如今还不知怎么长进呢！"胤祥听了不禁一笑：他府中确是各个阿哥派来的"奸细"都有，虱多不痒，他早已不理会了。因道："那就雍和宫去——还有笑话儿呢！阿兰和乔姐两个人似乎也不是一条线儿上的，神气里头带着两相防备似的！我心想，不管你是谁的人，我都来者不拒，老子无事不可对人言，你能拿我怎么样？

五哥那么老实的人，还往我府里塞了个人。前儿我打发他背了一扇磨回五哥府，写了封信只说了一句话'叫这人还把磨背回来'。我就这么消遣他——明知是饵，昂然吞之，岂不也是一大快事?"说着，目视前方，良久又叹道："养移体居易气，真是半点不假。你知道，我原来还想破个例儿，娶了阿兰做福晋，如今她来，我怎么瞧都不像江夏那个阿兰！前儿她递茶，我就泼她一脸，我瞧着她想哭又赔笑那样儿，真气不打一处来——谁叫你这么贱，给人家当细作?"胤禛听着，脸上一丝笑容也没，半晌才道："世上最可怜可恶的是人，最可怕的也是人！"说着，因已过了定安门，雍和宫遥遥在望，两个人便都不言语，一齐下马进府，径直往西花园去见邬思道。

刚趸过西廊，便听北边马厩院里一声长嘶，两个人回头一看，狗儿坎儿都站在木栅旁，一个眯着眼，一个嬉皮笑脸往里看。接着便听高福儿气喘吁吁说："尊驾，久不见面了！主子差遣，这会没工夫，我不下马了，改日再……"胤禛胤祥不禁都是一怔，高福儿这奴才捣什么鬼?正愣着，那马又是一声长嘶，仿佛疼不可忍，一阵急蹄奔跑。胤禛便问："你们这是做什么?"两个童子便忙过来请安，狗儿笑道："我们在瞧高大管家驯马——"话未说完，又听高福儿道："老王，对不住，事忙，我就不下马……"那马又是一声惨叫，"扑通"一声，似乎将高福儿颠下马来的样子。胤祥便高声叫："高福儿，你出来！"

"四爷十三爷……"高福儿一头一身灰窝里滚出来似的出来，脸上一道道汗条子，打千儿请了安，笑道："爷们回来了?"胤禛皱着眉道："你照镜子看看模样，还像个人不像?"高福儿忙躬身道："奴才在驯马……这匹杂毛马，原先骑着挺稳当的，不知怎么就生出些异样的怪毛病！在路上逢熟人，只要说声'事忙，顾不着下马'它就卧了，真能把人寒碜死！"

胤祥想着，狗儿最爱调治狗马虫鸟，必定又是他做的手脚，想着高福儿的狼狈像，不禁喷地一笑。胤禛也不禁莞尔，却道："你们各人都有自己的差使，都在这里顽皮！"坎儿规规矩矩答应一声"是"，狗儿见胤祥看自己，一吐舌头，拉着坎儿一溜烟去了……

"四爷。"枫晚亭只有邬思道一个人，和胤禛胤祥寒暄过，他靠在东边的安乐椅上，斜阳照着，似乎有点忧伤，"还叫你管户部?你如今怎么打算?"胤禛抚着刚剃过的头没有说话。胤祥笑道："大事已过，我们正好振作起来。我说，还是原来的办法，我在前头，四哥和太子爷后头坐镇——我就不信，局面扭不过来！"

邬思道目光流动，轻咳一声，说道："那是面儿上的章程，我想听听四爷心里怎么想？"胤禛十指紧扣，喘了一口粗气，说道："我想不出什么。太子爷废而复立，把我的心都操碎了。如今户部情势也非昔比，没了施世纶，没了尤明堂，老十三单枪匹马济什么事？何况，万岁两次召见，都没说重新清理亏空的事，倒说刑部的事要紧，要我多多过问。刑部原来是老八的差使，去热河前已经场光地净办得滴水不漏，我们还能怎么整治？所以我心里很烦。"胤祥笑道："四哥原来为这个不欢喜？这回我们把乾坤都翻转了，这点子差使怕什么？不高兴的该是八哥他们！"

"也许是这样，也许并非如此。"邬思道沉思道，"不高兴的恐怕只有大阿哥。三阿哥一击不中，退而观战，无可无不可。八爷得大于失，有什么不高兴？难道十三爷真的以为，乾坤倾而复正是四爷和您的力量么——要这么想，您齐根儿就想错了！"他说话声音很低，幽幽地像从远处传来，显得又清晰又阴森，胤禛胤祥都打了个寒战。胤祥说道："他这次夺嫡，闹得人仰马翻灰头土脸，有什么好高兴的？要是我，说不定就自杀了！"猛地想起高福儿被马掀翻的样子，胤祥竟不自禁格儿格儿笑个不住。

胤禛看一眼胤祥，说道："这有什么好笑的？八阿哥超越了三个阿哥，这次进封亲王，和我一样！九阿哥十四阿哥也都升了贝勒，得大于失凿然不谬。前些日子我看他似乎有点颓唐，阿灵阿甚或服藤黄自尽，这几日我看又是一番光景。就是此刻，八王府还不知在谈些什么呢！"

"实在这才见得深了一层。"邬思道苍白的脸泛上一丝血色，"夺嫡不成，打了八爷这一闷棍，他像是懵懂了一阵子，如今早已清醒过来，没当上太子，只有心里更叫劲儿，如今他是亲王，开府建牙，更有力量与太子抗衡了！"胤禛淡然一笑，说道："先生，也不要过于危言。无论怎样，太子毕竟重登宝座，难道还重来一次不成？"邬思道阴沉沉地盯着窗格子，说道："当然是这样。据我看，太子宝位比从前倾斜得多了！"

刚刚胤礽复位，邬思道就下这样的断语，胤禛胤祥不禁都抽了一口冷气，谁也没吱声。

"皇上复太子位，乃是出于不得已。"邬思道冷冰冰说道，"废太子前，他压根没想到会起这么大的波澜，更没想到八爷的势力遍布朝野，呼吸之间可以撼动大局——亘古至今，几曾有过这么惊心骇目的事？为防止宫变，万岁只好重新复立二爷，用他来压八爷、压三爷、压四爷，镇住阿哥们的争雄之心。"

胤禛吃惊地站了起来："压我？为什么压我？我不明白你的话！"邬思道仰起脸，笑道："四爷自认是太子党？你若不是太子党，当然和三爷八爷一个样，不过比不上八爷显眼就是了。"胤禛的脸色缓了下来，他终于从邬思道这句话中，寻到了自己这些天心情郁郁寡欢的缘由：原来太子被废，保太子是为保自己；压根说自己根本不愿太子重新复位！这个心理埋得这样深，自问都不敢承认，却被邬思道一语道破！好半天，胤禛方颓然落座，说道："你说的是——为什么不呢？——我是皇上的儿子，亲王，国家屏藩，社稷干城。我哪个党也不是！"

"真正的太子党已经瓦解。"邬思道叹道，"王掞、陈嘉猷、朱天保这些人其实都是正人，是万岁安排在太子跟前，规劝太子不要结党的。所以都没有受重处。四爷十三爷，您瞧着吧，太子登位，还要结党。因为不结党无法与八爷抗衡，他要结党，仍要招万岁疑心——你们打算入他这个'党'不入？"胤禛毫不犹豫地说道："我不入。我就这个性子，他现在是半个君，我尽半臣之礼，他登了极，我尽全臣之忠。"胤祥高兴地说："对了！我就是这么想，四哥做的这叫孤臣，我就入四哥这个'孤臣党'！"

邬思道不禁一笑，他知道胤祥最厌的就是这个"党"字，见他满脸不自在，因道："十三爷，您错了。朋党害国蠹民，既是'孤'臣，就不该有党，君子群而不党，这是四爷的本心。就是你，我从来也没看你是'四爷党'。你若不是任侠仗义，一心为朝廷办事，四爷早和你生分了！"说得胤祥红了脸，一欠身说："我失言了，先生说的是！"胤禛喟然说道："邬先生这话真是知心之言。我若结党，凭什么结不来一个'四爷党'？八阿哥那点子手段，哪一样瞒过我了？我办这么多年差，位高权重，要笼络人，比他们方便十倍！"

这话掺着假，却也是事实，胤禛不但没有"党"，稍稍过心一点的朝臣也是没有的，他的力量在于他自己的人格和威权上。但胤祥又不同，京师中下品文武官员他结识了一大批，都是在办差交往中相与的，稍一招呼，临时就能拉起一个谁也比不了的大党。这些，胤禛胤祥自己也意识不到，邬思道却都算计得清清楚楚，但此刻不能说破。沉默了一阵，邬思道问道："十三爷，昨儿八爷府的笔帖式来四爷府找你，我们闲聊了一阵，他说找你要刑部的狱案档——难道那些案卷底稿还在你手里不成？"

"不但刑部，就是户部档案，我也都封着。"胤祥笑道，"没有我的手谕，别的阿哥一个柜子都开不了！"胤禛惊讶地问道："户部是你独立办差，这么着也罢了。刑部是八阿哥为主，吏员怎么能听你的？"胤祥道："八哥没办过差，他知道个屁！我分管着档案，他要哪一份，我叫人查哪一份给他，用完还退我。四哥知道，我爱和下头人打交道，吏目们都听我的，有他妈的那么个把，背了我去八哥那献殷勤儿，我拿鞭子抽了他还得撵出去——谁不要饭碗脑袋呢？"说罢抿嘴儿笑。

邬思道一眼不眨地打量着胤祥，问道："那都是些死档，你把着不松手，是为了什么？"胤祥嬉皮笑脸说道："先生，你的心计我早就服了。你要问什么，我这会子就能说。死档能变活档，活档我想叫它死，它也就死了。"

"你们这打的什么哑谜？"胤禛笑道，"我听着如堕五里雾中。"胤祥跷足而坐，说道："这有什么难解的？比如说，只要我高兴，这会子就能兴风作浪，叫八哥他们如坐针毡！"

邬思道猛地一倾身子，眼睛猫似的放着绿幽幽的光，低沉沙哑地说道："十三爷真是个角色！那条大鱼是谁？"

"任伯安！"

"何以见得？"

"刑部宰白鸭，任伯安一人经办，历年共是三十七条人命。用银子五十多万，有的来项不明，有的来自八爷的庄子。只有一笔是从户部挪借，四万一千两，如今还有一千两的账没有平，刑部档里有两千两没有平。我不封档，条子早就抽了——八哥急着要档案，不定就是存着这块心病呢！"

胤禛心下不禁骇然，他再没想到，这个嘻天哈地的弟弟有这么深的心机！正要说话，却见坎儿带着十三贝勒府的管家贾平进来，便咽住了。胤祥因问道："什么事？"

"紫姑吩咐奴才请十三爷回去。"贾平给众人行了礼，说道，"廉亲王府的新太监头何公公来了，在府里等着爷呢！"

"没说什么事？"

"小的也不大清楚，像是请爷写什么启封手谕……"

"你先去，给我换一乘暖轿。我今儿身子有点发烧。"

胤祥待贾平出去，起身伸了个懒腰，回头笑道："来了吧？他急我不急！启封条子那么容易写的？"胤禛目光霍地一跳，问道："你怎么办？"邬思道从齿缝里迸出一句话道："十三爷，一字真经：拖！"

"十三爷真乃无双国士！"待胤祥漫步踱出去，邬思道拊掌而笑，说道，"当日他进刑部，我送他一句话，'学学萧何入咸阳'，想不到做得如此漂亮！"

胤禛心中陡地袭上一阵不安，阴沉着脸在房中缓缓踱着，良久，问道："这件事不小，要不要密报太子？"

"十三爷费了多少精神啊！"邬思道闷声说道，"四爷要拱手送人？"

"狗儿呢？"胤禛突然朝外喊了一声，"进来！"狗儿正在廊下调鹰，忙进来笑道："四爷。"

胤禛又踱了两步，忽然自失地一笑，说道："皇上赐我的两枝鸟铳，你把镶宝石的那支从库里取出来送十三爷府——他上回还夸这支鸟铳来着——还有那把倭刀，一并送去。慢着，要是他跟前有人，你就说他忘到我这里的，明白？"

"喳！明白！"

胤祥回到府中才知道，胤禩也来了，正坐着看自己案上的字画。见胤祥进来，何柱儿便忙迎上来请安。胤祥一头进书房，口中笑骂道："贾平这狗才，只说何柱儿来了。早知九哥也屈驾来我这寒舍，就该连四哥也叫来，我们一处吃几杯！"

"老十三这字写得越发出神了，"胤禩笑道，"多咱有工夫给我也写一张——我来时何柱儿先来了，我们是碰上的。"胤祥心里打着主意，一笑作答，他原想装病，谅何柱儿也没胆量跟自己闹翻，胤禩一来，这法子是不中用了，因笑道："九哥，四哥府里的邬思道，我原想他一个残疾人，长留在雍和宫做什么？后来才知道，他曲儿写得极妙，专门给四哥写曲子的。

面上瞧四哥，那真是道学，耳不旁听目不斜视，谁知他的小妾年氏，哎呀呀，唱得真是，啧啧……怎么说呢？端的歌能裂石，舞似天魔！最会享福的，我看竟是四哥！我们竟都是些傻子……"

胤禟不禁看了何柱儿一眼，今天来要启封条的手谕，就怕何柱儿弄不过胤祥，他才亲自赶来，原想胤祥必定要说句"九哥难得一来"，或"什么风吹得九哥来了"之类的话，却不料胤祥绝口不问来意，一进门就眉飞色舞说什么曲子——又不好扫了他的兴致，只好耐着性子搭讪，说道："那是！十三弟十四弟精明外露，四哥是内秀，心里伶俐着呢！"

"就是！"胤祥越发来了兴致，命何柱儿坐了杌子上，叫紫姑拿来两个手炉，给胤禟一个，自己怀里放一个，索性长篇大论，说道，"我竟是个井底之蛙，今儿在四哥那算爬出井沿看了看！那年氏不但姿容绝世，口齿便捷，就才学二字，也叫咱们这些须眉汉子愧不自胜！因在席间说起诗韵，我说我最头疼近体诗，该平不能仄，该仄不能平，一个失粘，读起来拗口不说，如何丢得起这个人？你猜年氏怎么说？"他看了看皱着眉头静听的胤禟道："她说十三爷你错了，诗中尽有平仄两用的。陆放翁'烧灰除菜蝗'，'蝗'字就用的仄声；'莫折红芳树，但知尽意看'，'但'字却作的平声；李山甫'黄祖不怜鹦鹉客，志公偏赏麒麟儿'，'麒'字偏是仄声！韩愈《岳阳楼》诗'宇宙隘而妨'，'妨'字居然读作'访'，白居易《和令狐相公诗》'仁风扇道路，阴雨膏阁阎'，'扇'字又是他娘的平声！李商隐《石城诗》'簟冰将飘枕，帘烘不隐钩'，自注'冰，去声'……"

胤祥口似悬河滔滔不绝，信口捏造着"年氏小妾"渊博的学识，几乎把邬思道闲谈论诗听来的抖落殆尽。何柱儿是一窍不通，半句话也插不进来，胤禟心里发急，一个劲掏表看时辰，好容易胤祥说得两嘴白沫，要喝茶，便道："也亏了十三弟好记性——我今儿个……"

"今儿个你可不能走，何柱儿也留下！"胤祥心里暗笑，一口打断了胤禟的话，"昨晚我读《金缕杂记》，里头着实有些绝妙好辞。九哥你知道，我是不养戏班子的，就抄了几首拿给阿兰和乔姐，叫她们练习，可可儿今儿你们就来了，这就是缘法，你有这个耳福！"招手儿叫过紫姑，说道："九爷难得来咱们这里一回，我真高兴！你叫他们弄一桌小菜，清淡些儿，叫阿兰和乔姐儿过来，给爷们助助兴，连着何柱儿也沾个兴儿！"

　　紫姑是跟从胤祥最早的通房大丫头，因胤祥未娶福晋，十三贝勒府的家政就由她主持，最是寡言罕语、忠诚厚重的一个女子，她一直搓着手帕在一旁侍候，似乎有点什么心事，听胤祥吩咐，忙答应一声去了。胤禛无声透了一口气，笑道："想不到十三弟还有这份情肠！不过我和何柱儿来，可是有公事呀！"

　　"不耽误你们的公事。"胤祥笑嘻嘻的，看着人们抬进席面，一边拽着胤禛坐了上首，叫何柱儿打横相陪，斟着酒说道："小晌午了，就是八哥有事，也得后晌再说。对酒当歌人生几何呢？唉……美人香草，皆忠臣孝子之寓言啊！——九哥，满饮此杯。何柱儿你自斟自饮——宋广平心如铁石，曾赋梅花；韩潮州谏迎佛骨，风力铮然，'银烛未销金钗欲醉'何等温柔？即范文正'先忧后乐'，而《碧云天》一阕，也说什么'酒入愁肠，化作相思泪'！我就烦你和三哥四哥八哥这一条，终日板着脸，就似你们独秉了天地正气，占尽了孔孟之道似的……"

　　阿兰和乔姐已经进来，后头还跟着五六个小丫头，有的怀筝，有的抱竿，正诧异地审量着胤祥。胤祥平素快人快语，豪爽不羁，却没有这么多的话，今儿怎么这样饶舌？正发呆时，胤祥轻轻拍了拍掌，于是丝竹齐鸣、管弦高奏，两个人都是汉装，一色葱绿水泻长裙，随乐而舞，真个翩若惊鸿。阿兰唱道：

　　　　路几重？幽涧涟漪愁波涌，荆树摇曳有惊风！丝蔓藤缠山鬼歌，
　　　　莫信芳草满心径。王孙欲归须早行，休待炎日下地平……

歌声甫落，乔姐儿凌波舞步，度曲引吭：

　　　　雾迷蒙！遮住云山第几重？空山子规枉啼月，书剑孤客倦单行。
　　　　衣满花露须忘情，谁撞暮鼓与晨钟？青梅不解春归意，奈是王孙
　　　　酒未醒……

　　"如何？"胤祥酒酣耳热，鼓掌大笑，说道，"这词儿写得妙极，是吧？"

　　"实在是好！"胤禛满腹心事，恍恍惚惚只听了个大概，见胤祥兀自缠

着劝酒，给何柱儿使个眼色，起身道："回头我也借一本《金缕曲》好好看看。不过今儿实在没空了，这会子八哥恐怕已经去了礼部，下来就去户部，我也得赶着去呢。"胤祥嘻嘻笑道："《金缕曲》已是人间绝版，邬思道那里有一本，我借给你看——八哥去礼部有什么事？"胤禵便看何柱儿，何柱儿忙道："八爷是筹备万岁爷巡江南的事。这次废二爷又复立，万岁身子骨儿打熬得受不得，要出去松泛松泛。"

胤祥命人止乐，说道："原来如此！怪道邸报说'已委阿哥筹办出巡大礼'，原来是八哥！呃——"他打了个酒呃，已有些醉意朦胧，"说到现在，我还没问你们来意，是八哥的钧令，叫我去礼部帮办么？"

"不是。"胤禵见胤祥借酒装迷糊儿，恨不得一脚踢死这个冥顽不化的"太子党"，口中却笑道，"刑部的档案，还有户部，都封了二年了，下头书吏们都说不便，得有你一个手谕，叫他们启封，查阅起来也便当些。"

胤祥满不在乎地又斟一杯酒自饮了，说道："哦……是为这个？告诉九哥一句话，兄弟给你拍胸子，你们要查什么，只管找我，要一件给十件，要十件给……给一件……封档的事是太子爷的话，要启封，等闲了我禀一声呃——万岁爷——"说着已是玉山倾颓，歪在椅中兀自口中喃喃而言，却任谁也听不懂说的什么了。

"走吧。"胤禵铁青着脸，扫视了一下众人。

第三十三回　　斗蟋蟀兄弟犯口舌
　　　　　　　有恻隐救弱浣衣局

　　被废太子风波折腾得精疲力竭的康熙皇帝一口气松下来，决定提前到承德避暑，然后径从山东南下，第六次巡视江南。前几次南巡，他的心思放在修治河道漕运上，顺便查看吏情民风，接见遗老，固然也为领略江南佳丽山水，六朝金粉之地风情；但这一回，则纯为休息，避开京师喧嚣波动的官场，理不完头绪的麻烦事——他自承德归来，心悸头晕的病发作的次数愈来愈多，有时接见大臣，讲半个时辰的政务，便觉头摇手颤，心慌不安。若不是年轻时身子打熬得结实，早就累倒了——因此四月十七日下旨銮驾出京，并吩咐一切礼仪从简，自带了张廷玉，留下马齐在京协助太子料理军国重务。按胤礽的意思，想请皇帝将张廷玉也留下，但康熙却道："北京的人也不少了，四阿哥八阿哥他们不都是帮手？实在忙不过来，老三也可做些差事。有些事你做不了主，还要请旨，朕身边没有个草诏的还成？"太子听了无话。

　　皇帝一离京，无论太子阿哥都觉得心头轻松，一是不必每日去畅春园请安，二是少听了皇帝多少传不完的祖宗家法、唠叨不完的政务批评。但胤禛却觉得，太子复位之后越来越难侍候，原先是疲软得一摊泥似的，事事没有决断，如今则又变得刚愎自用一言不纳。八阿哥等人的条陈无论对与错，见一本驳一本自不必说，就是雍王府上的本章，也常是横三竖四地挑眼儿。马齐的话更是听不进，有一回为选官的事，一言不合，竟罚马齐在毓庆宫前当众跪了一个时辰，位极人臣的宰相如此受辱，还是开国第一遭儿，马齐自知是因保荐东宫的事挟嫌报复，又气又愧又怕又无可奈何，便索性告病。王掞谏劝胤礽要有"包容天下之量"，对这师傅，胤礽还有几分忌惮，面情上答应得好，下来还是依旧，不多日子，王掞背疽发作，勉强跟着又办了几日事，实在维持不下来，只好请旨西山养病。

"这么着下来还了得？"胤禛为赈济苏北灾民的事在毓庆宫挨了碰，气咻咻回到雍和宫，在枫晚亭一坐，皱眉咬牙，连连叹息，"他是主子，将来有一日坐了朝廷，也这么办事？凡是没保过他的都整，他整得过来么？"

邬思道只穿一件实地纱月白褂子，仰在竹椅上只是摇着芭蕉扇出神，半晌，"扑哧"一笑，说道："四爷，又碰钉子了？"胤禛脱了外头袍褂，将一根玄色汗巾仔细束在腰间，酱色府绸长袍越衬得脸色苍白，冷笑道："就因为江苏巡抚林风保过八阿哥，赈济粮就减了一半——官儿有错，与百姓何干？怎么这样气量狭小！"邬思道用碗盖拨着浮茶沫，笑道："我早说过，太子爷要立威。八爷惹不起，装病躲开了，别人离他远远的，您凑着往跟前去，他不拿您作法拿谁作法？其实林风这折子挨碰，倒不全为保八爷，不合是你没跟太子商量，就奏报了承德，碰的是林风，颜色是给你看的！"

"我是亲王。"胤禛阴郁地说道，"并没有旨意剥我的直奏之权。本来我想救灾如救火，先斩后奏，从山东调粮苏北，多此一举请示，倒落个沽名钓誉的名声儿！"邬思道笑道："他忌讳的就是'亲王'这两个字。你看，他待十三爷就不是这样儿。"胤禛哼了一声，说道："不在正经事上下功夫，弄这些小伎俩，有什么用！"

两个人在说话，便见坎儿带着胤祥摇摇摆摆进来，远远就说："风清树茂，好纳凉去处，四哥会享福。"胤禛一边让座儿，一边笑道："北京地面邪，说曹操，曹操到。"胤祥一撩衣摆坐了，笑道："你们背后议人，非君子也！"邬思道便将胤禛挨碰的事说了。

"谁让四哥前后巴结他来着？你不理他，不办事，他敢白把你叫去训斥一顿？"胤祥嘻嘻笑道，"像我，整日闲逛，六部里拉着那些小官抹纸牌，斗蛐蛐儿，倒得彩头，昨儿晌午太子叫人送过去一筐仙桃，我正高兴'闭门家中坐，仙桃天上来'，晚间太子爷竟亲自来府快晤小酌——怎么样，这点面子你们几个王爷谁有？"

胤禛邬思道都吃了一惊，怔怔地看着胤祥不言语。胤祥脸上却没了笑容，看着亭下池塘里的游鱼，良久，又冷笑一声，说道："邬先生，你就是神仙，恐怕也猜不出太子爷说了些什么话！"邬思道扇了两下扇子，摇头道："我本就是个凡夫。大约他说的事总不便让别的阿哥知道。"

"上不可告天地，下不可告妻子！"胤祥的脸一下子涨得通红，指了指天，说道，"他要我害一个人，事成晋封郡王！"

胤禛从没见过胤祥眼中这种恶狠狠的光，已是愣住了。邬思道略一沉思，恍然道："我已知道了。"胤禛忙问："谁？八阿哥？"

"郑春华！"邬思道额上青筋霍地一跳，"对么？"

见胤祥沉重地点头，胤禛许久没有说话，起身漫步踱到栏边，望着碧幽幽的池水只是沉吟。三个人沉默了移时，胤禛叹道："二人通奸，显见是太子为主，如今把自己失位缘由都推到郑氏身上，真叫人不敢信，他竟是这样睚眦必报！十四阿哥说，'此人当政，皇阿哥无噍类'，半点不假！"

"四爷，你见地不深啊！"邬思道喟然一叹，不知怎的，他突然想到自己那个雷雨的夜晚，"郑春华只要不死，就始终是太子一块心病，是八爷手上一张筹码！我真糊涂，早该想到这里的，倒叫太子爷提了醒儿！"胤禛点了点头，细牙咬得紧紧的，说道："老十三，辛者库浣衣局的头儿记得是你门下？"

"嗯。"

"给他办！"胤禛阴冷地笑道，"办下来，太子在我们手里就有了把柄！"胤祥点了点头，说道："这一层我也想到了，我答应了他。"因见邬思道直摇头，胤祥笑道："举大事不拘小节，邬先生居然也操妇人之仁？"

邬思道格格冷笑，说道："二位龙子凤孙，想到哪里去了？办这差使有三大忌，所以万万不可！"因见两个人都盯着自己发怔，邬思道又道："第一忌，这事伤天和，损阴骘，合不着二位爷光明正大的心性，也不合皇子身分；第二忌，人死如灯灭，郑春华活着才是把柄，死无对证，还谈什么'把柄'二字？这一条四爷八爷利益一致；第三忌，太子若无皇位之份，何必代他作恶？他若皇位有份，你就会变成第二个郑春华——有百害而无一利的事，为什么要办？"一番分析鞭辟入里，兄弟二人犹如醍醐灌顶，胤禛手托下巴兀自沉吟，胤祥搓手连连叹道："说的是！入木三分！只是如今该怎么办？"

"这样，"胤禛冷冷说道，"你设法把她弄出来，找个空宅子养着，太子那里报个暴疾而亡。最后怎么处置，视情形而定。""实在这才是上策，"邬思道说道，"不过事情要密一点，走漏了风声，不但太子，连皇上也是不依的，那还不如听其自然。"胤禛说道："当然听其自然好。不过八阿哥恐怕也要拿这张牌，不如我先——”下面的话碍难出口，胤禛便打住了。

胤祥听着已经站起身来，笑道："放心！这事管保办得漂亮，浣衣局头儿文宝生是我的门人，他老爷子文七十四我刚从宝德接到府里，他不能不买我的账！我得去同济堂先弄点药，假戏也要唱得有板有眼！"胤禛也起身笑道："是时候了，我还要去见见太子。听说今儿他去了畅春园，赈济的事还要争一争，他驳得没道理，我仍旧要往承德写折子，请阿玛裁夺！"

胤禛来到畅春园，已是未正时牌，园中太监们刚午睡起来，懒洋洋拿着竹竿粘知了。因见胤礽不在书房，胤禛便叫过当值太监丁仁问道："太子爷呢？"

"回四爷话，"丁仁赔笑道，"太子爷在水亭纳凉，说身子乏，凭谁来了一概不见，四爷——"胤禛冷冷说道："连我也在内？"丁仁被胤禛威慑的眼神吓得一下子矮了半截，忙道："四爷当然例外。不过太子爷近日气性不好，四爷好歹体恤着奴才点，别说是奴才告诉您的。"

胤禛点了点头抬脚便走，沿着海子边压水长廊徐步而入，远远便见一群太监和胤礽围在一处，不知是看什么，细听时几声蟋蟀叫，清如嘎玉，原来却在斗蛐蛐。胤禛见胤礽全神贯注的模样，又是好笑又是好气，一声不言语站在后头。听太子说道："这个个头太小了，恐怕要败！"言犹未毕，一个太监一蹿老高，惊喜地叫道：

"我的铁苍背赢了！"

"忙什么？"另一个太监满头是汗，说道，"我的虎头大将军没出马呢！"

胤礽在旁笑道："这是头一轮，还有四番恶战，谁赢了，二十两利银就是谁的！"说着，回身拿扇子，见胤禛站在一旁，便笑道："老四，你几时来的？"十几个太监见是胤禛来了，便都讪讪退到一边，捧着瓦罐子面面相觑，他们都有点怕这个王爷。

"我来一会子了。"胤禛给胤礽请了安，坐了栏杆旁的石礅上，转脸对太监们道，"没事做什么不好？跑到太子爷这里斗蛐蛐！这都是些什么规矩？万岁爷这会子要在北京，你们敢么？"

胤礽大为扫兴，摆手叫太监们退到旁边，端一杯凉茶喝了一口，问道："你有什么事？"胤禛便捡着小事先说，道："田文镜在淮阴县试行摊丁入亩，他上了个条陈，说这法子好，请朝廷允准在全府试行。我看也有点意思，写了节略递到毓庆宫，不知道太子爷看了没有？"

"我当有什么大事呢！"胤礽越看越觉得胤禛桀骜不驯，心里有气，口中却笑道，"就为这巴巴儿大热天儿跑来？"胤禛正襟危坐，如对大宾，没想到胤礽这样轻慢公事，被这不凉不热的话噎得一怔，想想终究咽不下这口气，因道："还有苏北赈济的事，我觉得也都不是小事。即令是小事，我也觉得比斗蛐蛐要紧。"胤礽听了，气得脸通红，但胤禛的话虽刻薄，都无可辩驳，半晌，方冷笑道："大约你今天吃酒了吧？你这是和我说话？或者因早晨我驳了你的条陈，心里不服，所以专一来怄气！老四，你我素来知心，告诉你一句话，以往我就是太放纵了你们，就弄得人人上头上脸，你是正经人，不要学老八他们，于你于我都没好处。"

胤禛脸上毫无表情，一欠身说道："太子爷！按说我不能和你顶嘴，我循礼循法办差使，有什么上头上脸的去处？如今国步维艰，库银只一千多万两，阿拉布坦几次袭扰喀尔喀蒙古，朝廷都没理会，为什么？没银子拿来打仗！田文镜摊丁入亩，把丁银平摊到田地里，田多就多缴银子，田少的也不至于冻饿，一个淮阴一年就多收两万银子，这样的好事还是值得一试的。苏北过水，今夏绝收，几百万人生计无着，您不赈济，闹出民变怎么办——太子爷，您掂量掂量，这是'小事'？"

"我是说多一事不如少一事。"胤礽知道，今儿是胤禛占了全理，弄得太僵，这个冷面王又告御状，康熙皇帝那里也不好交代。他原意也只是碰个钉子给胤禛让"八爷党"看，没想到胤禛这么不买账。但这份苦心无论如何不能出口，因铁青着脸道："库银空虚，由来已久，你和老十三有什么不知道的？赈济灾民，一下子拿出二百万，这个数太大了！所以我的意思苏南各府县也匀一点，我们这头就轻快一点，这个心思有什么不好？田文镜这人我见过两面，好大喜功，特能傲上，存心刻薄，最没意思的一个！上次引见，他递条陈，要缙绅与百姓一样，按田纳赋，查查前明制度，祖宗家法，哪有这么不近情理的？就这，安徽还报了他个'卓异'，要升他道台——还不知他在下头做了多少手脚呢！这些府县小官，今儿一个折子，明儿一个条陈只管往这里塞，你去查吧，保准都是酷吏！一个小小的淮阴一年多收两万，这不是天大的笑话？不是假的，也是敲骨吸髓弄来的！这种人，我就偏不叫他如意！"

　　两个人越说越远，心思怎么也对不上。胤禛听着胤礽对田文镜的考语，句句都是在说自己，没有想到因为向康熙直报了一件事，就冒犯得太子如此妒忌猜疑！想想，再谈下去只是徒自取辱，见说得口干舌燥的胤礽取茶水喝，便起身来，平静地说道："太子爷，看来倒是我多事了。要没别的事，我还要去户部，改日再来领训。"说罢，一个长揖，竟自扬长而去。走了老远，隐隐听胤礽大声道："取过我的紫金钵，接着斗！——扫兴！"

　　此刻，胤祥却在畅春园西北角辛者库浣衣局寻郑春华。"辛者库"是专一管教犯过太监宫女的地方儿，并不同于前明的冷宫，清朝开国，顺治朝皇后被废，是幽居在寿安宫后的小院落里，也还有名号，叫"静妃"。康熙朝也有几个低等嫔御被黜，发落在贞顺门内荒殿内，除了不当差、不承御之外，也没有和奴婢一处做粗活的例。郑春华是因为出了那么丑的事，居然恬不知耻苟活下来，才被押解到辛者库为奴的，但浣衣局的头儿文宝生并不知她犯的什么事，见九贝勒十四贝勒都来关照"好生照料"，还以为要起复郑春华的嫔位，也没有怎样难为她。听说本主儿胤祥进来，文宝生真有点受宠若惊，忙将胤祥接到浣衣局议事堂，磕头请了安，亲手献一杯茶，赔笑道："爷，再没想到您老人家到我这地府儿，有甚事叫个小厮传奴才去府上，这热的天，您老就巴巴儿亲自来了！"

　　"别他娘扯淡了。"胤祥笑着吃了一口茶，一怔，问道："这是什么茶？我竟没吃过！"文宝生忙道："家乡我女人夜里来了，带的枣花黄芹茶，野味儿。爷要吃不惯，奴才给爷换雨前。"胤祥又品了一口，说道："好！枣花黄芹，嗅之清香，尝之浓郁，好！要有多的，给我弄一包，另给四爷一包。"

　　"有有！有的是！"文宝生乡音不改，一口宝德话，连连答应着，觑着胤祥，揣猜他的来意。胤祥吃着茶，架着二郎腿轻轻挥着扇子，却不急着说郑春华的事，问道："你父亲也来了，接他来时，你原说叫他进府办差。我看了看，他身子骨儿怕是不行，一行动就咳嗽。六十多的人了，该歇的人了。"文宝生叹了口气，低下头，说道："十三爷圣明！这实在没法，我们家原有两垧地，一半叫黄河涮了，留下一半养命田，指着划到刘老太爷的名下，原想少缴几颗皇粮，谁知道老太爷一过世，大少爷不认这个账，就黑了这田。他来北京也是不得已儿，好歹爷赏他一口饭，您老这阴德积的就大了……"说着，泪水已在眼眶里打转转，又道："我在这里当差，爷也知道，是个冷衙门，冷得要结冰，一个月满打满算五两的月例，女人娃子都养不过来……"

胤祥笑道："你胡想些什么？连个奴才都养不起，我还当什么贝勒？你爹在我的库房当个闲差，行么？"

"是是！谢十三爷！"

"月例十两——和贾平一样。"

"奴才给爷磕头了！"

"粪车胡同外头那处四合院，赏给你！"

"啊！十三爷您……奴才一家子变牛变……"

"郑春华在哪里？我想见见她！"

话题陡地转到这里，正感激涕零的文宝生不禁一怔，抬起头来。胤祥嘻嘻笑道："怎么，不行？——你起来说话。"

"爷说哪里话？别人不行，爷有什么说的？"文宝生起身来，笑道，"奴才是奇怪，这半个月九爷十四爷都来过，都叫奴才关照郑主儿。爷又要见她，莫不成郑主儿又要回宫了？"胤祥没理会他的问话，说道："这不是你问的事。你带我进去，你就在这里等，我出来还有话。"说罢便站起身来。

文宝生带着胤祥，横穿满院子晾晒的衣服竿子，到了一溜低矮的厢房门口，朝里看看，并没见郑春华，便问："郑氏呢？"几个正在折叠衣服的宫女回答说："刚才你说叫预备毓庆宫太子爷的过冬衣服帐幔，你前脚走，她说身子不爽，回房里去了。"因瞧见文宝生身后还有个陌生翩翩公子，几个宫女耳语几句，突然你推我搡叽叽咯咯笑个不住。

胤祥无声一笑，跟着文宝生到最北头一间房前，门虚掩着，文宝生一推门，见郑春华正用调羹搅着一杯茶，便笑道："她们说你病了，我想着别是染了时疾？看来倒不相干的——十三爷看你来了！"说着便进来，忙着又斟茶给胤祥，自己搭讪着退了出去。郑春华见胤祥怔怔地站着，半晌才醒过神来，掇一把条凳过来，说道："十三爷将就着坐吧，这里就这个样儿。"说着又蹲了个万福。

"嗯。"胤祥默然坐了，上下打量郑春华。两个人过去当然是见过面的，康熙皇帝几十个嫔御，二十几个儿子，除了节筵远远扫一眼，平日并不来往，所以如不介绍，就是擦肩而过，也未必就互相识得。此时对面相睹，胤祥觉得郑春华容貌并不十分出色，也许因为不施脂粉铅华的缘故，脸色异常苍白，眼角还有几微难以觉察的鱼鳞纹，只微蹙的眉头淡染春山，嘴角两个酒窝若隐若现，想来她笑的时候一定异常妩媚温柔——一个帝室嫔御，风尘堕落到这个地步，胤祥不禁叹了口气，缓缓说道："太子爷复位了，你知道么？"郑春华给他审量得有点不好意思，待胤祥开口说话，才如释重负地舒了一口气，站在下头一躬身，轻声说道："奴婢是今儿才听文头儿说的。爷知道，这个地方儿，就是外头反了，也一点消息听不见的……"胤祥点点头道："太子爷还惦记着你，叫我来看看，你需用什么东西。"

郑春华一下子抬起头来，刹那间，胤祥觉得她艳丽异常，像一整块汉白玉雕出来的仕女，只是苍白得令人不敢逼视。郑春华身上一颤，又低下了头，喃喃说道："……真的？我这样的女人有什么值得惦记的？……我什么也不需用……什么都不缺了……"

"太子爷说了，"胤祥按着想好了的思路沉吟道，"叫你好生保重。地狱不难熬，不知生天之乐……"他端起茶往嘴边送，却又放下了，又道："你得挺下去，总有出头的一天——你脸色怎么这么苍白？是什么病？"说着又端茶要喝，却见郑春华哆嗦了一下，惊呼道："十三爷，别，别喝！"胤祥诧异地看了看郑春华，问道："怎么了？你像是受了惊？"

郑春华没吱声，过来给胤祥换了换杯子，胤祥才知道自己端了郑春华的那杯茶，因笑道："我当什么事呢！你就白日见鬼似的，你——"他突然打住了，惊恐地张着嘴，一个可怕的念头陡地涌上来，因厉声道："你要自裁么？这茶中有毒！"郑春华突然双膝一软跪下，手捂着眼，任泪水从指缝里往外淌着，颤声说道："是……我原就是多余的人，多余来这世间，多余……遇见他……当初不死，也为怕他说不明白，是我勾引的他……我是早该下地狱的人了……"

"你……你……"胤祥听着她凄厉的泣诉，觉得毛骨悚然，大热天儿竟浑身打了个寒战，惊得跳起身道，"你不可这样！听着，你得活下去、我要你活下去、救出你去、平平安安过一辈子，我命你活下去——我是拼命十三郎！"他慌乱地说着，简直语无伦次了。半晌才回过神来，想到这样"劝"完全无效，便放缓了口气，又道："太子东宫位子虽然又复了，并不稳当，等你看着他……登基，再死不迟。"

郑春华一句话也说不出来，浑身剧烈地颤抖着，抽搐着，几乎要瘫在地下。胤祥也再怕她问话，那真是不好对答，便起身出来，早见文宝生已候在议事堂前树下，见胤祥脸色煞白地出来，便问道：

"说完话了？爷脸色这么难看，敢怕是中暑了？"

胤祥咕咚咕咚喝完一大杯枣花黄芹茶，许久才按捺住突突乱跳的心，拍了拍文宝生肩头，说道："你坐下，听我说——"文宝生见他从袖子里取出一包药，怔着道："爷，你要用药？"胤祥把药递给文宝生，阴森森说道："你拿着，听爷吩咐。我想救郑氏出去，你看可行不可行？"

"好天爷！"文宝生吓得浑身一哆嗦，"那爷不是要奴才的吃饭家伙？"胤祥指着那包药，咬着牙道："此药名叫'归去来兮散'，服下去十二个时辰，和死人一样，你报她个暴病而亡，这热天必定要送左家庄化人场，那头的事由我来安排！天衣无缝，你怕什么？"

"十三爷……"

"办完之后，五千两银子五十顷地，够你消受一生！"

文宝生收起药包，说道："我不是不遵令，是叫爷吓蒙了。这到底为什么？"

"你不过遵天意行事。"胤祥冷冰冰说道，"多知道于你毫无益处。"说罢摆着方步迤逦沿花径而去。

第三十四回　换谋略八府整旗鼓
#　　　　　　说天命四王立门户

　　胤禩在宫中耳报神极多，四阿哥和太子水亭龃龉的事两个时辰后便传入了廉亲王府。按胤禩的想法，当今时局胤禛绝对立不起自己的派系，和太子翻脸，必定要靠拢八阿哥，几次密议，都想让十四阿哥以他的特殊身份进雍和宫去试探一下，但胤禩却要"等着瞧瞧"。他自己胸有成算，自己就是因为势力太大招了圣忌，多一个胤禛少一个胤禛无关紧要，再去联络更引起太子和皇帝的疑忌，不划算。从心理说，胤禛是年长亲王，冷峻高傲，也实在难以拢在自己袖中。因此抱定了作壁上观的宗旨，要看"太子党"窝里炮自相残杀。

　　但等了两个月，并没见太子和胤禛生分的迹象。胤禛调芜湖七十万石糙米赈济了山东灾民，田文镜也升了江西道，是直接请旨办理，太子也没有出头为难，胤礽接连保奏自己的奶公黄文玉，门人丁浩、阿隆布、雅齐，有的做将军，有的做布政使，也是奏一本准一本——各干各的，竟是互不侵扰。眼见八月节令又将到来，胤禛胤祥兄弟两个一直泡在户部，除每日进内见太子，请安即出，也不见有什么作为，胤禩便觉纳闷，修表上报承德和毓庆宫，说已经病愈，要回刑部任事，并举荐十四阿哥十三阿哥共同主持兵部，"整饬军务，以备西事急需"。过了六七天，毓庆宫便转来承德康熙皇帝的朱批谕旨：

　　　　览奏甚慰。久病初愈亦当节劳。十三阿哥佐胤禛理户刑二部事繁任重，汝可协办为妥，不宜再令胤祥理办兵部，着由十四阿哥胤禵前往整饬可矣。朕即将南巡，凡百细务汝等请示太子施行，军国重务，可即报朕行在候旨处置。

接了这旨意，胤禩立刻着人请了胤禵来府商议。

"皇上旨意毓庆宫已经派人宣过了，可谓要言不烦。"胤禵刚刚接旨，还穿着片金缘石青金龙朝褂，金龙二层朝冠上衔宝石东珠巍巍颤动——他什么地方都像胤祥，只这一条却似他的同母胞兄胤禛，爱修饰。一见胤禩便笑道："他老人家勤躯已倦，大事不放手，小事是扔给我们了。我正要来和八哥商量，兵部出事该怎么办？"

胤禩穿着古铜色府绸长袍，把玩着手中的湘妃竹扇，几个月不出门，在府里读书打拳，作养得十分好气色，越显得倜傥风流，儒雅端庄，沉吟良久，说道："兵部四司，有四句口号，你知道不？武选司'武选武选，多恩多怨'；职方司'职方职方，最穷最忙'；车驾司'车驾车驾，不上不下'；武库司'武库武库，又闲又富'。其实车驾司没什么整头，要紧的是抓牢武选司，清理武库，给职方司做事的吏员一点甜头，你就在兵部站住了脚。我每见外头进京来的巡抚，都要问当地旗营军纪。这里边的学问不比文官少。冒领军饷的不必说，那是人人都有的。有一等专门靠惹是生非发财的，比如把窃案说成盗案，把盗案说成聚众谋反，冒支国币戮杀良民，这一种你不要手软，要严办几个！练兵得好的，叫职方司秉公查清，奖升几个，你的差使就办成了！"胤禵没想到胤禩对军务上的事竟也如此熟悉，不禁一怔，嬉笑道："我真的没料到，军政你也这么熟稔！叫我这带兵丘八阿哥汗颜自愧！""没事读些书，学问里头出治事之才。"胤禩也不自谦，稳稳重重说道，"四哥每天读书到二更，四更就起身，仍是读书，所以你看他办差，事事都有章法。他天性苛刻这一条不可学，其余长处也不可泯灭哟！"正说着，便见胤禟胤祥一前一后进来，胤禟没进门便嚷嚷：

"八哥一本上奏，老十四你就成了天下兵马大元帅，这个彩头准保高兴得你几夜睡不着！你得请客！"

"九哥、十哥！"胤禵笑着起身，因熟不拘礼，拱手作礼道："别以为我不知道，你们在白云观演道士兵，我兵部能管得了你们的事？"胤祥笑道："我们没差事，读书呢，又迟了些，只好练一点吐纳功夫，落个好身子骨儿，拿什么和你比？我看要不是承德那张调兵令，你也未必能独掌兵权呢！"

几个兄弟略一打诨取笑，便又转入正题。胤禩扇子拍着手心，说道：

"八哥方才说的是，我觉得军政比民政要好办些，有八哥这番提点，心里更有数了。年羹尧的顶子是怎么红的？杀人是不二法门！他和岳钟麒在川西剿匪，斩首级八千，我就不信都是土匪！细查一下，像这样儿的，我要请旨正法几个！"

"兄弟你错了。"胤禩一笑说道，"你搞年羹尧，是挤着四哥和我们作对，一点好处也没有，派个人到他行营里牵制住就行了。万岁爷最怕的就是我们闹家务，搞乱了朝局，我们得体贴圣意，所以你不能动这些人。倒是我们自己门下有在下头枉纵不法的，要从严处置，只要不伤筋动骨就行。不要学太子小家子气，只顾收拾政敌，切实办好差使，秉公行法，我们都跟着你体面。"胤禟笑道："我也有点不放心你，老十三是任性顺毛捋，你和他一个样，还多了个心狠手辣，这样可怎么好？"胤䄉见胤禟也要劝，便笑道："是了！大萝卜还用屎浇？我听你们的，在兵部死心塌地替皇上办差！"

胤禟摇着扇子说道："太子如今真是换了个人，越来越不成话了。我府里小唐昨儿听内务府的人说，老十三去浣衣局，没有两天郑春华忽拉巴就死了，说是绞肠痧，还不定是毒死的是自杀的呢——始而乱之，终而弃之，这是个什么东西！听说老四和老十三出了新招，就刑部案卷细查了，拟出一百四十七名贪贿官员名单，拿到毓庆宫，太子涂得横一道，竖一道，有添有减，小太监赵驴儿悄悄跟我说，添的都是八哥咱们的门人，去的都是他自己的门人！"说着，长长吁了一口气，看得出内心极不平静，额头的青筋都胀起老高。

"叫他使劲抓！"胤禩冷笑道，"我看阿玛是在容让他，所以奏一本准一本，到作孽作满，不定是个什么光景儿呢！朝臣们保荐的虽然是我，说到底都是万岁一手提携起来的，除了保我保得不对，并没有对皇上二心。如今已有了谣言，说'跟皇上现在活不成，跟太子将来活不成'，瞧吧，后头还有热闹呢！"

胤禟却还在沉思，说道："四哥葫芦里卖的什么药？跟太子若即若离，跟我们不远不近。我怎么瞧怎么有文章！"胤䄉笑道："人毬不像人毬，树根不像树根，屎壳郎爬笤帚，他能结个什么茧儿？他无非见太子不地道，又摸不清朝局变幻，所以撤到一边观望形势罢咧！"

"十哥话说得村俗，我觉得很有道理。要我是四哥，或许也得这么办。"十四阿哥胤禵说道，"他的这一手颇高明。郑春华莫名其妙死了，我看就是他的手脚，后头有什么文章还难说——要真是一场戏，四哥的心机也就太厉害了，一头不哼不哈地做事，寻我们的把柄，一头又预备砖头砸太子！不叫的狗咬人最狠，我们不能没一点防备！"

想到胤祥不肯交档案，几个人都倒抽了一口冷气，靠这些档案，已经连扯出一百多名官员要参劾查办，焉知没有查到与八阿哥有关的东西待机抛出？几个人苦苦想着，无奈从前在户部刑部办事太多，手条虽然都收回了，但与此关联的其他人事账目一时之间哪能清白了？胤禵想想那日见胤祥的情形，越发觉得不对，但"不对"究竟在什么地方，却也没个头绪，不禁摇了摇头。

"老九，"胤禵显得沉着些，思索着说道，"档案不能再要了，老十三是个鬼魅精灵，他不肯交出来，本身就是信不过，说不定已经嗅出什么味儿了。"胤禟点点头，说道："晓得。我留着心哩，我已经吩咐贾平，叫他关照乔姐，十三爷写一片纸，也得看看写的什么！任伯安那边也说一下，阿兰是他手下的，监视得密一些。"胤禵点了点头，抬眼看了看胤禟，"我总觉得任伯安这里要出事，他出事我们不得了，但如今没这个人还不行。你立即叫他出京，避居江夏，他手头抄的百官档，全都转送到对门运河码头万永当铺，严加看管。如今局势风雨不定，要小心小心小心！"

他两个这番对话，胤禩如堕五里雾中，胤禵却一清二楚。任伯安自康熙二十二年在吏部当笔帖式，就开始弄了一个"百官档"，专一记载文武官员犯的过错，大至朝廷政务处置失当，小至嫖妓行贿关说人情，狱案刑断诸类一一详备。任伯安以一个已革吏员，支使六部各司如役奴隶，就是因为他随口就能毁掉任何人的功名前程！他对胤禩胤禵这一套是不以为然的，觉得是弄险，张了张口想说什么，却又咽了回去。

锁拿一百四十七员犯官的批文发到雍亲王府，胤禛只扫了一眼，立时气得面白如纸，当下便来与邬思道商议。却见邬思道和胤祥正在枫晚亭下大棋，文觉和尚坐在一边观战，便道："老十三几时来的？"

"我来一会了，"胤祥推枰笑道，"——这盘棋和了——来时你正和朱天保说话，我没惊动。怎么就说了这么长时辰？"胤禛说道："朱天保是我推荐到太子跟前的，近墨者黑，如今竟是为虎作伥！照我过去的脾气，立时就撵他出去！你们看看，他们拟的这个名单，是为私呢，还是为公！"

胤祥接过来略看一眼就递给了邬思道，文觉便凑在一旁看。许久，胤祥方叹道："朝廷自此多事——邬先生这话半点不假！姜宸英一个老名士，万岁极赏识的，亲点探花，为一两二钱银子他就敢剥他的职！还有陆陇其，除了死了的于成龙、郭琇，哪里找这样的清官，做到知府，守着两间破草房侍奉母亲，为境中逆伦案，他也一笔抹了！要照这样儿，我将来还不得拉到西市上剐了？你们坐着，我找他去，恐怕他现在还不敢不买我的账！"说着，起身便走。

"十三爷留步。"邬思道突然仰起脸喊道，"您要去为人贴金，为己种祸么？"

胤祥一下子站住了脚，半晌才回身道："怎么讲？"文觉笑道："这有什么不明白的？太子爷'不敢'不买账和情愿买账是两回事。听了你的话，他又落了'虚己纳谏'的名声儿。八爷他们唯恐天下不乱，也更觉得你多事……你算算清楚，有什么好处？"

"太子也未必就'不敢'和你翻脸。"邬思道沉着脸说道，"你手里那点子'把柄'口说无凭，说不定正好治你的罪！"胤祥怔怔地点点头，又坐了回来，却见胤禛蹙额叹道："我如今真羡慕三哥七弟十二弟他们，进不是，退不是，夹在这里好难受……天晓得我们怎么摊了这么个主子？"说着，嗓音已是哽咽。

邬思道知道，胤禛虽然生性刚毅，一旦真的脱离胤礽卵翼，心情上不能没有空落之感，原因就在于太子在位、"八爷党"密布如林，雍亲王是个四边无靠的办事人，信心难立。因笑道："四爷不要怨天尤人。孟子云'天将降大任于斯人也，必先苦其心志，劳其筋骨，饿其体肤，空乏其身，行拂乱其所为，所以动心忍性，增益其所不能……'自那日水亭谏讽，多少有识之士贴近了雍和宫？连佟家的隆科多，从不登门的，也来求您的墨宝——您的字是现在才练好的么？八爷请旨销假办事，十四爷整饬兵部这些，就是这一炮轰出来的！"

"唉……我是……"

"放心！太子如此行事，第二次废黜指日可待！"文觉和尚说道，"他和皇上的圣明太不般配，皇上复他的位，为的是八爷势力逼人，你若还像以往，让太子呼之即来，挥之即去，那你也配不上皇上的厚望！"

胤禛猛地抬起头来，仿佛不认识似的盯着文觉和邬思道，半晌才道："你们说这些话我不愿听，也不敢听！就是太子失德，也自有德高望重的阿哥取而代之，与我什么相干？你们要导我于不义么？"

"四哥，谁导你不义了？"胤祥说道，"无论邬先生还是文觉，既没劝你谋逆，也没劝你夺嫡！方今天下乱政如麻，万岁是精力不济，太子是能力不济，八哥一群虎视眈眈，狼子野心路人皆知，如此局势，你我不该求个自全之道么？非要到了人为刀俎我为鱼肉那光景才去挣扎？"邬思道深悉胤禛心中隐秘，又想伸手又怕烫着，且没了太子撑腰，还不习惯于自立门派，想了想，必须对症下药，因笑道："天命攸关，四爷有疑虑，这是人之常情。什么叫天命？观星象、打八卦、拆字谜、游戏子平之术我都略懂一点，但唯其懂了，就知道这些把戏观近而不视远、见小而不见大，自古以此成事的谁见过？坏事的倒史不绝书！所以我从来不抖落这些。四爷你心里想的什么，不妨说出来，我为你解破一下。"

胤祥看了看脸色阴沉低头不语的胤禛，说道："其实四哥还是对张德明相面那事不释于怀。张德明这牛鼻子很给廉亲王灌了些米汤。三哥不再伸手，其实也是因为这档子事。"说着便将当日八贝勒府张德明看相的事备细说了。邬思道静静听了，突然放声大笑，说道："四爷，你早该告诉我的！这种拆字游戏，我十七岁上头就精通了！张德明那么能耐，怎么就没预料自己的大徒弟游说大阿哥三阿哥，被万岁割了头？"

"这老道确有点邪门。"胤祥说道，"许多人亲见的，不但在八爷府，就是给别的人相面，也是百无一失！他就能从众人里头认出八哥，还看到白气贯顶！"邬思道笑道："哦？白气贯顶？荆轲昔日西行辞秦，燕太子丹在易水之滨为其送行，荆轲仰天而歌'风萧萧兮易水寒，壮士一去兮不复还！'于是有白虹贯日，这是史籍记'白气'的第一笔。既悲且丧，哪有半点好处？按五行之理，白气为西方金气，主刀兵凶危，王上加白绝无吉利可言。我索性说破了，当年燕王朱棣起兵靖难，夜里梦到雪打湿帽子，觉得不吉利，周颠为坚他南下之志，安慰说'王上加白乃是'皇'字。张德明欺众人不知典，捏造得拙劣不堪，偏偏连你们这些精明人都蒙了鼓里去！"胤祥瞠目看着变得神采奕奕的邬思道，问道："那——'美'字呢？拆开难道不是'八王大'？"

邬思道应口答道："阿哥都是金枝玉叶，说个'大'字有何妨？按美字亦可拆'八大王''大八王''王大八''王八大''大王八'……你听听，这都是些什么好玩艺……"一语未终，众人已是哄堂大笑。胤禛原是一本正经听得入神，也禁不住一口茶喷了出来，又问："还有个'佳'字呢！先生又作何解释？"

"佳字嘛，"邬思道兴致勃勃说道，"一人执圭乃是宰相奏事，古时相臣入朝，担心紧要政务遗忘，将要目记载于圭片上，当胸秉奏以示诚敬，谁说过执圭的就一定是皇帝？观此字形'圭'字似'主'亦非主，乃是'不成人主'之意，张德明妖言媚上，姑妄言之，本可一笑置之的事，八爷就着了迷！"

一席话滔滔不绝，说得众人心里一片清爽。胤祥听得手舞足蹈，笑道："可谓要言妙道！坎儿弄瓶酒来，我得浮一大白！嘿，你有这一手，怎么不早露出来——趁着兴头，你给我看看相！"坎儿就侍候在窗户旁边，忽闪着迷迷糊糊的眼听得入神，忙答应一声，进里头取出一瓶茅台，给各人倒了一大杯。胤祥"咽"地一口咽了，瞪着邬思道不言声。邬思道笑道："君王宰相是造命之人，皇子介于君相之间，本不应以相取人，但既是游戏，说说无妨。十三爷宇间英气勃勃，眉剔目朗、心胸开阔，这是十三爷胎中带来，十月初一生日正是鬼曹阴节，正为阴到极处，反而生阳，嘴角隐起断纹，原主杀气，十三爷喜读兵书，正是因此。但十三爷土星柔腻如脂，心中慈和良善，因而好兵知兵不能带兵。命中无有，不可强为。"

"寿数呢？"

"九十二善终。"邬思道看着胤祥，面上下停甚短，不是寿考之相，但此刻无论如何不能扫兴，因含糊其词说道："昼往夜复循环周流，生死事大，其理难明。船行中流，十三爷有一劫，尺水之阔，一跃可过。敬天畏命小心惴惴，可保无虞。"

胤祥笑道："富贵我自有之，生钟鸣鼎食帝王之家，长于圣朝熙代之世，有九十二高寿，我很知足的了！——你给四哥也看看嘛！"

"四爷我看不准。"邬思道呷了一小口酒，脸色泛上红晕，笑道："其实一来府我就一直在端详，也几次和文觉、性音聊，神化难名，非我所知。但四爷鹰隼雄视、虎步龙骧，上应着天象，气凝内敛胸藏山川。皇上今以仁育天下，四爷以义正之，或者是此中壸奥？"

他不肯说，其实已经说了，众人都心里明白，即使在这种场合，胤禛也断难认承这种可怕的断评。胤禛听得极专注，见他不肯直说，便笑道："我明白你的意思，你说了也无妨，所谓'仁育'，是化天下，'义正'，则是治天下，堂堂正正的事。但你说'上应天象'，请道其详。"

"宋末元初有一星相家，名曰'黄蘖师'，"邬思道缓缓说道，"他作过一首谜歌，说的就是四爷。"说罢拖着浓重的喉音曼声咏哦：

> 有一真人出雍州，鹁鸰原上使人愁。须知深刻非常法，白虎嗟逢发一周。

他吟得很慢，一字一句都发出铮铮金石之音，千斤重锤般敲击着在座的人。四百年前的预言家，推演先天神数，论断后世兴替，甚至精微洞见了"雍"真人深沉刻忌的性格，甚至连阿哥们兄弟阋墙的党争都一览无余，发出一声"使人愁"的深长感慨！胤禛先是低头静思，先是心中一片混沌迷惘，继而竟升起一种神圣的责任感。他抬起头，黑得深不见底的瞳仁晶莹闪光，说道："既说至此，我还有什么说的？我无言可对。哲人之言，闻之令人可畏。"

"天予弗取，反受其咎，天命并不钟爱于一人。"邬思道架起拐杖，在地下慢慢踱着，声音像是从一个空洞中传出，多少带着点阴森，"知天命是一回事，顺天命又是一回事，知天命而不能顺天命，天命就要改，阴阳顺逆反复之理不穷古今，道理就在这里。所以我极少谈这些，因为我们都是人，肉身凡胎，只能从人事上尽力，若因为这些诗便以为天命归我，放弃人事，那自古以来就无史可言，靠卜卦决疑行事也就是了。您说是么，四爷？"

胤禛没言声，只沉重地点点头，转脸问胤祥："我走这条道很险。十三弟，你若另寻出路，四哥体谅你、不怪你。"胤祥双手捏着椅把手，从齿缝里迸出一个字："不！"

"那好。存亡与共，生死相依！"胤禛语气愈加阴寒，"胤禛文士笔锋、辩士舌锋、勇士剑锋三锋俱全，要小试牛刀！邬先生代我修书给年羹尧，皇上南巡金陵，今年述职他不必先来北京，径往南京见驾，等我的书信再启程来北京！"

第三十五回　谒廷臣年羹尧入觐　破贼穴江夏镇遭焚

在成都提督衙门接到雍亲王的札子，年羹尧颇有点丈二和尚摸不着头脑，朝廷已有旨意凡百细务由太子处置，如今皇帝又正在南京巡视，为什么特别交代先见皇帝后进北京？再者，信中又吩咐"可带五百名心腹亲兵"，更让人捉摸不定：觐见皇帝，带这么多的兵做什么？叫兵部知道，十四爷又会怎样想？思量许久，毕竟莫名其妙，胤禛的旨令又毫无商量余地，只好将自己的中军护营全部换了便装，将兵舰改了商船，白日分头沿江东下，夜里号店而居，统由标营参将岳钟麒指挥：既不能违胤禛的令，又不招眼惹朝廷注意。述职觐见例行公事，本来极轻松的一件事，倒累得人仰马翻。

待到南京，已是八月下旬，秋鸿南归，潦水转清，沿岸村树渐老，红瘦绿稀。二人在燕子矶下舟登陆，却见戴铎已经等候在那里，一见面便道："亮工，辛苦辛苦！一路舟楫劳顿，小弟聊备水酒为你洗尘！——这位是？"

"哦！你问的是他？"年羹尧转脸看看岳钟麒，笑道，"岳钟麒，字东美，前任四川提督岳公升龙的三公子，原是顺定府同知。我去四川营务不熟，请他过来帮忙，为人最是肝胆仗义的……"戴铎见他带着外人，略觉意外，忙敷衍道："久仰山斗！敢问是哪个旗下的？"岳钟麒便知这是在盘自己的底，忙道："我是汉军绿营的，托年军门福，去年收到四爷门下。您是戴先生吧？常听亮工军门说起您，文略智策令人欣羡！"

听说也是胤禛门下，戴铎略觉放心，笑道："不敢当——请！"说着便带他们到江岸一个茶肆里，因包了店，并无其他客人，酒食菜肴都是戴铎的从人用食盒子挑来的，十分精洁。年羹尧几次张口想问戴铎怎么从福州也来南京，是觐见请安，还是也奉有胤禛密札，因见戴铎心存戒备，便笑道："老戴，东美是四爷见过的，又亲自关照吏部派到我营里帮办事务，我和四爷来往书信都不避他。你有什么事只管说，无妨碍的。"戴铎打量了岳钟麒一眼，见岳钟麒虎目燕颔，双目精光闪烁，紫棠脸颊上一道长长的刀疤闪着黯红的光，五短身材上套着箭袖长袍，一身精悍之气，因笑道："原来如此，这就好！我和你们一样，也是到南京述职来的，明面上如此，其实四爷还有密谕！"

听到本主有密谕，年岳二人便忙起身。戴铎左右看看，说道："坐着听吧。四爷命我转告二位，进京走旱路，到江夏镇，拿住任伯安解送北京！"年羹尧笑道："就这么点事，值得叫我暗自带兵？四爷也太多虑了，下个札子给安徽巡抚，他敢不照办？这准定是十三爷的主意，小题大作！"

"安徽巡抚要能办，怎么会调你？"戴铎斟着酒冷冷说道，"札子不到安庆，说不定任伯安就远走高飞了！"说着便将江夏镇的情形备细讲述给二人。年羹尧至此才掂出分量，正要说话，岳钟麒笑道："戴先生，四爷给这差使不难办。不过我们不是钦差，又是四川营务上的，隔着省带兵围剿一个镇子，地方官会怎么想，安徽巡抚干预又怎么办？这不是小事！"

年羹尧腮旁肌肉抽搐了两下，眼中闪出杀气，转瞬间又笑道："铎兄，四爷的信呢？请出来我看看。""四爷信尾有话，'阅后即焚'，烧了。"戴铎知道他是要凭据，笑道，"不过四爷给你了一张刑部关防，你看看。"因哈腰从靴页子里抽出一张纸递过去。年羹尧展读时，上头写着：

兹奉皇十三子怡贝勒胤啰①钧令：近悉逆犯任伯安窝藏安徽江夏。闻知四川提督年羹尧即将由南京进京述职，着令该提督顺途捕拿，妥解京师交有司严勘。密勿！

后头没缀日期，显然是留着让年羹尧自己填写，年羹尧嘴角闪过一丝笑容，说道："想得周到！妙在'顺途'二字！"

"这事宜速不宜缓！"岳钟麒侧着身子也看了刑部密谕，因道，"咱们让下头兵士分拨先去。我们见过万岁立即快马追上，万无一失！"年羹尧将纸折起塞进袖子里，一手按杯，沉吟道："兵士们不在金陵过夜，今晚就走。

---

① 避"胤祥"讳缺笔。

日夜兼程，把守住江夏各处要道，不要打草惊蛇，防着姓任的逃跑！你传我的令，不要怕辛苦，把网封严，都装成行商贩夫，里紧外松地赶路。"他拉长了脸，刁声笑道："都是跟我多年的人了，办差也不是头一遭，也知道我的规矩，走错一步，我就要行军法！"

戴铎和年羹尧相交十余年，素来觉得年羹尧尽自骨子里有傲气，也还算随和，从未见过他如此狰狞狠毒的脸色，愣了一下，笑道："这想得很周密了。今晚我就修书给四爷，我的差使办完了。"当下三人又闲聊了几句，便分手各自到驿站安置。年羹尧和岳钟麒一刻不停忙到午时过，才把五百名军士分派停当。又拜会了两江总督衙门，请总督傅英代奏请见皇上，自回驿馆听候旨意。原以为今天是没指望的了，两个人便到桃叶渡兜了一圈。回到驿馆，却见年羹尧的长随桑成鼎正急得热锅蚂蚁般点派众人。年羹尧便问："什么事？你张忙什么？"

"好我的爷！"桑成鼎拍手打膝道，"你们前脚出去，后脚内廷来人，叫你们去鸡鸣寺候见呢！老城隍庙莫愁湖都找遍了……"年羹尧一点不敢耽搁，急忙换了蟒袍、仙鹤补服，命岳钟麒也穿戴齐整。他在南京曾当差几年，也不问路，打马飞奔玄武湖南的鸡鸣寺而来。

但康熙并没有接见他们。康熙皇帝三天前就去了瓜州渡，留在南京的张廷玉住在鸡鸣寺，是张廷玉派人传呼他们来的。

"巴州康定这些地方汉夷杂处，最难治理。"张廷玉叫年羹尧谈了四川驻军情形，沉思着说道，"有些地方朝廷不设官吏，是皇上用心周详之处。不要动不动就用兵弹压，最要紧的是羁縻，但得平安就是好。这话皇上已经说了几次，你们说的土司归流，设官治理，牵涉到国家大政，等万岁回来我再代奏，朝会定夺之后才能施行。年老兄前岁平苗，杀人三千，至今善后难做，不可不慎呐……"

年羹尧和岳钟麒面前各放一碗茶，听张廷玉数落自己，真想端茶辞行。但张廷玉毕竟是皇帝第一幸臣，位高权重，等闲阿哥也得让他三分，只好耐着性子坐听。好容易听着话快完了，年羹尧身子一欠正要说话，张廷玉却问道："听说你们从大营里带了几百名军士同来南京？这事可是有的？为什么？"岳钟麒万万没有想到，做得极机密的事，刚刚在南京落脚便传到了机枢大臣耳中，心里不禁咯噔一下。

"回张中堂话，"年羹尧微一欠身，气度从容地说道，"确有此事。这些兵都是从巴州移防，刚刚调回成都的，原籍有山东的、安徽的、江浙的。卑职这次来宁，给万岁带了些土物，路上要押运，还有四爷的东西也不少。趁便儿挑了五百人，来南京立即遣散，让他们回家探探亲——中堂要不信，可派人到我下处去看，只余了四十多名长随，其余假满了自然还要回成都去。卑职是懂规矩的人，焉敢造次带兵觐见？"岳钟麒忙道："中堂明鉴，我们在外头带兵实在是难，宽纵了不成，太严了也不是。江浙富庶之地，不为发财，谁肯当兵？打仗攒下几个，不叫他们趁船送回来，往后招兵更难。说句瞒上不瞒下的话，要不是前头和苗疆土司打了几仗，拔了几个寨子，兵士们腰里有钱，叫他们回来也不回来！"

张廷玉笑道："这些事我也略知一二，我朝名将图海周培公昔年征尼布尔王子，没有军饷，军令便不禁抢劫民财，索额图在福建也是如此。你们不要多心，我只是随便问问。要造反，带五百喽啰来这石头城能济什么事？"说罢端起茶呷了一口。张廷玉的管家高声唱道："端茶送客了！"

两个人便忙起身，年羹尧笑道："衡臣大人，知道你崖岸高峻，没敢给你带什么东西，只有几匹蜀锦，两盒子湘妃竹扇，几篓橘子……听四爷府高福儿说太夫人病晕，顺便带了几斤上好天麻——都是些不值钱的，请中堂赏收。是送到这里，还是带到北京府上？"

"天麻送我这里，照价付钱。"张廷玉忙道，"其余东西一概不要送，君子爱人以德，我从不接人家的礼。处在我这样的位置，开了例就收拾不了。亮工你得成全我做个贤相，是不是？"说罢起身送他们二人出了禅堂，立在滴水檐下又道："万岁不见你们了，再会吧！有什么事用通封书简寄上书房，我自然要料理，不要给我私邸写信。"一摆手便进了屋里。

岳钟麒还是第一次见张廷玉，这种做派闻所未闻，一边走一边笑道："自入宦海，头一遭见清官，几斤天麻还要付钱！我不信他就指着一百八十两年俸过日子！"

"张廷玉确是清廉，收天麻已是很大面子了。"年羹尧也不胜感慨，"熙朝宰相大都没下场，此人荣宠不衰，确有过人之处！"

任伯安躲进江夏刘八女的寨子已有两个多月。他本来就有虚症，闷在庄子里不出门，越发养得发面馒头似的又白又胖，稍一行动就出汗。他离京出走，原是满不情愿的。就心里话说，当然他也怕那个"四爷"，但更怕的是自己的"八爷"，他掌握胤禩胤禟的机密太多了，害怕在这天高皇帝远的地方被主子杀了灭口。昨日胤禟又送来信，密嘱他"深藏勿露，有事多请示十四爷"，他才放下心来，自己虽处危疑之中，其实安如泰山！思量许久，命贴身小厮请过亲家刘八女来商议事情。刘八女也是个胖子，只人高马大的看去很是健壮，穿一身熟罗夹衫慢步进来，笑道："老任，今儿瞧着你气色好。有什么喜事？其实在我这庄子上压根就不会出事，你就吓得避猫鼠似的！"

"你哪里知道我的心事！"任伯安抱着一只呼呼念经的大狸猫，迟重地挪动一下身躯道，"季孙之忧在萧墙之内！你总说把柳营那一哨绿营兵请进庄，要他们给我保镖。其实我最怕的就是他们，引狼入室，无论八爷九爷，一个手条子就要了我的小命儿！"刘八女吓了一跳，一拍大腿道："我的娘！会有这种事？八爷佛爷似的，慈眉善目，会和你过不去？"任伯安不屑置辩地一笑，说道："狡兔三窟，我也不是省油灯！这个道理我今儿才悟出来，别看八爷九爷十四爷是一伙的，合穿一条裤子都嫌肥，其实他们也使心眼儿！我这才明白，我离京走时十四爷暗中握了握我的手，又说'仔细着'，回想起来其味无穷！"

这番不疾不徐的话刘八女却听不懂，因问道："十四爷有什么使你处？要钱？"任伯安喷地一笑，说道："十四爷还少了钱用？别扯你娘的臊！柳营的绿营兵原来不是驻在镇北么？今儿就叫他们进庄来驻扎，月钱再加三成。他那个管带叫阮必大的，就住到我这西厢，只送二百两银子给他！"正说着，便见一个千总戴着起花金顶顶戴，由十几个兵士簇拥着进来，刘八女笑着迎到门口，说道："老沅，正说你呢你就来了！任爷说请你那一百多号人进镇子里住呢！"

"给任爷请安了！"阮必大就地打个千儿，起身来，满脸谀笑说道："八月天儿，渐渐凉上来了，兄弟们住在庄外过冬，得支点柴炭钱，我就是来说这事的。如今既进镇子，那就省事多了。"任伯安坐直了身子，揉了揉发涩的眼泡儿，脸上一丝笑容也没，说道："进镇子我也不克扣你的柴炭钱。这都是再小不过的意思。你支了饷，奉着官差，我这里还给着双份子，这差使哪找去？前儿我出庄转悠了一趟，巡哨的东游西逛，磨坊油坊里看庄丁做营生，还有的抹纸牌聚赌……我虽宽容，这也忒不像样子了。进了庄要还是这模样，我一个手条子递到淮安道，撤差不说，你还得吃不了兜着走！"

阮必大听一句答应一声，赔笑道："大爷有什么不明白的，如今军纪败坏，哪里都一样，卑职这一哨还算好的呢！天地良心，任爷这么体恤弟兄们，我们不能连个好歹也不知道！我们百十个兄弟要护不了您老和这个庄子，别说八爷饶不了我们，就是老天爷也容不得！我这就回去整治这群王八蛋！"说罢打千儿出去。刘八女笑道："爷不必老闷在屋里。人得见风见日头才不生病，咱们出去走走吧？到底你有煞气，这些丘八爷我说了几回，阮必大都不当回事，你金口一开，狗颠尾巴似的就去收拾那群污糟猫去了。"

"他算什么？"任伯安起身伸欠着道，"两江总督见我也得青眼相加！淮安道台的小舅子奸杀妇女，不是我在刑部说话，只流配三千里？"说罢两个人一前一后出来，一街两行的长随庄丁见这两个主子出来，都放下手中活计退到墙根，垂手侍立。

此时已是酉初时分，才交仲秋的节气，天时尚长，一天莲花云静静的一动不动，树影婆娑中一轮浑圆的太阳沉沉西下，显得恬淡安谧，谁也想不到这样的夜晚会有什么凶险。两个人迤逦来到西北角——就是胤禛胤祥路过的湖广会馆院落，已改成了刘八女家戏班子住地——便闻梨香院内调筝弄弦，隐隐还有人在对口白。走近了听时一个丑儿说道：

"春香姐姐，你方才奶孩子我瞧见了！"

"你瞧见什么了？"彩旦问道。

"说不得，我就弄不明白，你那两只奶子怎的就恁么样白？发面馍馍似的？"

"死鬼！整日捂着不见日头，还不就白了？"

"嗯？我不信！"丑儿打诨道，"我这下头蛋皮也整日捂着，怎的就黑得驴粪蛋儿似的？"

"回去问你妈！你妈知道！"

刘八女想到自己方才说任伯安"捂着"的话，不禁失声大笑，任伯安也是"扑哧"一声。便听梨香院的头儿叫道："老王头，你死了！不见八爷和大爷都在门口?"一头说,连忙过来,又开门又让座,一迭连声吩咐着掌灯,"快着点拿戏单子,请两位老爷点戏!"霎时,一院子人都忙得走马灯似的。

"点一出《拜月亭》吧!"任伯安转了一遭,身上清爽了不少,接过戏班头捧上的折扇,上头密密麻麻写满了戏名,便自点了,笑道:"反正八月十五也快到了。"因将扇子递给刘八女,刘八女哪里肯点?于是便命开戏。

两个人因未用晚饭,叫了些点心,一边说闲话听戏,一边随便用些。唱到第三折尾,已是二更初,那旦角瑞兰甩着水袖唱道:

> 他把世间毒害收拾彻,我将天下忧愁结揽绝。没盘缠,在店舍,有谁人,厮指贴?那消疏,那凄切,生分离,厮抛撒。从相别,恁时节,音信无,信息绝!我这些时眼跳腮红耳轮热,眠梦交杂不宁贴,您哥哥暑湿风寒纵轻些,多被那烦恼忧愁上送了也!

刘八女听得兴头,一阵风过来吹得身上有些寒意,回身正要命人取衣裳,乍见两个蒙面汉子站在灯柱影下,顿时吓得浑身一哆嗦,半夜见鬼似的惊呼道:"你……你……你们要做什么?!"

"做什么还要问?你好不晓事!"年羹尧阴森森说着,眼见那班头要溜,顺手擒到身边,若无其事地抽出腰刀,向项间轻轻一抹,颈中鲜血激箭般溅得瑞兰一头一脸,那旦角一声不哼便吓昏过去,年羹尧顺手一掇,戏班头"扑通"一声便倒了下去,略挣扎了两下便伸了腿。旁边的岳钟麒将手一摆,十几个彪形大汉闪进来,堵住了前后门。

年羹尧格格一笑,轻松地在靴底上搽了刀上粘糊糊的血,问道:"谁是刘八女?"

……

没有人回话,所有的人都已吓得面如死灰,庙中泥胎似的一动不动。岳中麒提着一柄寒光四射的倭刀,顺手将扮蒋世隆的小生提过来,劈胸捉定,从丹田里哼出一个字:"嗯?"那戏子惊怔地看了看刘八女,未及说话,年羹尧已经过来,笑道:"八爷,借点粮吧?"

"好……好说……"刘八女颤声说道,"大王爷爷别别……杀人,说个数儿，叫他们去取！"年羹尧摇头道："未免太不给面子了，你家银子比皇上还多呢！不要勒啃，劳动你带我们到库里去！还有你，愣着干什么？站起来！你是做什么的？"

任伯安久经沧海，倒还沉得住气，缓缓起身笑道："兄弟，杀人不过头落地，何必这么凶呢？我行不改姓、坐不更名，江湖上有名，铁头猢狲任伯安，黑道明道世路上走，山不转水转，水不转路转，人生何处不相逢？"

"好，痛快！"年羹尧大笑道，"你大约是这刘八女的朋友？仗义点儿，到东边库房里去！"任伯安脸色一转，笑道："恐怕不稳便。一路上尽是巡街的，折腾大发了都没好处。不如就在这里，叫几个庄丁过去抬银子。八女，把我瓷器庄上三万银子送大王盘缠，回头你补我一半，如何？"岳钟麒冷笑道："天下就你精明！三万银子一千八百多斤，我们扛还是抬？"

任伯安紧张地思索着，一千八百斤东西不好带，可见这是一股子小匪，这里后门出去两箭之地就是阮必大他们驻兵之地。稳住他们，一送出门就喊叫，他们就是土行孙也走不脱！因双手一摊，故作无可奈何地对刘八女道："那我就没办法了，八兄能拆兑点黄金么？"

"有有！"刘八女会意，忙连声答应，吩咐站在门口瑟缩的长随："快去！叫管家把金库清清底，全拿来……只怕也有一千多两赤足条子，够爷们支用些日子了。小人孝敬这点意思，一是求个平安，二是交个朋友。说句难听话，黑道上有个闪失，不定还用着小人呢！"

那长随尚未动身，便听外头一阵鼓噪，满庄吆天呼地"拿贼！有强盗了！"庄东庄南铜锣筛得一片山响，夹着急促的脚步声，点燃的火把噼啪作响，有的嚷："任爷八爷被劫在梨香院！"有的叫："快传信给沅管带，带人去救！"刹那间，便觉四面八方的人围了过来，到处人喊马嘶、鸡飞狗跳，还夹着女人的尖嚎，乱得开锅稀粥一般。

"是时候了，人聚得差不离了。"年羹尧朝岳钟麒扬了扬下颏，"招呼咱们的人！"

岳钟麒从箭筒里抽出三枝起火，晃着火折子燃了捻儿，三枝起火"日日日"直冲夜空，在空中连爆三响，放出璀璨的火花，伏在庄外的五百名亲兵都是训练有素的夜战老手，悄没声摸进镇子，直逼梨香院。恰正这时，阮必大带着一百多号淮安营兵从北面蜂拥而入。顷刻间将梨香院围了个密不透风。

"谁他娘活得不耐烦了?"阮必大长袍快靴,提刀揎臂,带着五六十个人冲进院子,见十几个蒙着黑帕子的人拿定了任刘二人,心存投鼠之忌,也不敢就动手,只在火把下恶狠狠笑道:"就凭你这几个蟊贼,就敢进江夏行劫? 识相的放开二位爷,我放一条道儿你们走! 不然,哼!"任伯安急得满头是汗,被两个亲兵夹着动不得,厉声道:"必大! 不要动粗! 送盘缠请大王们平安走路!"

年羹尧突然仰天大笑,一把摘去了蒙头黑帕,说道:"不料这镇里还驻着官兵,早知如此,省了多少事!"说着便向阮必大招呼,"你过来,我有话说!"阮必大一脸狐疑惶惑,问道:"你是什么人?"

"这是四川提督年羹尧军门!"岳钟麒将头套一把抓了丢去,说道:"奉刑部密谕,前来捉拿钦案要犯任伯安。你的兵自然也得听年军门调遣! 还不过来请安?"被夹得牢牢的任伯安电击般浑身一颤,大喝一声:"阮必大!不要上当!"

年羹尧嘿嘿冷笑,逼近任伯安道:"上当? 上什么当?"从袖子里抽出刑部文书一晃,让任伯安扫了一眼,又踱至阮必大身边亮给他看,"明白?十三爷的手谕!"阮必大惊觉地后退一步,突然想到任伯安是十三阿哥的政敌,八阿哥的红人,一时委决不下,因笑道:"十三爷的手谕不假,刑部的关防也不假。只是于例不合,怎么不见本省臬司衙门的牌票? 再说,年军门是四川差使,怎么办到安徽来了? 没说的,先请几位和任爷刘爷都留在标下营里,请示上峰之后再作道理!"年羹尧笑道:"要是不依着你呢?"阮必大干笑一声,说道:"恐怕军门得依卑职一回,卑职职责在身,您老明鉴!"

正说话间,外边又是一阵大乱,鬼哭狼嚎价乱嚷:"杀人啦!"有的喝问:"你们是哪里的兵?"有的怪叫:"老天爷! 怎么回事? 当兵的自己打起来了!"便听噼里啪啦刀器格斗之声,几十个满身是血的亲兵夺门而入,簇拥在年羹尧身边,院里院外刀光剑影,一片杀气腾腾!

"下了这杀才的兵器!"年羹尧朝阮必大努努嘴,又命道:"把任伯安刘八女带出去,还有戏班子这些女孩子都是见证,解送北京——其余庄丁兵士都赶进院子里!"

这些亲兵动作十分麻利，下兵器的下兵器，赶人的赶人。一个营兵稍挣扎了一下，被年羹尧的亲兵斜劈一刀，从肩头一直劈到胯下倒在地下，翻开的红肉兀自突突乱跳！

年羹尧舒了一口气，徐步出来，火把影下，他神态安详得像刚刚睡醒的孩子。他伸欠了一下胳膊，冷冷吩咐道："把这里门封上，四周围定，满庄搜索一下，无论男女老幼，见一个宰一个，不许走出去一人！"

"这院子里的人怎么办？"岳钟麒知道，对面这个魔王又要屠庄取财，但这里是中原内地，不同边远汉夷杂处之地，惹出大乱子不好遮掩，因道："里头四五百人呐！"年羹尧阴笑了一下，说道："他们聚众谋反，抗拒朝廷，王法无情，容不得！——烧！走出一个杀一个，烧得干干净净！"

殷红的火燃起来了，大院里一片惨号，凄厉得令人毛骨悚然，灰烟迷漫中一阵阵烧焦皮肉的煳臭味浓烈得呛人，连一生害人戕命的任伯安也唬得目瞪口呆，筋软骨酥。年羹尧浑身沐浴在血红的火光里，铁铸似的一动不动，看了一眼神情痴呆的岳钟麒，说道："十二个女孩子，一人六个。银子细软全部运回军中支用。"

"太……太残了！"

"嗯？"年羹尧笑道："不知死之悲，焉知生之欢？走，瞧瞧任伯安去。四爷的信里不是要我们问问，那个狗才私设的档案藏在哪里？"

第三十六回　行诈谋胤禛稳阵脚
　　　　　　遵密令福儿访当铺

　　江夏镇一夜之间化为灰烬，隔了一日，密函便用快马送进了雍和宫。胤禛胤祥和邬思道文觉性音密商一夜，觉得这事万难瞒过胤禩耳目，当下最要紧的是稳住八阿哥。不然，一旦将密建的私档付之一炬，连半点把柄也抓不住了。因此，小鼾了两个时辰，胤禛如常洗漱了，便到毓庆宫见太子，下来出宫，已是近午，径从东华门出去，亲自来见胤禩。

　　"四哥稀客！"胤禩见他，知道夜猫进宅，无事不来，笑容满面迎进书房，让座敬茶，说道："刚从太子爷处下来？有什么消息？"

　　胤禛接过茶，呷了一口，说道："刚下来。心里闷，要到通州周围散散，路过你这里——昨个何柱儿到我府借书给你，听说你心口疼的毛病儿犯了？"说着，觑着眼看了看胤禩，又道，"他说的吓人，瞧你气色倒像不相干的。老十三前些日子送我一包枣花黄芹茶，最养胃安脾的，我用不着这样的药茶，明儿给你送过来。"胤禩微笑着，一边听一边猜想胤禛的来意，一欠身说道："叫四哥劳神惦记着了。我这病没什么要紧。但你知道，我处境难，不想见人，只可装个幌子避门谢客罢了。""我知道。"胤禛点了点头，"如今都有一本难念的经。我的差使也越来越不好侍候了，过罢年，我也得学你，闭门读书。笑话——雍亲王就那么好欺的？"

　　"唔？"胤禩眉梢一挑，"四哥满得意嘛！"

　　胤禛叹了一口气，说道："丰升运这个人你知道不？就是前年引见的那个浙江藩司，去年升任河道总督的那个！"胤禩摇头道："这人我听说过，原来是大哥的人，和三哥也有过从，我没见过面。怎么，又要打他'八爷党'么？"胤禛哂道："哪里！结结实实保过太子一本！这狗才在骆马湖捉拿方苞，被万岁爷撞上，触了大霉头，又查出他冒支河工银子几十万两，种种情弊，把万岁气了个死，要不是张廷玉拦着，当时就正法了。不知我们这糊涂爷什么缘故，或听了谁的话，引出张释之处置冲犯汉文帝御驾一案，只流配三千里。真把我气得无话可说！"

"哦！"胤禵双手捂着杯子，沉吟道，"冲犯圣驾是没有死罪的，万岁要杀他是因为他贪污卑鄙。怎么可以避重就轻了？太子爷是糊涂了。"胤禛冷冷说道："这话明白，但说他'糊涂'则未必。按我的想头，我原拟一百多贪贿官员，里头也没个封疆大吏，总觉得不足以震世惊心似的。万岁替我们拿了一个，题中之意不言自明。但太子爷偏偏要轻重倒置，名单弄得颠三倒四，意思还要我和老十三顶名儿办，我一声不吭就退了出来。丰升运，不论他是谁的人，我非杀他不可！"胤禵这才明白，是为杀丰某，来府里当面和自己说话来了，因笑道："姓丰的不是我的门人，毫不干疼痒。其实就是我的门人，在外头胡作非为，我也从不袒护。四哥往后遇有这样的，尽自严严地办他几个，也是成全兄弟的名声儿。"

胤禛听着，似乎情绪好了些，摇头笑道："真是叫人没法子……我有时真想一刀剃去这万根烦恼丝，落个六根清净心地安然！"胤禵也是一笑，说道："四哥信佛，才有这个想头。自家兄弟说说罢了，真要学梁武帝舍身投佛？哦——那个方苞如今怎样？那年他出事，我们还保他来着，怎么又遇上了万岁？"胤禛起身漫步踱着，随意观玩着壁上的字画，良久才道："这事我也不太清楚。听说是方苞骂了丰升运，刚好万岁微服在场，听见了，姓丰的要拿人，才惹出的事。方苞如今已经进上书房侍候，他来京你问问他本人自然就知道了。"

"是么？"胤禵惊讶得几乎站起身来，"怎么没见诏谕，邸报上也没说呀！"胤禛无所谓地说道："我是见张廷玉写给太子爷的禀札里写的。方苞不封官，白衣入相。自中唐以来恐怕就这么一个吧？这是异数！"胤禵沉吟着说道："确乎如此。就是李泌布衣拜相，也还是封了官的，万岁真能思人之未思，行人之未行！"因见胤禛像是要辞行的模样站在门口沉思，又笑道："四哥不要走了，即刻就撞午时钟。也是巧，庄子上进了十几对熊掌，我发好了一对。一个人不叫，我们对酌几杯，熊掌与鱼兼而得之，就是我们钟鸣鼎食的帝胄也是难得的。"

胤禛又兜了一圈，笑道："我的饭已经预备好了，我比不了老十老十三他们，消受不了荤腥，这个月斋戒，我更不吃肉。年羹尧给我信，说孝敬我儿斥狸唇，我没好话，回信说：你这个孝敬不如没有！他隔了我就到南京去见万岁，这不是做奴才的规矩！在江夏又说奉了毓庆宫的札子，剿了一个叫刘什么女的庄子，连你的门人叫任伯安的也一刀杀了！人心不古，世风日下，这种撒野的奴才，真叫人没法子！"

"任伯安死了?!"胤禩的脸色忽然变得异常苍白，突然又感到一种莫名的轻松，但刘八女在江夏为他屯着七十余万两白银，都落到这个年羹尧手里，他也不能无动于衷，想着，已是有点乱了方寸。胤禛心里暗笑，却似全然不理会，又道："太子说姓任的死了。奉差办差，我不生他的气，杀阿哥的门人，连本主都不禀一声，又是皇帝又是太子，自己就弄起来，这到底怀的什么心思？我正在想，要不要出他的籍，他原本就是汉人，还叫他安生做汉人，反正在籍也是个没王法的浑蛋！"说罢抬脚便走。

胤禩陪送着他，也不知心里是什么滋味，来不及理清乱成一团的头绪，踮着步子安慰胤禛："四哥是这些天心绪不好，才这么想。叫我看这都算不了什么。任伯安这人素来不是守规矩的人，我早出脱了他，我更没什么了。就是年某，你也犯不着生气，不值当的，等来京你当面问问他，教训几句也就是了。汉人热衷功名，没几个好东西，心里有数也就是了……"一路直送胤禛出了仪门方才住脚，大声说："四哥再来！"回头又吩咐门上侍候的家人："去叫十爷，还有揆叙、王鸿绪和阿灵阿，这会子就来！"

狗儿和坎儿从胤祥那儿接了差使，两个小鬼头当晚商量了一下，大早又去了一趟鬼市，不知买了些什么物事，匆匆赶回了雍和宫，找高福儿要帮手。因为都是一个差使，高福儿二话没说，把二门里的十几个干练家仆拨归两人指挥，还追出来叮咛一句："仔细着点，我随后就去！"

"是了！"狗儿答应一声，和坎儿一路出来，笑着小声道："瞅他那熊样子，还教训我！笨王八，上回骑那匹菊花青出去，头上摔的那个大包至今还乌青着呢！"坎儿心里的精明远在狗儿之上，因长了两岁，阅事渐多，虽仍一脸迷糊像，城府却渐渐深了。他和狗儿虽同在书房，狗儿的心思用在调鹰弄狗上，他已经识了不少字，《三字经》都讲得下来了。听狗儿说高福儿，坎儿只点了点头，说道："我知道，菊花青叫你驯反了，叫进是退，叫退是进，叫停是跑，是么？万一四爷骑了，你可怎么得了？咱们一年一年大了，也得想想正经事了，像戴铎都能弄个顶子戴戴，咱们怎么就不能?"狗儿一拍后脑勺，笑道："我这玩心难收，不知怎的，四爷一逼我读书就犯瞌睡——"正说着，拐弯出月洞门，恰和一个端盘子丫头撞个满怀，一脚踩了那丫头的脚，疼得蹲下身直叫"哎哟"。坎儿一笑，说道："这不是翠儿妹妹么? 两年不见，我都不敢认了!"

狗儿也是一笑，仔细打量翠儿：月白夹衫，套着葱黄坎肩，因放了脚，半大不大一双弓鞋掩在衫下，黑鸦鸦的鬓角，衬着鹅蛋脸、笼烟眉，笑靥生晕神采照人，真似一株亭亭玉立的水蒜儿。狗儿不知怎的心里一动，竟自红了脸，呆笑了一下道："翠儿妹妹出落得——大人一样了。虽说都在这院里，侯门似海，连面也见不着，在别处遇见，不定就碰肩过去了呢!"翠儿被他瞧得不好意思的，看了坎儿一眼道："那是。我除了侍候福晋喝参汤吃奶子，不出二门一步——"正说着，一个大丫头一闪脸喊道："翠儿——福晋叫你呢!""哎! 来了——"翠儿忙答应一声端着盘子径自去了。

两个人不再说话，走得风快出了老齐化门，便见朝阳门运河码头的万永号当铺。这当铺门面不大，三间临街板墙和八王府的照壁遥对，只一箭之隔，这边一声招呼那边便听得见。当铺后的院落却是很大，足有几十间房，后边紧靠运河，过了当期的东西从后门下船运往南方销卖，确是十分便当。坎儿见雍亲王府的十几个家丁扮作闲汉在照壁西一个茶棚下吃茶说话，知道已经预备停当，向狗儿点了点头便进了当铺，扑着高高的柜台大声问道："我有一块银饼，当不当? 想换点铜钱使!"连说了两遍，上头朝奉才伸出脑袋，说道："拿来看看!"

"就是这块。"坎儿一脸憨相，皱着眉将银饼子举了上去，"我主子病着，等着抓药使钱，你快着点!"

那朝奉接过银饼，十分内行地反复细看，饼面一根到心的银筋，蜂窝细白，边上带着银霜，地地道道的一块台州足纹，便道："九八成，当六贯!"

"足纹!"

"我知道是足纹，这是规矩。"朝奉冷冷道，"通天下都是这样。当不当?"

坎儿咽了一口气，说道："我们主子不是穷人，就住在双牌楼，预备着应试，家里的银子没有接济来，你多当几个……"

"当不当？"朝奉不耐烦地问道，手里拿着银饼子，大有一答话就扔下来的意思。坎儿哭丧着脸未及说话，狗儿风风火火进来，说道："当铺找遍了，你在这里！八少爷家里寄来银子，不当了，那块足纹还得给少奶奶打首饰呢！"说着从怀里掏出两个元宝，冲朝奉道："这是两个济宁元宝，少奶奶信里说共八十两，少爷说这么大，不好使，你给称一称，换成银角子，给你五分银子，成么？"

那朝奉不假思索，将银饼子丢还坎儿，接过狗儿手里的元宝，略看了看放在戥子上，一戥，居然是八十八两，按着心头欢喜，说道："五分银子便宜了你们，可怜见的出门在外的人，我就给你们换了吧。唉……五分银子怕还不够夹剪掉碴儿呢！"说着便又兑了八十两银角子递给狗儿，狗儿和坎儿说笑着去了。当铺朝奉正高兴，旁边一个老头子说道："相公，那元宝你看成色了没？这两个猢狲一个叫鬼难缠，一个叫缠死鬼，出西直门没人不知道的。方才我还见他两个在茶棚那边鬼头鬼脑地叽咕，别耍骗了你吧？"那朝奉吃了一惊，赶忙取过元宝细看，嫩嫩的涌头闪着青色的银芒，边上带青，十分像济宁元宝成色，但釉面却无青气。心知上当，忙到夹剪凳上夹好了，老练地一坐，"咯嘣"一声断开来，一切真相大白，里边裹着铅胎！朝奉脸色立时变得惨白，说话的声音都变了："三十年老娘倒绷孩儿！"又问那老头子："你在哪里见他们说话？"

"就那边！"老人指着西边茶棚，眯着眼道："他们没走！这……这真太胆大了！"

朝奉腾地跳下柜台，隔门望去，果见狗儿坎儿和一群人指手画脚又说又笑，顿时大怒，冲里边喊道："李再鑫，你出来招呼门面。告诉柳掌柜的，我着了人道儿了，贼就在外头！叫几个伙计跟我来！"老人忙道："千万别说是我说的，千万别说！唉……老没正经的嘴贱！""啪"地打了自己一个耳光，忙不迭溜了。那朝奉带着两三个伙计，饿狼般扑出来，直趋茶棚！

"日你姥姥小王八蛋！"朝奉劈胸一把提起正在眉飞色舞说话的狗儿，一揉一个仰八叉，"也没打听打听门面，就敢在这日弄人！银子呢？"狗儿打个滚爬起身来，叉腰大骂："操你八辈祖宗！凭什么打人？"说着一头扑过来，两个人厮打在一起。顿时里三层外三层围了一大圈瞧热闹的。

坎儿朝扮作八少爷的书房小厮墨香使了个眼色，墨香咳了一声，摇着扇子道："松手松手！这成什么体统？有话慢慢说，是怎么了？"朝奉一手捉定狗儿，瞪着眼问道："你是谁裤裆里的？管你妈的闲事！"坎儿便道："你嘴里干净点，这是我们八少爷！"

"八少爷？八老爷、王八爷也稀松！"朝奉暴跳着嚷道，因将方才两个人糊弄自己的情形对着满街众人说了，又掏出夹断了的元宝叫众人看："你们看，你们看！两个一共八十两，叫他们拐去了！这是皇城脚下，天子辇前，就敢弄这个鬼！送你们到顺天府，夹棍夹死你们！"

墨香要过两个元宝，在手里掂掂，说道："我家江南名宦，哪有这样的事？况且这银子也不像内人给的那两个，你们众人看看，我像个有病的穷举子？——茶博士，你有戥子没有？戥戥看，分量像是也不对……""有有！"茶博士一迭连声答应着取出戥子，当着众人一称，顿时沉下脸来，看了看两造人，没一个自己惹得起的，嗳嗳了一下竟没敢说话。旁边围观的一个闲汉却瞧得清爽，双脚一跳大嚷道："八十八两！这狗娘养的朝奉不是好玩意！"

"打！"

狗儿大喊一声，王府家丁加上路人足有几十号，围着三个朝奉伙计没头没脸便是一顿臭揍，打得三个人满地乱滚，杀猪价大叫："柳掌柜的——快来呀！这是一群念秧的贼！"坎儿在旁留心看，果见当铺门中一拥而出，大约四五十个人，没数仔细，却又纷纷退了回去，接着便见一个四十多岁的汉子穿着开气酱色袍子，外套一件套扣背心，眼上架一副水晶墨镜，腰间槟榔荷包一晃一晃地出来，回头说了声："都不许出来！"说着便踱过来问道："怎么回事，有什么话不能好好说？天子脚下，没有讲理的地方？"正说着，高福儿骑一匹高头大马，带着十几个家丁过来，因见围着一大片人看热闹，扬鞭一指说道："过去看看！"众人见他如此势派，忙都闪开了。高福儿一闪眼，看见墨香、坎儿和狗儿正给自己递眼色，腾地跳下马来，劈脸就给了狗儿一嘴巴！

"好啊！原来又是你三个！西直门外踏遍，没找到你们的鬼影子，原来骗到东城八爷门口了！这可真是天网恢恢疏而不漏，原来井也有掉到桶里的时候！"高福儿恶狠狠骂着，将手一摆，"拿下，交四爷处置！"柳掌柜的正愁没人帮腔，见高福儿手下的人三下五去二，不由分说把墨香等人架了起来，心里一阵轻松，打了个揖问道："敢问贵姓，台甫？是四爷府里恭喜的么？"高福儿点点头，吊着脸道："我是四爷的管家高福儿，上回从这几个小畜生手里买了二十多斤假人参，这是有名头的'京西三太岁'，没一个好玩意儿！你是什么人？"

"哦，小的柳仁增，是这间万永当铺的掌柜，东家不在，守个门面，不防就被这三个小贼诓了。"柳仁增赔笑说道，"也是我这朝奉不争气，图他八两银子……"因将方才的事说了个大概。那朝奉浑身稀烂，头脸乌青，也在一边夹七夹八地哭诉："……不是高爷，小人就浑身是嘴也说不清。"

高福儿听了一笑，说道："柳掌柜的，可巧儿今儿我寻你有事，真是有缘呐！"说着，拍了拍柳掌柜的肩头，回头吩咐家丁："你们这儿等着，回去有赏——走，店里说去！"

"那……好，请！"饶是柳仁增谨慎，也被高福儿一套接一套的连环扣儿弄得五神迷乱，略一迟疑，将手一让，恭恭敬敬带着高福儿进了当铺后院。高福儿一边剔着牙缝慢慢走，留神看时，几十间房子有的紧锁着，还有十八个师爷打扮的人拿着账本子之类的东西在一个大客厅里对账，并无异样，便笑道："没想到你门面不大，里头这么气派！"柳仁增此时才觉得带这个人进来不妥，忙将高福儿让进账房，斟着茶苦笑道："这是任伯安任爷的家当，我哪有这么阔？——高爷，有什么事请示下，小的好遵命承办。"

高福儿呷了一口茶，从靴页子里抽出一张纸递给柳仁增道："你看看这个。"柳仁增接过看时，上面写着：

大珊瑚珠四十串　照身大镜两面　奇秀琥珀二十四块　大哆啰呢绒十五匹　中哆啰呢绒八匹　织金大绒毯四领　鸟羽缎四匹　文采细织布十五匹　金自鸣钟两座　大琉璃灯十盏　冰片三十四斤　镶金小箱一只　翡翠镶宝石如意三把　象牙西洋船一只　镶金起花佩刀五把　白金弥勒一尊　镶金千手观音一尊　精细小马铳七把

"这都是贡物呀！"柳仁增倒抽一口冷气，问道："莫非爷手头紧，要悄悄当一当？"

"你想到哪里了。"高福儿格格一笑，"我就穷死，也不敢动四爷个针头线脑！他老人家那脾气天下谁人不知？恼上来剥我的皮的工夫都有呢！这些物件都是万岁爷赏四爷的，原存在西花厅后的库房里，半个月前就失盗了，早已报了顺天府，到如今连个贼毛儿也没拿住，四爷又怕万岁知道了，又气又急，吩咐下来，顺天府要查，我也要查，拿住这贼，我得亲自处置！叫我知会全城各个当铺，看销赃了没。"

柳仁增顿时放下了心，笑道："我这里没有。我们也从不敢收这样的当。高爷要不信，我带你库房当架都看看。""既没有就算了，我瞧你也是个本分生意人。"高福儿笑着站起身来，"谁有工夫一个库房一个库房地看？京师一百多家当铺呢！"说着便走。柳仁增送至门口，刚说声"高爷好走"，高福儿却站住了脚，又道："那张单子你放好了，有人来当，你飞马报我知道。一千两赏银我送你五百。四爷要亲审这贼，图的出口恶气，我们甭惹他不高兴。"说罢自去了。

柳仁增待他去了，一刻不停便赶到廉亲王府。因胤禩正和阿灵阿在书房说话，他这样的小人物不敢打扰，便站在门口等着。足等了半个时辰，阿灵阿才辞出来，便听胤禩道："丰升运的案子你只作不知道，不要往里搅和。太子拟了个流配三千里，万岁爷朱批下来，把刑部骂得狗血淋头，连汉朝的张释之都点了进去，说是沽名钓誉之徒——已经改了腰斩。我们站一边瞧罢了。"一转脸见柳仁增在，便问："你有什么事？"柳仁增忙磕头请安，把方才的事细细说了。

"唔，你办得还算不错。"胤禩抚着剃得趣青的头思量半晌，实在想不出万永当铺和四阿哥府这次邂逅有什么蹊跷，便道："四哥府丢东西的事我已经听说了，有人销赃你告诉雍府就是了。只那些东西，你要小心加小心，万不能出娄子，所有我的手迹都要烧掉。我看你这人很识大体，好生做去，任伯安的差事说不定指给你呢！"说罢一摆手，柳仁增忙磕头退出。

第三十七回　明修栈道雅令赏雪
暗度陈仓恶擒魑魅

　　年羹尧血洗江夏，坎儿狗儿闹当铺，雍王府递失盗单，一连串的事很使廉亲王府警惕了些日子，无昼无夜都有人在王府门前耳房的窗户里死死盯着对面斗大的"当"字，那幌子只要一落，立即出动王府侍卫过去干预。但一连两个月，绝无异样的事，因此阖府上下人等心都渐渐懈了。

　　天交十月，北京已是万木萧森一派冬景，城外永定河已结了寸许厚的冰。饶是城里头风小暖和，金水桥下的护城河也结出蛛网一样的细凌，高大的城楼堞雉上苔藓变得暗红，显得灰暗阴沉，苍穹昏鸦，彤云渐积，像是要下雪似的，没有半点活气，只有树上的残叶，稀稀落落在朔风中瑟索，像是向人间诉说着什么，又像是不胜其寒地发抖，更增几分荒寒寞落。十月十二日一夜大风，裂帛撕布地吼了一晚，纷纷扬扬降了一夜大雪，早晨起床，人们才发现北京已是琼楼玉宇银装素裹一片混沌世界。胤禵进宫给胤礽请安回来，便见十四阿哥胤禵已在府中等着，便道："前几场雪都是零零星星丢几片，没落地就化了。这场雪真叫人精神一爽！你来了好，咱们约几个人痛乐一日！"

　　"喏——"胤禵向案上努了努嘴，"那是四哥送过来的，今儿是他四十大寿。恐怕得去扰他一席呢！"胤禵一拍手道："我说呢，心里总影着一件事，再也想不起来！去是一定的，空手怕不好吧？"胤禵笑道："四哥脾气乖张，从不收什么礼，我们犯不着巴结他又讨没趣。依着我说，两肩抬一张嘴吃他去！你要不过意儿，把你抄的那本《金刚经》送他，管保打发他欢喜了。"胤禵想想也确是如此，一笑作罢，二人同乘一抬大暖轿径往安定门雍和宫拜寿。

　　大约错午时分，那雪越发成团成块乱羽纷飞地飘落下来，街上已积了半尺多厚的雪。这样的天气并没有生意，所以家家店铺关门闭户，一眼瞭去，空荡荡的街衢上没有一个行人。恰这时候，几个大汉赶着两架驮轿"吁——"的一声停在万永号当铺外，卸了几口大箱子，一头一脸的雪，嘴里呵着白雾进了门面。几个朝奉正在柜台里向火嗑瓜子儿，见这种天气还有人上当铺，不由都伸出头来。李再鑫皱着眉头问："当什么？"

为首的就是性音和尚，大狗皮帽子后头拖了一条假辫子，似笑不笑地看了看几个朝奉，搓手跺脚地说道："几箱子硬货，你下来看看就知道了！"李再鑫和几个人递了个眼色开门下柜，打开一只箱子闪眼便见一座象牙西洋船，把一个箱子装得满满的，不禁吃了一惊，心头顿时突突乱跳；又开一个，里边齐整摆着五把起花佩刀和七把小马铳。性音索性把八口大箱全部打开，雪光里但见银灿灿、金晃晃，什么大玻璃镜、珊瑚珠、金佛玉观音、各色贡布羽缎闪烁耀目——正是四王府丢失的那些物件。不用问，来的这几个人都是江洋大盗！

"兵器我们不当。"李再鑫强按着心头的惊慌，头上已渗出细汗，支吾着挑剔道，"下余的物件你想当多少？"性音笑道："你看看这些兵器，上头嵌的都是宝石，凭什么不当？总价二十万银子是值的吧？明话直说，我们爷进京纳捐来的，吏部如今奉四爷钧谕，暂停捐官。这些东西放在身边不放心，并不是缺银子使。说当，其实不过寻个安全地方存存。这么着，你出八万吧？"李再鑫嚃着牙花子吸了一口凉气，说道："八万没说的。只东家刚把银子提走去江南购货，店里哪里一时凑得起这么多现银？三万！就这，我们也得冒雪去银号打饥荒哩。"

"七万，不能再少了！"

"四万！"

"七万！"

"五万五！"

"六万！"

"好！六万就六万，这么大财神，我也少不得恭让着点了……"

两个人都是虚情假意讨价还价，上头五六个朝奉已听得目瞪口呆。李再鑫便道："店里实有四万，还得出去挪借。请进柜台向火吃茶，我这就禀掌柜的给你筹办！"说着将手一让，请性音几个人把货抬进去，向几个人一递眼风，说道："侍候好爷们！"便自进里头报知了柳仁增。

"好！我在这稳住他们。你这就去八爷府，禀了八爷再说。"李再鑫听了，二话没说，一溜小跑赶到廉亲王府。听说胤禩去了四阿哥府，李再鑫站着想想，觉得当面去禀更好，因在门房借了一匹马，蹿上去双腿一夹，顶风冒雪直奔雍亲王府而来，赶到时，浑身已是雪人一般。

雍和宫一干阿哥吃酒赏雪说笑话儿，正到兴头之时。胤禛一向是忙人，面冷心冷，既不请客也不赴筵，与阿哥们彬彬有礼却过从很少，众人难得他这一请，因来得齐全。三阿哥胤祉、五阿哥胤祺并胤禩胤禟胤䄉胤裪胤祥胤禵胤祸胤禄胤礼……都来了，只七阿哥胤祐伤风没来，挤挤攘攘在万福堂摆了四桌席面，地龙的火烧得满屋暖融融的，却把窗槅都打开了，既轩敞又好赏雪。因击鼓传花，刚轮到胤祉说笑话，那胤祉虽饱学，却不善于此，想了半晌，说道："我没有老十三老十四那份诙谐。老十呢，又太粗。胡乱说一个，不笑别怪！——张船仙当登州太守，考试秀才，命题《伯夷叔齐》做八股。有个秀才'伯'做两股，'夷'做两股；'叔'做两股；'齐'做两股。张船仙又好气又好笑，批了几句俳语，颇有意思。"因停杯诵道：

> 孤竹君，哭声悲。叫一声我的儿子啊！我只道你在首阳山下，做了饿杀鬼。谁知你被一个混账东西，做成一味吃不得的大碟八块！

"好！"众人鼓掌喝彩。胤禛高兴得脸上放光，说道："谁说三哥讲的笑话不好？我敬三哥一杯请三哥再赐一个！"众人立时附和，胤禩笑道："确是妙语，三哥一定得赏光再讲一个！"

"那我勉从众命吧。"胤祉吃众人将不过，笑着吃了一杯，又道："那年我到睢州，见酒店一副对联写得可笑。上联是'入座三杯醉者也'；下联是'出门一拱歪之乎'——你们要再逼我喝，我可真要'歪之乎'了！"众人听了不禁又是哄然叫妙。

胤䄉酒已吃到八分醉，听胤祉说他"粗"，心里不受用，头摇得拨浪鼓似的笑道："不好不好！放着这好雪，没有诗岂不可惜了，辜负了老天爷?"胤禛生怕他扫兴，便道："老十说的是，我、三哥、八弟、十四弟四个人联诗，每一句有黑有白，黑白分明，诗句不好，罚三大觥！"因起句道：

乌鸦争梅一段香，

胤祉接口便道：

寒窗临帖十三行。

胤禩折扇打着手心吟哦：

纤纤玉手磨香墨，

胤禵笑着道："八哥好情致，我也有了——点点梅花落砚塘！——我再起一句：佳人美目频相盼，"

"对局围棋打劫忙。"胤禛忙推胤祉，"三哥，你怔什么？快着点！"胤祉因一笑，吟道：

古漆瑶琴新玉轸，

"好！"胤禩搔臂扬眉，正要接吟，不防胤祴怪声怪气冒出一句：

阴沟打翻豆腐汤！

众人不禁哄然大笑，十四阿哥胤禵便来拧胤祴耳朵，"好好的诗思叫你败坏得一点也没有了——阴沟打翻豆腐汤岂不是黑白不分了？罚酒，我要提耳灌黄汤！"正不可开交，高福儿匆匆进来，向胤禛附耳说了几句，后退一步躬身听命，胤禛登时紫涨了面皮，说道："这有什么说的？点王府侍卫立刻把这起子贼拿下！"又转脸对胤祥道："我府丢的东西有着落了。贼现在就在万永当铺，你如今管着刑部，只好劳你去刑部，调几个衙役做帮手。"此刻众人已是听呆了。

"成！我再给你们演一出温酒斩华雄！"胤祥笑着起身佩剑，又道，"老十四，等着我回来再豁三百拳！"

胤禩听见"万永"两个字，浑身打了个寒战，看胤禟时，也把目光扫过来，四目一对立时会意，因也起身笑道："我酒沉了，正好和老十三同去。谢四哥的寿酒，改日我还席！"

"哪里的话！"胤禛笑道，"一年四季难得一聚，何况这场好雪！你这一走就散了众人的心，也辜负了我的心——狗儿！各位爷带来的人都归你和坎儿招呼，轿子锁了，大门封锁。今儿上下一醉方休！怎的？吃醉了就不能在四哥这儿住一宿？"众人也都正在兴头上，哪里肯放胤禩去？纷纷起身挽留，罚乱令酒，胤禩心里虽不安，却也脱不得身。

胤祥带了七十余名王府校尉打马狂奔出城。过朝阳门，见守军千总是自己在户部使过的小军官辛一非，便驻了马问道："原来是你在这儿办差？你手下多少人？"辛一非是巡哨偶尔遇上胤祥的，见是恩主，忙笑道："十三爷原来还记得奴才？这里的兵不多，只有一百多人，老齐化门也归奴才管，十三爷要使人，奴才过去叫！""一百人足够了。"胤祥抹了一把脸上的雪水，"你悄悄带着把守万永号当铺四周路口，无论是谁，不许进也不许出，万永号里有大盗，跑出一个耗子去，我就抽你辛一非的鞭子！"这是个极简单的差使，辛一非连连答应着召集人，分派着把守路口，不到一袋烟工夫已将靠近万永当铺的街口封得水泄不通。

"好！你会办事！"胤祥掏出怀中金表看看，连走路没用一刻钟工夫，嘴角闪过一丝阴冷的狞笑，鞭梢一指道："冲进店去，逢人就拿！"

柳仁增和店里六七个朝奉正和性音有一搭没一搭地攀谈，等着李再鑫"取银子"回来，不防外头一阵马蹄得得，一排店门"哗"地倒了下来，满屋雪尘卷得乌烟瘴气，几十个护卫军校蜂拥而入，几乎把人来高的柜台都掀翻了！柳仁增又好气又好笑，刚说了句"官军来了"，劈脸便挨了两耳光，打得眼冒金花，急得叫道："拿错了！我是当铺的人！"

"不管是谁，拿下再说！"胤祥按剑大喝一声，"都不许动！把赃物抬过来点！"说话间几十个军校早已闯进后院，不问青红皂白，不分男女老幼，顷刻之间都捆得米粽一般。把性音等人抬来的箱子当院打开，一件一件地验。柳仁增不认得胤祥，见他如此蛮干，便大喊道："军爷，我们是报案的本分生意人——"一语未终，旁边一个护卫回身就是一个窝心拳，骂道：

"你有点规矩没有？这是十三爷！不许说话！"

一时清点完毕，各样东西俱在，单少了奇秀琥珀二十四块。胤祥方转过脸问柳仁增："方才你说什么？你是这店的掌柜？怎么少了二十四块琥珀？四哥最心爱的就是这个！"

"那要问贼！"柳仁增不知是冻的还是气的，脸色又青又白，浑身直抖，说道，"十三爷，就是审案，也得弄清原告被告呀！"胤祥左右张望，性音等人早已无影无踪，因两手一摊，一脸坏笑，说道："贼在哪里？这会子怎么分辨谁是好人坏人？少了琥珀，不定是藏在哪里了。"略一沉吟，从嘴唇里蹦出一个字："搜！"柳仁增真的急了，双脚一跳大叫："这是八爷的当铺！"

胤祥双脚跌得积雪咯吱咯吱响，来回踱着，偏过脑袋道："这是八哥的当铺？我怎么没听说？"

"八爷府就在对门，十三爷一问便知！"

"爷懒得问！"胤祥无所谓地笑道，"就你这副腌臜杀才相，会是八哥的奴才？我方才和八哥一处吃酒，我来这里八哥也知道，既是八哥的产业，他会不言语？"

"你——！"

"我怎么了？"胤祥倏地拉长了脸，头一摆又是简单的一个字："搜！"

于是满院各房立刻折腾得天翻地覆，砸门扭锁翻箱倒柜稀里哗啦一片声响，军士们个个腰里塞得鼓鼓囊囊，兴高采烈地串房细搜，胤祥也不理会，只等着自己要的东西。好一会子，一个护卫满脸油汗抱着一沓子案卷出来，禀道："十三爷，琥珀没有，全他妈是些账本子！"

"是么？"胤祥信手掭过一本，翻开一看，全都是钟王蝇头小楷，密密麻麻记的全是官员考功密档，某人某年月日因何故处分，转调黜降何处，走何人门路起复超迁，现在何处任何职……——周备。胤祥一口气松下来，嘴角露出一丝微笑，抖着账本问柳仁增："这是什么东西？你一个生意人，抄录朝廷密档，比吏部的还细，是做什么用处？"

柳仁增早已面如土色，反背着手双腿一软，跪到雪地里，嘶哑着声音道："我不知道啊！我没做过这种事啊！十三爷……这店的东家是任伯安，他到江南去了……您把他拿到北京问……问问就知道了……"

"好贼店！"胤祥勃然大怒，按剑怒喝，"很该全抄！这是大清开国罕有的大案！给我使劲抄！"

兵士们排门入店又抄又抢，店里店外一片鬼哭狼嚎，守在远处瞭梢的李再鑫知道大事不好，热锅蚂蚁般兜了两圈，想想这事无论如何得报胤禩胤禵，不及算账，丢一块银子出门上马又赶回雍和宫。

此时风已经小了，雪片兀自丢絮扯绵般漫天旋舞。万福堂十几个皇阿哥除了胤禩胤禵和胤禵，都已吃得醉眼迷离。胤䄉吃得乜着眼，手舞足蹈地哈哈大笑，说道："不好不好！你们做的什么鸟诗？合该我这粗人出出风头，你们听听我的咏雪诗！"因咧着大嘴，大声道：

　　昨夜北风寒，天公大吐痰。
　　一轮红日上，便是化痰丸！

没有念完已是笑倒了众人。王府家丁见十阿哥发酒疯，都在廊下挤着看，指指点点笑得前仰后合。

胤禵有心事的人，一眼看见李再鑫在长随里头杀鸡抹脖子连比划带使眼色，说声"方便"，便起身来往后院走。

"好九爷！"李再鑫气喘吁吁追上来，禀道，"奴才急死了，爷只瞧不见奴才比划！爷们在这快乐，店里出大事了！"

地下雪滑，胤禵身子一晃，几乎跌倒了，跟跄两步才站稳了，脸色变得异常苍白，喃喃说道："……到底难逃一劫！店……抄了？"李再鑫慌乱地说道："情形到底什么样儿难说，出事是肯定的了！"胤禵这才定下神来，说道："抄了也稀松，早已说过万事都有任伯安承当的。只是心计如此周密，手段如此绝情，令人可畏！……此地于你已经不是安全之地，你这会子就去我府藏起来，我晚间还要问你话！"说罢也不解手了，装着没事人般踅回万福堂，勉强笑着，刚说了句"老十还有什么屁诗，再作——"话未说完便是一惊，浑身汗毛直竖，原来不但柳仁增五花大绑跪在当院，"死"了的任伯安居然也由两个兵士夹着押解进来！

院中气氛已经大变，王府护卫亲兵、年羹尧岳钟麒的戈什哈站得廊下甬道上都是，一个个叩刀按剑杀气腾腾。胤祉等阿哥都出了正房，坐在檐前丹陛上一溜摆好的椅子上，只胤祥像是刚刚回来，一条腿蹬在石阶上喝着热黄酒，和年羹尧小声说话。胤禵不再说话，挨着胤禩坐下静观事变。

"你还敢问我'什么罪'?"胤禛穿着玄色貂皮斗篷，足蹬鹿皮油靴，在阶前雪地里踱着，面孔冷得罩了一层霜，咬牙笑道，"且不说你卖官鬻爵交通权要，也不说你私和人命扰乱政令，这些我在户部早已知之甚详。单就你私抄百官档案要挟官府聚敛民财这一条，你难逃一剐! 我以为你死了，你还活着，很好! 说说看，你雇十几个抄手密建档案库，是谁的主使? 抄这东西准备做什么大事?"因指着廊下堆着的二十几个麻袋对胤禵道："老九，待会打开看看，你也开开眼! 我遍读二十一史，竟没见过还有这样的神奸巨蠹! 真真骇人听闻，他弄的东西比吏部的东西还要细!"

任伯安原先只是木着脸听，一抬头正看见胤禩的目光扫过来，便转脸盯着胤禛笑道："王爷少安毋躁，久闻您是铁石心肠，怎么会如此气急败坏? 我这人生性爱抄抄写写，想弄个《冠缨百丑图》留给后世，叫万代之后看看我们大清这些盛世官员都是些什么玩意儿。干这种事我自觉功德无量，用不着什么人支使——我支使您谋反，您肯吗? 您这么生气，我瞧着还有点心疼呢! 大丈夫一人做事一人当，当铺这些人都是奉我的命，拿我的钱办事，四爷似乎也不必枉费心机株连别人!"

"好，你说得真好!"胤禛阴毒地盯视任伯安一眼，恶狠狠笑道，"但恐你三木之下未必能如此从容! 只有一层你说错了，你不过是个卑污不堪的小丑，市井泼皮无赖。我呢，是帝室龙种天潢贵胄。和我怄气，你配!"说罢命高福儿："把他送狱神庙!"胤禵见是话缝儿，冷冷笑道："四哥，这样的东西还不快打发到天牢里，送狱神庙不太便宜了他?"胤禛笑道："南衙里我有点放心不下，怕他吃得饱饱的，又突然急病死了。我正要他求生不得，求死不能!"

人押走了，兵士也撤了，阿哥们的酒也吓醒了。大家各怀心思回到暖烘烘的万福堂，面面相觑，不知话题从何开头。好半晌，胤祉才笑道："没想到老四酒筵暗藏兵机，有此一遇不虚此生了! 怪道得刑部冤狱清不胜清，原来里头有这么大一篇文章! 只是这么大案子，你打算怎么料理?"

"我心里好难委决，正要听听三哥和兄弟们的见地。"胤禛变得很忧郁，颓坐在安乐椅中抚着脑门说道，"实言相告，就为这个缘故，我才请你们来……"胤禟自斟一杯酒，一饮而尽，说道："四哥这话我有点不明白。自古杀人偿命欠债还钱，有王法在，按《大清律》办就是了，有什么难为处？"

胤禛看了看胤禟，叹息一声道："傻兄弟，要我一个字一个字解说么？我办这事并没有私意儿，原是要去掉这个国蠹，所以连太子爷也没有禀。但任某在京惨淡经营几十年，犯了不计其数的过恶，要没人撑腰他不敢，也做不到！难说我这些手足里就没有牵连进去的。这件事王法人情相悖，我又不想打耗子伤花瓶。所以要有个十全之策。"他沉痛地低下了头，喃喃道，"当然也许是我多疑，最好我疑错了，但这案子我不审。千扯万牵，我不信三哥会有这种事，所以我想请三哥办这个案子。三哥要体谅我这份心，我这就修表给阿玛，进宫见太子，请他们给你指令。"

一席话说得众人无不动容，这个刻忌成性的阿哥竟然还有这么深沉的手足之情。胤禩见他既为香客又拆庙，恨不得一脚踢死胤禛和胤祥，又自知一开口必定招疑，只把手中折扇合起展开，展开又合起，一脸若无其事的模样。

"我做不来这样的大事。"胤祉见他要把这个烫手的红炭团儿塞到自己怀中，心里不禁暗笑，皱眉说道，"皇上见你这奏折，难免也要想，为什么叫老三来办差？依着我的见识，老八老九在刑部熟门熟路，交给他们办最好！"

胤禵睨了胤禩一眼，心里拿定了主意，说道："四哥方才说的都是肺腑之言，我听得几乎落泪。我和四哥一样的心思：这案子不能不办，也不能大办。要信得过，我就办！"

"那就偏劳九弟了。"胤禛望着门外大雪纷飞的天空，舒展了眉头道，"就是这样儿。为明我的心，我先担一点责任——高福儿！"

"在！"

"把廊下那一堆麻袋垛到院当中，一把火烧尽！"

"啊？"

"唔？！"

"喳！"

殷红的火焰在冰雪世界中燃烧起来，不时发出轰轰的响声，飞起的纸灰在空中无力地盘旋着，又被雪打湿，粘落在烤化了的雪地上。阿哥们怔怔地看着，心里一阵空明，又有些迷惘，谁也不知道自己心里是什么滋味，直到燃成一堆黑色的湿泥，才各自起身告辞。

"胤祥，你留一下。"胤禛一边送众人，说道，"我又乏又累，还有点心神不宁，你陪我一会儿。"胤祥点了点头，陪着胤禛将众人送出仪门，回来时，已见邬思道笑吟吟站在万福堂前挂满了浆果的石榴树下。

第三十八回　　抢功劳胤礽枉行权
　　　　　　　殉气节紫姑染黄泉

　　一场大事做完，胤禛觉得疲累已极，刚想和胤祥邬思道文觉聊聊，松乏一下，却见高福儿进来禀道："四爷，十三爷，毓庆宫魏公公方才传话，太子爷请你们进去呢！"

　　"好长耳朵，"胤祥伸着懒腰起身笑道，"这么快就知道了？"胤禛摇了摇头，苦笑着也站起来，却没说什么。邬思道见他兄弟忙忙穿戴了要走，像是忽然想起了什么，问胤祥道："性音呢？叫他陪着你们一道去！"胤祥笑道："他在粘竿处练功夫。他一个武僧，有事没事叫他跟着干什么？再说他也进不了大内。"

　　邬思道用火筷子拨弄着炭，说道："文事已毕，自然武备紧随。二位爷，你们已经和权势最大的人结了生死冤家，难道自己还不知道？"胤禛正扣着腰间的带纽，住了手，沉思片刻说道："性音暂且不宜出头，叫狗儿坎儿带几个贴身武士换便装跟着就是了。"邬思道只一笑，没再言语，二人径自出来同乘一轿而行。

　　"邬思道这人要算厉害。"胤祥坐在轿中望着缓缓后退的街道房屋，说道，"只是有点怪，太不合群了。寻常士人风流自命，他连这点嗜好也没有。四哥也该给他成个家嘛！"胤禛叹道："十三弟，你还是不知道他。我若不用他，或许他要削发为僧呢！"

　　胤禛说着，见胤祥像是想起了什么，已经敛了笑容，便笑道："你这拼命十三郎，这会子又怎么了？早年皇上说我喜怒不定，我看你才是三伏天气性情呢！"胤祥叹息一声，说道："四哥是个有福的。像三哥，八哥，家里养着几十号清客相公，我瞧着都是些无赖文人，一些用也不顶！我府里若有半个邬思道，不知省我多少心！"胤禛点头微笑，道："人家以多取胜，我只好以精取胜。宁吃鲜桃一口，不吃烂杏半筐，这是我的章程。"

"虽说如此，我还劝四哥一句话。"胤祥随轿上下闪动，幽幽地说道，"高福儿年羹尧两个人，我就瞧着不是很地道。"胤禛笑道："用人不疑，疑人不用。他两个都是欠我大恩的，高福儿是不学无术，也不够精干，所以我没放出去做官。年羹尧虽说骄纵，对主子交办差使，还是尽心尽力的。"胤祥冷冷说道："人说四哥刻薄，我看你还是厚道了些——"从袖子里摸出几个金瓜子递了过去。

胤禛接过看了看，信手丢在横枋上，问道："这是怎么回事？"

"这是在江夏，我送给老王头的。"胤祥说道。他的眼像隔着轿看着远方，"老王头叫年羹尧杀了，这是他的二小子从死人堆里爬出来，带进京的。老王头临终只说了句'进京，找四爷十三爷……告御状！'就咽了气。"胤禛听了默然，良久才道："办这么大的事，不免要死几个人。世间事原本如此，哪个庙里都有屈死鬼呐……"胤祥苦涩地一笑，说道："不是他儿子亲眼见，我死都不敢信，年羹尧在你我跟前那么随和，生性竟如此残忍，一个江夏镇男女良贱六七百都活活烧死在梨香院……有跑出来的就补一刀再扔进去！"

胤禛浑身一颤，睁大了眼睛，又疑惑地摇头道："不至于吧？年羹尧说只杀了二十几个人！再说他又何苦如此，于他又有什么好处？"胤祥冷冷一笑，说道："四哥，所以我说你厚道！王二嘎子现在我府，再说岳钟麒，我也问过，他虽有点支吾，也说死了大约三四百。二十几个人？真是活见鬼！姓年的可真能蒙！你不是问他何苦如此？我看是庄里银子钱太多，他既办差又发财，怕人知道，所以杀人灭口！"胤禛闭上眼睛，陷入了深思，许久才瞿然开目，伸出两个指头道："一、年羹尧这事功大于过，如今情势，决不可追究，你要切切牢记；二、把那个王什么嘎，密送到我的黑山庄园养起来，任谁问不要提这事。这样办好么？"

"西华门到了，落轿！"

随着一声高呼，大轿四角落地。胤祥只说了句"省得了"，便随胤禛哈腰出了轿。

"两位弟弟在家做得好大事。"胤礽在毓庆宫后工字书房召见了胤禛胤祥，一见面就呵呵笑道，"请你们来聊聊，我也高兴高兴。"

胤禛行礼，欠着身子坐在绣墩上，抬头看了看胤礽。胤礽穿着玫瑰紫黄缎猞猁猴皮袍，上罩黑缎珊瑚套扣巴图鲁背心，腰间系一条湖色丝绸腰带，缀着两个明黄缎的绣龙荷包，青缎帽上顶着一块攒花宝石结子，一条油光水滑的长辫直拖到腰间，外面的雪光映照进来，显得十分精神。胤禛因赔笑道："今儿是我的生日，头场雪下得这么大，心里欢喜，请三哥和弟弟们进一杯水酒消寒赏雪。原本没什么大事，不防这件案子出来，就闹得惊动了太子爷……"因将万永当铺的情形备细说了。

"兵法所谓'守如处女，出如脱兔'，痛快！"胤礽听罢放声大笑道，"你甭遮掩，此事我早已了如指掌。安徽臬司衙门有个折子，奏闻了年羹尧剿灭江夏镇匪人的事，任伯安活着我也知道。特意吩咐陈嘉猷朱天保，雍亲王要在北京揭一件大案，不进来禀知，自有他的道理，任伯安活着的消息万万不可走泄……如今果不其然！嗯……立这个功，又是狗长尾巴尖的好日子，赏你点什么呢？……来！"

"在！"

"把雕着碧玉百桃的那副八宝琉璃屏着人送雍亲王府！"

"喳！"

胤祥眨巴着眼，心下诧异：这人怎么了？装腔作势故作豪爽？太子素来不是这样的呀！胤禛却抚膝一叹，说道："难得主子如此体恤！这事没有先禀，为防的事机不密，逮不住黄鼠狼惹一身臊，又担心主子见怪。想不到太子爷成竹在胸，早已暗中庇护。有您这几句话，我就安心了。既如此，一切听太子爷安排！"

"你已经办得很好了。"胤礽手剔指甲，看去平静了许多，一笑说道，"我原想由老八来审，你既安排了胤禛，也是一样的。依我说，加上个老五，胤祺胆小，谨慎老成，和胤禛一起来办，只怕更周全些，你说呢！"胤禛想了想，老五无门无派，外头人看着确实少些嫌疑，因道："太子爷思虑周详，这样确实更好。既这么着，我就不具折子了，由太子发六百里加紧递送万岁爷那里，由阿玛批办就是。"胤礽满意地点点头，说道："甚好，一会儿我就叫他们办。有功人员你列个名单，一并保举。"

胤禛心下也是十分愉悦：自己把红炭从炉子里扒出来，别人愿意兜起来，有什么不好？因见胤祥一脸不高兴，只扫了一眼，摆了摆袍襟问道：

"万岁爷几时起驾回京？"

"已经是第六次南巡了。"胤礽舒了一口气，"临去之时，阿玛告诉我，这或许是他最后一次出巡，要多耽些日子。昨儿收到张廷玉札子，说元旦前赶回来。"他神情变得有点阴郁，许久才又道："老人家这次出京，我自觉我是尽力做事的，没有出什么大的差错。回想起来，我这回复位，不知怎的就时时犯躁性，也办了几件不出色的事，还得你两个体谅。"胤禛听了兀自沉吟，胤祥在旁说道："太子爷，休怪我性子粗鲁。你既说到这里，我也就不忌讳，你那次在水亭给四哥没脸，就是有些过分！"胤禛忙摆手道："老十三，你又没在跟前，那日是我先不是，顶得太子爷下不了台。"

胤礽站起身来，背着手看了看外头，说道："雪下得小了……岂止是水亭？赈济山东的事我也驳了老四。还有摊丁入亩，我当面驳了，其实还是批下去照老四的主意办了……我心情不好，不拿你们出气，难道能把老八叫来训一顿？"他脸上闪过一丝无可奈何的笑容，"你们心里有数，就不怪我了。"

这话说得动情，不知哪一句触了心，胤礽涨红了脸，眼睛里竟汪满了泪水，胤禛胤祥都低下了头。许久，胤祥长叹一声，说道："太子拿我们当心腹，我们哪里敢有自外的心？这朝廷、这天下早晚有一天……是你来坐——听十三弟一句心腹话：我真的不明白，你改那个贪贿名单是怎么想的，寒了百官的心不是耍的！"

"我这个太子当得窝囊啊！"胤礽吁了一口气，缓缓说道，"读过楚辞《招隐士》么？'攀援桂枝兮聊淹留，虎豹斗兮熊罴咆，禽兽骇兮亡其曹。王孙归来兮！山中不可以久留！'淮南小山写这些惊心骇目险恶惨酷的情形，岂止深山幽谷里有？我看这北京城，这紫禁城也是一般儿光景！王孙归来，还有个安乐窝，太子归来何处？你们都曾见过了的，连狗窝也不如！所以你们做别的事，我或有高兴的或不高兴，但铲除朝中杂秽，排揎那个八爷党，我觉得就是为王前躯！"

两个人这才明白胤礽的心思。胤祥忽然泛上一股莫名的懊悔，觉得出力费劲，竟是为此人作了嫁衣裳，强打精神正要说话。胤禛正容说道："太子爷，君无戏言，臣吏不应有戏言。我做这些事不是本太子这个宗旨。但于宗庙社稷有利，国计民生有益的，我勉力去做。不然，我是不敢奉命。

据我的愚见，太子朝廷原为一体，自当一德一心，万不可存了私意，反给小人可乘之机。"

"好好！我听你的还不成么？"胤礽说道，"老王师傅也这么说，我知道你们的心。就这样吧，名单我再看看，斟酌一下再办。江苏昨日送进奏折，又运来糙米一百万石，今冬明春京畿直隶已有四百多万石粮，老百姓不至于吃树皮了——这不是国计民生？老四催催户部，把粮库赶着整修好，霉烂了我要追究！"

胤禛胤祥相跟退出，直到西华门外才站住脚。呼吸了一下清冽寒冷的空气，胤祥觉得清爽了不少，一边下台阶，说道："这倒好，折腾来折腾去，他一伸手把功劳抢得精光！我们呢？空空如也！一副琉璃屏换走我多少心血！"胤禛踏着满地碎琼乱玉，一边走一边说道："你什么时候才能明白？原来是太子坐山观虎斗，如今是我们壁上观！这件事不久就传遍朝野，谁能埋没掉你十三爷？"

"哦！"胤祥如梦初醒，佩服地看了一眼胤禛，说道，"我明白了！——你坐轿回去吧，我改日再去。这离我府不远，在内务府借匹马，我骑马回去！"

"唔。"胤禛点点头，不再说什么，哈腰上轿迤逦而去。胤祥目送他去远了，才慢慢向内务府走去。

回到十三贝勒府仪门前，胤祥看看表，正指申末时牌，见贾平正带着合府男丁，拿着簸箕扫帚雪推板出来要扫雪，胤祥一边下马，叫过贾平道："谁叫你扫雪的？都回去！"

一句话说得众人面面相觑：下雪扫雪，这么丁点儿事，还用着"谁叫"？贾平看看胤祥，不像是不高兴，呵着手赔笑道："是奴才的主意。方才一个丫头给阿兰姑娘送茶，盘儿盏儿滑丢出去老远，雪这阵子小了些，下得太厚了扫帚拥不动……"

"都回去，都回去！爷赏你们酒，烤火吃酒是正经！"胤祥笑嘻嘻往里走着，说道，"好好的雪，你们扫了我看什么？"因见文七十四也在，又道："我早说过，你不用来应差嘛，怎么也来了？"文七十四吭吭地咳了几声，说道："老奴才是个贱性儿，能动弹就想着给府里做点什么……"贾平笑道："要是下白糖还有点看头，这白乎乎的连着白乎乎，有什么看头？"

　　胤祥笑着往里走，说道："你懂个屁！爷就喜欢这白乎乎又白乎乎的雪！叫王二嘎子到我那里去。从账房支二十两银子弄几个菜，你们吃酒去！"说着已进了三门，因见阿兰乔姐都站在廊下，便逗着架上的鹦鹉问道："紫姑呢？叫她把早上煨的王八汤端一碗，给我祛祛寒气！"

　　"爷怎么忘了，那汤都浇了兰花，还是爷自己说的呢！"乔姐笑道，"紫姑姐姐娘家捎信，她娘气喘犯了，头午回去，说了，要是重了，未必就能立时回来——爷既然冷，再加个炭盆子，熏笼烧得热热地，烫点黄酒喝了，一样暖和。"胤祥因见茶几上尚有残局，笑道："红巾翠袖，拥炉围棋观赏雪景，这份雅兴不浅——叫他们小丫头子侍候，我独酌观战！"

　　一时便见王二嘎子进来，笨手拙脚地行了礼站在一旁。这是十分忠厚朴讷的庄稼院小伙，穿一身胤祥赏的皮褂子，十分不惯这种场合，热得头上冒汗，结结巴巴说道："十三爷……您叫我？"胤祥接过一杯黄酒一仰而尽，伸着手让人再斟，笑道："是这么回事。你说的事情四爷和我都知道了。剿匪嘛，误伤好人的事常免不了。有些备细情形四爷还想问问，叫贾平找两个小厮这会子就带你去。人命案子关天，四爷自然要还你个公道。"说罢命人，"拿十两银子赏王二嘎子——找两个妥当人送他雍和宫！"

　　"他是什么事，值得四爷过问？"乔姐看着棋子儿，手握绢帕子轻咳一声问道，"不是说您收留了他么？"胤祥却不答话，指着棋盘一个角落笑谓阿兰："你这里须补一着，乔姐要在里头做劫了——你们不知道，今儿四爷府里好热闹，除了太子爷，阿哥们差不多都去了，从没这么快活！我还唱了一首歌呢！"阿兰抿嘴儿笑道："必是好的！几时爷也唱给我们听听，谱个曲儿，比干唱总好些儿！"胤祥连喝几碗黄酒，加上在雍和宫喝的，已是醺然欲醉，双手抱膝摇头道："歌是好歌，小时候听精奇嬷嬷韩刘氏教的。只是谱不成曲儿，难为死行家，不信你们听——"因扯开嗓门唱道：

　　下大雪，冻死老鳖！

头一句唱出来，乔姐阿兰已是怔了：这是什么村歌？两个人一愣，旋又笑得前仰后合，阿兰手里棋子撒了一地，噎着气道："这是摇篮曲儿，十三爷也不怕人笑死了！""摇篮曲儿有什么不好？"胤祥道，"你们听着了——"

老鳖告状，告给和尚。

和尚念经，念给先生。

先生打卦，打给蛤蟆。

蛤蟆浮水，浮给老鬼。

老鬼磨豆腐，磨他妈的一屁股！

歌没唱完，屋里屋外已是笑倒了一片。胤祥乜着眼道："你们笑什么？世道上的事不就是这样儿！老鳖的官司打不赢！"

正说笑热闹，却听架上那只红头鹦哥学舌："磨他妈的一屁股，磨他妈的一屁股！"众人一发前仰后合。胤祥一回头，见紫姑穿着件小羊皮风毛昭君套，捧着手炉子进来，便笑道："你来迟了，没听我的歌！"因见紫姑站着，一副心事重重的模样，便起身觑着紫姑道："怎么了，不高兴？我竟忘了，你娘病了，这种天儿气喘病最难过的……要什么药叫贾平他们去抓，别替我心疼银子——要不要请个太医？"

"我是哪个牌名上的，敢劳动太医？"紫姑的脸色异常苍白，勉强笑道，"她六七十的人了，只是早晚的事了。人生本是同林鸟，劫难来时各自飞……我也早预备着这一日了。"胤祥听了默然，看了看阴沉沉尚自落雪的天，叹了口气，说道："想开了，就不要窝在心里。今儿天晚了，明儿我亲自去太医院请贺孟频，他看痰症还是有一手绝活的。"说着酒一阵阵涌上来，觉得头晕，打着酒嗝对阿兰乔姐道："安置着，早点歇了。今晚你两个侍候，叫紫姑歇歇。"紫姑忙道："还是我来。左右反正是难睡，我在这纱屉子外头做针线，这屋里暖和，累了歪一会子就是了。"胤祥听了无话。阿兰乔姐也难争，对望一眼，忙着掌灯下帷，为胤祥脱靴掖被。顷刻间，胤祥已鼾声如雷，二人蹑脚儿退出，天已黑定了。

紫姑守在摇曳不定的孤灯前，听着外头凄厉的风声，心像浸在冰水里一样，浑身都在瑟缩。她其实是胤禵和任伯安精心安置在胤祥身边的密探，今晚奉了主人和母亲双重命令，下手杀掉胤祥，她陷入了极度的矛盾和痛苦之中。

对于满人，她原本怀着一种刻毒的仇恨，无所谓太子党八爷党，清兵入关，在嘉定屠城三日，做过前明副将的祖父杨伯君一门良贱三百余口，被杀得干干净净。奶娘抱着年仅七岁的母亲逃出尸横遍野的嘉定，投奔南京做生意的叔叔杨仲君。叔叔和任伯安是结义兄弟，康熙二十六年，皇帝第一次南巡金陵，他们跟着朱三太子，在莫愁湖畔的毗卢寺院禅山上架起红衣大炮，要炸康熙皇帝的行宫。事发之后，叔叔一家几十口又遭劫难，年迈的杨仲君被零割一万余刀，惨死在南京柴市……这些事当然她都没有亲历目睹，但母亲、哥哥，还有任伯安从她记事时就讲，一直听到长大成人，已是烙到心上、融在心里。胤禩利用她，她自然知道，但眼见是一心要学赵高"毁秦报仇"的任伯安又落入满人手中，而且始作俑者正是自己朝夕相伴的胤祥！

望着煌煌闪烁的烛光，紫姑又想到方才病得奄奄一息的母亲。也是一支烛，不过细些，忽悠忽悠的光影里，母亲枯瘦如柴的手紧紧拉着紫姑的胳膊，声气微弱但又十分清晰：

"孩儿呀……国仇是报不了了，家仇不能不报！你任叔为报这仇，连家也没成……如今也要去了……当年你父亲入狱，正下大雨，天上的雷震得房子打颤，他临去仰着脸吼：'呸！老天瞎了！一命换一命……为什么我杨家几百条命换不了一个满人？'……从那日，我在观音菩萨跟前许下宏誓大愿：我是个女人，做不来大事，我必叫儿女遂你的愿！你哥哥死了，你……你……你得叫我下去能见你爹！"

烛花一爆，紫姑又仿佛见到胤禩那张清秀的团脸。胤禩的命令再简单不过："胤祥不除，国无宁日。你读过不少书，知道皮之不存，毛将焉附，我保不住，你母亲你弟弟怎么办？他能杀你任叔，你杀他还不是天理人情？你或许觉得我心狠，但你想想胤祥做事，有半点手足情分？他已经瞄着白云观，再毁了这处地方，接着一个就是我！所以你不过是按天意办事而已！事情做完，你立即逃出十三贝勒府，我外头昼夜都安置着接应你的人……"

"紫姑……紫姑……"

躺在床上的胤祥翻了个身，喃喃道："口渴……弄点水来……"紫姑慌乱地起身，颤声答应道："就来……"就银瓶里倒了半杯水，又兑了点壶中的开水，倚在胤祥身边喂了两口，胤祥咂了咂嘴又酣然入梦。紫姑从袖中抽出一柄雪亮的匕首，呆看着胤祥：此时下手，一百个十三阿哥也顿时了账！她迟疑着凑近了胤祥，脑海里一时是虚幻中血肉狼藉的嘉定将军府，一会儿是胤禵面带忧虑的脸，一会儿是血淋淋的任伯安，一会儿是母亲欲哭无泪的眼睛……忽然间，她看到胤祥腰带上的平金荷包——那是她一针一线绣出来的……她原想往上加一条浅黄绣龙，胤祥苦笑着告诉她：这颜色不能用，叫大哥他们看见，又要罚我跪日头……当时自己怎么回答来着？记不清了，但记得胤祥说完就哭了，扯着自己的袖子揩泪说："阿哥里头，我是由人作践的，明黄荷包别人都有，我不敢用……"

这一瞬间又是万绪涌来：这个胤祥使性任气，有时也踢自己几脚，但更多时是温存……从十五岁就和自己耳鬓厮磨，从来没有拿自己当下人，高兴时有时还把自己紧紧抱着满地打旋儿……她陡地发现，自己其实早就爱上了这位英气勃勃的青年阿哥，只是心被什么东西禁锢着、压抑着，自己不敢承认罢了。紫姑手持匕首踟蹰着，徘徊着，高大的帷幕上时时掠过她顾修的倩影。突然拱辰台传过三声沉闷的午炮，正是钟漏将尽之时，窗缝里袭进一股阴森森的凉风，紫姑不禁浑身一颤。

"这是命，这是天意……"紫姑眼中闪着鬼火一样的光，慢慢踱至案前，提起笔，在胤祥未画完的一幅白梅傲寒图的空角，抖着手写了几句什么。掣起匕首，惨笑着看了看，对准自己心窝扎了进去。肋间骨骼轻微地响了一声，像一株刚刚砍倒的小树，胸前流着殷红的汁液，颤颤地抖动了几下，整个世界都消失在渺冥中……

沉沉酣梦一夜，胤祥醒来时已是满屋大亮，以为睡过了，一翻身起来，又想到外头下雪，雪光映得屋里亮，不禁自失地一笑，喊道："紫姑，倒口茶来漱漱！"连喊几声没人应声，睡在东配房里的阿兰听见了，忙披衣起来，笑道："紫姑姐姐也有睡沉的时候儿？"因挑帘推门进来，但见碧血一汪中紫姑侧身僵卧，手中兀自握着那把匕首，阿兰唬得浑身一颤，立住了脚，只是动不得，惊叫："老天爷！这是怎的了？"

"失惊打怪的叫什么！"胤祥掀开帷幕，掩着扣子出来，话没说完，脸上的笑容像凝固了似的，死死盯着地下的紫姑。犹恐是梦，揉了揉眼，跨前一步抓起紫姑脉息，方知连身子都僵了，忽地抬起头来，盯着阿兰不言语。阿兰被他的神态吓得后退一步，问道："十三爷，您……"胤祥狰恶地一笑，下意识地向腰间摸了摸，一回头看见那张梅花，疾走几步拿起来一看，又丢在地下，颓然落座，双手掩面，许久才发出一声似嚎似泣的深长叹息，连连摇头道："这不是……这不是真的……不是的……"阿兰小心地捡起那张图，还有一枝尚未画好。蟠螭虬枝胭脂淡染，一丛茂梅开在冰天雪地的江岸，上头几行细字十分娟秀，写道：

> 咏梅
> 不堪萧瑟对野渡，寂寞孤傲寒江渚。
> 摇手休问玲珑枝，尔是汉陵第几树？
>
> 紫姑于甲申后六十六年绝笔

"这事情你和乔姐不能向外说。"胤祥抬起了头，深沉地望着远方，吁了一口气，"……好好发送她。"

第三十九回　皇心不测宠辱难辨
玲珑机宜暗布间谍

清剿江夏镇，生擒任伯安，紧接着又一举查抄了任伯安一手私建的密档。康熙在瓜州渡接到太子飞递的六百里加紧奏章，赫然震怒，立即下诏：

> 十月二十五日奏悉，不胜骇然。此等蠹国害民巨贼，史所罕闻。着依议由皇五子胤祺、皇九子胤禟会同大理寺、刑部、顺天府诸有司衙门，严鞫首犯任伯安，追索谋主，依律以大逆拟罪，不可稍存姑息。钦此！

接着便命驾沿运河北上回京。

十一月二十日康熙的法驾取道天津，由陆路赶回了北京。此刻已是滴水成冰的天气，东直门外残雪连陌，一片白皑皑。迎驾事毕，康熙皇帝便在接官厅前临时搭起的芦棚里召见胤礽胤祉胤禛胤祺和胤禟五个儿子。

虽说是"芦棚"，但里边幕了毡，围得密不透风，四个硕大的鎏金火盆兽炭熊熊燃烧，融融似春。康熙只穿着一件酱色江绸天马皮袍，头上戴着黑狐腿缎台冠，虽略显疲乏，却是神采奕奕红光满面，看来这次江南之行，离开北京这个争权夺利的是非窝，他的心境十分恬淡安逸，几个月工夫，仿佛年轻了许多。含笑看着儿子们行了礼，命太子坐了，说道："廷玉不消说了，朕还给你们带了一个人，你们未必认得呢！"张廷玉紧挨康熙站着，忙笑道："虽不认识，方先生的书各位爷们都是读过的——这位就是桐城派文坛领袖方苞、方灵皋先生。"方苞忙跨出一步，给太子叩头，又要给胤祉等人请安，康熙却笑道："罢了吧，你是朕的朋友，不同于张廷玉，他是朕的臣子、奴才。这些都是朕的儿子，往后见面执平礼——你们都听见了？"

胤礽这才仔细打量方苞，实在长得不出眼、黄病脸，倒扫帚眉，尖嘴猴腮的一脸猥琐相，穿着件长长的黑狐皮长袍直罩到脚面。真不知康熙怎么会选这么个人进上书房当布衣宰相，也不明白这么丑的人怎就偏生一手好文章。心里暗笑，口中却道："久仰方先生道德文章，无缘相会。现今简在帝侧，往后请教就方便多了。"方苞忙躬身说道："盛名不符，谬承太子爷金奖。"说着又目视众人，只这一霎，人们才看到他目中波光晶莹神采照人。胤禛在桐城查抄方府，其实是见过方苞的，后来还同八阿哥在康熙跟前保过方苞，想了想此时不便相认，只含笑点头会意。胤祉却笑道："我自幼就读方先生文章，《狱中杂记》详明切要痛陈时弊，确是洞穿七札。前番旨意，我猜就是先生手笔。其中有一事不明，想请教先生呢！"

"您是三爷吧？"方苞略一欠身说道，"不知道三爷想问什么事？"胤祉笑道："里边说到张释之沽名钓誉，不见于史籍，请问出自何典？"方苞微笑道："史籍中自有，留心时就看出来了。张氏为文帝廷尉，掌一国司法大权，周勃蒙冤几乎被杀，未见张释之一言相保，却在冲犯御驾小节末事上大做文章。皇上旨意称他沽名钓誉十分允当的。"

胤祉一见面就捅太子的疮疤，众人不禁一怔，胤礽脸上更挂不住，好好的父子君臣久别重逢，立时弄得人人不自在。胤祉自觉失言，正要委婉几句，却听康熙说道："若论读书，你们都差得远呢！说说吧，任伯安的案子怎么样了？"

"回阿玛话。"胤礽瞥一眼胤禛，在椅中一躬身说道，"任伯安刘八女依律问的大逆罪，任伯安为首犯，凌迟；刘八女以下四十三人，连同刑部两个司官，腰斩、大辟不等，还有一个知情不举的，是个五品官儿，赐自尽。已经结案了。"

"结案了？"康熙似乎有点意外，回身取杯子，手插在热水里，烫得一缩，已是铁青了脸，冷冷说道，"太草率了些儿吧？"

声音虽然不高，语气却很重。几个阿哥对望一眼，谁也没敢言声。康熙立起身来，踱着步子道："想那任伯安，吏部笔帖式出身，芥菜籽大的官，萤火虫儿的前程。哼，没有人主使，他敢雇佣几十个抄手，密建私档，要挟百官？既然斩草，何以不除根？既然除恶，为什么不务尽？"

……

"咹？"

"是儿臣的主意。"胤禛见太子不言声，心里冷笑，站起身来从容说道，"请父皇责罚，不但任伯安的事不曾株连，就连其所建伪档，也是儿臣自作主张，当众焚毁了。"

康熙倏然止步，目光变得咄咄逼人："嗯?! 是你? 这么大的事不请朕的旨意，也不禀知太子，你专擅得过头了!"胤禛"扑通"一声双膝跪下，只是垂头不语。康熙怒喝一声："为什么不回话?"此刻棚里棚外皇子大臣，侍卫太监足有上百的人，见康熙龙颜大怒，人人色变个个股栗。

"儿臣无话可答，"胤禛盯视康熙良久，忽然垂下了眼睑，叩着头答道，声音竟自有些哽咽，"唯有此心可对天日。"

"为什么?"

胤禛沉吟片刻，平静了下来，说道："万岁识穷天下，圣明独照。那任伯安一个卑污在籍小吏，在京惨淡经营数十年，密建私档，要挟群臣，纵横六部，营私舞弊。前有名臣如于成龙、郭琇，后有贤相如张廷玉、马齐，康熙四十二年之后，年长阿哥也多有主理政务的，难道无一人察其奸案?谁能保在座诸王贝勒及相臣疆吏没有卷进去的? 当日吴三桂等三藩乱起，父皇也曾在午门当众焚烧百官书简，稳定群臣之心。萁豆之火不燃，则兄弟相安，党争之氛不起，则朝局相安。为此，儿臣甘冒阿玛重谴，查办首恶以震慑奸徒，焚卷灭据以安定上下人心。父皇以为儿臣错了，儿臣自应一身相担。"

"嗯……"康熙看看胤礽，又看看胤禛，心里突然一动。到现在他才明白，这个案子压根就不是太子主办的，思量着，口气已经变得缓了下来，却道："这与三藩之乱不同。形势不同，情节也不同。"胤禛忙叩头答道："势不同而理同，情不同而心同，儿臣明白父皇心意，要借此案振肃朝纲，查奸惩佞。但国家之弊积重难返，不是一件案子就能理得顺的。儿臣左思右思，中夜推枕，要办得稳妥，既不伤皇家体面，又不搅乱朝局，只有镇之以静，徐图整顿。如此，惶惶人心自定，党争之氛不起，君臣上下相安。小人辈也无隙可乘了。"

因早知皇帝必有这一问，胤禛和邬思道在密室里反复研讨，真个说得有节、有理，既含蓄不露，又明白无误，把胤礽生抢去的功劳夺得精光，还显着自己为国为民一片赤诚。胤礽听得又气又怕，恨不得一脚踢死这个

"太子党"，却半句话茬也接不出来，胤祉胤禵又是解气又有点妒忌，都呆怔着，一言不发。正没做奈何之时，胤禛又连连叩头，说道："儿臣受命于万岁，主理户刑二部，原也不知道案情如此重大，因而事前不曾请旨，请太子示，后来知道，太子从中多有布置，运筹帷幄，默助儿臣。儿臣请罪之余，心下万分感念主子厚德深恩。"一篇慷慨文章至此结煞，人人都觉得天衣无缝。胤祉不禁皱了皱眉头，胤禵却吃惊地盯着胤禛不言语：想不到这人奸诈如此！

"廷玉，"康熙喟然说道，"马齐病着，你去瞧瞧。若还动弹得，明儿巳时叫他进大内。朕要召集百官训话。"

"喳！"张廷玉忙答道，又问，"在养心殿会议么？"

"乾清宫。"康熙咬着嘴唇说道，"养心殿地方儿太小了。"说罢便命起驾，棚外鼓乐之声早已大起。

胤禛送驾到东华门口，随着班退下来，当即打马独自一人赶往廉亲王府。却见胤禩也是刚刚下轿。看见胤禛，胤禩不禁微笑道："就这么急脚猫似的，我算着你晚间才来呢！有什么大事么？"胤禛一边跟着胤禩进府，在西花厅坐了，说道："大事没有，只是心绪不定，想和八哥聊聊。"

"弄点点心来。"胤禩朝外吩咐了一声，又转脸笑道，"心绪不定就不是小事。原想阿玛接见你们，几句话的事，就奏对了那么长时辰，我们在外头都冻得够呛——是什么事呢？"

胤禛沉着脸，接过丫头递上来的闽姜茶，喝了一口，缓缓将接见奏对的情形说了，又道："原来我们以为他不过是太子跟前一条狗，我看是小觑了他。你听听他说的这些，曹操有这么奸诈么？我看太子也是一脸的不自在，老四这算当众把他卖了，还要落个四面玲珑！"胤禩半闭着眼沉思着听完，瞿然开目笑道："令人一快心胸。四哥原是伶俐人，大约已经瞧出来皇上又有点不待见太子，投靠我这个弟弟，脸上又下不来，所以用这法子讨好皇上，又告诉了我们他不是'太子党'。这点子小伎俩，算不得大手笔。"胤禛听着不以为然，摇头道："原来我也这么想，瞧着不像。这个心术智谋不可小看，这一次把我们和太子都整得三荤五素，其志难以估量！"

"是吗？"胤禩其实早已对胤禛惊觉百倍，只是有些话即便对胤禛也只能说三分，因笑道，"做大事无非夺嫡而已。四哥心胸智谋都不弱，这我都知道。他的致命之处是德薄量浅，施之一方可为良辅良臣，照他心术刻薄睚眦必报的德行，以万岁爷仁厚心地，怎么会看得中？他在亲王位上，已经没有一日不生事，弄得下头人人自危，要真的代二哥登极坐朝，三月之内天下不乱，你老九抠了我这双眸子！所以你看，万岁今日给他一个差使，明日又一个差使，却不肯把兵权给他，全局的事也不叫他插手——就是瞧准了他那点刻薄才力。要为这个心绪不定，我劝你枕头垫得高高的。"正说着，见家人带着一个二十岁上下的女子迤逦过来，便住了口，问道："来了？"那家人忙回道："来了，这就是柳倩娘。"

胤禩正诧异间，柳倩娘已经进来。她的容貌并不十分出色，头上戴着昭君套，白天鸟风毛小坎肩儿下一溜水泻百褶长裙，瓜子脸儿笑晕双靥，微有几颗雀斑，一双水杏眼忽灵灵颇有生气，倒也楚楚动人……款款进来蹲了两个万福，娇声说道："八爷，您叫奴婢？"

"我们整日价说四哥府是铁门栓，针插不入，水泼不进。"胤禩笑道，"你看，这是我家戏班子的倩娘，偏偏儿就和他的管家高福儿相好上了！"胤禩上下打量着倩娘，问道："真的？"

柳倩娘虽不认得胤禩，料知也是个阿哥，不好意思地点了点头，说道："他出钱在魏家胡同买了一处宅子，我就住在那里。"胤禩点点头，笑道："大将难过美人关，何况一个小小的高福儿？你长得这么可人意儿，定必能办好八爷的差使！"倩娘双手搓着手帕，越发羞得满面通红，低声说道："八爷待我恩重如山，父亲哥哥如今都过得了，拼着身子报了八爷，就是叫倩娘这会子死，也没得说的。"

"做什么叫你死？"胤禩扑哧一笑，"你后福正长呢！你哥哥我已经安排了，广东高要县令，慢慢自然还要抬举。高福儿也不是什么坏人，我要你拉住他，正是防着四哥对我有什么恶意，并不要害四哥。你不可错会了意。"柳倩娘嫣然一笑，说道："他是个'不够数儿'，能耐不大。四爷府是个分寸极严的，不受四爷大恩的，只能在外院打磨旋儿，就是福儿也不能进书房。其实福儿还是有恩于四爷的，前儿晚间还和我发四爷的私意儿，说年羹尧去四爷府比他晚，仗着妹妹是姨奶奶，出去就做了大官。我听着直笑，说你也不是做官的料，想做官还不容易？八千两银子就能买个四品道台。四爷高兴，一赏你，不就会有了？"

胤禟还是头一回听到雍王府这些极重要的琐事，又新鲜又好奇，因笑道："高福儿怎么说？"倩娘脸一红，忸怩地说道："他说……'有你我就知足了，你的赎身银子还没凑齐呢！四爷也没那么大方……'"

"八千两……"胤禩托着下巴沉思道，"从我账房支一万。你拿着，看他心真，你就送他，不过他不能买官。要做官，日后着落在我身上——还有什么话，要紧不要紧，我们听听。"

柳倩娘仰着脸想想，说道："别的没什么了。只听说四爷也找人在顺义遵化堪舆，寻风水宝地要修墓。又在密云置了一座庄园，还有说什么一个叫狗儿的，和福晋的小丫头叫什么来着勾搭上了……"

"求田问舍，庸人一个。"胤禩说道，"老九，你听听他做的这些大事！"当下二人又说了许多闲话，胤禟自辞出去。

第二日，起驾乾清宫之前，康熙在养心殿先召见了太子胤礽、胤祉、胤禩、胤禛和张廷玉、马齐、方苞等人。康熙显得有点忧郁，戴着一顶中毛本色貂皮缎台冠，穿着青毡面貂皮褂，里头套一件江绸面青白狐袍，在香烟缭绕的百合铜鼎旁踱着，说道："一会儿就去乾清宫，有件事先议一下。朕想颁发明诏，把天下省份分成三份，轮流蠲免全年赋税，想听听你们怎么说。"

"阿玛，"胤礽一躬身赔笑道，"这是善举，儿臣原无意见。但您最圣明的，知道户部库银情形，本来就是可着头做帽子，一点富余也没，这样一下子就减去三分之一，没事还好，一旦有个灾荒饥馑，或者外疆有事兴军，粮饷就没着落。儿臣想，好事慢慢来，是否迟几年再办好些？"胤禛忙道："太子爷说的是。儿臣也这么想，怕就怕平空出事，应付不来，儿臣办户部的差有几年，那里的底子儿臣心里有数的。"康熙俯首想了想，又问马齐："你看呢？"

马齐看上去真的是有病，脸色苍白，越显得又高又瘦，轻咳一声道："奴才想着，轮番免赋是件极大的好事，前朝从没有过的。然而凡事预则立，不预则废，免赋容易加赋难，老百姓吃了这甜头，一旦朝廷有事，银子没银子饷没饷，善后万分不易。"张廷玉皱着眉一直在想，他也觉得马齐说的有道理，但太子说的，他也不全同意，思量许久才道："三年一轮似乎太促了些。奴才以为，五年一轮也就行了。皇上自康熙二十九年以来，蠲免徭赋银两总计下来一千三百四十三兆。已经很轻的了，如果再免，明发诏谕变成制度，往后有事用银子，临时聚敛又要招怨。所以即便要免，也要丑话说明，国家以民生为念，百姓也要以国家为念，体谅朝廷拳拳爱民之心，乐输义粮，存粮备荒。这样有事征粮，就不至于捉襟见肘。"

这确是老成谋国之言，连康熙也不自禁点头。方苞一直沉默着站在一边，因见康熙注目自己，便道："臣也以为张衡臣说的是。国家手中无钱无粮，不能应急是不得了的。可否各府设一义仓，推举当地有德有望的缙绅公管，国家有事，筹措借来用于国事；国家无事，用义粮调剂赈荒，周恤贫孤无靠之民。这样，官员不得随意敲剥，流民也不至于因饥寒沦为盗贼。于绥靖地方也颇有益处。"

"很好，就是这样。廷玉草拟诏告，等见完臣下即行颁布。"康熙说罢抬头看看自鸣钟，又道："咱们也好去了。"

乾清宫是紫禁城内除了三大殿外最为宏伟壮丽的宫殿，历代为皇后居处，是皇帝正寝之地。唯因其大，时常引见一两个官员，或与上书房几个官员议事，显得空荡荡的，也太庄重。因此，自赫舍里皇后去世之后，这里便改了规矩，名义上仍是皇帝寝宫，除了大批引见外官、接见外国使臣，每逢元旦、元宵、端午、中秋、重阳、冬至、除夕、万寿等节日，在这里举行内朝礼或赐宴，平素并不启用，只在养心殿或畅春园办事见人。康熙皇帝率几个上书房大臣入月华门，几个阿哥便归班侍候，但见宫前丹陛之下黑鸦鸦的六部官员及进京述职外官依次跪满了一地。李德全将静鞭连甩三声，几百名官员免冠俯伏，高呼：

"万岁，万岁，万万岁！"

康熙一摆手拾级升阶，径上了"正大光明"匾额下金紫交翠的龙凤须弥座。马齐和方苞二人却步躬身退至一旁跪了下去。康熙从容不迫地端起茶碗，用碗盖拨着浮茶呷了一口，眼风一扫，偌大乾清宫立时岑寂下来，一声咳痰不闻。

"张廷玉现在正在养心殿草拟一份明发诏谕，待会散朝即行颁布。"康熙的声音并不大，在殿中却显得十分苍劲雄浑，"朕决意自今年而始，三年一周，轮流免除天下赋税。"

"万岁！"

康熙双手一摆，说道："所谓'万岁'，不过是你们做臣子应该有的心意。自古无百岁天子，朕何敢朝之万年？'人生七十古来稀'，能活七十岁，朕已经心满意足。"说至此，他缓缓起身，在油亮晶莹的金砖地下漫步，时而踱至群臣中间，时而绕座徘徊，"为什么要发这个诏谕？并不因国库太充盈，钱粮多得没处放。朕这次南巡，时而也微服出去走走，老百姓过得太苦了……以苏杭之地，说是'天堂'，卖儿鬻女者有之，弃田逃荒者有之，食蕨根吃观音土者有之。民为国之本，防民之变甚于防川，朕焉得无动于衷？"

"所以要免赋！"康熙的血涌到脸上，涨得通红，"朕征一两银子，下头一群卑微吏曹就敢索二两火耗，征到库里又被挪借出去。整得百姓走投无路，朝廷仍是个亏空、亏空、亏空！那么朕免了赋，索性不要了，或者就剥了他们巧取豪夺的名目？"

此刻大殿里死寂得掉一根针都听得见，只有康熙的青缎凉里皇靴橐橐作响，许久，才听康熙叹息一声道："当然，也因为国家鼎盛，没有动刀动枪的事，这件事能做得起。到做不起时，想做已经晚了！"

"这次朕离京南巡，留守北京的太子办事很经心，诸多政务处置得都好，朕心里很受用。"康熙徐徐将任伯安的案子扼要说了，又道："四阿哥十三阿哥辅佐太子除掉了这一民贼，理所当然要赏，着即传旨光禄寺，胤禛食双亲王俸，胤祥食双贝勒俸！"

跪在近前的胤禛万没想到康熙会突然在满朝文武跟前这样表彰自己，脸一下子涨得血红，跪前一步叩头道："谢皇阿玛恩！儿臣等做的乃是分内的事，并不出奇。做分内事受此重赏，儿臣心里难安，求父皇……"

"如今难得的就是切实做分内事，所以本不出奇的也就成了奇。"康熙仰着脸怅望殿外，"四阿哥幼年时朕看有点喜怒不定，近十几年来读书有成，养性修德，做事稳健干练，知体循礼。可见天下事，事在人为。"胤禛连连叩头，说道："这全是父皇训诲之功！儿臣幼年确有喜怒不定之病，今已知过而改。父皇既然说到这里，求父皇从起居档中撤出这一考语，免去儿臣双亲王俸，儿臣受赐已深！"康熙微微一笑，点头道："好吧，就依着你。"

胤禩胤禟胤禵三个人并肩跪着，听了这话，胤禩只淡淡一笑。胤禟见太子掏手绢擦鼻子，便揉胤禵，胤禵却微眍着眼看十四阿哥胤禵。胤禵面无表情，头竖得老高直挺挺跪着，想着自己在兵部办差，"分内"的事做得也不含糊，也曾多次奏谕奖慰，如今却独独表扬老四，心里老大不服气，只不敢吱声。几个人正自意马心猿胡想，康熙突然拔高了嗓子：

"任伯安一个未入流小吏，买官卖官，买命卖命，代人填还亏空，做尽了丧天理灭人伦的勾当，运营六部如布棋子，指挥官员似役牛马，这是为什么？你们谁能回答？"

……

"他建了私档，大家都怕他揭短，坏了前程，是不是？"

……

"诸臣工！"康熙看着这一大片哑口无言的臣子，觉得人人顽钝无耻，个个面目可憎，眼中闪着愤怒的火光，恶狠狠道："请尔等午夜扪心，真的以公心对朝廷对天下，真的忠心事主事业，绝无隐私情弊，那姓任的有什么东西可记？又何能要挟于你？"

众人早被康熙这番声色俱厉的训斥吓得心里打鼓，背若芒刺地跪着不动，看也不敢看康熙一眼。许久，抬起头来时，康熙已经去了。

第四十回　祸转福谏说齐家道
　　　　　仆变主李卫入宦途

　　胤禛退朝上轿回府，一路走着兀自兴奋得难以自已，紧紧咬着牙关镇定着自己下了轿，进雍和宫倒厦门时，还差点绊倒了。因见门内大柏树上捆着一个人，远远地瞧不清，便问："那是哪个奴才犯了事，绑在这个地方成什么话？"

　　"回四爷话，"一个长随赔笑道，"是四爷书房里的狗儿。不知出了什么事，福晋吩咐出来绑了的。高福儿也不敢做主，叫先捆这里，等四爷回来……"

　　"别啰嗦了！"胤禛不耐烦地说道，"叫高福儿来！"

　　正说话间高福儿已一溜小跑过来，见胤禛攒眉横目，料是在朝里遇了不顺心的事，叩了千儿请安，说道："狗儿这杂种不守规矩，勾搭了福晋使唤的丫头翠儿，已经怀了孕，掩不住了。福晋叫我等着千岁爷，看怎么发落这个小王八羔子……"

　　"有这样的事？"胤禛睃着眼看了看高福儿，"内院外院隔得那么严，你是做什么吃的，福晋发觉了你才知道？男女大防都弄得七颠八倒，还了得么？"高福儿诺诺连声，一句话也回不出来，见胤禛拔脚要去枫晚亭，忙又道："请爷示下……""这有什么说的？"胤禛一边走一边冷冰冰说道，"照老规矩，五十篾条，两个人都打发到密云庄子上做苦力！"

　　"喳！"

　　胤禛进枫晚亭，邬思道正在打棋谱。见坎儿苦着脸站在一旁，料知是撞邬思道的木钟为狗儿说情，便阴沉着脸坐了，嘘一口气说道："真气死人，外头谁不说我治家有方？！"

　　"坎儿出去。"邬思道吩咐了一声。待坎儿去远，喷地一笑又道："四爷，无论如何，横竖我看你绝不生气。今儿得了彩头，不是么？"胤禛一口

气松下来，不由也笑了，便将今日进大内的情形说了个大概，又道："别看
那个方苞不哼不哈，一脸败相，其实已经成了万岁顾问大事的智囊，这个
蠲免赋税的主张恐怕就是他的首倡。"邬思道怔着想了一会儿，说道："方
灵皋，那当然不是等闲之辈，你看看他的书，就知道他是怎样一个人，是
何等洞悉天下事！这个人，万岁物色到身边，又不给实缺职分，说不定万
岁就是专一请他料理家务的。"

胤禛想着方苞那副尊容，几次见面对阿哥们不卑不亢不凉不热的神气，
心里塞了棉絮般说不出个滋味，良久才自失地一笑，说道："好嘛，又添一
个总师傅！一个太子，一个八爷，已经应付得手忙脚乱，皇上身边又加这
么一双眼睛！想想真没意思！""万事无碍！"邬思道向后一仰，悠然把玩着
几个黑白棋子儿，说道，"今儿这事，就足证方苞公道。只要没有偏私，四
爷的事终归好办！至于皇上，并不是自己没主见才叫方苞从驾，一则是老
了，请个清客解闷儿，二则这清客从寒微一登龙门，必然感恩图报，不叫
皇上在'终孝命'这一大节目上栽筋斗——四爷，皇上提心吊胆惟恐不能
善终，只告诉了我们一条，老人家对太子不放心到何等地步！"胤禛的手一
抖，热茶溅了出来，顺手泼了，咬着牙微笑道："太子像是已经察觉到了点
什么，今儿脸色一直不好看。也是的，免赋容易加赋难，皇上这会子三年
一免，将来太子拿什么给天下施恩？这一条，我心里很怜太子爷，所以也
没有同意万岁的主张。父子君臣猜忌到这田地，不是天下人的福啊！"正说
着，性音进来，笑道："前院正在打狗儿呢！不知怎的触犯了四爷？小鬼头
平素伶俐，可惜了的，头陀想在四爷跟前替他讨个情儿，可成？"

"方才我和邬先生还在聊，"胤禛微笑道，"家不齐何以治天下为？不是
我驳你面子，这种事，我素来不肯饶人！"性音当场碰了个软钉子，脸一红
退到一边。胤禛见邬思道靠着椅子一声不言语，站起身来要辞出去，又觉
得不妥，回身一笑，说道："邬先生，我说得对么？"

"很对，连个家都管不好，天下给他，必定治个稀烂。"

邬思道幽然说道，他的口气冷冰冰的，很难说是揶揄还是赞扬，倒把
胤禛噎了个怔，走了两步，又狐疑地站住了，说道："我府里内外整肃，全
仗一个'严'字。我自俸节俭，对奴才们刻薄，却不寡恩。内三院的奴才
没有一个不是我从苦海里拔救出来的，狗儿坎儿也是一样，遵我的家法，

赏重；违我的教令，罚也不轻。邬先生，我处置得不错。"

"这些都是真的。可四爷你赏过人么？"

"什么？"

"比如说，把翠儿赏给狗儿。"

"……没有。"

邬思道一笑，站起身来，架着拐杖在房里兜了一圈，说道："人为万物之灵，这才是最重的赏，男过当婚之龄，女至标梅之年，就该叫他们成婚相配。用'严'之一字管教这类事，从没见成功的。狗儿和翠儿他们从小一处耳鬓厮磨，算得是青梅竹马，入府相隔如重山遮掩，如今年龄渐渐大了，情窦已开，见了面那还不是烈火干柴？四爷，这是天理，也是人情。所谓'治家有方'，'方'者，道也，不循道必出差谬的！"话没说完，胤禛已全然明白，踱至门口，见坎儿兀自远远站着，抬手叫过来吩咐道："你去，把狗儿叫进来，叫翠儿也来！"

"是啰！"坎儿趴着磕了个头，一溜烟儿去了。一时便见高福儿进来，问道："四爷，不惩治这小畜生了？"胤禛嗯了一声，说道："我要放了他们。"高福儿瞥一眼邬思道，无可奈何地说道："四爷，这种事放宽了，往后越发不好管。二世子房里丫头多官和茶房小厮郭良秋就眉来眼去的，还有四爷跟前的小红，有事没事就凑着来和福儿说话……这事多了，奴才防还防不及呢，里里外外四百多男女奴才，长一千只眼也看不过来！"

胤禛听得呵呵一笑，说道："可见用墙隔不住！你禀知福晋，就说我的话，治内是她的事。她早说过奴才大了，该指配的指配，我忙，没有理会得。叫她瞧着办，丫头大了该配的，指出东院那几十间房，叫他们成亲，女的仍在里头当差，晚间轮流回去。怕怎的？生出小奴才来不还是我的家生子儿？"高福儿张大了嘴听完，"啊"了两声，忙一迭连声去了。胤禛笑着进屋，对性音道："到底你逊着邬先生一筹。什么时候学会瞧我的颜色说话了？"性音笑道："四爷煞气大，我有点怕你是真的。"

狗儿和翠儿一前一后低着头进来了。翠儿脸色煞白，瑟缩着跪到一边，深深垂下了头，一眼不敢看人。狗儿也没了平日嬉笑顽皮模样，趴着磕了头，说道："四爷，家法我知道，知道了也犯了，我对不起四爷，任四爷怎么处置都没怨言，只翠儿有着孕，求四爷……是我勾搭的她，害了她……"

说着，两眼已汪满了泪，在眼眶中转悠了两圈，早走珠儿般滚落出来。

"很好的一对儿嘛!"胤禛微笑道，"就是私自相配，有点坏我的名声，所以我要开导你几箴条。"翠儿趴在地下，眼泪成串儿往下落，入府来耳濡目染，深知胤禛脾性乖戾无常，听着这淡淡的话音，越发唬得浑身发抖，连连在地下磕头，抽泣道："千……千岁爷……是我……不成人，吃饱了没事，做出这没脸的事……我情愿死……"胤禛大笑起身道："好一对难夫难妻! 我焉有不成全之理? 你们犯家法，我不能不揍，你们有情，我自然叫你们成眷属，两下里平过，如何?"

邬思道和性音听着胤禛这话，都觉得有点匪夷所思，对视着忍不住笑。狗儿翠儿满脸泪光，诧异地抬头看着胤禛，竟一时揣不透胤禛的意思。

"狗儿，"胤禛笑容满面，问道，"你本来的名字就叫狗儿么?"狗儿一愣，忙道："我姓李，翠儿姓陆，和坎儿都是一个村子的。坎儿姓严，他妈从地里回来，跌在坎子底下生的他，所以叫坎儿。我妈生我取名儿，出门碰见一只大黄狗，所以我叫狗儿……"

话没说完，性音三人已是笑得透不过气来，胤禛笑得流出眼泪来，半晌才道："有趣! 不过这名字毕竟不雅，从今往后，你就叫李卫，坎儿嘛……他的姓和严嵩一个姓，不好，也改了吧，就叫周……周用诚好了，翠儿这名字就好，不用改了。跟着四爷好好营生，都不会亏了你们!"

"四爷!"狗儿两眼睁得虎灵灵的，"您还要我?"

胤禛笑谓邬思道："你听听这小狗才的话! 你既进我府为奴，生是我的人，死是我的鬼! 我看人最重心田，你不过天真无知偶然犯过，怎么会不要你? 前儿吏部老耿说四川成都府有个县出缺，问我有没有要荐的人，我看你就蛮合适。还有坎儿，我也要放出去做官。趁年轻历练，将来不定还要做到封疆大吏呢!"狗儿先还怔怔地听，至此再忍不住，"呜"地放声大哭，只是磕头，一个字也说不出。

半个月后吏部票拟下来，李卫奉札补了四川成都县令，自到部领了委札、换一身簇新的鸂鶒补服，戴着素金顶子引见下来入府拜别本主胤禛。此时胤禛府经一番料理整顿，男有室，女有家，上上下下喜气洋洋，一派祥和之气，见李卫这般儿打扮，东家拉西家扯轮流做东道儿相请，足足热闹了几日。胤禛又接见了，着实叮咛他"办事宜勤，报主以公"也不尽细述。按狗儿的想头，怕坎儿心里不受用，还想抚慰几句，不料坎儿却笑道："你只管去你的吧！我这里的差事比你还要紧呢！不管狗儿坎儿也好，李卫用诚也罢，总之咱们已是四爷的两条狗，我留下是看家，你出去是护院，还不都是一样儿的？我告诉你，为什么叫你四川去？就为老年糕（羹尧）在那儿，盯着他别叫他有外心，就算办好了差！和你翠儿婆娘上路吧！"说得李卫一摸头，笑道："周哥儿不说，我还真的不明白。怪道得主子说，在外头多长心眼，无论是外人自己人，大事小事都得写信告诉他老人家——成都的'自己人'，可不就一个年羹尧？"

李卫在雍和宫又盘桓了半个月方辞行南下。自他去后，周用诚便升了胤禛的书房总管。雍亲王府外务应酬，家长里短，所有与各府阿哥庆吊往来俱是高福儿主持调拨；整理文书，侍候奏章，抄写机密案卷，照料文觉性音邬思道等人这些内务琐事，却是周用诚一人的责任。内外相济，便显得颇有条理。眼见过罢年，灯节将临。因这年是头一轮开始蠲免天下赋税，真个四海同庆，神州共欢，朝廷又下旨大铺天下、凡六十岁以上老人都有醴酒胙肉之赐，更似繁花着锦一般，自打过年到正月十四，无明无夜满城不断头的爆竹烟火。胤禛亲自坐镇礼部，着顺天府自东直门前门直接到西便门内，连绵二十余里，高搭彩棚灯悬不断。各店各铺粉饰一新，哪个不要争奇赌胜？商彝周鼎，秦镜汉匦白日陈设得琳琳琅琅。夜间北京城内外通明，遥望如银山火树，兰麝伽南馥郁氤氲，游人彻夜不息，京华金吾不禁。自清开国以来从未有过如此热闹排场。

正月十六，胤禛在乾清宫领筵归来，只在万福堂和福晋、年氏并三个世子处略坐了坐，受了家人们的礼便踅过枫晚亭来，却见邬思道、性音、文觉、周用诚几个人兀坐熏笼旁正在说笑。一脚跨进门便笑道："你们倒清闲自在！这个节过得人骨头架儿都要散了！虚糜财赋，暴殄天物，老八真是粉饰能手！"

"八仙过海，各显神通。四爷做事，八爷花钱，各得其乐，有什么不好？"邬思道笑道，"我昨晚出去走了走，烈火烹油，真到了盛极难继的地步儿了——四爷请这边坐，暖和些。"胤禛因挨着邬思道上首坐了，手贴熏笼取着暖，说道："往年这府里过节过得太冷清，今年略放纵一点，又热闹得不堪。我过来时几个下人房里都唱道情——高福儿也不知到哪里钻沙了，就是高兴，也得有个分寸，也不管管！"

周用诚给胤禛捧过茶，仍旧一脸模糊相，说道："他说是给他老爷子拜节去了。据我看也未必。听说他在外头养了个娘们，大约钻热被窝儿去了。"说着把一沓子请安帖子递过来，又道："这是年羹尧戴铎用驿传送来的，还有狗儿的。我想着主子回来必定先来这儿，就带来了，其余还有几十封，都是四爷拆看过了的。"

"高福儿养了外宅？我怎么不知道？"胤禛一边拆着请安帖子看着，说道，"回头用诚悄悄打听一下根底，告诉我。"说罢便皱着眉，一封一封倒着手看，看着看着，突然"扑"地一笑，将一份帖子递给邬思道："你瞧瞧，李卫的大作。"邬思道接过看时，前头是"恭请四爷大福大贵大寿"的话头，后头却是信：

> 又禀四爷，这里的师爷俱是混账行子，没个好蛋。奴才统统撵他们卷铺盖趁年走路，只留了个外号"二百五"的师爷帮办衙务。又，这里的缙绅老爷们也都是混账行子。奴才叫他们按地亩出钱粮，他们说奴才也是"二百五"，还说"水过石头在"，咬牙熬着等奴才卷铺盖走路。再者，这里的秀才们也都是些混账行子，奴才考他们，他们不服，告到省里学政那里，亏得年羹尧按住了。奴才在这里没有在府里如意自在，想四爷也想坎儿。奴才女人翠儿给四爷和福晋做了两双鞋，顺信送去，她快生崽子了，想借四爷福气，取个名字。又告四爷，年羹尧阔气得紧。

邬思道看着想笑，不知怎的却笑不出来，性音和文觉在旁看了却忍俊不禁捧腹大笑。胤禛将年羹尧和戴铎的请安帖子塞进袖子里，叹道："李卫尽自聪明，只读书太少了。年羹尧信里也说，他办案做事无不及人处，却是任性。你们看看他取中的头名秀才的文章就知道了。还有他写的判案断词，都十分可笑，年羹尧也转过来了。亏得巡抚和年羹尧是朋友，把秀才们告状压下来。弄到皇上那里，不知又生出什么事呢！"

性音抽过一张，看时，却是一张秀才岁考卷子，上头李卫批签"真好文章，取一等！"考题是《子曰赤之适齐也，至与之粟九百辞》。"文章"是一篇鼓儿词：

> 圣人当下开言说，你今在此听分明。公西此日山东去，裘马翩翩好送行。自古道，雪中送炭是君子，锦上添花为小人。豪华公子休提起，且表为官受禄身，为官非是别一个，堂堂县令姓李人。得了俸米九百石，坚辞不要半毫分！

看这么一张秀才岁考文卷，真是别开生面。又取过文觉手中判词看时，是李卫判断一件"发妻被占"案，上头写着：

> 前日刘元公来告，他老婆叫人占了。本官坐堂问明，刘某乃是一个乌龟。今日你也来告，本官问各造人等，仔细想来，你也是个乌龟。诈财不成，活该赔了夫人又折兵。刘某如今正在枷号示众，等他放枷你再来，本县腾出枷来枷你，省得弄脏本县的新枷。多枷几个你这号王八，只怕这里风俗就要好些。

另外还有几篇，也都是说理明白，文字可笑，却不知年羹尧从哪里抄录得这样详细，又为什么都转寄到这里来。

"是我叫年羹尧留心他的政绩的。"说笑了一阵，胤禛低头叹了一声，又道，"李卫文字上太差，没想到这一层，早知如此，该叫用诚去四川，留他在北京。这些东西，恐怕免不了八阿哥手里也有。眼下我还算熏灼之时，一个不走运，对景儿抛出来，就笑不出来了。"文觉和性音听了都不吱声，邬思道咬着牙微笑沉思，说道："无碍。明儿四爷把这几篇东西拿给万岁爷看，就说是笑话儿，大节下讨主子一乐儿。"

胤禛正要说话，一抬头见大世子弘时带着一个白发苍苍的老人进来，仔细看时，竟是直隶总督武丹，顿时大吃一惊，慌得站起身道："是武老将军！您几时来的？"又嗔着弘时："怎么就不知会一下？"武丹笑道："武某何敢擅造檀府！四爷想都想不出是谁来了呢！"众人正惊怔间，便听外头有人笑着漫步进来，一头走一头说道："是朕不许他们通报的。你们私下里说话，要讨朕一乐儿，是什么笑话呀?"

"万岁!?"

胤禛惊得目瞪口呆，痴痴地看着，果见刘铁成张五哥德楞泰等几个侍卫次第进来，方苞挑帘，康熙已笑容满面出现在枫晚亭中。众人恍若梦中，木雕泥塑般愣坐片刻，突然一时都清醒过来，连邬思道也双手一撑离了椅子，俯伏在地，叩头呼道："万岁!"

"不要慌张嘛。"康熙头上戴一顶六合一统瓜皮帽，通身上下青缎袍褂，要不是腰间系着二龙戏珠明黄卧龙袋，一点也看不出帝王气派。见众人慌得没做手脚处，十分随和地抬手笑道："都起来，依旧坐着才好。"胤禛手忙脚乱地把自己的座儿向正中挪挪，亲手垫了鹿皮褥子，请康熙居中坐了，自和文觉性音周用诚退到一边垂手侍立，邬思道行动不便，只盘膝挨着熏笼坐着。康熙笑道："今晚外头好月亮，各家团圆吃酒观灯。当然，也有人商议着办些异想天开的大事。朕也带了方苞出来走走。几个阿哥府都唱戏，热闹红火得不堪，朕都没进去。只你府不唱戏，路过这里，顺便进来瞧瞧。万福堂也去过了，见了朕的媳妇，东书房也去了，三个孙子都在读书。很好么! 那个叫弘——"方苞见康熙想不起，忙笑道："弘历。""对了，弘历。"康熙也是一笑，"很有识见的个小人儿。朕很爱见。记得热河行围，弘历的武艺骑射也很看得过去。朕老了，想叫他进去跟朕读书，可好?"

胤禛兴奋得满脸通红，心头突突乱跳，忙躬身赔笑："这是儿臣一门之大幸，弘历的造化! 阿玛圣学渊深，博识物理，学究天人，不出数年弘历必定读书修德有成!"康熙微笑拈须，点头叹道："得英才而育之，亦一大快事。可惜朕万儿宸翰，不能恩露普降——这一百多个皇孙，都弄到养心殿，吵叫得朕也受不了。"说罢便拈起李卫的那几张判词，笑道："方才说讨朕一笑，想必就是这个了?"胤禛忙答道："是。"

康熙看着，也忍不住失笑，到后来竟笑不可遏，端着杯子，里边的茶水洒了一手，将一沓子纸递给方苞，噎着气道："你瞧瞧，只怕你这大手笔也写不来呢!"方苞看了也笑，却道："这人很明事理，只是书读少了，文章粗率可笑。除了取中秀才的那一篇'首佳'不足为训，官司断剖得并不差谬。""秀才文章做不上，胡圈乱写的事有的是。"邬思道沉静地说道："李卫在任清廉自守，从这歌词中倒仿佛可见。岳武穆云'武官不怕死，文臣不爱钱，天下太平'，李卫风节不俗，只不会文言。他的这些个白话判词，变成文言，未必不是好文章呢!"康熙盯着邬思道看了看，问道："你叫什么名字?"

"回万岁，"邬思道拱手欠身，答道，"邬思道。"康熙略一沉吟，笑道："朕想起来了，你一笔好字，闹过南闱的!"邬思道忙伏身叩头道："是，逃了，后又蒙恩赦。残躯生计无着，投雍亲王门下混碗饭吃。"

康熙回顾方苞笑道："你两个可谓同病相怜，你说李卫文章可改，你改一篇朕听听。"邬思道信手拈过一张，看时，上面写着"从判女尼讼其徒嫁人。"便读原文："尼姑也是人，换了换衣服罢了。佛经国法几曾说过不许人家还俗的? 老秃母狗，你想嫁你也嫁吧!"读得几个侍卫和武丹都是一笑。却听邬思道又道："改成文言下判——小尼姑脱去袈裟，便穿衲袄，正佛家所谓不二法门，朝廷未尝禁也。尔独何心，乃欲使之老死客门? 尔如见猎心喜，不妨人云亦云——吏曹行文，也不过尔尔吧?"康熙听得有趣，说道："确乎不假。朕当年读过你写的《讨南闱主考揭帖》。很有文采的。有什么好诗，念给朕一首听听!"

"请万岁命题!"

"这幅猫图绘得出神，你口占一首。"康熙笑道，"这是做滥了的题，所以要限韵。"

"敢问限何韵?"

"九、韭、酒!"

一众人等立时愣住了，这么险窄的韵，一时怎么凑得起? 连方苞也不禁皱眉沉思。略一顿，却听邬思道吟道:

照猫画虎十八九，吃尽鱼虾不吃韭。只为捕鼠太猖狂，蹬翻案头一瓶酒!

吟罢叩头道："做得不好，博圣上一乐而已!"

"好! 养猫还不就是为了扑鼠?"康熙大笑起身，说道，"朕随意进来走走，不料还能痛快笑一场。也好早晚的了，朕还要去钟粹宫上香，这就去了。"又转身拍着邬思道肩头道："好好侍候你主子。你才学很好，辅佐他做个贤阿哥，就不能做官，也不虚此生了。"

胤禛一家并邬思道等人一直将康熙送出大门，看着康熙升舆去远，方踅回来，胤禛便嗔性音："亏你夸口耳聪目明，万岁进枫晚亭，我们还不知道！"性音笑道："你问邬先生，他说不妨的！"邬思道却似陷入了深深的思索，喃喃道："今夕何夕，什么人在商量'异想天开的大事'呢?"

第四十一回　　慊吏治胤禛嗟世路
　　　　　　　恨不肖二次废太子

康熙五十一年轮流蠲免天下赋逋诏旨颁下，民心大快。当年山左大熟，山右又报丰收，麦子连垄接陌长势喜人，江南米价降至斗米三钱。因怕谷贱伤农，康熙又命海关总督，将当年厘金全部用来籴粮。因此国库里没了进项，河南、山东、山西、陕西、安徽、苏北等易旱易涝省份，盈库山积都是存粮。管着户部的胤禛除了严令各省藩司逐库查验险房漏屋，防着粮食霉烂，又与十四阿哥会商，将陈粮分补口外各驻军，调拨了大批燕麦、高粱、玉米等运往漠南蒙古贮存饲料。虽有胤祥等人帮着，也忙得不亦乐乎。四月下旬康熙巡行热河，又下旨从此滋生人口不再增加丁银，"即以本年丁数为定额，著为令"，其实是永不加赋、轮流免赋和永不增丁银（人头税）三管齐下。胤礽本来就对这些政令一肚皮的不乐意，眼见胤禛和留守北京的张廷玉干得兴头，索性来个"奉旨照转"。凡有旨意，属兵部就批给胤禵，属户刑二部就批给胤禛胤祥照办。张廷玉却不似马齐，无论怎样不满，昏晨定省，每日进毓庆宫请安，出来便自到各部询问部务及旨意施行情形，一式两份报毓庆宫和热河御驾行在。算来竟是把太子束置高阁，体体面面地晾在了一旁。直忙到秋八月金谷登场，几个忙人才松了口气。

九月初四，胤禛接到谕旨，皇帝在承德过重阳节，节后起驾，如天气晴好，十六日巳时返回北京。这是毓庆宫转来的抄件，不用说在京的亲王阿哥都有一份。胤禛和胤祥正在户部议事，皱了眉看着谕旨道："我很疑心太子爷压根就没看这诏谕，迎驾是礼部的事，我刚从那儿回来，陈诜是尚书，才上任不摸头绪罢了，连尤明堂也没个动静。再说，这一路关防驻跸，圣驾回来安顿到大内还是畅春园？怎么都没个章程？"

"谁知道他昏天黑地的每天做什么营生！"胤祥打了个呵欠道，"上回我去毓庆宫，王掞也在，给太子爷讲四书'在亲民、在止于至善'，说得两嘴发干，太子爷听了只是一笑，说起诗韵来，又说江南曲调无去声，直隶曲调无入声，什么四声三声，论得头头是道天花乱坠。王师傅气得脸这么长，说：'太子爷，词韵声律您再精研，比得过唐后主么？'说罢竟拿起脚走了。"

胤禛想象着王掞讲书口说手比，胤礽听课昏昏欲睡的样子，不禁失声大笑，起身道："咱们去一趟上书房，看看张廷玉什么想法。"

于是兄弟二人至西华门联袂而入，从隆宗门进来直趋上书房时，只见一个四品文官正在榻前小杌子上正襟危坐候见，却不见张廷玉。胤禛看时却是都察院的监察御史鄂尔善，便笑道："是你在这里？衡臣呢？"鄂尔善早已站起身来，一脸端肃庄敬地给二人请了安，安详地答道："张中堂在批本处，已经去了有一会子了。"胤祥知道，鄂尔善是御史里风骨最硬挺的一个，太子更改贪贿官员名单，独他一人连上三章谏止，要不是言官身份早就罢官了，因笑道："你在这里做什么？又要奏谁的本？"

"回十三爷，"鄂尔善略一躬说道，"凤阳署理知府李绂，境内出盗案，兵部咨文安徽巡抚出兵弹压，已过三个月。至今李绂没有将此案上报，显见是讳盗规避处分。臣拟了个折子要请张中堂转奏朝廷。"胤祥笑道："这弄到一个门里去了。你知道李绂是谁的门生？"鄂尔善看了两个阿哥一眼，不冷不热地说道："知道，是张中堂的高足。惟因如此，更应请中堂秉公处置。"

胤禛上下打量着鄂尔善，三十多岁年纪，略显修长的身材，一身朝服熨得平平展展，白净面孔上三绺漆黑的长须纹丝不乱，三角眼中两颗大大的瞳仁，几乎不见眼白，十分干净利落——这么年轻的御史，升官的心正旺，竟然敢碰张廷玉的霉头——心下顿生好感，因缓缓道："依着我说，罢了吧。这不是大事，况且他也未必是故意的。廷玉素来没有门户之见，每日忙得四脚朝天，少叫他生点烦恼不好？"

"回四爷，四爷的话臣不能奉命。"鄂尔善垂头一躬，款款说道，"于皇上而言，事虽不大，可见李某人品；于百姓而言，境内有盗案而不报，容易酿成大祸，不是小事；于张中堂而言，愈是自己门生愈应严议，为百官破除门户立一表率。"

胤禛盯视鄂尔善良久，见鄂尔善从容地看着自己，毫不局促慌乱，心里暗赞：此人有大臣之风。遂点了点头，说道："我是随便说说。既然你觉得自己对，按你的心行事就是了。"说着便和胤祥一同出来。

到了批本处，胤禛才知道是施世纶来了。张廷玉正在这里和他攀话，见他们两个进来，忙起身笑道："二位爷，我还以为你们不进来了，正预备办完事去一趟呢。这里老施来了，都察院右督御史丁忧出缺，我想请他主持一下，老施正和我打擂台呢！"施世纶因久不见胤祥胤禛，请了安，扎手窝脚地还要磕头，早是胤祥一把扶了起来，笑道："老货，你倒结实，吃得红光满面的！北京城有老虎吃你不成？廷玉，你只管下札子，叫他来！御史嘛，清官不干谁干？"说得施世纶也是一笑。批本处几个司官见长官王爷像是要议什么事，忙都夹着卷子到隔壁北房里办事回避。

"就在这里聊聊吧。"胤禛一摆袍子坐了张廷玉对面，"江南按察使衙门受贿纵凶逃逸，凶手在淮北偷银子，拿住了。还有一个刑场上没杀死的，也逃了，在济宁养伤，他的表兄举发，也拿住了。看来江南冤狱比之北京有过之而无不及。还有个蓝理，剿匪误剿了良民，错杀一百多人。蓝理征台湾时盘肠大战，是个骁将。又事出有因，有这功劳情分，万岁免他的罪也还罢了。怎么治一个江南巡抚希福纳就这么难？张伯行奉部文去署理巡抚衙门，听说他还不肯缴印？"张廷玉点点头，说道："希福纳是八爷的门人，扳倒他得万岁发话。张伯行和老施差不多，没有旨意，没有太子宪谕，只凭一纸部文，济什么事？就是刑场上没杀死的那一位，济宁道是我的门生，也很后悔'不该逞能'拿到的。"

吏治如此，胤禛真有点哭笑不得。胤祥扑地一笑，说道："国家真没劲，犯人拖到刑场上都杀不死！我就不明白，监斩官是做什么吃的？还有验尸的！"

"阿哥爷们钟鸣鼎食，哪里晓得世路上的事！"施世纶感慨地说道，"上回刑部王尚书说大辟刑法不易作弊，他也不知道刽子手也都是祖传世家。练刀工用宣纸铺案，挥刀剁肉，肉剁成饺子馅，宣纸不许着一刀！刑犯家里打点到了，一刀利落还要项下连皮；没塞钱的，慢牛车走十八里才得死绝！像这样刑场逃逸的，你瞧着他把人砍翻了，肉血模糊煞是吓人，其实筋络咽喉都没断。只要银子上下左右打点到，刑场上照样砍不死——国家没劲，十三爷说得不错！"

　　几个人闲谈了一阵，施世纶因见张廷玉看表，便起身告辞出去。胤祥便问："衡臣，眼见皇上就要回銮，各处公务你得汇汇总儿。没见我们这太子爷，任事都不管，万岁回京看看七颠八倒的，可怎么好？"张廷玉仰脸看看窗外灰蒙蒙阴沉沉的天空，良久才说道："我已回了太子爷。万岁爷叫马齐给我写信，一切迎驾仪仗从简，所以只叫了礼部尚书交代几句。倒是一路关防是要紧的，万岁特旨发到武丹那里，由武丹和善扑营调停部署。我们只用把自己的差使料理停当就行了。"胤禛胤祥这才明白，康熙自己在热河已经把回銮的事安排周详。胤禛还想问问康熙回来居处，思量了一下觉得多余，便起身告辞。

　　"四爷，十三爷，"张廷玉起身送他们出来，正要回上书房，像是突然想起了什么，又道，"臣还想问件事。那件贪贿名单是在二位爷手里，还是已经缴了毓庆宫太子爷那里？"

　　胤禛抬头看了看天，稀稀落落冰凉的雨点已经洒落下来，想了想答道："名单是老十三草拟的，太子爷改动了又交我看，我没有再改就缴回了。是老十三送回去的吧？""是我送回去的。"胤祥诧异地问道，"这是规矩。怎么了？"

　　"没什么。"张廷玉一笑道，"昨日陈嘉猷来上书房，问名单在我这里没有？我说没有，已经缴回。他还不信，我拿了回执给他看，他才没再问。"说罢身子一躬转身去了。胤禛沉吟片刻，问胤祥："你那里有没有回执？"

　　胤祥一怔，随即笑道："我从来不要这些东西，我给了朱天保。这算什么屁事？我每日要缴几十个卷宗，揣一叠子回执揩屁股用么？"胤禛再思量，这事不是大事，胤祥率性粗疏，也难叫他和自己一样，因见雨下密了，便笑道："看这天像要连阴的模样，到内务府借件油衣，该回府了。"

　　深秋季节淫雨连绵，自过重阳后没有一日晴好，时而豪雨如注，时而飘洒若雾，有时又像筛面，均匀又细密地荡落下来，京师大街小巷积水如潭，在惊风密雨中起着连阴泡儿，时聚时散，浑黄的潦水缓慢地汇向街边的沟里，淌进金水河和京西一带的海子里。在这凄风苦雨的寒秋，一个令人心悸的消息在官场民间悄悄传开："康熙爷龙体欠安，病得不轻！"

　　尽管大王与庶人不同风，官民冰炭不共炉，在执政五十一年的英主康熙身上，大家都一致：都盼着康熙早日康复回銮。胤礽复立太子连连黜罚保举过胤禩的大臣，弄得人人心慌意乱不遑宁日，康熙一旦晏驾，接踵而来的大变不问可知，因此人们便走门串户，冒雨拜谒长官，门生请见座师打听信息。百姓们则又是一种办法，有的请缙绅出面到庙里唱戏，明是恳乞停雨放晴，暗里乞求福祐康熙平安，能再保几年太平日子，大觉寺、白云观、圣安寺、法源寺、天宁寺、大钟寺、智化寺、东岳庙、牛街清真寺、潭柘寺等几十处寺庙，观赏络绎不绝的都是顶礼膜拜的香客，请求神佛保佑"康熙老佛爷万安长寿"。

在京师一片焦灼不安的等待中，九月十六过去了，九月二十六又过去了，承德那边仍旧毫无消息。张廷玉几次发往承德的请安折子都退了回来，说是圣驾已经启行，至于为什么至今不到北京，走的哪条路，连他的门生承德知府也不知道，弄得这位素以稳健持重著称的宰相也梦魂不安一夜数惊。二十六日晚间，张廷玉从上书房回来，略用了几口饭，想想无论如何今晚不能在家睡觉，要去上书房守候，半躺在安乐椅上一杯茶没吃完，便见家人进来禀道："相爷，内廷有旨！"

"谁来了？"张廷玉一骨碌翻身起来，激动得声音发颤："快……快请！"话音刚落，便见六宫都太监李德全款步进来，张廷玉生恐他是来传噩耗，脸白得没点血色，好容易才把持定了，硬硬地点了点头道："老李稍候，容我换了官服。"

"不必了。"李德全微微一笑，南面立定。张廷玉略整了一下袍褂，双膝跪倒，颤声道："奴才张廷玉恭请圣安！""圣躬安！"李德全顿了一下，又道："张相请起！"

张廷玉听到康熙平安，一口气松下来，身上一软，几乎爬不起来。两个家人从没见主人这样的，忙上前搀了起来。张廷玉也顾不上问别的，便道："这是怎么回事嘛？连马齐也不给我来信！京师又谣传圣上欠安，我这个领侍卫内大臣，连皇上在哪里都不知道！"

"皇上今日上午微服还京。"李德全说道，"下午冒雨带着武丹视察了京西驻军，又到潭柘寺上香乞求停雨，刚刚回到畅春园澹宁居。此刻立召张相进去。"说罢换了笑脸，一个千儿打下去，又道："方才是传旨。这里咱给张相叩安了！"

张廷玉张大了嘴，怔了移时才回过神来，忙忙地换衣服挂朝珠，一边问道："皇上还叫的有谁？"李德全压低了嗓子道："您是头一个知道的。大约为太子的事，皇上召见您，要即刻处置。太子爷坏事了！"张廷玉但觉"嗡"的一声，耳鸣了好一阵，再不说话，也不乘轿，命人牵马，换了油衣一跃而上，又吩咐一声："半夜给我送饭！"双腿一夹，那马泼风般消失在雨夜之中。待到畅春园东门双闸旁边，张廷玉掏出怀表，趁着闪烁的宫灯看时，还不到戌正，用了半刻的工夫。张廷玉正迟疑着是等李德全赶上来一道进去还是立刻请见，侍卫房里等着的张五哥一溜小跑过来，扶着他下了马，说道："万岁爷刚刚用过晚膳，马中堂和方相公正陪着说话呢。"

张廷玉没言语，只点了点头跟着往里走。此刻雨下得更大了，隔雨帘望去，半箭远近的宫灯都模模糊糊的。雨点子没头没脑敲打着黑魆魆的竹林茂树，不分个儿响成一片，哨风袭来，冷得人通身寒彻。待到澹宁居前丹墀下的大铜鹤旁边，张廷玉下半身已湿透了。站在廊下略略定定神，拧了拧袍角，细听动静时，却是方苞在说话："先忠宣的《忆江梅》，主子说注得琐碎。其实当时他正被囚拘，生死不测。北方无梅，又怕人看不懂，所以注得详细些。其实词章悲沉动人心扉。既是主子记不清爽，我就给主子背诵一下：天涯除馆忆江梅，几枝开，使南来，还带余杭春信到燕台。准拟寒英聊慰远，隔山水，应销落，赴恕谁？空恁遐想笑摘蕊，断回肠，思故里。漫弹绿绮，引三弄，不觉魂飞。更听胡笳哀怨泪沾衣，乱插繁华须异日，待孤讽，怕东风，一夜吹。"张廷玉没有想到康熙此时还有心情谈诗论词，慌乱的心情顿时安宁下来，轻咳了一声道："奴才张廷玉恭见万岁！"

"廷玉来了？"康熙正歪在炕上倚着大迎枕假寐，坐起身来道，"进来吧！"张廷玉答应一声趋步而入，却见马齐和方苞一边一个坐在康熙榻前，叩头请了安端详康熙，神情并无异样，只显得略消瘦了些儿。不知怎的，张廷玉鼻子一酸，几乎坠下泪来。康熙笑道："你也有女子气？朕这不是好好的么？起来吧！"

张廷玉揩了揩眼站起来，勉强笑道："十多日与圣驾断了音讯，太平时节，这太反常了。奴才得先谏万岁一本，此事可一而不可再！"康熙凝视着案上的龙凤烛，许久才点点头，说道："你说的很是，此事可一而不可再，也不会有这个'再'了。就在此刻，赵逢春已经奉旨入城，着善扑营军士接管紫禁城防务，将胤礽押解咸安宫暂行囚禁。同时被拿的还有十三贝勒胤祥！"张廷玉尽自心里已有准备，一旦证实，还是吃了一惊，苍白着面孔怔了怔，喃喃问道："不知太——二爷又出了什么事？"

"是这样，"马齐见康熙向自己示意，一欠身说道，"八月十二万岁偶感风寒，命在山高水长楼建醮乞福。清场时挖出了魇镇万岁'速亡'的符箓，当时即诏命各宫搜查，在烟雨楼、烟波致爽斋十几处地方都起出了魇魔鬼物法器。经密审太监供称，是凌普支使。十三日拿到凌普，是我和方先生会同审讯，凌普交出了他和托合齐、朱天保、耿索图等十四人的歃血为盟誓书，要'共保太子、剪除异党'。凌普供出，万岁回銮之时，密云都统将拦路劫驾。我和方苞几经商议，请示万岁后发布明诏，九月十六回京，以观动静。其实九月十六我们才启程，走的是喜峰口，从东边绕道回来的。"马齐说得虽然干巴，脉络却还清楚，张廷玉听得出了一身冷汗，这起子奸邪小人竟真的敢打康熙的主意！想着又问道："圣驾不从密云过，密云那边有什么动静？"马齐说道："过了一个假銮驾，密云都统把调兵将令都发了，后来大约有所觉察，又撤了令箭。"

张廷玉紧皱着眉头思索着，良久，打了一躬说道："奴才已经明白。请万岁留意，这些事情胤礽未必亲自参与，小人辈希图拥立之功，造作大逆，事成居功，事败往主子身上推也是有的。"方苞格格一笑，说道："衡臣，你说的这些，万岁都想到了。但太子不修德，不理事，为群小包围，前次被废蒙恩起复，种种劣行毫无改悔。夫天下者公器也，君主代天秉之，万岁数十年栉风沐雨艰难缔造，才有今天规模局面，能不能托付胤礽这样的人？"张廷玉一摆袍子长跪在地，声音颤抖着竟有些哽咽："奴才不是怕废太子，也不是心疼二爷。但这事实在骇人听闻，一旦全揭出去，天家骨肉惨变，朝廷将兴大狱，书之史册传于后世，有伤皇上圣明之治……奴才的意思，能否牵扯的人少一点，事情办得密一点，聊存天家体面。再说十三爷，奴才敢作保，他不是太子党，乃是实心为国踏实办差的阿哥！"

"十三阿哥的事回头朕告诉你。"康熙叹息一声跋了鞋下炕来，一边漫步踱着，说道，"你起来，给朕拟诏书，朕口授，你写！"

张廷玉起身来，内里的中衣已被汗湿得贴在背上，援笔濡墨盯着康熙，

354

听康熙款款一字一顿斟酌着说道："前因胤礽行事乖戾，曾经禁锢，继而朕躬抱疾，念父子之恩从宽免宥。本期其痛改前非，岂知伊从释放之日乖戾之心即行显露。数年以来，狂易之疾仍然未除，是非莫辨，大失人心。秉性凶残，与恶劣小人结党。危害社稷，亵渎神器。祖宗弘业断不可托付此人，着将胤礽拘执看守！"他口授着，张廷玉走笔疾书，见康熙停下来沉思，便道："'危害社稷、亵渎神器'一语似乎点得太重，这是大逆罪，恐怕引起物议。"

"好，删去。"康熙点了点头继续说道，"这样写——胤礽于皇父虽无异心，但小人辈若有于朕躬不测之事，则关系朕一世声名……前释放时朕已告诫，'善则为皇太子，否则复行禁锢'已详载起居注。今观其毫无可望，故仍行废黜。"他说完，张廷玉也已停笔。康熙接过来看了看，说道："好吧，就这样明发。再加上一句——诸臣工皆朕之臣，各当绝念，倾心向主，共享太平。后若有奏请皇太子已经改过从善，应当释放者，朕即诛之以杜妄言！钦此！"

诏书写完了，康熙和张廷玉、方苞默默注视着那张墨渖淋漓的宣纸，久久没有言语。马齐说道："上次废太子后，诏令共举储君，弄得满城风雨。这次请万岁圣心默定，早立新太子，以定人心。"张廷玉心里也正想这事，便抬头看康熙。

"不立了。"康熙说道，"朕决意不再立太子。"张廷玉身上一颤，把笔放下，忙跪下道："万岁……" "朕知道你要说什么，你不要说了。起来吧！"见张廷玉跪着不肯起来，一直没有说话的方苞叹了口气道："廷玉，我朝制度与前明不同，阿哥们都开府建牙任事办差，立太子早了容易有阋墙之祸啊！"

张廷玉满腹狐疑地站起身来，说道："这是你方灵皋的主意？"方苞一笑道："是与不是无关紧要。宋仁宗三十年不立太子，太祖、太宗皇帝也都没有立太子，天下不也照样太平？"

"所谓不立太子，只是不公开建储而已。"方苞翘着老鼠胡子，眼中放出贼亮的光，"皇上将默定继位之人，亲书金册，置于乾清宫正大光明匾后，一旦龙归大海，国家即有新君。皇上在一日，则无人能知何人是太子，杜了多少是非？"

　　这真是亘古未有的立太子法子，马齐和张廷玉不禁瞠目结舌！却见康熙恶狠狠的眼风扫过来，说道："此事只有你们三人知道。谁走漏出去，朕必取他的首级！"

第四十二回　重雾漫幛歧路彷徨
密云未雨智士观局

　　北京城里天翻地覆，一夜之间太子被废、胤祥被执，官场民间人心惶惶，邬思道却不知道。他自四月康熙离京，即向胤禛请假外出游历，由漕船下瓜州渡溯江而上，在湖广游龟蛇二山，登黄鹤楼，又雇轿至岭南，攀武夷山，兜了一大圈儿，来到成都时已是九月末。年羹尧和李卫在这里做官他是知道的，但他出来游历，原为在京日夜劳心，身子骨儿渐渐打熬不来，到外头舒散筋骨，作养精神的，本不想与人应酬。无奈在杜甫草堂观瞻时，身上仅余的三十两银子被绺窃贼偷得精光，邬思道想想，只好架着双拐跑了老远的路来寻李卫。

　　成都是四川省府，大郡名城，小小的县衙在衙门林立的都会里根本不起眼儿，坐落在龟神庙西一座三进大院，门前有两株合抱老槐，遮了亩许大一片荫凉，要不是衙前照壁旁竖着的肃静回避牌，大门洞里挂着的堂鼓和官靴匣子，看去就似一户平常缙绅人家宅院。邬思道到时，还不到未正时牌，只见大槐树下三五成群的秀才，总有四五十人的样子，有的交头接耳，有的琅琅背书。邬思道料知是秀才岁考，想起自己当年，不禁莞尔一笑。向衙役打听了一下，知道"李太爷"在签押房会客，也不让人通禀，自从侧门进去直趋二堂后边，果然听见李卫正在东厢里说话，闪眼看时，"客人"却是戴铎，在外边呵呵一笑，一头闯进来道："想不到老戴也在这里，真是人生何处不相逢！"

　　"呀！是你！"戴铎和李卫都吓了一跳，忙站起身来，扶着浑身是汗的邬思道坐了，戴铎笑着埋怨道："你就这么走来了不成？累得这样！如今难道还缺银子使？"邬思道笑道："你看看我这气色，黑里透红，要不是瘸子，你哪一条比得我过？实言相告，早就听说咱们李太爷要治得成都道不拾遗，我也放心大意了些儿，在诗圣门庭叫贼掏了腰包去。腰里没铜不敢横行，只索来寻小朋友打个秋丰!"

李卫一边给邬思道斟茶,笑道:"想不想是一回事,能不能又是一回事。把四川巡抚衙门给了我坐试试!我这里捉贼,十个有五六个都有上司衙门来通关节,有的竟硬下牌子叫放人!日他妈,如今世道连贼都通官,官就是贼,贼管着官,我顶了几个撞木钟的,如今通省城都知道我是个二百五县官!"戴铎笑着叹道:"前生不善,今生知县;前生作恶,知县附郭;恶贯满盈,附郭省城——你上辈子必定是个淫恶剪径的响马!"正说着,便见一个三十多岁师爷打扮的人风风火火进来,向二人略一点头,对李卫道:"东家,秀才们到齐了,您也好去了。"

"没法子,吃这个饭,办这个差,当一天和尚撞一天钟。你们二位少坐一下,我去给这班一丢儿锡们点点卯就来。"李卫摘下墙上挂着的官帽往头上一扣,伸了个懒腰,往怀里一摸,顿时吓了一跳,问那师爷:"高其倬,学政送过来的考题在你那里么?"

高其倬也吃了一吓,忙道:"那是封好了的,一送来我就交给了您,怎么,找不到了?"李卫当下便着了忙,袖筒里怀里混摸一气,却只摸出几十个康熙铜哥儿,急得一身燥汗,只是寻不见。高其倬在旁笑道:"东家,这犯得着发急?您拆开看过的,不过就是个考题罢了。"

"考题我也忘了。"李卫一屁股坐回去,歪着头想了半晌,说道,"只记得像是有个'马'字儿,谁知道塞到哪儿去了!"邬思道想想,这是省学政通考全省秀才的题,外头几十个秀才等着,哄闹起来不是玩的,也替李卫着急,正要说知,高其倬笑道:"不要忙,四书里说马的有限。是不是'百姓闻王车马之音'?"李卫摇摇头道:"奶奶的,不是这匹马。"

"那——是不是'至于犬马'?"

李卫越发摇头,沮丧地说道:"也不是这马。我只记得头一个字就是马字!"高其倬歪着头想了想,憬然而悟,笑道:"知道了。"几步至案前大书"马不进也"四字,问道:"可是这个题目?"邬思道戴铎见高其倬如此敏捷,也不禁心中暗赞,不料李卫还是摇头,说道:"我记得跟在马后头的还不止这几个字。"

至此,连高其倬也窘住了。邬思道怔了一会儿,说道:"你再搜搜身上,不要着急,题纸怎么会丢了?"李卫一拍脑门子,懊丧地说道:"为这不爱读书，吃了四爷多少训，仍旧是个不改——"说着像是想起了什么，伸手向靴页子里掏摸了一下，抽出一卷子纸来，抖开来，外头包的是当票，里边露出一张薛涛笺，李卫喜得笑道："有了！"展开看时，原来却是"焉知来者之不如今也"——原来他把"焉"字误看成"马"字。众人不禁失声大笑，李卫笑着揩汗，对高其倬道："走，考他们去！"

"你瞧见那些当票了么？"邬思道不胜慨叹，望着李卫背影道，"狗儿人品是好的，也聪明。四爷跟我说，他只收八分火耗——其实这么低的火耗，当县官一文也落不住的。要再读点书，日后必成大器！"因见戴铎不言语，便问："你像是有什么心事？你怎么也来了四川？"

戴铎吁了一口气，说道："我是前日来的，已经见过了年羹尧。漳州缺马运盐，想来四川收购茶叶，到青海换马。羹尧大方得很，说不用那么麻烦，就军中拨了四百匹给我。我转到他账房里，见他给八爷和四爷的年礼，一式两份一模一样，心里很不受用。昨晚席后旁敲侧击地问了问，才知道十三爷出事了！"邬思道敛了笑容，目光陡地一闪，问道："出了什么事？"戴铎摇了摇头，说道："还有更骇人的，年羹尧告诉我，太子已经再次被废，朝廷要公举八爷进毓庆宫！"

"他有邸报么？"邬思道从极度的惊愕中迅速镇定下来，身子一仰，望着天棚沉吟着问道，"或者内廷已经发了密旨，要督抚提镇们预备保本？"戴铎沉闷地说道："他没说，我也没问。年羹尧做到这么大官，我们这起子门人谁能比他受四爷的恩重？连他都悄悄走八爷的门子，可见局势之险！你既来了，我想讨一条路，这事应不应该报禀四爷？"邬思道深深地思索着，眼睛放着碧幽幽的光，良久才道："你告诉了我，是拿我当朋友，友朋之道规之以义。四爷待你不薄，而且四爷这人素来睚眦必报。从哪一头说，你万不可自外四爷。但年的事是小可之事，最要紧的得先稳住四爷的心！等形势再变时报告年的事不迟。"

戴铎盯视着邬思道，他们自弱冠相交已经二十年，深知邬思道智力远在自己之上。许久，戴铎方喟然说道："我听你的。不过远在千里之外，京师情形又不详知，我们能帮四爷什么忙？"

"我原本不想见年亮工的，看来非见见不可了。"邬思道紧蹙眉头，缓缓起身，踱至窗前望着外边一晴如洗的秋空，说道，"你这会儿就写信，说两层意思。一、你过武夷山，见了一个道德高深之士，暗地以主子八字问他，他说是'万字号'的。二、你在成都见了我，说我即刻返京入府参赞，说我夜观天象，四爷目下有小厄，请四爷持重静守——落款日期往前提十天，要让四爷相信，你还不知道北京出事。"戴铎一边展纸濡墨，说道："信好写，怎么寄呢？"邬思道头也不回，说道："叫狗儿想法子。"戴铎问道："那你见年羹尧有什么事？"

邬思道倏然回身，冷冷说道："我要叫他知道，此时倒戈不异于自杀。叫他知道，四爷手中有他致命的把柄！我要叫他派兵护送我星夜兼程，赶回北京，回四爷身边！"戴铎还要说话，见李卫满脸嬉笑荡荡悠悠地从二门进来，便住了口埋头写信。邬思道不等李卫进门，便道："狗儿，有一封要紧信，五天之内须得送回北京，你有没有办法？"

"有。"李卫毫不迟疑地答道，龇牙一笑，"我把四爷赏我的怀表都当了，刚刚买了一匹川马。嘿，一天能走八百！如今弄得我精穷，翠儿抱怨说……""行了！"邬思道拊掌笑道，"就叫你那个师爷去！你叫他来，我还有话吩咐！"

当夜四更天邬思道便离开年羹尧行辕，下重庆，取道襄阳宛洛，由邯郸古道北上入京。送行的十几名戈什哈，都是川道上抬滑竿的穷汉出身，走路不在话下，也从没见过邬思道这样阔的主儿，每天起轿赏一百两，落轿又是一百两银子，因此餐风露宿早行晚歇，不但没人叫苦，反而越走越精神。尽自如此，也走了小二十天方到京郊丰台。

"总算到了！"邬思道艰难地由人扶着出了轿，看看日色，刚过申时的样子，估约周用诚还如约在正阳门等着，便叫过护送的军头，笑道，"生受你们这一趟，差事办得好。你们已经把我送到了地方。不过你们不能在这里停，也不能进京看天子脚下世面了，要即刻回程。"那军头看了看这个莫名其妙的客人，笑道："年军门有将令，一切听邬先生调度。先生这么说，我们今晚就南下。不过先生得给我们个字儿，回去好作缴令凭据。"邬思道一笑道："这个我昨晚就想到了。这封信你缴回年亮工，大约还有赏赐，我信里都说了，兄弟们回去放假歇息。"说罢从袖中抽出一封信递给那军头，又道："放心！我换个二人抬，天不黑就进城了。"

　　邬思道从丰台杠房叫了一乘暖轿，迤逦向城中进发。京师轿夫不比外府外州，举手投足皆有制度，走得不疾不徐，讲究个缓平稳适，轿桌上的茶水都溅不出，和那干子川汉们抬的真有天渊之别。此时已临季秋时节，轿外山染丹枫、水濯寒波，京师大雨过后清寒袭人，路旁一片片池塘寒波涟涌、芦荻摇曳，一派肃杀景象。邬思道也无心观赏，只怔怔地想心事：这样纷乱如麻的政局，怎样才能理出头绪来？高其倬和周用诚接上头了没有？如果见不到周用诚，是直接去雍亲王府，还是再等一日……胡思乱想间，轿子已经进城，乍见灰蒙蒙阴沉沉的西便门箭楼矗在西风昏鸦之中，邬思道的心不禁怦然而动，却伸出头道："奔正阳门关帝庙。"

　　邬思道在正阳门前下轿，已是暮色苍茫。这里关帝庙连着大廊庙，靠北一大片是花市，最是热闹去处，回顾一望，但见夕阳酒卖，楼头歌女绰约往来，星星点点已渐渐燃起一盏盏"气死风"灯，布满街衢两边，到处都是卖晚点小吃的和川流不息的人，哪里有坎儿的影子？正顾盼时，便听身后有人笑道："邬先生，叫我好等！"

　　"是墨雨呀！"邬思道一回头，见是胤禛书房小厮墨雨，不禁心头一松，笑道，"你躲了哪儿去？叫我在这望眼欲穿！周用诚出不来么？"墨雨年岁比坎儿还略小点，也是个十分伶俐的，笑嘻嘻说道："我和周头儿轮替着等了四天了！您一下轿我就看见了，因为高福儿带着个婊子在那边楼上，怕他瞧见了，一时没敢出来。"邬思道道："我也不要见他，咱们走。"

　　墨雨前头带着往东走，一头说道："都安置好了，在前头宋家老店给您包了最里头一进院子。您这一回来，不见四爷，连周头儿也不摸头脑——回府住多安逸！"邬思道跟着紧走，说道："你记住一句话，成人不自在，自在不成人。若要安逸，我大约经商也受不了穷。"一边说，已经进了店，墨雨便吩咐店老板："我们正主儿来了，烧点水，热点黄酒，把晚饭送进来——邬爷您请，上房东间住着暖和，炕都烧热了。"说着又是开门又是点灯，邬思道刚坐下，热腾腾的毛巾已经送了上来，说话间，店老板也将晚饭送了过来——一壶热黄酒、一大碗羊肉拉面、四碟子小菜收拾得精洁，还有几个芝麻酥饼。

　　"黄酒和小菜你吃了它。"邬思道揩脸洗脚上炕盘膝而坐，说道，"我只用这羊肉面。一喝酒就熬不得夜了——东西带来了么？"墨雨也饿了，一边狼吞虎咽地吃着，指了指炕头一个包裹，说道："这一个月的邸报，还有四爷批下去的部文、皇上批过来的奏折，都在里头。周用诚说请邬先生紧着看，白天还得送回书房。四爷要哪一件取不出来可了不得！"邬思道点头笑道："那是自然，不过有我兜着，不至于叫你们吃亏的。"

一时两人吃过饭，邬思道一边展读那包裹，取出目录一份一份挑着要紧的抽出来，缓缓问道："四爷近来心绪怎么样，身子骨儿还好？"墨雨扑地一笑，说道："你这人真难猜！我想着见面头一句你必定问这个，直到现在才问出来！"邬思道冷冷说道："那我就是个庸人。我最急着知道的是这叠文书！"

"四爷身子骨儿还好，就是脾气大。"墨雨偏身坐在炕沿上，剔着牙缝说道，"见人没话，老是拉长了脸，吓得家里人见他远远就躲了。性音文觉两个师傅前些日子也都绷着个脸，上回在清雨斋我听见他们问四爷：'邬先生有信儿没有？'四爷冷笑说：'你们倒问我，你们做什么吃的？'——我还没见过四爷这么发作两个师傅呢！都怪您，好好的出京做什么？回来又不见四爷！"邬思道没回话，手拿着两份文卷在烛下比较着看，良久才道："你只管说，还有什么？"墨雨笑道："从那个高什么玩意来过，四爷心里像踏实了些，没有那么凶了。前几日身上发热，支撑着还要到部里去办事见人。四爷和姓高的聊了两个时辰，还陪着吃了顿夜饭——我在这么些年，还没见过谁得这个体面呢！后来才知道是您要回来，怪道得四爷这几日天天到门上问您有信没有——您竟是这雍王府的主心骨儿！好邬爷，您快点回去吧！"

邬思道静静听完，将手中文书放在炕桌上，长长吁了一口气，说道："很好。你不能在这久留。回去告诉周用诚，他也不用来这里，叫性音把每天的邸报送过来我看。你和周用诚、文觉多陪陪四爷，顶多两天，我就回府。我得把这些东西理个眉目再见四爷。"墨雨笑道："我和周头儿商量定的，接到您我就不回去了，他代我给高福儿请假。您腿脚不便，身边没个侍候人也不成。您就住里屋，我在外头睡，有事招呼一声就得。"说罢便退了出去。邬思道自在里间一份一份详研朝廷的邸报文卷，直到天明，方歪在枕上胡乱歇息了一会儿。

一连四天，邬思道寸步没有离开宋家老店，文觉性音白日马不停蹄四处奔走，打听各王府阿哥消息，甚或谁家演什么戏，请了什么人，哪个皇孙过生日，都有谁送礼这些个细事都一一汇总儿报到邬思道那里供他参详，周用诚暗中指挥雍王府东西书房的书童也都出去打听消息，自陪了胤禛每日到部办事见人，倒也严谨。

待第六日头上，邬思道已自有了主意，一大早起来，用青盐漱了口，笑着对墨雨说道："你给我觅个小轿，今儿咱们回府去。"墨雨早巴不得他这一声，一溜烟儿出去，一霎工夫便叫来一乘缠藤亮轿，说道："先生在这屋里已经憋了几天，今儿天气晴和，坐这个透透风儿，也爽气些。"邬思道满意地点点头，上了轿，却道："先出朝阳门！"

"不是回雍和宫么？"墨雨一怔，说道，"朝阳门外是八爷府呀！"邬思道笑容满面，催促着起轿，说道："我就想看看八爷府是怎样个情景。"墨雨只好跟着，却是满腹狐疑。

待到朝阳门外运河码头，才过辰正时牌，因运河河面已经结了薄冰，码头上人很少，码头对面雄伟壮丽的八王府门前却是车水马龙，冠盖如云，一乘乘驮轿、明轿、暖轿、骡车、轿车从门口排出老远，各家家仆有的在照壁前的棚下吃茶吃点心，有的说闲话摆龙门阵，有的在柔和的阳光下晒暖儿、捉虱子的，各色各等不一而足。邬思道远远地便下来，在运河边眺望了一下，看了一眼被封了的万永号当铺，脸上闪过一丝阴冷的笑容，不言声注目着丹垩一新的八王府大门。墨雨笑道："他这个大门有什么瞧头，巴巴儿站在这里看？"

"情形有些不对。"邬思道沉吟道，"文觉前日说八爷不见客，怎么这么热闹？你过去打听一下。"墨雨答应着到照壁前转了一遭回来，笑嘻嘻道："原来今儿是八福晋的寿日。并没有官员来拜，都是各府宪太太、舅奶奶、表姑奶奶来拜寿，溜须拍马来的。"邬思道笑了笑没吱声，果然见一群花枝招展的女人从大门里辞出来，有的还穿着诰命服色，各人都带着一群丫头老婆子，叽叽咯咯说着上轿上车，辚辚萧萧而去。邬思道站着看了一会儿，长长吁了一口气，说了声"咱们回去"。刚要回身上轿，却见西边过来一个丫头，手里挽着个包儿，径直走到邬思道身边，竟蹲了个万福，问道："尊驾可是姓邬？"邬思道僵僵地点点头，问道："你是谁？有什么事？"

"我们太太说，她瞧着您像她的一个亲戚，"那丫头道，"既然您姓邬，那定必没认错人，请借一步说话。"说罢将手一让。邬思道迟疑地跟过来，果见前面停着一乘红毡暖轿，轿旁只跟着两个老妈子，邬思道未及开口，轿帘一闪，一个二十多岁的少妇穿着玫瑰紫夹衫，套着葱黄百褶裙款步下了轿，向邬思道抚膝一蹲，怯怯叫了声"表弟"。邬思道看时，水杏眼、柳叶眉，微翘的嘴角旁一颗朱砂痣，不是金凤姑是谁？——立时便怔住了，良久才不知所云地说道："是……是你啊？"

金凤姑黑瞳瞳的目光盯着邬思道，许久，低头无声叹息一声，脚尖跐着地道："嗯，听说表弟在四爷府？"

"嗯。"

"表弟气色还好。"

"唔。"

二人又复语塞，都把目光盯向肃杀寒冽的运河河面。半晌，金凤姑才又嗫嚅道："有句话我一直想问，你……那日怎么冒那么大雨……不言声就走了？"

"你问这个么？"邬思道冷笑一声，"因为要逃命嘛！刀砧上的鱼也还要蹦一蹦呢——怎么，你们还有点不甘心？如今要怎样我，恐怕没有那么便当。你是许身于人的人，我也是有主的人。你有什么事要见我？"金凤姑低下了头，眼中泪水打着转儿，说道："……我是这辈子也对不起你的了，不想请你原谅。你们男人的事我不懂，也不敢问。不过我知道，四爷这人不好沾惹的。表弟家并不穷，我只想劝表弟回去，就是耕读，也落个平平安安。北京城浪大潭深，不是个好居处——你身子……已经残疾，还……图个什么呢？要是没盘缠——"话未说完，邬思道突然仰天大笑，说道："你要赠金送我回无锡？多承关照了！我不过一个残废人，世间多一个我少一个我，与人无碍。四爷养我八爷养我，总之不过磨墨捧砚间清谈解闷而已。你放宽心，就是四爷祸连满门，也株连不到清客头上的。"

金凤姑低垂了头，心知邬思道对自己怨恚不解，当着墨雨，无法深谈，因叹息一声，轻声说道："表弟保重。"福了一下，默默上轿而去。墨雨见邬思道别转了脸，支着拐杖只是眺望河面，便道："这是先生表姐？是谁家夫人？"

"她是个畸零人。女人，嫁了鸡就随鸡、嫁了狗就随狗，有什么好说的?"邬思道冷冰冰地笑着，寒冽的目光瞥了一眼愈去愈远的小轿，说道："走，回我的枫晚亭。"

胤禛午后便从上书房回到府中。本来，皇帝早膳完，政事已经议完了的。按平日规矩，议完了事他还要到户部刑部听完堂官回事，安排了明日公务，才肯回府的，今儿却心绪格外烦躁，在上书房和张廷玉马齐、三阿哥胤祉、九阿哥胤禟、十四阿哥胤禵按着康熙的旨意一一发文写了票拟，胤祉长篇大论地扯谈起他编的《古今图书集成》，众人听得津津有味，胤禟问三道四，胤禵插科打诨，都是一脸得意兴头十足，实在坐不住，便辞了出来提前回府。因见房门几个长随聚在门洞里打雀儿牌，胤禛蹬着下马石下来，把缰绳撂给周用诚踱了过去，站在圈子外，阴森森地一声不言语。周用诚情知他要大发雷霆，便在旁大喝一声："你们都是死狗！没见主子回来？大白日的斗牌，雍王府几时有过这规矩?"

几个家人乍听这一声，猝不及防看见这位朝野无人不怕的冷面王爷站在近前，顿时吓得木了身子，焦黄着脸拿着纸牌慌得没做手脚处。好容易回过神来，把牌扔进火盆里一齐跪了。司阍的老黄头一边磕头一边乞饶道："四爷，大长天儿没事，就忘了四爷的规矩，我们再不敢了!"

"再不敢了?"胤禛哼了一声，"你们已经敢了，还要'再'？——高福儿呢？叫他来!"二门上守望的小厮们见门上长随们一个个磕头如捣蒜，回不出胤禛的话，忙飞跑过来跪了道："高管家吃过早点就出去了，说是给世子爷买书去了，还没回来呢!"胤禛正要说话，冷眼见弘时弘昼弘历兄弟三人从西花园月洞门出来，蹑脚儿躲着自己要往东书房去，又是好气又是好笑，断喝一声："站住！过来!"

兄弟三人对视一眼，只好站住，蹭了过来，垂手侍立。胤禛冷笑一声，说道："好得很！我在外头忙国事，家里人斗牌的斗牌，逛花园的逛花园，溜大街的溜大街，没王法儿了!"弘历见两个兄弟脸色煞白噤若寒蝉，忙跪了赔笑道："王爷错怪了我们。原本都在东书房读书来着，墨雨来说邬世伯回来了。王爷又不在，怕冷落了邬世伯，我们过去……"

"邬先生回来了?"胤禛精神一振，顿时将众人的过错丢到九霄云外，眉头轻轻抖了一下，也不管众人长短，甩手便进了月洞门，周用诚向众人扮了个鬼脸儿便忙跟了进去。

胤禛匆匆进园，趄过一片竹林，早见邬思道已站在亭子台阶前等候。他站住了脚，仔细打量一眼神定气静的邬思道，向前跨了一步，嗫嚅了一下想说什么又住了口，矜持地笑着点了点头，说道："邬先生，久违了！身子骨儿倒像比离京时结实了些。"

"请四爷安！"邬思道拱拱手，他也在仔细审量胤禛，从头到脚仍是干净利落一丝不乱，只脸色苍白些，眼圈有点发暗，便笑道，"屋里刚生火，炭气太重，我陪四爷园子里走走如何？"胤禛点了点头，示意周用诚搀了邬思道，一道儿在落了叶的垂柳间散步。两个人都是十分深沉的人，彼此依托，都有一种踏实温馨的亲切心景，却久久都没有说话。走了两箭远近，胤禛方吁了一口气，邬思道问道："四爷，您隐忧很重啊？"

胤禛折一根柳条，望着池中缓缓游动的青鲦，沉重地说道："昔日东林士人有联，'风声雨声读书声，声声入耳；国事家事天下事，事事关心。'局势艰难如此，我能不焦虑？唉……不瞒你说，这一阵子我真是度日如年，又像独身一人穿行一个暗无天日的胡同，无一人可谈，无一人可问，无一人指迷津，也不知尽头何处。风急天寒路暗……我是什么况味？"说罢，又是一声悠长的叹息，"我真怕你一去不回，或者——"

"或者畏难不肯回来，是么？"邬思道哑然失笑，叹道，"王爷以友道待我，粉身碎骨也只是寻常之报，焉敢苟且？我回京已经五天了！"

胤禛一下子站住了脚，诧异地看着邬思道。邬思道徐徐说道："我在四川知道京中变故，即开始收集邸报和朝廷文书，回京后看完了四爷书房里所有案卷。用诚、墨雨、文觉、性音走马灯儿似的为我探听信息，朝局，我已经了如指掌！今日，朝旨颁布八爷门人黑硕哲为礼部尚书、保过八爷的张廷枢重为工部尚书、揆叙进封左都御史、三阿哥的门人赫寿当了江南总督——四爷回府这么早，是不是为这些事愁怅呀？"胤禛怔了一下，摇头道："这些除授黜免宦海中平常事，本来无关我的疼痒。但上书房事前不和我关照，事后也不征询我的意见，聋子耳朵似的摆在那里，我这个管事亲王当得好没味道！"邬思道格格笑道："四爷每日价口口声声想当'闲人'，如今求仁得仁，倒不自在起来？"胤禛被他揶揄得也是一笑，又叹道："我虽说没野心，也还想落个直过儿，更不想叫鼠辈们笑话我。"

"天太黑了。"邬思道突兀说道。见胤禛盯视自己，又道："四爷方才说的穿越胡同，很有意思，其实四爷早已走出了胡同，只是天太黑，伸手不见五指，您以为还在胡同中罢了！四爷，不知不觉中皇上已经变法，您看不出来么？"胤禛倏然收住脚步，惊异地看着邬思道没吱声。邬思道细长的手指交错握着，款款说道："万岁已经收了帝权，一切圣躬独裁，所有阿哥都剥掉了参赞之权，只留下办事之权，上书房也只是遵旨处置朝务而已。不如此，朝局难以稳定啊！"胤禛点点头道："这我看出来了，不过这也算不上什么'变法'。康熙四十二年前本就是这个样子。""有所不同。"邬思道微笑道，"前一次放权，为了历练太子；这一次收权，为了考察所有阿哥品学才识。万岁，他决意不立太子了！"

胤禛全身一震，仿佛一道极亮的光从脑海中划过，旋即又陷入深深的思索之中。

"这样做，至少有三个好处。"邬思道缓步踱着，徐徐说道，"一、皇权可以独揽，政务不致梗阻；立的太子无能，有损皇上治化，立的太子精明强干，又容易与皇上分庭抗礼，对皇上、朝廷、社稷、百姓都不利。"

"唔。"

"二、可免阿哥拉帮结派、结党营私。不立太子，朝臣们不知道将来谁能入继大统，就不敢轻易涉足阿哥党争之中，将来新主当政，容易事权统一。"

"嗯。"

"三，"邬思道双眸炯炯，"皇上内有方苞、外有张廷玉马齐佐理政务，可以放心令阿哥们各自办差，他站在高处，细细体察各位爷的品行才能，以有生余年，选出一个最满意的阿哥接这个九五之尊！"

胤禛至此犹如醍醐灌顶，满心满目一片清亮，呵呵笑道："说得实在入木三分。可笑老八痴心，满心盘算着要进毓庆宫呢！据这么看来，谁做太子的心越盛，谁就要倒个大霉！倒合了佛家一句精义——争是不争，不争是争！"

"妙哉斯言！"邬思道拊掌叹道，"这八个字我就寻思不来，毕竟四爷灵秀独钟！请四爷尽自安心，天命攸归定数所在，凭谁不能扭转的！"胤禛笑着笑着，又沉郁下来，他想到了十三阿哥胤祥。邬思道却只顾说道："四爷想：如果真的立太子，上书房诸人能这么安心办事？诏命也早就下来了！十三爷有什么过错？硬囚了起来！还不是怕他在外头替四爷去'争'?!"

这一下歪打正着，恰恰击中胤禛隐忧最深的心事，一天乌云化解得干干净净，怔了一下，半晌才道："今日劈破旁门，才见到明月如洗!"

第四十三回　忙党争孝子忘母寿
　　　　　　对陵丘兄弟叹世情

　　一团乱麻似的朝局经邬思道一番解剖，立时显得泾渭分明。多少日子焦虑不安的胤禛一下子放松了，一觉直睡到日上三竿，一边穿衣服一边抱怨侍候在旁的年氏："我几时起得这样迟过？原说过今儿还要去一趟铸钱司的，可不是误了？你在府里这些年，不懂我的规矩！"年氏赔笑给他结着绦子，说道："主子这可冤了我，昨夜你进门就说，今儿要睡个囫囵觉了，我敢惊动么？再说福晋也有话，王爷这些日子心绪不宁，要变着法儿宽慰王爷，请王爷好生歇歇。户部方才来了个姓王的堂官，问王爷几时去户部，他们要不要等王爷。我看主子睡得正香，就叫周用诚打发了他去。"胤禛正在漱口，将水吐了漱盂里，问道："你怎么打发的？"

　　"我说王爷一大早就进宫去了，今儿是德娘娘圣诞，恐怕午前不能下来的。"年氏笑道，"部里的事请王老爷照四爷的吩咐裁度着办，四爷从宫里出来必定要去部里的。"

　　一语提醒了胤禛，今儿十一月二十三，可不正是自己生母德贵妃乌雅氏的生日？这一向昏头涨脑，竟忘得干干净净！怔了一下方道："寿礼送进去了没有？夜来我还着实惦记着，娘娘最爱惠绣，早就叫你哥子采办，至今也没有个影响，奴才们办差是越来越不经心了！"年氏情知他是忘了，见挑剔到自己哥哥，红了脸，一声不敢递回话。正说着，福晋挑帘进来，胤禛便道："叫人给我弄点吃的，略进一点，我得赶紧进宫去！"福晋笑道："这也犯不着着急。礼，前日就送进去了，昨儿我带着年氏几个还有儿子们都进去见了。娘娘高兴着呢！说了，孝敬不孝敬，不在这些虚礼上，四爷十四爷给她露脸，实心读书办事，就不受礼也是欢喜的。"

　　"是！"胤禛听母亲有话，忙躬身答应一声，又道，"你们想得比我周到。不过我空手去见娘娘总归不好，把羹尧送的羊奶蜜橘带六篓，还有娘娘爱用的酒枣，带十二坛！"年氏忙道："方才主子说惠绣，我那里还有一幅《璇玑图》，原是预备着给主子上寿的——四边儿上还挑着不断头万字儿，既是娘娘爱见，权作寿礼进上去，再写信给年羹尧，叫他另给主子物色，不是两全了？"胤禛被她们说得高兴起来，笑道："我寿不寿的打什么紧？甚好，就这么着！"说着便吃饭。福晋见他颜色霁和，徐徐进言道："昨儿门上几个奴才斗牌，违了你的制度，高福儿一回来就都撤了差使，不知道你还要怎么处分？我听说几个奴才吓得饭都吃不下，再说，高福儿的侄子也在里头。依着我说，得罢手且罢手，饶过他们一回也就是了。"胤禛仰脸想了想，笑道："看来我是管事太多了。依着我说，这群杀才还不如芦芦那条狗，都该发落到庄子上去！既是你讨情，我索性往后不管这些事，除了书房和粘竿处的人，由你处置，这才是正理。你只记一条，小人难养，宁可严一点，内言不出，外言不入，才是处常安宁之法。如今情势，我精神也顾不到府里，你多操点心吧。"

正说着，廊下鹦鹉在笼中跳着叫道："来客了，翠屏挑帘子！"便听门外有人笑道："这鸟儿倒有眼色，怎么知道我是客？"帘子一闪，却是十四阿哥胤禵，穿着金龙袍，戴着东珠冠晃过来，唬得年氏忙闪进内房。胤禵手中拿着把湘妃竹扇，向胤禛和福晋一拱，笑嘻嘻道："四哥、四嫂吉祥！四哥这早晚才吃饭啊？"

"坐，坐！"胤禛笑了笑，用筷子点了点面前的座儿，"你只管坐，我立时就吃完，咱们一块儿进去——年氏，十四爷又不是外人，你紧躲个什么？泡茶来！"一边将碟子里的雪里蕻倒进碗里，将米饭搅了搅，拨拉着吃了。

胤禵见他饮食如此单调，案上撒了几粒米都用筷子捡起吃了，又用白水冲涮着喝，心下暗自惊讶，诧异着接过年氏捧过的茶，正沉吟着，福晋在旁笑道："十四叔，好些日子你不登我的门了。方才你哥还说，吃过饭约你一块进去给娘娘拜寿呢！没的叫娘娘想着，嫡亲同胞兄弟也生分了。"

一句话说得胤禵也慌了神，原来他忘得比胤禛还要干净！强自镇静着喝了一口茶，胤禵已经有了主意，嘻嘻一笑说道："我就是为这件事来请嫂子帮忙呢。娘娘的寿礼秋天我就叫人出去办了，是一幅'瀛洲九老对弈图'，还有一个玉观音。玉观音是昨个儿才从云南运到，和真人一般大儿，处处都好，可惜了路上颠簸，手臂上玉光蹭毛了巴掌大一片，寻思来寻思去，只有请出嫂子家常供奉的观音先送进去，回头把我那尊请到嫂子这儿，这么着可成？这就算四哥和嫂子成全了兄弟一片孝心，你们也不吃亏……”胤禛已经吃完了饭，起身笑道：“自己兄弟，有什么说的？寿面恐怕你也未必预备，我倒预备了二百斤银丝京挂，一起送进去，算我们各送一百斤，如何？”胤禵喜得起身打拱，说道：“谢四哥四嫂，这么着更周全了。”说着和胤禛联袂走出雍和宫，胤禵便吩咐随从：“回府把那架镶金九老对弈图屏风好生抬到长春宫，给娘娘上寿。告诉家里，我跟四爷已经一块进去了！”

“老十四，”胤禛上了马，一手执辔，回头看了看胤禵，说道，“你不单为进宫庆寿来见我的吧？”胤禵在马上一纵一送走着，似乎有点心不在焉，良久才道：“是。我心里焦闷，也想和四哥聊聊。原先不办差，站在干岸上看你办差，觉得稀松平常，管了兵部才晓得，办差的人在荆棘刺窝儿里，旁人还看着光鲜！万岁爷当年西征，在榆林设了粮库，里头还存着四十万石粮，榆林城今非昔比，城外的沙丘已经差不多和城墙平了，一场风沙过去，城里人要挖开沙才能出去。长此下去怎么行？我想把城外的沙清清，兵部说是户部的事，户部说是工部的事，工部说榆林早已没有什么居民百姓，驻的都是兵，所以是兵部的事！想想只好来找你商议，得拿出个法子来。”胤禛愣了愣，说道：“这事我听马齐说过。既然闹沙灾，城里又没了百姓，听说有时连井都淹没了，不如干脆都迁出来，粮库也迁了，省了多少事！”

胤禵笑着摇了摇头，说道：“榆林粮库撤不得，将来大军如果西征，这里没有军粮支应，那是了不得的。老十三没出事前，我们两个在木图沙盘上不知摆布了多少次，寻不出个能代替它的地方儿！听说这里设卫设厅建立粮库，是周培公将军的建议，熙朝名将都一个个去了，能打仗的是越来越少了……”说着叹息一声，言下不胜感慨，“阿哥里头就十三哥还懂军事，他这一出事，我连个能商量点事的知己兄弟也没了——四哥，你最有肝胆的，十三哥素常又最要好，你不能保他一本么？”胤禛目光霍地一跳，迅速闪了胤禵一眼，胤禵怔了一下，笑道：“你怎么这样儿看我？你必是想，这个‘八爷党’今儿是怎么了？保起十三阿哥来了？其实天晓得我是个什么党！我就是我自己，我凭我的本心去处事做人！”

“唔……”胤禛被他说得莞尔一笑，倏地一个念头闪过：莫非这个胆大妄为的兄弟也猜到了皇帝不立太子的真意，要自立门户，拉自己做帮么？因试探道："我一个人保恐怕落单，要加上你，再拉上老八他们一齐来保，只怕才能保得下呢！"胤祥笑道："叫八哥来保十三哥，那是与虎谋皮，他恨不得十三哥死了才好呢！四哥要不敢开头儿，我先上本保，要是万岁有活口儿，你再上。要是连我也触了霉头儿，四哥你保我一本，足感厚爱！"胤禛扑哧一笑，说道："你真的以为我胆小？实话告诉你，保十三阿哥的密折早就上去了，是我独自具本！"

胤禩脸上掠过一丝失望的神色，换转了话题，说道："那就等等再说，看万岁爷什么章程。榆林的事恐怕也得写一个本章。和阿拉布坦这一仗迟早要打的，不能掉以轻心。西边打仗，打的什么？其实就是打粮食仗！谁的军备足粮道通，谁就赢了！"胤禛微微一笑，没有答话，努嘴儿说道："西华门到了！"

德妃乌雅氏的寝宫在体元殿后的长春宫。这个地方原是元末明初有名的丹术士邱处机为皇帝炼丹的道观，邱处机号"长春子"，因改名为长春宫，邱处机移到白云观，这处宫荒芜了几百年，蒿蓬满院獾狐出没，人人躲着这个地方走。偏是乌雅氏爱僻静，康熙二十七年晋位贵妃，她就选了这个地方重加修葺，作为自己的起居之地。胤禛胤禩从养心殿西侧夹道迤逦进来，早见一起起贺寿的宫人命妇出出进进，熙熙攘攘十分热闹，心知宫里嫔妃贺寿的尚未散去，此刻进去大家回避甚不便当，便远远地站住了，等了一顿饭光景，见人渐渐稀了，才踱到垂花门前请见。一时，里头便传出话："贵主儿请二位爷暖阁里说话。"

二人略一点头，款步进来，但见穿堂里、过道上到处都是人们送进来的贺礼。什么寿面寿糕、面蒸的寿桃、如意、屏风、宣德炉、金弥勒佛玉观音、自鸣钟、圭、璧、璋、玉、名人字画，甚或鼻烟壶、扇坠儿、檀香、麝香、冰片茶叶……各色各式五光十色，都标了送礼人姓名一档一档琳琅满目垛着。两个人心里不禁掂掇：母亲五十四岁，并不是整寿，送来的贺礼看去比五十大寿还要丰厚许多！想着，已进了长春宫正殿，在东暖阁珠帘外的熏笼旁跪了，叩头称颂："儿臣恭叩贵妃娘娘千秋圣寿！"

"起来，坐着吧。"乌雅氏原在帘后大炕上半歪着，从天明便接待客人受礼，她显得有点疲倦，见两个儿子神采奕奕进来给自己磕头礼拜，坐起身来吩咐道:"把这劳什子帘子拢起来。方才是怕有外客,他两个是我肠子里爬出来的,没的装神弄鬼的做什么?"几个太监忙不迭答应着用金钩将珠帘收拢了起来,胤禛看时,母亲穿着翟乌秋香色缎袍,三层金顶的东珠凤冠放在案上,露出乌黑的盘龙髻,柳叶眉、丹凤目,只嘴唇略显厚点,仿佛总用牙齿咬着下嘴唇,又像总是在想什么心事的样子,因赔笑道:"母亲气色极好,今儿着了吉服,看去更精神了,一点也不像五十多岁的人。儿子们虽说在外头办事,心里着实惦记着,母亲素来有个气喘的毛病儿,不知可大安了?"

乌雅氏怔了一下,笑道:"时犯时好,老毛病了,我也不在心上。上次你送进来的乌鸡白凤丸和禵儿的川贝定喘散都好,至今天天断不了呢!"胤禵躬身赔笑道:"这不值什么,娘娘用着好,就是儿子们的虔心到了。既这么着,明儿再配些送进来就是了。"

乌雅氏一时没言语。皇家规矩,尽是母子至情,一年中能单独见面说几句话的时候也就是这一天。她心里雪亮,眼前两个儿子,一个精明要强,冷面冷心,一个玲珑剔透,肝胆热肠,都在拼命做事,投康熙的缘法,骨子里都盯着毓庆宫那个虚着的太子位。两个儿子两派势力,她又是欣慰又是担心。因为无论哪个儿子大位有望,母以子贵,她自己逃不了一个太后的位份,担心的是这么多阿哥夺位,谁知道天上哪块云下雨?万一别的阿哥得逞,又将如何?万一……自己亲生儿子骨肉相残……又是什么光景?乌雅氏沉吟着,打量一眼儿子们,胤禛垂手默坐,怡然自若,胤禵口角带笑左右顾盼,一脸不安分神色。她想说点什么,一眼瞥见殿门口竖着的大铁牌子,上面茶碗大的字写着:

太祖皇帝圣训:后宫嫔御宫监人等有妄言干政者,杀无赦。

仿佛一阵冷风袭来,乌雅氏打了个寒噤,嗳嚅了一下,见两个太监抬着一桌席面进来,便问道:"到进膳的时辰了?"

"回娘娘话,"太监忙将席面摆在炕前,赔笑道,"这是万岁那边赏过来的。李总管方才叫了奴才去,万岁正和方先生张中堂说话,听说四爷和十四爷都在您这,万岁爷高兴得了不得,说难得你们母子一处说说话儿,就不要两个爷过去请安了，赏了这桌席面，还有一瓶苏合香酒，说娘娘心跳，吃这个酒无碍的。"乌雅氏忙起身听了，道："你再去养心殿一趟，请李德全代叩天恩，多谢主子惦记着了。"又向两个儿子笑道："设两个座儿，你们陪娘吃几盅吧！"

胤禛胤禵对望一眼，一齐起身移座到桌前，胤禵擎杯，胤禛执壶满倾一觥，一撩袍角都跪了下去，胤禵将杯捧与胤禛，胤禛双手高高举起，说道："儿子们在外头忙于国事，一年到头极少在您老人家跟前尽孝的。今儿借万岁的赐酒，为母亲上寿，请母亲满饮此杯！"乌雅氏接过杯子，满杯绛红的酒汁，洸洸的，如同琥珀汁液，不知怎的，她的手有点发颤，笑道："不瞒你们说，我早已断了荤酒。一来是君有赐不敢辞，不好扫了主子的兴，二来娘母子一处，难得这天伦之乐，我今儿就破一次戒——"说罢举觥，看了看，一饮而尽，用手帕子捂着嘴勉强咽了，在火锅里拣一片笋吃了，又道："你们尽情吃，我在一旁看着也是欢喜的。"胤禛胤禵哪里肯依？做好做歹又劝了两个半杯，方才各自入席，乌雅氏已是酡颜微醺，放了杯子叹道："看来此地钟鸣鼎食，金尊玉贵，总是规矩太多了些。我没进宫时在呼伦贝尔，你外公做寿，王宫外搭的毡幕，下头是歌女佐酒，帐外武士赛马摔跤，一家人席地盘膝传花罚酒，那是多么快乐！"

"养移体居易气，"胤禛忙着给母亲斟茶，说道，"母亲今为龙凤之侍，自然尊严天家制度。母亲如思念外公舅舅，儿子得便请旨，请他们进来觐见也是一样的。"胤禵却笑道："是儿子们太庄重，不会承欢，往年这时辰，十三哥必定也在，今日少了他，就没那么热闹了。"胤禛听了，心里一酸，几乎堕下泪来，料是乌雅氏也必难过，微睨时却见母亲神色如常，正诧异间，乌雅氏说道："十三阿哥是可怜人，万岁其实很疼他的，他和大阿哥不一样。"

这是至关要紧的话，胤禛胤禵不禁都怔了，既然"不一样"，为什么处置却一样？两个人都抬起头，等着母亲往下说，乌雅氏却转了话题："大阿哥的事出来，他母亲纳兰氏去见主子，告了胤禔忤逆，主子说，'这不是女人管得了的，没有你的干系。'其实她何尝不伤心？我去看纳兰贵主儿，眼睛都哭红了。十六个有儿子的嫔妃，谁不指望儿子平安出息？所以，今儿趁了酒，我要劝你们几句，你们在外安生办事，甭图那个非分之福，平平安安的，就算你们对我有孝心。看着你们平安和睦，我就能多活几年。像纳兰氏，多伶俐的一个人，如今走路看着地，跟人说话也变得怯声怯气，就活着，什么趣儿呢？"说着，便用手帕拭泪。胤禛笑着起身给母亲夹菜，嗔道："都是老十四，没来由提十三弟做什么？"乌雅氏却道："兄弟关心，这不算什么。你们都是顶尖儿的聪明人，大萝卜不用屎浇，如今外头的事除了瞎子，谁瞧不见？告诉你们一句话，当今圣明，不能往他眼里揉沙子，你们一心一意当好你们的王爷贝勒，办好差，平平安安的，和和睦睦的，就是福气！"

"母亲放心！"胤禵笑嘻嘻看着胤禛，说道，"我们这不好好儿的么！古人说兄弟同心，其利断金。古诗说'一尺布，尚可缝，一斗粟，尚可舂，兄弟二人不相容。'我们自幼都读过，都是至理名言，岂有不记得之理？您尽放心，我们不管别的，和四哥相与得好着呢！"胤禵伶牙俐齿，舌如巧簧，说得胤禛也是一笑，乌雅氏也回过颜色来，说道："我知道你们和睦，话赶话的，不过白嘱咐一句。既如此，你们兄弟共饮一杯同心酒，叫我也乐乐！"

胤禛忙答应一声，欣然起身，胤禵早满满斟了一杯酒递过来，胤禛笑着呷了一口，将杯递给胤禵，胤禵一饮而尽，向母亲亮了杯底，又落座吃酒说笑。胤禵因笑道："不是我惹母亲烦恼，十三哥真的是没有大过错，今儿座里没有他，心里不免惦记。也并不想叫母亲在万岁跟前讨情——我只纳闷，十三哥和大哥既'不一样'，万岁怎么就不肯放他出来呢？"

"我也不得明白。"乌雅氏摇摇头叹道，"他不是我养的，没那么多忌讳，出事第二天见万岁，我倒替他讨情来着，万岁说：'这是为他好，也没有把他怎么样嘛！这些事你们妇道人家不懂！'也没说别的话，我也没敢再说。"

胤禛胤禵对望一眼，本来想从母亲这里讨一点枕头风，不料听了这许多，反倒越发懵懂，圈禁，是宗室除赐死之外最重的处分，还说"为他好"，又是什么"没有把他怎样"！妇道人家不懂，精明伶俐的四阿哥十四阿哥反而更不懂，老皇帝的心思真叫人猜详不透。当下见午时已过，各宫嫔御们花枝招展地带着寿礼涌到前院，只为两个阿哥没有离去不便进来，二人知道不便，匆匆又吃了两杯便辞了出来。

兄弟二人出了西华门，都舒了一口气，抬头看天，已是蒙了一层浮云。阴得却不重，一轮惨白的太阳在云缝中挣扎着穿行，飒飒秋风卷地而起，红枫黄叶翩翩飘落，一队鸿雁鸣叫着掠过云影急匆匆地向南趱飞，给灰暗阴沉的秋色平添了几分不安和凄凉。胤禛见周用诚带着十几个家人候在石狮子北侧，便转脸道："胤禵，寿酒不畅，到我府再小酌几杯吧？"

"四哥，你又不吃酒，我一个人吃闷酒没味儿。"胤禵似乎心思重重，神情恍惚地看着远处，"兵部今儿没事，我和四哥一起出城走走散散心，怎样？"胤禛没言声，伸出两个指头向周用诚招招，周用诚早备了两匹马过来。

两个人骑了马，漫无目的地出了城北，在玉皇庙兜了一圈，又趄向城西，沿护城河迤逦南行，一路都没有说话，眼见前头便是永定河，堤外秋水涟涌，芦荻花白，堤内却是前明张阁老坟茔，老桧松柏下衰草连陌，东倒西歪的石人石马石羊有的已半埋土中。二人弃马登堤，才觉察到天阴得重了，星星雨雾已洒落下来。胤禛不禁失笑道："今儿怎么有兴头跑这里来，连个雨具也没带！"

"秋风、细雨、羸马、离人，何等之雅！"胤禵似乎不胜感慨，"何必要雨具？你看这位张阁老，生前三朝元勋，权倾内外，流年一去，世事沧桑，就凋零到这模样，谁来为他遮风挡雨？"

"唔？"胤禛怔了一下，突然一笑，说道："你原来今儿悟了道，要和我参禅了？嗯……兄弟，你悟性差得远着呢，不知世上诸事诸物，譬如这风这雨，这马这人，都是色相幻化，论其本来，都是空的，因为有烦恼愁闷喜悦爱欲所以空中生色，迷失了本来面目，待那一日归于寂灭，到无生无灭、无有无无之时，一步跨出铁门槛，一切皆归于空。此地左倚永定，右扶帝城，登堤举目，郁乎苍茫，难怪你临风叹息，究其本来，是你劈不破这道旁门。真的悟彻了，世上不过一团气，一缕烟，一现昙花而已！"

胤禵笑道："我叹息一声，你就有这么一篇鸿论——论起佛学，我们谁也不是对手——我是今儿听了娘娘的话，心里有感触。你大约还不知道，八哥昨儿去皇上那请安，说如今情势他处在两难之端，出来做事，怕人说有野心，不出来做事，怕人说在家韬晦，请父皇恩准他装病休养，惹得阿玛大发雷霆，说他有意试探，骂得狗血淋头，本来没病的人也气病了。想想做人真难，就是我，人说我是八爷党，其实天知道，我就是我自己！我不是说八哥触了霉头才讲这话，一般都是阿哥，我做什么要当人家一个什么'党'？我和你一母同胞，要联，和你联在一处。上头又有太子，我不疯不迷，为什么要和八哥搅在一处？所以母亲的话我听得刺心，骨肉闹到这份儿上，人生有什么意趣？"说着一阵灰心，早淌下泪来。胤禛却深知这个弟弟，人小鬼大，比之胤祥心地瓷实得多，想着笑道："你这又何必！做人本来就难，何况我们处在天下最大的是非窝里？你是热中于事业，我是庸碌无为，只想做个孤臣，当今皇上在一日，我是他的孤臣，下一代是谁当皇上，我仍旧是孤臣，人说我刻薄尽有的，没人说我有野心，就是这个道理。大哥就是瞧不破这个，落了没下场，我看八弟也未必有什么野心，只是结交人多了，下头小人们什么做不出来？倒受了背累！你难我难八弟难，其实比起老十三来，我们都还算好，想想这一条，多少恼烦都没有了。"

胤禵品味捉摸着胤禛的话，似虚又实，似实，又无可捉摸，恬淡得泉里刚打上来的水一样，不由叹息一声，没有吱声，只望着朦胧雨雾中的秋景呆呆出神。

第四十四回　　鼙鼓西震兵败青海
　　　　　　　警钟东应八王用谋

　　不立皇太子，确是极高明一着棋，眼见京师文武百官摩拳擦掌跃跃欲试，要第二次共举胤礽为太子，恰似烈火烹油，白沫已泛起老高，偏偏锅下没了柴，竟悄没声地冷了下来。官场恢复了平静，六部衙门官员为躲是非告病、请假的纷纷销假回任。已经联名写了折子的，几个人一碰头，无声无息烧掉了折子，没事人一般每日到衙门办差。胤禛除了户部，又接管了内务府的差事。胤礽装了几个月的病，挨一顿臭骂，"病"也就痊愈，老实到宗人府死心塌地整顿旗务。胤禵泡在兵部，今儿查看武库，明儿巡视军备，忙得不可开交。各省督抚原都心惊肉跳，害怕在这天字第一号朝务上踩了钉板，渐次的也都安下了心。算来只苦了胤礽和胤祥，一个囚咸安宫踱方砖地，看四方天；一个禁贝勒府钓鱼读书，自与阿兰乔姐弹琴下棋论文，昏天黑地地熬煎。胤禔、胤礽、胤祉、胤禛、胤禩、胤禟、胤䄉、胤祥、胤禵九个阿哥为了一个嫡位争得头破血流。至此，胤祉颓唐，胤禔、胤礽、胤祥纷纷铩羽落马，只余了五个阿哥，都断了当太子念头，只眼巴巴看着日渐衰老的康熙，等着他的"那一日"。面情上头，却是安分不少。

　　岁月流逝，光阴似箭，弹指之间已是康熙五十七年，中原无事，西疆策妄阿拉布坦与西藏喇嘛之间政教之争却愈演愈烈，终于酿出大变。康熙五十六年，阿拉布坦遣准噶尔部将军大策妄率兵大举攻略青海，杀死大藏汗，大军入藏占领拉萨城，囚禁达赖喇嘛，事情终于到了非管不可的时候了。凶信传到北京，康熙皇帝赫然震怒，即命传尔丹为振武将军，祁德里为协理将军，出阿尔泰山，会合富宁安军严防准噶尔入寇，只遣西安将军额鲁特督兵入藏平叛，着四川提督年羹尧驻节西安守护中原门户。

　　康熙的六十五大寿，因为这次兴军，过得很清冷，当晚一场戏，神前抽签，恰唱的《失空斩》。康熙越发没兴头，加官帽子戏看完便阴沉着脸离席而去。弄得陪坐的上书房大臣和几个老亲王一干人面面相觑如坐针毡。

眼见端阳节到，前方六百里加紧递来捷报：两路大军次第渡过乌鲁穆尔河，准部叛军接战即败，连夜西遁。康熙方略觉心定，因下旨在畅春园设筵，和方苞、张廷玉、马齐等小酌辞春。胤禵因从芜湖调拨军粮，发现粮食霉变，兵部和户部发生龃龉，一边匆匆料理了部务，便要过来亲自与胤禛商量。正要出门，便见新任兵部侍郎鄂尔泰手里捧着一叠文书，热得满头是汗，忙忙地进来，便问道："什么事？"

"回十四爷的话，"鄂尔泰的脸色有点苍白，"西宁来的军报。"鄂尔泰三十多岁，颀长的身材，清瘦得像一阵风就吹倒了；白净的瓜子脸上黑豆似的嵌着两只小眼睛，看去十分精明利落；大热天儿，九蟒五爪袍子外还套着锦鸡补服，里边衬着竹布小褂翻着雪白的里子，一丝不苟毫不拖泥带水；一边答话，将手中文书递给胤禵，语气沉重地说道："西线兵败，溃不成军了。十四爷，您得立即去面奏皇上！"

"什么？"胤禵吓了一跳，忙接到手翻开就看，只扫了一眼便惊呆了，报急文书是西宁守备栗海写的。他位低品微，没有直奏之权，所以由陕西总督衙门加盖了关防转递兵部，字迹潦草不成文法，写了十几页都是白话，但事情说得十分明白——前次准噶尔稍触即退，是诱敌之计，传尔丹、祁德里贪功冒进中了圈套，在喀喇乌苏河岸被围，几次突围均被堵了回去，两名统兵上将，六万大军全部战死，只有十几个幸存的逃到了西宁！胤禵起初愈看愈惊，陡地一转念，却又平静下来，手捏文卷背着手踱着步子出了一阵子神，款款说道："你太沉不住气了，胜败军家常事，我们职在中央机枢，方寸不能乱。"

鄂尔泰盯视着胤禵，他新来乍到，还摸不准这位管事阿哥的脾性，一边思量着，答道："十四爷说的是。但这次兵败，是我朝七十年来空前未有的。六万大军全军覆没，我做兵部侍郎的怎么能不急？"

"唯其前所未有，所以要想好对策，亡羊补牢犹未为迟。"胤禵索性坐了，抚着剃得趣青的脑门说道，"嗯……这样，你这就进园子面圣，把折子呈交万岁。要先见见方先生，变着法子缓缓进言，不要惊了驾。明白么？万岁几个月心神不宁，刚刚儿好一点……"鄂尔泰说道："这么大的事，似乎由十四爷亲自进去面奏好些。"胤禵笑着起身，拍了拍鄂尔泰肩头道：

"兵已经败了，人已经死了，所以这事虽大，却不是急事。目下我得想出应变之策，你先去见万岁报警，容我思量一下。不然，万岁要问'老十四你看怎么办'，我答得不成章法，还成什么话？"

鄂尔泰设身处地想想，觉得胤禵确有道理，再没说话，至签押房用了印，径自打马飞奔畅春园。待鄂尔泰一去，胤禵一刻也不停，即刻命轿前往朝阳门，来见廉亲王胤禩。刚到门口却见王府太监头儿何柱儿陪送着一个武官出来，仔细看时，却是新任陕西总督年羹尧，穿着簇新的仙鹤补子，珊瑚顶后拖着一枝翠森森的孔雀花翎，看样子刚吃过酒，黑红的脸放着光，一摇一摆出来，见是胤禵下轿，忙上前请安，笑道："十四爷吉祥！见着我们主子爷了么？"

"嗬！这就抖起来了！大将军有八面威风，真好福相！"胤禵笑嘻嘻叫起，"几时回京来的？——我还是前儿见了四哥一面，涿州漕运桃花汛过后有几处决口，他忙得很，听说去武陟，不知回来了没有，你问问你妹子不就知道了？"年羹尧嘿嘿一笑，说道："四爷如今在京，只是不落屋，没处寻。我是前三天回京的，万岁爷昨儿见了，叫今儿再递牌子进去，恰后日是十一爷的寿日，还有二十四爷生日也快到了，趁是空儿，各位爷府里请请安，省得爷们在我主子跟前说奴才不知礼。"胤禵点了点头笑道："你也忒过细的了。既是万岁宣你，还不快去，我估摸着今儿很要面授些机宜呢！"说罢一径进来。进月洞门，过西花厅，在石甬道的超手游廊边，远远便听书房有人大声说笑，豁拳行令煞是热闹，踱到窗下隔着棂子瞧时，除了胤禩胤禟胤祯、王鸿绪、阿灵阿、揆叙都在，还有鄂伦岱穿着绛红纱袍，腰里佩着倭刀，揎臂扬眉正和胤祯相战：

"三三三呐！三桃园呐……五魁首哇！"

"八仙聚啊！四季春呀……一定升官——喝！十爷今儿真有酒福！"

胤祯端起酒"咽"地咽了，正要说话，胤禵一步进来，团团一揖说道："王师于西线土崩瓦解，此地仍旧歌舞升平，商女不知亡国恨，阿哥犹自玉山倾！"

"来来来！"胤禩似乎对这惊人消息毫不在意，他很少有这样的高兴，脸上放着红光起身让座，说道，"揆叙，给十四爷斟一杯罚酒，谁叫他来迟来着！"一边微笑着看胤禵饮了，方款款说道："传尔丹、祁德里兵败，我已经知道了。"

胤禵拿着空杯的手一颤，顿时吃惊得目瞪口呆，兵部六百里加紧送来的急报，竟比不上八阿哥私人的耳报神来得快！怔了半晌，胤禵方结结巴巴说道："八哥……您已经……知道了？"胤禩笑道："你甭疑心。八爷党没那么大神通，西宁守备廖文阁是老九的长随，给兵部咨文要经巡抚关防，私信儿当然略快一点。"胤䄉已是醉眼朦胧，笑道："十四弟，你知道么？这席酒专为贺我军大败亏输！我们真高兴，要不是姓年的来搅了一阵子，我们吃酒还要畅快得多呢！"胤禵茫然地望了一下众人，慢慢放下杯子，说道："十哥吃醉了，这话我不明白！"

"传尔丹兵败，朝廷要不要管？"

"当然要管！"

"要不要出兵？"

"不出兵是不行的。"

"谁当将军？"

……

胤禵不去面见康熙，专程火急来见胤禩，原本就为的这件事，和手眼通天的胤禩商议，联络人保举自己带兵出征。路上想得好好的，自己先让一步，故作姿态要保八阿哥亲自带兵，由自己辅佐，待八阿哥推让，然后顺水推舟……不想被这个呆阿哥几句话挑得明明白白！沉吟片刻，胤禵正容说道："谁带兵都一样。来见八哥，为的就是这件事。阿哥带兵，不过是个坐纛儿的，难道真的一刀一枪厮杀？所以我想，这掌兵权的事不可旁落，最好是八哥为帅，好好儿在西边立一功。不然，三哥四哥抢了差使，我们就得不着彩头了！"

"好兄弟，你的心我知道。"胤禩轻轻叹息一声，半晌没言语，竟自斟自饮了一杯，说道，"当今之事，大将军一位至关要紧。据我看，谁做大将军，就是圣心默定的继位人！"

仿佛一声霹雳划空而过，书房中人个个面色苍白，只听窗外一声接一声的"吃杯茶"鸟叫声。许久，胤禩才道："这个位子，十四爷不坐谁坐？"

"八哥！"胤禵惊得面白如纸，抢上一步，紧紧握着胤禩双手，颤声说道，"无论年、资还是德望，十四弟万不能及你一分，你怎么说这个话？皮之不存毛将焉附？你是我们的首脑、主心骨儿，次序一乱后果不堪设想！——我们啮臂为盟，言犹在耳呀！"他这样激动诚挚，众人无不动容，都把目光注视胤禩，阿灵阿是最知底的一个人，心里也不禁想："八爷是不是多心了？"

"十四弟，那都是往事。已成过眼烟云，不要再提它了。"胤禩眼中含着泪，注目着院外景致，透了一口气道，"吉凶悔吝生乎动，这是《易经》要旨，我也是读《易》韦编三绝的，偏偏就忘了。天命或许原来归我，你们拥戴我也并不错，但这几年来检讨，我心动得太过，不知韬晦，锋芒毕露，已经招了造化所忌。所以，失爱于皇阿玛并不奇怪，本来九鼎重权不轻授受，也怨不得皇上忌我。过犹不及，长处也就变成了致命要害。唉……不说这些了，天命一去不可追，自今而后，我自认是'毛'，十四弟是'皮'，愿为盛世贤臣，安为周公辅佐，这个心思，也可对天而表！"胤禵的脸涨得通红，连连摇头道："八哥这话虽出于至诚，我万难领受。做人君治万乘之国，要的是器量和人心，这两条恕我直言，无论九哥十哥还是我，谁也没法和你比，更不必说我那又精明又糊涂的四哥了。你说天命，这是看不见也摸不着的东西，说'失爱'于皇上，我看则未必。皇上天禀聪明，睿知圣哲，心机难度难量，几翻几覆地挫磨你，焉知不是空乏你身心，历练你心志，好放心将这万几重担交与你？不然，为什么一边对你大加申斥，一边晋封你，跳过几个哥哥，封你亲王？他老人家明知我是你的'一党'，为什么将兵部交给我，又囚禁了会带兵的十三阿哥？别的我不敢说，我断定，这次命将，带十万大军出关，如果我是大将军，一定万岁心里已有了主见，给你立一个擎天保驾之臣！"

他兄弟二人各执一理，偏都说得天衣无缝动人心扉。胤䄉在旁笑道："这么好的事，你们推来让去，叫我坐在一边心痒难耐。我也是个阿哥，一般是万岁的骨血，你们要不肯当皇上，我可要当了！"一句话说得众人都是一笑。胤禟笑道："老十没遮拦，这是好开玩笑的？依着我说，螳螂捕蝉，不知黄雀在后，这个大将军，不光我们想，只怕三哥四哥也要伸手。方才年羹尧来打花胡哨儿，不定连这个狗才也做着将军梦呢！人算不如天算，掉以轻心不得哟！"

"九爷说的有道理。"王鸿绪轻咳一声道，"我看事情要分两层来说。一层是，三爷胸无大志，四爷琐碎刻忌，无论谁是日后人主，总脱不出在座的四位爷。你们素日同声共气，无论为君为臣，必定相安无事，这于大局有好处，万岁爷何等精明，不会连这都不懂。二层是，十四爷虽说管着兵部，但并无呼之即来的兵权。所以要咬定牙根，把这个带兵大将军弄到手，万万不可旁落。如此，无论将来圣命归谁，我都可进退裕如，稳操胜券。如果选定八爷，那什么也不必说，十四爷身拥重兵驻节在外，就有什么小人作祟，翻不起什么浪子来。如果选中十四爷，八爷威高望重，坐镇北京静待十四爷，也是稳如泰山！"

王鸿绪翰林出身，文心周纳侃侃而言，众人都不禁点头称是。揆叙却道："万一选了别的阿哥呢？比如说三爷，谁敢保万岁不选一个没野心懂文治的继位人呢？"阿灵阿笑道："昔日太子申生在内而危，重耳在外而安，天不许这样，要真有这种荒唐事，十四爷何妨来个灵武即位，八爷率百官陈酒相迎，大局顷刻可定！"

一番议论丝丝入扣，众人都松了一口气，胤禵方问起年羹尧来意。胤禩笑道："西边军兴，这小子也叫撩拨得意马心猿，我看他总像有点不甘在四哥门下受制的样子，所以和我们套近乎。""他想当大将军？"胤䄉哑笑道，"做他娘的春梦！要真不用阿哥将兵，十四哥，你就举荐鄂伦岱，我再发动一些人，一窝蜂儿上折子。大将军，非得是我们的人不可！"揆叙笑得两眼挤成一条缝，翘着拇指道："谁说我们十爷粗？一语破天机，这句话就是宗旨！趁着四爷他们都在梦里，我们早点活动部院，吏部兵部一齐奏本，请万岁选阿哥命将出师！"

"要万一选三哥，"胤禩仰着脸悠悠说道，"我们就举荐十四弟为副，他在外就作不了耗。"王鸿绪却道："如若选四阿哥呢？他带十万兵，又有年羹尧部策应，势力就大了！"

胤禵冷笑一声，说道："焉有此理？要真的选他，我们就把郑春华窝藏在他府的事抖搂出来，叫他一臭到底！"胤禩目光霍地一跳，问道："竟有这样的事？""有的。"胤禵目光古井似的深邃，嘴角挂着阴笑道，"姓郑的这淫贱材儿没有死，老十三一囚禁，四哥就护了起来。我猜四哥的心，还是想打一张'太子牌'，恰证他自己是个铁杆太子派！真到紧急关头，只好抛出高福儿这张牌，让他尝尝他的'患难之交'倒戈的滋味！"

话犹未毕，猛听外边天空一声沉雷，余音阵阵，像大车碾过石桥似的滚动着，久久不绝。便听远处家人叫喊："要下雨了！快把主子书库窗户关好！"胤禵推开窗户，一阵猛烈的风带着雨腥味立时扑入书房，众人都打了个寒战，果见大半个天已被墨黑的浓云遮住，远处云缝一亮一亮地闪着，不时传来沉闷的滚雷声。胤禵见众人都是一脸庄敬肃穆之色，笑道："烈风迅雷，天变在即，君子理应惴然敬畏。但我对上天待我，实实不解。想我胤禵，何尝不知国家弊政堆如山积？但如无皇权在手，凭你累死也整顿不来！我之德量，岂下于三哥？我之智能，难道逊于四哥？群臣举荐，难道是我的过错？我的心，人不知道，天难道也不知道？上天！你好没分晓！"说着，泪水已夺眶而出。恰正此时，何柱儿在风地里跑来，气喘吁吁道："十四爷，万岁在澹宁居召见，立等爷进去，马和雨具都备好了，请爷动身吧！"

胤禵向门外走了几步，倏然回身一手抚心，一个千儿打了下去，胤禵慌得连忙去扶时，胤禵已经起身，抱拳一揖回转身来便自去了。几滴铜钱大的雨试探着洒了一下又止住，那雷声却越来越响。胤禩见大家沉闷不语，起身笑道："这酒怎么吃得没兴头了？我有一首小令，吟出来给你们破闷！"说罢晃着头看着天咏道：

> 雷哥哥，你近前来，听我说：耕牛田父与你有鸡巴的冤仇？怎的不捡个大得人憎的，与他一个辣手？

众人一脑门心思的天命人事，被他几句俚词破得精光，顿时破颜一笑。胤禩却没有笑，走到鄂伦岱跟前道："老鄂。"

"唔？八爷！"

"知道我为什么请你来？"

"吃酒呗！"

"不，"胤禩望着天空，一字一顿地说道，"我想叫你出征，随十四爷立功！"鄂伦岱摇头道："我在京挺好，哪也不想去。"

"不但要去，且要高高兴兴请缨，高高兴兴去打仗！"胤禩深深吁了一口气，"你为什么有今日？就是因为你祖父从龙入关战死，你父亲随驾西征，为护全万岁身被七十余创！万岁不肯真的下手整你，就是因为这些！我的奶公雅布齐已经去了西宁，十四爷这次是牢牢当定了征西大将军了，你跟着他才有出息。守在北京，上头压着武丹这个老不死的，左右是刘铁成、张五哥这些人，显不出你来——你到西宁和雅布齐聊聊，就什么都明白了！"

一道明闪划过长空，接着便是石破天惊似一声炸雷，大雨已是倾盆而落。

第四十五回　邬思道精微析时局
　　　　　　　二阿哥图圄盼将军

　　鄂尔泰奉胤禛之命飞马赶到畅春园双闸口，看了看天色刚到巳时，松了一口气，刚要进园，守园门太监见他递牌子，笑道："你急什么？皇上这阵子正和方先生张中堂马中堂一道进膳，等着吧！"

　　"不行！"鄂尔泰说道，"我有急事，得立即面见皇上！"太监只笑着摇头，"凭是反了北京城，也得等皇上用过膳！"鄂尔泰情知他是敲竹杠，一摸身上，却没带银子，不禁急了，说道："告诉你，我是新任兵部侍郎，耽误了差事，你吃不了兜着走！"那太监见他摸不出钱来，越发扫兴，板着脸道："别说侍郎，就是尚书，我不是兵部司官，挨不着你管！这地方，亲王也得守规矩！"

　　两个人正拌嘴，里头胤祯和十七阿哥胤礼一前一后相跟而出，胤祯见这边吵闹，背着手踱过来，问道："怎么回事？"鄂尔泰忙道："四爷，您跟他说说，叫奴才递牌子进去吧！"说着，将军报递过来道："您瞧，这事可耽误得？"

　　"唔。"胤祯接过军报随手一翻，浑身不禁一震，忙递还了鄂尔泰，说道："你还呆什么？还不快进去？"太监刚刚说了大话，不想真的冒出个亲王，见胤祯径自批准鄂尔泰入内，忙打千儿赔笑道："四爷，不是奴才驳您的面子，今春上书房定出规矩，奉旨照准，无论王子大臣，不得擅自请见。万岁这几年龙体欠安，内务府也有指令，天大的事不许扰了万岁睡觉用膳……"胤祯一直微笑着听，至此问道："你是新来的？"

　　"是！"

　　"你叫什么？"

　　"秦狗儿。"

　　"保定府的？"

"是!"

"你原就姓秦,还是入宫改的姓?"

"回四爷,原来姓胡。"

"你知道为什么改姓秦么?"

秦狗儿莫名其妙地看着胤禛,摇头道:"奴才不晓得——"言犹未毕,左颊上"啪"的一声,已着了胤禛一记耳光!身子一歪,几乎栽倒了。

"因为秦桧姓秦!万岁为防内阉专权,自康熙五十二年之后入宫太监一律改姓秦、赵、高!"胤禛瞋目骂道,"四爷赏你一嘴巴,叫你明白明白!你是什么东西?我不但是亲王,还是皇上的侍卫,内务府总管还是我的奴才呢!——王八蛋!"

秦狗儿被他一巴掌打了个满天花,"扑通"一声跪下磕头道:"四爷,奴才吃屎迷眼儿不懂事,您说个章程,奴才遵命!""这还算句人话。"胤禛笑着看了胤礼一眼,眼见几个太监过来,因吩咐,"你们几个带鄂大人进去,他要立即见驾!"这边又转脸对秦狗儿笑道:"你滚起来,看你这个狗才蛮伶俐,一点眼色也没有!"遂从袖子里抽出一张五十两的银票甩给秦狗儿,把个秦狗儿搓弄得直愣神儿。胤礼早看得眼花缭乱,正要说话,胤禛一把拉他出了园子,到双闸旁迎春花篱笆跟前,左右看看没人,说道:"老十七,你和王揆师傅叫我,有什么急事么?"

"四哥,"胤礼抬头看了胤禛一眼,说道,"王师傅和李光地聊了聊,原来李光地早年竟是方苞中举人的座师!有些话王师傅想当面和你说说。我嘛……"说着眼圈一红,想说什么又闭上了口,低下了头用脚尖踢着地不言语。

他虽不说,胤禛也已明白。胤礼的母亲章佳氏上月初八,浴佛节后突然吞金自杀,胤禛命内务府密查,原来是十阿哥胤䄉吃醉了酒,撞进宫里正遇上章佳氏沐浴,居然当着宫女的面搂住亲了个嘴儿扬长而去。这件事胤禛密令不准上奏,不准传言,为防的再气着康熙,十七阿哥脸上也不体面。看现在这光景,他已经知道了内幕……思量着,胤禛放缓了口气叹道:"十七弟,你不要说了,你和王师傅想说什么,我已经知道了七分。世上有些事,不知道比知道好,不明白比明白好。从今往后,我像十三弟一样待你……"胤礼听了哪里忍得,点头哽咽着"嗯"了一声,泪水早走珠般滚落。胤禛看看天，说道："天阴上来了，我府里还有几个折子批了红，得赶紧处置，晚上我还要巡视大内。你回去告诉王师傅，就这两日，我必定抽出工夫去看望他老人家。有什么话，咱们好好谈。不要紧，天塌不下来！"正说话间，远远见年羹尧打马飞奔而来，胤礼小声道："四哥，这姓年的是你门人？"见胤禛点头，胤礼又道："他回京好几天了，四处乱串拜门子，四哥你约束着点。"说罢便要上马。

"慢着，"胤禛睨一眼正走来的年羹尧，叫住了胤礼，问道，"王师傅还住在清梵寺东那处破四合院里？"

胤礼有点不过意地看了一眼满脸惶惑的年羹尧，说道，"十年前八哥就在东华门外给他置了一处宅子，他不肯要。八哥趁他进宫讲学，把他的书和行李硬搬进去，到底还是搬了出来。万岁爷赏了一处在槐树斜街，三进三出的青堂瓦舍，他改成了宗族祠堂，仍旧出来住到城外。老人家古怪脾性儿，四哥顺着他吧。"

"王家是百年诗书世家。"胤禛看也不看年羹尧，叹道，"前明到如今，七个榜眼，三个宰相，仍旧自甘清苦，这实在难能！既如此，我也不好勉强。听说他身边只有两个老仆侍候，你告诉他，就说四爷恳请他了，他不收阿哥大臣馈赠，我叫内务府划三十个人，每次十人，轮流去侍候。他身子骨儿不好，有个差池，万岁照旧要埋怨我兄弟们没有照料好的。"说罢便笑。

年羹尧好容易找到话缝儿，忙打千儿道："给主子请安！"一抬身又跪了下去磕头。

"这不是年军门嘛！"胤禛淡淡说道，"几时进的京？这会子请见万岁么？快起来，我怎么受得起你的头？别折死了你四爷！"胤礼眼见他要发作年羹尧，忙道："你们主仆说话，我先走一步了。"说罢径直打马而去。

年羹尧情知是因自己进京没有先进雍王府请安，这主子犯了醋味，忙叩头道："奴才进京三天了，这会子奉旨要进去见皇上。奴才这几日去府里几回，主子都在外头忙，没能见着主子，奴才不敢撒谎……"

"你说这话奇，我不明白。"胤禛冷笑道，"我几曾说过你'撒谎'来着？你如今开府建牙，起居八座，这点子身分是该当的嘛！你不住我府，阿弥陀佛，是我的造化，人嚼马吃的，你爷是个穷阿哥，怕是也养不起既是万岁爷亲自召见，你就赶紧去忙你的吧！"说罢向远处抬手儿道，"高福儿，备马！"也不等年羹尧分辩，径自徉徉地去了。年羹尧当着畅春园一干守门太监和四阿哥府的下人的面，跪也不是，起也不是，脸色一青一红，又想着康熙召见，含羞忍辱爬起身来踽踽进园，心里一声接一声叹息，怎么偏自己倒霉，就摊了这么难侍候的一个主子？

胤禛一肚皮心思赶回府中。天已阴得重了，沉雷一声接一声响着，丫头老婆子忙着收拾晒着的衣物，周用诚指挥着墨雨和一干书房伴读将晾在外头的书箱往书房里搬。见胤禛回来，忙道："年羹尧今前晌回来，没见着主子又出去了。他带的礼都在书房廊下，爷要不要过过目？有些时鲜瓜果怕坏了，奴才请了福晋的示，分送——"

"你什么时候也学得这么唠叨了？"胤禛不耐烦地打断了他的话，"邬先生没出去吧？"周用诚怔了一下，说道："方才见性音和尚进去，这么大一阵子没出来，邬先生一定在里头。"胤禛点点头，一摆手便进了花园。此时云暗天低，越显得丛树幽深、水碧苔滑，胤禛远远便听枫晚亭压水书房传来一阵悠远深沉的琴声。张眼望时，邬思道正襟危坐，勾挑抹拨正在抚琴，案前一缕香烟在雨前的哨风中袅袅回旋，文觉长髯飘胸、性音发披双肩端坐石旁聆听。良久，邬思道口内微吟道：

> 昔我来游帝京里，青藤蟠虬老将死。满地落叶秋风喧，似叹所居托无主。今我来时花正芳，青藤蔓枝如许长。天池之水梳洗出，夭矫之势似龙张。能令遗迹不湮沦，便是青藤旧知己。况复披榛荣门墙，年年寒食拜斜阳！吁嗟乎！风云迭起归舟晚，流水桃花何久长！

胤禛隔窗听完，叹道："京师风云将起，先生兀自在此闲咏青藤，好安适！"说着徐步进来，因见周用诚迤逦从容地过来，便问："你有什么事？"周用诚永久是一副刚睡醒的模样，眨巴着眼道："府里有些家务，奴才想跟主子回回。请主子示下，什么时辰有空儿？""没见我和邬先生有事么？"胤禛说道，"晚间我巡过紫禁城回来再说吧。"周用诚答应一声自退了出去。邬思道已是架了拐杖弃琴而起，推开西窗，一阵凉爽的风立时袭了进来，满壁间字画被吹得簌簌作响。

"山雨欲来风满楼。"邬思道怔怔地望着窗外，"此刻惊风不定，待会必定密雨斜侵薜萝藤，这些金银花、葛藤都是我入四爷府亲手栽、精心作养，焉能不关心？"文觉问道："王爷，朝里出了什么事？"

胤禛在这几个人面前，总能很快安定住心神，略一沉吟，把鄂尔泰军情急报的事简略说了。又道："我忙着赶回来，是想和你们计议一下，要不要举荐三阿哥，由他坐镇军中？或者我该自己请缨？既然京里政务办不下来，出京办一办军务也好。我有点受不了这个闷气——如今的北京真像个闷死人的罐子，我实在受不得了。"性音在旁问道："兵部不是十四爷的总管么？四爷见十四爷了没有？"胤禛摇头道："我没见着老十四。"

"自然，这是当然之理。"邬思道看也不看众人，架着双拐踅回座位坐了，眼睛放着铁灰色的光，"四爷得着这信儿立即就赶回来了，十四爷也有个家。他自然要去寻八爷，也要计议计议。你不信到街上看看，这天就要下雨，人们最急着的就是赶回自己家！"正说着，天上一个炸雷，便听外头家人们大呼小叫："快！快收拾东西回家！"几个人不禁都是一笑。邬思道仰起脸来，天空的明闪照耀着他，像一尊石雕似的一动不动，刹那间，胤禛觉得此人年轻时必定是个十分俊秀的美男子，正想说话，邬思道又道："十四爷已经料定自己要当大将军了，他不能不对八爷有所交代。八爷也有他的算盘，他在京师势力惊世骇俗，没有兵权却是他的心病。十四爷将十万雄兵在外呼应，正是他可乘的风云，内外策应，一旦万岁龙归大海，无论遗诏谁来承位，只要不是八爷，立时就把北京搅他个天翻地覆！四爷，你看我说的有没有一点道理呢？"

胤禛被他说得毛骨悚然，越发觉得这个大将军位置至关紧要，因道："所以军权不能旁落他人之手，至少不能在老八手中！实在不行，我就举荐年羹尧！或者是岳钟麒！"

邬思道突然仰天大笑："四爷何其性急！你不是口口声声以做皇帝为苦么？求仁得仁又何怨呢？"胤禛被他这一揶揄，顿觉自己失态，不言声坐了椅上，长长透了一口气道："我虽不愿做什么皇帝，也不能叫鼠辈白作践了我！"

"四爷安坐，听我说。"邬思道稳稳坐了回去，娓娓说道，"举荐年羹尧，或者什么岳钟麒，是绝不可行的。反之，皇上若问你谁可将兵，你就毫不含糊地回奏'惟独十四阿哥能当此大任'！"

众人听他这么说，一下子都怔住了，仿佛不认识似的直盯着邬思道。邬思道嘿然良久，口气冷峻得像结了冰："十四阿哥是圣心默定的将军，理掌兵部多年，无论何人难以替代，四爷素来在权力上头恬淡，突然另举他人为将，万岁疑心不疑心？"他缓了一下语气，又道："八爷九爷十爷十四爷是一档子事，举朝皆知。但里头有点小小区分，八九十坚如磐石，十四爷却是'党中之党'，八爷也怕十四爷在京另起炉灶，你力阻十四爷出征，也犯了八爷的忌，这一条先就不合算。"他又伸出三个指头："十四爷有自己的小算盘，他学的是晋国重耳，独自将兵在外，手握兵符观变，一旦万岁大行，北京起乱，他来收拾局面，然后拥兵自立，你阻他此行，十四爷怎么想？前一程子他和你套近乎，为的就是到冲要之时，你不至碍他的手脚呀！"

文觉和性音不由对望一眼：想不到这里有如许大一篇文章！胤禛想想自己，觉得有些话真是碍难启齿，不由叹息了一声。

"方才这些话都是一面理，更要紧的是皇上的打算。"邬思道用碗盖拨着浮茶，慢条斯理说道，"人算不如天算，这是至理名言，但天算之权在皇上那里！八爷机关算尽，偏偏他漏了这一着，对，我断定他漏了这一着！"他扫视一眼凝神静听的众人，侃侃说道："八爷想的是内外策应，文事武备双管齐下，要在万岁身后大干一场。万岁想的，八爷在百官中威权太重，加上一个管兵部、懂兵法、带过兵的十四阿哥守在北京，无论新君是谁都难以驾驭。所以，一定会命十四阿哥西出阳关，远远打发到外边，一来分了八爷的权，二来也保全了十四阿哥不至陷得太深——万岁命世英主，思虑如此周详，令人神往啊！"性音笑道："我佛说经，至玄奥之处天花乱坠，令人心扉一开。不过据我看，这些事方苞肯定要参赞的。"邬思道也笑道："人主能用人就是一长。刘邦不过一无赖流氓，能用汉初三杰，就得了天下，何况万岁智虑远在高祖之上！"

胤禛此刻真是茅塞顿开，却仍不无疑虑，吃着茶出神道："自从方苞入阁侍候，朝务虽没有整顿，确是有条理得多了。不过我总在想，老八的想头也很有道理。可惜十三弟了，不然，我还是要举荐胤祥的。"

"不要忘了十三爷的外公就是喀尔喀蒙古大汗。"邬思道说至此，显得有点兴奋，"万岁囚禁他，也为防着他掌兵权——外有蒙古铁骑，内有你四爷，那才真叫上'策应'呢！十四爷带的兵都是旗人，家口财产都在京师直隶一带帝辇之下，谁有本事鼓动得这干丘八爷们'反回北京'？一旦新君登位，一道诏书令十四爷只身回京，只怕他得乖乖地俯首听命！十四爷真的有什么举动，先就有年羹尧部挡在陕西，就打进来，十万兵马无粮无饷，困于北京坚城之下，又师出无名，用不着张良吹箫，只消张廷玉马齐登城一呼，立时就倒戈了！"

他说完了，人们还在想，谁也没说话，书房里静得一片死寂，只听外头雨声唰唰，雷鸣轰轰夹着狂风，满世界搅得一片混沌。

胤禛在枫晚亭和邬思道他们直谈到申末时牌，眼见雨还没有停的意思，因晚间还要巡视大内关防，便披了油衣，扶着周用诚肩头过万福堂这边吃饭。因见高福儿守在二门口，便问道："有什么事？"高福儿忙赔笑道："年羹尧来了，说是不知怎的惹了主子生气，连姨奶奶也不敢见，守在爷北书房候见。主子这会子见不见他？"胤禛在门洞里站住了，略一沉吟道："我忙得很。你告诉他，吃过饭我还要进大内巡夜，他有事只管办他的事，要没事就呆着等我回来。"高福儿赶着说："这么大雨，主子还要出去？奴才要不要跟着？"

"不用你跟，叫粘竿处的家丁随着。"胤禛一头往里走，一头说道，"你告诉性音师傅一声儿就是了！"

吃过晚饭，已是酉正时分，雨虽略小了点，天色却晦得一团漆黑，电闪时而隐在云后，时而金蛇走空般一跃，将大地照得一片惨白，给人一种不安和恐怖的感觉。胤禛叫过弘时弘昼弘历兄弟，安排了晚课，命粘竿处十几个武士举着玻璃灯，由性音骑马护轿，先由西华门进内，巡看了三大殿，由午门出来，又命轿，"去东华门。"性音笑道："爷也忒过细了，紫禁城里头多少巡夜太监，还有乾清门侍卫，这里头还有了贼了？"

"不为防贼。"胤禛说道，"平时是严管灯火，防着太监们聚赌生事，打雷天更防着雷火毁了殿宇。再说，里头九千多间房，千门万户，两千多号人，也不敢指定就个个是君子。内务府内务府，管的就是'内务'嘛！"

一行人赶至东华门，雨已经愈来愈小，犹如细筛子筛雨，摇摇飘飘均匀地洒着，只金水河的泻水龙头一片声哗哗山响，向河中排着大内的积水。胤禛身披油衣，蹬着鹿皮油靴蹚着潦水进门看时，东华门当值侍卫是德楞泰，一边拾级上阶，笑道："原来是老德在这里！知道这边门神是你，我就不过来了。"

"是四爷！"德楞泰一怔，"这么大雨，都想着四爷不会再来了呢！我也是刚刚过来，方才在御膳房，几个苏拉在那里玩钱，我扣了他们，叫他们今晚不高兴不高兴。"他的汉话已经不再那么滞涩，有些词儿还用不好，胤禛听他把"难受难受"说成"不高兴不高兴"，不禁一笑，"我来不来也不冲着你。侍卫要都像你和铁成五哥，我天天睡个舒坦！——有什么异样的事没有？"德楞泰摇头道："二爷病了，烧得涂糊，请贺孟頫进去看病，刚刚出来，我叫他们搜搜身再放出去。"

昨日内务府慎刑司报说大阿哥胤禔害病，今儿二阿哥也"烧得涂糊"，胤禛不由心中一动，预感到要出什么事，刚刚纠正说"是糊涂不是涂糊"，便见贺孟頫和两个太监过来。贺孟頫见胤禛也在，吓了一跳，忙请安道："四爷康泰！"陪着的太监递给德楞泰一张白纸，说道："德军门，除了这张开药方的白纸，贺太医没带别的东西。"德楞泰说道："贺太医，别怪我太认真。你家离西华门边，出东华门，脸又白得像死人，我不能不弄清楚。"说着把纸递给胤禛。

"都害病了，是身病呢还是心病？"胤禛一边问，翻来覆去瞧那张纸，见是一张极常见的素笺，甩手扔了回去，笑道，"如今时气果真不好！"贺孟頫听着胤禛机带双敲的问话，寻思着怎么回话，一个没接着，那张纸飘落到了湿漉漉的地上。

"字！天爷，纸上有字！"

一个苏拉太监扯直了嗓门儿惊呼一声，众人仿佛半夜见鬼似的被他吓得一颤。德楞泰生恐贺孟頫毁掉那张纸，老鹰撮鸡般一把提起贺孟頫摔得老远，早有小太监揭起那张纸来递给胤禛。胤禛看时，果见潮湿之处字迹清晰，水渍印迹，有点像用蘸水毛笔在绵纸上写的样子，看那文字时，却是：

凌普奶兄转王掞师傅并天保、嘉猷台次一阅，初自幽禁，于兹七载有余。囹圄望天，泣血泪干！今知昔非伏地无颜。近悉西陲朝廷有事，盼得项斯之说，使初有补过自新之道，重返慈躬膝下，为良臣孝子。耿耿此心唯天鉴之！

爱新觉罗·胤礽敬启密书

写得多少有点潦草，字体却极为熟悉，正是久违了的"太子"亲笔！胤禛看着，咬着细白的牙微笑道："二哥博学，我竟不知道是用什么药写上去的！孟频，想必是你的主意啰？"

"四爷！"贺孟频早已吓得魂不附体，脸像死人般难看，捣蒜般磕头道："二爷用白矾写下的……我有一千个胆也不敢给二爷出这种主意……二爷抓住我昔年给阿哥爷们配春药的短处，逼我带出来……没法子只好从命。只求四爷超生……可怜我家中还有八旬老母……"说着已是声泪俱下，鬼嚎似的哀恳哭泣声听得人身上一阵阵发森。胤禛淡淡说道："二哥囚禁数年仍旧毫无长进。自己做出不是，叫下人吃挂落！万岁屡次严旨，事关国家重务片纸夹带出宫，杀无赦！天幸我查了出来，不然，连我也难逃干系！你捅这么大的乱子，叫我怎么救你？"贺孟频只是伏地哀恳。德楞泰道："亏得了四爷，不然，真叫这王八蛋滑了出去！"

一语提醒了胤禛：就这样拿下贺孟频，不但太子党视自己为叛逆，就是其余的人也难免议论自己心狠手辣落井下石。这名声如何担待？出了半日神，已有了主意，因叹道："二哥久幽思动，人之常情。不该用这法子传递，弄得鬼不成鬼，贼不成贼。这份心术用到忠孝上头，再不至落到如此境地的。"说着转脸对众人道："孟频是个好人，也是个老实人，素来给人看病十分经心。我佛慈悲，讲究一个善字。如今我想保他一个活命。你们要不愿意，我也保不了，要愿意，我有个计较大家参酌。"说着目视德楞泰。德楞泰见他一会儿做钟馗，一会儿当观音，蒙古直性汉子，再猜不到这个王爷的弯弯肠子，躬身说道："求四爷示下。"一个小太监凑趣儿献殷勤道："救人一命胜造七级浮屠。只要有好法子，没来由谁做这恶人，叫冤魂缠身呢？"

"这话明白。"胤禛点头道，"先头慈宁宫的白彩，就是鬼缠死的。我想这事，都怨二哥不安分。这样，就算贺孟频自首报状，检举胤礽，事情也就结了。万岁必定还有点赏，孟频再拿一千两银子分给今夜知道的人，算是去财消灾。众人得了好处，你也逃了活命——如何?"

胤禛亲自查出这桩巨案，众人原是不指望赏银的了。不料这个无情刁狠的王爷竟出了这么个主意，众人无不眉开眼笑，有的献媚颂圣，有的合十念佛，当下就捧得胤禛活似观音现形罗汉再世，好话说了一车。德楞泰也道："这是四爷好生慈悲，只要不出事，听四爷的吩咐!"

第四十六回　　忠王掞忠谏讽胤禛
烈郑氏烈殒答胤礽

胤禛巡视大内一周，回到北定安门雍王府前，掏出怀表看了看，刚刚过了亥初。正吩咐高福儿安排明早事宜，却见十七阿哥胤礼从门房闪身出来，一揖说道："四哥，辛苦了！"

"是你呢！"胤禛笑道，"不是说明儿我去王师傅那儿见么？这黑天大雨的，你还等在这儿。"胤礼笑道："是王师傅不肯，一定要来，没法子，我只好陪着了。"说着便见王掞咳嗽着从门侧耳房里出来，胤禛一怔，忙道："王师傅，您老天拨地的，怎就冒雨来了——门上的谁在？你们怎么敢这么怠慢？叫十七爷和王师傅在这个地方坐地等我？眼瞎了，心也瞎了么？"

王掞皓首白发，精神看去还好，只是越发瘦得皮包骨头。蓝粗布截衫洗得发白，寒俭得乡里三家村老学究似的。听胤禛发作下人，忙道："不干他们的事，是我要坐这里等的。这个西耳房很僻静，我跟四爷说几句话就走。"胤禛只好点了点头和胤礼王掞一起进了大门西配厢。亲自给王掞沏了茶，打火点烟，自坐了对面，揣度着这两个不速之客的来意。

"四爷，"王掞呼噜噜抽了一阵水烟，说道，"长话短话，原想不急的，今后晌内廷传出信儿，说西边军事不利。又有信儿说十四爷要统大军出征，我想知道四爷怎么想这档子事。"

胤禛刚刚揭出二阿哥的事，见王掞心里难免有点愧怍，见是问这档子事，松了一口气，笑道："师傅有什么不知道的，大哥、三哥、老十三老十四，有的跟阿玛出过兵，有的练过兵，看如今这局面，阿哥带兵自然是十四弟最宜的了。我的长处只在琐碎民政上，对这些不懂，也没去多想。"

"四哥不想十三哥带兵么？"胤礼在旁说道，"如今想带兵的哥哥可是太多了。"胤禛吃惊地看着胤礼，说道："老十七这是怎么说？十三弟如今行动都不自由，你又不是不知道！"胤礼冷笑道："如今朝廷就这样儿。告诉四哥，你大约不知道，大哥也在托门子想出来带兵呢！"

胤禛想到胤礽，不禁一笑，正要说话，王掞叹道："四爷，要我想，阿哥们带兵，有的是真想为朝廷立功，有的就未必，那是看着皇上老了，他要手握兵符，眼里心里盯的北京城，并不是蒙古人，这一条四爷心里得有数。"这是很知心的话了，胤禛不由低垂了头，嚅动了一下嘴唇，却不知话该怎样说。王掞叹道："实言相告，太子爷二次被废，我几次服毒，万岁爷看得紧，都没有死成。我先祖为保明武宗，九死一生，终于成功，没想到我一生心血化到二爷身上，到头化为一场烟云……午夜扪心，愧对万岁寄托，愧对祖先神明。我这人，算得是大清无能之臣，王家不肖子孙……"说着眼圈一红，老泪夺眶而出。胤禛忙劝道："是二哥不争气，我也拼命保他来着，他自己是阿斗，你就是孔明又怎么样？"

"如今我想清楚了，"王掞擤了擤鼻涕，"我要做天下第一事，也得辅佐一个明达知礼的。看看我们这些爷，养尊处优，只知道看戏玩鹰的就一大半，有的做事，有的拆台，有的看笑话儿，有的心藏险诈，一心要做杨广！有几个操心天下实务的？我今儿见你，就是明一明心迹。我快死的人了，未必够得上侍候下一代主子，但我心里想着，盼四爷将来有福继位！"胤禛猛地抬起头来，他的脸色苍白得窗纸一样，颤声道："王师傅，这……这是妄言不得的！"王掞一摆手道："我灯干油尽之人，没什么可怕的。我今晚来此，不为攀附你，只为提醒你，十四爷为将，八爷如虎添翼，你要小心加小心！"

胤禛为他的真情所动，不由点头道："师傅风烛残年的人了。说不上攀附不攀附，我只随遇而安罢了，只告诉师傅，我虽愚笨，别人想怎样，心里明白着呢！"王掞坐正了身子，说道："既如此，请四爷处死郑氏！"

见胤禛惊愕得目瞪口呆，胤礼摇着扇子道："四哥不要慌张。这件事不但我们知道，八哥他们更了如指掌！他们手里握着这张牌不打，并非念手足之情，是想着什么时候打出来才能置你于死地！"

"郑氏的事……你们怎么知道的？"

"十三爷告诉我的。"王掞舒了一口气，他的神情平静了下来，"十三爷囚禁第二日，我去看了看他，他什么都告诉了我，在我心里已经埋了七年！十三爷说他很放心，说四爷是佛爷心肠，断不会叫这可怜人没下场。我原想这事是太子造孽，宫闱秘事历朝皆有，撂开手罢了。如今看来如不处置，终有一日危害四爷，所以要请四爷详虑。"

胤禛咬着牙沉吟，这件事来得太突然，他有点猝不及防。

"朱子云'妇人饿死事极小，失节事极大'！"王掞说道，"她早已是该死的人。如今她干碍到国务社稷，四爷不可操妇人之仁！"

"我……咳！她是无罪之人呐！"

王掞立起身来，冷冷说道："她罪通于天，过大于地！四爷你不忍，我和她见一面，她不肯死，我当场羞死她！"

"王师傅，"胤禛也立起身来，说道，"就这样吧，您先回去。这事容我思量。我宁可不得天下，断不肯枉杀无辜，宁可天下人负我，我也不肯负了天下人。郑氏是极有血性的，我料着，只要她知道二哥复位无望，也就自行了断。"

胤禛送他二人出门，心头兀自突突乱跳，接郑氏来府做得极为机密，到如今连福晋都不知这"郑大奶奶"真实底里，何由传了出去？"家贼难防"四个字闪电般在脑海中一划，胤禛暗自咬了咬牙，径自向北书房而来，因见年羹尧已守候在书房门口，胤禛正眼也不瞧他一眼进了房从容坐下。早有周用诚、墨香墨雨几个伴读侍候着，端了奶子来，胤禛因道："乏得很，倒盆热水，一边洗一边给我揉摩一下小腿。"墨香墨雨忙用铜盆端了热水，一边一个跪了给他洗脚。年羹尧蹭进来，见胤禛神色淡淡的，竟对自己视有若无，只好讪讪地跪了道："四爷……"

"见过八爷了？"

胤禛搓磨够了他，一边啜着奶子，由着墨香墨雨揉捏洗浴着，终于开了口："大约还有九爷，想必也都拜望过了？"

"回四爷的话，"年羹尧咽了一口唾沫，勉强笑道，"五爷、十一爷、十四爷奴才都见了，八爷那儿是路上碰了十爷，扯上一道儿去的。别的爷那里奴才都没去。奴才这次回京，实在是带的人多，怕惹主子烦没敢回府住。见别的爷是实，打心底里说没一分自外主子的心。"胤禛冷笑道："这是你自己的话，天理良心，我几曾说过你有'自外'的心？无论三爷五爷八爷十一爷，都是我的骨肉兄弟，十四弟更不必说，亲近得没法再亲近了。你若替主子去拜望他们一下，我巴还巴不得呢！还会怪你？我指的你的心！

胸中不正，则眸子眊焉，用得着你放这些虚屁糊弄你主子？"年羹尧想到，仅只为先去拜望了几个阿哥，胤禛就犯这么大的醋味，心里不禁一灰，下着气回道："主子教训得是。奴才明白，主子并不计较奴才先见谁后见谁，是指着奴才没有时时事事处处设心为主子着想。"

胤禛没有答话，脚从盆里抽出来，由着两个书童擦干，换了双半旧的千层底布鞋，舒坦地踱了两步，说道："昔日有人游十八地狱，阎罗王殿前楹联写得好：'有心为善，虽善不赏；无心为恶，虽恶不罚。'你四爷就是这么个脾性。我是你的主子，你是我的奴才——你看，我洗脚吃奶子，你毕恭毕敬站着回话，这原本不公道，但这是造化安排就的名分，天经地义的事，——你安于这一条，心里想着这是该当的，无论做什么事，做好了做坏了，我都替你担待。心里没有这一条，善，我也不赏你。恶，我必罚你。我今儿对你不客气，就冲你这一条。你回京述职，见了万岁就该见我，见不着我，你还有三个少主子，还有福晋，怎么就想不起来？"

"回四爷，实在是四爷忙——"

"放屁，我今个不忙么？"胤禛恶狠狠道，"怎么今儿就见着了？不要盘算着天上这块云那块云，你头上只有一块云，那就是我！"

年羹尧见这话说得重了，忙双膝跪下，说道："这一条奴才敢对天发誓的！奴才日日想夜夜盼，指望着主子百尺竿头更进一步——奴才这心天知道！昨儿见李光地，他说阿哥里数八爷好，奴才还说'八爷得的官望，四爷得的民望，四爷刚毅明断，无论哪个阿哥爷都比不了'。十四爷将兵去西宁凉州这些地方，奴才就在陕西，把着中原门户。总有一日，叫四爷明白奴才的心！"

"你说这话就该剜眼割舌！"胤禛睖起眼道，"我叫你为忠为孝，并不叫你为非作歹！告诉你年羹尧，我不是你想的那种人！今日我教训你，就是叫你懂得，你主子乃是堂堂正正的大丈夫，社稷柱石！戴铎在福建给我写信，他求我给他谋台湾的差使，说要给我在台湾经营一块退步余地；你呢？来信说什么'今日之忠于主子，即异日之忠于皇上'。哼！即'异日'二字，就可断送你满门！"

年羹尧蓦地冒出一身汗来，他突然意识到，前几日冒出那个隐隐约约的念头，不但荒唐，而且是极其危险的，且不说他自己与胤禛根深蒂固丝绕藤缠的关系，就胤禛手中掌握的把柄，不费吹灰之力就可致自己于死地！明知胤禛言不由衷假话连篇，年羹尧连连叩头道：“是！奴才不敢胡想！”

“起来吧！”胤禛陡然间却已完全平静下来，“人往高处走，鸟往高处飞，也是人之常情。阿哥们如今这个情势，你有些别的想头并不奇怪。我教训你，为的你好。我说这话，你流的什么泪？你须知，你是我奴才出去最大的官，事事做好表率，做个一心为朝廷为国家君父的纯臣，不但对你有好处，也是为我争了脸，我岂有不感激的？北京这么乱，你胡走乱撞，惹出事来我保不了你呀，亮工，你明白你主子的心么？”他拊心痛切而言，谆谆复恳恳，不知哪句话触了自己情肠，竟也落下泪来。

年羹尧拭泪起身，抚了抚跪得发疼的膝盖，哽咽道：“主子，你的心我今儿算明白了。往后，你瞧我的，我一定做朝廷的忠臣，四爷的忠仆！”

“明白了就好，人非圣贤孰能无过呢？”胤禛含笑说着，口气变得温馨宜人，“用诚，给你年大哥倒一杯普洱茶来！”

周用诚尽自聪明伶俐，今晚先是搞得糊里糊涂，后来又看得眼花缭乱。李卫几次来信，告诉他年羹尧在军中专横霸道，四川官场都知道有名的“年豪猪”浑身是刺不能沾惹的角色，竟被胤禛揉来搓去如弄小儿！正出神间，听胤禛吩咐，忙答应一声沏了茶捧过来，却听胤禛又问道：“方才你说李光地的话，倒见了你的心。你回北京，官场里还听了些什么话？”

“四爷。”年羹尧捧着茶欠了欠身，说道，“听内务府皇史宬的万家辉说，方苞方先生正给皇上起草遗诏呢！”

胤禛目中波光一闪，随即平静下来，漠然一笑说道：“遗诏不过就是几句话罢了。方先生这么许久一直陪驾，想必是要替皇上查阅一些旧档，去几次皇史宬，小人们就造作出这么大的谣言，真真是可笑。”年羹尧道：“奴才也这么想。老万说得可是有鼻子有眼，说万岁要请方先生替他写一部书做遗诏，把自己一生文治武功、学术、治平之道一编一编写成圣训，垂之子孙后世，叫子孙们当祖宗家法遵循呢！”胤禛猛地想起，康熙确曾说过，不学历代皇帝，临死时指一个继位人拉倒，要趁着清醒，把要说的话一条一条都写出来。想到这里，胤禛已是信了，陡然又想到李光地是方苞的座师，心里又是一阵慌乱，口中却转了题目，说道：“遗诏不遗诏的不关我事。往后这类事你只可听不可传，觉着该让我知道，回我一声就是。你且说说，万岁召你回京，陛见时都有些什么旨意。"

"没有什么要紧话。"年羹尧摇头道，"我回京时传尔丹败亡的军报还没来。万岁命我驻节陕西，西北的军事不要我管，只管从中原往陕西调粮，宁可多，不可少缺，传尔丹军中乏粮，唯我是问。没有别的话。"

"就这样吧，天不早了，你先回去。"胤禛起身踱了两步，伸欠着说着，"传尔丹全军覆没，恐怕全盘都要重新安排。我估着朝廷要命将西征，大张挞伐，不会坐视西北局面糜烂。但这么大的事，不是三天两天就能预备好的，从古北口、喜峰口、奉天调八旗兵，从四川河南调绿营兵，朝廷得忙几个月，你不妨多住几时，将来哪个阿哥将兵，你随着大军回任也好。兴军，是件了不得的大事，你军务怕忙不过，我已经给吏部打了招呼，调李卫到你军中应差。你可给李卫写封信，别说我的意思，变成你自己的话，算你请他去帮忙，这样你脸上好看些。去吧！"

待年羹尧辞出，自鸣钟连敲十一响，恰交子时，胤禛乏得连连呵欠，问周用诚道："你日间说回事情，说吧，简捷些。"周用诚眼一闪，说道："高福儿养了外宅，四爷知道不知道？""大惊小怪！"胤禛笑道，"高福儿早就回我了。就为这个巴巴儿等着要回我？"说着便躺在椅中闭目养神。

"他弄的这女人，和八爷有瓜葛！"

胤禛瞿然开目，问道："你怎么知道的？"

周用诚眯眼儿一笑，说道："当初狗儿出去，我留下进书房，四爷当时有一句话，说书房差使要侍候笔墨，还要当好主子的耳目。"

"唔。"

"我想，任事不懂的赖小子浑丫头也能磨墨铺纸端茶递水。"

"唔？"

"所以，四爷的后一句话最要紧。什么叫'耳目'？主子眼不见的，我们替主子见了，主子听不着的，我们替着听见了，这就叫耳目。"

"唔！"

周用诚掰着指头道："高福儿起初结识那婆娘，他没回主子，我们也不在意。有一回我和墨香撞了去讨酒吃，见那婆娘和槐树斜街开杂货铺的黄娇娇在一处鬼鬼祟祟说话。见了我们，那姓黄的娘姨变貌失色地，支吾了几句就走了。当时我就问那婆娘，黄娇娇是什么人？她说是她娘家嫂子，住在梧桐三棵树。因地址不对，我起了疑，打听了一下，梧桐三棵树压根没黄娇娇这个人！叫墨香去槐树斜街仔细盘底，那黄娇娇竟是万永号当铺逃走的柳仁增家的娘子！"

胤禛头枕双手，已是双眸炯炯，见周用诚打了顿儿，便道："你说，我听着呢！"

"事关柳仁增，我更不敢马虎了，"周用诚说道，"专一请了粘竿处一个家丁，叫他悄悄盯着高福儿的外宅，看了半个月，那黄娇娇每隔五日去一次，也不多坐就走，却不回槐树斜街，每一回都是先去白云观进一炷香才回她家！十三爷没出来，有一回对我说过：'白云观窝着一干子贼道士，是八爷的黑盘窝儿，早晚我得剿了它！'——四爷，您连着想想，这事蹊跷不蹊跷？还有些不三不四的女人也常去高福儿外宅，也都打听了一下，都是嘉兴横八爷戏班子的戏子，到底她们和八爷府连着没连着，还没查清，因为这些女人都是八爷分送别的阿哥爷的使唤人，拐弯抹角的难弄清楚。"

胤禛听得异常专注，已全然没了睡意，问道："这事你怎么不早回我？"周用诚道："高福儿和爷是什么情分？没证据我怎么敢胡说？"胤禛想想，问道："听你口气，你如今手中有了凭据？"

"也不敢说是凭据。"周用诚朝墨雨努努嘴，墨雨从袖子里抽出一张银票递给胤禛。胤禛接过看时，是三十两一张见票即兑的钱庄票子，也不言声，满腹狐疑地盯着墨雨。

墨雨忙道："这张银票是高福儿昨个给我的，说瞧着我家里穷，可怜见的，我就接了。他又问我，北院郑大奶奶是怎么回事？月例和福晋一样多，也不见郑大官人，也没听说四爷有这门子亲戚。我说不知道，他说叫我问问坎儿，说那个小鬼头必定知道。"

胤禛忽地坐直了身子，出了半日神，说道："你替他打听了？"周用诚笑道："他不是打听，是这钱来得糊涂，问我是怎么回事。我说，高管家不问，这事就算了；要问，你就说郑大奶奶是奉天将军郑天祐的夫人，郑天祐是四爷的门人，早年战死在科布多，一直是四爷养活，才接来府里。"

"昨儿后晌，高福儿又回去一趟，"墨雨沉吟道，"今儿早起，送四爷走，高福儿又问我，郑大奶奶的事打听没有，我照用诚的话回了，他又说不问这个，问大奶奶是不是还住在北院。我和墨香用诚合计一下，再不回四爷，出了事不是玩的，所以才……"

胤禛趿着鞋起身来，悠悠地闲踱两匝，走至案前，提笔略一沉思，在一张纸上写了几行字，递给周用诚，说道："他给你三十，我加一撇，给你三千，你三个分了！只管到账房支，就说墨雨修房子，主子赏的！"

"谢四爷！"

胤禛端着茶碗一边踱步一边沉吟着："不过就你们说的这些，还不能算凭据。你们知道高福儿么？他原是山东饥民逃荒关外，他父亲饿死在热河叶柏寿的白马川，我奉旨去奉天祭陵，遇见他在人市上卖他的妹子葬父，自己身上挂着牌子，愿与人为奴养活他的老娘，论心而言，这算得是个孝子。既是孝子，就不致有卖主的事，跟了我之后，又有黄水之灾那件事，我们又有患难之交，是患难之交自能同舟共济。他识字不多，能耐有限，我没有叫他出去做官，可也没有拿他当寻常的奴才。他每月的月例银子比弘历兄弟还多五两，年节赏赐从来都是头一份，我赏他的庄子一年也有万两白银的进项。一个人受恩如此——换了你坎儿，会做出卖主子的事？所以，你们说的这事，我还有些信不及。"

三个人看着他的赏银札子，听着他的话，不禁都愣住了。

"那为什么还要重赏你们呢？"胤禛一笑道，"我取的是你们的心。你们这个耳目当得好，确是事事时时处处为主子设身着想，这一条难能，所以我不心疼银子。你们比他聪明年轻，读点书，将来做到年羹尧那一步儿，也不是不可巴望的事。就这样，好生做去。四爷眼里不揉沙，恩怨分明，赏重罚严，亏负不了你们的。"说罢吩咐道："今晚我就住在书房，你们几个侍候，明儿早一点叫我，恐怕万岁一定要召见的。"三个人忙答应着，替胤禛铺好床，往银瓶里注了开水备着他半夜漱口，点了息香，只留一支烛罩了红纱笼，悄然退到外间各自拖了一张春凳和衣胡乱躺下。

"用诚……进来倒茶，我口渴。"

后半夜鸡叫头遍，胤禛突然醒了。周用诚一骨碌爬起来，从茶吊子里倒了一杯茶捧到胤禛跟前，说道："四爷一个劲翻身，睡不沉，是这屋里热么？"

"是心里烦，一直做梦。"胤禛喝了一口，两腿垂下床坐直了身子，红微微的灯影下看不清他的脸色，"至人无梦，看来我还算不得至人。"周用诚笑道："圣人还梦周公呢！至人无梦，是说至人不信梦，不是说他不做梦。"胤禛笑了笑，说道："你果真长进了，这一层连我的老师顾八代先生，连熊赐履都还没想到呢！你跪下，听我说！"

周用诚这才知道，胤禛是有意召自己密谈，忙跪了下去，说道："请四爷训示。"

"你们今晚说的，我已经全信了，但书房还有十几个人，难保他们不偷听，我只能那样讲。"胤禛目中灼然生光，"阿哥们的事，大面上兄弟雍穆温情脉脉，其实到了水火不相容的地步，想必你也心中雪亮。"

周用诚重重地叩了一下头，算是明白。

"本来也难怪，"胤禛叹道，"一君一臣、一主一奴之差犹如云泥之别，成者王侯败者贼，逐鹿场上无兄弟。大阿哥害二阿哥，三阿哥害大阿哥，八阿哥害十三阿哥都是历历在目的事，我焉能掉以轻心？所以我身边的事，你能如此留心，真是不枉我疼你一场！"

这些场面上绝不能讲的肺腑之言，都诉给了周用诚，周用诚感动得五内俱沸，心里又酸又热，一句话也回不出来。

"你脸上迷糊，心里清明，这个长处人所难有。"胤禛呷着茶道，"你要替我盯紧高福儿！"

"喳！"

"不但他，府里所有人你都得盯着！"

"喳！"

"所有人，"胤禛慢吞吞道，"连文觉，性音在内！"

"——喳！"

"写信给狗儿，把年羹尧盯死！见什么人、说的什么话，去什么地方甚或和谁一处吃酒看戏，三天一封信，用传驿送府，你来拆阅！"

周用诚突然打心底泛上一股寒意，径自打了个寒战，忙叩头道："喳！奴才明白！"

"办好了，你功德无量。"胤禛嘴角微微吊起，闪过一丝阴冷的微笑，"佛天都不亏你的——去吧！"

"喳！"

第四十七回　十四阿哥拜帅西征
十三阿哥缧绁逢兄

　　胤礽谋求带兵不成，算是垂死挣扎。雷霆大怒的康熙皇帝即日下诏，命废太子由咸安宫移居上驷院永行禁锢，接着连连批红，赐耿额、托合齐、凌普、朱天保、陈嘉猷自尽。犹如刚刚复燃的死灰上狠狠浇了一桶冰雪水，自此，太子复位已成绝望。满朝文武被这次事件震得懵懂了一阵子，但很快就灵醒过来，又把目光聚到带兵阿哥上，看谁是大将军代天出征，就不难从中揣到"圣意"。

　　其实不用揣摩，一切很快就明朗了。过了六月六，十四阿哥胤禵便带了十几个幕僚离开贝勒府住进兵部，谢绝一切宾客往来官员拜谒，专心提调各路兵马，古北口、喜峰口、娘子关、四川绿营、江南大营十万精锐冒着暑热，浩浩荡荡由井陉、函谷、风陵渡、老河口、乌程、归德等地四面八方入陕出关，云集西安咸阳结营待命，一切指令虽说都是廷寄诏书，却都是胤禵一手总揽——只要不是瞎子，都知道十四阿哥即将登坛拜帅了。

　　八月十六李卫接到吏部委札，着他由文职改为武职，加三级赴年羹尧总督行辕办差。李卫此时已是知府，加了三级，自忖必是个参将了，也顾不得高兴，匆匆将差使交卸给同知高其倬，用四人大轿抬了翠儿母子，自己骑马腰刀威威势势赴京，一来要引见谢恩，二来胤禛手谕"福晋思念翠儿"，要他把家眷送雍王府，也便于专心办差。李卫做官正做在兴头上，哪里理会得胤禛的心思？一路行来，沸沸扬扬听说朝旨已下，十四阿哥晋封"大将军王"，近日就要赴抵西安行辕，克日要授大将军印、天子剑，奉节出京，皇帝亲自送行。因赶着要看这热闹，越发晓行夜宿，马不停蹄趱行进京。赶到北京，恰正是九月初八，满城已遍扎彩坊，黄土撒道，家家设了香案壶酒，人人都知道明日要阅兵五凤楼，大将军要出征了。

　　进北京城，天已傍晚，李卫将从行仆丁们安置到客栈里，自和翠儿母子坐轿迤逦往定安门雍和宫而来，却见门上已经掌灯。李卫想着即刻就要见到四王爷，心里又感念又有点怕，老远便住了轿，叫下翠儿道："这也算到家了，老爷子是个爱挑礼儿的，咱们走几步过去吧。"翠儿抿嘴一笑，说道："就你肠子弯弯儿多！"便抱着熟睡的儿子和李卫一道儿过来。刚到门首不及通报，便见里头轿房执事抬着鹅黄顶子轿出来，接着便见胤禛带着高福儿和墨雨，一大群人簇拥着出来。李卫抢前一步磕下头去，说道："四爷万福万安，想死奴才了！"翠儿忙就跟着跪了。

"哟！是狗儿嘛！"胤禛一边下台阶，见是李卫一家，便止了步笑道，"刚刚进京？怎么就走着来了？你如今做了这么大官，越发小气得连轿钱也舍不得打发了！"翠儿在旁道："原是坐轿的，到主子门口觉得不恭敬，下来走走。怕怎的？我是放了脚的女人，再说，不强似要饭那时辰？"

胤禛踱过来打量着翠儿，笑道："有这份心，你主子已经欢喜了。你当初一个黄毛丫头，如今也出落得神采照人了。怎么，听说你不许李卫讨妾？这孩子几岁了？叫什么名字？"李卫万不料这样家口琐事胤禛也知道得清清楚楚，顿时羞得满脸通红。翠儿笑道："主子怎么知道的？他要真讨来，我也给他打出去！主子那年给福晋太太说过那个什么吃醋的，我想我就是个醋葫芦罢咧！"胤禛原本满腹心事的，被她逗得呵呵大笑，跟的众人也无不偷笑。翠儿又道："这孩子三岁了，想着主子的恩，起名儿就叫李忠四爷！"

"'李忠四爷'？四个字儿的？"胤禛笑得前仰后合。"这份意思怕不是好的？只是不雅驯。忠也好孝也好，无非是个'贤'字，就叫李贤吧——这会子顾不上说话了，我还要去户部，京师跟十四爷出征家属的赏银还没拨出来呢！翠儿去福晋那儿陪着太太说说话儿，枫晚亭弄一桌席面，和邬先生、坎儿你们吃着酒等我回来。"说罢笑着登轿而去。李卫忙答应着进来，果见周用诚、墨香正在枫晚亭，一边着人请文觉性音，一边叫厨房备酒，大家围桌说笑。

"难为你一回来就逗四爷一乐。"性音叹道，"自打五月，我就没见过他脸上开过晴。从早到晚，咬牙挺劲儿拼命办差，只是做事。其实我看他是有意劳累自己，压一压心里的火。"说着和文觉碰杯一饮。

邬思道酒量不宏，呷着茶只是出神，许久才道："四爷的心思有什么难猜？十四爷领兵，一切粮秣、饷银、劳军的事都落到他头上，他未免有为他人作嫁的想头。十四爷得胜还朝，名垂竹帛，四爷自己觉得就是累死也没人见，他能不懊恼？"周用诚问道："既然如此，你为什么还要三番几次劝四爷，万万不要生惰心，挺劲儿办差？不怕埋没功劳么？"邬思道咬着下嘴唇，冷笑道："亏人家还日日说你伶俐！万岁爷三次亲征，下诏谕几十道，说的什么你一句也记不得！与准噶尔打仗，打的不是前方，是后方！阿拉布坦有多少兵？只要粮草供上，粮道畅通，他怎么抗得住？传尔丹败就败在这一条上，孤军深入，粮道被切断，六万军士与其说是战死，还不如说是饿死的！"性音伸直了脖子问道："你是说——"

"要我一字一句解说么？"邬思道将半杯酒一饮而尽，"四爷只要拼命办好差，无论十四爷前方打得顺手不顺手，四爷的心万岁都看清楚了！像万岁这样精明得不能再精明的主儿，别想用几句献媚的话就搪塞住。要取宠，就只能泪和血暗自咽下，以实迹明心，以功业见赏！"文觉不禁合掌称善，说道："善哉斯言！你何不对四爷明讲了，叫他心里也好过些儿？"邬思道冷冷道："他做这么大的事，心里苦苦何妨？"

文觉点头叹道："这话可谓入木三分。据我看，四爷像是已经瞧透了这一层。不然，他不会这么没明没夜地干。四爷心里不舒坦，大约因为十四爷这次也封了王，又多了一个劲敌的缘故。""是这个话。如今确是鼎足三分的局面，"邬思道道，"八爷的法子是用百官声势压着皇上就范，十四爷和四爷两条心，用的却是同一个法子。但据我看，谁继位，万岁已经有了影子。三方势力，四爷已占上风。"

"何以见得呢？"邬思道自设一问，又道，"上次十七爷来说，李光地在万岁跟前称颂八爷，万岁说，'你是致休的人了，阿哥们的事不要掺和。放心，朕一定选一个坚刚不可夺志的人做你们日后的主子。'这说的是四爷似属无疑。皇孙里唯独叫弘历世子进畅春园读书，这是其二；万岁风烛残年，身子骨一天不如一天，断不至于将继位人远远打发到万里西疆，这是第三条。由这些迹象看，万岁已经在给四爷铺路了。"性音吃酒吃得满面红光，说道："皇孙进园读书，也许万岁老年人寂寞，叫个有学识的孙子解闷儿，这一条作不得准。"

邬思道点着性音笑道："这一条不是和尚能知道的。年老寂寞，只能叫活泼有趣的孙子到膝下，要有识见的小大人儿做什么？万岁跟前还少了学问人？别小看了这件事，他亲自栽培一个好圣孙，能保大清三代盛世，你明白么？因为有个好圣孙，儿子当了太子的，史不绝书呢！"

"好好好！这一条和尚真的不省得！"性音大笑道，"罚我一杯！"说罢一举杯"咽"地咽了。邬思道格格一笑说道："你未免高兴得太早了。凭四爷如今势力，手里拿着传位诏书，未必斗得过八爷！京师驻军，只有武丹和赵逢春的兵靠得住遵遗旨办事。丰台大营三万人马、西山健锐营两万，九门提督隆科多手里两万，差不多七万兵力。就算隆科多持中，五万大军兵临畅春园，一纸遗诏有什么用场？八爷如今打的就是这个算盘！"

众人立时被他说得目瞪口呆，一个个苍白了脸，李卫皱眉道："邬先生真能揉搓人。一会儿叫人心里痒得要大笑，一会儿又叫人毛骨悚然！你是个什么意思嘛！""我的意思再明白不过。"邬思道用筷子翻着菜，"天命有归也要尽人事。开这把锁的钥匙在十三爷手中。明天，四爷要去见十三爷。不要忘了，丰台大营是古北口调来的，正是十三爷带过的兵。十三爷当年办差时使过的小军官，如今都是参将游击，带兵掌实权的管带。不见见十三爷，四爷临时支使不动这些人！"

"我早劝过四爷，想法子见见十三爷。"周用诚沉吟道，"只没想到里头这么大学问。四爷虽管着内务府，但十三爷是圈禁的人，不奉旨偷见叫人知道了不得。后来知道看管十三爷的戴福宗是戴铎的本家，连使银子带人情，好容易疏通了，四爷却只叫张五哥探视了十三爷一次，他自己却不肯去。"邬思道阴郁地笑道，"是我劝四爷不要亲自去。时机不到！十四爷不走，四爷去见十三爷，担着'秘密串连结党营私'的罪名；十四爷带兵走，再这样做，顶了天的罪不过是'私相探视'，以他们素日情分，谁都谅解得的。"说罢略一沉思，莞尔一笑。正说话间，性音道："有人来了。"众人便不言语。一时，果见一个长随匆匆进来，向邬思道打个千儿问道："四爷今晚不在这里么？"

邬思道笑道："你问得奇。你是府里的人，倒问我！"周用诚却认得，说道："他是北后院的，侍候郑大奶奶——潘二，有什么事？"

"回周大哥话，"潘二忙道，"郑大奶奶殁了！"话音刚落，便听外头文七十四苍老的哭声渐渐近来，周用诚几步到门前，扶着哭得泪人似的七十四进来，一边让他坐了，说道："你先别伤心，到底出了什么事？慢慢说……"

文七十四低垂着头，苍白的头发丝丝颤动，声音嘶哑哽咽，本来已经弓了的腰深深弯着，抽泣着摇头，断断续续道："不明白……我……我死也不明白她……怎么走这条短路……"他一头哭一头说，半晌，众人才知道，今天下午郑氏还好好的，因写字的宣纸用完了，叫文七十四去琉璃厂买了一令，说了一会儿话，文七十四就退了出来。方才丫头给她送茶，才见她不知什么时候已经吊死在房梁上，身子已经硬了。文七十四语无伦次地哭诉完，索性放了声儿："十三爷临走说'我只有一件事托你，好生照料郑氏……你先前是可怜人，她如今是可怜人，我明日是可怜人……可怜人要可怜可怜人……'呜……我的十三爷呀……嗬嗬……我日后怎么见你呀……"看着他脸上纵横溢流的老泪，听着他撕心裂肺的号啕，人人心里发瘆，身上起栗。

"老人家，人死不能复生。"邬思道沉思着道，"她都问了你些什么话？"

"她问的不多，只问了外头有什么传言。"文七十四雪涕道，"我说没听说什么，明儿十四爷带兵出京，豆子都征了军用，豆腐脑儿也涨价了。我说还听人传言，太子爷也想掌兵权，叫一个姓贺的给卖了……"

邬思道眼一亮，他已经若明若暗地知道了郑氏的死因。还要再问时，却见胤禛苍白着脸进来，后头跟着高福儿和墨雨。周用诚刚说了句："四爷，郑氏——"胤禛打断他的话，阴沉地点头道："我已经听门上人说了——文七十四，她留下的有什么东西没有？"文七十四便回头看潘二。潘二忙道："奴才惊糊涂了，郑大奶奶留了一张纸在桌上，奴才不识字，也不知写些什么。"说着将一张尺幅大的宣纸递过来。胤禛接过看时，上头是两首诗：

> 夜梦王师出玉京，将军腰悬三尺冰。
> 无何漏滴昏灯焰，铁马关前惊回风。
>
> 畸零尘间命数薄，回首斯世尽蹉跎。
> 祸水红颜流何处？汇入渺冥奈河波。

篱下郑氏绝笔寄圆明居士

邬思道架着拐杖在胤禛侧旁看了，踅回去颓然坐了，半晌，说道："这也算得殉节。其情可原，其志可悯。"

胤禛慢慢将宣纸折起塞进袖里，两眼久久地望着烛光，良久，深深透了一口气，说道："难为她有这志气，我竟没瞧出她的烈性！后事要好好发送。高福儿明儿去法华寺请和尚，给她做七日水陆道场。"说罢便往外走，对周用诚一干下人道："瞧瞧去。"

高福儿扯了李卫跟着众人走在最后，悄悄笑道："狗儿大人，赏个脸，明日中午到我那里吃两杯，权当接风。你升了这么大官，我也该贺贺的。"李卫笑道："听说四爷明儿要去看十三爷。我要不陪主子，自然叨扰你。"高福儿眉棱骨一跳，什么也没再说，和李卫紧走几步跟了上去。

胤祥在十三贝勒府已经圈禁足足七年，三十三岁的人，已是华发满头，白了一大半。他不同于太子胤礽，胤礽落草就是一人之下万人之上的储君，毓德养性垂拱深宫，除了偶尔随驾，从不轻出禁苑，圈禁不圈禁行动上分别不大。胤祥自幼就性野，跑马拉弓，斗鸡走狗无所不为，就是没差使，一年也要出京游历几次。因此，七年囹圄，几乎没有憋疯了他。好在除了没有自由，别的境遇尚无大的变化。女眷阿兰乔姐一左一右跬步不离地陪着他，外院还有贾平等十几个男丁侍候。内务府是胤禛管辖，人们也不来作践他，每日只在这个小天地里摆棋谱、练字画、打布库、调鹦鹉，读书腻了就到园子里垂钓、种花、栽盆景，甚或捉田鸡、采菱角、看蚂蚁拖苍蝇、上树掏老鸹，无所不为，只一日一日消磨长昼、打发永夜。渐渐地，绝了释放的念头，也就安下了心，却是落了个失眠不寐的毛病儿。

眼见九月初九已到，胤祥睡到将午才起来，见阿兰和乔姐正在洗脸，便道："这么早就起来了？"阿兰扑哧一笑道："黑天白日都过颠倒了，这辰光起床爷还说'早'？今儿九九，咱们弄桌小菜，到后园子假山石桌上，度消寒岁儿可好？"胤祥笑道："由你，只要日子好打发就成。"乔姐说道："炭要烧完了。十三爷叫贾平找管门的戴头儿说说，弄几篓子来。"

胤祥点点头出至檐下。此时正是午时，天清气爽，云淡风高，撒眼一望书房外园中红瘦绿稀丹枫如火，一队鸿雁在高远天际向南缓缓飞着，胤祥喃喃说道："碧云天、黄叶地——王实甫为此而死，真乃千古绝调……"正自出神，却见看守禁院的内务府笔帖式戴福宗在前，后头跟着胤禛、李卫、周用诚三人迤逦进来。胤祥不禁一怔，浑身电击般颤了一下，翕动了一下嘴唇，却什么也没有说出来。

"十三爷，"戴福宗就地打了个千儿，"您吉安！天冷上来了，我回了四爷，说爷这里几处房子失修，四爷进来看看房子。十三爷带四爷各处瞧瞧，有走风漏雨的，尽管说。"胤祥僵硬地点了点头，说道："理会了，我这里炭烧完了，叫他们抬进来些吧。"胤禛一边打量着胤祥，吩咐戴福宗："你去吧，我和十三爷走动走动就来。"戴福宗会意，忙答应着去了。

胤祥也在打量胤禛，见胤禛穿着古铜宁绸风毛夹坎肩，天青夹袍洗得纤尘不染熨得平平展展，宁静的面孔上两个瞳仁越发黑得深不见底，似乎和七年前无甚差别，只看上去更加从容城府更深了些。半晌，胤祥才从懵懂中惊醒过来，结结巴巴说道："四……四哥！真是的……你看我都成什么样儿了……我该先给您请安的……"说着一个千儿打了下去。

"我来瞧瞧你，"胤禛忙双手扶住，他的声音颤抖得厉害，"我……见你可真不容易……叫五哥来看你几次，毕竟替不了我……好兄弟，我万万没想到……你会白了头发——五哥说你挺好，原来竟是哄着安慰我的！"说着，止不住泪如泉涌。此刻阿兰和乔姐并贾平都过来了，久不见外人，他们都有点新奇不安，见兄弟二人连寒暄话都说得语无伦次，心下都十分感慨。李卫周用诚见胤祥落到这步田地，想起当年往事，撇嘴儿想哭，又忍住了。

许久，胤祥方唏嘘着道："四哥，屋里坐吧。这里上不沾天，下不着地，是个混沌世界，鬼都不肯在这儿生蛋——我知道你进来一趟难，有什么话，尽情聊！这不，我已经成了关门皇帝，东宫西宫还有太监，全都有，有话也走不了风，最安全的！"

"好的，"胤禛含泪微笑点头进屋，说道，"刚刚儿送走十四弟，他封了大将军王，要带兵打阿拉布坦。趁人不留意，偷着来瞧瞧你，你好，我就放了一半心。"

"大将军王?"胤祥一边命乔姐泡茶，请胤禛落座，一边笑道，"真是个好名字，既不是亲王，也不是郡王，含含糊糊一个'王'。那太子呢? 想必是复位了?"

胤禛呆了一下,一长一短将胤礽二次被废后的情形,用矾水写信谋取兵权被贺孟頫告发的事情都说了,末了将夜来郑氏写的诗递过去,说道:"这件事我心里有愧。没有照料好郑氏。十三弟你得原谅我。"胤祥接过细看了,待着只是沉吟。胤禛原以为他必定难过,正想抚慰,不料胤祥突然大笑道:"好好!死得好!她倒得了好处,虽不节而烈,虽不忠而从!脱去臭皮囊,离却了烦恼三累!比起我这不死不活不人不鬼,熬了一日又一日,看了太阳看月亮的,她是个有福的!哈哈哈……"他站起身来,两手神经质地挥着,狂乱地喊着笑着,又"呜"地一声哭了,捶胸顿足道:"我好苦……真的是大棺材里的活死人……有什么意趣?"胤禛被他惊得脸色雪白,跳起身来双手紧紧抓着椅背盯视着疯子似的弟弟,许久才道:"痴兄弟……你、你要唬死你的四哥么?"

发作一阵,胤祥清醒过来,要一杯水喝了,已经平静如常,苦笑道:"我这是怎么了?唉……真是的……东风何恶,总不肯祐护良善!四哥读过柳泉先生《讨风赋》么?'飞扬成性,忌嫉为心。济恶以才,妒同醉骨。射人于暗,奸类含沙……怒号万窍,响碎玉于王宫;澎湃中宵,弄寒声于秋树;发高阁之清商,破离人之幽梦……'我心中的郁气积得是太多,太多了……"

"十三弟,"胤禛心里有事,又怕耽搁久了,耐着性子听完他的《讨风赋》,款款说道,"你虽拘禁,倒有心情吟风弄月,这份雅量人所难及。有时想想,我日后下场未必比得上你。如今父皇春秋日高,龙体每况愈下,国无储君,人无定心,八阿哥爪牙锋利羽翼丰满,十四弟重权在握心雄万夫。阿哥们面情上是兄弟,说出底蕴来叫人惊破胆寒透心。论起这一条,你倒是在避风港中啊!"胤祥看了胤禛一眼,他已明白了胤禛今日来意,遂笑道:"大清定鼎已七十余年,国基牢固,断然乱不了,季孙之忧在萧墙之内。皇阿玛也真算庙谟难测,放鹿中原,任儿子们高才捷足者先得!我……"他忽然有点气馁,旋即又道:"我如今这个境遇,是帮不上四哥什么忙了。不过我在外还有些'狐朋狗党'要用得着,四哥只管吩咐他们就是。"胤禛盯视胤祥移时,叹道:"如此见识,亏你随口就说了出来,我们在外边费多少精神,至今多少人还在懵懂呢!"说着掏出一张纸递了过去。

胤祥接过一边展开，说道："这和下棋一样，旁观者清嘛。"一边说，一边看，却是一张名单，密密麻麻缀着一二百名官员姓名和现任职份，都是从前自己手里使过的旧部，他一下子就明白了，不言声站起来踱到案前，提起笔来沉吟着在纸上点点画画，添了几个名字，又涂去了几个人递给胤禛，说道："这上头有些人没用，有些人没骨气，有些人没见我面难以指挥。我点了点儿的，四哥可以见见，勒了杠儿的，得给点好处。因人而异，不可一概而论。这些年有些人变了也难说，四哥自己还要当心——狗儿，瞧你打扮，是做了官儿了？"

李卫和周用诚听着二人说话，正在发怔，听胤祥问话，李卫忙道："奴才原在四川当知府，如今转了武职，去陕西年羹尧和岳钟麒军中效力，还没有补实缺。"

"很好，"胤祥目光炯炯望着远处，"陕西三秦之地，为中原门户，年羹尧在那里，太好了！四哥，你何必叫狗儿改武职？打仗他不会，又约束不了军队——依着我，就坡打滚儿叫狗儿补个西征粮道，既不归十四爷管，也不归年羹尧管，专差为这两个大营办粮，叫坎儿随军去年羹尧总督衙门帮办军务兼理文书，也混个功名嘛！在四哥府虽也一样，到底不算正果。"

胤禛陡地一震，七年工夫，胤祥的心机精明到了这地步：由一个李卫管粮，就等于一手卡住了胤禵和年羹尧两军的命脉！心下惊诧，面上却不肯一揽子认承，迟疑良久方笑道："再商量吧。李卫的事我管着户部，吏部那边一说就成。我身边没个得力的也不成，先委屈一下坎儿，该有的自然少不了他的。"正说着，便见戴福宗进来，胤禛便站起身道："我不能久留，这就别过了——戴福宗，我看了一下，这里房子都得修一下，十三爷的书房再加一道火墙取暖，用多少银子你找匠人核一下报工部，我跟他们关照一下就成。"说罢，依依不舍拉着胤祥的手，含泪道："珍重！"胤祥一副欲哭无泪的样子，说道："四哥，你还进来看我么？"阿兰乔姐见胤祥痛苦得脸形都扭曲了，忍不住别转脸，抽抽咽咽掩面而泣。

"不要哭了，"胤禛眼中闪着泪花道，"又不是生离死别，我还会来的。你们好生侍候着十三爷。"当下又拉着胤祥的手谆谆叮嘱了许多。

第四十八回　鄂伦岱倒戈回帝都
　　　　　　康熙帝染恙中和殿

　　儿子们盼着康熙早早儿寿终正寝，但康熙自幼习武练功狩猎出征，打熬得十分好筋骨。健健旺旺活到六十八岁，犹自有兴致举办"千叟宴"，要与天下同乐。这位盖世雄主八岁登极，在"万几宸翰"上度过了整整一个甲子，年年元旦元宵端阳中秋四时八节都是老一套：祭坛、祭堂子、祀太庙、祭天地，受百官朝贺、听颂圣赋、做柏梁体诗，没完没了的奉迎聒耳，无休无止的节仪闹心，已是腻味了。即位六十大庆，他突发奇想，何不招些与自己年龄差不多的老人进宫说说古经儿，聊聊家常事，既是"与民同乐"，也换了口味？原想不过请几十个老人随便坐坐，不料礼部却当成了大事，当即具折奏明，历朝天子敬老尊贤、倡明孝化只是徒具虚文，谁也不曾真的和山野逸老共坐一席。这是宣化文明垂范后世的大事，理应隆重办理。请几十个，请谁，不请谁，也难以拟定。所以礼部拟奏，凡六十岁以上老人，在京的由皇帝亲自接见，各地的由各地有司守牧代天子设铺款待。康熙这才知道，这种事非天子能自专，只好依奏，明发诏谕传向各省。

　　胤禵奉旨将军出关已三年有余，一切遵康熙面授的机宜行事，先在青海汇集了蒙回藏军，盛陈威仪，大阅兵大操演，随即命将军塔宁率兵入藏。阿拉布坦在藏驻脚不稳，惊闻大军云集来攻，连忙带领拉萨的蒙古军队仓皇西逃。胤禵原想派军截住他的归路，切断拉萨通往新疆富八城的粮道，一鼓聚歼灭此朝食。但转念一想，转眼就是康熙的六十年登极大庆，别人都预备着报喜，自己万一闪失，岂不白辛苦一场？接到上书房发来的廷寄，胤禵略一沉吟，便传令叫鄂伦岱进来。鄂伦岱来到大帐时，见胤禵正在一张宣纸上写字，一躬身说道："十四爷，您叫我？"

　　"嗯。"胤禵满意地端详着自己写的斗大的"忍"字，漫不经心说道，"老鄂，我打算派你回京一趟。"鄂伦岱请求单独带兵追杀阿拉布坦在凉州残部，没有获准，对胤禵窝着一肚皮的火，听了胤禵的吩咐，黑红的脸上肌肉抽搐了一下，盯着胤禵没言声。胤禵一笑，问道："怎么？不愿意？"

鄂伦岱身子微微一躬，大声道："是！我还是想请王爷将令，我去凉州剿贼。万一圣上有旨叫大军西进，我先给十四爷打一条路出来。"

"唉，老鄂，你对我有误会啊！"胤禵叹息一声，眼中闪着绿幽幽的光，"不要以为是我不叫你立功，阻你的前程。塔宁和八爷是什么交情？用你不用他，仗没打自己军中先乱了！"鄂伦岱想了想，冷笑道："他得意什么？他那两下子算屁毛灰！雅布齐也恨得牙痒痒的，总有一日叫他瞧瞧我的颜色！"胤禵格格一笑，说道："老鄂毕竟心直！你以为雅布齐和你一回事？告诉你，入藏我原叫你为副的，是雅布齐拦住了。驻节平城，文书都发了，雅布齐说你是一介莽夫，不叫你去，还抬出八哥来压我！他是八哥的奶哥哥，来这里做什么，以为我不知道？只念着八哥情分，不能撕破脸皮，装迷糊儿罢了！"

鄂伦岱不禁怔住了，他虽粗，却不笨，已是猜透了胤禵的话意。半晌，才道："十四爷，这些话我不明白，也不信。"胤禵似乎不胜感慨，说道："士为知己者死，女为悦己者容。八哥待我原没说的，我也想在这里替他效死力，想不到竟是我瞎了眼。他不但派你监视我，叫塔宁分我的功，叫雅布齐掣肘我，背后还叫雅布齐盯着你，怕你真的倒到我怀里——这样的心术叫人怎么不寒心？你不是说不信么？——看看这个！"说罢一晒，将一份札子"啪"地甩过来。鄂伦岱疑惑地展开看时，上头写道：

> 雅：前札收悉，鄂伦岱受年羹尧三万金之事已查实。此人吾素知之，轻狂自大胸无定见，当时时密侦勘查报我。汝可请十四爷调彼入塔部麾下，以便随时处置，密勿不云。

下面却无落款，但鄂伦岱和胤禵实在太熟了，一眼就看出是胤禵的亲笔手迹，当下便脸涨得通红，咬着牙问道："十四爷，这玩意哪里来的？"

"前日廷寄时，西安府的师爷扮成兵士送来。恰好雅布齐去催粮，我的一个幕僚和这师爷认得，就破了。"胤禵微微一笑，"这个师爷已经扣住，你想见见也不难。待会儿我的亲兵带你去。"

鄂伦岱顿时气得浑身直抖，破口骂道："奶奶个熊！老子在这卖命，杀得血葫芦似的，后头还有自己人使绊子！老子宰了他！"

"你不能这样，这是人证。"胤禵冷笑道，"将来我和八哥撕捭这件事。现在我派你回京给父皇请安，先免了挨塔宁一刀再说。"鄂伦岱呼呼喘着粗气，半晌才压下来，说："我就不谢十四爷了。回京还要办什么事，爷只管吩咐。"

胤禵慢慢踱着，雪亮的马刺和佩剑碰得叮当作响，望着中军帐外一片荒寒的旷野和阵阵狂舞的黄沙，许久才道："北京是什么局面，我真想知道。八哥来信，一封封都说万岁身子骨儿康泰健壮，我的门人又来信说万岁见人手颤头摇，行动要人扶。你请安时，代我看看阿玛龙体，究竟如何。"

"喳！"

"还要看看四爷，"胤禵沉吟着，字斟句酌地说道，"如今在北京，能稍稍与八哥抗衡的，就是四哥了。所以四哥有难处，你要尽力帮，不必忙着回来，万一有事，能顶个旗鼓相当，你就是元勋！"鄂伦岱狞笑一声，说道："奴才理会，一定照十四爷的主意。这里十四爷你得防紧雅布齐，他养着几十个力士呢！"胤禵恶狠狠笑道："别说几十个，就是几百，我诛他们如同杀鸡！你只管放心去。"正说着，远处一个胖墩墩面团似的中年人逶迤过来，胤禵小声道："你去吧，雅布齐来了。"

雅布齐一脚跨进，恰鄂伦岱辞出来，便笑道："老鄂，几日不见，气色越发好了。这是哪去呀？"

"好个狗屁！"鄂伦岱呸地朝地啐了一口，往外走着说道："往哪去用不着回你！我是你的奴才么？"

鄂伦岱出了帐，装作倒靴子里的沙侧耳听时，里头雅布齐请了安，问道："十四爷，西安府胡明奚师爷犯了什么事，叫十四爷给扣起来了？"接着便听胤禵道："胡明奚？没听说这个人啊！我也没扣什么人啊！你说这人，他是做什么的？"鄂伦岱听得一笑，蹬上靴子大踏步去了。

鄂伦岱马不停蹄赶回北京，已是阳春三月。从沙尘蔽日蛮荒寒苦的西域回到京师富贵温柔之乡，烟花明媚世界，看到鸭头碧水、杨柳拂风，听到故土乡音，酒卖弦管，鄂伦岱真有两世为人的感觉。因奉有王命，不便先回家，胡乱在驿馆歇息一宿，第二日到礼部兵部验了关防，觐见了康熙出来，便打马至朝阳门外廉亲王府来见胤禩。

"见着万岁了？"胤禩见到鄂伦岱，似乎并不意外，听鄂伦岱说完西边战况，默谋着，说道："着实难为你了。万岁都有些什么旨意？"鄂伦岱喝着胤禩赏的参汤，说道："主子说刚接到十四阿哥的奏折，前头军事顺手，他心里很欢喜，原想写一首诗赐他，作怪的连一点诗思也没。可见人老了，什么事只能心里想想，要做就难了。我当时回话：主子这是累的，好生作养，活一百岁是稳稳当当的。您长寿，就是我们做奴才的福分。"胤禩笑道："果然长进了，这个马屁拍得响！你说主子活一万岁，恐怕又要训斥你了！万岁还说了些什么？"

鄂伦岱盯了一眼养得红光满面的胤禩，不知怎的，再也寻不出以往那个温馨爽明的"仁君"形象，竟无端生出一种厌恶之情，很想就这么照脸捆将去，打他一个满脸花——嘴上却笑道："主上说：'我已经很知足了。打秦始皇算起，活过七十的皇帝只有三个，我原想做二十年太平天子，做了三十年想四十年，想着断没有五十年天子的道理，谁知老天偏偏厚爱，不肯收我，足足做了六十年！——你既回来了，前方又没有大事，多住些日子吧。'又夸十四爷有出息，出去历练一番，折子上空话也少见了。"

"老人家活得是太累了。"胤禩叹道，"就是我这不在台面上的，站在旁边看着也替他累！既要作养身子，又要揽权不放，要下头办实事，又存着猜疑，还要步步提防着儿子，还要听那些说不完的粉饰太平逢迎话。我虽有孝心，也真是侍候不来。老十四在外打仗，四爷就催各省乐输军粮，四爷门人田文镜就逼得人投河跳井地'乐输'！这样的混账王八，要是我，早就开销了他！偏四哥就爱这样的，什么法子呢？"

鄂伦岱听他长篇大论清谈，心里不大耐烦，起身笑道："说到四爷，我还带着十四爷给他的信，还有德主儿的请安信，得过去打个花胡哨儿。粮食的事八爷不要拦着四爷，那个地方寸草不生，少了粮断断不成！"

"等开过千叟宴你就回去吧。"胤禩也站起身道，"京师虽繁华，如今却是是非之地。万岁都老得糊涂了，前日内廷送出信儿，说王掞上了一封密折，居然保奏四哥当太子，听说是留中不发。高福儿说四哥偷偷看望十三爷。这么没规矩，万岁也没事人一大堆，撂开了手。换了别人，那还了得？你去吧，后天开千叟宴，我病着，不能去。你代我给万岁送些礼，就便儿观光就是。"

鄂伦岱前脚出去，胤禟后脚匆匆进来。胤禩笑道："老鄂刚出去，你没见他么？"因见胤禟气色有异，又问："出了什么事？""别提鄂伦岱这个王八蛋了！"胤禟冷笑一声，把一个通封书简递给胤禩，"这小子变心了！"胤禩诧异地抽出信看时，却是雅布齐递来的急件，备细说了胡明癸被扣和胤禩密件泄露的事。胤禩看着，脸色愈加苍白，呆呆地把信放在桌上，只是沉思。

"怎么办？"胤禟问道，"别叫鄂伦岱这个二百五告了万岁吧？"

"我根本没有给胡明癸写过什么加害鄂伦岱的信。"胤禩脸色阴沉得可怕，"老十四自己就是个造假信的积年能手！"

胤禟气得两手冰凉，想骂，又是一个父亲，半晌才咬着牙道："乌雅氏这个老母狗，养出的儿子没一个好种！既如此，我去跟鄂伦岱当面挑明了！"胤禩摆手制止了他，慢吞吞说道："一个鄂伦岱，随我还是随老十四，算得了屁事？现在无论如何不能跟胤禵撕脸闹翻了。他既敢这么做，当然也预备着这一手。前日贺孟頫来，说万岁新年过后身体大异于往日。七十不留宿，八十不留饭，他望七十的人了，什么时候出事谁也料不定。这个当口，棋步儿一步也错不得！"

一席话说得胤禟低头吃茶心下暗服，半晌才道："既如此，就早点打发这杂种回老十四那，免得在京生事。"

"叫他回去？"胤禩望着外头池塘对面喷霞蒸雾似的一片桃林，冷冷说道，"那不是给十四弟添个帮手？十四弟从军中送给万岁六十年庆典礼也在我这里，明儿一并叫他送进去。朱子云即以其人之道还治其人之身。他胤禵办得出的，大约也难不住我胤禩。"

三月十八是"千叟宴"正日子。康熙起了个大早，由张廷玉马齐导引，千车万骑出了畅春园，径入紫禁城。在西华门换乘舆时，远远见王掞已候在那里，便叫过来问道："别人都在太和殿前等，你怎么在这里？"

"回万岁的话，"王掞攀着轿杠躬身说道，"臣的本章递上去将近一月，不知可经御览？"

"就是你说的那件'天下第一事'？朕留中了。"康熙似笑不笑地环顾四周，"其实你应该明白朕的深意了——朕赐你的药用了么？"

王掞不禁一怔，他因患红痢，半月前康熙确曾赐过药，当时并不留心。如今连着康熙的话仔细回想，才忆起药名儿叫"续断"！顿时恍然大悟，眼睛一亮，正要回话，康熙一摆手笑道："这味药是治红痢的神方，回去细看本草你就明白了，此药要火候，火候不到效用不显，急不得。你且安心吧！"说罢命轿而入。

耆老们共来了九百九十七名，早已等候在太和殿前的月台上。七十岁以上的设在体仁阁和保和殿，其余的都在芦棚下就餐——全都由胤禛带着内务府的人安置筹办。是时日上三竿，老人们虽说早已饿得饥肠辘辘，却都很兴奋，三五成群地在大月台芦棚旁边指点宫阙。一些做过官的缙绅，多年不见，白头相聚，叙同年、忆故旧，说得入港。还有一等士绅，头一回进这金翠交辉的帝宫邀恩，四处张望着，要把景物人事都记牢，回去打点写好自己的行述和墓志铭。正乱着，李德全邢年一干执事太监从三大殿北拍着手过来，接着龙旗宝幡，文武百僚簇拥着一乘明黄软轿迤逦过来。待李德全甩过静鞭，西向而坐的畅音阁供奉鼓瑟吹笙、编钟大吕、金磬玉鼓齐鸣，六十四名满装宫女作八佾之舞，踏着节拍，挥着流苏扇载舞载歌：

> 辟雍建，规矩圆方，复古自吾皇。于论钟鼓铿锵，春水环桥滚浩荡，隆礼乐，焕文章……圣人出，天下文明，玉振叶金声。日月江河照法象，自古经行。觉群黎，敷五教，彝伦叙，万邦宁……

歌舞声中康熙缓缓下轿，在太和殿檐下南面而立静静听完，近千名老人俯伏在地，由马齐张廷玉带着一齐叩头高呼："吾皇万岁、万万岁！"

康熙扫视一眼众人，也许因兴奋过度，他的脸色中带着绯红，显得很有神采，半晌才笑道："请起吧！这么多老年人在一处，朕心里很欢喜，虽说国家有制度，你们该行这个礼。就老年人本心，朕还是觉得随意儿好些。朕已用过早膳，俗语儿说'饱汉不知饿汉饥'，就请众位老先生入席，开宴吧！"

刹那间热闹起来，胤禛满头热汗，指挥着几百名太监，有的按名单招呼引导客人，有的安席，有的照应随驾官员和与席的皇阿哥，足用了小半个时辰才一切停当，因各地官员送的贺礼都摆在中和殿，又忙着过来照应。正忙得不可开交，却见张五哥过来，便问："有什么事么？"

"四爷，这里的事奴才照应。"张五哥说道，"万岁今儿瞧着有些不对，走路两条腿都发颤，涎水流出来也不知道……三爷在席上说起八爷请病假了，万岁已经瞧着不高兴，十爷接着又说起穆子煦魏东亭病死的事——这都是什么事嘛！我看不过眼又不能说话，您过去一趟吧！"胤禛未及答话，鄂伦岱已带着廉亲王府几十个太监捧着贺礼过来，邢年又带一个太监捧了一个大盘子过来。邢年捧的是一个冷盘，二龙戏珠——两条活灵活现的龙张牙舞爪夺那颗紫红鹅蛋——站定了说道："四爷，万岁说你累了，不必过去站规矩，这个是赏你的。"

胤禛忙道："阿玛这么体恤我，你回去代我谢恩。我这里未必有工夫吃呢！"见邢年去了，方松了一口气，叫过鄂伦岱笑道："好人，你算有福。万岁赏的这菜，这桌子下还有一瓶酒，就陪四爷一块吃，如何？"鄂伦岱笑得咧着嘴道："您谢万岁，咱就谢四爷了！"胤禛却怕他酒吃多了，接着昨日的话题发酒疯，忙笑道："我不能多饮，你今儿也不要喝多了，反正你一时也不打算走，明儿我再送你两坛二十年陈酿。"鄂伦岱知道这主儿心细如发，遂笑道："理会得。十四爷将令军中不得饮酒，其实我如今也比不得当年了。"

两个人边吃酒，边捡些没要紧的话说着，约莫过了半个时辰，听到前面太和殿丹陛之乐大作，胤禛掏出怀表看了看，诧异道："定的午初歇筵嘛！还有三刻工夫，怎么这么早就下来了？"正说着，便见马齐三步并两步忙忙过来，胤禛便立起身来。

"主子下来了。"马齐脸色似乎有些苍白，也不请安，进门就说，"主子脸色有些不对，几个太医都说怕要犯病。我和廷玉商量了一下，在时辰上头做了点手脚，请主子赶紧过来歇息，四爷小心侍候着，请万岁先在这里稍息片刻，再请驾回养心殿。"胤禛便忙命撤席，叫人抬一张紫檀春凳，将就着把须弥座上的扶枕坐褥铺好，便听外头雷鸣似的山呼声，康熙左扶张廷玉、右扶刘铁成已是款款徐步而来。鄂伦岱仔细打量康熙，兀自微笑着，只神情略略呆滞些，脸上一青一黄，气色不正，脚下似乎有点伶仃飘忽，也不见有什么异样。见康熙近前，鄂伦岱忙跪下俯伏请安。康熙只说了句："给你家将军王送礼来了？起来吧。"便移步进了中和殿。

胤禛忙迎上去，赔笑道："阿玛，前头坐了半日，劳神费力的。您老有春秋的人了，还该留心荣养的。依着儿臣，先在这儿略躺一躺，再起驾回养心殿的好。"康熙点点头，却不肯落座，环顾四周。但见中和殿珠光宝气琳琅满目，殿四周长案上摆着贺礼，什么琼、瑶、琪、琳、璞、璆、瑜、琨、珚、玑、圭、璧、琥、玫、瑰、琅、球、琬、璋、琮……还有什么端砚、商鼎、宣德炉、围棋、古琴、湖笔、徽墨……应有尽有。有的投康熙所好，献的珍版古书、宋纸、宋墨、薛涛笺、董香光字画，都贴着黄笺，堆得到处都是。康熙看了一会，至南窗前，指着一个匣子道："这里边是什么？"

"哦，这是十四阿哥的。鄂伦岱刚送进来，还没来得及标黄。"胤禛忙道，"里头是什么，儿臣也不知道。"鄂伦岱忙躬身答道："是十四爷西域得的陨石，上头还天然生成'百年长运'四个颜书大字——这是十四爷告诉奴才的，奴才也没福见一见。"

"唔！陨石上还有字！"康熙点头笑道，"打开来，朕瞧瞧！"邢年忙答应一声，轻轻撕开钤着大将军王印玺的封签，打开来，未及说话便吓了一个退步，那匣子"啪"地落在地下！

众人都是一个惊怔，马齐断喝一声："邢年！你这狗才作死么？"话犹未终，连他自己也唬得身子一仄——匣子里哪有什么"百年长运"的陨石？原来是一只死鹰，钩爪铁喙软软地耷拉着，眼睛垂闭着，羽毛散乱地趴在地下一动不动！

"唔？"康熙却没有看清，戴上老花镜，凑近了一瞧，弓着身子竟再也直不起身来。他呆呆地弯着腰，一句话也不说，半响，身子一歪，便背过气去。几个太监原吓愣了，个个面如土色瞪着眼看，此时惊醒过来，"嗡"地围上去，七手八脚把康熙架到春凳上将息。马齐眼中出火，逼视鄂伦岱良久，大喝一声："拿下！"

中和殿顿时大乱，有的扶持康熙大声呼唤，有的寻汤觅水，有的手忙脚乱四处窜，连自己也不知道该做什么，刘铁成则叫人寻来绳子，把傻瓜一样呆看的鄂伦岱捆得米粽也似。鄂伦岱此时才苏醒过来，口里反反复复只有一句话："我冤枉……我冤枉……"倒是张廷玉掌得住，叫过胤禛道："四爷，万岁这是急疼迷心，一时痰涌，不妨事的。记得您随身带的有一小瓶苏合香酒，备着皇上用，赶紧取出来给万岁用！"又大声喝住众人："不许乱！谁乱，我按弑君罪治他！——邢年，你悄悄传太医院医生来，不要声张。老人们一大半没出宫，传到外人耳朵里不是小事！"

一语提醒了胤禛，哆嗦着手撕开扣子，从怀里取出一个琉璃瓶，自己先喝了一口递给张廷玉。这个瓶子是邬思道叫他装的，里头照方配制的苏合香酒，是康熙常用的药，张廷玉见过几次，还暗笑他痴，不想就派上了用场。

"噢……"

半晌，康熙吐了一口痰，粗重悠长地喘息一声，醒了过来。他脸色蜡黄，睁开眼看了看，又无力地闭上，喃喃说道："衡臣……你好糊涂……这不干鄂伦岱的事……这种事，他做不出……是人……就做不出来……放，放了他……朕乏极了，别说生气，连说话的气力也是没有的……"鄂伦岱膝行一步，含泪说道："皇上圣明。您还是先扣着奴才，等事情明白了再放！这是一只刚死不久的鹰，十四爷要弄这个，一路上早烂了……连十四爷奴才都敢保的……"

"放了他吧。"康熙泪水夺眶而出，"无罪的，有罪的，天瞧着，朕也瞧着……不要说话，朕要静，要静……"

第四十九回　雍亲王撤差担惊忧
　　　　　　隆科多受命入穷庐

　　康熙在"千叟宴"上骤然犯病的消息封锁了六天。纸里终究包不住火，第七天头终于由上书房和太医院联名发出勘合，布告中外"圣躬违和"。于是十八行省督抚藩臬各衙门长吏的请安折子雪片似的递向北京。尽管折子里用尽了好词儿，都说自己要"克终厥职以慰圣廑"，相信皇帝"但颐养节劳，必能早占勿药"，但从北京暗地传来的消息，康熙皇帝已是"痊好无望"，人人心里都在盘算着自己日后的去路，巴望着皇帝早定国事，将皇储指明，免去自己忧思徘徊之劳。十四阿哥更急得像锁在柱子上的猴儿，抓耳挠腮地没个理会处。想独身进京，又怕丢了兵权，留在军中，又怕胤禛在京做手脚，人死了来个秘不发丧。因此，从肃州到北京的黄土驿道上，每隔四个时辰就有大将军王的流星报马往来于京都大营之间。北京万一有事，远在三千里之外的胤禵不出四天就能了如指掌。

　　过了五月，朝廷又出邸报，说"御体稍安"。接着便有旨，严令各地官员不得"纷传谣言"，命各省总督巡抚分批进京面圣请安——既然叫见面，皇帝的身体自然已经好转了。人们一口气没透过来，便接到廷寄："王掞党附胤礽，至死不悟，着革去文华殿大学士、太子太傅职衔，发往乌喇打牲军前效力，念其年迈，着由其长子代父前往"，这道圣旨犹可，接踵而来的便震动朝野："泉州府永春、德化两县聚众两千、竖旗放炮一案，朕原有旨意，此等人原非贼盗，因岁歉乏食，不得已行之耳，遣部院大臣侍卫，前往招安即可。上书房大臣马齐处置乖谬，擅自批文进剿，不但首贼陈五显逸逃，斩杀八十余名裹挟之民。着革去马齐领侍卫内大臣、太子太保、文渊阁大学士职衔，交部议处！"人们吃惊之余，又接上谕："上书房大臣张廷玉，随侍多年，并无善政建议。去岁朕下诏求言，伊仅奏将节妇守节岁龄由五十改为四十五，敷衍搪塞，事主不诚。本应严议，念其除此之外尚无大过，着降两级处分，暂留上书房行走。"人们没有惊醒过来，诏旨又下："方苞系布衣儒生，一介微寒，简拔朕侧，受恩深重，本应精白乃心，专诚效命于君。乃方苞希求恩荣，不安于位，交结外官，通连阿哥，品行甚属不端。念伊年老，免于处分，赐金还乡，交地方官严加约束！"

接二连三的诏谕，黜降的都是皇帝身边一等一的人物，事先既无朕兆，事后也无意见征询，连都察院的都御史副都御史都闹了个手忙脚乱。平日，遇到这类事，照例的都是随声附和，弹劾奏章一拥而上。但这次却出奇的平静，除了奉旨行事，竟无一人写折子凑趣儿。其实，倒也不是人们忘了颂圣——凭空的一个一个疾雷在人们头顶击下，全都打蒙了，谁都怕拍马拍到蹄子上，弄得自己四脚朝天。

过了七月节，北京城凉风乍起，秋树叶老色浓。早已无事可干的胤禛接到谕旨，免去了内务府差事和兼管刑户二部的职分。强压着心头慌乱，胤禛从容进园请安，拖着沉重的步履回到了雍和宫，却见万福堂前檐下摆着一坛又一坛未启封的福州老烧缸，还有十几篓子福橘码在堂前老楸树下。一眼瞥见戴铎在万福堂和文觉对局，性音和邬思道在旁观战，便踱了进去。见他进来，除了邬思道，几个人忙都起身相迎。戴铎忙抢上一步跪了叩头道："奴才戴铎叩见主子！"

"唔。"胤禛瞟一眼外头的礼物，一摆手坐了，接过长随递过的茶呷了一口，淡淡问道，"回来了？几时到的？"戴铎外任几年，吃得又黑又胖，脸上放光，短粗的身材，裹着一身黑缎夹袍，透着一身精悍气。因见胤禛一脸不快，小心答道："奴才昨儿回来的，遵主子信里的吩咐，没敢先回府拜见，先去畅春园给万岁请安，只问了几句话就下来。今儿一早进来，爷已经出去……"说着，呈上礼单。胤禛接过略看一眼便撂在一边，略一顿，发作道："天下至无情无义的要算你戴铎兄弟二人。年年节节，就用这些个东西搪塞我！每次来信不是哭穷就是叫苦，好没意思！你真是穷到这地步了？酒，我素来不吃，没有长熟的橘子，捂熟了怎么用？你还拉出去，到市上卖了，回去的盘缠也省了我赏！"

戴铎一声儿不敢言语，只低头听他训斥。邬思道笑道："四爷，你这是怎么了？好好的就发脾气，内务府和部里的差使不顺心？"胤禛长出一口气，颓然说道："差使……撤了。正好，无事一身轻！难道我不会享福？你们看看这份邸报，昨儿是尤明堂，今儿是施世纶、赵申乔，全都革职拿问！真有点树倒猢狲散的样子，也不管人寒心不寒心！外头风言说万岁疯迷了，我日日见他，倒不像，只这样料理朝政，还了得？"他发泄了一阵，心绪略好一点，看着戴铎道："你主子心绪坏透了，数落你几句，你别怪。"戴铎忙赔笑道："奴才怎敢！主子教训是为奴才好。再说，主子不发作奴才又发作谁呢？"

"四爷，您就为这个不欢喜？"邬思道看了看邸报，轻轻放下，笑道，"恕我直言，您真得好好参详一下万岁的帝王心术！"

"唔？"

邬思道格格浅笑道："万岁这是在预备后事！龙体欠安，他已经自知不起。阿哥们逐鹿已到水火不容的地步儿！八爷防着你，更防着十四爷，十四爷拥兵自重，单等万岁晏驾，他兵临城下与八爷较量！你看一看就知道，凡黜落的都是能员干吏。这些人陷入党争，于将来朝局不利。辅错了人，新主登极难免大开杀戒，辅对了人，又容易恃功骄主，难以驾驭！所以，现在统统将他们监押保护了，新主登极，一纸赦书，立地就成了新皇帝得用臣子！万岁这一计虽苦，也算菩萨心肠啊！"

几句话说得胤禛心头一亮。王掞明明是保的自己，黜降旨意里却说他"党附胤礽"，他一直苦思不得其解，如今也若明若暗有了答案。苦思良久，胤禛叹道："虽说好，毕竟酷了点，我讲究以诚待人，什么事都逃不过个'理'字，昨儿鄂伦岱见我，他虽赦了，仍旧不服，六十年大庆，不知是八爷还是十四爷，弄一只死鹰献了，居然没有处分！要放我身上，不定如今在哪一层地狱里呢！"

"万岁不查八爷十四爷，有他的道理。这一条已足证，万岁龙心默定，四爷大位已定！"邬思道架起拐杖，在众目睽睽注视下缓缓踱着，"如果默定八爷或十四爷，如此之事，岂有不查之理？"胤禛一边听一边出神，半晌才道："就算如此，像这样欺君罔上全无人心的逆子，也应该查办！"邬思道嘿然良久，说道："四爷只要平心一想，自然就明白了，不能查。这是弑君犯上，是造逆，我敢断定是八爷所为。十四爷率十万精锐在外，如果撤查他，正好给他清君侧的口实，八爷在这边联络呼应，立时就是天下大乱；如果查办八爷，礼物又是十四爷的，他叫起撞天屈，九爷十爷推波助澜，立地萧墙祸起，恐怕万岁想善终都难！如今大局稳，对四爷有利，大局乱，于八爷有利。十四爷更盼八爷和四爷打个平手，他好坐收渔翁之利。万岁的病如果能好，自然是好。眼见无常迫命灯干油尽，怎么禁得起这一风波？所以这一次八爷虽是走险棋，却是瞧准了才走的，他要的就是一个'乱'字！"

听着邬思道侃侃而言，句句鞭辟入里，胤禛陡然生出一种莫名的忌妒和恐惧：此人精明到这份儿上，将来怎么驾驭？他闪了邬思道一眼，柔和地一叹道："胜读十年书啊！他既要乱，我当然要'稳'。"

"朝局不要四爷操心，"邬思道也瞟了胤禛一眼，"万岁身边文有张廷玉，武有武丹，是够使的了。十七爷和西山绿营管带有舅甥亲谊，由十七爷去稳西山，丰台大营的军官一半是十三爷使出来的，但主官成文运却是八爷的死党。最可虑的是九门提督隆科多。此人论起来四爷还该叫他一声舅舅，但他是佟家的人，满门和八爷交情极深。十三爷不出牢狱，就算传位给你，你也坐不住，十三爷但出牢狱，就算传位给别的阿哥，四爷你只要先发制人出其不意，局面翻转也未可知！所以，目下情势未可乐观！"胤禛咬着牙想了想，说道："我这就去请旨，赦出十三弟来！"邬思道笑道："十三爷这回子出来，只会弄乱了局，万岁也未必就准你的奏。说句难听话，以四爷在内务府经营多年，到时候就是矫诏赦他，也不是难事！"

至此，众人才都松了一口气，戴铎便问："四爷，这次回来见那院里少了四五个熟人，高福儿也没见，四爷差他出去了么？"

"不错。"胤禛阴狠地一笑，看了看周用诚，说道，"我差他们到鬼门关去了。没天理的混账王八，我是何等样人，为了一个臭婊子加上八千两银子，他就敢卖主！"说着话，心里却惦着隆科多，便起身出去，命道："备轿，我去步军统领衙门！"

隆科多却不在衙门。今儿刚刚点过卯，上书房便传过话来，"张中堂在畅春园澹宁居，请大人过去。"因命轿赶往园中。作为九门提督，在北京算不上很大的官，和顺天府一样，上头压着直隶巡抚和直隶总督，比之御林军善扑营还差着一档。但步军统领衙门辖着京师德胜、安定、正阳、崇文、宣武、朝阳、阜成、东直和西直门的关防，俗称"九门提督"，统兵近二万，除了丰台大营，是京师军权最重的。因平素和上书房来往极少，也没有直接回话的例，隆科多很迟疑了一阵，犹豫着是否先去一趟廉亲王府再进园子。轿子向东走了一箭之地，隆科多又改了主意，又折向西，在园门口递牌子进澹宁居。张廷玉见他进来，起身笑道："竹筠，真难为你。正所谓苦海无边，回头是岸呀！"

"张中堂，"隆科多一边下拜行礼，诧异地说道，"卑职不明白大人的意思。"张廷玉微笑道："你要先见八爷，这会子递牌子也进不来，明日诏下，你也就不是什么九门提督了。祸福荣辱存乎一念之中，所以我说你苦海回头！"隆科多这才知道，这个"扳不倒"宰相时时掌握着自己的一行一动，脑门上顿时冒出细汗，口中却道："尽管如此，我还是不明白。"

张廷玉起身道："少时你就明白了，跟我来吧。"隆科多呆呆地点点头，跟着张廷玉出来，早有邢年带着两个太监接引，趄过澹宁居向北，但见澹宁居月洞门北一带并无宫殿房舍，一色的常青藤、菖树、葡萄和蔷薇刺梅，蔓牵虬结搭成花洞，两边花篱外都是丛丛灌木，阴森森碧幽幽遮天蔽日，四周静得鸦雀无声，只草间偶有秋虫喓喓，听来反而更使人有一种寂寥和神秘的感觉。隆科多一路寻思着张廷玉方才的话，忍不住问道："中堂，您到底要带我哪里去？"张廷玉没有答话，带着又走了一箭之地，却见前头豁然明朗，闪进一带土墙，上头爬满了牵牛花、爬山虎和何首乌，阔大的院落房舍都是黄茅结顶的草房，木窗竹篱毫无富贵气象，宽敞的大车门斗上悬一块泥金匾额，上头写着"穷庐"两个大字，却是御笔。隆科多正惊疑间，见白发苍苍的武丹从里头出来，穿着九蟒五爪的袍子，外头套着黄马褂，珊瑚顶子后还拖着一枝翠金交辉的孔雀花翎，见了张廷玉，便笑道："请吧！"因见隆科多要行参礼，又道："主子在里头静摄，你不要大呼小叫地行礼了！"

"万岁爷——住在这里？"

"对了。"张廷玉一笑道，"这是园中之园、宫中之宫，连马齐都没福来这里呢！今儿万岁精神稍好，单独召见你，你好造化！"

隆科多傻子似的跟着张廷玉进来，更是吃了一惊，站在门口迎候的竟是早已颁旨申斥、赐金还乡"交地方官严加管束"的布衣宰相方苞！隆科多张大了嘴，刚说了句"您不是——"方苞摇手制止了他。隆科多只好进来，果见康熙穿一件驼色实地纱袍，头上勒一条明黄缎带和衣卧在竹榻上闭目养神，满屋图书插架，地下盘龙熏炉御香袅袅，寂静得一根针落地都听得见。隆科多衣裳窸窣跪了下去，以头碰地轻轻叩了三下，却不敢言声，悄悄打量康熙，越发瘦得可怜，满脸刀刻的皱纹一动不动，仿佛向隆科多诉说这位皇帝一生的忧患和功业。

"万岁，"方苞轻声叫道，见康熙毫无反应，又近前一步，小心翼翼道："万岁，步军统领隆科多奉旨见驾，已经给您请过安了。"

康熙的喉结动了一下，睁开昏眊的眼直直地盯着隆科多，半晌，吃力地说道："起来，赐座，赏茶。"隆科多慢慢起身，斜签着屁股坐了，温声说道："半年没见主子了，龙颜憔悴至此，真出奴才意外！"说着，竟动了情，眼圈一红，离了奏对套语，哽着嗓子道："这是怎么说的？叫人心里发酸。奴才自幼跟着皇上，几曾见过主子这样来着？"他动了真情，忍不住泪水夺眶而出。张廷玉在旁皱眉道："隆科多，你这都是些什么话？"

"衡臣，这是他的真情。到此田地，朕愿意听听。"康熙柔声叹息道，"太医和你们日日都说朕的病不相干，朕自己心里有数：没有多少日子了。唉……玄烨，你也有今日么？"几句话说得方苞和张廷玉也落下泪来。唏嘘良久，康熙又道："生死常理，明达之人不讳。但今日不是难过的时候，朕想趁着心里清明，把大事定下来——隆科多，你知道朕为什么召见你么？"隆科多忙欠身答道："奴才不知。"康熙看了看张廷玉，说道："你给他宣诏。"

张廷玉躬身答应一声南面而立，待隆科多跪好，说道："隆科多跪听。这是圣上的遗诏！"

"喳！"

"奉天承运皇帝诏曰，"张廷玉不紧不慢地读道，"隆科多本系微末小臣，倚前上书房大臣佟国维之势简在台阁，乃敢交通八阿哥胤禩图为不轨，谋求非分恩荣，着即赐死，钦此！"

隆科多万万没想到竟是这样一封诏旨，惊得身上一颤，冷汗蓦地浸出额角，怔着看了看漠然望着天棚的康熙，嘴唇剧烈地抖了一下，轻叹一声，叩头道："奴才……领旨，谢恩……"方苞在旁问道："你有什么可辩之处么？"隆科多连连叩头道："奴才在佟族中压抑多年，并不得意。与八阿哥过从稍密是有的，并无图谋不轨情事，求万岁圣鉴。"康熙略一点头，说道："还有一份诏书，读。"

"方才遗诏由我处置。你如奉诏尽职，这份遗诏由武丹、张五哥、刘铁成和德楞泰我们五人合议焚毁。"张廷玉又展一份诏书，说道："这一份遗诏在主子万年之后宣布：隆科多随朕几三十年，奉职唯谨，可托大事，着即进封领侍卫内大臣、太子太保、上书房大臣，赐爵一等公。钦此！"

两道截然相反的遗诏同时宣读，隆科多惊呆了，吓蒙了，直挺挺跪着，竟忘了谢恩！

"这是没有法子的事。"康熙侧转身，温和地看着隆科多，语气多少带着辛酸，"朕英雄一世，不想败在儿子手里，舐犊之情又在所难免，想来想去，只好将生死二字都赐给你，由你自己选。这样的诏书，张廷玉他们也都有两份。确保朕的遗愿不至落空。机械变诈，仁人不为，朕为德不卒，都是被形势逼出来的。隆科多，你当谅朕的苦心！"

"奴才明白……"隆科多深深叩下头去，其实他心里打翻了五味瓶糨糊盆，什么滋味都有，什么也不明白。

"你不明白……"康熙仿佛不胜感慨，招手道，"你跪得近一点，朕告诉你。方苞，把木柜里那件东西取出来……"

方苞答应着，抖着手开了柜子，取出一个镀了金的黄漆葫芦交给康熙。康熙一手拿着葫芦，一手抚着隆科多的背，说道："你在佟家受压，朕了如指掌，其实你不知道，真正压你的是朕。朕要提拔你，佟国维能拦得住？"

"万岁！"

"听朕说，"康熙轻咳一声又道，"佟家世受国恩，朕的生母也是佟家的人，原指望佟国维不负朕望，做一代名相，料不到他陷到阿哥党争里不能自拔，朕所以恨他又不杀他，也正为如此。你虽对佟国维有隙，其实心里也怨朕，以为朕忘了你，是么？"

"奴才不敢！"

康熙叹道："不敢言是真的，不敢想就未必。小多子呀！你看看这个葫芦。这是当年科布多之役，我们主奴二人突围出来，在戈壁瀚海跋涉时留下来的。就这么一葫芦水，支撑了三天，你喝的马尿，朕喝水；只一个高粱面窝头，朕掰给你一块，你没舍得吃，吃的是草根，到朕饿极了你又给了朕……"隆科多泪如泉涌，哽了一下，想说什么又说不出。康熙喟然道："昔日重耳出亡，路上乏粮，他的臣子介子推割股啖君，重耳复位为君，却忘掉了他。你有介子推的风节，朕却不学晋文公！这葫芦打过仗朕就收了起来，漆了黄漆、镀了真金，置之案头时常把玩，却一直没有提你的官，升你的职。不是你差使办得不好，是朕有意压着。一来你能历练些事，二来朕也能看看你的品行器量。昔日从征的你是年岁最小的一个，朕要把你留给儿孙用，官升得太大，不成啊！"他说着，已是老泪纵横，隆科多已是哭倒在地下，张廷玉和方苞也自黯然神伤。

"朕今日说透这个，其实就是托孤。"康熙哽咽道，"晋你的职，封你顾命大臣，要你宣布朕的传位遗诏，你思量前后，朕不重你爱你，能这样做？朕……难道连个宣布遗诏的人也寻不来？"

说至此，隆科多已是伏地大恸，浑身抽搐着，颤抖着，一句话也回不出来。康熙拭泪道："方才说的，是朕成全你。你也要成全朕，你好生做个忠良贤能的名臣，也就不枉了朕栽培你几十年的苦心了。"说罢，他觉得有点气短，略一喘息，弛然说道："朕太劳神了，你们商议吧，朕在这里听着。"隆科多零涕说道："主子高厚之恩，就是把奴才磨成粉也报答不了。多余的话奴才一句也不说。自今而始，就算奴才死期已至，只有忠贞至死不负圣恩，或可报皇上隆恩万一！"他哭得脸色黄中透白，咽着气起身道："衡臣大人，灵皋先生，请安排吧。"

张廷玉请隆科多坐了。方苞早抱着半尺厚一沓文卷过来，说道："这是皇上八年来口授的语录，我已经润色誊清，题名'圣武纪'。今日交给衡臣，将来由衡臣宣示。"张廷玉见隆科多发怔，忙道："遗诏共是两份，一份就是'圣武纪'，略陈皇上一生功业，还有垂示子孙的圣训；一份是传位遗诏，由你宣读，和张五哥德楞泰会同开阅……"

三个人喁喁而谈，康熙起先还闭目静听。渐渐地，声音变得浑浊而遥远，他沉沉睡着了……

隆科多回到步军统领衙门，已过西正时牌。早晨到现在只吃了一顿饭，但他却半点不饿。这骤然加在身上的使命，火一样焚烧着他，满腹的激动、兴奋、喜悦、企望，还带着一丝怅惘和哀伤，全然无法解释，无法平静。

跟着鞋在签押房里踱了几步，叫过书房军务笔帖式来说道："我写两份手谕，你这就发出去。"说罢走至案前提笔疾书：

> 着中军护营接管原卫戍朝阳门、齐化门、东直门十棚正蓝旗驻守军士。此令！

想了想又写了一张：

> 调宣武门内绿营移防北安定门。此令！

"明白。"那笔帖式接了手谕，说道："卑职这就去办——请军门示下，朝阳门原驻军移防何处？"

"你告诉他们马管带，"隆科多冷冰冰说道，"不要惊动城里百姓。后半夜带东三门兵士进城，护卫我的中军。所有调防军队，不得惊扰百姓！"

"喳！"

那笔帖式答应一声，还没出门，便听外头有人禀："礼部员外郎党逢恩请见。"党逢恩是九阿哥胤禟门下，又是自己老上司党务礼的公子，平素来往得极熟稔的。隆科多略一沉吟，说道："你先把手谕留下，半个时辰后来取——请党先生！"

一时便听脚步橐橐，党逢恩布鞋青襟飘然而入。隆科多笑道："什么风吹得你来？你是越活越潇洒了！这五绺长髯真叫人羡煞，换了道装，活脱一个吕洞宾！"

"我是夜猫子进宅，无事不来哟！"党逢恩嘻嘻笑道，进来入座。两个人寒暄笑语几句，隆科多便命人回避了，笑问："八爷叫你来的？"党逢恩端着茶碗沉吟片刻，说道："是九爷。昨晚上九爷和八爷合计了一夜，叫我来问你个实底儿。"

隆科多佯装一怔，说道："有什么合计的？上次你来，我已经说过，九门提督府不用操心么？"

"八爷如今万事俱备，只欠东风。"党逢恩温文尔雅地起身来，迈着方步沉思着道，"丰台大营管畅春园，你管九城。到时候一声动手，城里所有亲王、贝勒贝子府由你护持控制。怕的是有人先发制人，所以八爷府的护卫重担就要落在你老兄肩头。丰台大营十三爷的部旧不少，如果成文运弹压不住，恐怕还得动用你的人马。"

隆科多松弛地向后一靠，格格笑道："好大的东风！我也直说了，我的兵不能出城。否则，二十几家城里的王爷府就难以控制。就是八爷亲自召见，我也只能这样说！"

"很好！"党逢恩坐了回去，"八爷也虑到这里。你既忠于八爷，万一丰台兵变，怎么办？八爷叫我问问你。"隆科多微笑道："不会有那种事。万一出事，还有西山健锐营呢！我今夜已下令，调我的中军保护八爷，调绿营兵控制四爷。只要八爷在我这里，丰台闹塌了天，他们一兵一卒休想进城！"说罢将两份手谕就桌上推给党逢恩。

党逢恩看了看手谕，背着灯烛，他眼睛鬼火似的灼然生光："你真是个角色！明晚九爷十爷请你面谈。已经内定，你是兵部尚书！"

"兵部尚书！"隆科多几乎笑出来，忍住了，霍地起身道："你禀九爷。官，我是不要的。但愿我家佟老爷子当政，少挤对我一点，足感厚爱了！"

送客出去，隆科多看了看案上两封手谕，脸上露出一丝冷笑，大声道："来人！"

第五十回 邬思道当机决大事
             康熙帝寿终赴泉台

　　连冬起九，算是进入岁终。北京人最讲究过冬至，有"冬至大如年"的说头。年年此时媳妇归宁的要赶回婆家，迎喜神、做节饭、包饺子，砧板剁得通街山响，亲朋好友提筐携盒，骑驴的、坐车的、乘轿的、步行的不绝于道，互相馈赠点心食物，最是红火热闹的一个节。但康熙六十一年恰遇了严寒多雪，似乎交十月以来天就没怎么晴过。狂暴的西北风卷着雪，一团团、一块块，裹着、旋着、飘着，没完没了的只是下，人们能不出门就不出门，能不走动便不走动了。只苦了一等小买卖人家，做饴糖的、卖冬春米的、酿窖花酒的、送乳酪的、起荡鱼的，街上连个鬼影子也不见，哪来的生意？老年人都说："这是天在哭，康熙老佛爷要归西了，普天之下要戴孝。"

　　内廷里日甚一日传出的消息也是如此，康熙眼见是不中用了，时厥时醒，已经完全不能理事。畅春园附近的寺院客舍，挤满了六部尚书郎官、各省总督、巡抚和被雪隔在京师的外任府县，都住在专为他们搭起的帐篷内，日日进去请安，日日见不着皇帝，里里外外随时能见康熙的，只有一个张廷玉。他已经熬得又干又瘦，眼圈发黑，失去了平日谈吐从容的气度，说话又急又快，走路都飘飘忽忽。十一月十三日，张廷玉在康熙书房里接见了几个外省大员，站着交代了几句急务，又道："兄弟忙，少陪了。诸位老兄暂且不必回去，皇上稍安，不定还有什么旨意呢！"说罢又到韵松轩来。

　　胤祉、胤祐、胤禩、胤禟、胤䄉、胤祹、胤禵七个皇阿哥都坐在里头，见张廷玉进来，忙都站起身来。胤祉问道："衡臣，有旨意？"张廷玉眼睛在屋里扫了一周，问道："四爷呢？"胤禟笑道："你是忙糊涂了。他不是到天坛给万岁祈福去了？"

"我知道，不过也该来了。"张廷玉掏出表看了看，踅出门外，一脚踏在石阶上，招手叫过一个太监，吩咐道，"你叫户部尚书过两刻来见我。"这才转身进来，说道："万岁方才有旨意，这么大雪，叫户部发粮给顺天府，周济贫寒无食的人家，要挨户看到。还说，要从海关厘金里出三百万银子从暹罗国买米，他们那里今年米贱。十四爷那边催军粮，也得赶紧发……这个时候，还有人请示给官员们加火耗；真成了乱蜂螫头了！"

胤禩笑道："这么多天，我们都是在澹宁居外磕个头就回去，心里真是不安。今儿这么多旨意，想着阿玛精神必是好得多了……"胤祯也道："就是！我也想见见皇阿玛！"接着，胤祹、胤祸几个阿哥也都请张廷玉代转，要请见皇帝。

"今儿叫爷们如愿。"张廷玉勉强笑道，"皇上有旨，请你们进去呢！"

胤禩心里一阵兴奋，站起身来，但随即就迟疑了。外头一切停当，成文运已将丰台驻军所有将弁集中起来，只等康熙一咽气就可动手包围畅春园，隆科多两万兵马，控制紫禁城毫无困难。此时见康熙，能讨个实情是好的。但胤祹胤祯都在，万一出事，里头通不出信儿，外头无人指挥可怎么好？想着，便见邢年过来，催促道："主子叫各位爷过去呢！"胤禩便道："这里只有七个爷，咱们等等，阿哥爷们传齐了再进去。这么冷的天儿，人来人往的，万岁冒了风不是小事。"

"走吧。"张廷玉似笑不笑地看看胤祉，说，"三爷，你打头，别的爷顺序跟着。"他素来温和执中，今儿口气却专横得毫无商量余地。

胤禩只好跟在后边走，刹那间，他心中升起一种大事临头的不祥之感，脸色变得异常苍白，张皇着看时，见金玉泽和党逢恩翁婿二人在平烟亭下说话，忙叫过党逢恩道："你告诉我府里何柱儿一声，我们要见驾，午饭给我送来。"张廷玉在前回头道："不用了，御膳房侍候着呢！"胤禩使了个眼色，又点点头，自去了。

自过十月节，隆科多换防，邬思道和雍亲王府所有幕僚护卫便暗地迁到了十七阿哥胤礼府。周用诚和书房的人陪着胤禛在天坛设祭，十七阿哥去健锐营也不在家，文觉、性音和邬思道正在胤礼的西花厅围炉聚谈。几个人都连夜失眠，看上去十分憔悴，仍旧毫无睡意。几天来内廷传过来的都是谣言，反过来掉过去不知已经剖析了多少遍，话题都说泛了。邬思道虽撑得住，却只坐在火炉边，用火箸不停地拨弄着炭灰，看得出他心中也极为紧张不安。正闷坐着，胤禛和周用诚在雪地里打马飞奔而来，直到花厅门前，主仆才呵着热气下来，已是一头一脸的雪。性音文觉"嗯"地站起身来，说道："四爷！有信儿么？"

"有。"胤禛脱了斗篷进来，舒了一口气坐下，他的眼圈也是熬得发红，神气间却显得毫无倦容，"今儿万岁要传见所有阿哥。老八他们已经进去了。方才传旨，我说来约十七阿哥，和你们商议一下。胤礼还没回来？这倒霉天气！"

邬思道目光陡地一亮，随即垂下眼睑，喃喃道："所有？所有阿哥……何必要一齐都见？——四爷，不要埋怨天气，这场雪恐怕是天赐你的！"

"唔？"

"不下雪，万岁一定要回紫禁城。"邬思道仰天吁了一口气，"他回极乐世界，怎么会在那个行宫里？隆科多在城里这么多兵马。万一他是八爷的死党，四爷你还得设法逃出去呢！"文觉点点头，说道："且说现在吧，万岁叫爷们进去，不知是什么意思？四爷不妨回他们一声。十七爷没回来，等回来了一同进去，拖一拖时辰瞧！唉……竟到了这地步儿。时辰要一刻一瞬地把握着！"邬思道冷笑一声，说道："和尚！四爷一定要去！你难道看不出，今日已到最后关头？万岁要宣遗诏了！"

众人都吓了一跳，愕然注视着邬思道。

"除了宣遗诏，有何必要召见所有阿哥？"邬思道脸色白中透青，咬着牙从齿缝里说道，"四爷如不在场，不怕八爷挟天子令诸侯？一道矫诏下来赐死，四爷奉诏还是不奉诏？"

几句话说得屋里人寒毛直炸，胤禛一下子站起身来，说道："我这就去！十七爷回来，叫他快点去。"

"十七爷去做什么？"邬思道突然大笑道，"叫人家一锅烩了么？四爷，把你祭天用的钦差关防留下，你放心去。过了申时你没有手谕也不见人，叫十七爷带上关防放出十三爷，我们在外头就要大动干戈了！"胤禛取出那张盖有上书房关防和康熙"体元主人"小玺的钦差关防，伸手要递，却又缩了回来：这一步踩出去，再想回头比登天还难！从不犹豫的胤禛。脸白得像纸一样，目光变得恍恍惚惚，两条腿直发软。

邬思道深邃的目光盯着胤禛，说道："时至而疑，临事而畏则祸不旋踵！天与弗取反受其咎——四爷，这个时候犯嘀咕，别人得手，欲做富家翁而不能！"胤禛紧紧咬着牙关，蹙眉略一沉思，说道："好！鱼死网破就是这一遭！我不是犯迟疑，一来事体太大；二来不知是否真的传遗诏；三来若不传位于我，此举极险。我不能不多想想！"邬思道仰着头望天，看着无边无际纷纷扬扬的大雪，许久才道："四爷命系于天，我断不误四爷！万岁久病之躯，已数月不能接见大臣，今日突然召见所有阿哥，定然是大限已到！此时离申时还有两个半时辰，若是见见就出来，我们仍旧按兵不动待机行事。四爷，你珍重，你放心去！"

"好！"胤禛胸脯起伏着，深深呼吸一口清洌的寒气，再没有说话，抬起脚便走向混混茫茫的大雪中。

胤禛去后小半个时辰，胤礼骑马回来，见屋里几个人木雕泥塑似的一个个端坐不语，茶吊子上的水翻花大滚也无人理会，不禁笑道："我这是进了吕祖庙么？你们这群肉身菩萨，这好的雪天，不步雪咏梅，都在这里参禅面壁！告诉你们，西山健锐营的事已经妥了，他们答应，丰台大营有异动，健锐营要拔营进驻畅春园，勤王护驾，全听我的调遣！"屋子里气氛原来紧张得透不过气来，经他这一搅，顿时活泛起来。邬思道将方才与胤禛的一番计议详说了，又道："我们都在等着您回来呢！最要紧的是丰台大营，这里的兵指挥得动，一切主权操之于我。健锐营既然也肯听命于我，那更好了！"胤礼笑道："好是好，耗了我多少精神！三十万家底抖落得精光，我真的是个穷光蛋阿哥了！"

"三百万也值！"性音嘻嘻笑道，"十七爷破产为国，至少挣一顶郡王帽子！"邬思道轻松地笑道："眼下是无事可作了，净等申时吧！十七爷再穷，也得管我们一顿饭了。"说得众人都笑了，胤礼便一迭连声传饭。

按邬思道的设想，胤禛去听遗诏，出来至少也要过了未时。不料饭没吃完，棉帘"唰"地一响，胤禛带着一阵寒风闯了进来。众人都是一怔，看着胤禛青白不定的脸，都愣住了。半晌，邬思道才问道："四爷，莫非我料事不准？"

"皇阿玛……不中用了！"胤禛大约骑马跑得太快，浑身冻僵了，在暖融融的花厅里，良久才回过神来，颤声说道，"已经有遗命，传位于我！"

所有的人都霍地站起身来，邬思道艰难地架起拐杖，目光炯炯盯着胤禛："四爷，诏书呢！"

"在乾清宫正大光明匾额后珍藏，已经命新任上书房大臣隆科多去取。"

"隆科多！？"

"还有张五哥和德楞泰监视读诏！"

"八爷呢？"

"他们都在万岁寝宫听宣遗命，等候传位诏书。"

"四爷您……"

"我奉圣命，释放胤禩、胤礽、胤祥，飞速进园见皇上最后一面！"

邬思道听得眼睛陡然一亮，忘情间双拐一丢几乎摔倒在地，慌得性音忙一把扶住。邬思道激动得声音都变得嘶哑了："万岁真命世之雄杰，圣明！"陡地一回神，厉声道："此时大局不定，非坐等成功之时，稍有疏忽，一夫倡乱，万夫齐应，就有遗命，难抗八爷势大。眼下最要紧的，头一件要护好四爷，四爷和十七爷府里男丁要全部出动充作侍驾近卫；第二件，十七爷立刻带上关防去放十三爷，宣明圣旨，掌握丰台大营；第三件，请弘昼弘历弘时三位世子带上十七爷的手令，去西山健锐营，万一丰台大营不奉诏，就带兵进园！"

"不用带那个关防了。"胤禛从怀中取出一枝令箭递给文觉，"有这个东西，省我们多少事！胤祥那里我去。大哥二哥请十七弟代劳一下就是了。"文觉接过看时，是九寸五分长一枝令箭，却是黄金锻铸，还带着胤禛的体温，上头刻着"如朕亲临"四个字，沉甸甸亮晃晃，显示着它至高无上的权力。想着，文觉说道："此时一刻千金，大阿哥二阿哥那里不要耗时辰。我们先办大事。"邬思道立即附和，说道："和尚这话对极！四爷你去放了十三爷，只管回去听宣传位遗诏，有十三爷和十七爷在外头，万事支应得！"

众人从惊喜中清醒过来，一阵紧急磋商，性音周用诚带两府人马跟随胤禛，其余人分头通知，忙了好一阵，总算停当。

胤禛率两府人马冒着漫天大雪来到十三贝勒府，凭着那枝令箭，一点麻烦也没有就遣散了内务府的看守人，自带着性音大踏步进来。

"四哥!"胤祥敞着堂门,正和乔姐阿兰围炉烫酒,唱曲儿赏雪,蓦地见胤禛全挂子亲王装束闯进来,情知出了大事,"嗯"地站起身来说道,"有事么?"

胤禛精神抖擞,站在雪地里点点头,上下打量着胤祥,徐徐说道:"有旨意。"说罢径自拾级而上南面立定,取出那枝令箭当胸抱着。胤祥忙趋步而下,就雪地里跪了,叩头道:"请四哥宣旨!""万岁思念你。"胤禛盯了阿兰乔姐一眼,慢吞吞说道,"特命我宣你见驾!"

"万岁!"胤祥双手据地,直愣愣盯着胤禛,"真的?皇阿玛他……"他的嘴唇急剧抽动几下,不知是因为冷还是激动,浑身都在剧烈地抖着,憋了好一阵,才发出一阵似哭似笑尖锐嘶哑的嚎叫:"万岁爷……你还记得十三阿哥……嗬嗬……呜……"胤禛惊得后退一步,这凄厉的哭声和着呼啸的北风,听得他浑身发瘆,良久才道:"你停下!这是什么时分?有泪以后再流!走,到倚云阁,我有事要交代!"

阿兰和乔姐对视一眼,两个人脸色都是异常苍白。见兄弟二人要走,阿兰勉强笑道:"天冷,爷们要办大事,好歹吃我们一杯饯行酒……"说着便去斟酒,乔姐儿忙用盘子端了过来,不知怎的,她的双手抖得厉害,一边敬酒请胤禛胤祥吃,颤声说道:"往后十三爷又不得闲了,未必能吃我们的酒了。只要能念起我们跟着你苦熬这十年,也不枉了我们主仆一场了!"

"你们这都是什么话!"胤祥笑道,"我又不是发配乌喇打牲,何必婆婆妈妈地嚼舌?"说罢和胤禛一径向花园里走。胤禛回头看时,见阿兰和乔姐儿都在雪地里跪着,怅怅望着这边,遂笑道:"人之势利心真无药可医。昔日苏秦落魄,妻不下机嫂不造饭,待到一身挂九国相印,妻嫂释伏道旁,望尘行礼。"胤祥却不理会,默默带着胤禛和周用诚上了倚云阁,请胤禛坐了,方道:"四哥,入门不问荣枯事,但见容颜便得知。朝里必定出了塌天大事,你是矫诏来放我的,是么?有什么吩咐,你就说吧!"

胤禛阴寒的目光扫视了一眼阁外的雪景,说道:"万岁要最后见你一面,大约难过今日了。不过,我不是矫诏,确是奉旨见你。我已经亲耳听到,万岁要将大宝传给我。兄弟,事虽如此,八阿哥势力狼蹲虎踞令人胆寒,你得助我一臂之力!"说罢便将畅春园的情形和在十七阿哥府的计议备细讲了。"如今是箭在弦上不得不发。万岁扣住他们,单放我出来,就是因

438

为怕我控不住局面……"胤祥未及说话，楼梯一阵急响，抬头看时，竟是鄂伦岱，不禁大吃一惊，厉声问道："你来做什么？"胤禛忙笑着解说："鄂伦岱如今是明白过来了，老八几乎没把他治死！"

"四爷十三爷，"鄂伦岱顾不得请安，急急说道，"我从天坛赶来。内廷有旨，火速叫四爷进去！"

"好！"胤祥刷地立起身来，"事不宜迟，我们立刻分头办事！"说着便下楼，一眼见贾平气喘吁吁地赶来，结结巴巴说道："十……十三爷……阿兰乔姐她们……"方气喘间，胤祥格格笑道："她们是奸细，你是好人么？你这吃里扒外的混账，九爷给你什么好处，甘心在我这里卧底？以为我不知道？天道好还，报应不爽，爷心里明白着呢！这会子献殷勤，迟了！"猝不及防间，回身猛地拔出鄂伦岱腰间佩剑，反手一挺直插贾平肋间，那贾平惨嚎一声，一个倒栽葱摔下楼梯，一句话也没说就伸了腿，血汩汩流出一大摊来。胤禛和周用诚唬得一怔，半日都回不过神，鄂伦岱诧异地问道："十三爷，这是怎么回事？"胤祥在靴底蹭干了剑上的血，说道："这叫开门红。先拿内奸祭刀，图个吉利。走，宰那两个狐狸精去！"

胤禛跟在他后头，兀自头晕目眩腿脚发软，心头突突乱跳，压着慌乱，笑道："吾弟真乃大英雄大丈夫！"胤祥提着剑，踩得积雪咯吱吱响，头也不回说道："英雄丈夫说不上，我是拼命十三郎！此刻千钧一发，性命呼吸之间，岂容儿女私情？留着她们去朝阳门外报信儿么？"

但阿兰和乔姐已经用不着胤祥动手了。一行四人赶回堂前，远远看着便觉不对，残酒尚在，炉火仍留，却不见一个人影儿。胤祥抢上阶，便见水磨青砖地下，阿兰和乔姐一东一西蜷缩石地，扶起脉搏，阿兰已是气绝，乔姐儿兀自蠕动，见胤祥进来，闪开昏眊的眼睛，微声说道："我们两个好……薄命……"脸一歪，去了。

胤祥手中的剑"当"地落在地下。

胤禛一刻也没停，和胤祥出来，在门口会合了十七阿哥，立即飞骑赶回畅春园。一进穹庐，便见刘铁成迎出来，说道："张中堂正在宣遗诏，请爷快进去！"胤禛见武丹当门坐在门洞一椅子上，一动不动盯着穹庐正殿，心下暗自掂掇：真是忠臣，原来是他亲自把守！脚步不停忙忙赶进来，脱了油衣跪了静听张廷玉琅琅宣读："……我国家肇极北方，托赖列祖列宗宏谟烈勋，抚有华夏，即为天下之共主。不宜以夷狄族种，遂忘上天托付之重，各部满汉，皆当视为一体……"胤禛满以为遗诏早已宣完了的，眼见张廷玉读得唇焦舌燥，兀自没完没了，偷眼看了看榻上一动不动的康熙，忍不住问挨身的胤祉："三哥，遗诏还没宣读完？"

"这是方苞的手笔。"胤祉挪动了一下跪得发麻的双腿，轻声冷笑道："这哪里是遗诏！竟是一部《国语》《左传》！"胤禛想着胤祥在外头不知怎样大动干戈，心头打着鼓，没有理会胤祉，耐着性子听下去，暗自看胤禩等人，都是一副神不守舍的样子，渐渐地，倒定下了心。

冗长的遗诏终于读完了，下面跪着的十九个皇阿哥连同读诏的张廷玉都松了一口气，把目光盯向昏昏沉沉仰卧着的康熙，等着他发话。但康熙只翕动了一下嘴唇，什么也没说，似乎连睁眼的力气也没了。张廷玉轻轻叹息一声，说道："可都听明白了？"

"明白是明白了。"跪在第二排的胤禵乍着胆子道，"这么长的诏书，还该将继位的事说清楚。到底万岁传位给谁呢？"

胤禛觉得头"嗡"地一响，心立即提起老高。方才康熙确曾说过传位给自己的话，却不是当面讲的，是自己辞别出来，在廊下听康熙说："你们不是要知道传位给谁么？朕不瞒你们了，就是方才奉旨去赦胤禔胤礽胤祥的四阿哥！"如今手无凭据，十阿哥当场发难，康熙已奄奄一息无力处置，该怎么办好？

"畜生……可恶……"康熙的喉结动了一下咕哝了一句，吃力地侧转身，浑浊的眼睛盯着胤禵，只是说不出话。

胤禵一脸假笑，说道："阿玛当心身子骨儿，别生气，老十问的是。既是遗诏，理应说说嗣位的大事嘛！"康熙咬着牙，一脸狞笑，仿佛聚集着最后的力量，半日才道："传！传四……四阿哥……"

"儿臣在！"胤禛激动得一挺身，膝行一步大声答道。

"四哥真是自作多情，"胤禵哧地一笑，"没听皇上要传的是十四阿哥？阿玛真圣明，十四阿哥文才武略都是出尖儿的，大清有福啊！"胤禛平静地一笑，说道："我不知道传我做什么，只知道皇上传的是我——阿玛，您有什么旨意？"胤禩见康熙神色大变，已全然不能说话，因见胤禵在胤禛目光威逼下竟自有点气馁，顶上一句说道："人人都听见了，皇上要传十四阿哥！"

胤禵见胤禩支持自己，勇气大增，竟也跪前一步，叩头道："皇上不要理四哥，他是昏了头了！十四阿哥在肃州，正日夜兼程赶回来给您请安。有什么话怕来不及说，皇上您只管吩咐，乱臣贼子们作不了反！"

"你……你好……"康熙牙关一咬，竟"嗯"地坐了起来，指着胤禵浑身乱抖。半日，抓起枕边念珠砸了过去，眼前一黑，就什么也不知道了……

第五十一回　丰台营胤祥夺兵权
　　　　　　畅春园雍正登大宝

　　殿内立时大乱，阿哥们全都站起来，有的哭，有的叫，有的做张做智要参汤传御医。其实御医们早一拥而入，围着康熙急救，有的行针，有的掐人中虎口，有的吸痰……半晌，扶脉的医生松开了康熙的手，呆滞的目光盯着张廷玉，哭着道："万岁爷……驾崩了！"顿时，殿内殿外齐哭乱嚎，越发乱成一团。

　　张廷玉跟着哭了一阵，突然惊觉：我是这里唯一的宰相，怎么这样把持不定，旋镇定下来，款款说道："各位阿哥节哀，跪回原位，廷玉奉大行皇帝遗命善后。眼下要先定大事。"话音甫落，哭声立止。张廷玉看着这群道貌岸然的"爷"，心里恨极，却不理会，吩咐太监将殿中炉火撤去，方道："少安毋躁。皇上传位遗诏在乾清宫。新任上书房大臣隆科多会同侍卫，已经取去了，少时就来。"

　　"张廷玉，你要欺君乱政么？"胤被梗着脖子问道，"方才万岁亲口说传位十四阿哥，哪里又来的传位遗诏？"十六阿哥胤禄接口说道："十哥，我怎么没听见传位的话？"胤被掉头说道："你没听见是你聋！对了，你出了名儿的十六聋！"

　　"十四阿哥！"

　　"四阿哥！"

　　"胡扯！"

　　"放屁！"

　　立时又是一阵乱嘈。胤禛心乱如麻，惦记着胤祥胤礼，又想着隆科多，盼他来，又有点怕他来。正胡思乱想间，最小的皇阿哥胤祕操着清亮的童音大叫："这是什么地方，叫喊什么？烦死人了！我听得清楚，皇上明说是传位给四阿哥的！"

"呸!"胤䄍回头啐道,"六岁的吃屎娃娃,回家寻你乳母吃奶去!"胤祕瞪着黑豆似的眼反唇道:"秤砣儿小能压千斤,麦秸垛大压不死老鼠!曹冲六岁称象,孔融七岁让梨,甘罗十二为相,你读过书没有?"

胤禛惊异地盯了一眼貂衣小裘的胤祕,自己平日没给过这幼弟一丁点的好处,他竟能仗义执言!刹那间,他心中升起一种知己之感。这时,胤祥气宇轩昂大踏步进来,脚下马刺碰得佩剑丁当作响,径自当门站定。他的陡然出现,嚇得多少人都不言声。只有胤䄍还在说:"老四方才也在,万岁没说清,他也没认。现在有遗诏,自然按遗诏办……"

胤祥是从丰台大营赶来的。

丰台大营的提督成文运接到何柱儿传来的口谕,命他率领全军至畅春园勤王。他把文武将佐都叫到中军,却犯了迟疑。八阿哥连个字条儿也没有,自己全盘儿担这个干系,实在太吓人。文武百官都在畅春园,顶头上司见他举事,问他"勤哪门子王?我怎么不知道?"向他要勘合凭据,怎么对答?九门提督是什么主意?离城那么近,万一抢先把阿哥们劫持进城,三万人师出无名,粮饷无着,困于冰天雪地的坚城之下,只消张廷玉登城一呼,自己立即就得碎尸万段!最要命的是,连何柱儿也不知道康熙是死了还是活着。万一活着,稍一露面,一口气就能把自己吹为灰烬……正想着,戈什哈进来禀说,十七阿哥和鄂伦岱一齐来了。十七阿哥他不知道,鄂伦岱是八阿哥的人他却清清楚楚,不由精神一振,忙把胤礼迎进来,直让进后堂,笑道:"爷和军门这阵子来,我真没想到!"说着,询问地看了看胤礼。

"这个天儿才助人的雅兴。"胤礼笑着坐了,接过茶啜了一口道,"好香,好暖和!——三哥是爱踏雪寻梅,十四哥说他喜欢'骑驴冲雪过剑门'这样的意境儿。其实我们兄弟没个不爱雪的。我今儿带鄂伦岱去西山打猎,兴头得很,在山洞子里捉了许多野鸡!从你这过,讨杯茶吃!"说着,便讲怎样捉狐,如何射兔,在洞子里点火捉野鸡,竟是滔滔不绝,一边说,一边快活地大笑。鄂伦岱没想到这个年轻皇子如此能编谎,没影儿的事说得活灵活现,忍不住也笑,又道:"方才我们过来,见你那群老行伍们都在正厅里,要会议什么事么?"

成文运一怔，这才知道他们不是奉八阿哥命来的，心里盼着他们快走，因支吾道："白尔赫他们昨儿说，粮不多了，这么大雪运不来，我召集他们议一下，各营抽出精壮人马运粮……"正说着，便听前头厅中一阵鼓噪，隐隐传来"万岁"的呼声，成文运不禁一怔："前头是怎么了？"胤礼便知胤祥已经得手，遂笑道："我也不知道。听声音像什么人传旨——走，瞧瞧去！"三个人急急赶到前头，成文运不禁愣住了。正中桌上供着一枝黄金令箭，前头案上香烟缭绕，自己的将印不翼而飞，令箭盒子也杳然无踪，几十个军官都跪在大厅中。十三阿哥穿着团龙褂，腰系黄带子，悬着宝剑，一脚踏在虎皮椅上正在点拨差事：

"白尔赫许远志两名副将各带原部人马移防通州；阿鲁泰殷富贵张雨三位参将进驻畅春园——"胤祥旁若无人，指着毕力塔道："你是死人堆里爬出来的，两世为人了！十年前我就想抬举你，有人说你十八般武艺件件稀松。今儿爷提升你副将，给你个好差使，好歹你给爷挣回这个脸来！"

毕力塔脸涨得血红，"喳"地答应一声跪前一步道："请爷发令！"

"把白云观给我剿了！"胤祥咬着牙关，凶狠地说道，"庙中妖道要一体擒拿，走了张德明一干正犯，提着你的头来见爷！"

"喳！"

"慢！"

成文运又惊又气，浑身直抖，直到此时方回过神，看了一眼一脸奸笑的胤礼，心知中计，跨前一步拦住道："十三爷，我都听糊涂了，怎么满帐里都是副将参将？又是谁派十三爷来行令调防军队的？"胤祥冷冰冰横了一眼成文运，问鄂伦岱："这个妨害军务的家伙是谁？我怎么不认得？"鄂伦岱一脸不屑的神气，答道："二等虾，丰台提督成文运！"

"你就是丰台提督？"胤祥格格一笑，倏地又敛了笑容，"从现在起，你不是了！革去你的职衔，随军行动，巴结得好，十三爷一高兴，没准顶子还给你。"成文运看着这个傲慢的皇阿哥，心里不禁一寒，但他与胤禩有歃血之盟，关系九族身家性命，被胤祥三下五去二就剥了兵权，如何能甘？这两个阿哥突然出现，也足证畅春园已出大事，荣枯存亡决于瞬息，他不能不挺身硬挡，遂冷笑道："十三爷怕是越权行事了，我是特旨简任提督，不奉旨就罢官？再说，您想罢就罢，想复就复，不是拿朝廷当儿戏？"

"老子没工夫和你嚼舌，你这混账王八蛋！睁开眼瞧瞧——"胤祥勃然变色，指着正中供着的令箭大喝道："爷代天行令，就是亲王见了也要低眉折腰！凭你见我不跪，爷就革你的职！万岁命我便宜行事，你奉诏行事，办得好，爷自然有权复你的职！给脸不要脸，不识抬举！"

成文运横下心来，咽了一口唾沫，说道："十三爷，别的不讲，你点兵进驻禁苑做什么？"

"勤王护驾！"

"勤哪家王，护谁的驾？"

"勤雍亲王，护当今驾！"

"我是主官，为什么撇开我？"

"我说过了，你已经不是主官！"

成文运仰天大笑："十三爷真能取笑，这是唱戏么？成某不敢奉命！——各位暂且回营，没有我的将令，谁敢出营，就地正法！"

"你是什么东西，敢抗旨不遵？"胤祥大怒，"啪"地一击案，咆哮道："——这令箭是假的？十三贝勒十七贝子是假的？这些畅春园的太监是假的？"他红着眼，饿狼似的盯着成文运："不识字也摸摸招牌，老子御赐封号'拼命十三郎'！别说老子立得直行得正，堂皇正大奉诏到此，单凭你冲我这疯狗模样，爷就敢屠了你！啊哈！你发抖了不是？害怕了不是？你说爷敢不敢？你说爷敢不敢？"他闷声吼着，震得大厅嗡嗡响。所有的人都木雕泥塑般跪着，吓得面无人色。

成文运两腿直抖，想想不能示弱，煞白着脸挥手道："十三爷疯迷了，不要听他的！回去听令！"

"鄂伦岱！"胤祥嗓门声震屋瓦，"你给爷割了他！"

"喳！"

鄂伦岱答应一声，笑道："跟十三爷做事真是妙极——"笑着"噌"地拔出剑，不由分说，从成文运胯间猛地一刺，那剑早直透出去……成文运惨嚎一声顿时气绝。

"还有不奉诏的么？"胤祥狞笑着据案而立，问道。良久，见无人答应，方渐渐气平，拔出令箭说道："明儿到十三贝勒府支三千两银子抚恤成文运家属——照我方才的命令即刻行事！"

就这样，胤祥来到了穷庐。

张廷玉因见他戴着红缨帽，忙上前哽咽着道："十三爷，请除了吉服摘下红缨……万岁已经龙驭上宾……"

"是……么?"胤祥早已看清殿内情形，不等张廷玉说已明白了一切，尽管是意料中的事，他还是受到巨大的震撼。他呆呆地看着已经移簧的康熙，半张着口，梦游人似的走近了，轻轻揭开蒙面纸。

康熙皇帝仿佛睡着了似的，脸颊上还略带潮红，比起十年前，只显得瘦了些，颧骨高高的，下巴上的皱纹隐在修长洁白的胡须下，一点也看不出。他静静地躺着，似乎只要轻声喊一声"阿玛"立时就能起来说话理事。胤祥蓦地想起幼年，一次在毓庆宫临帖，自己的字被师傅勒了红，恰康熙进来，把着手教他运笔，还说："你娘是蒙古人，写的一笔颜书连熊赐履都夸奖。朕的字也很看得过，你不要堕了志气……"而今，这个叫人又敬又怕的严父竟一去不归，再也不能……他浑身的热血鼓荡冲击着，燥热得血管都要爆裂开来。突然，他张开双臂，拥抱住一动不动的康熙，发出一阵撕心裂肺的嚎叫：

"阿玛阿玛！您醒醒儿……啊！儿子不孝，没侍候过您一天……儿没福……临去也没见您老人家一面。您醒醒……您为什么不理我……啊……嗬嗬……我练了十年字，写了整整十柜子，都是叫您看的……您……起来看看吧……我的阿玛……呜……"

众人方才住哭，经他这一引逗，无论真心假意，一齐大放悲声。张廷玉因劝不住阿哥们唇枪舌剑，正在焦急，正好趁着机会陪着痛哭了一场，一眼看见隆科多在张五哥和德楞泰陪同下进来，便起身收泪，说道："止哀！上书房大臣，钦差宣诏使臣隆科多已经到了。请爷们跪好听命!"

隆科多戎装佩剑昂然入内，铁青着脸扫视一眼众人，走近康熙簧床，默默行了三跪九叩大礼。胤祥暗自拿着主意，装着无意向门口靠了半步——只要旨意不是胤禛承位，他就立即夺路杀出畅春园!

"各位阿哥，隆科多奉旨布达大行皇帝传位遗诏!"

一阵窸窸窣窣，隆科多展开诏书。他脸上毫无表情，避开胤禩等人期待、热烈的目光，徐徐读道："皇四子胤禛人品贵重，深肖朕躬，必能克承大统。着传位于皇四子胤祯——钦此!"

殿中寂无人声,哨风卷着雪扑进没有炉火的大殿,袭得人人心里发噤身上打颤,连外头大雪沙沙落下的声音都听得见。许久,胤禟小声咕哝了一句:"这真奇了!皇上明明说传位十四阿哥嘛!"胤禩僵直着身子,愤怒得眼中火星迸射,死盯着隆科多——他一时拿不定主意,该大闹一场,还是回头再说。

"谢恩,领旨!"胤祥头一个磕下头去。接着胤禑、胤祹、胤祕几个小阿哥也都跟着叩头奉诏。胤祉看一眼木然不语的胤禛,心知如再不吱声,祸不可测,忙也叩头道:"臣胤祉凛遵遗命!"

隆科多因见胤禩胤禟胤䄉头似葱笔价矗着,便冷冷问道:"八阿哥九阿哥十阿哥,你们不奉诏么?""不是不奉诏,"胤禩恨不得一个窝心脚踢死对面这个两面三刀的家伙,强忍着道,"十七阿哥胤礼没到,是否把他找来听旨?"胤祥嘴角闪过一丝狞笑,说道:"胤礼统率丰台大营军马,在园子外宿卫!"胤禛一颗心放下,几乎瘫倒在地,随即就坡打滚,伏地哀恸,哭道:"阿玛阿玛……您在位六十一年,吃尽了苦,受尽了难……这是个什么好去处?叫儿臣来承当这重任,走这没有头的路……阿玛呀……"

"万岁!"隆科多张廷玉一齐上前,扶起哭得发昏的胤禛。张廷玉挪过椅子请他坐,说道:"大行皇帝庙谟独运授您大宝,应以国事为重善摄龙体,宜先定大事,方可一应按制度办理丧事!"胤祥见胤禛一味哭着推辞,霍地起身,按剑瞋目大喝一声:"天无二日,民无二主!今日之事,上有先帝遗命,下有群臣拥戴,万岁何得再辞?!"他转过脸,双目圆睁,用不容置疑的口吻断喝一声:"拜!即行三跪九叩大礼!"

"万岁……"

阿哥们总算叫出了口。

"兄弟们请起!"胤禛拭泪抬手说道,"我本不才,没有想到皇阿玛把这万里江山托付给我。既然到了这一步,只好勉为其难了,盼请三哥和诸位弟弟扶持。"他口气一转,已把"我"换成了"朕",又道:"目下百事待理,一时没有头绪。朕想,上书房人手少,得增补几个。三哥八弟才识过人,可进来帮着料理。京师防务暂由十三弟十七弟维持。眼下先把大行皇帝的庙号定下来,再接见园中的大臣——十三弟,你去传旨,叫百官在澹宁居跪候!"

"喳!"胤祥深深叩下头去,"臣,领旨!"

张廷玉见胤禛多少还有点不自然,阿哥们还在懞怔,便率先发言:"皇上的主意很是。奴才以为先帝一生经文纬武,一统寰宇,虽是守成,实同开创。所以应定为仁祖皇帝。"胤禛沉吟着,偏过脸轻声道:"三哥,你看呢?"

"我朝已有两个'祖'帝,"胤祉斟酌着词句道,"太祖之后又有太宗、世祖,大行皇帝仁孝性成,天赐睿勇,似乎拟为'仁宗'较宜。"

胤禩一脑门心事,便挑刺儿道:"'祖'乃'始'之意,大行皇帝乃第二代,称祖不妥。不如'武宗'为好。"隆科多有意要压制胤禩,说道:"明武宗是昏乱之君,主上岂可与他同号?"胤禩一听他说话便气不打一处来,一哂说道:"那就'世宗',国祚又长远,儿孙又光鲜,成么?"

张廷玉听着这话,暗含着对新君的挖苦讥讽,生恐皇帝听出来,忙道:"世宗也不甚美,不足以概全。""张廷玉一派胡言!"胤禩傲然盯着胤禛,大声道,"'世'字不美,何以置我朝'世祖'?'宗'字不美,何以置我朝'太宗'皇帝?"张廷玉自知失言,顿时满脸通红。

胤禛心里雪亮,不打一个下马威,弟弟们终究不服自己这个皇帝,遂挪动一下身子,说道:"廷玉,把大家拟的都写出来。"张廷玉忙至案边,援笔濡墨疾书几行捧过来。胤禛略一看,说道:"张廷玉说得好'名为守成,实同开创',所以称'祖'未为不可。大行皇帝一生功业伟大,难于措词,神化难名曰'圣'。所以朕意定为'圣祖'!"竟不待众人再议,从案上取过裁纸刀,向右手中指轻轻一搭,用血写出"圣祖"二字。

"至于朕的帝号,朕想可以随便些。"胤禛立起身踱了两步,"取个谐音吧,朕名胤禛,叫'雍正'就是了。其余兄弟们要避讳,一律将'胤'改为'允',叫起来方便,也亲切些。"一抬眼见胤祥进来,便命隆科多:"畅春园是个花园子,大行皇帝的梓宫停在这里欠庄重。一会儿朝会罢,要护送大行皇帝至乾清宫奉安。你去传旨十七阿哥,这大的雪,进城清道的差使交丰台大营。另点三千兵马暂充朕的近卫,会同善扑营御林军,今晚酉时回城。"

"喳!"隆科多忙应一声,又问,"请旨,今晚万岁歇宿大内何宫,奴才好预为筹措。"胤禛抬眼望望窗外，轻轻叹息一声，说道："大内一砖一石一草一木都留着大行皇帝的圣迹，而今仙人去琴在，朕不忍心立刻进宫，将朕的住处雍亲王府，即行晋升行宫。今晚，还回去吧。"又回顾胤禩等人，温声说道："十五岁以下的弟弟可以退出了。其余的兄弟随朕左右参赞朝务。朕心里悲恸迷乱，一时也离不得你们。"隆科多连声答应着退了出去。

阿哥们虽不服气，但此时人在矮檐下，谁敢不低头？见他如此专断，心里别扭着，却都伏身叩头："雍正皇帝万岁！"

"发旨年羹尧，飞马传十四阿哥允禵回京奔丧，可带十名从人验关放行。"胤禛眼中放着灰暗的光，"国家大变，还要严防奸佞小人乘乱作祟。明发诏谕，传令各地方官安守职份，弹压地方。命各州县开仓赈济，有冻死一人饿死一人者，着该地道府监察御史据实参劾——着兵部下牒，将北京九城暂时封闭，天下兵马非奉旨不得擅调一卒！"

几道严诏雷厉风行，胤禛侃侃而言滴水不漏，张廷玉听一句躬身答应一声，走笔疾书。须臾，几封紧急措置诏书便飞递出去。一时隆科多进来，胤禛略一整理衣饰，冷冷说道："走吧。"

"雍正万岁爷发驾了！"

一声声传呼从穹庐递送出去。

雍正皇帝率领十四个亲王贝勒贝子，冒着大雪牵车推辇，步行护送康熙的灵车回大内，在乾清宫正殿停梓，布置灵堂，安排关防，直忙到深夜才回到雍和宫，只见门神已经封了，九盏硕大无朋的白纱大灯笼挂在门洞倒厦的滴水檐下。九门提督、丰台大营、西山健锐营、善扑营和顺天府的兵按区划分别防布，宿卫毡幕以雍和宫为中心，东西南北护得严严实实，沿街两行三步一哨五步一岗，都是持戈执戟悬弓带刀的卫士。见允祥办事如此周张，胤禛不禁皱了皱眉头，不言声进来，只瞥了瞥满院通明的灯火，径往枫晚亭迤逦而来——尽自下着雪，所有道路的积雪是早已清理了的——邬思道一干人早已候在枫晚亭的檐前廊下了。

"就在家住一晚，天不明我就进去了。"胤禛坐下，呵着寒气，抚着有点浮肿的腿说道："按理说，孝子苫块守灵，今晚我不该回来。只是乍逢大变，宫里情形不明，回来略住一住，老十三也太费事了，有丰台大营还看不住这么个院子？"邬思道满脸倦容，靠在椅上，似乎有点强打精神，说道："万岁，是我叫十三爷这么办的。五路人马平素不相统属，共同护驾，十三爷居中指挥，就不至于有意外。这个时候越小心越好！"胤禛点头道："既是你说的，自然万无一失。"

邬思道靠窗坐着，一阵冷风从缝隙中袭进来，不禁打了个寒战，忙道："臣不敢当。万岁一身系天下苍生安危，垂拱驻跸，原该严谨。"说着看一眼文觉性音，两个人也都无话。

至此君臣词竭，默然相对。胤禛突然升起一种寂寞感，觉得和周围的人之间有了一堵看不见的高墙。想了想，正要说话，周用诚进来道："万岁爷，十七爷请见！""唔。"胤禛看了看怀表，已到子正时分，略一沉思道："叫他进来。"

"万岁。"邬思道欠身说道，"今非昔比，您不宜善听善见。"胤禛不禁一笑，说道："话虽如此，十七弟是我心腹兄弟，怎么好给他闭门羹吃？怎么措词呢？"邬思道轻声叹息一声，对周用诚道："你回十七爷话。万岁稍息片刻就进宫。有公事请他转告张廷玉处置，要是关防的事，请十三爷处置。要是私事，你就说天子没有私事。万岁，这么回话可成？"

胤禛站起身来点点头，他已经明白那堵墙是什么了。思量半日，无话可说，只叹了一口气，抬脚去了。除了邬思道，连家仆长随都跪地送行。

第五十二回　　高鸟已尽良弓宜藏
　　　　　　　书生明哲克保全身

　　循康熙发送孝庄太皇太后的例，天子居丧以日代月，二十七天后期满，雍正皇帝除服理事。这二十七天中，为防北京肘腋生变，张廷玉隆科多允祥三人无日无夜轮流值差，催促各省督抚修表称贺、吊丧，严令甘、陕、豫、晋、冀各省地方官及时申报迎送大将军王允禵入京情形，北京的允祉、允禩、允䄉、允禨则随着新皇帝守灵，寸步不得离开大内，连入厕睡觉都有专设的太监监护。这些人尽自心里怨气冲天，无奈里里外外手脚都捆得死死的，别说商议，就是递个眼色道个寒暄都有多少眼死死盯着，哪里有半分自由？心里叫苦不迭，也只得耐着性子等机会。

　　允禵在军中接到丧报，原想即刻带兵入京的，但北京城里不但允禩等人，就是自己的门客幕僚、心腹大臣，别说一片纸、一封信，连一句话也没捎出来，京师什么情形竟漆黑一团，实在难以决策，军中粮库中只有六天存粮，发文年羹尧，年羹尧又推给李卫，李卫递进禀帖，说："军中但有一日断粮，请十四爷行军法斩了奴才。如今天下大雪，粮食只能一天一天往上补给，若要屯粮，也请十四爷杀了奴才，另选高明。"军队一动，要的是金山银山米山面山，如今情形不明，师出无名，又没有存粮，在这漫天大雪中行军，走不出潼关就要饿垮了，怎么敢轻举妄动？甘陕总督、甘肃巡抚衙门三天两头来拜，催问允禵行期，把个允禵催得六神无主，挨了几日，只好遵旨，带了十个人启程，打算到京见了允禩再作商量。这一来耽误了时日，加上雪大路滑，赶到北京时，已是十二月初二，早有礼部一大群司官接着，径直往大内导引，党逢恩虽然也在里头，无奈人多眼杂，二人纵有千言万语，也只能眼色会意而已。当此之时，允禵身不由己，只好在西华门递牌子。

　　"十四爷！"不一刻工夫，六宫都太监李德全便迎了出来，请安起来便道，"今儿礼成除服，万岁爷方才还念叨您，说路不好，怕您赶不回来。"允禵怔了一下，冷冷说道："万岁？就是四哥吧？登极大典还没办，就称了万岁？倒真是伶俐人，亏煞了还惦记着我！"李德全一声不敢言语，只默默带着允禵往里走，直到太和门，已离乾清宫不远，李德全实在怕他进去胡说，连累了自己，站住了脚道："十四爷，奴才受过您的恩，这时辰不能不关照一声。京师情形大局已定，与十四爷离京时大不相同。过几日您就都明白了。当今主子不比先帝，最是心细的，十四爷就有什么心思，往后慢慢和万岁说，打不散的亲兄弟，也就撂开手了……"

允禵知道他的心意，迎着凛冽的寒风，怅怅地望着积雪覆盖的一层层宫阙和扫得纤尘不染的天街，只点了点头，径随李德全入乾清门进乾清宫。但见六十四盏白纱宫灯夹着甬道，乾清宫九楹大殿朱红门墙柱窗都用白纸糊严了，丹墀上下灵幡纸帐悲风袅袅，大殿上素幔白氅正中金漆楠木棺前，供着康熙的灵位，上写：

合天弘运文武睿哲恭俭宽裕孝敬诚信
功德大成圣祖仁皇帝爱新觉罗·玄烨之位

两旁男昭女穆，东边以胤禛为首，挨次跪着允祉、允祺、允祐、允禩、允禟、允䄉、允祹、允祥、允禑、允禄、允礼、允祈、允禝、允祎十四个成年阿哥，西边却是雍亲王福晋为首，下头才是康熙的嫔妃，以惠妃纳兰氏为首，马佳氏、郭络罗氏、戴佳氏……什么答应、常在……凡受康熙一幸之恩的都依品级伏身跪着，白汪汪一大片，像是刚举哀不久，兀自满殿啜泣唏嘘之声。李德全急赶一步进来道：

"万岁，大将军王允禵赶回来了！"

允禵走在这白色的世界里，原是恍恍惚惚迷迷离离，好似做梦一般，这一声提醒了他，才知世事变迁，景物依旧人事已非，连自己的名字都变了。仿佛遭到电击，他浑身一颤，清醒过来。陡然间胸膈间一股似气似血、又腥又热的东西涌上来，泪水已经夺眶而出，长嚎一声趋跪而入，不管三七二十一，伏在冰冷的临清金砖地下，双手死命地抠着地，身子痛苦地扭曲着，嘶哑的嗓音惊得满殿人心里起栗："阿玛！你去了……我好苦……苦啊！你为什么……不等等我……等我……看你一眼……你好狠……我好悔……原本打下拉萨……我就想回来……见你……你为什么不肯……？"

"举哀！"张廷玉听着允禵话中未尽之意，生怕这愣阿哥说出更难听的，忙在旁大喊一声。

于是众人齐声悲嚎，这群人不比允禵，都是哭乏了的，只是干叫，早已没了眼泪。有的捂住脸假哭，有的抠砖缝儿哼哼，有的拖着涎水想心事，待哭声低了补上两声……乱糟糟的，倒也掩了允禵的哭诉。

"十四弟，"许久，哀止之后，胤禛方起身来，由邢年扶着到允禵跟前，叹息一声道，"难为这么远的道儿，艰难跋涉，总算赶了回来，先帝在天之灵，必定称你孝道。不过，今儿是除服的日子了，有些大事得赶紧商量。你节哀，朕还有些知心话要和兄弟们讲。"他哽咽了一声叫过张廷玉，吩咐道："所有女眷，外官内官都退出去。你去传旨给我府的邬思道，我要回去一趟见见大家，然后就移住养心殿，多少军国重务都在等着……"

张廷玉答应着出去了，所有阿哥都跪直了身子，愣愣地看着胤禛，不知他有什么话要说。胤禛满面戚容，头一个月没剃，前额上的头发已寸许来长，看去显得十分憔悴，他苍白着脸来回踱了许久，语气沉重地说道："……都起来吧，今日只论兄弟，不论君臣……"他仰脸嘘了一口气，款款说道："这个帝位传给我，我是万万没想到。不但我，就是各位哥哥兄弟、满朝文武，料到有今日的恐怕也很寥寥……"他开篇这几句，无头无尾，似叹似嗟，众人都不知是什么意思，都瞪大了眼睛。

"自古皇帝不长寿，道理很多。"胤禛脸色愈加苍白，"有的是享福太多，子女玉帛将息着，声色狗马淘虚了身子。有的是妄想长生，讨不死药，炼九转丹，反而戕害了性命。所以打祖龙算起，活过七十大寿的皇帝满打满算只有三位。唉……我们都见到的，父皇盛年身子骨儿什么光景？他老人家一生不贪酒色，不爱财帛，不炼丹药，为什么也只活了六十九岁？——这件事我想来想去，是我们爱新觉罗家命中所定！"

胤禛慢慢踱着，看也不看众人一眼，只管娓娓而言："朱元璋说过，自古胡人无百年之运，细思五胡乱华到元朝，确是如此情形。我们满人只有那么百十万人，入主中原，要不朝乾夕惕惴惴然如履薄冰，那就好比在太湖里撒一把胡椒面儿，终究变不成胡椒汤！我们何其艰难！尽着些小心翼翼，早起五更，夜伴明灯地勤政，还有多少阙失难以周全！据我看，圣祖就是为天下苍生、为统御华夏呕心沥血，活活累的了！"

"所以当皇帝是苦事，我们满人当皇帝更是极苦的事！"胤禛瞥一眼兄弟们，无声无息了一下，"论才学，我比不上三哥；论忠厚，我比不上五弟；论识量，八弟是最好的；任艰任烦，要算十三弟；论起行兵布阵，我不及十四弟。因此，选中我入继大统，做这极苦的事，不但没想到，我也不愿做！兄弟都在这里，一个外人也没。你们谁说我说的不是，或者你们谁愿意做这皇帝，今日当众说出来，我让位给他！"

他口似悬河滔滔不绝，像是谈心，又像是劝说，语气中既不乏诚恳，又带着一种巨大的威压，兄弟们都被说得目瞪神痴，眼见允祥虎视眈眈注目众人，外头刘铁成张五哥一干侍卫仗剑瞋目挺身而立，哪一个敢作仗马之鸣？

"既然你们不愿，我只好勉为其难。"胤禛皱眉道，"为祖宗大业，我必定宵旰勤政，不负先帝重托。我虽生性认真，但并不忌刻，得饶人处，我也能饶人。只要不怀着异样的心思难为我，怀着不轨之心要怎样怎样，我在政务上有阙失，你们还像从前那样，只管提醒我，辅佐我，不但我知恩感戴，就是阿玛在九泉之下，见我们兄弟和睦，共治天下，他老人家必定也是欢喜的……"说着便掏出手帕拭泪。允祥见他这样，率先起座跪了下去，泣道："皇上如此重手足情谊，推心置腹，就是石头人也感化了！如今君臣之分已定，我们一定遵皇上圣训，恪尽臣道，同治圣化，把天下理好，以报先帝和万岁隆恩！"

他这么一跪，十七阿哥也跟了下去。众人自然坐不住，一齐伏地称臣，山呼"万岁"！

"就这样吧。"胤禛双手虚扶一下，说道，"兄弟们先回去，把家事料理下，然后明日起，照常办差。朕已下诏恩赦天下，上书房人手少，想调马齐、赵申乔进来办事。今日关照兄弟们一下，一件是要开恩科取士；一件是要铸雍正制钱，这都是通常的事；还有一件，兄弟们欠的库银，要能还得起，早早还了；要还不起，可具折密陈上来，朕不能因私废公，所以怕要有点小小处分，也不能因公废私，处分了再减免债务，也是题中应有之义——道乏吧！"

允祥单独留下，和胤禛又说了一会子话方辞出来，见隆科多带着十几个太监，都抱着高高一叠文书正进养心殿，便站住了，笑道："老隆，这就忙起来了？"隆科多行礼笑道："这都是主子要的。今晚要抄十三个京官的家，防着他们转移财物，我刚布置巡防衙门围了他们宅子。主子说，要有事直接请示十三爷，到时候我到哪里寻十三爷？是尊府，还是进上书房？"允祥只一笑，说道："万岁已经把抄家官员名单给我了。我不在雍和宫就在这里——其实你也未必要请示我什么，奉旨行事嘛！"说罢一径去了。

允祥在雍和宫兴冲冲下马，穿过已经搬空了的大院来寻邬思道，至枫晚亭前，掏出表看时，已是酉正时牌，天已经麻苍苍黑了。因见邬思道正默默整理书籍，一脚踏进门来笑道："我来给先生道喜——这些活叫下人们做，你忙什么？"邬思道在摇摇的烛光下回过头来，让座道："万岁已经传旨，今晚回来，下人们都去预备酒席了，想不到十三爷来得这么早——你说报喜，我何喜之有？"

"党逢恩今晚就要抄家。"允祥笑嘻嘻道，"大丈夫酬恩报怨，第一快心之事，这不是一喜？放心！明儿我告诉老隆一声，那个淫贱材儿叫什么姑来着？合家良贱我都给你弄来当奴才！"邬思道什么也没说，抱着手炉只是出神，半晌才道："万岁即位之初雷霆大震，刷新政治，整饬财务，这确是一喜。别人今夜哭，我也无喜可言。"允祥哈哈大笑："先生真是先天下忧而忧！我再告诉你，今儿在养心殿万岁亲口对我说，先生有辅相之才，只干碍着没职份，所以开恩科，特简先生进翰林侍读，然后转上书房。宣麻拜相，还有比这更喜的么？"

邬思道神情似乎有点呆滞，古怪地一笑说道："算是的吧——十三爷今晚喜上眉梢，给我报喜是一宗儿，恐怕你自己有喜事才是真的。说出来，叫我也欢喜欢喜！""都喜。"允祥掩饰不住得意的神情，向后一靠伸展了一下，"其实是早已知道的了。万岁说元旦日晋封我亲王，世袭罔替！王不王无所谓，这个'世袭罔替'难得！"邬思道一双眸子在灯下晶莹生光，沉静地一笑，说道："铁帽子王，儿孙永永无既。好嘛！连你加上一共九位了。"

"你今晚怎么了，这么不阴不阳的？"

邬思道伸手将一杯茶推给允祥，长叹一声默然不语，见允祥一脸惊讶之色，苦笑道："十三爷，我和你认识十五年了，你天真率性、任侠仗义，很佩服你的为人。今日有句话，说出来或许我要人头落地，不知当讲不当讲？"

允祥被他的神情惊呆了，手里捧着已经凉了的茶，死死盯着邬思道。

"这个铁帽子王你要拼死辞掉，才能保你一世平安！"邬思道仿佛不胜其寒，紧紧抱着铜手炉，声音低沉嘶哑，"四爷豺声狼顾，鹰视猿听，乃是一世阴鸷枭雄之主……"

"你不是说他龙骧虎步……"

"不错，那是当时的话，他没信心。"邬思道语气冷峻得令人发抖，"你没勘透世情。与平常人交，共享乐易，共患难难。与天子交，共患难易，共享乐难。"

"我不信！今日四哥还说，决不做鸟尽弓藏的事！"

邬思道阴冷地一笑："明日我的话就能验证，周用诚、墨香墨雨、性音和粘竿处十几个最心腹的，专一替四爷办秘密差使的恐怕就要……"

允祥蓦地一个惊颤，脸色变得苍白如纸，翕动了一下嘴唇，竟一个字也说不出来，两个人在灯下交换着目光，只听院外一阵风声，像是什么在树林子里扑棱了一阵翅膀，接着便是鸱鸟凄厉的大叫声，叫得允祥起了一身鸡皮疙瘩。这样寒冷的冬夜，到处是坚冰和积雪，雍和宫孤零零地处在京郊，四邻不靠，全是旷野，胤禛所有的内眷又都搬进宫里，只留下了原来书房的人和幕僚和尚，这时灭口，真正是杀人如草不闻声！允祥嘘了一口冷气，刹那间，他冒出一个念头，竟想夺门逃出去！

"十三爷，你不要害怕，只要你收敛锋芒，万岁不会怎样你，"邬思道拨了一下蜡芯，屋里亮了一点，"我只求你一件事，不要把我的话说给别人。易经有云：君不密丧其邦，臣不密丧其身——不用为我操心，我有自全之道。"

"那——周用诚他们呢？"

邬思道垂下眼睑，深长叹息一声："他们不该知道的东西知道得太多了……"正要接着说，便听远远一阵脚步声，周用诚一蹿一蹦地跳进来，搓手跺脚地笑道："好天气，贼冷贼冷的！文觉那边预备齐了么？主子已经回来了！"话音刚落，胤禛已带着十几个太监进来，见邬思道挣扎着要起来迎接，忙上前双手按着，呵呵笑道："你还是你，我还是我，不要做这生分模样。今晚这一聚十分难得，过了明儿，就又忙起来了。怎么这屋里只点一支蜡？——走，咱们过书房那边，边吃酒边谈——"几个小太监听皇帝嫌暗，忙不迭又点了七八支蜡烛。允祥只像傻子似的站在一旁看着这一切，审量着胤禛，觉得一下子陌生了许多。

"万岁！"邬思道到底挣着跪了下去，伏地行了大礼，说道，"臣有密奏的事。"

胤禛疑惑地看了看允祥，坦然说道："——那，十三弟你们先过去，和文觉性音他们先说话，等着我。我和先生聊几句就过去。"待允祥带着一干人离去，胤禛又问："老十三来都说了些什么？你神色不对呀！——你起来说话。"

"为的就是这件事。"邬思道坐直了身子，心事重重地说道，"十三爷来报喜，说万岁预备起用臣。臣单独见万岁，就是想辞谢万岁。"胤禛没言声，站起身踱至窗前，望着外头漆黑的夜，半晌才问："为什么呢？"邬思道盯着胤禛的背影，缓缓说道："臣有三忌，三不可用。"

胤禛回过头来，脸上已是挂了一层严霜一样冷峻，却不吱声，幽幽望着邬思道。

"臣乃残疾之人，这是一忌。"邬思道毫不畏缩地看着胤禛，"国家取士授官，自有制度。况大清国运正盛，人才济济，臣在王邸十几年，中外人士知之甚多，骤然置之庙堂之上，虽至公亦无公，虽无私也有私，恐怕有伤圣德。这是一不可用。"

胤禛脸上毫无表情。

"臣原是犯罪之人，这是二忌。"邬思道道，"康熙三十六年臣为孝廉，应天府试，率五百举人抬财神大闹贡院，此事震动朝野，天下皆知。虽说是激于义愤，到底是触了国法，先帝曾连下诏旨捕拿，臣又潜逃在外。为憎恨吏治黑暗，臣又入京，择主而事。万岁如今功成名就，即起用臣辅在帝侧。在臣原是罪余钦犯，在君又干碍圣祖当初原意，用此不忠之臣致于臣下议万岁为不孝之君，这是二不可用。"

胤禛听得悚然动容，不觉坐了下去，抚膝沉吟道："只是可惜了你。"

"这正是第三忌。"邬思道见他动了心，舒了一口气，又道，"臣虽然薄有小才，却是阴谋为体。万岁龙日天表春华懋德光明正大。这就是忌！臣在万岁潜邸蒙恩十余年，顾问侍从，无不听之言，无不从之计，无数惊涛骇浪之中早已殚精竭虑耗尽心力，譬如已经熬干了的药渣，万岁何堪再用？倘若万岁念思道忠贞不贰之心，放臣还山，沐浴圣化之中，舞鹤升平之世，在万岁为全始全终之主，在臣为明哲知理之臣，传之后世，亦为一段风云际会佳话。万岁若不允臣之所请，臣今夜就仰药自尽，不伤圣人知人之明！"说着，泪水已走珠般滚落出来。

胤禛也不禁黯然，他今夜要下毒手灭口，原是听了文觉的警告，外边允禩党羽如林，政局不稳，放着周用诚一干人无法处置，日后将雍邸的事兜出来，正好给允禩借来推波助澜，所以打算喝酒之后，下半夜动手全部处死。但邬思道这番言语，其实已表明永不从政，永不泄密，想起十几年知遇之交，朝夕赞襄，吟诗论文，这些情分也难一股脑儿付诸东流。想着，叹息一声道："你的心我都知道了。不知眼下你有什么打算？"邬思道顿时放下了心，从容说道："雍和宫如今是天子行宫，自万岁下诏那天，我在棋盘街已经租了一处宅子。万岁既然允臣之请，今晚一见，就算辞行，臣这几日痰喘，酒筵也不敢领，这就搬出去，过几日陆路回无锡老家。臣已经二十余年没吃故乡水了。"

"好，依你。"胤禛想着允祥等在那边，起身在案边提笔写了个字条，口中道，"不过你跟我一场，空手回去，我难忍心。当年替二哥还债，用了你七十万银子。赏还你呢，要招谣言，所以不还你了。大隐隐于朝，中隐隐于市，小隐隐于野。你不要大隐，也不要小隐。你且去，明儿叫允祥看看你，给你找个靠得住的官，你去当师爷。将来朕出巡或者他入觐，还能见见。"

"谢万岁！万岁如此隆恩，臣粉身碎骨不足以报万一！"

"不必说了。"胤禛摆摆手，叫进一个太监，吩咐道："你带朕的手谕，用小轿把邬先生送出去，到棋盘街安置好，你来回话！"

"喳！"那太监答应一声，过来搀定邬思道，说道，"先生，咱们慢慢走……"

邬思道当晚住了棋盘街宁心客栈。这是他包租了好久的一个宅院，店主早接了银子，原想不知是个什么贵人，今日见着，却是孤零零一个残废

458

人，又见是太监亲送，越发不知来头，汤水茶饭侍候着忙个不停，邬思道却要静坐，便打发了他去。

屋子里只剩下了他一个人，他默默坐着，想入定，但今晚改了积习，再也静不下来。从康熙四十六年夏入京，到现在整十五年半。孤身一人进来，轰轰烈烈做了一番事业，如今又剩下孤身一人，真像一场光怪陆离的梦！一幕幕往事涌上来又压下去，压下去又泛起，再也不得平静。

"正不知明日如何，今夜不得入梦了……"邬思道和衣躺了一会儿，那炕烧得滚热，更觉烦躁难耐，讷讷自语着起身，架拐推门出来，但见天边一钩新月，惨淡地将光洒落下来，房顶上、院子角落的雪都抹上水银似的，幽幽发亮，只是清寒袭人。他在院里踟蹰良久，正要回房，静极之中，隐然听墙外有人嘤嘤而泣，听着是个女人声气，便踱到账房，问店老板，"什么人在外头哭？"

"是两个女人。"店老板无所谓地笑道，"您进来一会她们就来了，想住店，我没答应——这是爷包下的嘛。"邬思道沉吟着说道："眼看子时到了，天太冷，叫她们进来吧！"店老板狡狯地一笑，答应着开了门，说道："你们进来吧！谁叫你们碰上这么好的客人呢？"

邬思道闪眼看时，是三个人，两个女人，还有一个十五六岁的小伙子，便道："这里有火，请先过来略暖和一下，等老板收拾了房子再过去。"那三个人也不言声，一路进了正房，竟都跪了下去！

"这是怎么说！你们——"

邬思道大吃一惊，正要请店主搀起他们，两个女人都已抬起头来，居然是这样——一个是金凤姑，一个是兰草儿！他愕然盯视了许久，口吃地问道："兰草儿！你不是——"

"我没有死……"兰草儿满脸泪光，哽咽道，"他们是借故儿拿你的……"邬思道又把目光移向凤姑，许久，叹道："你家的事我已经听说了……"凤姑低下头，小声道："家抄了，我刚好回门，金家也抄了……"

邬思道端坐不语。良久，徐徐说道："可叹。"那毛头小伙子挺着脖子大声道："表舅！您不能冤枉我妈！不是我妈叫外婆报信儿，您骨头都烧成灰了！"兰草儿想起那夜的事，臊得满脸通红，倒是凤姑掌得住，说道："表弟，冤有头债有主，是我不好。如今两家都败了，你的仇也报了，我和兰姑商量好，要出家。只这孩子小，不懂事，叫他怎么过……"说着，呜呜咽咽直要放声儿。

"求你……"兰草儿满眼都是恳求神色，看着邬思道的脸色，下面的话竟没能说出来，邬思道点点头，起身来说道："我腿脚不便，不扶你们了，孩子，你扶她们起来。"待三个人起来，邬思道深长叹息一声，又道："我是久经沧海的人，世上事纷纷扰扰，比你们恩恩怨怨大得多的经了不知多少。那些事，于我而言，早已是杳如烟波。我若计较，早就除了你们了……如今我虽不修行，也是修行，虽不出家，也是出家。好歹你们跟着我吧，总有一口饭吃的……"

安置他们三人安歇了，邬思道越发没了睡意。熄了灯，独坐在暖烘烘的炕上。月光如洗，轻柔的光隔窗沐浴着他的全身，久久地一动不动。忽然远处传来三声沉闷的午炮，已到子夜时分。邬思道望着寥落的寒星，子时阴极而阳生，明天会怎样呢？邬思道不再去想它了，他是太熟悉皇帝了。

1990 年 4 月中旬写于宛